*Richard Dalby (Hrsg)*

# Stille Zeit und schrille Morde

*Die schönsten Weihnachtskrimis*

Aus dem Englischen von Stefan Troßbach



Knaur

# *Inhalt*

# *Vorwort*

*Doch manche Augenblicke nennt er sein;*
*Nie weniger allein, als wenn allein,*
*Schart er da jene, die er lang schon liebt,*
*Und die's – obwohl nicht tot – doch nicht mehr gibt,*
*Aufs neue um sich.*

Das Gefühl, das in dieser wunderschönen Passage aus Samuel Rogers' *Human Life* zum Ausdruck kommt, ließe sich auch auf Bücher übertragen, die einem ans Herz gewachsen sind, und widerspricht eigentlich dieser etwas zynischen, ebenfalls Rogers zugeschriebenen Bemerkung: »Wenn ein neues Buch auf den Markt kommt, lesen Sie ein altes.«

Richard Dalby bietet uns in dieser Sammlung eine reiche Ausbeute an weihnachtlichen Kriminalgeschichten sowohl älteren als auch neuen Datums. Zu den von ihm zusammengestellten Autoren gehören Agatha Christie, die ihren Lesern – und ganz nebenbei auch vielen dankbaren Schauspielern! – mit Figuren wie der freundlichen, stillen Miss Marple und dem glanzvollen belgischen Detektiv Hercule Poirot soviel Freude bereitet hat; Edgar Wallace, ein Meister des sogenannten »Thrillers«; Thomas Hardy, ein großer Verfasser dramatischer Romanepen; Wilkie Collins – hier durch eine seltene Erzählung mit äußerst reizvollem theatralischen Hintergrund vertreten; und Arthur Conan

Doyle, der Mediziner, der den berühmtesten aller Detektive erfand, den unvergleichlichen Mr. Sherlock Holmes. »Bedienen Sie sich ganz nach Ihrem Geschmack!« Aber ich habe das Gefühl, den meisten Lesern werden die vortrefflichen, düsteren Weihnachtsgeschichten, die hier zusammengestellt sind, durchweg so gefallen, daß sie – wie Oliver Twist – nicht genug bekommen können.

*Peter Cushing OBE*
*Whitstable, Kent*

# Der Kirchhofskater

## *Ellis Peters*

Ellis Peters (der Künstlername von Edith Pargeter, geb. 1913) gehört zu den beliebtesten heute arbeitenden Kriminalschriftstellern. Ihre Romanreihe um Bruder Cadfael, einen Mönch aus dem zwölften Jahrhundert, der sich als Detektiv betätigt, hat inzwischen »Kult«-Status. »Der Kirchhofskater« erschien ursprünglich in *Winter's Crimes 8* (1976).

Er saß auf einem Pfosten des hinteren Tors, als ich an Heiligabend durch den Kirchhof ging, und putzte sich, majestätisch wie immer: ein Bein um den Hals geschlungen und das zerbissene Ohr in einem Fünfundvierzig-Grad-Winkel abstehend. Vermutlich war ihm von einem der Kater, mit denen er sich in seinen Streunertagen angelegt hatte, das untere Stück herausgerissen worden, denn das andere Ohr stand aufrecht. Schnee bedeckte den Boden – nur ein dünner Schleier, der gerade zu knirschen anfing und damit versprach, daß es noch vor dem Abend frieren würde; aber *er* hatte mindestens drei warme Zufluchtsstätten in der Nähe, wenn ihm nach Unterkriechen war, die beiden Häuser, die er nur für Besuche und zum Betteln aufsuchte, nicht mitgezählt. Man kannte ihn damals schon drei Jahre im ganzen Dorf – seit dem Moment, da er wie aus dem Nichts hereinspaziert war, sich bei unserem Pfarrer und unserem Kirchdiener lieb Kind gemacht und sich gewissermaßen als Hauskater der Dreifaltigkeits-

kirche etabliert hatte. Er übernahm ringsum sämtliche Aufgaben, für die Menschen zu träge und schwerfällig waren, zum Beispiel Ratten fangen oder das Verjagen fremder Hunde.
Keiner weiß, wie alt dieser Kater ist, aber meines Erachtens kann er erst rund zwei Jahre gewesen sein, als er hier ansässig wurde: ein knochendürrer, ausgezehrter Bandit. Nach dreijähriger Verköstigung durch Joel Woodward von Trinity Cottage, in dem nach alter Sitte der Kirchdiener wohnt und welches das Friedhofstor flankiert, und verhätschelt durch Miss Patience Thomson vom Church Cottage gegenüber, war das Tier auf das Doppelte angewachsen und samtweich, hatte jedoch noch immer ein Hängeohr sowie einen Knick im Schwanz, etwa fünf Zentimeter unterhalb dessen Spitze. Auch wie ein Bandit sah er noch aus, aber wie einer, dem es sehr, sehr gutging. Nur Miss Patience wagte es je, ihn zu streicheln, und er gab sich in diesem Punkt sehr großzügig, war sie doch nicht mehr die Jüngste, harmlos und ihrerseits sehr freigebig mit kleinen Appetithäppchen wie etwa roher Leber, die er fürs Leben gern fraß. Auf die ein oder andere Art hatte er es geschafft. Er lebte meistens im Freien und blieb in keinem Haus über Nacht. Im Winter besaß er sein eigenes warmes Nestchen im Heizungsraum der Kirche, der über dem Keller lag und den er sich brüderlich mit einem Igel teilte – einem erprobten Helfer bei der Vernichtung des Ungeziefers auf dem Friedhofsgelände, der den Winter lieber zwischen den Kohlen durchstand, als ihn zu verschlafen wie gewöhnliche Igel. Aus irgendeinem Grunde tauchen in unserem Tal dauernd solche Sonderlinge auf.
Eigentlich ging ich an diesem Nachmittag nur deshalb zur Kirche, um mich mit dem Pastor über das Weihnachtsgeläut zu verständigen, nachdem ich mich für den Läutetrupp hat-

te anheuern lassen. Ortspolizisten in so abgelegenen Gebieten wie unserem müssen für alle möglichen Aktivitäten herhalten, und wechseln sie das Gebiet und neue Probleme stellen sich ein, dann braucht's – wenn sie ein bißchen vernünftig sind – gar nicht viel Drängeln, sondern sie tun es freiwillig. Ich habe schon manch einen erstaunten Gauner dingfest gemacht, der dachte, er käme mit seinem kleinen Einbruch ungeschoren davon, nur indem ich während einer Dart-Runde oder einer Chorprobe die Ohren offenhielt.

Als ich gegen halb zwei über den Kirchhof zurückging, kam gerade Miss Patience durch das Tor. An ihrem Handgelenk hing eine Einkaufstasche, und sie steuerte Richtung Straße. Ich begleitete sie ein Stückchen. Miss Patience ging auf die Siebzig zu und war kaum größer als ein Spatz, aber sehr selbständig. Da sie nie verheiratet oder außerhalb des Tals gewesen war und sich um ihre Mutter gekümmert hatte, die fast neunzig Jahre alt wurde, hatte sie auch nie Zeit gehabt, sich über die zeitgemäße Erscheinung älterer Damen auf dem laufenden zu halten. Immer war alles nach Mutters Willen gegangen; Mode, Musik und Moralbegriffe stammten aus jenen Tagen, da die Mutter als wohlerzogenes Mädchen die hausfraulichen Fertigkeiten erlernte und sich auf eine keusche Ehe vorbereitete. Vieles spricht für einen solchen Lebenswandel! Aber Miss Patience hatte er zu einem zerbrechlichen kleinen Dämchen mit langem schwarzem, grauem oder dunkelblauem Kleid gemacht, die sich ohne Hut und Handschuhe immer noch nackt fühlte, während heutzutage eine Mrs. Newcombe vom Pub oben knallrosafarbene Hosenanzüge und kupferrote Haarteile bevorzugte. Eine hübsche alte Mamsell war sie allerdings schon, unsere Miss Patience; sehr aufrecht und adrett. Es war eine Freude, sie beim Gehen zu beobachten

– was ich von Mrs. Newcombe mit ihren Hosenanzügen nicht gerade behaupten kann, zumal von hinten betrachtet!

»Frohe Weihnachten, Sergeant Moon!« zwitscherte sie, als sie mich sah. Ich wünschte ihr dasselbe und paßte mich ihrem Schritt an.

»Es wird heute glatt gegen Abend«, sagte ich. »Seien Sie mir ja vorsichtig beim Gehen!«

»Oh, ich werde nur ungefähr eine Stunde weg sein«, antwortete sie mit ruhiger Heiterkeit. »Wenn es friert, bin ich längst wieder zu Hause. Ich mache nur noch die letzten Weihnachtseinkäufe. Ich muß bei Mrs. Downs noch einen Wollpullover abholen.« Das war ihre Reinemachefrau, die an drei Vormittagen in der Woche vorbeikam. »Ich habe ihn ja schon lange bestellt, aber bis heutzutage etwas geliefert wird ...! Sie haben ihn für heute versprochen, und eine Grammophonplatte für den kleinen Jungen, der mir öfter mal einen Gang abnimmt.« Das war Tommy Fowler von den Sopranstimmen im Kirchenchor, äußerlich so frisch und gesund, wie sie's auf irgendeine Weise auch innerlich meistens sind, und genauso durchtrieben. »Und daneben darf man doch unsere stummen Freunde nicht vergessen?« meinte Miss Patience fröhlich. »Auch sie sind wichtig.«

Ich verstand dies als Anspielung auf zwei Päckchen mit irgendeinem neuen Produkt, das freilebende Vögel in ihren Garten locken sollte. Die Drosseln von Church Cottage waren so fett, daß sie kaum fliegen konnten, und wenn es fror, stellte sie ihnen drei-, viermal täglich frisches Wasser hin.

Wir kamen zu unserer kurzen Ladenstraße, und sie verabschiedete sich; dabei glitzerte die große Brosche aus Pechstein und Gold an ihrem Schal. Das alte Fräulein besaß allerhand viktorianische und edwardianische Schmuckstücke, die ihre Mutter hinterlassen hatte, und sie trug fast immer eines davon, denn sie war so erzogen worden, daß eine Dame sich jeden Tag mit größter Sorgfalt kleidet, nicht nur sonntags. Ich selbst drehte rasch eine Runde, um zu sehen, was sich so tat, danach heim zu Molly und zum Fünf-Uhr-Tee, wo ich dankbar meine Stiefel auszog.

Das war an Heiligabend. Am Weihnachtstag erschien die kleine Miss Thomson nicht zum Acht-Uhr-Gottesdienst – etwas noch nie Dagewesenes! Der Pastor sagte, nach der Frühmette werde er bei ihr nach dem Rechten sehen – ob sie sich beim Herumlaufen im Schnee nicht erkältet habe. Aber jemand anderer kam uns zuvor. Tommy Fowler! Er hatte es eilig, diese Schallplatte zu kriegen. Allerdings ging es auch bei ihm erst nach der Messe, denn in unserer Gemeinde ist es üblich, daß der Chor dem Pastor vor dem Hauptgottesdienst ein Ständchen in Form des »Christen, erwachet!« darbringt, obwohl der gute Mann dann ja schon vier Stunden auf den Beinen war und zwei Messen gelesen hat. Zudem mußte Tommy Fowler in diesem Lied ein Solo singen. Es war Viertel nach elf, als er fertig war und den Gartenpfad zur Tür von Church Cottage entlangrannte.

Eine Minute später rannte er noch schneller wieder zurück. Ich war gerade auf dem Nachhauseweg, als er aus dem Tor geschossen kam und, rumms, in mich hineinknallte. Dabei hatte er Stielaugen, und sein aufgerissener Mund stieß eine Art gedämpftes Jammern aus, so schokkiert war der Junge. Er klammerte sich an mir fest, deutete nach hinten auf Miss Thomsons Haustür, die bei seiner Flucht halboffen geblieben war, und schaffte es erst nach drei Anläufen, zu krächzen:

»Miss Patience ... Sie liegt dort auf dem Boden – es steht schlimm um sie!«

Ich rannte hinein, weil ich dachte, sie hätte vielleicht einen Herzanfall gehabt und läge jetzt hilflos da. Die Haustür führte in eine Miniatur-Diele, dann durch eine ebenfalls offenstehende Glastür ins Wohnzimmer, und dort war Miss Patience – sie lag bäuchlings auf dem Teppich, immer noch mit Mantel und Handschuhen, und ihre Einkaufstasche neben sich. Ein Tisch, der bei ihrem Sturz im Wege stand, war umgefallen, eine Vase und ein Buch lagen am Boden – der Hut, den die alte Dame trug, war übers Ohr gerutscht und eingedellt wie ein zertretener Pilz; ihr ordentlicher grauer Haarknoten hatte sich gelöst, und die Haare hingen ihr in Strähnen, die nicht mehr grau waren, sondern schmutzigbraun, über die Schultern. Die Leichenstarre hatte bereits eingesetzt. An der Kälte im Zimmer merkte man, daß die Türen schon die ganze Nacht offengestanden waren.

Der Junge war mir nach drinnen gefolgt und hing zähneklappernd an meinem Ärmel. »Ich hab die Tür nicht aufgemacht – sie stand offen! Ich habe Miss Thomson nicht angefaßt oder sonstwas. Ich bin nur mal nachsehen gekommen, um mir meine Schallplatte zu holen.«

Die Schallplatte lag auf dem Fußboden. Sie ragte ein Stück aus der Einkaufstasche an Miss Patiences Arm heraus und war nicht zerbrochen. Das alte Fräulein hatte sie für ihn gekauft. Darum sagte ich, er könne sie haben, aber jetzt noch nicht, vielleicht sei sie ein Beweisstück, und wir dürften nichts verändern. Dann schaffte ich ihn rasch nach draußen, überließ ihn dem Pastor und ging wieder zu Miss Patience zurück, sobald telefonisch die Spezialeinheit angefordert war. Wir hatten es nämlich mit einem Mord zu tun.

Das also war das Ende einer freundlichen, harmlosen alten Dame, einer von vielen heutzutage – totgeschlagen, weil sie einen Einbrecher überrascht hatte, der in Panik geraten war, und das alles schätzungsweise nur eine gute Stunde nach meinem Abschied von ihr auf der Straße. Alles an ihr sah genauso aus wie zu diesem Zeitpunkt: die Einkaufstasche, der Mantel, der Hut, die Handschuhe. Nur daß sie jetzt tot war. Nein, noch eines war anders! Sie hatte keine Handtasche mehr, falls das Ding nicht unter ihrem Körper lag; und als wir sie später umdrehten, wunderte ich mich nicht, daß sie nicht da war. In der Handtasche bewahren alte Damen ihr Geld auf. Der Gelegenheitsdieb, der den Kopf verloren und auf Miss Patience eingedroschen hatte, besaß bei seiner Flucht dennoch genug Gier und Geistesgegenwart, sich diese Tasche zu schnappen. Niemand würde sie mir beschreiben müssen; ich kannte sie genau: weiches schwarzes Leder mit einem altmodischen goldfarbenen Verschluß und kurzem Henkel – ein kleines Ding insgesamt, nicht wie diese Säcke, die sie heute mit sich rumschleppen.

Die Tote lag gegenüber einer ebenfalls offenen Tür, die zur Treppe führte. Auf dem Schreibtisch neben dieser Tür stand einer von zwei schweren Messingleuchtern. Der andere lag auf dem Boden neben Miss Thomsons Leiche, und obwohl durch den Haarknoten sowie den Filzhut keine größere Blutung entstanden war, klebte an dem quadratischen Fuß des Kerzenhalters doch genug Blut, um ihn als Mordwaffe auszuweisen. Wer immer das alte Fräulein erschlagen hatte, mußte gerade die Treppe heruntergeschlichen sein, sozusagen schon »auf dem Absprung«. Sie war höchstens fünf Minuten zu früh gekommen.

Die Schmuckstücke oben im Schlafzimmer brauchte niemand lang zu suchen. Miss Patience hatte sich nie für irgendwie begütert gehalten oder geglaubt, daß andere auf ihr Eigentum aussein könnten. Ihr Gold, ihre Türkise, ihre

Gagate und ihre Liebesknoten aus Gold und Opal, Mutters Verlobungs- und Eheringe sowie ihr edwardianisches, mit Zuchtperlen besetztes Umhängeührchen hatten einfach in der obersten Schublade ihrer Kommode gelegen. Miss Patience stammte aus einer ehrlichen, längst vergangenen Zeit. Selbst wenn sie einkaufte, sperrte sie nie die Haustür ab. Es hätte nicht einmal das warnende Geräusch eines Schlüssels gegeben; die Tür wäre einfach nur aufgegangen. Noch vor zehn Jahren verhielt sich kein Menschen in diesem Tal anders als Miss Patience. Keiner sperrte irgendwelche Türen zu, mitunter nicht einmal über Nacht. Manche von uns fuhren in Urlaub, ohne das Haus abzuschließen. Heute können wir sogar das Geld für die Milch erst herausrücken, wenn der Milchmann persönlich anklopft. Wenn diese Generation sich etwas auf ihren »Fortschritt« einbildet, soll sie doch! Ich für mein Teil dachte mir plötzlich, daß alles Unschuldige verschwunden war.
Wir taten das Übliche; fotografierten Leiche und Tatort, der Arzt untersuchte die Tote, genehmigte ihren Abtransport und bestätigte den von mir geschätzten Zeitpunkt des Todes. Und die Jungs von der Spurenfahndung brachten jede Menge versteckter Fingerabdrücke zutage, die niemandem etwas nützen würden, weil sie mit einer Wahrscheinlichkeit von eins zu einer Million nicht in den Akten waren. Das Ganze stank nach Stümperei. Es gäbe keine Fingerabdrücke, die sich ohne weiteres zuordnen ließen, und wären sie auch noch so schön. Noch eines taten wir für Miss Patience: Wir läuteten in der Weihnachtsnacht die Totenglocke für sie – sechs schwere, dumpfe Schläge. Sie war Jungfrau gewesen; dafür brauchte sich niemand zu verbürgen; wir wußten es alle. Und ich darf anfügen: Das ist ein Ehrentitel, dem Respekt gebührt.
Wir hatten die Ärmste kaum aus dem Haus geschafft, da

nutzte der Kirchhofskater die ein, zwei Minuten, während die Tür offenstand, und kam gemütlich hereingetrottet. Er gelangte bis zu der Stelle auf dem Teppich, wo sie gelegen hatte. Dort sträubte sich sein Fell; sogar sein Hängeohr zuckte nach oben. Er beschnupperte den dicken Plüschteppich am Boden, etwa dort, wo Einkaufs- und Handtasche gelegen hatten, fing dann an, interessiert im Kreis herumzugehen, und stieß beim Schnüffeln kleine kehlige Laute aus, die vielleicht Trauer waren, sich aber wie Freude anhörten – jedenfalls nach innerer Erregung. Die Burschen von der Kripo waren immer noch beschäftigt und wollten nicht, daß er ihnen vor den Füßen herumlief; deshalb hob ich ihn hoch und nahm ihn mit hinüber nach Trinity Cottage, um selbst ein Wörtchen mit dem Kirchdiener zu sprechen. Der Kater ließ sich nie gern hochnehmen. Nach einer Minute fing er zu kratzen und zu fauchen an, so daß ich ihn absetzte. Sofort trabte er mit steifen Schritten davon, an der Ecke vorbei, wo die Leute ihren welken Grabschmuck wegwarfen, zum Friedhofstor hinaus und schnurstracks zu Miss Thomsons Schwelle zurück, wo er sich niederließ. Na, schließlich hatte er dort immer zu fressen bekommen; gut möglich, daß all dieses sonderbare Kommen und Gehen ihn beunruhigte. Es heißt ja auch nicht umsonst »neugierig wie eine Katze«.

Ich brauche nicht zu sagen, daß Joel Woodward bei dem, was geschehen war, seine Hand nicht im Spiel hatte; er war jahrelang der nächste Nachbar und ein guter Freund von Miss Patience gewesen. Aber vielleicht hatte er ja etwas Außergewöhnliches gesehen oder gehört. Er war ein drahtiger kleiner Kerl und knorrig wie eine Baumwurzel – von der Sorte, die bis über Neunzig quicklebendig ist, dann zu der Ansicht gelangt, daß es reicht, und über Nacht abdankt. Seine Frau war schon lange gestorben und seine

Tochter in ihr Elternhaus zurückgekehrt, als ihr Mann sie verlassen hatte, doch dann kam auch sie bei einem Busunglück ums Leben. Jetzt gab es bloß noch den alten Joel sowie den Enkel, den sie ihm hinterlassen hatte, Joel Barnett junior: neunzehn Jahre alt und nach den Maßstäben seines Großvaters ein bißchen mißraten, aber nach meinen eigenen soweit ganz harmlos – ein grober, mürrischer Flegel, der jedoch ab und zu mal arbeitete und bei dem Alten geblieben war, wenn manch anderer sich sonstwohin aus dem Staub gemacht hätte.

»Schlimme Geschichte«, sagte der alte Joel kopfschüttelnd. »Wenn ich Ihnen nur helfen könnte, den Kerl zu schnappen! Aber ich hab sie kurz gestern vormittag gesehen, gegen zehn, wie sie die Milch reinholte. Nachmittags war ich die ganze Zeit drüben im Pfarrsaal und hab alles für das Jugendtreffen gestern abend fertiggemacht; da war's schon dunkel, als ich heimkam. Ich hab nichts Auffälliges gehört oder gesehen, überhaupt nichts. Kein Wunder, denn von hier aus kann man auch gar nicht erkennen, ob in ihrem Wohnzimmer Licht brennt. Aber der Junge ist den ganzen Nachmittag hiergewesen, sie arbeiten an Heiligabend nur bis ein Uhr. Dann sind sie wohl alle einen saufen gegangen, ein Stündchen oder so; deshalb weiß ich nicht genau, wann er heimgekommen ist, aber als ich heimkam, war er hier und hatte den Tee fertig. Schauen Sie in zirka einer Stunde noch mal vorbei; dann müßte er hiersein. Er ist rüber, dieses Mädchen abholen, mit dem er geht. Heute abend ist irgendwo eine Party.«

Zum angegebenen Zeitpunkt kam ich vorbei, und Joel junior war da, mit schulterlangen Haaren, Rüschenhemd und überdimensionalen Revers – total aufgedonnert, alles nur für das Mädchen, das sein Großpapa erwähnt hatte. Und die entpuppte sich als Connie Dymond von dem vergleichsweise ehrbaren Zweig der Familie, die neben dem Kanal wohnten. Es gab drei Gruppen von Cousins – keine gar zu üblen Burschen, aber doch wert, daß man sie im Auge behielt. Connie war das einzige Mädchen in der Verwandtschaft und sah gut aus; zumindest wohl in den Augen der Kerle, denn sie hatte ein rundes Dutzend Verehrer gehabt, ehe sie sich mit Joel junior zusammentat. Sie war auch recht kräftig für ein Mädchen, mit dickem, malvefarbenem Lidschatten, glitzerndem Lippenstift, riesigen Plateauschuhen und dem modischen graubraunen Großmuttermantel.

»Um halb drei, wie ich heimgekommen bin«, sagte Joel junior, »war Opa drüben im Saal, und ich wär ihm ja auch helfen gegangen, nur hatte ich schon ein, zwei Bierchen intus und hab mich nach dem Essen aufs Ohr gelegt; als ich wach geworden bin, hat sich's deshalb nicht mehr gelohnt. Das war so gegen vier. Von da ab hab ich in die Glotze geschaut und nichts gehört oder gesehen. Aber ich könnt Ihnen ja sonstwas für Märchen erzählen, wenn man's so betrachten will. Jemand anderer ist nämlich nicht hiergewesen.«

Es war so seine Art, gleich den Teufel an die Wand zu malen, bevor man auch nur eine Andeutung machte; das war nichts Neues. Aber es ließ sich nicht von der Hand weisen: Da hatten wir einen jungen Burschen ohne Alibi. Es gäbe mehr als genug, denen es genauso ging.

Abends war er auf dieser Jugendparty im Pfarrsaal gewesen. Eine Miss Patience konnte man dort kaum erwarten, und überhaupt ging sie nur selten abends aus.

»Ich war auch dabei, mit Joel!« meldete sich Connie Dymond. »Er hat mich um sieben abgeholt, und ich bin den ganzen Abend bei ihm gewesen. Danach sind wir zu uns, und er ist erst kurz vor Mitternacht wieder fort.«

Ganz entschieden war sie in diesem Punkt; legte sich für den jungen Mann schwer ins Zeug. Sie konnte ja nicht ahnen, daß es uns gar nicht interessierte, wo überall er sich abends aufgehalten hatte; denn da war Miss Patience schon mehrere Stunden tot gewesen. Als ich die Tür öffnete, um zu gehen, kam mit stolzen, zielstrebigen Schritten der Kater herein. Er sah uns alle nacheinander kurz an; dann lief er zu dem Mädchen, stellte sich auf die Hinterbeine, legte ihr seine Pfoten aufs Knie und sprang ihr auf den Schoß, noch ehe sie ihn abwehren konnte. Dabei schien sie die Zutraulichkeiten des Katers aber nicht sonderlich zu begrüßen. Er war sehr freundlich, rieb sich schnurrend am Ärmel des Mädchens und stupste mit seiner behaarten Schnauze nach ihrem Gesicht. Ungewöhnlich für ihn, daß er so aufdringlich war, aber wenn er sich einmal dazu entschloß, dann immer bei jemandem, der Katzen nicht leiden konnte. Sie haben sicherlich schon bemerkt, daß das typisch für diese Tiere ist.

»Schmeiß ihn runter!« sagte Joel junior, als er sah, daß seine Freundin keinen Wert darauf legte, die Auserkorene zu sein. »Das tut er nur, um einen zu ärgern.«

Sie folgte seinem Rat, aber als ich die Tür zumachte und die beiden verließ, bemerkte ich, daß das Tier erneut hochsprang. Es war eine Dymond-Party, auf die sie gehen wollten, oben bei der Tankstelle. Ziemlich sinnlos, Connies sämtliche Cousins und Verehrer überprüfen zu wollen, wenn sie sich zu einem Besäufnis trafen. Möglicherweise hätte man ja morgen, wenn sie alle verkatert waren, leichtes Spiel mit ihnen. Nicht, daß ich aus irgendeinem bestimmten Grunde ein Auge auf sie warf; sie waren alles andere als Heimlichtuer: eine Bande, der schwere Körperverletzung bei Straßenschlägereien viel eher lag. Aber es drängte sich einfach auf.

Gut, wir faßten zusammen: Keiner der gefundenen Fingerabdrücke war in den Akten; insofern konnten wir lediglich alle aussondern, die nicht Miss Thomson gehörten. Diese Art schmutzigen kleinen Gelegenheitseinbruchs kannte man in der Gemeinde erst seit kurzem, und wenn es auch nichts Neues mehr war, hatte er doch noch nie mit jemandes Tod geendet. Kein Motiv, außer dem Impuls der Gier, daher auch keine Spuren, die zu der Tat hin- oder von ihr wegführten. Alle, die mit der Kirche zu tun hatten, sowie die meisten anderen im Dorf wußten von dem Schmuck, den Miss Thomson besaß, doch noch nie hatte ihn jemand als lohnende Beute betrachtet. Stücke aus viktorianischer Zeit haben heute einen stark überhöhten Wert und sind begehrt, aber trotzdem wirkte diese Sache nicht berechnet, sondern bloß gierig. Die Tat von Halbwüchsigen, die Tat von Jugendlichen. Oder die Tat von jemandem, der nie erwachsen wurde. Sie fangen heute mit zwölf Jahren an, aber es gibt auch die Trägen, Unverbesserlichen, die über ihre Flegeljahre gar nicht hinauskommen, selbst wenn sie über Vierzig sind.

Wir überprüften alle in Frage kommenden Personen: Miss Thomsons Gärtner – aber der hatte sich zum Zeitpunkt der Tat nachweislich anderswo aufgehalten – und seinen Herumtreiber von Sohn, dessen Alibi zwar nicht vorhanden, der aber äußerst weitschweifig war; den Fensterputzer, einen schrägen Vogel, der seine Wehwehchen aufbauschte und ganz gut von der Verstorbenen profitiert hatte, sowie sämtliche Lieferanten. Etliche schieden von vornherein aus – einer oder zwei hätten in der Nähe sein können, doch gab es dafür keinen weiteren Grund. Dann überprüften wir alle Jugendlichen, die laut ihres Vorstrafenregisters in Frage kamen. Es gab drei mit Einbruchsdelikten, aber die hätten gegebenenfalls Handschuhe getragen; mehrere andere, denen man Bagatelldiebstähle zur Last legte, waren gleichfalls ohne Alibi. Am Schluß der ziemlich gründlichen Überprüfung besaßen wir zahlreiche Kandidaten; keiner schien den anderen etwas vorauszuhaben, und wir suchten immer noch. Bislang war kein einziges der gestohlenen Schmuckstücke aufgetaucht.

Das heißt, nicht vor Samstag. Ich ging gerade wieder von Church Cottage durch den Friedhof, da kam ich in die Nähe der Ecke, wo man die welken Blumen wegwarf, und bemerkte einen glänzenden schwarzen Flecken. Er riß ein unregelmäßiges Loch in den Schleier von vereistem Schnee, der immer noch den Boden bedeckte, und er war nicht zu übersehen, denn das Loch blinkte wie ein schwarzes Auge. Zum Teil waren es die Erde und das halb vermoderte Laub, das sich dazwischen zeigte; zum anderen Teil, dem schwärzesten, war es der Kater, der mit gewölbtem Rücken und die Schnauze vorgestreckt im Boden scharrte wie ein Terrier nach einer Ratte. Das krumme Ende seines Schweifs peitschte gleichmäßig hin und her, während die restlichen zwanzig Zentimeter aufrecht standen. Falls er wußte, daß ich dastand und ihn beobachtete, war es ihm egal. Nichts konnte ihn in seiner Arbeit beirren. Und ein, zwei Minuten später hob er seine verschüttete Beute: Er zog mit seinen Krallen das schwarzlederne Handtäschchen mit dem goldfarbenen Verschluß ans Licht. Jeder Irrtum ausgeschlossen, obwohl überall Dreck und feuchtes, welkes Laub daran klebte. Und er liebte dieses Ding, er schubste es sacht mit seinen Pfoten, spielte damit, rieb seinen Kopf daran und schnurrte wie ein Dutzend Spinnräder zusammen. Allerdings fauchte er, als ich es ihm wegnahm, und lief pausenlos um mich herum, schlug mit den Krallen, schimpfte, um mir und der Welt zu erklären, daß *er* es gefunden habe, daß es *ihm* gehöre.

Die Handtasche hatte noch nicht lang dort gelegen. Ich war diesen Weg oft genug gegangen, um zu wissen, daß die Schneedecke am Vortag noch geschlossen war. Außerdem fiel der Humus ziemlich schnell von der Tasche herunter und hinterließ kaum einen Flecken. Ich hielt sie mit meinem Schnupftuch, öffnete den Schnappverschluß, und innen war alles leer und sauber, nur das Futter leicht abgenutzt. Der Kater stellte sich aufrecht auf seine Hintertatzen, um lauthals zu protestieren, und er hatte eine Stimme, die selbst eine Siamkatze übertönen konnte.

Jemand hinter mir fragte neugierig: »Was, um alles in der Welt, haben Sie denn da?« Und dort stand er: Joel junior, mit offenem Mund und aufgerissenen Augen, während Connie Dymond an seinem Arm hing und mit entsetztem Blick wiedererkannte, was der Kater gefunden hatte.

»O nein! Mein Gott, das ist doch Miss Thomsons Tasche? Ich hab sie hundertmal damit gesehen.«

»Hat *er* das Ding da ausgegraben?« fragte Joel ungläubig. »Meinen Sie, der Kerl, der – Sie wissen schon, *er!* – hätte es dort versteckt? Es könnte jeder sein; alle benutzen diesen Durchgang.«

»Mein Gott!« sagte Connie und drückte sich, fasziniert vom Grauen, an seine Seite. »Seht euch diesen Kater an! Glaubt ihr, er *weiß Bescheid* ... Das Vieh ist mir richtig unheimlich! Was ist nur in ihn gefahren?«

Ja, was nur? Das fragte ich mich noch, als ich die beiden abgeschüttelt und die Tasche mit mir genommen hatte. Ich ging mit der Beute dieses Katers davon, und maunzend und schimpfend verfolgte er mich bis zur Straße. Als ich die Tasche einmal geöffnet auf den Boden stellte, um zu sehen, was er tun würde, stürzte er sich sofort darauf und fing wieder an, mit ihr herumzuspielen, bis ich sie ihm wegnahm. Ich konnte nicht erkennen, was ihn daran so begeistern mochte, doch begeistert war er zweifellos. Allmählich bekam ich schon abergläubische Gefühle wegen dieses vierbeinigen Detektivs und Rächers. Was würde er wohl als nächstes ans Licht zerren?

Ich weiß, ich hätte die Tasche im Gerichtslabor abliefern sollen, aber irgendwie konnte ich mich nicht davon trennen. Ich behielt sie über Nacht. Es arbeitete etwas in meinem Hinterkopf, was noch keine feste Gestalt besaß.

Am nächsten Morgen hatten wir zwei Frühmessen, außer den üblichen. Joel junior ging kaum einmal in die Kirche, und ich bezweifle, daß irgend jemand schon Connie Dymond dort gesehen hatte, aber da waren sie alle beide, in voller Lebensgröße und feierlichem Ernst. Sie saßen in der mittleren Bank – *er* düster und verstockt, als habe man ihn dazu gezwungen (was bestimmt auch der Fall war), *sie* etwas betreten, fast ungeschminkt, mit großen Augen und außergewöhnlich ernstem, nachdenklichem Gesicht. Ein plötzlicher Todesfall konfrontiert die Leute mit beängstigenden Möglichkeiten und erzeugt Reuegefühle. Joel junior kam sich dort albern vor, aber ganz offensichtlich liebte er das Mädchen wie verrückt, sie konnte ihn zu allem bewegen, und sie hatte sich diese Geste gewünscht. Sie machte die ganze Feier andächtig mit – *er* saß, stand und kniete unbeholfen da, wie es gerade verlangt wurde, und zog weiterhin ein mürrisches Gesicht.

Als wir heraustraten, blies ein scharfer Ostwind. Jeder kramte vor dem Portal seine Handschuhe hervor und schlug den Kragen hoch, um sich zu schützen; so auch Joel junior. Und als *er* seine Handschuhe aus der Manteltasche zerrte, kam mit ihnen ein kleines blitzendes Etwas heraus, das vor uns allen die Treppe hinunterkullerte und in einer Ritze des Plattenweges liegenblieb. Ein Glitzern von Hellblau und Gold. Ein Dutzend Menschen müssen es erkannt

haben. Mrs. Downs tat es mit einem schrillen Schrei kund, der selbst die Unwissenden informierte.
»Das hat doch Miss Thomson gehört! Es ist eine von ihren Türkis-Ohrringen! *Wie bist du da rangekommen, Joel Barnett?*«
Ja, wie? Alle standen da und starrten erst das winzige Ding an, danach Joel junior, der seinerseits auf die Platten starrte. Er war kreidebleich geworden und stumm. Dann hatte Connie Dymond urplötzlich ihren Arm von ihm zurückgezogen, war nach hinten getaumelt, bis sie mit dem Rücken an der Wand stand, schob sich noch weiter von ihm weg wie jemand, der versucht, aus der Reichweite einer Flutwelle oder eines Feuers zu kommen, und ihr Gesicht war bleich und starr vor Entsetzen – weiß Gott, ein sehenswerter Anblick!
»Du!« sagte das Mädchen mit Flüsterstimme. »Du bist es gewesen! O mein Gott, *du* hast es getan – *du* hast sie umgebracht! Und ich leiste dir noch Gesellschaft! Wie konnte ich nur? Wie konntest *du* nur?«
Sie schrie wie am Spieß, brach dann in Schluchzen aus, und noch bevor jemand sie daran hindern konnte, drehte sie sich um und rannte heimwärts, als wäre sie von allen guten Geistern verlassen.
Ich ließ sie gehen. *Mir* würde sie schon nicht davonlaufen. Joel junior und diesen einzelnen Ohrring schaffte ich von der Sonntagsgemeinde weg nach Trinity Cottage, noch bevor auch nur die Hälfte der Leute wußten, was geschehen war, und sperrte die Welt aus – alle, bis auf Joel senior, der Minuten später keuchend und zitternd hinter uns herkam.
Der Junge fand erst nach langer Zeit seine Stimme wieder, und selbst dann hatte er nichts zu sagen, außer einem hoffnungslosen: »Ich war's nicht! Ich hab sie nicht einmal angerührt; hätt ich doch nie getan. Ich weiß nicht, wie dieses Ding in meine Tasche gekommen ist. Ich bin's nicht gewesen. Nie im Leben …« Immer und immer wieder sagte er das.

Die Menschen sind gar nicht so einfallsreich. Unter ähnlich gearteten Umständen kommen sie meistens alle auf die gleiche Tour. Und »alles leugnen und sonst nichts sagen« ist im Ernstfall stets sehr gut als Faustregel.
Sie hielten mich für übergeschnappt, als ich fragte: »Wo ist der Kater? Schauen Sie, ob Sie ihn finden können.«
Joel senior wunderte sich über gar nichts mehr. Er ging nach draußen, klapperte mit einer Untertasse auf der Vortreppe, und schon bald kam der Kater dahergelaufen. Kein bißchen aufgeregt, wunschlos zufrieden, so satt und träge, wie er war; aber immerhin neugierig genug, um nachzusehen, warum man nach ihm verlangte. Ich setzte ihn auf Joel juniors Mantel an, und es hätte ihm nicht gleichgültiger sein können. Die Tasche, die den Ohrring enthielt, war für ihn kaum von Interesse. Auch die Sachen im Kleiderschrank oder an der Garderobe in dem kleinen Flur ließen ihn völlig kalt. Soweit es ihn anging, war dieser neue Fund alles andere als eine Sensation.
Ich bestellte einen Polizeibeamten und einen Wagen, erklärte Joel junior für vorläufig verhaftet und brachte ihn aufs Revier – Sie können mir glauben, das ganze Dorf sah uns entweder vorbeifahren oder hörte wenig später davon. Aber ich nahm Joels Aussage erst gar nicht auf, setzte ihn einfach dort ab und fuhr mit dem Wagen zu Mary Melton, die Siamkatzen züchtet. Dort borgte ich mir einen Katzenkorb, wie sie ihn verwendet, um ihre Prinzessinnen zum Tierarzt zu bringen. Sie fragte, wozu, um alles in der Welt, ich das Ding denn brauchte, und ich antwortete: »Für eine kleine Spritztour mit dem Kirchhofskater.« Mary Melton lachte sich fast kaputt.
»Na, *der* ist keine Prinzessin«, meinte sie, »und genausowenig ein Prinz. Diesen Wilden kriegen Sie nie in einen Korb!«
»O doch, werd ich«, entgegnete ich. »Und wenn er sonst

nicht hoffähig ist, dann entpuppt er sich zum Schluß wahrscheinlich als Spaßmacher.«

Es war ein sehr hübscher Korb, nicht allzu offensichtlich für eine Katze bestimmt. Und es war keine Mühe, den Kater dort hineinzubekommen. Ich legte Miss Thomsons Handtasche in den Korb, und schon kroch er hinterher. Er knurrte, als er eingeschlossen wurde, aber für diese Beschwerden war es schon zu spät.

In dem Haus am Kanal öffnete mir Connie Dymonds Mutter, aber sie freute sich nicht allzusehr, daß sie mich zu Connie lassen sollte. Dann jedoch erklärte ich ihr, daß ich die Aussage des Mädchens brauchte, um mir ein lückenloses Bild darüber zu machen, wo Joel junior sich während der Weihnachtstage überall aufgehalten hatte. Natürlich sei mir klar, wie schrecklich durcheinander Connie sein müsse, aber sie sei noch einmal davongekommen, und je früher das Ganze aufgeklärt würde, desto besser für sie. Außerdem dauere es ja nicht lange.

Tat es auch nicht. Als ihre Mutter sie rief, kam Connie ohne großes Zögern die Treppe herunter. Sie war ganz fleckig im Gesicht, blaß und verheult, hatte sich mit einer Art zitterndem Stolz auf ihre bedeutungsvolle Rolle ein wenig gefaßt. Ich hab diese Sorte schon gesehen: kosten es voll aus, im Brennpunkt der Aufmerksamkeit zu stehen, auch wenn sie sich dabei sonstwohin wünschen. Man kann sogar sagen: Das Mädchen kam angestürmt, und dem Licht nach, das am Treppenkopf schimmerte, ließ sie ihre Tür hinter sich offen.

»Oh, Sergeant Moon!« rief sie mir mit brüchiger Stimme zu, als sie noch drei Stufen weit weg stand. »Ist das nicht *furchtbar?* Ich kann's immer noch nicht fassen! Ist denn gar kein Irrtum möglich? Besteht irgendeine Chance, daß es *nicht . . . ?*«

Beschwichtigend sagte ich, ja, es gebe immer eine Chance – und öffnete mit einer Hand den Riegel des Katzenkorbs, so daß die Klappe aufging und der Kater hinaussprang. Wie ein schwarzer Blitz sauste er die Treppe hoch und erschreckte das Mädchen dabei dermaßen, daß sie die letzte Stufe fast hinunterfiel. Mit einem kurzen Schrei stützte sie sich an der Wand ab. Ich dagegen brabbelte Entschuldigungen, daß ich ihn versehentlich hätte entkommen lassen, und sprang die Treppe hinauf – immer drei Stufen gleichzeitig –, bevor Connie Dymond auch nur ihr Gleichgewicht wiederfand.

Der Kater stand auf den Hinterpfoten in ihrem schlampigen Zimmerchen voller Popposters, Kinkerlitzchen und schriller Farben, kratzte an der zweiten Schublade ihrer Kommode und maunzte ein lautes, freudiges, ungeduldiges Lied. Als ich hereingestürzt kam, sah er mich sogar über seine Schulter hinweg an und fiel zurück auf die Pfoten, als wüßte er, daß ich ihm die Schublade öffnen würde. Und das tat ich. Blitzschnell war er zwischen Connie Dymonds verspielter Unterwäsche und wühlte mit seinen Vorderpfoten darin herum.

Er fand, was er suchte, gerade als sie zur Tür hereinkam. Er zerrte es ruckweise zwischen ihren Höschen und BHs hervor, schleuderte es in die Luft, und im Nu war er damit auf dem Boden, wälzte sich herum und balgte damit, jonglierte es auf seinen vier Tatzen wie ein Zirkusakrobat und schnurrte sich halb tot – eine Katze in Ekstase. Ein ulkiges kleines Ding war das – eine Musselinmaus mit einer geflochtenen grünen Nylonschnur als Schwanz, gelben Kügelchen als Augen und Nylonfäden als Bart. Wenn er es mit den Pfoten herumschlug und es anmaunzte, raschelte es und verströmte starken Duft. Eine Maus mit dem Geruch von Katzenminze – das Geschenk der alten Miss Thomson

für ihren stummen Freund, das sie auf die letzte Minute in der Tierhandlung besorgt hatte –, falls man den Kirchhofskater je als stumm bezeichnen konnte! An jenem Tag ihr einziger Einkauf, der klein genug war, um ihn in der Handtasche zu verstauen statt in dem großen Tragebeutel.
Connie kreischte auf und war so schnell bei der offenen Schublade, daß ich ihr nur knapp zuvorkam. Es lag alles darin: die kleine Umhängeuhr, das Medaillon, die Broschen, der Liebesknoten, das Portemonnaie, sogar der andere Ohrring. Ein Fehler. Sie hätte sie sich gleich beide vom Hals schaffen sollen, aber sie war zu gierig. Man brauchte sowieso Ohrlöcher dafür, Connie nutzten sie gar nichts.
Ich hielt die Ringe in meiner Handfläche – was machte sie für eine reiche Beute! – und zeigte ihr, wofür sie einen Menschen ermordet hatte.
Hätte sie einen klaren Kopf behalten, dann hätte sie sich selbst jetzt noch wehren können – behaupten, *er* habe sie dazu gezwungen, die Sachen bei sich zu verstecken, und aus Angst, ihn direkt anzuzeigen, habe sie diese öffentliche Szene vor der Kirche eingefädelt, damit er in Gewahrsam käme, bevor sie alles melden würde. Aber sie drehte durch und tat das einzig Falsche: Sie wandte sich um und trat heulend vor Wut nach dem Kater. Der aber wirbelte herum wie ein Brummkreisel, und sie traf lediglich sein abgeknicktes Stück Schweif. Im Nu machte er kehrt, um ihr durch das Nylon einen roten Kratzer ins Bein zu reißen. Sie kreischte noch einmal. Und dann begann sie unter hysterischem Schluchzen hervorzusprudeln, daß sie dem armen alten Miststück ja nie habe weh tun wollen, daß es nicht ihre Schuld sei! Seit sie mit Joel junior ging, habe sie diese kleine alte Schachtel ständig ein und aus gehen sehen, immer ausstaffiert mit ihren Klunkern. Was, zum Teufel, wollte denn so eine alte Hexe noch mit Schmuck? Sie hatte kein *Recht* darauf! In ihrem Alter!

»Aber antun hab ich ihr nie was wollen! Sie ist zu früh heimgekommen«, jammerte Connie, immer und ewig die Leidtragende. »Was hätte ich denn tun sollen? Ich mußte doch türmen, oder? *Sie ist zwischen mir und der Tür gewesen!*« Außerdem war Miss Thomson halb so groß und viermal so alt wie sie! Na ja, was das Gericht mit Connie machen würde, war, Gott sei Dank, nicht mein Problem! Ich nahm sie einfach fest, zeigte sie an und nahm ihre Aussage zu Protokoll. Als wir erst einmal ihre Fingerabdrücke besaßen, war alles vorbei, denn von denen hatte sie eine ganze Sammlung schön deutlich und verschwitzt auf dem Messingleuchter hinterlassen. Ohne den Kirchhofskater jedoch und seine selbstlose Verbrechensfahndung, mit der er sie eingeschüchtert und zu diesem törichten Versuch getrieben hatte, uns Joel junior als Sündenbock zu präsentieren, wäre sie vielleicht – nur *vielleicht* – ungestraft davongekommen. Wenigstens konnte der Junge jetzt nach Hause gehen und seinen Sternen danken.
Nicht, daß sie sehr helle war! Wer, außer einem habgierigen, von billigem Parfüm und Teenager-Träumen benebelten Gänschen, hätte es nicht einmal fertiggebracht, sich von dieser Spielzeugmaus zu trennen? Sie hielt es für ein Kräutersäckchen, das man zu seinem Krimskrams legen konnte.
Ich habe den Kater erst heute früh wieder gesehen. Er saß unter dem Dach des Portals und putzte sich. Er wird jetzt sehr wichtigtuerisch, weil er weiß, daß er eine Berühmtheit ist, obwohl er von Anfang bis Ende nur sein eigenes höchstpersönliches Interesse verfolgt hat, wie alle Katzen. Die Maus kümmert ihn schon gar nicht mehr, da der Minzegeruch größtenteils verflogen ist.

# Eine glückliche Auflösung

## *Raymund Allen*

Raymund Allen schrieb viele spannende Stories für das Magazin *Strand*, das ein breites Spektrum an Kriminal- und Detektivgeschichten von den besten Schriftstellern dieses Genres veröffentlichte. Zu Allens Erzählungen gehören u. a. *»One Black Knight«* (1892), *»The Winning Move«* (1913), *»Allah Knows Best«* (1914) und *»The King's Enemies«* (1916). »Eine glückliche Auflösung« erschien ursprünglich in der Weihnachtsausgabe des *Strand* vom Dezember 1916.

Der Klappkoffer, der beim Verlassen des Bahnhofs kaum mehr als ein Federgewicht für Kenneth Dales starken Arm gewesen war, schien im Laufe der letzten halben Meile, die Kenneth zu Lord Churts Landsitz führte, wie durch Hexerei schwerer geworden. Mit einem Gefühl der Entspannung für seinen verkrampften Arm stellte Kenneth das Gepäckstück vor der Haustür ab und klingelte.
Er mußte ein paar Minuten warten, bevor Lord Churt höchstpersönlich ihm aufmachte. Das runde, rotwangige Gesicht Seiner Lordschaft, das kaum irgendwelcher Schminke bedurft hätte, um einen erstklassigen »Mr. Pickwick« abzugeben, strahlte ein Willkommen. »Nur hereinspaziert, lieber Junge. Freut mich, dich zu sehen. Ich wünsche dir frohe Weihnachten!«
Es war Heiligabend, und Lord Churts Gebaren schäumte

über von Leutseligkeit, wie es sich für die Feiertage gehörte. Er ergriff den Koffer und trug ihn in die Empfangshalle.

»Ich bin momentan selbst Lakai, Kammerzofe und alles andere. Habe das ganze Personal zu einer bunten Weihnachtsfeier in der Dorfschule gejagt und die Türen hinter ihnen abgeschlossen. Und meine Frau ist auch weg, samt Tante Blaxter.«

»Und Norah?« erkundigte sich Kenneth.

»Ach! Norah!« antwortete Churt mit einem freundschaftlichen Klaps auf Kenneths Schulter. »Norah ist natürlich die Hauptsache, und das mit Fug und Recht. Norah ist dageblieben, um einen Berg Weihnachtskarten zu verschicken, und steckt vermutlich noch in ihrem Zimmer; aber mit den Karten muß sie inzwischen fertig sein, denn die liegen im Postbeutel. Sie hätte bestimmt schon nach dir Ausschau gehalten, aber in deinem Brief stand, du würdest nicht kommen.«

»Ja, ich weiß. Ich dachte, ich könnte mich nicht freimachen, aber heute hat sich mein Chef erbarmt und hat gesagt, bis übermorgen könne er mich entbehren. Also bin ich Hals über Kopf zum Zwei-Uhr-Fünfzehner und habe ihn gerade noch erwischt.«

»Und da wärst du nun, als freudige Überraschung für deine arme, enttäuschte Norah – und für uns alle«, fügte Churt gutgelaunt hinzu.

»Dann hast du gegen meine Verlobte nichts einzuwenden?« fragte Kenneth mit einem zuversichtlichen Lächeln.

»Mein lieber Kenneth«, erwiderte Churt, »ich kann ehrlich behaupten, daß ich sie nicht nur schön, sondern auch charmant finde. Wir haben sie sehr gerne eingeladen, und ihr Gesang bereitet uns große Freude.« Er zögerte einen Moment, ehe er fortfuhr. »Du darfst es uns alten, vorsichtigen

Leutchen nicht verdenken, wenn wir die Verlobung ein *klein* wenig übereilt finden. Wie Tante Blaxter heute erst gesagt hat: Nach so kurzer Bekanntschaft kann man das Mädchen einfach nicht richtig kennen, und von ihrer Familie weiß man überhaupt nichts.«
Kenneth verfluchte Tante Blaxter im Geist als eine sauertöpfische alte Miesmacherin, äußerte diese Ansicht jedoch mit keiner Silbe.
»Wir müssen uns über deine großen Pläne später noch mal unterhalten«, fuhr Churt fort. »Jetzt komm mit in die Bibliothek. Ich spiele eben die Partie Schach mit Sir James Winslade zu Ende, und dann schauen wir, wo Miss Norah sich versteckt.«
An einem Tisch in dem Korridor, der von der Eingangshalle in die Bibliothek führte, blieb er stehen und zog einen Schlüsselbund aus der Tasche. »Sie wollte dir gerade einen Brief schicken; es kann also nichts Schlimmes dabeisein, wenn wir ihn wieder herausnehmen.« Er schloß den privaten Postbeutel auf, brachte einen Stoß Briefe zum Vorschein und legte ihn auf den Tisch, um die Kuverts nacheinander und unter gelegentlichem Gebrummel wieder in die Lade zurückzustecken, während er das Gewünschte suchte. »Tante Emma – ach, der hätte ich auch schreiben sollen; muß ich an ihrem Geburtstag nachholen. Mrs. Dunn – ebenfalls, fürchte ich. Rotes Kreuz – hoffentlich geht das nicht verloren; großartige Arbeit, das Rote Kreuz. Ah, da haben wir's: Kenneth Dale, Esq., 31 Valpy Street, London, S. W.« Er warf die übrigen Briefe in den Postbeutel zurück und verschloß ihn wieder. »Steck das Ding ein und komm jetzt; sonst glaubt Winslade noch, der Erdboden hätte mich verschluckt.«
Lord Churt aber wurde noch einige Sekunden länger aufgehalten, weil er die Dienstboten, die aus dem Dorf zurück-

kehrten, hereinlassen mußte, und übergab einem davon den Beutel, damit er ihn zum Postamt brächte.
In der Bibliothek saß Sir James Winslade vor dem Schachbrett, und Gornay, Churts Privatsekretär, eine hohe, schlanke Gestalt mit blassem Gesicht und dunklen, klugen Augen, verfolgte die Partie.
Nachdem der Sekretär Kenneth ziemlich frostig begrüßt hatte, wandte er sich an Churt. »Ist die Post schon aus dem Haus gegangen?«
»Ja. Wieso? Wollten Sie noch irgend etwas mitschicken?«
»Eine Karte hätte ich vielleicht noch geschrieben, weiter nichts«, antwortete Gornay. »Aber egal, das ist nicht wichtig.« Damit nahm er wieder neben dem Schachspiel Platz.
Churt hatte die schwarzen Figuren – schwarz nur dem Namen nach, denn eigentlich waren es rote, die zu einem Magnet-Schachspiel gehörten. Anscheinend saß er in der Zwickmühle, und bereits nach ein paar weiteren Zügen war das Spiel beendet – sehr zu Kenneths Genugtuung, der es eilig hatte, Norah zu suchen.
»Ich sehe da keinen Ausweg«, meinte Churt nach einem letzten ratlosen Überblick. »Beim nächsten Zug rücken Sie mir entweder mit der Dame oder dem Springer zu Leibe, und ich bin erledigt. Sie haben gewonnen. Ich kapituliere.«
»Ein Glückssieg für Sie, Sir James«, bemerkte Gornay.
»Wieso ›Glück‹?« fragte Winslade. »Sie sagten, wir hätten bei der Eröffnung des Spiels beide gegen jedes gesunde Entwicklungsprinzip verstoßen, aber hätte sich Schwarz während der letzten paar Züge besser schlagen können?«
»Beim jetzigen Stand der Partie kann Schwarz noch gewinnen«, antwortete Gornay.
Und er bewies seine Behauptung mit ein paar Zügen auf dem Spielbrett, nach denen er die Figuren wieder so aufstellte, wie sie zuvor gestanden hatten.

»Aber trotzdem, Sie haben das Spiel eindeutig gewonnen«, stellte Churt gut gelaunt fest. »Von allein wäre ich nie auf den richtigen Gegenzug gekommen.«
Gornay studierte das Schachbrett weiterhin, und sein Gesicht gewann einen Ausdruck schärfsten Interesses, als hätte er an der Aufstellung noch etwas Neues entdeckt. Kenneth ärgerte sich im Moment nur über die Verzögerung. Erst ungefähr eine Stunde später bekamen die Bemerkungen des Sekretärs zu dem Spiel eine Schlüsselbedeutung für ihn, derentwegen er sich noch einmal ganz genau daran zu erinnern versuchte.
»Sollte die Partie hier und da auch recht exzentrisch gewesen sein, so muß ich sagen, daß sie auf beiden Seiten durchaus kühn und rasant war«, meinte Gornay. »Zum Beispiel,

WEISS

SCHWARZ

Schwarz ist am Zug und siegt.

als Lord Churt seinen Springer völlig grundlos aufgab und als Sie ihm die Wahl boten, auf dem sechsten Feld Ihres Dame-Springers Ihre Dame mit jedem von zwei Bauern zu nehmen.« Er wandte sich an Churt. »Vielleicht hätten Sie besser abgeschnitten, hätten Sie die Dame mit dem Läufer-Bauern statt mit dem des Turms genommen.«

»Nun mal langsam!« erwiderte Churt. »Ich wäre wohl in jedem Fall in Teufels Küche geraten, egal, wie ich gespielt hätte. Aber jetzt los, alle miteinander! Sehen wir mal, ob wir irgendwo Tee herbekommen.«

Kenneth schaffte es, vor dem Betreten des Salons Norah auf eine Begrüßung unter vier Augen abzufangen, und ihr Gesicht strahlte vor Freude über das unerwartete Wiedersehen, als sie den Raum betraten.

Nach dem Tee entführte Sir James den Sekretär ins Herrenzimmer, wo er ihm beim Rauchen Gesellschaft leisten sollte, und Churt wandte sich an Norah. »Sie müssen uns eines der Weihnachtslieder vorsingen, das Sie uns versprochen haben; danach könnt ihr jungen Leute ja in die Bibliothek verschwinden, um eure Privatsachen zu besprechen. Ich weiß, ihr sehnt euch bestimmt beide danach, von uns Tattergreisen wegzukommen.«

»Danke im Namen Ihrer Frau und meiner Wenigkeit, Lord Churt«, bemerkte Tante Blaxter mit einem milden Sarkasmus, der die beabsichtigte unbekümmerte Wirkung irgendwie verfehlte. Aber schon hatte sich Norah ans Klavier gesetzt, und ihre Stimme erklang in einem fröhlichen Weihnachtslied, noch ehe der Angesprochene sich eine schlagfertige Antwort ausdenken konnte.

Man bat um ein zweites Weihnachtslied, damit die anderen Gelegenheit zum Mitsingen hätten, und in dessen Verlauf geriet Kenneths Hand an den Brief in seiner Tasche. Er öffnete gerade den Umschlag, da erhob sich Norah vom

Klavier. Ihr Blick fiel auf ihre eigene Handschrift, und sie errötete stark. »Vorsicht, Ken – damit nichts herausfällt!« rief sie erschrocken.

Auf diese Warnung hin zog er den Brief behutsam hervor und achtete darauf, daß ein braunes Löckchen in dem Umschlag blieb – ein Liebespfand, das Norah aus Schüchternheit nicht anderer Leute Blicken ausgesetzt sehen wollte. In der Sorgfalt jedoch, die Kenneth *diesem* Punkt schenkte, flatterte ein dünnes, in den Brief eingefaltetes Stück Papier auf den Teppich, und aller Augen folgten ihm. Es war ein Geldschein der Bank von England über eintausend Pfund.

Kenneth sah mit tiefer Verwunderung zu Norah, fand jedoch keine Erklärung; dann zu Lord Churt, als ihm die pure Möglichkeit einfiel, daß dieser es in einem weihnachtlichen Anfall von charakteristischer Großzügigkeit bewerkstelligt haben könne, den Schein in Norahs Brief hineinzuschmuggeln. Doch Churts verblüffter Gesichtsausdruck war durchaus keine heitere Verstellung. Seine Hände zitterten, als er sich die Brille aufsetzte, um den Eintrag in seinem Notizheft mit der Nummer auf der Banknote zu vergleichen. Er brach das verdutzte Schweigen als erster. »Äußert merkwürdige Sache! Das ist haargenau der Geldschein, den ich heute nachmittag als Weihnachtsspende in den Umschlag für das Rote Kreuz steckte – derselbe, den ich mir beschafft habe, um ihn anonym wegzuschicken, und den Ihr Damen beim Frühstück so interessiert in Augenschein genommen habt.«

Jeder suchte bei den anderen nach einer Erklärung, bis alle Blicke an Norah hängenblieben, dem Menschen, von dem man am ehesten Aufklärung erwarten durfte.

Churts Miene wirkte verwirrt, ärgerlich und besorgt, und die von Tante Blaxter war voller Mißtrauen, als sie feststellte, daß das Mädchen stumm blieb; dabei wurde sein Gesicht kreidebleich. »Nachdem der Schein in einem Brief von Norah gefunden wurde, liegt es wohl auf der Hand, daß sie uns erklären sollte, wie er dorthingekommen ist«, stellte die alte Dame fest.

»Ich habe nicht die geringste Ahnung«, erwiderte Norah. »Ich kann nur sagen, daß ich ihn nicht hineingetan und ihn seit dem Frühstück kein einziges Mal mehr gesehen habe, bis er vor ein paar Sekunden aus meinem Brief fiel.«

»Sehr eigenartig«, bemerkte Tante Blaxter trocken, woraufhin Kenneth hitzköpfig über sie herfiel:

»Du willst doch wohl nicht sagen, Norah hätte den Schein gestohlen?«

»Meine Lieben«, mischte sich Churt begütigend dazwischen, »bitte behalten wir ruhig Blut und vermeiden wir unerfreuliche Szenen!«

Kenneths Augen funkelten immer noch vor Wut. »Wenn Norah das Geld in diesen Umschlag gesteckt hätte, dann hätte sie doch in ihrem Brief etwas dazugeschrieben. Ihr nehmt ja wohl mein Wort dafür, daß das nicht der Fall ist!«

»Lies das Postskriptum vor, Ken«, verlangte Norah. »Vielleicht meint Miss Blaxter ja, *das* könnte sich auf den Schein beziehen.« Das Mädchen betrachtete die alte Dame nun mit wütendem Gesicht, und Kenneth las vor: »PS: Laß niemanden sehen, was ich Dir schicke!« Ihm war nicht einmal der Gedanke gekommen, daß man dies anders verstehen könnte denn als scherzhafte Anspielung auf jene Locke, zumal ein Ausrufungszeichen zu besagen schien: »Als würde ich das auch nur im Traum annehmen!« Die Sache wurde jetzt zu ernst für falsche Schamgefühle, und er zog zur Erklärung die Locke heraus. Es war ein grausamer Zufall, ging es ihm dabei durch den Kopf, daß dieses fatale Postskriptum Mißverständnisse zuließ. Er hatte damit gerechnet, daß Norah über die Familie Churt triumphieren würde, und es war überaus ärgerlich, sie statt dessen in einem schändlichen Verdacht zu sehen. Tante Blaxters Verhalten konnte einen um so mehr zur Weißglut treiben, als ihm kein Mittel einfiel, deren Unvernunft zu beweisen. Dankbar sah er zu Lady Churt, als ihre sanfte Stimme der Diskussion eine neue Wendung verlieh. »Wie lange ist Mr. Gornay jetzt bei uns?« fragte sie ihren Mann.

Churt wirkte bestürzt. »Meine Liebe, in einem solchen Fall müssen wir uns vor übereilten Andeutungen hüten! Welches Motiv könnte Gornay schon haben, den Geldschein in Norahs Kuvert zu tun, wenn er ihn stehlen wollte? Und außerdem hat er durch mich ein Alibi.«

»Würdest du uns wohl verraten, was du mit dem Schein gemacht hast, nachdem du ihn heute am Frühstückstisch herzeigtest?« fragte Kenneth.

»Das kann ich euch ganz genau sagen«, antwortete Churt. »Als der Schein um den Frühstückstisch herumgereicht worden war, steckte ich ihn wieder in meine Brief- und danach in die Hosentasche, wo er bis zum Nachmittag blieb. Erst während unseres Schachspiels ist mir die Post eingefallen; der Beutel würde ja früher als sonst aus dem Haus gebracht, und darum steckte ich den Geldschein in das Rote-Kreuz-Kuvert mit der aufgedruckten Adresse, klebte es zu und warf es in den Beutel. Dann bin ich geradewegs in die Bibliothek zurück, und ich erinnere mich noch an mein Erstaunen über den Zug, den Winslade inzwischen gemacht hatte, denn er opferte mir völlig grundlos seine Dame. Genau in diesem Moment fiel mir ein, daß Norah ihre Briefe wahrscheinlich schon in den Beutel gesteckt hatte und daß ich ihn in diesem Fall auch gleich zuschließen könnte, sonst würde ich es am Ende noch vergessen. Ich betrachtete ein paar Minuten das Schachbrett, ohne mich hinzusetzen, ging dann zurück, stellte fest, daß Norahs Briefe in dem Beutel waren, kam wieder und nahm Winslade die Dame ab.«

»Aber ich verstehe nicht ganz, was das mit Mr. Gornay zu tun hat oder inwiefern es ihm ein Alibi verschafft«, sagte Lady Churt.

»Nun, meine Liebe, derjenige, der den Schein aus dem einen Umschlag herausnahm und ihn in den anderen hineinsteckte, muß das in den paar Minuten zwischen meinen beiden Abstechern zum Postbeutel getan haben. Es ist der einzige Zeitpunkt, an dem der Brief in dem Beutel, dieser jedoch nicht verschlossen war. Und während dieser Zeit verfolgte Gornay die Schachpartie, also kann er es nicht gewesen sein.«

»War er ständig in der Bibliothek, während ihr gespielt habt?« fragte Kenneth.

»Das kann ich nicht sagen«, antwortete Churt. »Ich glaube, nein. Es ist mir nicht weiter aufgefallen. Aber ich weiß bestimmt, daß er den Raum weder betreten noch verlassen hat, solange ich dastand und Winslades Zug betrachtete, und er muß dabeigewesen sein, als Winslade mir seine Dame opferte und ich sie zur Seite stellte. Er hat nämlich eine Bemerkung zu genau diesen Zügen gemacht, als das Spiel zu Ende war, und meinte, ich hätte die Dame besser mit dem anderen Bauern nehmen sollen. Du hast ihn ja selbst gehört.«

»Ja«, antwortete Kenneth. »Soweit gebe ich dir recht. Aber Schlösser kann man schließlich knacken.«

»Das am Postbeutel nicht; dafür garantiert der Hersteller«, erwiderte Churt. »Und der Schlüssel ist von jeher in meinem Besitz. Gornay konnte ihn also auch nicht nachmachen lassen, selbst wenn jemals Zeit dazu gewesen wäre.«

Norah schaltete sich ein, und ihre Stimme bebte vor Empörung. »Kurz und gut, Lord Churt, Sie halten die Beweiskette gegen den einzigen anderen Menschen außer Sir James Winslade, der noch im Hause war, für geschlossen. Ich kann dem nur mein Wort entgegensetzen.«

»Das wiegt sämtliche Beweise der Welt auf«, rief Kenneth, und sie dankte ihrem Verteidiger mit einem strahlenden Blick.

»Lady Churt hat ganz recht«, fuhr Kenneth fort. »Ich würde Kopf und Kragen darauf wetten, daß es Gornay war, dieser undurchschaubare Leisetreter. Sofort her mit ihm, und dann sehen wir, ob ihm die Schuld nicht ins Gesicht geschrieben steht, wenn ich ihn einen Dieb nenne.«

»Um keinen Preis der Welt!« rief Churt entsetzt. »Das gäbe eine äußerst unerfreuliche Szene. Das hier ist kein Fall für Übereilung.« Und er nahm eine richterliche Würde an, mit der er beim örtlichen Tribunal einen Schurken zu fünf Shilling Strafe verurteilte, der eigentlich sechs Monate hinter Gitter gehörte. »Ich weigere mich rundum, irgendeinen Verdacht gegen irgend jemanden unter diesem Dache zu hegen, ob Gäste, Dienstboten oder wen auch immer. Wahrscheinlich stellt sich das Ganze als irgendein kurioser Zufall heraus, der reichlich simpel erscheinen wird, wenn er erst geklärt ist. Andererseits wäre es immerhin denkbar, daß auch ein Außenstehender mit üblen Motiven in das Haus eingedrungen ist, obwohl ich zugeben muß: Seine Motive wären mir schleierhaft. Egal. Ich fühle mich jedenfalls um meines Haushalts und seiner Ehre willen verpflichtet, die Sache den zuständigen Behörden anzuvertrauen.«

»Was meinst du mit ›den zuständigen Behörden‹?« fragte Lady Churt. »Ich finde, die Ortspolizei war nicht sehr clever damals, als die arme Kelpie gestohlen wurde.«

Der Aberdeen-Terrier zu ihren Füßen blickte auf, als er seinen Namen hörte, und Churt fuhr fort:

»Ich werde bei Scotland Yard anrufen. Wenn Shapland da ist, kommt er sicherlich gleich mit seinem Wagen her. In weniger als zwei Stunden könnte er hiersein. Und bis er oder sonst jemand eintrifft, möchte ich darum bitten, daß keiner von euch zu irgend jemandem, der sich nicht in diesem Zimmer aufhält, ein Wort über die Sache verliert.«

»Genau so gehört es sich auch«, bekräftigte Tante Blaxter. »Es ist nur recht und billig, daß die Schuld dem Richtigen zugewiesen wird oder auch *der* Richtigen, falls es eine Sie ist.«

Mit einem Takt, den Kenneth ihm kaum zugetraut hätte, wandte sich Churt an Norah: »Ich habe keinen Zweifel, daß Shapland das Rätsel zu unserer Zufriedenheit lösen wird. Bis dahin, meine Liebe, sitzen Sie und ich zwangsläufig in demselben Boot, denn es gibt nur mein Wort darauf, daß ich den Geldschein überhaupt jemals in den Rote-Kreuz-Umschlag gesteckt habe.«

Die Freundlichkeit seines Verhaltens trieb ihr die Tränen in die Augen, und Kenneth führte das Mädchen in die Bibliothek.

»Stell dir vor, sie haben mich für eine Diebin gehalten – eine Diebin, Ken – eine schmutzige gemeine *Diebin!*«

»Unsinn, mein kleiner Liebling«, erwiderte er. »Niemand könnte solchen Humbug überhaupt glauben.«

»Diese scheußliche Tante Blaxter tut es jedenfalls. Sie hat es nur nicht direkt ausgesprochen.« Norah nahm in einem Sessel Platz und beruhigte sich allmählich, während Kenneth wütend, aber nachdenklich, das Zimmer durchmaß.

»Ich war froh, daß ich dich zu meiner Verteidigung hatte, Ken, und der alte Lord Churt ist ein Schatz.«

»Ein Schatz vielleicht, aber doch ein einfältiger«, widersprach er. »Er hat so viel Geld, daß er gar nicht weiß, wohin damit, aber man stelle sich vor: Läßt er eine Tausendpfund-

note durch die Weihnachtspost flattern, damit sie zwischen all den Glocken und guten Wünschen verlorengeht!«
An dieser Stelle wurden sie durch Gornays Eintreten unterbrochen.
»Ich werde mich nicht lang aufhalten«, sagte er als Antwort auf ihre wenig einladenden Gesichter. »Ich wollte Sie nur um einen ganz kleinen Gefallen bitten. Ich führe mit Sir James gerade einen großen Streit über Charakterdeutung aus der Handschrift und hätte gern Schriftproben von Menschen, die wir beide kennen. Jedes Gekritzel würde reichen.«
Kenneth nahm ein Notizblatt von einem Pult und schrieb: »Es ist nicht alles Gold, was glänzt«; worunter Norah hinzufügte: »Gleich und gleich gesellt sich gern.« So schien man den Kerl am schnellsten wieder loszuwerden.
Gornay betrachtete das Blatt mit nicht ganz zufriedener Miene. »Lieber wäre mir etwas, das nicht extra für diesen Zweck geschrieben wurde. Niemand schreibt völlig natürlich, wenn er weiß, daß es zu dergleichen dient. Sie haben nicht zufällig ein Briefkuvert oder so etwas?«
Keiner konnte das Gewünschte bieten, und mit leicht enttäuschter Miene ging Gornay davon.
»Ich frage mich, ob er die Schriftproben wirklich *dafür* wollte«, meinte Kenneth mißtrauisch. »Der Bursche ist nicht auf den Kopf gefallen. Schau nur, wie clever er den richtigen Zug in diesem Schachspiel entdeckt hat. Der war nicht gerade offensichtlich.«
Das Schachbrett stand auf dem Tisch, wo Churt es vor dem Tee hatte stehenlassen. Kenneth betrachtete es, zuerst nur flüchtig, dann mit wachsendem Interesse. Er nahm eine der Figuren, um sie zu begutachten, stellte sie wieder hin und machte das gleiche mit anderen, wobei sein Verhalten eine ständig steigende Erregung zeigte.

»Was ist, Ken?« fragte Norah.
»Nur eine leise, unbestimmte Ahnung.« Er ließ sich in einen Sessel fallen. »Ich möchte nachdenken – intensiver nachdenken als je in meinem Leben.«
Er beugte sich nach vorn und stützte den Kopf in seine Hände, während sie schweigend wartete. Nach einigen Minuten blickte er auf.
»Ja, jetzt habe ich mehr als eine Ahnung – die Sache wird mir allmählich klar. Das ist ein durchtriebener Kerl, dieser Mr. Gornay, ein ganz durchtriebener!« Kenneth lächelte, teils aus Freude darüber, einen Faden in einem verworrenen Geflecht zu finden, teils aus Bewunderung für die Schläue, die dieses Geflecht geschaffen hatte. »Möchtest du gern wissen, worauf er wirklich aus war, als er eben hier hereinkam?«
»Sehr gern«, antwortete sie. »Aber willst du damit sagen, er hatte gar kein Streitgespräch mit Sir James?«
»Oh, den Streit hatte er schon, möchte ich meinen – und zwar eigens angezettelt für diese Gelegenheit. Aber was er wirklich wollte, war das hier.« Er zog aus seiner Tasche den Umschlag, in dem man die Banknote entdeckt hatte. »Der Unsinn mit diesen Handschriften war kein schlechter Einfall. Er hat damit versucht, das Ding in die Finger zu kriegen, und wahrscheinlich war es seine einzige Chance. Aber nein, Freund Gornay, du wirst diesen Umschlag nicht bekommen – nicht einmal für die tausend Pfund, die du dort hineingesteckt hast!«
»Bitte erkläre dich, Ken«, drängte Norah.
»Das werde ich sofort«, antwortete er, »aber ich möchte das ganze Puzzlespiel zusammensetzen. Da ist immer noch das andere Problem.«
Er senkte seinen Blick wieder auf den Kaminvorleger und begann ihretwegen, *laut* nachzudenken. »Churt argumen-

tiert, zu dem einzigen Zeitpunkt, als jemand sich an den Briefen hätte vergreifen können, müsse Gornay hiergewesen sein und die Partie verfolgt haben, weil er hinterher den Zug kannte, der genau zu Beginn, und den, der genau am Ende dieses Zeitraums gespielt wurde. Aber warum hätte ihm nicht Winslade von diesen beiden Zügen erzählen sollen, während Churt mir die Haustür aufmachte? Das wäre des Rätsels Lösung. Ich habe gedacht, Winslade sei zu penibel, um über das Spiel zu reden, solange sein Gegner aus dem Zimmer ist, aber ich werde ihn gleich fragen. Weshalb ich es wissen möchte, brauche ich ihm ja nicht zu verraten.«

Kenneth kehrte fast augenblicklich zurück. »Nein, es wurde nicht über das Spiel gesprochen, solange Churt aus dem Zimmer war. Bitte. Dann versuchen wir's andersrum. Angenommen – und ich denke, ich kann das auch beweisen –, Gornay hat sich *wirklich* an den Briefen vergriffen, dann lautet die Frage, woher er wissen konnte, daß *diese beiden* Züge gespielt wurden.«

Er nahm das Schachbrett abermals vom Tisch, um es so lange und so intensiv zu betrachten, daß Norah schließlich die Geduld verlor.

»Mein Lieber, was tust du da nur? Grübelst die ganze Zeit über dem Schachbrett!«

»Ich habe ein kurioses Schachproblem zu lösen, bevor dieser Sherlock Holmes von Scotland Yard hier erscheint. Denk mal einen Moment mit. Wenn es irgendeine Möglichkeit gäbe, durch die Gornay herausfinden konnte, daß diese beiden wichtigen Züge gespielt wurden, ohne selbst anwesend zu sein und ohne daß es ihm jemand sagte, dann ist Churts Argumentation doch wertlos, oder?«

»Gewiß. Aber was gäbe es denn noch für eine Möglichkeit? Hat er zum Fenster hereingeschaut?«

»Ich glaube, wir werden feststellen, daß es etwas viel Schlaueres war. Ich glaube, wir werden in der Lage sein, zu beweisen, daß er diese beiden Züge ohne die Hilfe eines Dritten aus der Stellung der Figuren erschließen konnte, so wie sie am Ende der Partie gestanden haben und auch jetzt noch auf dem Schachbrett stehen.« Er beugte sich erneut darüber. »Weiß zieht Dame zum sechsten Feld des Dame-Springers und nimmt dabei nichts, Schwarz schlägt die Dame mit dem Turm-Bauern; das sind die beiden Züge.«

Noch fast eine halbe Stunde wartete Norah geduldig, schwieg dabei und beobachtete sein Mienenspiel, das sich einmal aufhellte, bevor neues Unverständnis es wieder verdüsterte.

Zu guter Letzt klappte er, scheinbar mit seinem Latein am Ende, das Schachbrett zusammen und legte es hin.

»Läßt sich denn nicht beweisen, daß die Dame auf genau diesem Feld genommen worden sein muß?« wollte Norah wissen.

»Nein«, antwortete Kenneth. »Es hätte ebenso ein Turm sein können. Ich komm nicht dahinter. Es passen so viele Puzzleteilchen hinein, daß ich weiß, ich muß recht haben, aber doch gibt es *ein* kleines Stück, das ich einfach nicht finde. Beim Zeus!« fügte er hinzu und sprang plötzlich auf. »Ob vielleicht Churt es liefern könnte?«

Er machte sich gerade auf den Weg, um dies herauszufinden, da trat ein Dienstbote mit einer Nachricht ein: Lord Churt wünsche die Anwesenheit der beiden jungen Herrschaften in seinem Arbeitszimmer.

Die im Arbeitszimmer versammelte Konklave bestand aus denselben Personen, die im Salon die Entdeckung der Banknote miterlebt hatten, plus Shapland, dem Ermittler von Scotland Yard. Lord Churt residierte am Kopf des Tisches, und Shapland saß neben ihm mit einem Gesicht, das in seiner Ausdruckslosigkeit fast stumpfsinnig hätte erscheinen können, wären da nicht die Augen gewesen, die nacheinander alle Gesichter im Raum musterten.

Norah und Kenneth nahmen auf den beiden freigelassenen Stühlen Platz, und sobald die Tür verschlossen war, stellte Kenneth dem Lord eine Frage.

»Als du heute nachmittag mit Sir James Winslade deine Schachpartie gespielt hast, gab er dir da die Chance zum Dame-Turm?«

Alle außer Norah und dem sphinxhaften Detektiv, der seine Gedanken mit keiner Miene verriet, wirkten frappiert über die Banalität dieser Frage.

»Meines Erachtens ist dieser ernste Anlaß kaum dazu angetan, ein Schachspiel zu erörtern«, bemerkte Tante Blaxter säuerlich.

»Ich gebe zu, ich verstehe nicht, was deine Frage zur Sache tut«, erwiderte Churt. »Aber ja, er *gab* mir diese Chance.«

»Gott sei Dank!« rief Kenneth mit einem Ernst, der Shapland ein sekundenlanges Zeichen von Interesse entlockte.

»Ich würde gern hören, was Mr. Dale in dieser Sache zu sagen hat«, bemerkte er. »Lord Churt setzte mich über die näheren Umstände bereits ins Bild.«

»Ich habe eine Beschuldigung gegen Lord Churts Privatsekretär, Mr. Gornay, vorzubringen. Vielleicht wäre er besser anwesend, damit er sie hören kann.«

»Gar nicht nötig, gar nicht nötig«, warf Churt ein. »Wir wollen keine unerfreulichen Szenen herbeiführen, wenn es sich irgendwie vermeiden läßt.«

»Bitte«, fuhr Kenneth fort. »Ich dachte nur, es sei vielleicht fairer. Ich beschuldige Gornay, eine Tausendpfundnote aus dem Umschlag an das Rote Kreuz gestohlen und sie in ein an mich adressiertes Kuvert gesteckt zu haben. *Ich be-*

*schuldige ihn der Adressenfälschung, indem er mit einer farblosen Tinte, die nach ein paar Stunden sichtbar werden würde, meine Anschrift durchgestrichen und sie durch eine andere ersetzt hat,* zweifellos die eines Komplizen.«

»Sie sind sich hoffentlich im klaren darüber, Mr. Dale«, bemerkte Shapland, »daß Sie hier im Beisein von Zeugen eine sehr schwere Anschuldigung erheben. Ich denke doch, Sie haben irgendwelche Beweise, um diesen Vorwurf zu untermauern?«

Kenneth öffnete das Schachbrett. »Sehen Sie sich die Flekken auf diesen Schachfiguren an. Bei Beendigung des Spiels waren sie noch nicht da, aber vor einer Stunde, wenn auch nicht so deutlich wie jetzt. Nur die Figuren, und genau diese, die Gornay berührt hat, als er zeigte, wie Lord Churt die Partie hätte gewinnen können, tragen solche Flecken. Wenn sie nicht von unsichtbarer Tinte stammen, warum sollten sie dann deutlicher werden? Und *stammen* sie davon, wie sind sie dann dorthingekommen, wenn nicht durch Gornays Finger? Er ist der Täter.«

Kenneth zog Norahs Briefumschlag aus seiner Tasche, und ein kurzer Blick darauf brachte einen Ausdruck von Triumph in seine Miene. Er gab das Kuvert an Shapland. »Jetzt wird auch die Tinte allmählich sichtbar. Anscheinend wirkt sie auf Papier langsamer als auf dem Lack von Schachfiguren.«

»Der Unterschied liegt in dem Kontakt mit frischer Luft«, verbesserte Shapland. »Das Kuvert war in Ihrer Tasche. Wenn wir es hier auf dem Tisch liegenlassen, wird sich gleich zeigen, ob Ihre Folgerungen stichhaltig sind. In der Zwischenzeit die Frage: Sollte Mr. Gornay der Täter sein, wie erklären Sie sich dann seine Anwesenheit in der Bibliothek zu dem einzig möglichen Zeitpunkt für das Verbrechen?«

»Indem ich diese Anwesenheit bestreite«, erwiderte Kenneth. »Welchen Beweis haben wir dafür?«

»Wie hätte er sonst die Züge wissen können, die in der Zwischenzeit gemacht wurden?« fragte Shapland.

Kenneth deutete wiederum auf das Schachbrett. »Aus der Figurenstellung am Schluß des Spiels. Sehen Sie her. *Vorausgesetzt, die Partie wurde zum Nachteil für den Dame-Turm gespielt,* dann bin ich in der Lage, allein anhand dieser Figurenkonstellation zu beweisen, daß Weiß im Verlauf der Partie mit seiner Dame auf das sechste Feld des Dame-Springers gerückt sein muß, ohne eine gegnerische Figur zu nehmen, und daß Schwarz diese Dame mit seinem Turm-Bauern geschlagen hat. Und wenn *ich* diese Rückschlüsse aus der Figurenposition ziehen kann, dann konnte es auch Gornay. Aus der Art, wie er einen möglichen Sieg Lord Churts nachwies, als dieser schon kapitulierte, wissen wir, wie schnell er sich eine Folge von Zügen ausdenken kann.«

Zum Glück besaß der Detektiv genügend Grundkenntnisse im Schachspiel, um Kenneths praktischem Beweis zu folgen.

»Ich möchte nicht behaupten«, fügte der junge Mann hinzu, als man seiner Demonstration recht gab, »daß Gornay dieses *Alibi* geplant hatte. Es war ein glücklicher Einfall im nachhinein, der seinem wachen Verstand kam, als er sah, daß die Figurenstellung am Schluß der Partie dies möglich machte. Das, worauf er sich verließ, war die unsichtbare Tinte, und schon mit der allein hätte es geklappt, wäre ich nicht zufällig noch rechtzeitig aufgetaucht, um Norahs Brief abzufangen.«

Während Kenneth seine Erklärungen somit beendete, hatte Shapland noch einmal das Kuvert genommen. Wie von ihm prophezeit, war die Tinte an der frischen Luft sichtbar

geworden, so daß man sie – wenn auch nur schwach – bereits entziffern konnte. Nur die Mittelzeile der Adresse war ausgestrichen und durch eine andere Straße und Hausnummer ersetzt worden. Der Detektiv gab Churt den Umschlag. »Erkennen Sie die zweite Handschrift, Mylord?«
Churt setzte seine Brille auf und nahm die Zeile in Augenschein. »Nicht, daß ich wüßte«, antwortete er. »Die von Mr. Gornay ist es jedenfalls nicht.« Er entnahm seiner Brieftasche ein zweites Kuvert, das sein Sekretär an ihn selbst adressiert hatte, und machte den Unterschied zwischen den beiden Handschriften deutlich. Norah sah ängstlich zu Kenneth; Tante Blaxter warf dem Mädchen einen ihrer ärgerlichsten Blicke zu. Der Detektiv zeigte sich nicht überrascht.
»Und doch, Mylord, könnte es unseren Ermittlungen zugute kommen, wenn Sie Mr. Gornay in diesen Raum rufen ließen. Ich glaube nicht, daß Sie irgendwelche Szenen zu befürchten haben«, fügte er hinzu, und sekundenlang huschte ein schwaches Lächeln über seine Lippen.
Churt klingelte und befahl seinem Diener, den Sekretär herzubitten.
»Mr. Gornay ist vor einer Stunde weggefahren, Mylord. Man rief ihn plötzlich, und er rechnet damit, seine Großmutter nicht mehr lebend anzutreffen.«
»Armes altes Haus! Und das auch noch an Heiligabend!« murmelte Churt voller Mitgefühl, und diesmal gestattete sich Shapland ein ziemlich breites Lächeln.
»Das hab ich mir schon gedacht«, bemerkte er, »als ich die Handschrift erkannte, in der die neue Adresse auf das Kuvert gesetzt wurde; sonst hätte vorsichtshalber gleich ich den Herrn geholt, der sich vor Ihnen Mr. Gornay nennt. Dieser Gentleman ist uns im Yard unter mehr als einem Namen bekannt und auch mit mehr als einer Handschrift.

Aber nun, da wir durch so einen glücklichen Zufall seinen derzeitigen Aufenthaltsort entdeckt haben, kann ich Ihnen versprechen, daß er bald gefaßt wird. Vielleicht wäre Lord Churt so freundlich, mir meinen zu Wagen rufen, und wenn ich auch sein Telefon benutzen dürfte ...«

»Sie bleiben doch noch zum Abendessen?« fragte der Hausherr. »Es ist in ein paar Minuten fertig, und wir haben alle keine Zeit mehr, uns umzuziehen.«

»Verbindlichsten Dank, Mylord, aber Mr. Dale hat mir meine Arbeit hier so gut abgenommen, daß jeder Angehörige des Yard darauf stolz sein könnte. Jetzt muß ich die Spur verfolgen, solange sie heiß ist, und vielleicht stellt es sich als völlig überflüssig heraus, Sie mit dieser Sache noch weiter zu belästigen; aber ich glaube, Sie dürften eine bedeutende Entwicklung im Fall des großen Ashfield-Betrugs erleben, von dem die Zeitungen unlängst berichtet haben.«

»Nun«, erwiderte Churt, »dann dürfen wir uns wohl alle dazu beglückwünschen, daß sich diese Angelegenheit ohne unerfreuliche Szenen geklärt hat. Jetzt werden wir ein unbekümmertes Weihnachtsfest feiern können, und das nenne ich mir eine glückliche Auflösung, eine *sehr* glückliche Auflösung!«

Sein Gesicht strahlte vor Erleichterung und guter Laune, während er erneut seine Brieftasche zückte. »Norah, meine Liebe, Sie müssen die Entschuldigung eines alten Mannes annehmen, der Ihnen einen sehr unangenehmen Nachmittag bereitet hat; und Sie dürfen auch das hier nicht ablehnen. Nein, ich bestehe darauf. Und es wird viel sicherer sein, dem Roten Kreuz einen *Scheck* zu senden.«

*(Die Auflösung der in dieser Geschichte erwähnten Schlußpartie und der Beweis, daß die Dame auf Dame-Springer 3 genommen worden sein muß, folgen.)*

1. ... Bauer auf König 6; 2. Dame auf Turm 6[(a)], Dm. auf Turm 5, Schach; 3. Dm. (oder Läufer) nimmt Dm., Lfr. auf Lfr. 5; 4. Spr. auf Spr. 3, Lfr. nimmt Spr. und setzt, ganz kurz, mit Turm auf Turm 8.

[(a)] 2. Spr. auf Spr. 4, Dm. nimmt Spr.; 3. Dm. (oder Bauer) nimmt Dm.[(b)] Lfr. auf Lfr. 5 wie zuvor.

[(b)] Wenn 3., dann Dm. nach Turm 6, Dm. nach Turm 5, Schach wie zuvor. Wenn 2., dann Bauer nach König-Springer 4, Lfr. nach Spr. 6; 3. Spr. nimmt Lfr., Dm. nimmt Lfr. und gewinnt.

Nachfolgend der Beweis anhand der Figurenstellung, daß von dem Bauern auf Dame-Springer 3 eine weiße Dame genommen worden sein muß: Alle schwarzen Figuren außer zweien stehen auf dem Brett; also hat Weiß nur zwei genommen. Das muß mit den beiden Bauern geschehen sein, die jetzt auf König 5 und Läufer 3 stehen, denn sie haben ihre ursprüngliche Bewegungsrichtung verlassen. Folglich hat Weiß nie eine Figur mit seinem Dame-Turm-Bauern genommen, ist darum auch nie dem Springer in die Quere geraten. Demnach kann der schwarze Bauer nicht von einem *Bauern* genommen worden sein. Da die Partie unter Gefährdung des Dame-Turms gespielt wurde, war der weiße Dame-Turm schon vor Spielbeginn vom Brett und der weiße König-Turm wurde auf seinem eigenen Feld oder einem von zwei benachbarten Feldern genommen, da es keine Ausweichmöglichkeit gab.

Da nun Schwarz mit dem Bauern auf Dame-Springer 3 keinen *Bauern* nahm und von Weiß nur Bauern fehlen (außer den beiden weißen Türmen, die schon erklärt wurden), folgt, daß die auf Dame-Springer 3 genommene Figur im Austausch für den weißen Dame-Turm-Bauern auf dem Brett ersetzt wurde, als dieser sein achtes Feld erreichte. Es war kein Bauer, der auf Dame-Springer 3 genommen wurde, denn die beiden weißen Türme sind schon anders erklärt. Der Bauer kann beim Erreichen seines achten Feldes nicht gegen einen Läufer ausgetauscht worden sein, sonst wäre der Läufer immer noch auf diesem Feld (es gibt ja keine Ausweichmöglichkeit), und aus demselben Grunde ist es auch unmöglich, daß der Bauer gegen einen Springer ausgetauscht wurde (denn die Figur auf Dame-Springer 3 muß ja genommen worden sein, *bevor* der Bauer auf sein achtes Feld kommen konnte).

Folglich wurde der Bauer gegen eine Dame ausgetauscht, folglich wurde auch auf Dame-Springer 3 keine *Dame* genommen, und genausowenig nahm diese Dame eine gegnerische Figur, als sie dorthinging, denn Weiß nahm ja nur zwei, beide mit Bauern.

*q. e. d.*

# Der Blaue Karfunkel
## *Arthur Conan Doyle*

Über Weihnachten machte Sherlock Holmes für gewöhnlich Urlaub von der Verbrecherjagd. Die einzige Ausnahme war das Abenteuer um den »Blauen Karfunkel«, das im *Strand*-Magazin vom Januar 1892 erstveröffentlicht wurde.

Am Morgen des zweiten Tages nach Weihnachten hatte ich bei meinem Freund Sherlock Holmes in der Absicht vorgesprochen, ihm die besten Wünsche zum Fest zu überbringen. Er lag in einem purpurfarbenen Schlafrock auf dem Sofa hingestreckt, zu seiner Rechten ein Pfeifenständer in Reichweite und ganz in seiner Nähe ein Haufen zerknitterter, offensichtlich erst vor kurzem gelesener Morgenzeitungen. Neben dem Sofa stand ein Holzstuhl, und an dessen Rücklehne hing ein schäbiger, erbärmlicher harter Filzhut, der an vielen Stellen Risse hatte und viel zu abgetragen war, als daß man ihn noch hätte aufsetzen können. Eine Lupe und eine Pinzette, die auf dem Sitz lagen, deuteten darauf hin, daß der Hut zum Zwecke einer Untersuchung derart aufgehängt worden war.

»Sie sind beschäftigt«, sagte ich. »Womöglich störe ich Sie.«

»Nicht im geringsten. Ich bin froh, einen Freund zu haben, mit dem ich meine Ergebnisse besprechen kann. Der Gegenstand ist ganz und gar banal«, er deutete mit dem Daumen in Richtung des alten Hutes, »doch sind mit ihm einige Fragen verbunden, die nicht gänzlich uninteressant und sogar durchaus lehrreich sind.«

Ich setzte mich in seinen Lehnsessel und wärmte mir die Hände am prasselnden Feuer, denn es hatte scharfer Frost eingesetzt, und die Fenster waren über und über mit Eiskristallen bedeckt. »Ich vermute«, bemerkte ich, »daß dieses Ding, so harmlos es aussieht, mit irgendeiner tödlichen Geschichte verknüpft ist – daß es der Schlüssel ist, der Ihnen den Weg zur Lösung irgendeines Geheimnisses und zur Ahndung irgendeines Verbrechens weist.«

»Nein, nein. Kein Verbrechen«, sagte Sherlock Holmes und lachte. »Lediglich eine jener wunderlichen kleinen Begebenheiten, die sich ereignen, wenn vier Millionen menschlicher Wesen auf einem Raum von vier Quadratmeilen zusammengepfercht leben. Inmitten von Aktionen und Reaktionen in einer solchen Masse von Menschen ist jede mögliche Kombination von Ereignissen denkbar, und es wird sich so manches kleine Problem auftun, das verblüffend und phantastisch sein mag, ohne kriminell zu sein. Wir haben mit dergleichen bereits Erfahrungen gemacht.«

»Und zwar so einschlägige«, bemerkte ich, »daß von den letzten sechs Fällen, die ich meinen Aufzeichnungen hinzugefügt habe, drei nicht das geringste mit irgendeinem Gesetzesverstoß zu tun haben.«

»Sie spielen an auf meine Bemühungen, die Irene-Adler-Papiere wiederzuerlangen, auf den seltsamen Fall der Miss Mary Sutherland und auf das Abenteuer des Mannes mit der Fratze.* Nun, ich habe keinen Zweifel, daß diese unbedeutende Angelegenheit zur selben Kategorie gehören wird. Sie kennen doch Peterson, den Portier?«

* Vgl. »Skandal in Böhmen«, »Eine Frage der Identität« und »Der Mann mit der Fratze«

»Ja.«
»Ihm gehört diese Trophäe.«
»Dann ist es sein Hut?«
»Nein, nein. Er hat ihn gefunden. Der Besitzer ist nicht bekannt. Ich bitte Sie, den Hut einmal nicht als zerbeulte Melone, sondern als ein intellektuelles Problem zu betrachten. Und hören Sie zuerst, wie er hierherkam. Er traf am Weihnachtsmorgen in Begleitung einer vorzüglichen, fetten Gans hier ein, die – daran habe ich keinen Zweifel – in ebendiesem Augenblick über Petersons Herdfeuer brät. Die Fakten sind folgende: Etwa um vier Uhr früh am Weihnachtsmorgen befand sich Peterson, der, wie Sie wissen, ein überaus ehrlicher Bursche ist, auf dem Heimweg von irgendeiner kleinen Festivität und ging durch die Tottenham Court Road nach Hause. Vor sich, im Licht einer Gaslaterne, sah er einen großgewachsenen Mann mit leicht schwankendem Gang, dem eine weiße Gans von der Schulter baumelte. Als er an der Ecke Goodge Street anlangte, entspann sich zwischen diesem Fremden und einer Horde von Raufbolden ein Streit. Einer von ihnen schlug dem Manne den Hut vom Kopf, woraufhin dieser, um sich zu verteidigen, seinen Stock erhob und, als er ihn über dem Kopf schwang, ein Schaufenster in seinem Rücken zertrümmerte. Peterson war hinzugeeilt, um den Fremden vor seinen Angreifern zu schützen. Doch vor Schreck, daß er die Fensterscheibe zerbrochen hatte und daß er nun eine amtlich aussehende Person in Uniform auf sich zulaufen sah, ließ der Mann seine Gans fallen, gab Fersengeld und verschwand in dem Labyrinth kleiner Gäßchen, das sich hinter der Tottenham Court Road erstreckt. Die Raufbolde waren bei Petersons Erscheinen ebenfalls geflohen, so daß ihm das Schlachtfeld und überdies die Siegesbeute in Gestalt dieses zerbeulten Hutes und einer absolut untadeligen Weihnachtsgans allein überlassen blieb.«

»Die er zweifellos ihrem Besitzer zurückgab?«
»Mein lieber Freund, genau da liegt das Problem. Zwar stand tatsächlich ›Für Mrs. Henry Baker‹ auf einem Kärtchen, das am linken Bein des Vogels befestigt war; und tatsächlich lassen sich auf dem Futter dieses Hutes die Initialen ›H. B.‹ entziffern. Doch da es in dieser unserer Stadt Tausende von Bakers und einige hundert Henry Bakers gibt, ist es nicht so einfach, irgendeinem von ihnen sein verlorenes Eigentum zurückzuerstatten.«
»Was hat Peterson denn dann getan?«
»Er brachte mir sowohl den Hut als auch die Gans am Weihnachtsmorgen vorbei, da er weiß, daß selbst das kleinste Problem für mich von Interesse ist. Da sich trotz des leichten Frostes Anzeichen dafür fanden, daß es ratsam sei, die Gans ohne unnötige Verzögerung zu verspeisen, haben wir sie nur bis zum heutigen Morgen aufbewahrt. Daher hat der Finder sie mitgenommen, um sie der endgültigen Bestimmung einer jeden Gans zuzuführen, während ich noch immer den Hut des unbekannten Herrn aufbewahre, der seines Weihnachtsbratens verlustig ging.«
»Hat er keine Anzeige aufgegeben?«
»Nein.«
»Aber was können Sie denn dann für Hinweise auf seine Identität haben?«
»Nur so viel, wie wir kombinieren können.«
»Aus seinem Hut?«
»Sehr richtig.«
»Aber das ist doch nicht Ihr Ernst. Was können Sie aus diesem abgewetzten alten Filz schon herausbekommen?«
»Hier ist meine Lupe. Sie kennen meine Methoden. Was können Sie selbst denn über die Persönlichkeit des Mannes herausbekommen, der dieses Stück getragen hat?«
Ich nahm das zerlumpte Ding in die Hand und drehte es

einigermaßen hilflos hin und her. Es war ein ganz gewöhnlicher schwarzer Hut in der üblichen runden Form, hart und viel zu schäbig, als daß man ihn noch hätte tragen können. Das Futter war aus roter Seide, allerdings schon reichlich ausgeblichen. Der Name des Hutmachers stand nicht darin, doch waren, wie Holmes bemerkt hatte, an einer Seite die Initialen ›H. B.‹ hineingekritzelt. Die Krempe war für eine Hutsicherung durchstochen worden, das dazugehörige Gummiband fehlte jedoch. Ansonsten war er voller Risse, über die Maßen verstaubt und hatte an mehreren Stellen Flecken, obgleich offenbar der eine oder andere Versuch unternommen worden war, die verfärbten Partien zu überdecken. »Ich kann nichts sehen«, sagte ich und gab ihn meinem Freund zurück.

»Im Gegenteil, Watson. Sehen können Sie alles, doch versäumen Sie es, Erkenntnisse aus dem zu gewinnen, was Sie sehen. Sie sind zu zaghaft in Ihren Schlußfolgerungen.«

»Dann sagen Sie mir doch bitte, was Sie aus diesem Hut für Schlüsse ziehen können.«

Er nahm ihn in die Hand und betrachtete ihn auf die für ihn typische, ganz besondere, nach innen gekehrte Art. »Er ist vielleicht weniger vielsagend, als er sein könnte«, bemerkte er, »und doch liegen einige Schlußfolgerungen klar auf der Hand, und einige andere bergen doch wenigstens ein großes Maß an Wahrscheinlichkeit in sich. Daß der Mann von hoher Intelligenz war, wird natürlich am Äußern des Hutes ersichtlich; ebenso, daß er in den vergangenen drei Jahren recht wohlhabend war, wenn er auch mittlerweile ins Unglück geraten ist. Er war ein vorsichtiger Mensch, ist dies heute jedoch nicht mehr in dem Maße wie früher, was auf eine zunehmende moralische Schwäche hindeutet, die, betrachtet man sie in Verbindung mit der Verschlechterung seiner finanziellen Verhältnisse, darauf hinzuweisen scheint, daß irgend etwas – wahrscheinlich das Trinken – einen schlechten Einfluß auf ihn ausübt. Dies könnte zudem die offenkundige Tatsache erklären, daß seine Frau ihn nicht mehr liebt.«

»Mein lieber Holmes!«

»Doch hat er sich einen gewissen Grad an Selbstachtung erhalten«, fuhr er, meinen Protest mißachtend, fort. »Er lebt zurückgezogen, geht wenig aus, ist körperlich völlig untrainiert, von mittlerem Alter, und er hat graue Haare, die er sich in den letzten Tagen hat schneiden lassen und die er mit Limonenpomade behandelt. Das sind die eindeutigen Fakten, die sich aus seinem Hut schlußfolgern lassen. Und – nebenbei bemerkt – es ist ausgesprochen unwahrscheinlich, daß sein Haus an die Gasversorgung angeschlossen ist.«

»Das kann doch wirklich nicht Ihr Ernst sein.«

»Aber doch, natürlich. Ist es möglich, daß Sie selbst jetzt, da ich Ihnen diese Ergebnisse präsentiere, nicht fähig sind, zu erkennen, auf welchem Wege sie zustande kommen?«

»Ich zweifle nicht daran, daß ich überaus begriffsstutzig bin, doch muß ich gestehen, daß ich außerstande bin, Ihnen zu folgen. Wie zum Beispiel kommen Sie zu dem Schluß, daß dieser Mann intelligent war?«

Anstelle einer Antwort stülpte sich Holmes den Hut über den Kopf, der ihm bis über die Stirn reichte und auf seiner Nasenwurzel Halt fand. »Das ist eine Frage des Rauminhaltes«, sagte er. »Ein Mann mit einem so riesigen Kopf muß auch etwas darin haben.«

»Und die Verschlechterung seiner finanziellen Verhältnisse?«

»Dieser Hut ist drei Jahre alt. Solche flachen Krempen mit aufgebogenem Rand kamen damals gerade in Mode. Es ist ein Hut von allererster Qualität. Schauen Sie sich das Hutband aus geriffelter Seide und das vorzügliche Futter an. Wenn dieser Mann es sich vor drei Jahren leisten konnte, einen derart teuren Hut zu kaufen, und wenn er sich seitdem keinen mehr zugelegt hat, dann hat er mit Sicherheit einmal bessere Tage gesehen.«

»Nun, das ist allerdings wirklich einleuchtend. Aber was ist mit der Vorsicht und der moralischen Schwäche?«

Sherlock Holmes lachte. »Da ist die Vorsicht«, sagte er und legte den Finger auf das Plättchen und die Schlaufe der Hutsicherung. »Die werden nie zusammen mit den Hüten verkauft. Wenn dieser Mann eine bestellt hat, so ist das ein Zeichen für ein gewisses Maß an Vorsicht, da er sich die Mühe gemacht hat, diese Vorkehrung gegen den Wind zu treffen. Doch da wir sehen, daß er das Gummiband zerrissen und nichts unternommen hat, um es zu ersetzen, ist es offensichtlich, daß er mittlerweile weniger vorsichtig ist als früher – ein untrüglicher Beweis für einen Verlust an Charakterstärke. Andererseits hat er sich bemüht, einige dieser Flecken auf dem Filz zu kaschieren, indem er sie mit Tinte übermalte – ein Zeichen dafür, daß er seine Selbstachtung nicht gänzlich verloren hat.«

»Ihre Beweisführung ist zweifellos überzeugend.«

»Die weiteren Einzelheiten – daß er mittleren Alters ist, daß sein Haar grau ist und erst kürzlich geschnitten wurde und daß er Limonenpomade verwendet – lassen sich alle aus einer eingehenden Untersuchung der unteren Futterpartie schließen. Die Lupe enthüllt eine große Anzahl exakt mit der Friseurschere abgeschnittener Haarspitzen. Sie scheinen alle zu kleben, und es riecht eindeutig nach Limonenpomade. Sie werden bemerken, daß es sich bei diesem Staub nicht um sandig-grauen Straßenstaub, sondern um flockigen, braunen Hausstaub handelt, woraus ersichtlich ist, daß der Hut die meiste Zeit drinnen gehangen hat.

Hingegen sind die Anzeichen von Feuchtigkeit in seinem Innern eindeutige Beweise dafür, daß der Träger des Hutes überaus stark transpiriert hat und daher kaum übertrieben gut durchtrainiert gewesen sein kann.«

»Aber seine Frau – Sie sagten, daß sie ihn nicht mehr liebe.«

»Dieser Hut ist seit Wochen nicht mehr abgebürstet worden. Wenn ich Sie, Watson, mit einer wochenalten Ansammlung von Staub auf dem Hut antreffe und wenn Ihre Frau Ihnen erlaubt, in einem solchen Zustand auszugehen, dann muß ich befürchten, daß auch Sie so unglücklich waren, die Zuneigung Ihrer Frau zu verlieren.«

»Aber er könnte doch Junggeselle sein.«

»Nein, er brachte die Gans als Friedensangebot an seine Frau mit nach Hause. Denken Sie an die Karte am Bein des Vogels.«

»Sie haben auf alles eine Antwort. Aber woraus in aller Welt schließen Sie, daß sein Haus nicht an die Gasversorgung angeschlossen ist?«

»Ein Talgfleck oder sogar zwei können Zufall sein, aber wenn ich nicht weniger als fünf entdecke, dann, glaube ich, kann kaum ein Zweifel darüber bestehen, daß das betreffende Individuum häufig mit brennendem Talg in Berührung kommen muß – wahrscheinlich nachts mit seinem Hut in der einen und einer tropfenden Kerze in der anderen Hand die Treppe hinaufsteigt. Jedenfalls hat er die Wachsflecken nie und nimmer von einer Gasflamme bekommen. Sind Sie damit zufrieden?«

»Nun, es ist geradezu genial«, sagte ich lachend. »Aber da – wie Sie soeben sagten – kein Verbrechen begangen wurde und mit Ausnahme des Verlustes einer Gans kein Schaden entstanden ist, scheint all dies eine reichliche Energieverschwendung zu sein.«

Sherlock Holmes hatte eben den Mund geöffnet, um zu antworten, als die Tür aufgerissen wurde und mit hochroten Wangen und der Miene eines Mannes, der vor Überraschung völlig konsterniert ist, Peterson, der Portier, ins Zimmer stürzte.

»Die Gans, Mr. Holmes! Die Gans, Sir!« keuchte er.

»Wie? Was ist denn damit? Ist sie wieder zum Leben erwacht und durchs Küchenfenster entfleucht?« Holmes drehte sich auf dem Sofa herum, um eine ungehinderte Sicht auf das erregte Antlitz des Mannes zu haben.

»Sehn Sie hier, Sir! Sehn Sie, was meine Frau in ihrem Kropf gefunden hat!« Er streckte die Hand aus und ließ in der Mitte seiner Handfläche einen gleißend funkelnden blauen Edelstein sehen, der kaum erbsengroß, doch von solcher Reinheit und solch strahlendem Glanz war, daß er im Dunkel seiner hohlen Hand wie ein elektrischer Funke aufblitzte.

Sherlock Holmes setzte sich auf und stieß einen Pfiff aus.

»Bei Jupiter, Peterson«, sagte er, »das ist allerdings ein kostbarer Fund! Ich nehme an, Sie wissen, was Sie da in der Hand haben?«

»Einen Diamanten, Sir! Einen wertvollen Stein! Er schneidet Glas, als wenn's Kitt wäre.«

»Er ist mehr als nur ein wertvoller Stein. Er ist der wertvolle Stein schlechthin.«

»Doch nicht der Blaue Karfunkel der Gräfin von Morcar?« stieß ich hervor.

»Ganz genau der. Ich müßte seine Form und Größe wirklich kennen, wenn man bedenkt, daß ich in der letzten Zeit jeden Tag die Inserate über ihn in der *Times* gelesen habe. Er ist absolut einmalig, und sein Wert läßt sich nur annähernd vermuten. Doch die gebotene Belohnung von eintausend Pfund macht sicherlich nicht einmal ein Zwanzigstel seines Marktpreises aus.«

»Eintausend Pfund! Grundgütiger Gott!« Der Portier ließ sich auf einen Stuhl fallen und starrte uns, einen nach dem anderen, an.

»Das ist die Belohnung, und ich habe guten Grund anzunehmen, daß insgeheim sentimentale Erwägungen eine Rolle spielen, die die Gräfin veranlassen würden, ihr halbes Vermögen herzugeben, wenn sie nur den Edelstein zurückbekommen könnte.«

»Wenn ich mich recht erinnere, verschwand er im Hotel Cosmopolitan«, bemerkte ich.

»Sehr richtig. Am zweiundzwanzigsten Dezember; genau vor fünf Tagen. John Horner, ein Klempner, wurde angeklagt, ihn aus der Schmuckkassette der Dame entwendet zu haben. Die Beweise gegen ihn waren so erdrückend, daß sein Fall vor das Schwurgericht gebracht wurde. Ich glaube, ich habe hier ein paar Berichte über die Angelegenheit.« Er durchwühlte seine Zeitungen und überflog das jeweilige Datum, bis er schließlich eine glattstrich, sie umschlug und den folgenden Absatz vorlas:

»›Juwelenraub im Hotel Cosmopolitan. Gegen den Klempner John Horner, 26, wurde Anklage erhoben, am Zweiundzwanzigsten dieses Monats aus der Schmuckkassette der Gräfin von Morcar den als ›Blauer Karfunkel‹ bekannten Edelstein entwendet zu haben. James Ryder, Erster Zimmerkellner in dem Hotel, machte eine Aussage des Inhalts, er habe Horner am Tag des Raubes in das Ankleidezimmer der Gräfin hinaufgeführt, damit dieser die zweite Stange am Kaminrost löte, die sich gelöst hatte. Er sei kurze Zeit bei Horner geblieben, wurde dann jedoch fortgerufen. Als er zurückkehrte, habe er entdeckt, daß Horner verschwunden und der Schreibtisch erbrochen worden war und daß das Saffiankästchen, in dem, wie sich später herausstellte, die Gräfin ihren Diamanten aufzubewahren pflegte, leer auf der Frisierkommode lag. Ryder schlug sofort Alarm, und Horner wurde noch am gleichen Abend verhaftet. Doch der Stein konnte weder bei ihm selbst noch in seiner Wohnung aufgefunden werden. Catherine Cusack, die Zofe der Gräfin, sagte aus, sie habe Ryders Entsetzensschrei bei der Entdeckung des Raubes gehört und sei in das Zimmer gelaufen, wo sie alles so vorgefunden habe, wie es von dem vorigen Zeugen beschrieben worden sei. Inspektor Bradstreet von der Abteilung B gab hinsichtlich der Verhaftung Horners zu Protokoll, daß dieser sich verzweifelt gewehrt und hartnäckig seine Unschuld beteuert habe. Da eine frühere Verurteilung wegen Raubes gegen den Inhaftierten sprach, weigerte sich der Richter, die Straftat in einem Schnellverfahren zu behandeln, und verwies sie an das Schwurgericht. Horner, der während der Verhandlung Anzeichen äußerster Erregung zeigte, fiel bei dieser Entscheidung in Ohnmacht und wurde aus dem Gerichtssaal getragen.‹

Hm! Soviel zum Polizeibericht«, sagte Holmes nachdenklich und warf seine Zeitung beiseite. »Das Problem, das wir jetzt zu lösen haben, besteht darin, die Kette von Ereignissen, die von einem geplünderten Schmuckkästchen am einen Ende bis zum Kropf einer Gans in der Tottenham Court Road am anderen Ende reicht, zu rekonstruieren. Sie sehen, Watson, unsere unscheinbaren Schlußfolgerungen haben mit einem Male eine weitaus bedeutsamere und weniger harmlose Gestalt angenommen. Hier ist der Stein. Der Stein kam aus der Gans, und die Gans kam von Mr. Henry Baker, dem Herrn mit dem schäbigen Hut und all den anderen Eigenarten, mit denen ich Sie gelangweilt habe. Daher müssen wir uns nun sehr ernsthaft daranmachen, den Herrn zu finden und festzustellen, welche Rolle er in diesem kleinen Rätsel gespielt hat. Um das zu erreichen, müssen wir es zunächst mit den einfachsten Mitteln versuchen, und die bestehen unzweifelhaft in einer Anzeige in allen Abendzeitungen. Schlägt das fehl, dann werde ich auf andere Methoden zurückgreifen.«

»Was wollen Sie schreiben?«

»Geben Sie mir einen Federhalter und das Stück Papier da. Also: ›Gefunden Ecke Goodge Street – eine Gans und ein schwarzer Filzhut. Mr. Henry Baker erhält das Genannte zurück, wenn er sich heute abend um 18.30 Uhr in der Baker Street 221 B meldet.‹ Das ist kurz und unmißverständlich.«

»Unbedingt. Aber wird er es auch lesen?«

»Nun, er wird die Zeitungen bestimmt aufmerksam verfolgen, da es für einen armen Mann ein schwerer Verlust war. Ganz offenbar war er durch das Mißgeschick mit der zerbrochenen Scheibe und das Auftauchen Petersons so verstört, daß ihm nichts anderes in den Sinn kam, als zu fliehen. Doch seitdem muß er den Impuls bitter bereut haben, der ihn dazu veranlaßte, seine Gans fallen zu lassen. Und darüber hinaus wird die Erwähnung seines Namens ihn veranlassen, die Anzeige zu lesen, denn jeder, der ihn kennt, wird seine Aufmerksamkeit darauf lenken. Bitte, Peterson, laufen Sie hinunter zum Inseratenbüro und lassen Sie dies in die Abendzeitungen setzen.«

»In welche, Sir?«

»Ach, in den *Globe*, den *Star, Pall Mall, St. James's Gazette, Evening News, Standard, Echo* und alle, die Ihnen sonst noch unterkommen.«

»Gut, Sir. Und dieser Stein?«

»Ach ja, den Stein werde ich hierbehalten. Danke. Und hören Sie, Peterson, kaufen Sie doch auf dem Rückweg eine Gans und lassen Sie sie hier bei mir, denn wir brauchen eine, um sie diesem Herrn anstelle derjenigen zu geben, die Ihre Familie jetzt eben verzehrt.«

Als der Portier gegangen war, nahm Holmes den Stein und hielt ihn gegen das Licht. »Es ist ein hübsches Ding«, sagte er. »Sehen Sie nur, wie er glitzert und funkelt. Natürlich ist er Grund und Ursache von Verbrechen. Wie jeder kostbare Stein. Es sind des Teufels Lieblingsköder. Bei den größeren und älteren Diamanten könnte jede Facette für eine Bluttat stehen. Dieser Stein ist noch nicht einmal zwanzig Jahre alt. Man fand ihn an den Ufern des Amoy-Flusses im südlichen China, und das Bemerkenswerte an ihm ist, daß er alle Eigenschaften eines Karfunkelsteins hat, statt einer rubinroten jedoch eine blaue Färbung besitzt. Trotz seiner Jugend hat er bereits eine unheilvolle Geschichte. Zwei Morde, ein Vitriol-Anschlag, ein Selbstmord und zahlreiche Raubüberfälle sind wegen dieser vierzig Gran kristallisierter Kohle verübt worden. Wer sollte meinen, daß ein so hübsches Spielzeug der Zulieferer für Galgen und Gefängnis sein könnte? Ich werde ihn jetzt in meinen Tresor einschließen und der Gräfin ein paar Zeilen schreiben, um ihr mitzuteilen, daß er sich in unserem Besitz befindet.«

»Glauben Sie, daß dieser Horner unschuldig ist?«

»Ich kann es nicht sagen.«

»Nun gut, aber könnten Sie sich vorstellen, daß dieser andere Mann, Henry Baker, irgend etwas mit der Sache zu tun hatte?«

»Es ist, glaube ich, sehr viel wahrscheinlicher, daß Henry Baker ein völlig unschuldiger Mensch ist, der keine Ahnung hatte, daß der Vogel, den er bei sich trug, von weitaus größerem Wert war, als wenn er aus purem Gold gewesen wäre. Doch das werde ich durch eine ganz einfache Probe herausfinden, wenn wir auf unsere Anzeige eine Antwort bekommen.«

»Und bis dahin können Sie nichts unternehmen?«

»Nichts.«
»In diesem Falle werde ich meine Hausbesuche fortsetzen. Doch werde ich heute abend um die von Ihnen genannte Zeit zurückkommen, denn die Lösung einer derart vertrackten Angelegenheit würde ich doch gerne miterleben.«
»Erwarte Sie mit dem größten Vergnügen. Ich esse um sieben zu Abend. Ich glaube, es gibt Waldschnepfe. Übrigens – vielleicht sollte ich in Anbetracht der jüngsten Ereignisse Mrs. Hudson bitten, den Kropf zu untersuchen.«
Ich war durch einen Fall aufgehalten worden, und es war kurz nach halb sieben, ehe ich wieder in der Baker Street anlangte. Als ich mich dem Haus näherte, sah ich draußen in einem Halbrund aus hellem Licht, welches durch das Türfenster fiel, einen großgewachsenen Mann mit einer Schottenmütze und einem bis zum Kinn zugeknöpften Rock stehen. Gerade als ich ankam, öffnete sich die Tür, und wir wurden zusammen in Holmes' Zimmer hinaufgeführt.
»Mr. Henry Baker, nehme ich an«, sagte er, erhob sich aus seinem Lehnsessel und begrüßte seinen Besucher mit der ungezwungenen Freundlichkeit, die ihm jederzeit zu Gebote stand. »Bitte, nehmen Sie doch diesen Sessel am Feuer hier, Mr. Baker. Es ist ein kalter Abend, und ich stelle fest, daß Ihr Kreislauf besser für den Sommer als für den Winter geeignet ist. Oh, Watson, Sie sind gerade rechtzeitig gekommen. Ist dies Ihr Hut, Mr. Baker?«
»Ja, Sir, das ist ohne Zweifel mein Hut.«
Er war ein großer Mann mit runden Schultern, einem schweren Kopf und einem offenen, intelligenten Gesicht, das in einen graubraunen Spitzbart mündete. Ein Hauch von Rot auf Nase und Wangen sowie ein leichtes Zittern seiner ausgestreckten Hand ließen an Holmes' Vermutung über seine Gewohnheiten denken. Sein verschossener

schwarzer Gehrock war vorn ganz zugeknöpft, der Kragen hochgeschlagen, und seine schmalen Handgelenke schauten aus den Ärmeln hervor, ohne daß darunter ein Hemd oder Manschetten sichtbar geworden wären. Er sprach mit einem leisen Stakkato, wählte seine Worte mit Sorgfalt und machte ganz allgemein den Eindruck eines gebildeten und kultivierten Mannes, dem das Schicksal übel mitgespielt hat.

»Wir haben diese Sachen ein paar Tage aufgehoben«, sagte Holmes, »weil wir eine Suchanzeige mit Ihrer Adresse erwarteten. Ich frage mich jetzt, warum Sie nicht inseriert haben.«

Unser Besucher lachte etwas verschämt. »Ich bin mit Schillingen nicht mehr so reichlich gesegnet wie vor Zeiten«, bemerkte er. »Ich hatte keinen Zweifel, daß die Bande von Raufbolden, die mich überfiel, sowohl meinen Hut als auch die Gans mitgenommen hatte, und wollte für den aussichtslosen Versuch, sie zurückzubekommen, nicht noch mehr Geld ausgeben.«

»Sehr verständlich. Übrigens, was den Vogel angeht – wir waren gezwungen, ihn zu essen.«

»Ihn zu essen!« Unser Besucher sprang in seiner Erregung fast von seinem Stuhl auf.

»Ja. Es hätte niemandem etwas genützt, wenn wir ihn nicht gegessen hätten. Aber ich nehme an, daß diese andere Gans auf dem Büfett, die ungefähr dasselbe Gewicht hat und absolut frisch ist, für Ihre Zwecke ähnlich gut geeignet ist.«

»O gewiß doch, gewiß!« antwortete Mr. Baker mit einem Seufzer der Erleichterung.

»Selbstverständlich haben wir die Federn, die Beine, den Kropf und so weiter Ihres Vogels noch. Wenn Sie wünschen –«

Der Mann brach in ein herzhaftes Lachen aus. »Sie könnten mir vielleicht als Andenken an mein Abenteuer dienen«, sagte er, »darüber hinaus jedoch kann ich mir nicht vorstellen, von welchem Nutzen mir die ›disjecta membra‹ meiner jüngsten Begegnung noch sein könnten. Nein, Sir, ich glaube, daß ich – mit Ihrer Erlaubnis – meine Aufmerksamkeit auf den exzellenten Vogel richte, den ich auf dem Büfett erblicke.«

Sherlock Holmes schaute mit einem leichten Schulterzucken vielsagend zu mir herüber.

»Nun, dann ist hier Ihr Hut und hier Ihre Gans«, sagte er. »Übrigens, würde es Ihnen etwas ausmachen, mir zu sagen, wo Sie die andere bekommen haben? Ich bin ein ausgesprochener Geflügelliebhaber, und ich habe selten eine so gut gewachsene Gans gesehen.«

»Selbstverständlich nicht, Sir«, sagte Baker, der aufgestanden war und sich sein wiedergewonnenes Eigentum unter den Arm geklemmt hatte. »Wir – ich und ein paar andere – halten uns des öfteren im ›Alpha Inn‹ in der Nähe des Museums auf. Tagsüber sind wir im Museum selbst zu finden, verstehen Sie. In diesem Jahr hat unser Wirt namens Windigate einen Gänse-Club gegründet, durch den wir gegen ein Entgelt von ein paar Pennies pro Woche zu Weihnachten eine Gans erhalten sollten. Meine Pennies wurden pünktlich entrichtet, und der Rest ist Ihnen bekannt. Ich bin Ihnen sehr zu Dank verpflichtet, Sir, denn eine solche Schottenmütze verträgt sich weder mit meinen Jahren noch mit meiner Würde.« Mit komischem Pomp verbeugte er sich feierlich vor uns beiden und schritt seines Wegs.

»Soviel zu Mr. Henry Baker«, sagte Holmes, als er die Tür hinter ihm geschlossen hatte. »Es ist ganz klar, daß er nicht das geringste über die Angelegenheit weiß. Sind Sie hungrig, Watson?«

»Nicht besonders.«
»Dann schlage ich vor, daß wir unser Abendessen in ein Nachtmahl verwandeln und diese Spur verfolgen, solange sie noch heiß ist.«
»Auf jeden Fall.«
Es war eine bitterkalte Nacht, deshalb zogen wir unsere Wintermäntel an und legten Schals um den Hals. Draußen glitzerten die Sterne kalt an einem wolkenlosen Himmel, und der Atem der Passanten verwandelte sich in Rauchwolken wie Pulverdampf von Pistolenschüssen. Unsere Schritte klangen hart und laut, als wir durch das Ärzteviertel, die Wimpole Street, die Harley Street und weiter durch die Wigmore Street zur Oxford Street eilten. Eine Viertelstunde später waren wir in Bloomsbury beim ›Alpha Inn‹ angelangt, einem kleinen Wirtshaus an der Ecke zu einer der Straßen, die nach Holborn hinunterführen. Holmes stieß die Tür zum Schankraum auf und bestellte bei dem rotgesichtigen, weißbeschürzten Wirt zwei Glas Bier.
»Wenn Ihr Bier so gut ist wie Ihre Gänse, muß es ausgezeichnet sein«, sagte er.
»Meine Gänse!« Der Mann schien überrascht.
»Ja. Vor eben einer halben Stunde habe ich mit Mr. Henry Baker gesprochen, der Mitglied Ihres Gänse-Clubs war.«
»Ach, ich verstehe. Aber wissen Sie, Sir, das sind nicht unsere Gänse.«
»Tatsächlich? Wessen denn dann?«
»Also, ich hab zwei Dutzend von einem Händler in Covent Garden gekriegt.«
»Tatsächlich? Ich kenne da ein paar. Wer war es denn?«
»Sein Name ist Breckinridge.«
»Ach, den kenne ich nicht. Nun, auf Ihr Wohl, Herr Wirt, und auf das Ihres Hauses. Gute Nacht.«
»Und nun zu Mr. Breckinridge«, fuhr er fort und knöpfte

sich den Mantel zu, als wir in die eisige Luft hinaustraten. »Bedenken Sie, Watson, daß wir zwar am einen Ende dieser Kette etwas so Friedliches wie eine Gans haben, am anderen jedoch einen Mann, der mit Sicherheit eine Zuchthausstrafe von sieben Jahren bekommen wird, es sei denn, wir können seine Unschuld beweisen. Es ist möglich, daß unsere Nachforschungen nur seine Schuld bestätigen werden, doch haben wir in jedem Falle eine Spur, die die Polizei übersehen hat und die uns ein einzigartiger Glücksfall in die Hände gespielt hat. Lassen Sie uns diese bis zum bitteren Ende verfolgen. Also kehrtum gen Süden und vorwärts marsch!«

Wir durchquerten Holborn, die Endell Street und gingen weiter durch ein Gewirr von schmutzigen Gassen bis zum Markt von Covent Garden. Einer der größten Stände trug den Namen Breckinridge, und der Eigentümer, ein Mann mit scharfgeschnittenem Gesicht und mit gezwirbeltem Schnurrbart, dem man den Pferdenarren ansah, half einem Jungen, die Rolläden herunterzulassen.

»Guten Abend. Eine kalte Nacht heute«, sagte Holmes.

Der Händler nickte und warf einen fragenden Blick auf meinen Freund.

»Die Gänse sind aus, wie ich sehe«, fuhr Holmes fort und zeigte auf die leeren Marmortische.

»Morgen können Sie fünfhundert haben.«

»Das nützt mir nicht viel.«

»Also bei dem Stand mit der Gaslaterne, da gibt's noch ein paar.«

»Na ja, aber Sie sind mir empfohlen worden.«

»Von wem?«

»Dem Wirt vom ›Alpha‹.«

»Ach ja, dem hab ich zwei Dutzend geschickt.«

»Und das waren erstklassige Tiere. Woher haben Sie die denn bekommen?«

Zu meiner Überraschung rief die Frage bei dem Händler einen Zornesausbruch hervor.
»Also los, Mister«, sagte er mit erhobenem Haupt, die Arme in die Seiten gestemmt, »worauf wollen Sie hinaus? Machen Sie's doch nicht so kompliziert.«
»Es ist ganz einfach. Ich wüßte gern, wer Ihnen die Gänse verkauft hat, die Sie ans ›Alpha‹ geliefert haben.«
»Na, und ich werd's Ihnen nicht sagen. Klar?«
»Oh, die Sache ist nicht weiter wichtig, aber ich weiß nicht, warum Sie sich über eine solche Kleinigkeit derartig aufregen.«
»Aufregen! Sie würden sich genauso aufregen, wenn man Sie so belästigen würde wie mich. Wenn ich für 'ne gute Ware gutes Geld zahle, dann hat sich die Sache auch, sollt' man meinen. Aber da heißt's ›Wo sind die Gänse?‹ und ›Wem haben Sie die Gänse verkauft?‹ und ›Was wollen Sie für die Gänse haben?‹ Man könnte denken, es wären die einzigen Gänse auf der Welt, wenn man das Brimborium hört, das man mit ihnen macht.«
»Nun, ich habe mit irgendwelchen anderen Leuten, die Erkundigungen eingezogen haben, nichts zu tun«, sagte Holmes nachlässig. »Wenn Sie es uns nicht sagen, dann wird aus der Wette eben nichts, das ist alles. Aber ich bin immer bereit, auf meine Meinung zu setzen, wenn es um Federvieh geht, und ich habe einen Fünfer investiert, daß der Vogel, den ich gegessen habe, auf dem Land aufgezogen wurde.«
»Tja, dann haben Sie Ihren Fünfer verloren, weil er nämlich in der Stadt aufgezogen ist«, fuhr ihn der Händler an.
»Das ist er nie und nimmer.«
»Und ich sage, das ist er doch.«
»Ich glaube Ihnen nicht.«
»Glauben Sie etwa, Sie wüßten mehr über Federvieh als

ich, der damit zu tun hat, seit er 'n Dreikäsehoch war? Ich sag Ihnen, all diese Vögel, die ins ›Alpha‹ gegangen sind, kommen aus der Stadt.«

»Sie werden mich niemals dazu bringen, das zu glauben.«

»Wollen Sie vielleicht wetten?«

»Ich würde Sie bloß um Ihr Geld bringen, denn ich weiß, daß ich recht habe. Aber ich werde einen Sovereign gegen Sie setzen, nur um Sie zu lehren, nicht so aufsässig zu sein.«

Der Händler lachte grimmig in sich hinein. »Bring mir die Bücher, Bill«, sagte er.

Der schmächtige Junge brachte einen kleinen dünnen und einen großen Band mit fettigem Einband herbei und breitete sie zusammen unter der Hängelampe aus.

»Also dann, Mr. Besserwisser«, sagte der Händler, »ich hab gedacht, bei mir gäb's keine Gänse mehr; aber Sie werden sehn, ehe ich mit Ihnen fertig bin, gibt's doch noch eine in meinem Laden. Sehen Sie dies kleine Buch?«

»Ja und?«

»Das ist die Liste der Leute, bei denen ich kaufe. Verstehen Sie? Na gut. Hier auf dieser Seite, das sind die Leute vom Land, und die Zahlen hinter ihrem Namen geben an, wo ihre Konten in dem großen Hauptbuch da stehen. Also weiter! Sehen Sie diese andere Seite mit der roten Tinte drauf? Gut, das ist eine Liste mit meinen Lieferanten aus der Stadt. So, nun sehen Sie sich den dritten Namen da an. Lesen Sie ihn mir mal vor.«

»Mrs. Oakshott, Brixton Road 117–249«, las Holmes.

»Genau. Jetzt schlagen Sie das im Hauptbuch auf.«

Holmes blätterte bis zu der angegebenen Seite. »Da haben wir's: Mrs. Oakshott, Brixton Road 117, Lieferantin für Eier und Geflügel.«

»Na also, und was ist der letzte Eintrag?«

»22. Dezember. Vierundzwanzig Gänse zu sieben Schilling, sechs Pence.«
»Genau. Da haben Sie's. Und darunter?«
»Verkauft an Mr. Windigate vom ›Alpha‹ für zwölf Schilling.«
»Was sagen Sie nun?«
Sherlock Holmes sah tief enttäuscht aus. Er zog einen Sovereign aus der Tasche, warf ihn auf den Tisch und wandte sich mit einer Miene unaussprechlicher Entrüstung ab. Ein paar Meter weiter stand er unter einer Laterne still und lachte auf die herzliche Art in sich hinein, die ihm eigen war.
»Wenn Sie einen Mann mit einem Backenbart von solchem Schnitt sehen, dem auch noch *Der Jockey* aus der Tasche herausschaut, dann können Sie ihn immer mit einer Wette drankriegen«, sagte er. »Ich wage zu behaupten, daß mir dieser Mann – hätte ich hundert Pfund vor ihn hingelegt – keine so vollständige Auskunft gegeben hätte wie die, welche ihm die Vorstellung entlockt hat, er könnte mich mit einer Wette hereinlegen. Nun, Watson, ich glaube fast, wir nähern uns dem Ende unserer Suche, und die einzige Frage, die uns noch zu entscheiden bleibt, ist die, ob wir heute abend zu dieser Mrs. Oakshott gehen oder ob wir das auf morgen verschieben sollten. Nach dem, was dieser grobe Kerl sagte, ist offensichtlich, daß es außer uns noch andere gibt, die sich über diese Sache Gedanken machen, und ich würde ...« Seine Bemerkung wurde plötzlich von einem lauten Tumult unterbrochen, der aus dem Stand hervordrang, den wir soeben verlassen hatten. Als wir uns umwandten, sahen wir einen kleinen Kerl mit einem Rattengesicht in dem gelben Lichtkegel der Hängelampe stehen, während Breckinridge, der Händler, in der Tür seines Verkaufsstandes wütend die Fäuste gegen die unterwürfige Gestalt schüttelte.
»Ich hab genug von euch und euren Gänsen«, brüllte er.

»Ich wünschte, ihr wärt alle miteinander beim Teufel. Wenn du noch einmal herkommst und mich mit deinem blöden Geschwätz belästigst, werd ich den Hund auf dich hetzen. Bring Mrs. Oakshott hierher, dann werd ich ihr antworten. Aber was hast du damit zu tun? Hab ich dir vielleicht die Gänse abgekauft?«

»Nein, aber trotzdem hat mir eine davon gehört«, wimmerte der kleine Mann.

»Also gut, dann frag Mrs. Oakshott deswegen.«

»Sie hat mir gesagt, ich soll Sie fragen.«

»Gut, dann kannst du ja meinetwegen den Schah von Persien fragen. Ich hab genug davon. Mach, daß du hier wegkommst!« Er stürzte zornig auf ihn los, und der Frager huschte in die Dunkelheit davon.

»Ha, das könnte uns einen Besuch in der Brixton Road ersparen«, flüsterte Holmes. »Kommen Sie mit, dann werden wir sehen, was von diesem Kerl zu halten ist.« Mein Freund schritt durch die vereinzelten Grüppchen von Menschen, die um die erleuchteten Stände herumlungerten, hatte den kleinen Mann rasch eingeholt und berührte ihn an der Schulter. Er fuhr herum, und ich konnte im Licht der Laterne erkennen, daß jede Spur von Farbe aus seinem Gesicht gewichen war.

»Wer sind Sie? Was wollen Sie?« fragte er mit zitternder Stimme.

»Sie werden entschuldigen«, sagte Holmes höflich, »aber ich habe ungewollt die Fragen mit angehört, die Sie soeben dem Händler gestellt haben. Ich glaube, ich könnte Ihnen behilflich sein.«

»Sie? Wer sind Sie denn? Wie können Sie von dieser Sache wissen?«

»Mein Name ist Sherlock Holmes. Es ist mein Beruf, zu wissen, was andere Leute nicht wissen.«

»Aber darüber können Sie doch gar nichts wissen.«
»Entschuldigen Sie, ich weiß alles darüber. Sie versuchen, ein paar Gänse aufzuspüren, die von Mrs. Oakshott aus der Brixton Road an einen Händler namens Breckinridge und von ihm wiederum an Mr. Windigate vom ›Alpha‹ und von diesem an seinen Club verkauft wurden, dem Mr. Henry Baker angehört.«
»Oh, Sir, Sie sind genau der Mann, den ich sehnlichst zu treffen wünschte«, rief der kleine Kerl mit erhobenen Händen und zitternden Fingern. »Ich kann Ihnen gar nicht erklären, wie sehr ich an dieser Sache interessiert bin.«
Sherlock Holmes winkte eine Droschke herbei, die eben vorüberfuhr. »In dem Fall sollten wir das lieber in einem gemütlichen Zimmer als auf diesem windgepeitschten Marktplatz besprechen«, sagte er. »Aber ehe wir fortfahren, sagen Sie mir doch bitte, wem ich zu helfen das Vergnügen habe.«
Der Mann zögerte einen Augenblick. »Mein Name ist John Robinson«, antwortete er mit einem Seitenblick.
»Nein, nein, den richtigen Namen«, sagte Holmes freundlich. »Es ist immer unangenehm, mit einem Alias Geschäfte zu machen.«
Die Röte schoß in die bleichen Wangen des Fremden. »Also gut«, sagte er, »mein richtiger Name ist James Ryder.«
»Sehr richtig. Erster Zimmerkellner im Hotel Cosmopolitan. Bitte steigen Sie in die Droschke, dann werde ich bald in der Lage sein, Ihnen alles zu sagen, was Sie wissen möchten.«
Der kleine Mann stand da und schaute mit teils furchtsamen, teils hoffnungsvollen Augen von einem zum anderen wie einer, der nicht sicher ist, ob ihm das große Glück oder eine Katastrophe bevorsteht. Dann stieg er in die Droschke, und eine halbe Stunde später befanden wir uns wieder im

Wohnzimmer in der Baker Street. Während der Fahrt war nichts gesprochen worden, doch der hohe, gepreßte Atem unseres Begleiters und das unruhige Spiel seiner Hände zeugten von der nervösen Spannung in seinem Innern.

»Da sind wir!« sagte Holmes heiter, als wir nacheinander das Zimmer betraten. »Das Feuer scheint mir genau das richtige bei diesem Wetter zu sein. Sie sehen aus, als sei Ihnen kalt, Mr. Ryder. Bitte nehmen Sie doch den Korbsessel. Ich will mir nur schnell die Hausschuhe anziehen, ehe wir Ihr kleines Problem in Ordnung bringen. So, jetzt kann's losgehen. Sie wollen wissen, was aus den Gänsen geworden ist?«

»Ja, Sir.«

»Oder vermutlich besser: aus der Gans. Ich denke mir, es war ein bestimmter Vogel, für den Sie sich interessiert haben – weiß, mit einem schwarzen Streifen quer über dem Schwanz.«

Ryder bebte vor Erregung. »Oh, Sir«, rief er, »können Sie mir sagen, wo er hingekommen ist?«

»Er kam hierher.«

»Hierher?«

»Ja. Und er erwies sich als höchst bemerkenswerter Vogel. Ich wundere mich gar nicht, daß Sie sich für ihn interessieren. Nach seinem Tode legte er ein Ei – das hübscheste, glitzerndste kleine blaue Ei, das man je sah. Ich habe es hier in meinem Museum.«

Unser Besucher fuhr taumelnd in die Höhe und umklammerte mit der rechten Hand das Kaminsims. Holmes schloß seinen Tresor auf und hielt den Blauen Karfunkel in die Höhe, der mit einem kalten, gleißenden, flirrenden, vielstrahligen Glitzern wie ein Stern aufleuchtete. Ryder stand da mit verzerrtem Gesicht und blickte wild um sich, unsicher, ob er ihn für sich beanspruchen oder ihn verleugnen solle.

»Das Spiel ist aus, Ryder«, sagte Holmes ruhig. »Halten Sie sich aufrecht, Mann, oder Sie landen im Feuer. Helfen Sie ihm in seinen Sessel, Watson. Er ist nicht kaltblütig genug, ungestraft ein Verbrechen zu begehen. Geben Sie ihm einen Schluck Brandy. So! Jetzt sieht er ein wenig menschlicher aus. Was ist das nur für ein Wicht!«
Ryder hatte einen Augenblick geschwankt und wäre beinahe zu Boden gefallen, doch der Brandy brachte einen Hauch von Farbe auf seine Wangen, und er saß da und starrte mit schreckensweiten Augen auf seinen Ankläger.
»Ich habe fast alle Glieder der Kette und alle Beweise, die ich eventuell benötigen könnte, in der Hand. Daher gibt es nur wenig, was Sie mir verraten müssen. Doch kann auch dieses Wenige noch geklärt werden, damit der Fall abgeschlossen ist. Ryder, Sie hatten von diesem blauen Stein der Gräfin von Morcar gehört?«
»Catherine Cusack war's, die mir davon erzählt hat«, sagte er mit heiserer Stimme.
»Ich verstehe, die Zofe Ihrer Ladyschaft. Nun, die Versuchung, so leicht und so schnell zu Reichtum zu gelangen, war zuviel für Sie – wie schon für manch besseren Mann vor Ihnen. Doch waren Sie bei der Wahl Ihrer Mittel nicht sehr zimperlich. Mir scheint, Ryder, daß Sie das Zeug zu einem rechten Halunken haben. Sie wußten, daß dieser Horner, der Klempner, schon einmal in eine ähnliche Sache verwickelt gewesen war und daß der Verdacht daher um so eher auf ihn fallen würde. Was taten Sie also? Sie sorgten für einen kleinen Schaden in Myladys Zimmer – Sie und Ihre Komplizin Cusack – und richteten es so ein, daß er der Mann war, nach dem man schickte. Dann, als er fortgegangen war, plünderten Sie die Schmuckkassette, schlugen Alarm und ließen diesen unglücklichen Mann einsperren. Dann ...«

Plötzlich warf sich Ryder auf den Kaminvorleger und umklammerte die Knie meines Freundes. »Um Gottes willen, haben Sie Mitleid!« kreischte er. »Denken Sie an meinen Vater! An meine Mutter! Es würde ihnen das Herz brechen. Ich habe mir noch nie etwas zuschulden kommen lassen! Ich will es nie wieder tun! Das schwöre ich. Ich schwör's auf die Bibel. Oh, bringen Sie es nicht vor Gericht! Um Gottes willen, tun Sie's nicht!«

»Setzen Sie sich wieder in Ihren Sessel«, sagte Holmes streng. »Jetzt haben Sie gut bitten und betteln; aber um diesen armen Horner, der wegen eines Verbrechens auf der Anklagebank sitzt, von dem er überhaupt nichts wußte, haben Sie sich reichlich wenig gekümmert.«

»Ich werde fliehen, Mr. Holmes. Ich werde das Land verlassen, Sir. Dann wird die Anklage gegen ihn zusammenbrechen.«

»Hm. Darüber werden wir noch reden. Und nun lassen Sie uns einen wahrheitsgemäßen Bericht über den nächsten Akt hören. Wie kam der Stein in die Gans, und wie kam die Gans auf den freien Markt? Sagen Sie uns die Wahrheit, denn darin liegt Ihre einzige Hoffnung auf Rettung.«

Ryder fuhr sich mit der Zunge über die trockenen Lippen. »Ich will es Ihnen genau so erzählen, wie es passiert ist, Sir«, sagte er. »Als Horner festgenommen worden war, schien mir, daß es das beste für mich wäre, sofort mit dem Stein zu verschwinden, weil ich nicht wußte, in welchem Augenblick die Polizei womöglich auf die Idee kommen würde, mich und mein Zimmer zu durchsuchen. Im Hotel gab es nicht einen Ort, wo er in Sicherheit gewesen wäre. Ich ging hinaus, so als hätte ich einen Auftrag, und machte mich auf den Weg zu meiner Schwester. Sie ist mit einem Mann namens Oakshott verheiratet und wohnt in der Brixton Road, wo sie Geflügel für den Markt mästet. Auf dem ganzen Weg dorthin hielt ich jeden Mann für einen Polizisten oder einen Detektiv. Und obwohl es eine kalte Nacht war, lief mir der Schweiß übers Gesicht, ehe ich noch in der Brixton Road ankam. Meine Schwester fragte mich, was los wäre und warum ich so blaß sei. Aber ich erzählte ihr, daß mich der Juwelenraub im Hotel so aufgeregt hätte. Dann ging ich in den Hinterhof und – rauchte eine Pfeife und überlegte, was am besten zu tun sei.

Ich hatte mal einen Freund, Maudsley hieß er, der auf die schiefe Bahn geriet und gerade seine Zeit in Pentonville abgesessen hat. Wir hatten uns eines Tages getroffen, und er brachte die Sprache auf Diebe und ihre Gewohnheiten und wie sie das, was sie gestohlen haben, wieder loswerden können. Ich wußte, daß er zu mir halten würde, weil ich das eine oder andere über ihn wußte. Und so entschloß ich mich, gleich weiter nach Kilburn zu gehen, wo er wohnte, und ihn ins Vertrauen zu ziehen. Er würde mir zeigen, wie sich der Stein zu Geld machen ließe. Aber wie sollte ich heil zu ihm kommen? Ich dachte an die Qualen, die ich ausgestanden hatte, als ich vom Hotel hierhergekommen war. Man konnte mich jeden Augenblick ergreifen und durchsuchen, und dann wäre da der Stein in meiner Westentasche. Die ganze Zeit über stand ich an die Wand gelehnt und schaute den Gänsen zu, die um meine Füße herumwatschelten, und plötzlich kam mir eine Idee, wie ich selbst den besten Detektiv aller Zeiten überlisten könnte.

Meine Schwester hatte mir ein paar Wochen vorher gesagt, daß ich ihre schönste Gans als Weihnachtsgeschenk haben könnte, und ich wußte, daß sie immer gehalten hat, was sie versprach. Ich würde meine Gans jetzt mitnehmen, und in der Gans würde ich meinen Stein nach Kilburn bringen. Im Hof stand ein kleiner Schuppen; hinter den trieb ich eines der Tiere, ein schönes, großes, mit einem Streifen

auf dem Schwanz. Ich fing es ein, hielt ihm den Schnabel auf und stopfte ihm den Stein, so tief ich mit dem Finger reichen konnte, in die Kehle hinein. Der Vogel schluckte einmal, und ich fühlte, wie der Stein seinen Schlund hinunter und in den Kropf hineinglitt. Doch das Biest schlug mit den Flügeln und wehrte sich, und prompt kam meine Schwester heraus, um zu fragen, was los sei. Als ich mich umdrehte, um mit ihr zu sprechen, riß sich das Vieh los und flatterte davon – mitten unter die anderen. ›Was hast du bloß mit der Gans angestellt, Jem?‹ sagte sie.
›Na‹, sagte ich, ›du hast gesagt, du würdest mir zu Weihnachten eine geben, und ich hab nur mal gefühlt, welches die fetteste ist.‹
›Oh‹, sagte sie, ›deine haben wir dir schon ausgesucht. Jems Gans nennen wir sie. Es ist die große weiße da drüben. Sechsundzwanzig sind's insgesamt; das macht eine für dich und eine für uns und zwei Dutzend für den Markt.‹
›Danke, Maggie‹, sagte ich, ›aber wenn's dir nichts ausmacht, dann hätt ich lieber die, die ich gerade zu fassen hatte.‹
›Die andere ist gut drei Pfund schwerer‹, sagte sie, ›und wir haben sie extra für dich gemästet.‹
›Das macht nichts. Ich möchte die andere haben, und ich werd sie gleich mitnehmen‹, sagte ich.
›Oh, ganz wie du willst‹, sagte sie ein bißchen gekränkt. ›Welche ist es denn, die du haben willst?‹
›Die weiße da, die mit dem Streifen auf dem Schwanz, mitten in der Schar.‹
›Oh, na gut. Schlachte sie und nimm sie mit.‹
Nun, ich habe getan, was sie sagte, Mr. Holmes, und ich habe den Vogel den ganzen Weg bis nach Kilburn geschleppt. Ich hab meinem Kumpel erzählt, was ich getan hatte, weil er nämlich jemand ist, dem man so was gut

erzählen kann. Er lachte, bis er fast erstickt wäre, und wir nahmen ein Messer und öffneten die Gans. Mir stockte das Herz, denn von dem Stein war nicht die Spur zu sehen, und ich wußte, daß irgendein schrecklicher Irrtum passiert war. Ich ließ die Gans da, rannte zurück zu meiner Schwester und lief in den Hinterhof. Da war kein Vogel zu sehen.
›Wo sind sie alle, Maggie?‹ schrie ich.
›Weg, beim Händler.‹
›Bei welchem Händler?‹
›Breckinridge vom Covent Garden.‹
›Gab's denn da noch eine mit einem Streifen auf dem Schwanz‹, fragte ich, ›genauso wie die, die ich mir ausgesucht habe?‹
›Ja, Jem, es waren zwei mit einem Streifen auf dem Schwanz, und ich konnte sie nie auseinanderhalten.‹
Na, da war mir natürlich alles klar, und ich rannte, so schnell mich meine Füße trugen, zu diesem Breckinridge. Aber der hatte sie alle sofort wieder verkauft und dachte nicht daran, mir auch nur ein Sterbenswörtchen darüber zu sagen, wo sie abgeblieben waren. Sie haben ihn heute abend ja selber gehört. Sehn Sie, so hat er mir jedesmal geantwortet. Meine Schwester glaubt, daß ich verrückt werde. Manchmal glaube ich das selber. Und jetzt – und jetzt bin ich als Dieb gebrandmarkt, ohne daß ich den Reichtum auch nur berührt hätte, für den ich meine Ehre verkauft habe. Gott helfe mir! Gott helfe mir!« Er vergrub das Gesicht in den Händen und brach in krampfhaftes Schluchzen aus.

Es entstand ein langes Schweigen, das nur durch seinen schweren Atem und durch das gleichmäßige Klopfen unterbrochen wurde, das Sherlock Holmes' Fingerspitzen auf der Tischkante erzeugten. Dann erhob sich mein Freund und riß die Tür auf.

»Verschwinden Sie!« sagte er.
»Wie, Sir! Oh, der Himmel segne Sie!«
»Kein Wort mehr! Verschwinden Sie!«
Und mehr Worte waren auch gar nicht notwendig. Ein Huschen, ein Poltern auf der Treppe, das Schlagen einer Tür und das scharfe Getrappel davoneilender Schritte von der Straße.
»Schließlich, Watson«, sagte Holmes und streckte die Hand nach seiner Tonpfeife aus, »bin ich nicht bei der Polizei angestellt, um ihre Versäumnisse auszubügeln. Es wäre etwas anderes, wenn Horner in Gefahr wäre. Doch dieser Bursche wird nicht gegen ihn aussagen, und die Anklage muß zusammenbrechen. Ich nehme an, daß ich ein Verbrechen begünstige, aber es ist doch immerhin möglich, daß ich eine Seele rette. Dieser Bursche wird nicht mehr auf die schiefe Bahn geraten. Dazu ist er viel zu verängstigt. Wenn man ihn jetzt ins Zuchthaus steckt, dann macht man ihn für immer zum Zuchthäusler. Außerdem ist dies die Zeit der Vergebung. Der Zufall hat uns ein höchst eigenartiges und wundersames Problem über den Weg geführt, dessen Lösung ihren Lohn in sich trägt. Wenn Sie die Güte haben wollen, die Klingel zu ziehen, Doktor, werden wir uns einem anderen Fall widmen, in welchem ebenfalls ein Vogel die Hauptrolle spielen wird.

*(Übersetzung von Ulrike Jung-Grell)*

# Eine aufrechte Frau

## *H. R. F. Keating*

H. R. F. Keating (geb. 1926) schrieb seit 1959 rund dreißig hochgelobte Kriminalromane, davon über die Hälfte um die Figur des Inspektor Ghote von der Kriminalpolizei Bombay. Außerdem gab Keating die unschätzbaren Bücher *Whodunit?* heraus, einen »Führer durch die Kriminal-, Spannungs- und Agentenliteratur« (1982), sowie *The Bedside Companion to Crime* (1989). »Eine aufrechte Frau« erschien ursprünglich in *Winter's Crimes 2* (1970).

Mrs. Prothero achtete an Weihnachten gern auf Ordnung. Ihr lag sehr viel daran, daß alles so ablief wie jedes Jahr. Einen Tag vor Heiligabend (es war ein Samstag), um punkt sieben Uhr früh, begann sie deshalb, die schlichten Dekorationen aufzuhängen, die ihr und Mr. Prothero gefielen. Sie wünschten beide nichts Übertriebenes, aber es war schon richtig, daß man die Feiertage sichtbar kennzeichnete, also taten sie es.

Als erstes schnitt Mrs. Prothero zwei silberne Engel aus, die sie rechts und links vom Kamin aufhängen wollte. In ein paar Minuten käme Mr. Prothero mit einem Bund Stechpalmenzweige nach Haus, gerade genug, um jeweils einen über die Bilder im Wohnzimmer zu stecken.

Schnipp-schnapp machte die große Schere in Mrs. Protheros starker und von der Arbeit etwas rauh gewordener Hand. Stück für Stück fielen die unerwünschten Ränder

der Stanniolfolie, um das Erscheinen des Engels zu offenbaren – nur *eine* Silhouette, weil beide gleichzeitig aus dem Bogen ausgeschnitten wurden; das gewährleistete die richtige Symmetrie. Mrs. Prothero schnitt bereits seit sehr vielen Weihnachten Engel aus, seit dem Tag, als Folie mühelos erhältlich und ihr im Pfarrboten ein Artikel über »Basteln Sie Ihren eigenen Weihnachtsschmuck« ins Auge gefallen war. Bald wurden die Engel – mit langen, an die Lippen gesetzten Trompeten, kantig und entschlossen – aus der steifen Folie gelöst.

Mrs. Prothero legte sie auf den Schreibtisch, gleich neben das Telefon, und sah kurz auf die Taschenuhr, die zu tragen sie sich in ihrer Zeit als Krankenschwester angewöhnt hatte.

Arthur war ein bißchen spät. Aber da Weihnachten auf einen Montag fiel, herrschte heute morgen wahrscheinlich besonders großer Betrieb. Gott sei Dank blieb die Bank wenigstens am Samstag geschlossen, so daß Arthur Zeit hatte, sich in die belebten Einkaufsstraßen des Städtchens zu stürzen und die letzten Sachen zu besorgen, die man nicht früher hatte holen können. Es war nett von ihm, daß er das jedes Jahr machte, denn es war nicht unbedingt seine Pflicht.

Plötzlich ertönte von der Tür der Mietwohnung her eine Art dumpfer Knall und ein Scharren. Mrs. Prothero eilte in den Flur hinaus.

Vor ihrem geistigen Auge sah sie Arthur draußen stehen, die Arme – sie waren ziemlich kurz – voller Päckchen und außerstande, an den Wohnungsschlüssel in seiner Tasche heranzukommen, der mit einer Kette an einem seiner Hosenträgerknöpfe befestigt war. Auch das kam alle Jahre wieder.

Während ein seltener Funke von Heiterkeit in ihren gro-

ßen grauen Augen blinkte und dieses Gesicht mit seiner langen, geraden Nase und seinem kompromißlosen Unterkiefer völlig verwandelte, das sonst starr und hart wie ein Helm wirkte, hastete Mrs. Prothero an die solide Tür und öffnete: Da stand er, genau wie sie es sich vorgestellt hatte.
»Du Ärmster!« sagte sie. »Du mußt ja schrecklich kaputt sein.«
Sie machte die schwere Tür fest hinter ihm zu.
»War schon ziemlich anstrengend«, bestätigte ihr Ehemann, während er vorwärtswatschelte und das Bund Stechpalmenzweige, das er in der einen Hand hielt, auf die Schreibtischplatte legte – den einzigen freien Platz, den er sehen konnte.
Mrs. Prothero nahm ihm seine restlichen Einkäufe schnell ab und trug sie durch in die blitzblanke Küche, die ihr ganzer Stolz war.
»Weißt du, was?« rief sie, während ihr Gatte seinen Mantel im Dielenschrank aufhängte. »*Einmal* machen wir eine Kleinigkeit anders! Trinken wir unseren Wein, mit dem wir sonst auf den Beginn der Feiertage anstoßen, doch gleich, und ich räume diese Sachen hier weg; du kannst solange die Stechpalmenzweige aufhängen, bis zum Mittagessen.«
Sekundenlang erschien ein wirklich ängstlicher Ausdruck wegen dieser Abweichung von der Tradition auf Mr. Protheros rundem Gesicht mit seinen funkelnden Äuglein. Dann aber zuckte er gleichgültig seine Achseln unter dem schwarzen Bankdirektorenjackett.
»In Ordnung«, rief er. »Machen wir es so, und hol's der Teufel!«
Er stolzierte kühn an den Hängeschrank in der Ecke, in dem er seinen Weinkeller aufbewahrte, und schenkte zwei Gläser Ingwerwein ein, wobei er seinem eigenen einen Schuß Whisky hinzufügte.

Nachdem er ausgetrunken hatte, hielt er die Whiskyflasche hoch, um deren Restinhalt abzuschätzen.

»Da haben die Hauptangestellten bei unserem kleinen Fest gestern aber recht kräftig zugeschlagen!« meinte er, als Mrs. Prothero wieder hereinkam.

Sie machte ein ernstes Gesicht.

»Das war Mr. Perkins«, sagte sie. »Wenn man bedenkt, daß er dein unmittelbarer Untergebener und Stellvertreter ist, sollte er sich etwas mehr zu beherrschen wissen.«

Mr. Prothero seufzte. Dann wurde er wieder fröhlicher.

»Aber das Ganze lief doch besser als in manch anderem Jahr«, sagte er.

Mrs. Prothero überlegte.

»Ja«, bestätigte sie, »die Angestellten haben sich gut benommen. Besonders der junge Smith. Er unterhielt sich sehr nett mit mir, hat sich erkundigt, was wir Weihnachten machen und so weiter. Zeigte echtes Interesse.«

Mr. Prothero prustete skeptisch aus seinen rosigen Wangen.

»Ich versuche ja, ihn sympathisch zu finden«, sagte er. »Ich spüre, daß ich es sollte. Aber er zieht sich nun mal so provozierend an.«

»Nein«, entgegnete Mrs. Prothero mit Bestimmtheit. »Ich war ziemlich beeindruckt. Ich werde meine Ansicht von ihm überdenken.«

Ihr Ehemann reichte ihr ein Glas.

»Sollen wir auf ihn trinken?« fragte er, nur halb scherzhaft.

»Nein«, entgegnete Mrs. Prothero noch einmal, »wir trinken auf Weihnachten.«

»Auf Weihnachten!« sagte Mr. Prothero und hob sein Glas.

»Auf drei volle Tage ungestörten Friedens!« ergänzte seine Frau.

Sie nippte bescheiden und nahm in ihrem angestammten Sessel auf der einen Seite des Kamins Platz, so daß ihre

Zehen gerade noch auf der schwarzverbleiten Umrandung ruhten.

»Nun«, sagte sie, »ich glaube, wir haben selten etwas Klügeres getan, als zu sagen, daß wir über Weihnachten grundsätzlich nicht wegfahren! Diese paar Tage Ruhe und Frieden sind mir mehr wert als jede Feier außerhalb.«

»Sehr richtig!« bestätigte Mr. Prothero, obwohl es bei aller rosigen Gutmütigkeit in seinem Gesicht schwerfiel, sich vorzustellen, er unternehme viel in Richtung »Feier«.

Mrs. Prothero nippte noch einmal an ihrem Wein und stieß unerwartet ein Kichern aus.

»Was für eine komische Sache gestern nachmittag«, sagte sie. »Bei all dem Trubel habe ich ganz vergessen, es dir abends zu erzählen.«

»Was denn?«

»Es stand ein Mann vor der Tür. Du weißt ja, wie sie's mitunter machen, auch wenn unsere Tür zwischen all den Wohnungen so versteckt ist. Wahrscheinlich, weil sie im Erdgeschoß liegt.«

»Ja, ja. Ich habe oft das Gefühl, man sollte etwas gegen solche Leute tun. Irgendein Schild am Eingang. Nur sind das genau die Typen, die Schilder ignorieren.«

»Ja. Also, ich versuchte ihm klarzumachen, daß ich nie etwas von Hausierern kaufe, aber ich mußte ihm alle möglichen Fragen beantworten, bevor ich ihn los wurde. Und weißt du wohl, wie ich das gemacht hab?«

Mrs. Prothero trug einen Ausdruck milden Triumphs auf ihrem Gesicht.

»Nein«, sagte Mr. Prothero. »Bist du ihm mit dem Besen gekommen?«

Er kicherte.

»Oh, notfalls hätte ich das getan!« antwortete seine Frau. »Aber dergleichen war überflüssig. Zuletzt bekam ich nämlich heraus, was er eigentlich verkaufen wollte: Versicherungen. Und da erzählte ich ihm, wer du bist. Ich habe noch kein Gesicht *so* schnell *so* lang werden sehen. ›Typisch mein Pech‹, hat er gesagt. ›Da glaube ich, eine Kundin bekommt Interesse, und dann entpuppt sie sich als Frau eines Bankdirektors!‹«

Doch Mr. Prothero schien nicht so ganz erheitert.

»Fragen«, meinte er. »Du sagst, er hätte Fragen gestellt. Was für welche?«

»Oh, Dutzende. Und manche davon völlig absurd. Zum Beispiel, ob wir an Heiligabend in die Christmette gehen.«

»Irgendwas daran gefällt mir nicht«, sagte Mr. Prothero, während eine fast pantomimische Verschlagenheit auf seinem runden Gesicht erschien.

»Oh, er hatte seine Gründe«, erwiderte seine Frau. »Es sei gefährlich, nachts draußen in der Kälte, meinte er. Wenn nun einer von uns ausrutschen und sich ein Bein brechen würde?«

»Dann hast du ihm gesagt, daß wir das Haus verlassen?« fragte Mr. Prothero.

»Aber ja! Weshalb wirst du denn auf einmal so ernst?«

Mr. Prothero schüttelte mit weltmännischer Überlegenheit seinen Kopf.

»Weil ich den starken Verdacht habe«, sagte er, »daß dein Versicherungsvertreter nichts anderes als ein Gauner war. Das ist nämlich ein uralter Trick, um die Lage auszuspionieren. Und diese Burschen betreiben ihr Handwerk oft über die Feiertage.«

Es dauerte ein, zwei Sekunden, bis Mrs. Prothero eine derartige Heimtücke verdaut hatte.

»Nun«, meinte sie schließlich, »dann hat er immerhin erfahren, daß diese Wohnung über Weihnachten nicht leerstehen wird. Eigentlich ein Glücksfall.«

Sie schaute behaglich zu ihrem Gatten hinüber.
Doch der sah nicht zu ihr hin. Statt dessen saß er mit offenem Munde in seinem bequemen Ohrensessel und starrte auf die Tür hinter ihr.
Mrs. Prothero wandte den Kopf, um nachzuschauen, was ihn so faszinierte.
In dem halb geöffneten Eingang des Zimmers stand ein Mann. Er war um die Dreißig, trug trotz des bitterkalten Wetters nur einen Trenchcoat, hatte keinen Hut auf und ein schmales Gesicht, aus dem zwei große braune Augen mit einer Mischung aus Protzerei und Unbehagen blickten. An seiner Kehle saß der etwas schmierig wirkende Knoten einer gestreiften Klubkrawatte.
Da fand Mr. Prothero seine Sprache wieder.
»Wer, zum Teufel, sind Sie?« verlangte er zu wissen. »Und wie sind Sie hier hereingekommen?«
Aber Mrs. Prothero kannte den Mann.
»Arthur«, sagte sie, und plötzlich klang ihre Stimme hohl von unbewußten Ängsten. »Arthur, das ist der Mensch, von dem ich dir gerade erzählt habe.«
»Stimmt«, bestätigte der Eindringling mit einem jähen Anflug von Unverschämtheit. »Ich bin gestern mal vorbeigeschneit. Mrs. Prothero und ich hielten ein Schwätzchen.«
»Dann kennen Sie meinen Namen?« fragte Mr. Prothero, und ein kleines Zittern der Besorgnis raubte der Frage einiges von der Entschlossenheit, die sie hatte besitzen sollen.
Der Mann lächelte, fast einschmeichelnd.
»Wir mußten alles über Sie beide wissen«, erklärte er. »Genau, wie wir Ihnen letzte Woche auch den Wohnungsschlüssel aus der Hosentasche ziehen und einen Abdruck nehmen mußten. Gehört alles zum Job.«
Die Tür neben ihm wurde weit aufgerissen, und ein zweiter

Mann trat ein. Er war älter als der erste, zwischen Fünfundvierzig und Fünfzig, klein, breitschultrig und mit einem dicken, aggressiven Bauch, der seinen schweren Wintermantel offenhielt.
»Halt deine verdammte Fresse, Tony«, befahl er barsch.
»Was soll das?« verlangte Mr. Prothero noch einmal zu wissen. »Wer sind Sie?«
Der selbstsichere Neuankömmling überhörte diese großspurige Frage.
»Hören Sie mir einfach zu und tun Sie, was man Ihnen sagt«, erwiderte er mit einer fröhlichen Schroffheit, die zu seiner geschäftigen Art paßte.
»Das werde ich keineswegs. Ich weiß ja nicht einmal Ihren Namen.«
Der kleine Mund in dem scheckigen Gesicht spaltete sich bei diesen Worten zu einem raschen Grinsen.
»Sich vorstellen, wie es sich gehört – willst du *das,* Kumpel? Also schön. Mein Name ist Dawson. Und ich bin hier, um deine Bank zu knacken. Wir werden's auf unterirdischem Weg machen. Tunnel zwischen dieser Gasse zum Gebäude auf der andern Seite.«
»Damit kommen Sie nirgendwohin«, versetzte Mr. Prothero aufgeregt, aber furchtlos. »Sie werden keinen Penny finden, der nicht im Haupttresor ist, und in den schaffen Sie's nicht so schnell.«
Dawson stand fest auf seinen kurzen Beinen. Er grinste erneut.
»Und was ist mit den Schließfächern, alter Freund?« fragte er. »Du hast doch den Schlüssel dazu, oder?«
Mr. Protheros rosiges Mondgesicht erbleichte unübersehbar.
»Woher wissen Sie das?« fragte er ungehalten.
Dawson drehte sich um und rief mit lauter, vergnügter

Stimme: »Hierher, Dennis-Boy! Besser, du kommst und zeigst dein Pickelgesicht!«

Ein Neunzehn- oder Zwanzigjähriger betrat etwas verschämt das Zimmer. Dawson hatte recht: Der junge Mann trug mindestens einen heftig entzündeten Pickel in seinem blassen Gesicht, gleich links unter der dünnen Nase.

»Smith!« rief Mr. Prothero bei seinem Anblick.

Der Bursche warf ihm einen trotzigen, kämpferischen Blick zu.

»Ja«, sagte er, »daher wissen wir ganz genau, wie es in der Bank zugeht, Sir.«

Das letzte Wort war unverblümter Hohn.

Mr. Prothero überhörte ihn.

»Sie haben das in Sie gesetzte Vertrauen mißbraucht«, sagte er.

Trotz aller Schulmeisterlichkeit dieser Bemerkung hatte sie eine gewisse Würde. Es war ein moralisches Todesurteil.

Einen Moment lang wußte Smith nichts zu antworten. Dann platzte es aus ihm heraus.

»Und ob ich Ihr Vertrauen mißbraucht habe«, brabbelte er. »Was glauben Sie denn, was für ein Vertrauen Sie für mein schäbiges, sogenanntes Gehalt zu kaufen kriegen? Jetzt mache ich mal richtig Kohle – damit man sich sehen lassen kann!«

Es war ein Moment des Triumphs für ihn, eine Unabhängigkeitserklärung.

Aber er durfte ihn nicht auskosten. Sein neuer Chef trampelte ebenso gefühllos auf Smiths schönen Gedanken herum, wie es sein alter getan hatte.

»Schon gut, Junge«, sagte er. »Du kriegst ja dein Stück vom Kuchen.«

Er wandte sich an Mr. Prothero.

»Wir wollen also deinen Schlüssel zu den Schließfächern,

Kumpel«, fuhr er fort. »Wo bewahrst du ihn auf? Hier drüben?«
Er marschierte zu dem schön polierten Schreibtisch aus dunkler Eiche.
Mr. Prothero hastete ihm hinterher.
»Raus hier, augenblicklich!« befahl er.
Dawson drehte sich um, und die beiden untersetzten Männer standen einander wie zum Kampf gegenüber. Das empörte Rotkehlchen und der kleine, aggressive Raubvogel.
»Sie haben Zeit, bis ich bis fünf gezählt habe«, sagte Mr. Prothero. »Dann rufe ich die Polizei.«
Er warf einen gezielten, funkelnden Blick auf das Telefon, das auf der Schreibtischplatte stand, und übersah dabei nur das eine: daß Dawson ihm breitbeinig den Weg zu dem Apparat versperrte, während Tony der Vertreter und der junge Smith von ihrem Platz vor dem fröhlichen kleinen Kaminfeuer alles beobachteten.
»Eins. Zwei. Drei ...«
»Arthur«, warf Mrs. Prothero unsicher ein. »Arthur, sie sind zu dritt.«
»Überlaß das mir, Ellen.«
Jetzt sprach der Herr Direktor.
»Vier«, zählte er. »Fünf.«
Er versetzte Dawson einen Stoß. Er hätte genausogut ein Steindenkmal stoßen können.
»Die Leitung ist durchgeschnitten«, sagte Dawson. »Also keine Mätzchen und her mit dem Schlüssel!«
Seine Rechte tauchte in die durchhängende Tasche seines offenen Mantels und zog ein längliches, stumpf gewordenes Metallstück heraus.
»Weißt du, was das hier ist?« fragte Dawson. »Das ist ein Schlagring.«

Er steckte sich das gefährlich aussehende Instrument auf die Finger.

»Arthur«, drängte Mrs. Prothero. »Laß dich nicht auf einen Kampf ein! Das hat keinen Sinn bei so einem Menschen.«

»Ganz recht, Lady«, erwiderte Dawson. »Also los, alter Freund!«

»Nein«, krähte Mr. Prothero.

Er hastete seitwärts ans Ende des Schreibtischs, schnappte sich das Bund Stechpalmenzweig, das er erst vor ein paar Minuten dorthingelegt hatte, und stieß es Dawson fest ins Gesicht.

Der andere heulte auf vor Schmerz, und Mr. Prothero schnellte auf seinem Absatz herum. Er wollte die offene Zimmertür erreichen.

Doch prallte er nur mit einem weiteren Eindringling zusammen, einem dunklen Mann mit gelockten Haaren, so breit wie ein Scheunentor, in einem weißen Pulli mit Polokragen. Mr. Prothero taumelte zurück.

Und da packte ihn Dawson, dessen scheckiges Gesicht von Blutstropfen gesprenkelt war, an der Schulter und drehte ihn herum.

Der Schlagring kam mit schrecklicher Wucht von unten heraufgesaust.

Das Geräusch, das er bei seinem Auftreffen auf Mr. Protheros Kinnlade machte, klang wie ein Pistolenschuß: scharf und klar. Mr. Prothero fiel um wie ein Baum unter der Axt. Sein Hinterkopf traf auf die Kamineinfassung – mit einem Geräusch, das zwar leiser war als Dawsons Schlag, doch genauso übelkeiterregend.

Fast sofort kniete Mrs. Prothero neben ihrem Mann.

Der Kerl in der Tür machte den Mund auf.

»Wozu, in Gottes Namen, sollte das gut sein?« fragte er Dawson mit starkem Waliser Akzent.

»Du hast ja gar nicht gesehen, was dieser Mistkerl mit mir gemacht hat!« antwortete Dawson. »Er hat mir diese Stechpalmenzweige mitten ins Gesicht gestoßen!«

»Aber du hättest ihn nicht so in die Fresse hauen sollen, Mann«, sagte der Neuankömmling.

Sein Waliser Akzent befähigte ihn zu einer Äußerung tiefsten Entsetzens.

Aber Dawson ließ sich nicht so leicht den Schwarzen Peter zuschieben.

»Hör zu, Morgan«, sagte er, »wenn ich deinen Rat brauche, dann werde ich dich fragen.«

»Ja, aber ...«

»Geh rüber zu diesem Schreibtisch und such den Schlüssel zu den Schließfächern.«

Morgan warf ihm einen düster funkelnden Blick aus seinem ebenso düsteren, aber hübschen Waliser Gesicht zu und ging zum Schreibtisch hinüber, dessen Klappe er mit unnötiger Wucht öffnete. Dann begann er zu wühlen.

»Und wo ist der andere?« fauchte Dawson ihn an.

»Der macht sich's im Schlafzimmer gemütlich, wenn du's unbedingt wissen mußt«, antwortete Morgan.

»Ja, das muß ich wissen«, erwiderte Dawson. »Schließlich wird dieser Typ den Haupttresor sprengen. Er ist wichtig.«

Die Rückfront seines weißen Pullis drückte beredt Morgans Gefühle über die Andeutung aus, daß er selbst nicht wichtig sein könnte. Aber er sagte nichts.

Unten auf dem Boden neben dem Kamin hatte Mrs. Prothero ihren Mann mit ruhiger Sachkenntnis untersucht. Jetzt blickte sie auf.

»Er ist schwer verletzt«, sagte sie. »Er darf keinesfalls gestört werden, bis der Arzt nach ihm gesehen hat.«

»Kein Arzt«, entgegnete Dawson.

Mrs. Prothero, am Boden kniend, brauchte zwei, drei Se-

kunden, um dies zu verdauen. Dann erhob sie sich mit zwei steifen Bewegungen.
»Hören Sie«, sagte sie zu Dawson, »ich bin jahrelang Krankenschwester gewesen. Ich erkenne eine Schwerverletzung, wenn ich sie sehe. Mein Mann muß ins Krankenhaus.«
»Sie müssen ihn schon hier beschwestern«, versetzte Dawson brutal. »Ihre Sorte kenn ich. Ich war selbst schon im Krankenhaus. Verdammte Biester seid ihr Schwestern. Tun Sie etwas, was ihm hilft.«
Er sah kurz auf die dickliche kleine Gestalt hinab, die bewußtlos am Boden lag.
»Hierher, Morgan«, sagte er, »du und Tony, ihr schleppt ihn ins Bad. Stimmt doch, daß es kein Fenster nach draußen hat?«
Er warf Smith einen kurzen, auffordernden Blick zu. Der Junge stand dort, wo er sich seit dem jähen Gewaltausbruch nicht mehr gerührt hatte, und schien blasser als zuvor.
»Ich hab Ihnen doch gesagt«, brabbelte er, »ich hab mich während der Party gut umgesehen.«
»Dann schafft ihn raus«, wiederholte Dawson.
Weißpulli-Morgan und Klubkrawatten-Tony wechselten einen kurzen Blick, wußten aber anscheinend nichts zu sagen. Sie traten auf Mr. Prothero zu.
»Keine ruckartigen Bewegungen!« flehte seine Frau. »Nur keine ruckartigen Bewegungen mit ihm!«
Die beiden sanken fast ehrfürchtig auf die Knie und hoben Mr. Prothero langsam vom Boden hoch. Mrs. Prothero folgte ihnen mit grimmigem Gesicht nach draußen.
Smith hastete in den kleinen Flur der Wohnung und machte ihnen die Tür zum Badezimmer auf.
Im Wohnzimmer ging Dawson an den Schreibtisch hinüber und versuchte, die oberste Schublade zu öffnen. Er hatte sie gerade mit einer Kohlenschaufel aufgebrochen und fiel

darüber her wie ein hungriger Löwe, da kam Tony wieder herein.
»Die Sache gefällt ihr nicht«, sagte er.
»Und du hättest wohl gern, daß sie ihr gefällt?« entgegnete Dawson, ohne ihn sehr zu beachten. »Dir wäre es am liebsten, wenn alles die ganze Zeit lustig und vergnügt ist.«
Er wirbelte unversehens herum.
»Es ist eben nicht immer lustig und vergnügt; da müßten sie schon, verdammt noch mal, selbst dafür sorgen.«
In seiner Hand baumelte ein Ring mit zwei Schlüsseln.
Tonys Augen leuchteten auf.
»Ist er das?« fragte er.
»'türlich ist er das. Der und hier der Schlüssel zur Eingangstür, dem Aussehen nach. Aber zwischen uns und der Bank liegen fünf Meter dicke Erde; also ab in die Küche und legt die Dielen frei.«

Um Mitternacht brannte im Wohnzimmer noch immer ein Feuer, etwas noch nie Dagewesenes. Doch der kleine Kamin war auf eine Art und Weise mit Ascheflocken bedeckt, die Mrs. Prothero keinesfalls geduldet hätte.
Wenn das leere Zimmer aber schon unordentlich war, so war die anschließende Küche das Chaos. Das gewachste, gelb-graue Linoleum hatte man einfach beiseite gerissen. Drei Dielenbretter waren samt und sonders entfernt und lagen aufgestapelt neben Mrs. Protheros Bügeltisch. In der Ecke des Raumes, wo normalerweise ein sperriges kleines Gemüseregal Kartoffeln, Mohrrüben und Zwiebeln enthielt, häuften sich Lehmbrocken und schmutzverkrustete Backsteine aus den Grundfesten des Mietshauses.
Auf dem Küchentisch hockte Dawson, ließ seine kurzen Beine baumeln und nippte an dem Kaffee, den der von seinem weißen Pulli längst befreite Morgan gerade ge-

macht hatte. Die feinsäuberliche Art und Weise, wie letzterer dabei Tassen, Untertassen und Teelöffel aufdeckte, sprach für dessen Kinderstube. Tony saß erschöpft und mit schmutzverschmiertem, unglücklichem Gesicht auf dem einen von Mrs. Protheros zwei Küchenstühlen, der junge Smith auf dem anderen, in sich zusammengesunken, die Ellenbogen auf die Knie gestützt, und sein Pickel war durch stundenlange Schwerarbeit in einem noch wütenderen Rot entflammt.

»Also«, bellte Dawson unvermittelt, »wieviel seid ihr weitergekommen?«

Tony blickte rasch auf.

»Mindestens noch mal dreißig Zentimeter«, sagte er.

»So knapp über zwanzig«, meinte Morgan.

»Knapp über zwanzig?« echote Dawson mit höhnisch knurrendem Unterton. »Jetzt paßt mal auf: Das ist verdammt lahmarschig!«

»Wir mußten ja wohl auch 'n paar Stützpfosten einziehn«, erklärte Morgan beleidigt.

»Stützpfosten? Was, zum Teufel, glaubt ihr, was ihr da macht? Den Ärmelkanal-Tunnel? Los, wieder runter und weiterbuddeln!«

»Allzuviel Hilfe kriegen wir ja auch nicht, oder?« entgegnete Morgan.

»Ihr hättet wohl mich gern da unten, was?« fragte Dawson. »Und wenn nun irgendein neugieriger Nachbar herkommt und klopft? Dann würde diese alte Ziege im Bad doch zu schreien anfangen, und wir hätten sofort 'nen Polizeiwagen vor der Tür.«

Morgan starrte voller Wut auf die grauen und gelben Vierecke von Mrs. Protheros geschändetem Bodenbelag.

»Und was ist mit dem anderen?« fragte er. »Der legt da drüben im Schlafzimmer seine verdammte Patience.

Kommt nicht mal zu seinem Kaffee raus. Warum kann *er* uns nicht mal ablösen?«

»Steht nicht in seinem Vertrag, Kumpel«, antwortete Dawson, nun wieder mit seiner alten Fröhlichkeit. »Er kommt den Tresor sprengen, aber nicht ...«

Er brach ab.

Draußen im Gang ertönte ein mehrmaliges Klopfen.

»Das ist sie«, krächzte leise der junge Smith. »Die Polizei.«

»Das ist die alte Ziege«, erwiderte Dawson. »Los, bring sie zum Schweigen!«

»Aber letztes Mal ...«

Dawson bewegte eine kleine, aber kräftige Faust. Der junge Smith hechtete geradezu nach der Tür.

Er blieb nicht lange weg.

»Sie will mit Ihnen sprechen«, sagte er, indem er verschämt seinen Kopf nur ganz kurz hereinstreckte.

»Hast du ihr gesagt, sie soll mit dem Krach aufhören?« fragte Dawson.

Der Junge sah aus, als würde er am liebsten wieder den Kopf einziehen und außer Sichtweite bleiben, bis sich alles beruhigt hatte. Doch ganz offensichtlich traute er sich nicht.

»Ich hab ihr gesagt, es hätte keinen Zweck, mit Ihnen zu reden«, antwortete er verschüchtert.

Ein boshaftes Grinsen zuckte um Dawsons Mund.

»Warum kommst du dann und fragst?« entgegnete er.

»Aber sie sagt, Mr. Prothero ginge es wirklich schlecht«, verteidigte sich Smith. »Sie sagt was von Schädelbruch. Ich weiß nicht.«

»Na schön, hat er meinetwegen einen Schädelbruch«, versetzte Dawson. »Wennschon!«

Hinter Smith begann erneut das dumpfe Hämmern gegen die Badezimmertür. Der Junge blieb stehen, wo er war – halb drinnen, halb draußen.

»Okay«, sagte Dawson schließlich. »Bring sie rein.«
Smith verschwand eilig wie ein Schuljunge, der noch einmal ungestraft davongekommen ist. Nur einen Moment später marschierte Mrs. Prothero vor ihm durch die Küchentür.
Die Stunden des Eingesperrtseins – eingesperrt mit ihrem verletzten Mann – hatten an ihr gearbeitet. Ihre Züge hatten alle weibliche Sanftheit verloren. Ihre Augen lagen tief in den Höhlen und leuchteten vor Wut.
»So«, sagte sie, indem sie schnurgerade auf Dawson zuging, »da sind Sie also und ruhen sich ein bißchen aus von Ihrer Goldgräberei. Nun, hier eine Tatsache, die Ihnen Ihre Träume von unermeßlichem Reichtum verderben wird: Keine drei Meter von dort, wo Sie jetzt sitzen, liegt ein Mann, der gleich vor seinen Schöpfer tritt. Er stirbt, und zwar durch Sie!«
Es kam keine Reaktion. Statt dessen ließ Dawson seine Beine weiterhin vom Tisch baumeln. Doch auf die anderen übte sie eindeutig Wirkung aus. Tony rutschte unruhig auf dem säuberlich gestrichenen Stuhl herum und warf Morgan einen flehenden Blick zu, woraufhin Morgan hinausging, mit versteinertem Gesicht wie ein Fels aus seinen Heimatbergen.
Nicht lange, da antwortete ihr Dawson.
»Von mir aus, aber ich glaube kein Wort davon.«
Er sprang vom Tisch, so daß Mrs. Prothero einen halben Schritt zurücktreten mußte.
»Und jetzt«, sagte er, »wieder dort rein mit Ihnen, und machen Sie uns ja nicht noch mal Schwierigkeiten.«
Mrs. Prothero sah ihn verurteilend an.
Dawson grinste.
»Sie können einen Kaffee mitnehmen«, sagte er. »Oder auch zwei, einen für jeden.«

»Kaffee!« versetzte Mrs. Prothero. »Sie haben es mit einem Menschen zu tun, der den Weihnachtstag nicht überleben wird, und Sie bieten ihm Kaffee an?!«
Auf einmal schnellte sie zu den anderen herum.
»Nein«, sagte sie, »ich werde nicht dulden, daß Sie ihn sterben lassen. Traut sich denn keiner von euch, den Mund aufzumachen?«
Dawson ließ sich nicht einschüchtern.
»Okay«, sagte er, »schauen wir mal, ob irgendeiner ein Feigling ist.«
Er sah sie nacheinander an – drehte dann ruckartig den Kopf um und starrte Tony ins Gesicht.
»Glaubst du der Lady?« fragte er. »Los, nur keine Bange; sprich dich aus! Glaubst du, daß der Alte krepiert?«
Tony lief rot an.
»Ach, halt's Maul, um Himmels willen«, antwortete er. »Natürlich glaub ich das nicht. Unmöglich.«
Hinter Dawson zeigte das Gesicht des jungen Smith eine fast komische Erleichterung, der Zwickmühle entgangen zu sein.
Dawson wandte sich an Morgan.
»Und, wie steht's mit dir, Welshie? Meinst du, daß er stirbt?«
Morgan schaffte es, ein nüchternes, unbeteiligtes Gesicht zu machen.
»Ich schätze, Gnädigste sind ein bißchen hysterisch«, sagte er.
Dawson setzte sein zuckendes kleines Grinsen auf.
»Ja, hysterisch«, pflichtete er bei. »Dann braucht man sie doch nicht zu beachten, oder, mein Junge? Hysterische Weiber sind etwas, womit ein netter junger Mann, der seinen Weg durchs Leben geht, mit eigenem Fitneßklub und allem, sich nicht abgeben muß.«
Morgan biß sich auf die Lippe.
»Und ist es nicht ein Jammer«, fuhr Dawson fort, »daß

dieser Fitneßklub so in die Miesen kam, daß Mr. Morgan eine Bank ausrauben muß?«

Morgan sprang von seinem Stuhl auf, besann sich aber eines Besseren.

Jetzt wandte sich Dawson an den jungen Smith.

»Nun, glaubst du, dein früherer Arbeitgeber wird je seine goldene Taschenuhr für fünfzig Jahre treuer Dienste bekommen?« fragte er.

»Nein, nein!« Smith schrie beinahe. »Nein, ich glaub ihr nicht, dieser stinkenden Kuh!«

Doch so leicht sollte er nicht davonkommen.

Mrs. Prothero marschierte auf ihn zu, bis ihr langes, unerbittlich wirkendes Gesicht nur zentimeterweit von seinem entfernt war.

»Nein«, widersprach sie. »Sie haben meinen Mann gesehen. Sie werden die Wahrheit sagen.«

»Ich – ich hab höchstens 'nen kurzen Blick auf ihn geworfen.«

»Sie haben lang genug hingesehen. Ich habe es beobachtet. Antworten Sie.«

Der junge Smith wußte keine Antwort.

»Los, Jungchen«, sagte Dawson. »Raus mit der Sprache!«

Der Bursche straffte seinen Körper.

»Nein«, spie er aus. »Nein. Ich sag Ihnen, ich glaube ihr kein Wort. Dem geht's gut. Dem alten Prothero geht's gut, das sag ich Ihnen.«

Dawson schob seinen stämmigen Körper hinter ihn und Mrs. Prothero.

»Zu schade, Muttchen«, sagte er. »Hat nicht geklappt. Jetzt wieder nach drinnen mit dir.«

»Ich bin müde«, protestierte Morgan, als Dawson die drei am nächsten Abend aufweckte.

»Müde?« fauchte Dawson. »Du hast doch gerade eine Stunde gepennt. Glaubst du vielleicht, ich habe geschlafen? Glaubst du, ich hätte auch nur ein verdammtes Auge zugetan, seit wir hier sind?«

»Warum denn nicht? Geht doch«, erwiderte Morgan.

»Meinst du? Schön, dann will ich dir sagen, warum. Wenn ich es getan hätte, dann hätte Smithie hier diese Schreckschraube nämlich rausgelassen, noch bevor's irgend jemand merkt. Sieht doch jedes Kind, daß er auf ihr Märchen reingefallen ist!«

»Ich hätte ihn im Auge behalten können«, entgegnete Morgan.

Dawson warf ihm einen stechenden Blick zu.

»Glaubst du, der Junge hätte Angst vor dir?« fragte er. »Er weiß, du machst dir viel zu viele Gedanken darüber, was die Nachbarn denken könnten, um ihm eins reinzuwürgen. Der würde sein bißchen Wut zusammennehmen und dich zum Teufel jagen. Und wo wären *wir* dann alle?«

Er wandte sich ab, um gedankenvoll auf die Uhr am Kaminsims zu sehen.

»Gerade halb sieben durch«, sagte er. »Bis halb acht werden wir drin sein. Das gibt dem anderen mehr als seine drei verdammten Stunden Zeit, den Tresor ein bißchen schalldicht zu machen und sein Zeug herzurichten; und dann, wenn diese alte Kirchenglocke mit ihrem Gebimmel loslegt, sprengen wir das Ding auf. Wie geplant.«

Er stand mit weitgespreizten Beinen, und ein unbestimmtes, fast visionäres Leuchten lag in seinen Augen.

Es erlosch unvermittelt.

»Smithie«, sagte er, »geh mal im Bad nachsehen!«

Aber der junge Smith bockte.

»Ich schon wieder. Warum muß immer ich?«

Dawson sah ihn an. Dann durchquerte er schnell das Zim-

mer zu der Stelle, wo sein Mantel über einem Stuhl hing. Er steckte seine Hand tief in eine der Taschen und zog den Schlagring heraus.
Es war ein Wink mit dem Zaunpfahl.
Der junge Smith hatte den Raum kaum verlassen, da kam er schon wieder herein, angeführt von Mrs. Prothero.
»Jesus!« stöhnte Dawson. »Hast du ihr noch mal aufgemacht?«
Mrs. Prothero überhörte ihn.
»Nein«, sagte sie barsch zu Dawson, »er ist noch nicht tot. Darum haben Sie doch den Jungen geschickt, um es festzustellen?«
»Wenn er im Sterben läge«, entgegnete der andere und bewahrte dabei den Anschein von Gelassenheit, »dann würde ich vielleicht nachfragen lassen. Da er es aber nicht tut, frag ich auch nicht.«
Von der Tür her warf Smith ein Wort ein.
»Aber ziemlich schlimm sieht er jetzt schon aus.«
»Ach, wirklich?« erwiderte Dawson. »Wirst du jetzt vielleicht Onkel Doktor – nachdem du deine Karriere als Bankangestellter ja an den Nagel gehängt hast?«
»Nein«, sagte Smith, »aber es geht ihm dreckig. Das sieht man.«
Mrs. Prothero stürzte vor.
»Genau«, bekräftigte sie. »Von dieser Tatsache kommen Sie nun mal nicht los! Also sollten Sie Ihre Freunde lieber dazu herumkriegen, daß sie mich Hilfe holen lassen.«
»Seien Sie nicht so verdammt bescheuert!« platzte Smith heraus. »Glauben Sie, die Sanitäter kommen her, holen ihn und lassen uns hier schön weitermachen?!«
»Dann müssen Sie eben damit aufhören!« erwiderte Mrs. Prothero unerbittlich.
»Wir können nicht aufhören, das geht nicht!« schrie Smith.

»Wir sind jetzt zum Greifen nahe dran. Mehr Geld für mich, als ich mir je hätte träumen lassen. Und dann zeig ich's ihnen. Drüben in Südamerika werd ich Garagen voll Autos haben und Maßanzüge. Und die Puppen kommen angekrochen, Sie werden's sehen.«

»Geld«, versetzte Mrs. Prothero. »Ein bißchen Geld gegen ein Menschenleben. Sie müssen sich entscheiden.«

»Nein!« brüllte der Junge. »Ich sag Ihnen, so schlecht geht's ihm nicht. Ich hab nichts gesehen als ein Gesicht mit viel Verbandszeug drum herum. Vielleicht ist er quietschfidel – was weiß ich!«

»Sie wissen, daß er das nicht ist. Und ich werde mich hier nicht von der Stelle rühren, bis Sie sich dementsprechend verhalten.«

Nun schritt Dawson ein.

»Tony«, sagte er kurz, »schaff sie zurück!«

»Ich?« rief Tony, und Empörung flammte aus seinen wäßrigen braunen Augen.

»Ja, du«, bestätigte Dawson. »Hier hab ich das Kommando, vergeßt das ja nicht!«

Tony trat zu Mrs. Prothero.

»Sie werden schon gehen müssen«, sagte er.

Mrs. Prothero achtete nicht auf ihn.

Tony hielt ihr mit höhnischer Unterwürfigkeit seinen Arm hin.

»Wenn Gnädigste gestatten ...«

Sie ignorierte ihn abermals.

»Tony« sagte Dawson.

Ein kindischer Zorn verdüsterte Tonys Gesicht. Er packte Mrs. Prothero am Arm, um sie hinauszuzerren, und schlug heftig die Tür hinter sich zu. Draußen auf dem Flur, wo sich inzwischen Berge von schmutziger Erde aus dem Tunnel auftürmten, schrie er lauthals.

»In Gottes Namen, hören Sie auf mit dem Zirkus!«
Dann senkte er seine Stimme unvermittelt.
»Es hat sowieso keinen Zweck. Sie kennen Dawson nicht. Der hat Smith so viel Schiß eingejagt, daß der Junge absolut nichts tun wird, nicht einmal, wenn er wollte, und wahrscheinlich will er auch gar nicht. Er ist ein mieser kleiner Giftzwerg.«
Auch Mrs. Prothero flüsterte. *Ihr* Flüstern aber klang erbost.
»Ach, dann sind *Sie* wohl keiner? Sie möchten am liebsten, daß es jeder hier hübsch gemütlich hat? Nein, ich weiß Bescheid.«
Tony zuckte die Achseln.
»Na, ist doch nichts dabei, wenn man will, daß man selbst und andere sich wohl fühlen«, antwortete er.
»Sie reden sich also ein, mein Mann fühlt sich wohl bei alledem?« zischte Mrs. Prothero. »Fühlt sich wohl, während er still und sachte auf sein Grab zugeht?«
»Nein«, erwiderte Tony beinahe laut. »Aber ich meine, das Ganze ist doch bloß ein Trick, oder? Es ist okay, um Dawson ein bißchen in Schach zu halten, und ich nehm's Ihnen nicht übel. Aber mir können Sie schon die Wahrheit verraten.«
»Schön, dann will ich's Ihnen verraten. Als ein Geheimnis zwischen uns beiden.«
Mrs. Protheros graue Augen blickten in die seinen.
»Mein Mann liegt im Sterben«, sagte sie. »Begreifen Sie das endlich. Eine unerfreuliche Tatsache, weiter nichts. Er liegt im Sterben, und Sie lassen es zu.«
»Hören Sie«, erwiderte Tony und sah sich dabei verzweifelt um. »Ich würd Ihnen ja gern helfen. Aber ich kann nicht. Ich sitz hier genauso fest wie Sie.«
»Reißen Sie sich zusammen, Mann!« sagte Mrs. Prothero

mit einem Blick offenen Abscheus. »Wir gehen jetzt wieder da rein, und Sie sagen den anderen, es wird Zeit, daß mein Mann Hilfe bekommt.«

»Nein«, bettelte Tony.

»Rein da!« befahl Mrs. Prothero.

Sie ging hinüber und riß mit einem Ruck die Wohnzimmertür auf.

Tony trat ein, Mrs. Prothero dicht hinter ihm.

Dawson sah ihn an.

»Hab ich dir nicht gesagt, du sollst sie einsperren?« fragte er.

»Ja. Ja. Schau, Mrs. Proth–«

»Sagen Sie's ihm!« befahl Mrs. Prothero.

Tony wandte sich an Dawson.

»Um Himmels willen«, platzte es aus ihm heraus, »sie hat recht. Wir wissen alle, daß sie recht hat. Der Kerl stirbt. Wir können ihn nicht einfach krepieren lassen.«

Sein Blick fand den von Dawson.

»Du wirst erlauben, daß sie Hilfe holt«, sagte Tony. »Sonst schrei ich, verdammt noch mal, hier zum Fenster raus!«

Er machte entschlossen kehrt, um auf das Fenster zuzugehen. Dawson packte ihn am Ellenbogen, noch bevor der andere sich ein Stück bewegt hatte. Er wirbelte ihn herum und stieß ihn mit dem Rücken gegen die Wand beim Schreibtisch. Dann stürzte er zu dem Stuhl, wo er den Schlagring auf seinen Mantel hatte fallen lassen.

Er ergriff das kleine Stück schweren Metalls, stellte sich damit vor Tony und drosch ihm ins Gesicht, bis dieser zu Boden ging.

Tony blieb nicht lange dort liegen, wohin er gefallen war. Dafür sorgte schon Dawson. Er schickte den jungen Smith Wasser holen, bespritzte Tony damit, zog ihn auf die Beine

und jagte ihn wieder in den Tunnel, alles innerhalb von zehn Minuten.
Dann aber passierte etwas, das Dawson ganz und gar nicht eingeplant hatte. Der Tunnel stürzte zusammen.
Er begrub Smith zum Teil, und Dawson höchstpersönlich stieg nach unten, um den Jungen, der wie tot war, an den Handgelenken herauszuziehen. Dann ging er noch einmal hinunter und grub sich mit Hilfe eines von Mrs. Protheros Kochtöpfen zu Morgan durch.
Als er schließlich herauskletterte, lag Smith immer noch bewußtlos auf dem mit Schmutz übersäten Küchenfußboden, neben ihm Tony, der mit einem von Blutergüssen und Platzwunden schrecklich verunstalteten Gesicht dasaß und hoffnungslos auf ihn hinuntersah.
Dawson schickte ihn, um Mrs. Prothero zu holen.
»Sehen Sie sich den Jungen mal an«, sagte er, als Tony sie hereinbrachte. »Stellen Sie fest, was mit ihm los ist. Wir hatten hier ein paar Schwierigkeiten.«
Ohne ein Wort kniete sich Mrs. Prothero neben Smith, wie sie es zuvor bei ihrem Gatten getan hatte. Sie ging mit kühlem Sachverstand an die Arbeit, und nach Ablauf von fünf Minuten blickte sie auf.
»Soweit ich sagen kann, ist es nur sein Fuß«, erklärte sie. »Aber der ist stark gequetscht, wenn nicht gebrochen – unmöglich, es genau zu sagen. Ansonsten ist der junge Mann bloß ohnmächtig, aber er müßte bald aufwachen. Armer Kerl.«
»Okay«, sagte Dawson, »also tun Sie für ihn, was nötig ist.«
»Was nötig ist?« konterte Mrs. Prothero, während sie immer noch auf dem verdreckten Linoleum kniete. »Sagen wir lieber: Was geht. Dieser Junge muß ins Krankenhaus.«
Dawson zeigte ihr wieder sein brutales Grinsen.
»Nichts da, Krankenhaus«, entgegnete er. »Sie sagen, er

hat sich nur den Fuß verletzt. Damit werden Sie schon fertig. Aber Sie haben Ihre Chance verpaßt, was? Sie hätten ihn Ihrer Liste der Toten und Sterbenden hinzufügen sollen.«

Mrs. Prothero war mit ihrem Patienten beschäftigt gewesen. Jetzt warf sie Dawson einen kurzen Blick zu.

»Wird es nicht langsam Zeit, daß Sie aufhören, so zu tun, als ginge es meinem Mann gar nicht so schlecht, wie ich sage?« fragte sie.

Dawson gab keine Antwort. Ein Weilchen schlenderte er zwischen Schutt und Erde in der Küche herum. Dann baute er sich wieder vor Mrs. Prothero auf.

»Hören Sie«, sagte er, »Sie werden diesen Jungen so weit zusammenflicken, daß wir hier planmäßig abhauen können, mit all unseren hübschen Weihnachtspäckchen voller Geld. Die Leute kommen dann gerade alle aus der Mitternachtsmette. Notfalls trage ich den Burschen und tu so, als wäre er besoffen. Aber gehen werden wir dann, und zwar mit dem Geld. Nur daß das klar ist.«

Mrs. Prothero blickte auf.

»Und wenn ich mich nun weigere?«

Dawsons Antwort erfolgte ohne Zögern.

»Sie haben gesehen, was ich mit Tony hier gemacht habe. Ihnen passiert dasselbe. Frau oder nicht.«

Mrs. Prothero betrachtete ihn völlig ruhig.

»Dann werde ich Ihnen wohl helfen müssen«, meinte sie.

Dawson warf einen Blick auf Smith. Der Junge war trotz seines Alters über eins achtzig groß und bedeckte ein gut Teil des Küchenbodens.

»Hier«, sagte Dawson. »Ich leg ihn in den Flur draußen. Solang ich den Wohnungsschlüssel in der Tasche habe, sind Sie dort genausogut aufgehoben wie sonstwo, und wir können weiter graben. Es gibt jetzt noch allerhand

Erde wegzuräumen. Ich werd selbst mit Hand anlegen müssen.«
Er verließ die Küche, und Mrs. Prothero hörte ihn mit einem jähen Wechsel zu beträchtlicher Unterwürfigkeit den Mann anreden, der das Schlafzimmer die ganze Zeit für sich allein beansprucht hatte; ob er nicht ausnahmsweise so freundlich sein könne, auf den Badezimmerschlüssel aufzupassen und »die alte Hexe im Auge zu behalten«. Offenbar bejahte der andere, denn Dawson kam wieder herein, hob Smiths dünnen Körper ohne Umschweife vom Boden auf und warf ihn wie einen Sack Müll auf den Teppich im Flur, neben den dortigen Erdhaufen. Als Mrs. Prothero folgte, erhaschte sie einen Blick auf den geheimnisvollen Mann, den Safeknacker. Er lag, auf die Ellenbogen gestützt, in ihrem Bett, hatte dabei die Schuhe an – und auf dem Bett ihres Mannes waren zwei Kartensätze höchst sorgfältig zu einem Patiencespiel ausgeteilt.
Der junge Smith kam bald, nachdem Dawson zurück in den Tunnel gekrochen war, wieder zu Bewußtsein. Mrs. Prothero wischte ihm die Stirn mit einem angefeuchteten Geschirrtuch ab, das sie aus der Küche mitgebracht hatte.
»Na«, fragte sie schroff, »und wie geht's uns jetzt?«
Smith gestand mit heiserer Stimme, daß es ihm nicht allzu schlecht ging. Nörglerisch verlangte er zu wissen, was passiert sei, und Mrs. Prothero sagte es ihm, bis hin zu Dawsons Anweisung, ihn so weit wiederherzustellen, daß man in ungefähr drei Stunden samt dem Geld von hier verschwinden könne.
»Er wird doch wieder, mein Fuß, nicht wahr?« fragte Smith.
»Vorausgesetzt, Sie lassen sich ordentlich behandeln«, entgegnete Mrs. Prothero trocken.
»Das laß ich«, versicherte Smith eilfertig. »Die haben bestimmt gute Krankenhäuser in Südamerika, genau wie

sonstwo. Und ich werd zahlen können. Will ich sogar. Ich möchte herumspazieren können, in die Nachtklubs gehen, mir das entsprechende Leben machen.«

Mrs. Prothero sah ihn an.

»Du armer Tropf«, sagte sie, ganz leise und vertraulich. »Sie werden sich trotzdem nicht die Bohne aus dir machen, die Mädchen.«

Weitäugiges Entsetzen zeichnete sich auf Smiths Gesicht ab. Man hatte eine Gotteslästerung ausgesprochen.

»Hören Sie«, röchelte er wie im Fieber, »wenn ich Geld hab, werden die Mädchen angelaufen kommen. Gelaufen.«

»Zu dir? Wenn du auf diese Art von Erfolg scharf bist – und das ist, weiß Gott, jämmerlich genug –, dann mußt du zu der Sorte gehören, die ein bißchen Anerkennung braucht. Meinst du denn, nur weil du dich von diesem Dawson so weit hast einschüchtern lassen, daß du ein Verbrechen begehst und einen unschuldigen Menschen sterben läßt, wärst du jetzt etwas Besseres?«

»Doch, das bin ich.«

»Sei nicht so dumm«, erwiderte Mrs. Prothero, als wäre sie in einer Kinderstation. »Du bist gar nichts wert und wirst auch nie etwas wert sein.«

Sie sah ihm direkt in die Augen.

»Außer«, fügte sie hinzu, »du gehst, wenn die Zeit hier kommt, den rechten Weg und gehst ihn fest entschlossen.«

Smith sah weg.

Mrs. Prothero stand auf und ging zur Tür ihres Schlafzimmers. Dort redete sie den Kerl an, der auf ihrem Bett lag.

»Ich möchte nach meinem Mann sehen«, sagte sie. »Würden Sie mir das Bad aufschließen?«

Der Mann bedachte sie mit einem eiskalten Blick aus kleinen hellblauen Augen. Aber er schwang sich vom Bett und folgte ihrer Bitte.

Trotz des erlittenen Rückschlags beim Tunnelbau schallte das Kirchengeläut erst fünf Minuten durch die Nacht, da schloß Morgan die Badezimmertür auf und sagte Mrs. Prothero, nun werde der Haupttresor gesprengt.
»Dieser Safeknacker wollte unbedingt einen Kaffee vorher«, sagte er. »Anscheinend hat er da Anspruch drauf. Also bring ich Ihnen auch zwei Tassen.«
Mrs. Prothero sah ihn an.
»Sie glauben immer noch, mein Mann sei fit genug zum Kaffeetrinken?« fragte sie.
Morgan betrachtete eingehend den Flurteppich.
»Wissen Sie, es tut uns allen sehr leid, daß das passieren mußte«, sagte er.
»Wem?« entgegnete Mrs. Prothero. »Glauben Sie, Dawson tut es leid?«
Morgan biß auf seine Unterlippe.
»Na ja, nicht direkt.«
Er blickte einen Moment lang auf.
»In vielerlei Hinsicht«, sagte er, »wünschte ich, ich hätte mit diesem Kerl nie zu tun gekriegt.«
»In vielerlei Hinsicht«, äffte Mrs. Prothero nach. »Aber nie in der, daß Sie etwas an sich selbst tun. Sie haben es hier nicht nur mit ihm zu schaffen, sondern auch mit etwas, das in sehr wenigen Stunden ein Mord sein wird. Vor dem Gesetz sind Sie beide in gleichem Maße schuldig. Und das mit Recht.«
Morgan wirkte gequält.
»Wenn Sie doch nur verstehen würden!« sagte er. »Es gab eine strikte Vereinbarung: Keine Gewalt bei dieser Sache, sonst würde ich nicht mitmachen. Und er *mußte* mich doch nehmen, von wegen meiner Bergbauerfahrung. Bevor ich einen auf Fitneßstudio gemacht hab. Nur weil ich damit so schrecklich reingerasselt bin, kam die Sache hier überhaupt für mich in Frage.«

»Und jetzt enden Sie lebenslänglich im Zuchthaus«, ergänzte Mrs. Prothero grimmig.
Doch Morgan ließ sich von ihr nicht kleinkriegen.
»O nein«, sagte er. »Genau da täuschen Sie sich. Sehen Sie, was Sie nicht einkalkulieren, ist Dawsons verdammte Gerissenheit. Ich hab ihn nämlich beobachtet. Und gerissen ist er schon. Er wird uns alle glücklich nach Südamerika schaffen, noch bevor jemand von dieser Sache hier weiß.«
»Richtig«, bestätigte Mrs. Prothero. »Dawson ist schlau. Zu schlau für euch andere.«
Morgan brauchte mehrere Sekunden, um das zu verdauen. Die Gedanken, die ihm dabei durch den Kopf schwirrten, ließen sich klar in seinem lebhaften Waliser Mienenspiel ablesen.
Am Schluß vereinten sie sich, fast hörbar, zu dem Wort »Reingelegt!«, da ertönte aus dem Tunnel in der Küche ein riesiger dumpfer Knall.
»Der Tresor«, sagte Morgan.
Und eine Sekunde später war, wenn auch leise, das Geräusch einer Klingelanlage durch den Tunnel zu hören. Sie schrillte und schrillte.
Mrs. Prothero begriff als erste, was geschehen sein mußte. »Sieht aus, als sei Ihr Mr. Dawson doch nicht so schlau«, meinte sie. »Es muß eine Alarmglocke geben, die er nicht außer Kraft gesetzt hat.«
Morgan versuchte ohne ein Wort die Wohnungstür zu öffnen. Doch der Schlüssel war immer noch in Dawsons Tasche. Er sah sich um, dann rannte er ins Wohnzimmer und zu dessen Fenstern. Aber er war nicht schnell genug.
Von der Küche ertönte ein polterndes Geräusch, und Dawson selbst kam aus dem Tunnel gewankt.
»Morgan«, rief er. »Den Schlüssel zum Bad, schnell! Ich muß wissen, wo diese Klingel ist.«

Im Nu sprang Mrs. Prothero an die Badezimmertür und stellte sich mit ausgebreiteten Armen davor.
»Sie werden ihn nicht anrühren«, verkündete sie, als Dawson in den Flur kam. »Jetzt könnte alles für ihn das Ende sein.«
»Aus dem Weg!«
Mit geballter Faust trat Dawson einen Schritt vor.
Und da verstummte die Alarmanlage.
Tony, der voller Panik aus der Küche kam, hielt inne.
»Der Safeknacker«, sagte er. »Er muß sie entdeckt haben. Er ist rumgesaust wie von der Tarantel gestochen, als ich raus bin.«
Smith humpelte aus der Küche herbei, in den Händen noch immer einen unpassend festlichen Bogen weihnachtlichen Geschenkpapiers und voll weinerlicher Fragen. Selbst als Dawson ihm knapp und verbissen geantwortet hatte, verharrten alle an Ort und Stelle, als könne keiner von ihnen glauben, daß der Alarm wirklich vorbei war. Und sie hatten sich kaum gerührt, da erschien der Mann aus dem Tunnel.
»Na«, sagte er ohne Umschweife zu Dawson, »was tut ihr jetzt?«
Dawson überlegte.
Schließlich sagte er: »Wartet hier. Laßt uns noch fünf Minuten Zeit, um zu sehen, ob jemand was gehört hat. Es muß irgendeine alte Anlage sein. Die, die den Alarm auf der Polizeiwache auslöst, haben wir jedenfalls mattgesetzt.«
»Okay«, antwortete der Safeknacker.
Er ging hinüber an die Wohnungstür und sah nach, ob sie verschlossen war.
»Die hier solltest du lieber aufsperren, Kumpel«, meinte er. »Falls wir verschwinden müssen, dann schnell.«
Dawson zog den Schaftschlüssel aus seiner Tasche und steckte ihn in die Tür. Dann spazierte er, nach außen hin

die Ruhe selbst, ins Wohnzimmer, wo er sich in Mr. Protheros Sessel fallen ließ.
Die anderen folgten ihm.
»Hört mal«, sagte Tony, »sollten wir nicht alle irgendwo um die Ecke warten? Wir können ja zurückkommen, wenn wir sicher sind, daß die Luft rein ist.«
»Und dich verduften lassen?« fragte Dawson. »Wir bleiben hier, Freundchen.«
Er sah sich nach den übrigen um, und schließlich blieb sein Blick auf dem hinkenden, bleichen Smith ruhen.
»Hast 'nen höllischen Schiß, Junge, was?« fragte er.
»Nein, nein, hab ich nicht. Wirklich.«
Es war offensichtlich, daß er sich, wieviel Angst oder nicht er vor dem Kommen der Polizei haben mochte, vor Dawson regelrecht in die Hosen machte.
»Nun«, sagte Dawson zu ihm, »du kannst dich abregen, Jungchen. Keiner hat diese Glocke gehört. Verlaß dich drauf.«
Mrs. Prothero, die direkt neben der Tür stand, schaltete sich dazwischen.
»Es wäre besser für Sie gewesen, weit besser, jemand hätte diese Klingel gehört.«
»Ich sage Ihnen, es kann sie niemand gehört haben«, wiederholte Dawson.
»Wenn nicht – wenn Sie Ihren Plan zu Ende führen und mich beim Verschwinden hier mit Arthur allein lassen –, dann findet man einen Toten bei mir.«
Dawsons kleines Grinsen kehrte zurück.
»Das wird mich nicht jucken«, erwiderte er. »Ich bin dann weit weg.«
»Und weiter?« fragte Mrs. Prothero mit strengem Ernst.
»Was, ›weiter‹? Dann bin ich obenauf. Dann kann *ich* mal andere in den Dreck treten.«
Er streckte kampfbereit seinen muskulösen Bauch vor.

Aber seine Großmäuligkeit hatte Mrs. Protheros Einschätzung dieses Mannes nur bestätigt.
»Lassen Sie sich eines von mir sagen«, begann sie. »Früher habe ich einen Menschen wie Sie vielleicht nicht verstanden. Aber in langen, dunklen Stunden, die man mit einem Sterbenden eingeschlossen ist, läßt sich etwas lernen. Jetzt kenne ich Sie bis ins Innerste. Und ich sage Ihnen, was Sie tun werden, wenn Sie nach Südamerika kommen und dort das Leben anfangen, das Sie so lang erträumt haben. Sie werden in ein Eckchen kriechen und sterben.«
Dawson sprang auf die Beine.
»Sie werden sterben«, fuhr Mrs. Prothero unerschütterlich fort. »Sterben, weil Ihr einziger Lebensantrieb der Gedanke war, andere in den Dreck zu treten. Und wenn Sie dieses Ziel erreicht zu haben glauben, werden Sie am Ende sein. Ich weiß nicht, wohin es Sie führen wird. Zum Glücksspiel, würde ich sagen. Sie werden sich in die Gosse spielen, und dann kriechen Sie in ein Loch und sterben.«
Nun war es klar, daß Mrs. Prothero ihre Schlacht gewonnen hatte. Dawson stand da, von jedem Funken Kampfgeist verlassen.
»Nun«, bellte Mrs. Prothero, indem sie sich an die anderen wandte, »ergreift ihr jetzt eure Chance? Hier wäre mal eine Entscheidung, die du selbst treffen kannst, Smith. Und Sie, Tony, Sie können *einmal* im richtigen Leben agieren. Und, Morgan, glauben Sie immer noch, daß diese Kreatur da so clever ist?«
»Ich mach mich hier raus«, erklärte der Angesprochene.
Er bewegte sich in Richtung Flur.
Aber eine Stimme gebot ihm Einhalt.
Klein, mit nüchternem, ausdruckslosem Gesicht und unbedeutend stand dort der Safeknacker und sagte das eine Wort.

»Stopp.«
Morgan wandte sich um.
»Ihr seid ein Haufen Idioten«, sagte der Mann. »Ich habe euch diesen Tresor gesprengt. Alles Geld, was ihr euch nur wünscht, liegt jetzt dort rum. Und ihr rennt weg, bloß wegen einer bissigen alten Schachtel.«
»Ja«, sagte Morgan bedächtig, »das Geld ist schließlich noch da. Es wär dumm, es jetzt nicht zu nehmen.«
Und Dawson nutzte die Gelegenheit. Er riß das Zepter schnell wieder an sich.
»Das will ich, verdammt noch mal, auch hoffen«, rief er. »Kein Mensch hatte diese Klingel gehört. Los, wieder rein!«
Er eilte nach draußen in den Flur, wo sich die Erde häufte, die anderen Männer ihm auf den Fersen.
Doch nicht unter seinem Befehl. Nicht alle.
»Nein«, rief von hinten plötzlich der junge Smith. »Ich hab Sie völlig erledigt gesehen, und ich gehe.«
Er war der Wohnungstür näher als jeder andere. Er drehte sich um und legte eine Hand auf den Knauf des Zylinderschlosses.
Aber Dawson war immer noch bedrohlich. Bei Smiths hysterischem Ruf war er blitzschnell herumgewirbelt, und jetzt sprang er.
Smith wandte sich noch einmal um – und schlug zu. Blind, aber hart.
Seine Faust traf in Dawsons Gesicht und hielt ihn auf. Hielt ihn gerade so lange auf, daß er einmal wie irrsinnig an dem Knauf drehen, daß die Tür nach innen schwingen, daß der Junge in den Korridor entkommen konnte.
»Hilfe, Hilfe, Polizei, Hilfe!«
Das Geschrei hallte laut wider, und auch der hinkende Lauf des jungen Smith polterte durch den Gang.

Seinem Echo folgte eine Stampede anderer laufender Füße. Nur der Safeknacker blieb noch ein paar Sekunden – blieb, um einen Abschiedsgruß loszuwerden.

»Du hast gewonnen, du Hexe«, knurrte er Mrs. Prothero an. »Du hast gewonnen, aber ich hoffe, er stirbt tatsächlich. Ich hoffe, er wird elend krepieren.«

Dann rannte auch er davon, schnell und wachsam.

Mrs. Prothero drehte sich der Badezimmertür zu.

»Arthur«, rief sie, »hast du das gehört? Er hofft, du krepierst. Du kannst jetzt rauskommen.«

# Ein Buch zu Weihnachten

*Christopher Hallam*

Christopher Hallam (geb. 1947) ist ein Unternehmensberater, dessen Kurzgeschichten im Regionalfunk gesendet und in Magazinen veröffentlicht wurden. Neben seiner erzählerischen Tätigkeit verfaßte Hallam auch Beiträge über juristische und finanzielle Themen für Fachzeitschriften. »Ein Buch zu Weihnachten« entstand eigens für diese Sammlung.

Kann ich Ihnen helfen?« Gerade hatte eine Dame den Laden betreten, mit der Albion Street sprach, während seine Finger geschickt ein Buch verpackten. Es sollte noch heute abend zur Post gebracht werden.

Mrs. Evelyn Harcourt sah sich mit unsicherem Blick in den engen Räumlichkeiten um, wo sich Bücher über Bücher türmten. Man fühlte sich regelrecht erschlagen.

Ein paar zischende Gasöfen verbreiteten einen warmen Mief, in dem die Graupeln auf Mrs. Harcourts Wintermantel bereits verdunsteten wie wäßrige Juwelen. Sie hängte ihren Regenschirm an den Rand des Ladentischs und betrachtete Street, einen kleinen Mann mit Weste und pomadisiertem schwarzem Haar.

»Ich suche ein Buch – als Weihnachtsgeschenk für einen Freund«, erwiderte sie. Ihre gebildete, akzentuierte Sprache entsprach der aufrechten, eleganten Erscheinung einer Frau in den Vierzigern – etwas, was sie zusammen mit der Qualität ihrer Kleidung in Streets Augen als zahlungs-

kräftige Kundin abstempelte; eine Frau, um die man sich zu kümmern hatte.
»Reiche Auswahl hier«, antwortete er freundlich, während er den Bindfaden um das Päckchen verknotete und abschnitt.
Als Inhaber von *Crowley's Books* (»Antiquariat und Sammlerstücke«) war er stolz auf seinen Ruf, jedes seltene Buch beschaffen zu können, vor allem signierte Erstausgaben. Bücherwände säumten den ganzen Raum. Eine Trittleiter ermöglichte den Zugriff in höheren Regionen. Schwerbeladene Büchertische verbauten den Weg bis auf ein paar schmale Durchgänge, und verstaubte Kandelaber verbreiteten ein mildes Licht.
»Vielleicht brauche ich ein bißchen Hilfe, um meine Wahl zu treffen«, meinte Mrs. Harcourt, während sie sich von der Theke fortwagte.
Die Türglocke machte »Ping«; ein junger Mann trat ein und fing an, herumzustöbern.
»Ein Buch welcher Art, Madam? Sachbuch? Belletristik?«
»Belletristik.«
»Die steht in dieser Abteilung«, antwortete er und führte sie hin. Staubfreie Streifen zeigten, wo unlängst Bücher herausgezogen, begutachtet und wieder zurückgestellt worden waren.
»Nein, so eine Auswahl!« sagte sie.
»Sammelt Ihr Freund einen bestimmten Autor?«
Sie schüttelte den Kopf.
»Oh, dann vielleicht eine bestimmte *Art* von Unterhaltungsliteratur, sagen wir, das Genre von M. R. James?« fragte Street ermunternd – er hatte nämlich eine schöne Erstausgabe des berühmten Schriftstellers – und fügte hinzu: »Gespenstergeschichten sind zu Weihnachten sehr beliebt.«
»Hm, vielleicht. Es ist so schwierig, wenn einem der Titel

nicht mehr einfällt. Mein Freund hat ein Buch erwähnt, und ich dachte, ich würde es mir ganz bestimmt merken.«
»Irgendeine Ahnung, wovon es handelt?«
Mrs. Harcourt suchte rings nach einer Eingebung und beobachtete den jungen Mann, wie liebevoll er mit einem verstaubten Wälzer umging. »Ich glaube eher, es hatte etwas mit Betrug zu tun«, sagte sie. »Sie wissen schon ... daß einer einen anderen um Geld beschwindelt.« Ihre grünen Augen warfen einen langen Blick auf Street.
»Ich nehme das hier!« rief der junge Mann.
»Bin gleich bei Ihnen, Sir«, antwortete Street. Und dann zu Mrs. Harcourt: »Versuchen Sie's einmal dort: Autoren von 1950 bis 1990. Da muß eine gute Gaunergeschichte dabeisein. Wenn Sie mich bitte entschuldigen ...«
»Betrug«, »Schwindel« – das waren Worte, die er nicht sonderlich mochte. Sie machten ihm ein schlechtes Gewissen; und während er das Buch des jungen Mannes verpackte und den Scheck bearbeitete, wanderten Streets Gedanken ein paar Jahre zurück.
Aus müßiger Neugier hatte er eines Tages, in der Mittagspause, dieses Geschäft betreten. Der damalige Besitzer, Frederick Crowley, ein buckliger, dickbebrillter Siebzigjähriger, war gerade dabeigewesen, mit ernstem Blick eine Kiste voller Bücher durchzusehen, und schaute rasch auf die erste Seite jedes Exemplares. Street, der sich bis dahin nicht fürs Büchersammeln interessiert hatte, fragte ihn, was er denn suche.
Crowley nahm Streets vorlaute Aufdringlichkeit gar nicht wahr. Er erwiderte kurz angebunden: »Erstausgaben. Vorzugsweise signiert.« Und da hatte Street etwas hinzugelernt.
»Interessieren Sie sich für Bücher?« fragte Crowley. »Sind Sie Sammler?« Street bejahte. Ihm war alles recht, was ein bißchen Leben in seinen eintönigen Alltag bei einer Buch-

haltungsfirma brachte – einen Alltag, der aus Abzeichnen und Abstempeln bestand. Schlecht ausgebildete Bürohilfen wie Street hatten keine Aufstiegschancen.
Und hier war ein Mann, der sich völlig unabhängig vom Handel mit alten Büchern ernährte. Die Aussicht, sein eigener Herr zu sein und das gleiche zu tun, gefiel Street auf Anhieb.
Ein Plan bildete sich in seinem Kopf, und Street wurde Stammkunde bei Crowley, immer wieder einmal kaufte er eine Erstausgabe. Mit dem Studium von Katalogen und Branchenzeitschriften bildete er sich so weit fort, daß er nicht nur sachkundig über gebrochene Buchrücken, stockfleckige Seiten und die vielen anderen Aspekte der Buchbeschaffenheit sprechen konnte, sondern auch das Werk von Schriftstellern kennenlernte.
Seine Besuche wurden so regelmäßig und sein Interesse so stark, daß er Crowley beschwatzte, ihn samstags im Laden arbeiten zu lassen.
Mit Crowleys Gesundheit ging es allmählich bergab, seine Knochen wurden morsch, und seine Wirbelsäule krümmte sich unerbittlich. Seine Frau war schon vor einigen Jahren gestorben, und er hatte keine Angehörigen mehr außer ein paar Vettern oder Cousinen, die ihn kaum einmal besuchten.
Als Crowley davon sprach, er werde das Geschäft aus gesundheitlichen Gründen aufgeben müssen, ergab sich für Street die Gelegenheit, es zu kaufen. Wem sonst könnte Crowley sein Lebenswerk anvertrauen, wenn nicht diesem ordentlichen jungen Mann?
Der Kontrakt wurde von Crowleys Anwalt aufgesetzt.
»Ich bringe nicht die ganze Summe auf einmal auf«, hatte Street am Tage vor dem Vertragsabschluß gesagt. »Ich werde in Raten zahlen müssen.«

Crowley gab zögernd sein Einverständnis und setzte sich damit über den Rat seines Anwalts hinweg, so groß war sein Vertrauen in Street.
Die bei Vertragsabschluß geleistete Anzahlung war alles, was Crowley zu sehen bekam, bis er sich mehrere Tage nach dem Fälligkeitstermin der ersten Rate im Laden einfand.
»Das Geschäft geht sehr schlecht, Fred. Und dann die hohen Zinsen. Ich halte mich gerade so über Wasser«, hatte Street sich gerechtfertigt.
»Ich auch, Albion. Vertrag ist Vertrag. Ich brauche das Geld aus dem Verkauf. Etwas anderes habe ich nicht zum Leben. Dieses Geschäft war mein Leben, mein Ruhestandskapital.«
Jedesmal, wenn eine Rate fällig wurde, kam es zu dem gleichen Gespräch, und jedesmal stellte Street einen Scheck über ein paar hundert Pfund aus. Keineswegs der Betrag, den Crowley sich wünschte, aber genug, um ihn zu vertrösten und über Wasser zu halten. Und immer wurde der Rest für das nächste Mal versprochen.
Da Crowleys Gesundheit sich damals rapide verschlechterte, wußte Street, daß der alte Mann nicht die Kraft hätte, ihn durch sämtliche Instanzen zu verklagen. Crowleys Tod wäre Streets Schuldenerlaß; auch für diese Eventualität hatte er seine Pläne.
»Ich weiß nicht, wofür ich mich entscheiden soll«, sagte Mrs. Harcourt.
»Es *muß* ein Buch für Sie geben«, versicherte Street, während er zu ihr zurückkehrte. »Haben Sie schon einmal an etwas Neues gedacht, einen Jeffrey Archer zum Beispiel?« Street spähte die Regale entlang. »Da ist eine Erstausgabe von *Kain und Abel*, handsigniert.«
Mrs. Harcourt nahm das Buch, schlug es auf, sah, daß es in der Tat signiert und gut erhalten war. »Vielleicht«, sagte sie und gab es zurück.

»Was sonst, was sonst?« überlegte Street, während er sich mit seinem Zeigefinger an die Lippen tippte.
»Außerdem ging es in der Geschichte noch um Fälschung«, erinnerte sich Mrs. Harcourt.
»Fälschung«, wiederholte Street in Gedanken an seine Vergangenheit.
Ein dritter Kunde, der herumgestöbert hatte, wartete inzwischen am Ladentisch. Street ließ sich entschuldigen und bediente den Käufer.
Jetzt auch noch diese Anspielung auf Fälschung!
Bei Crowleys Tod hatte Street sichergestellt, daß er keinen Pfennig mehr für das Geschäft würde bezahlen müssen. Er schrieb eine Quittung über einen Geldbetrag aus, mit dem die Restschuld vollauf beglichen wäre, imitierte dann Crowleys zittrige Unterschrift und stellte das Ganze auf ein Datum aus, einige Tage vor dessen Einlieferung ins Krankenhaus.
Unterschriftenfälschung hatte bereits zu Streets Plan gehört, seit er zum erstenmal mit Crowley darüber sprach, wie eine Signatur den Wert einer Erstausgabe steigerte. Folglich hatte er viel Mühe auf die Nachahmung von Unterschriften verwandt, um seinen Bücherbestand entsprechend zu »veredeln«.
In Antiquitätenläden kaufte er zu diesem Zweck alte Schreibfedern und Tintenfässer. Was neue Bücher betraf, so besuchte er Signierstunden und kaufte dann ein Exemplar sowie mehrere Schreibgeräte, die der Autor benutzt hatte.
Street war so perfekt in der »Veredelung« von Vorsatzblättern, daß man das Original nicht von der Fälschung unterscheiden konnte. Er sah nichts Unrechtes in seinem Tun. Befriedigung von eitlem Sammlerehrgeiz, *das* war's.
»Jetzt weiß ich's, Madam«, verkündete Street, nachdem er

seinem letzten Kunden viele frohe Lesestunden gewünscht hatte. »Wie wär's mit *Kein Pfennig mehr, kein Pfennig weniger?*«
»Das hat mein Freund schon.«
»Oje«, seufzte er, weil seine schöne Idee zerplatzte.
Da sagte Mrs. Harcourt: »Ich habe mich für ein traditionelles Weihnachtsbuch entschieden. Charles Dickens.« Street lächelte, denn davon hatte er eine hübsche Auswahl. *»Ein Weihnachtslied in Prosa.* Und tun Sie mir *einen* Gefallen. Ich habe mich hier so lange aufgehalten, daß mir die Zeit für meine anderen Einkäufe knapp wird. Suchen Sie mir das Buch heraus – Sie haben es doch da?« Street nickte. »Dann bin ich in zirka einer Stunde wieder zurück.« Auf dem Weg zur Tür nahm sie ihren Schirm. »Ich habe doch gesagt, eine signierte Erstausgabe, nicht wahr?«
»Oh, das wird aber nicht ganz billig.«
»Ich kann's mir leisten«, erwiderte sie hochnäsig.
»Ob sie signiert ist, weiß ich nicht genau.«
»So? Ich habe aber noch nie gehört, daß *Crowley's* einen Kunden enttäuscht.«
Die Tür schloß sich hinter ihr, und Street sah der wohlhabenden Erscheinung nach, wie sie unter der festlichen Straßenbeleuchtung davonstolzierte. Dann drehte er das Schild am Eingang auf »Geschlossen«. Er zog aus den staubigen Regalen eine Erstausgabe mit abgestoßenem rotem Ledereinband und verwandelte sie im Hinterzimmer des Ladens in ein signiertes Exemplar. Dickens' Unterschrift war immer eine Herausforderung, ging es ihm durch den Sinn, während er sein geschicktes Werk bewunderte.

Das »Geschlossen«-Schild beunruhigte Mrs. Harcourt. Sie drückte noch einmal auf die Klingel und kramte, während

sie wartete, in ihrer unförmigen Einkaufstasche, die sie oben offenließ.
»Nur immer hereinspaziert«, drängte Street, während er die Tür aufhielt, und fragte, als er den großen schwarzen Beutel bemerkte, den sie trug: »Erfolg gehabt?«
»Ja, vielen Dank. Und das Buch, Sie werden mich doch nicht enttäuschen?« Die grünen Augen lasteten auf ihm.
»Natürlich nicht. Hier, bitte sehr!« Voller Stolz überreichte er ihr das Exemplar. Sie stellte ihre Tasche ab, nahm es in ihre behandschuhten Hände, schlug es auf und studierte die Signatur sowie die Beschaffenheit des Buches.
»Ganz gut erhalten. Sehr selten«, begann Street, um sie gnädig zu stimmen, ehe er ihr den Preis sagte.
»Ist es denn auch echt?«
»Echt!« platzte Street heraus. »Also wirklich! *Crowley's* guter Ruf ...«
Er stockte, als Mrs. Harcourt ihre schwarze Tasche öffnete, daraus mehrere Werke von Dickens und Archer entnahm und sie mit aufgeschlagener Titelseite auf den Ladentisch legte. Dann ging sie zu der Stelle hinüber, an der früher Dickens' *Weihnachtslied in Prosa* gestanden hatte – sie bemerkte die staubfreie Lücke im Regal –, suchte die beiden Archer-Bücher heraus, die ihr vorher gezeigt worden waren, und legte sie zu den anderen auf die Theke.
»Sehen Sie sich diese Signaturen hier an, Mr. Street.«
Er nahm sie genau in Augenschein. »Sehr hübsch, Bücher von guter Qualität. Perfekt.«
»Zu perfekt, Mr. Street.« Er wartete. »Wenn Sie genau hinschauen, werden Sie sehen, daß die Unterschrift von Dikkens und Archer jeweils identisch ist.«
»Sehr ähnlich, zweifellos.«
»Identisch. Man hat sie mit dem Mikroskop untersucht!«
»So?«

»Niemand liefert zweimal haargenau die gleiche Unterschrift.«
»Tatsächlich?«
»Und alle diese Bücher kamen aus Ihrem Geschäft! Ich kann Rechnungen vorlegen ...«
»Ich verstehe nicht, worauf Sie hinauswollen.«
»Dann sehen Sie sich das hier an!« Sie blätterte das Dikkens-Buch um. »Hätte man es signiert, als es noch neu war, dann wäre die Tinte nicht so tief ins Papier eingedrungen. Altes Papier nimmt Tinte viel stärker auf.«
Street starrte die tiefen Schatten auf der Rückseite der signierten Blätter an. »Das sind Fälschungen, Mr. Street. Allerdings keine schlechten.«
»Das sind sie *nicht*«, versetzte Street. »Diese Bücher sind selbstverständlich echt, und ich werde sie Ihnen abkaufen, zum Beweis.«
Die sogenannte Mrs. Harcourt schüttelte den Kopf.
»Ich bin Handschriftenexpertin und arbeite für den Bund der Büchersammler. Sie waren allzu tüchtig bei der Beschaffung dieser ›Meisterwerke‹«, entgegnete sie scharf.
»Ich habe das große Glück, die Bücher besorgen zu können, die meine Kunden wünschen.«
»Sie haben das große Glück, die Bücher fälschen zu können, die Ihre Kunden *wirklich* gern hätten«, berichtigte sie.
»Nein!«
»Doch! Dieses *Weihnachtslied in Prosa* stand unsigniert in Ihrem Regal. Es ist eine Lücke, wo Sie es herausgenommen haben – ich habe mich vorher vergewissert –, und darüber hinaus ist das Buch mit meinen Fingerabdrücken bedeckt. Das läßt sich sehr leicht nachweisen. Jetzt ist es signiert. Und ich habe es nicht mehr mit bloßen Fingern berührt. Ich trage immer noch meine Handschuhe!«

»Zum Teufel mit Ihnen!« fluchte Street und stürzte sich auf sie.

»Reinkommen, *jetzt!*« schrie Mrs. Harcourt in ihre Einkaufstasche.

Es fiel ein Funksprechgerät heraus, da Street sie zu Boden geworfen hatte. Sekunden später stürmten Polizeibeamte den Laden.

# Ein schlammiges Paar Schuhe
## *Lennox Robinson*

Lennox Robinson (1886–1958) gehörte zu den führenden Schriftstellern und Bühnenautoren Irlands. Von 1910 bis 1914 und 1919 bis 1923 war er Direktor des Abbey Theatre, Dublin; von 1923 bis 1956 dessen künstlerischer Leiter. Unter seinen abendfüllenden Stücken sind *The Lost Leader* (1918) und *The Whiteheaded Boy* (1920) besonders hervorzuheben. Außerdem war Robinson Herausgeber des *Golden Treasury of Irish Verse* (1925) und des *Oxford Book of Irish Verse* (1958). »Ein schlammiges Paar Schuhe« stammt aus *Eight Short Stories* (1919).

Ich werde versuchen, es ganz einfach und genau so niederzuschreiben, wie es sich zugetragen hat. Ich werde versuchen, nichts zu übertreiben.

Ich bin zweiundzwanzig Jahre alt, meine Eltern sind tot, ich habe keine Geschwister; die einzige nähere Verwandte ist Tante Margaret, die Schwester meines Vaters. Sie ist unverheiratet und lebt allein in einem kleinen Haus auf dem Lande, im Westen der Grafschaft Cork. Sie meint es gut mit mir, und ich verbringe oft meine Ferien bei ihr, denn ich bin arm und habe keine Freunde.

Ich bin Schullehrerin – für Zeichnen und Gesang, um genau zu sein. Ich gebe an zwei, drei Dubliner Schulen Gastunterricht und verdiene ganz gut dabei – genug, daß man als ledige Frau angenehm davon leben könnte, aber Vater hat Schulden hinterlassen; bis die bezahlt sind, muß ich mich stark einschränken. Wahrscheinlich sollte ich mich besser und gesünder ernähren. Man hält mich mitunter für nervös und zart besaitet: Ich wirke recht zerbrechlich, aber das bin ich gar nicht. Ich habe schmale Hände mit blassen Fingern, die nach vorn schmaler werden – das, was man als »Künstlerhände« bezeichnet.

Ich hoffte sehr, daß meine Tante mich über Weihnachten zu sich einladen würde. Ich war gerade in großer Geldknappheit, weil ich eine Schuld von Vater beglichen hatte, und fühlte mich ziemlich schwach und krank. Ich wußte nicht genau, wie ich Weihnachten überstehen sollte, wenn ich nicht zu meiner Tante fahren würde. Zehn Tage vor dem Fest kam die Einladung. Ihr könnt mir glauben: Ich nahm sie dankbar an, und als am zwanzigsten die letzte Schule zumachte, packte ich meinen Koffer, kramte die alten gefühlsseligen Lieder zusammen, die Tante Margaret am liebsten mag, und machte mich auf den Weg nach Rosspatrick.

Im Winter regnet es viel in West Cork: Es regnete, als Tante Margaret mich vom Bahnhof abholte. »Das war ein schrecklicher Monat, Peggy«, sagte sie, während sie unseren Ponywagen in die lange Chaussee lenkte, die über vier schlammige Meilen vom Bahnhof nach Rosspatrick führt. »Ich glaube, die letzten sechs Wochen hat es tagtäglich geregnet. Und dann die Stürme! Vor zwei Tagen haben wir einen Schornstein verloren: Er ist durchs Dach gebrochen, so daß der Regen ins Gästezimmer durchkam. Ich mußte dir ein Bett in der Rumpelkammer herrichten, bis Jeremiah Driscoll dazu gebracht werden kann, daß er mir das Dach ausbessert.«

Ich versicherte ihr, daß mir jeder Platz recht wäre; ich wolle lediglich ihre Gesellschaft und ein Weilchen Ruhe.

»Die kann ich dir garantieren«, erwiderte sie. »Ja, du siehst wirklich müde aus; als hättest du gerade eine schlimme Krankheit hinter oder unmittelbar vor dir. Dieses Lehrerinnendasein bringt dich noch um.«
Die Rumpelkammer war in der Tat sehr gemütlich! Sie bestand aus einem geräumigen Zimmer mit großen Fenstern und lag im Erdgeschoß, aber Tante Margaret hatte sie noch nie als Wohnraum benutzt, weil die Leute sich oft davor fürchten, im Erdgeschoß zu schlafen.
Wir blieben lange auf und plauderten am Kamin. Tante Margaret begleitete mich in mein Schlafzimmer. Sie blieb dort geraume Zeit, wuselte überall umher, verrückte die Möbelstücke, sah nach der Bettwäsche und hoffte, ich würde mich hier wohl fühlen.
Zuletzt lachte ich schon über sie. »Warum sollte ich mich nicht wohl fühlen? Denk doch an mein greuliches kleines Schlafzimmer in der Brunswick Street! Was gibt es an diesem Raum denn auszusetzen?«
»Oh, nichts – gar nichts«, antwortete sie ziemlich hastig und gab mir einen Kuß, um sich zu verabschieden.
Ich schlief sehr gut. Erst als das Hausmädchen mich rief, schlug ich die Augen auf, und als sie mich wieder allein ließ, schlummerte ich erneut ein. Ich hatte einen verrückten Traum, in dem ich mich mit einer reichen alten Dame unterhielt. Sie bot mir einen Tausender im Jahr und bequemes Logis. Dafür müsse ich lediglich ihre Kleider vor Motten schützen; sie besitze jede Menge schöner, teurer Kleider, und anscheinend hatte sie größte Angst, diese könnten von Motten zerfressen werden. Ich nahm sofort an. Ich weiß noch, wie fröhlich ich zu ihr sagte: »Die Arbeit wird mir nicht schwerfallen. Ich schlage gern Motten tot.«
Es war sehr seltsam, daß ich das sagte, denn eigentlich hasse ich es, irgend etwas zu töten. Aber mein Traum ließ

sich unschwer erklären, denn als ich (anscheinend) eine Sekunde später aufwachte, hielt ich eine tote Motte zwischen Finger und Daumen. Das ekelte mich ein klein bißchen – diese tote, zwischen meine Fingern zerquetschte Motte –, aber ich ließ sie rasch fallen und sprang auf, um mich anzuziehen.

Tante Margaret war im Speisezimmer und quoll über von besorgten, fast ängstlichen Erkundigungen, wie ich letzte Nacht geschlafen habe. Ich konnte sie beruhigen, und wir lachten zusammen über meinen Traum – die neue Stellung, die ich bekleiden würde. Es war den ganzen Tag sehr regnerisch, und ich setzte keinen Fuß vor die Tür. Ich sang viel, ich fing an, eine Federzeichnung von meiner Tante zu machen – etwas, das ich schon seit Jahren vorhatte –, aber irgendwie ging es mir nicht gut; ich spürte ein leichtes Kopfweh und Nervosität – wahrscheinlich, weil ich den ganzen Tag nicht an der frischen Luft gewesen war. Ich hatte größte Lust, ins Bett zu gehen. Mich quälte irgendeine Angst, ich wußte nicht, wovor.

Natürlich sagte ich davon kein Wort zu Tante Margaret.

In dieser Nacht fing ich an zu träumen, sobald ich eingeschlafen war. Es schien, als blickte ich aus großer Höhe auf mich hinab. Ich sah mich, mit meinem Nachthemd bekleidet, in einer Ecke des Schlafzimmers kauern. Ich weiß noch, wie ich diese andere Peggy fragte, warum sie dort kauere, und kam näher, sah mich noch einmal an – da entdeckte ich, daß gar nicht ich beziehungsweise meine Doppelgängerin dort kauerte, sondern – eine große weiße Katze. Sie belauerte ein Mauseloch. Erleichtert wandte ich mich ab, und während ich dies tat, hörte ich die Katze springen. Ich schnellte herum. Die Katze hatte eine Maus zwischen den Pfoten und sah zu mir auf. Dabei knurrte sie, wie es diese Tiere tun. Ihr Gesicht glich dem einer Frau –

glich meinem eigenen. Wahrscheinlich hört sich das für Sie gar nicht so grausig an, aber zufällig habe ich eine Todesangst vor Mäusen. Die Vorstellung, eine zwischen meinen Händen zu halten, sie mit meinem Mund zu berühren, sie – oh, mir sträubt sich die Feder, es auch nur zu schreiben.

Ich glaube, ich erwachte mit einem gellenden Schrei. Ich weiß, daß ich aus dem Bett gesprungen war, als ich zu mir kam, und auf dem Fußboden stand. Ich zündete eine Kerze an, um das Zimmer zu durchsuchen. In einer Ecke standen ein paar Truhen und Koffer, dahinter hätte gut und gerne ein Mauseloch sein können, aber mir fehlte der Mut, sie vorzuziehen und nachzusehen. Ich ließ die Kerze brennen und blieb die ganze Nacht wach.

Tags darauf war es schön, aber eiskalt. Ich machte einen langen Spaziergang, und nachmittags noch einmal. Als es Schlafenszeit wurde, war ich todmüde. Ich ging sofort zu Bett und träumte die ganze Nacht nicht.

Am folgenden Tag fiel mir auf, wie merkwürdig meine Hände wurden. »Merkwürdig« ist vielleicht nicht das richtige Wort, denn natürlich macht Kälte die Haut rauh, und das Wetter war frostig genug, um das zu erklären. Aber es war nicht nur, daß die Haut rauh wurde; die Hand sah größer und stärker aus, gar nicht wie meine eigene. Das klingt völlig verrückt, aber die ganze Geschichte ist so verrückt.

Ich weiß noch, wie ich einmal, als Schulkind, aus Versehen die Stiefel eines anderen Mädchens angezogen hatte. Ich mußte bis abends darin herumlaufen und war todunglücklich. Ständig fühlte ich mich gezwungen, auf meine Füße zu schauen; sie kamen mir vor wie die von jemandem Fremden. Davon wurde mir richtig schlecht, ich weiß nicht, weshalb. Und jetzt ging es mir ein bißchen ähnlich, wenn ich

auf meine Hände sah. Tante Margaret bemerkte, wie rauh und geschwollen sie waren, und sie gab mir eine Salbe, mit der ich die Haut vor dem Zubettgehen einrieb.
Ich lag noch lange Zeit wach und dachte an meine Hände. Anscheinend *mußte* ich an sie denken, ich konnte nicht anders. Es war, als würden sie im Dunkeln ständig wachsen, wie Monsterhände, die Hände irgendeines grausigen Menschenaffen, so, als würden sie das ganze Zimmer ausfüllen. Natürlich, hätte ich ein Streichholz genommen und die Kerze angezündet, dann wäre ich im Nu beruhigt gewesen, aber offen gestanden fehlte mir der Mut. Als ich die eine Hand mit der anderen berührte, schien sie rauh und behaart wie die eines Mannes.
Schließlich schlief ich ein. Ich träumte, daß ich aus dem Bett stieg und das Fenster aufmachte. Mehrere Minuten lang stand ich da und sah hinaus. Es war eine mondhelle Nacht und bitterkalt. Ich spürte den starken Wunsch, einen Spaziergang zu machen. In meinem Traum zog ich mich rasch an, schlüpfte in meine Pantoffeln und kletterte aus dem Fenster. Das vereiste Gras knirschte unter den Füßen. Ich ging, anscheinend meilenweit, eine Landstraße entlang, auf der ich meiner Erinnerung nach noch nie gewesen bin. Sie führte bergan; ich begegnete niemandem auf dem Weg.
Im Nu hatte ich die Anhöhe erreicht, und neben der Straße, mitten auf einem kahlen Feld, stand ein großes Haus. Es war ein schmales, dreistöckiges Gebäude und von einer Aura des Verfalls umgeben. Vielleicht hatte dort früher ein Landedelmann gewohnt; heute aber hauste darin ein Hirte. Es gibt viele solche Gebäude in Irland. In einem Fenster des Obergeschosses brannte Licht. Ich beschloß, zu dem Haus zu gehen und nach dem Rückweg zu fragen. Ein Tor trennte die verwilderte Allee von der Landstraße.

Es war verriegelt, und ich konnte es nicht öffnen; deshalb kletterte ich darüber. Es war ein hohes Tor, aber ich erklomm es mühelos und weiß noch, wie ich in meinem Traum dachte: »Wenn das hier kein Traum wäre, könnte ich nie so leicht darübersteigen.«
Ich klopfte an die Haustür, und auf mein zweites Klopfen hin öffnete sich das Fenster des Raumes, in dem das Licht brannte. »Wer ist da? Was wollen Sie?« fragte eine Stimme. Sie gehörte einer Frau mittleren Alters mit blassem Gesicht und schmutzigen grauen Haarsträhnen, die ihr auf die Schultern hingen.
Ich sagte: »Kommen Sie herunter und sprechen Sie mit mir; ich möchte den Rückweg nach Rosspatrick wissen.«
Ich mußte sie zwei- oder dreimal auffordern, aber zu guter Letzt kam sie und öffnete voller Mißtrauen die Tür – allerdings nur einen Spaltbreit, und dabei versperrte sie mir den Weg. Ich fragte sie, wie ich nach Hause käme, und sie zeigte mir auf eine ängstliche, nervöse Weise den Weg.
Dann sagte ich in meinem Traum: »Lassen Sie mich ein, damit ich mich aufwärmen kann.«
»Es ist spät, Sie sollten jetzt heimgehen.«
Aber ich lachte nur und trat plötzlich mit meinem Fuß gegen die Tür, um an der Frau vorbeizuschlüpfen.
Ich weiß noch, wie sie mit hilfloser, tief verängstigter Stimme »Mein Gott!« sagte. Es war seltsam, daß ausgerechnet sie sich fürchtete, während ich – ein junges Mädchen, das ganz allein mit einer fremden Frau in einem fremden Haus und meilenweit weg von irgend jemandem war, den ich kannte – überhaupt keine Angst hatte. Als ich dann am Kamin saß und mich aufwärmte, während sie Wasser aufsetzte (ich hatte nämlich um Tee gebeten), und als ich ihre scheuen, furchterfüllten Bewegungen mit ansah, kam mir plötzlich das Kuriose an dieser Situation

zu Bewußtsein, und ich lachte: »Sie haben anscheinend Angst vor mir.«
»Keine Spur, Miss«, entgegnete sie mit einer Stimme, die beinah zitterte.
»Das brauchen Sie auch nicht, es besteht nicht der geringste Grund dazu«, sagte ich und legte ihr meine Hand auf den Arm.
Sie sah darauf hinab, stöhnte dann wiederum »O mein Gott!« und wich stolpernd vor mir zurück an den Herd.
So verharrten wir eine halbe Minute. Ihr Blick lag auf meiner Hand, die in meinem Schoß ruhte; anscheinend konnte sie sich keine Sekunde davon losreißen.
»Was ist?« fragte ich.
»Sie haben das Gesicht eines Mädchens«, flüsterte sie, »und – Gott steh mir bei! – die Hände eines Mannes.«
Ich sah auf meine Hände hinab. Sie waren groß, stark, sehnig und mit dichten roten Haaren bedeckt. Seltsam, aber ich muß gestehen, daß ich sie jetzt gar nicht mehr abstoßend fand: Ich war stolz auf sie – stolz auf ihre Stärke, auf die Kraft, die darin lag.
»Warum sollten Sie davor Angst haben?« fragte ich. »Es sind schöne Hände. Starke Hände.«
Aber sie starrte nur weiter darauf, hoffnungslos und wie versteinert.
»Haben Sie jemals so starke Hände gesehen?« Ich lächelte sie an.
»Es sind – es sind Neds Hände«, sagte sie zuletzt mit Flüsterstimme.
Sie legte sich eine Hand an die Kehle, als würde sie ersticken, und ihr Arbeitskittel ging auf. Sie hatte einen langen Hals; er bewegte sich, als wenn es ihr schwerfiele, zu schlucken; ich fragte mich, ob meine Hände darum passen würden.

Plötzlich wußte ich die Antwort: Ja! Und ich wußte auch, warum sie so groß und sehnig waren – wußte, warum man ihnen Kraft verliehen hatte. Ich stand auf und packte die Frau an der Kehle. Sie wehrte sich nur ganz schwach; rutschte nach unten, schlug dabei mit dem Kopf am Herd an; rutschte auf den rotgefliesten Fußboden und lag ganz still, aber ihr Hals bewegte sich unter meiner Hand, und ich lockerte meinen Griff nicht eine Sekunde.
Dann kniete ich mich über sie, hob ihren Kopf an und schlug ihn leicht auf die steinernen Bodenplatten. Immer wieder tat ich das, hob ihn dabei höher und schlug immer fester, bis er eingeschlagen war wie ein Ei und die Frau sich nicht mehr bewegte. Sie war tot.
Ich ließ sie dort liegen. Ich lief aus dem Haus, und als ich auf die Landstraße kam, spürte ich den Regen in meinem Gesicht. Das Tauwetter hatte eingesetzt.
Als ich erwachte, war es Morgen. Nach und nach, stückchenweise, kehrte mein Traum zurück und erfüllte mich mit Grauen. Ich sah auf meine Hände. Sie waren so zart, schlank, blaß und schwach. Ich hob sie an meinen Mund und küßte sie.
Als Mary mich eine halbe Stunde später zum Frühstück rief, sprudelte sie über von Neuigkeiten. Sie erzählte mir eine lange Geschichte von einer Frau, die man letzte Nacht ermordet hatte. Der Briefträger habe die Tür offenstehen sehen und die Leiche gefunden. »Und das hier war ganz früher mal ihr Zuhause, Miss, unter diesem Dach; ist sogar schon mal einem Mordversuch entgangen, durch ihren Ehemann, in ebendiesen vier Wänden; er hat sie zu erwürgen versucht; sie war halb tot damals. Darum hat die gnädige Herrin ja eine Rumpelkammer daraus gemacht. Danach wurde er ins Irrenhaus gesteckt, wo er auch gestorben ist – vor vier Wochen, dem Vernehmen nach.«

Meine Mutter war Schottin und behauptete, sie habe »das Zweite Gesicht«. Ganz offenbar hatte sie diese Gabe auf mich vererbt. Ich war ungeheuer erregt. Ich setzte mich aufs Bett und erzählte Mary meinen Traum.

Sie interessierte sich nicht dafür; nur wenige Leute wollen die Träume anderer hören. Außerdem hatte sie es wohl eilig, Tante Margaret die Neuigkeit zu berichten. Sie stürmte davon. Ich legte mich noch einmal ins Bett und dachte über das Ganze nach. Fast hätte ich gelacht, so merkwürdig und bizarr war diese Geschichte.

Aber als ich aufstand, stolperte ich über etwas. Es war ein kleiner, schlammiger Schuh. Zuerst erkannte ich ihn kaum; dann sah ich, daß er zu einem Paar Abendschuhe gehörte, das ich besaß, der andere lag gleich daneben. Es war ein hübsches Paar dunkelblauer Satinschühchen, ein Geschenk von einem Mädchen, das ich sehr gern hatte. Erst vor einer Woche hatte sie es mir gegeben.

Gestern abend waren diese Schuhe noch so schön sauber und neu gewesen. Jetzt waren sie zerkratzt, der Stoff zerrissen, und mit Schlamm bedeckt. Jemand hatte Meilen in ihnen zurückgelegt.

Da fiel mir wieder ein, wie ich im Traum nach meinen Schuhen gesucht hatte und sie anzog.

Während ich dort auf dem Bett saß, von einem plötzlichen Schwindel- und Übelkeitsgefühl erfaßt wurde und die schlammigen Schuhe in meiner Hand hielt, sah ich einen blitzartigen Moment lang vor meinem geistigen Auge einen rothaarigen Mann, der Jahr für Jahr, Nacht für Nacht in diesem Zimmer gelegen hatte und eine schlafende Frau mit weißem Gesicht haßte, die neben ihm lag – der sich nach der Kraft und dem Mut sehnte, sie zu erdrosseln; sah ihn Jahre später, erlöst durch seinen Tod, in dieses Zimmer zurückkehren; sah, wie er sich eines schwachen Mädchens

bemächtigte, das nicht die Kraft hatte, ihm zu widerstehen; sah, wie er es auf die Probe stellte, wie er dessen Hände stärkte und wie er schließlich – durch dieses Mädchen – seine Tat ausführte ... Die Vision ging so schnell vorbei, wie sie gekommen war. Ich riß mich zusammen. »Das ist Unsinn, das ist ausgeschlossen«, redete ich mir ein. »Noch vor heute abend ist der Mörder gefaßt.«
Aber ich hielt immer noch das schlammige Paar Schuhe in meiner Hand. Es scheint, als hätte ich sie seitdem nie mehr losgelassen.

# Der unbekannte Mörder

## *H. C. Bailey*

Der Ruhm von H. C. Bailey (1878–1961) beruht auf dessen klassischen Detektivstories um den unnachahmlichen Reggie Fortune. »Der unbekannte Mörder« gehört zu Baileys besten Geschichten und weist sämtliche Aspekte auf, die Fortune zu einem Star der Kriminalliteratur machten: Sein intuitives »Gespür« für ein Verbrechen; sein medizinisches und toxikologisches Wissen; seine gnadenlose Schnelljustiz, wo er das Gesetz als unzulänglich empfindet. Die Geschichte wurde dem Band *Mr. Fortune's Practice* (1923) entnommen.

Es war einmal eine Gruppe von Männern, die unterhielt sich im Klub darüber, wie Mr. Reginald Fortune es zum Experten des Innenministeriums in Fragen der Kriminalität gebracht hatte. Die anwesenden Mediziner gaben zu, daß er zwar ein tüchtiger Chirurg, Pathologe und was sonst noch alles sei, aber nie internationale Klasse gezeigt habe. Ein Mitglied der Royal Society bestand darauf, Fortune kenne sich in den Naturwissenschaften besser aus als die meisten Schuljungen, Politiker und Beamten. Ein Künstler sagte, Fortune verstehe etwas von Geschäftsdingen, und er glaube an Fortune als Fachmann für antike Möbel. Doch sie alle waren sich darin einig, daß er ein »Pfundskerl« sei. Was im Klartext bedeutet, daß er für alle alles sein kann.

Mr. Fortune selbst ist der Überzeugung, das Schicksal habe ihn zum Allgemeinmediziner ausersehen: Um meinen Hexenschuß und die Masern Ihrer Tochter zu kurieren. Es wurde auch gehört, wie er das willkürliche Geschick beklagte, welches ihn zu einem Spezialisten gemacht habe. Er verstehe von allem etwas, aber nichts gründlich. Seine einzige Qualifikation bestehe – wie er zu sagen pflegt – darin, daß er nichts durcheinanderbringt.
Da haben Sie's also. Er ist Menschen gegenüber einzigartig sensibel. »Sehr merkwürdig, wie er die Menschen kennt«, sagte Superintendent Bell mit aller Hochachtung. »Als wenn er einen sechsten Sinn hätte, der ihm über Menschenseelen Auskunft gibt, als wären es Gerüche oder Farben. Und er hat einen klaren Verstand. Er verwechselt nie das Wichtige mit dem Unwichtigen, und man hat noch nie erlebt, daß er zögerte, das Notwendige zu tun.«
Bedenken Sie nur, wie er die Sache mit dem unbekannten Mörder gehandhabt hat.
Dieses Weihnachten gab es nur wenige interessante Verbrechen. Darum räumte man dem einzigartigen Fall des Sir Humphrey Bigod, der am Vorabend seiner Hochzeit tot in einer Kalkgrube aufgefunden wurde, in den Zeitungen nicht nur viel Platz ein, sondern man berichtete auch weiter darüber mit hinzuerfundenen Bagatellen, mit blutrünstigen Anspielungen und mit Geschichten über angebliche Indizien, selbst nachdem die gerichtsmedizinischen Gutachter auf Unfalltod erkannt hatten. Dies alles störte den wissenschaftlichen Berater des Kriminaldezernats nicht in seinem Frieden, wußte er doch, daß der junge Mann durch einen Sturz ums Leben gekommen war und kein Mensch mehr darüber herausfinden konnte. Mr. Fortune war mit Glücklichsein beschäftigt, denn nach langen Bemühungen hatte er sich endlich mit Joan Amber verlobt. Die junge

Dame behauptet, die Mühen habe *sie* gehabt, aber davon will ich jetzt gar nicht erzählen. Unmittelbar nach Weihnachten nahm sie ihn mit auf das Kinderfest im Waisenhaus.

Es ist eine altmodische Anstalt, ein riesenhafter, kasernenartiger Bau, aber dennoch anheimelnd und freundlich. Seit unvordenklichen Zeiten sind hier Menschen jeden Schlages, mit alten Titeln und neuen, mit Geld und mit Verstand, die Freunde der kleinen Insassen. Als Miss Amber ihren Verlobten unter die Fähnchen und die Girlanden von Papierrosen in die Eingangshalle des Heimes führte, wo es so laut war wie im Papageienhaus, da verschlug es ihm kurz den Atem. »Tapfer sein, Junge!« ermahnte sie ihn. »Jetzt ist es noch ruhig gegen die Zeit nach dem Tee. Und kühl. Dir wird noch viel wärmer werden. Du ahnst gar nicht, wie warm!«

»Weib, du täuschtest mich«, erwiderte Mr. Fortune bitter. »Ich habe Philanthropen immer für redliche Bürger gehalten.«

»Ja, mein Lieber, keine Angst. Du bist ja nur heute nachmittag Philantrop.«

»Ich frage dich, ist das Crab Warnham?«

»Natürlich ist das Captain Warnham.« Miss Amber lächelte einen hageren Mann mit einem Gesicht wie ein alter Jokkey an. Er errötete beim Zurückschielen. »Kennst du seine Frau? Sie ist ein ziemliches Schmuckstück.«

»Die Arme. Er fühlt sich anscheinend nicht wohl hier, oder? Das letzte Mal hab ich Crab Warnham an einem Ort in Berlin gesehen, der der reinste Höllenpfuhl war. Er fühlte sich dort ganz heimelig.«

»Vergiß es«, erwiderte Miss Amber sanft. »Du wirst es tun, wenn du seine Frau kennenlernst. Und ihr Kleiner ist ein Goldschatz.«

»Sein Kleiner?« Reggie war überrascht.
»O nein. Sie ist verwitwet. Er vergöttert sie und das Kind.«
Reggie antwortete nichts. Ihm kam es so vor, als habe Captain Warnham für jemanden, der seine Frau vergötterte, ein gieriges Auge auf andere Frauen. Und einen Moment später wurde der Captain gerufen. Ein Frauchen – noch hübsch zwar, jedoch ernst – sprach mit ihm wie eine Mutter oder ein Feldwebel. Er genierte sich, und als sie mit ihm fertig war, flüchtete er.
Das Frauchen, welches streng, aber schmuck in Schwarz mit irgend etwas Weißem am Hals gekleidet war, flatterte weiter durch die Gästeschar und fand für jeden eine Aufgabe. »Zu dem einen sagt sie ›geh‹, und er geht, zu dem andern ›komm‹, und er kommt. Wer ist sie denn, Joan?«
»Lady Chantry«, antwortete Miss Amber. »Sie spielt hier den lieben Gott, mußt du wissen.«
Und schon fiel sie über die beiden her. Reggie blickte unversehens in ein Paar außergewöhnlich strahlender Augen und fragte sich, was es wohl für ein Gefühl war, so nimmermüde wie dieses Frauchen zu sein, die ihn im selben Atemzug zu Joan beglückwünschte, sich für sein Erscheinen bedankte und seinen Nachmittag für ihn organisierte. Er hatte noch nie jemanden so schnell sprechen hören. In halbbetäubtem Zustand bemerkte er, wie man ihm Joan entriß, um in einem der Schlafsäle zu Bildern der Laterna Magica das Märchen von Aschenputtel zu erzählen, während er selbst in einen anderen geführt wurde, wo er bei einem Konzert helfen sollte. Und als die Tür hinter ihm zufiel, hörte er Lady Chantrys flinke, klare Stimme Gäste und Personal zu Gesellschaftsspielen auffordern.
Er litt. Leute, die keine Stimme hatten, sangen Bravourstücke, Leute, die zuviel Stimme hatten, sangen diesen todernsten, ehrfürchtigen Kindern Ragtime vor. Aus Mit-

leid für die Kleinen und sich selbst trat er als Zauberkünstler auf, und gerade wurde es ein bißchen fröhlich im Saal, da unterbrach ein gellender Schrei Reggies Geplapper. »Das sind nur meine Knochen, die quietschen«, redete er rasch weiter, denn die Kinder bekamen Angst. »Das machen sie immer, wenn ich mir das Messer ins Ohr stecke und es mir aus dem Bein ziehe. So. Aber es tut nicht weh. Wie das Automobil sagte, als es dem Polizisten über die Füße fuhr. Alles aus Freundlichkeit. Komm her, Spätzchen. Du darfst doch deine Nase nicht als Sparbüchse benutzen.« Eine Kleine ließ sich willfährig Pennies aus dem Gesicht ziehen.

Die Tür ging auf, und eine bleiche Krankenschwester fragte mit schwacher Stimme: »Der Arzt. Sind Sie der Arzt?«

»Natürlich«, antwortete Reggie. »Augenblick, Leute! Herr Pulcinella ist über den Säugling gestolpert. Das tut ihm immer weh. Im Buckel. Sind wir bekümmert? Nein. ›Packt eure Sorgen in den alten Rucksack ein‹ ... « Und unter fröhlichem Gebrüll dieses Liedchens ging er hinaus. »Wo brennt's?« Die Schwester zitterte.

»Da hinein, Sir – sie ist dort oben.«

Reggie nahm die Treppe im Eiltempo. Die Tür eines Wohnzimmerchens stand offen. Darinnen begafften Leute eine Frau, die an ihrem Schreibtisch saß. Ihr Kleid war dunkel und naß. Ihr Kopf hing kraftlos vornüber. Eine tiefe Wunde durchzog ihre Kehle.

»Ja. Wir sind zu viele hier drin«, sagte er und winkte die Gaffer hinaus. Eine blieb, eine alte Frau, groß und imposant, die verkündete, sie sei die Heimleiterin. Reggie machte die Tür zu und kehrte zu der Leiche im Stuhl zurück. Er hielt einen Moment die kraftlose Hand, hob den Kopf an und blickte scharf in das erschlaffte Gesicht. »Wann hat man sie entdeckt? Als ich den Schrei hörte? Ja.« Er nahm

den Fußboden in Augenschein. »Genau.« Er wandte sich an die Direktorin. »Soso. Wer ist das?«
»Unsere Anstaltsärztin, Dr. Emily Hall. Sie wohnt hier im Heim. Aber Dr. Fortune, können Sie denn gar nichts tun?«
»Sie ist tot«, sagte Reggie.
»Das ist ja schrecklich, Doktor. Was hat das zu bedeuten?«
»Nun, was es zu bedeuten hat, weiß ich nicht. Ihr wurde mit einem besonders scharfen Messer die Kehle durchgeschnitten, wahrscheinlich von hinten. Ein Weilchen ist sie noch am Leben geblieben, völlig leblos. Dann starb sie. Vor nicht allzulanger Zeit. Von wem kam dieser Schrei?«
»Von der Schwester, die sie gefunden hat. Eines unserer eigenen Mädchen, Dr. Fortune – Edith Baker. Sie war stets ein Liebling der armen Dr. Hall. Man behielt sie hier auf Dr. Halls Wunsch, um sie zu einer Pflegeschwester auszubilden. Sie war Dr. Hall ergeben. Eine dieser kindischen Schwärmereien bei Mädchen.«
»Sie kam also ins Zimmer, entdeckte – das hier – und schrie?«
»Das sagt sie, ja«, antwortete die Heimleiterin.
»Soso«, seufzte Reggie. »Arme Kinderchen! Und jetzt müssen Sie die Polizei rufen.«
»Ich habe diesbezügliche Anweisung gegeben, Dr. Fortune«, erwiderte die Heimleiterin mit Würde.
»Und ich glaube, Sie sollten verhindern, daß Edith Baker darüber redet.« Reggie hielt die Tür auf.
»Edith wird nicht reden«, entgegnete die Heimleiterin kalt. »Sie ist eine sehr verschlossene Person.«
»Die Ärmste. Ich befürchte, einige unserer Besucher werden es tun, das sollten sie aber lieber nicht.« Schließlich wurde er die Frau Direktor los, drehte den Schlüssel im Schloß, blieb stehen und sah es an. »Ja, ganz natürlich, aber sehr praktisch«, sagte er, während er sich abwandte, um einen

großen Sessel zu betrachten. Das lose Sitzpolster zeigte, daß jemand ihn benutzt hatte, an sich keine besondere Tatsache. Doch auf der Armlehne befand sich eine winzige, immer noch feuchte Blutspur. Reggie Fortune hob das Polster hoch. Die Unterseite war mit noch mehr Blut beschmiert. Seine Brauen zogen sich zusammen. »Der unbekannte Mörder schneidet ihr die Kehle durch – kommt hierher – macht den Sessel schmutzig – dreht das Polster herum – und nimmt Platz – um zuzusehen, wie die Frau stirbt. Das ist ziemlich teuflisch.« Er begann im Zimmer umherzugehen. Es bot ihm keine weiteren Anhaltspunkte, außer einigen Blutstropfen auf Kaminvorleger und Kamin. Er kniete sich hin, spähte in das Feuer und zog mit der Zange ein dünnes Metallstück daraus hervor: ein Operationsmesser. Er sah zu der Toten. »Aus Ihrem ärztlichen Inventar, Dr. Hall. Und Edith Baker ist Krankenschwester. Und Edith Baker hegte eine ›kindische Schwärmerei‹ für Sie. Fragt sich noch.«
Jemand versuchte die Tür zu öffnen. Er schloß auf, und vor ihm stand ein Polizeiinspektor. »Ich bin Reginald Fortune«, erklärte er. »Und hier ist Ihr Fall.«
»Ich habe schon von Ihnen gehört, Sir«, sagte der Inspektor ehrerbietig. »Schlimme Geschichte, nicht wahr? Bestimmt ist es ein großes Glück, daß Sie hier waren.«
»Fragt sich noch«, brummelte Reggie.
»Könnte es ein Selbstmord sein, Sir?«
Reggie schüttelte den Kopf. »Ich wünschte, es wäre so. Kein sehr hübscher Mord. Ganz und gar kein hübscher Mord. Übrigens, hier ist das Messer. Ich hab es aus dem Kamin gefischt.«
»Arztinstrument, nicht wahr, Sir? Haben Sie schon irgendeine Theorie?« Reggie schüttelte abermals den Kopf. »Da ist das Mädchen, das den Alarm geschlagen hat; angeblich eine Schwester auf der Krankenstation.«

»Ich kenne sie nicht«, sagte Reggie. »Sehen Sie jetzt besser nach, was Ihnen der Raum hier sagt. Ich bin solange unten.«

In der großen Empfangshalle leuchteten die Dekorationen und der Weihnachtsbaum mit seinen noch nicht verteilten Geschenken vor Leere und Schweigen. Joan Amber kam ihrem Verlobten entgegen. Er sprach nicht mit ihr. Er starrte weiterhin auf die Geschenke am Christbaum. »Was möchtest du tun?« fragte sie schließlich.

»So geht ein wunderschöner Tag zu Ende«, sagte Mr. Fortune. »Arme Kinder.«

»Die Heimleiterin hat sie allesamt in ihre Schlafsäle gejagt.«

Mr. Fortune lachte. »Weshalb es nicht gleich an die große Glocke hängen, nicht wahr?«

Miss Amber gab einen Moment lang keine Antwort. »Weißt du, daß du ziemlich schlimm aussiehst?« sagte sie, und in der Tat hatte sein normalerweise volles, rotwangiges, fröhliches Gesicht einen wütenden Ausdruck.

»Ich komme mir wie ein Idiot vor, Joan. Wo stecken denn alle?«

»Die hat sie ebenfalls weggeschickt.«

»Versteht sich. Glänzende Organisatorin. Kein Gehirn. Du liebes Lottchen! Da wird eine Frau ermordet, und jeden Fremden, der vor Ort war, scheucht man weg, ehe die Polizei an die Arbeit geht. Das ist kein Verbrechen, das ist ein Alptraum.«

»Nun ja, natürlich hatten sie es auch eilig, zu gehen.«

»Versteht sich.«

»Reggie, an wen denkst du?«

»Ich kann nicht denken. Es gibt keine konkreten Anhaltspunkte. Wo steckt diese Heimleiterin jetzt?«

Als sie zum Zimmer der Direktorin gingen, lief ihnen der

Inspektor über den Weg. »Ich bin oben fertig, Sir. Nicht viel für mich, oder? Unten freilich mehr als genug. Schätze, mir kommen noch ein paar sonderbare Geschichten zu Ohren. In solchen Heimen wird immer viel getratscht. Wenn Menschen dicht aufeinander leben, wunderbar, was da für böses Blut entsteht. Ich ... « Er brach ab und starrte in Reggies Gesicht. Aus dem Zimmer der Direktorin drang ein Schluchzen. Er öffnete die Tür, ohne anzuklopfen.
Die Heimleiterin saß mit richterlicher Strenge hinter ihrem Schreibtisch, und ein Mädchen in Krankenschwesterntracht weinte sich an der Brust Lady Chantrys aus, die sie streichelte und ihr ins Ohr flüsterte.
»Tut mir leid, wenn ich störe, Ma'am«, sagte der Inspektor mit hartem, durchdringendem Blick.
»Sie stören nicht. Dieses Mädchen ist Edith Baker. Anscheinend war sie die letzte, die Dr. Hall noch lebendig gesehen hat, und mit Sicherheit die erste, die sie als Tote sah.«
»Und die Dr. Hall sehr, sehr ins Herz geschlossen hatte«, fügte Lady Chantry sanft hinzu. »Nicht wahr, Liebes?«
»Ich werde Ihre Aussage zu Protokoll nehmen müssen«, sagte der Inspektor. Aber das Mädchen schluchzte sich die Seele aus dem Leib.
»Komm, komm, Liebes«, bemühte sich Lady Chantry. »Der Inspektor möchte ja nur von dir hören, wie du sie verlassen und wie du sie aufgefunden hast.«
»Edith, Sie müssen sich beherrschen.« Die Heimleiterin erhob ihre Stimme.
»Ich hasse Sie!« schrie das Mädchen und riß sich los, um aus dem Zimmer zu stürmen.
»Sie wird reden müssen, Ma'am«, erklärte der Inspektor.
»Sie hatte schon immer ein hitziges Temperament. Das muß ich leider Gottes feststellen«, sagte die Heimleiterin.
»Arme Kleine!« Lady Chantry stand auf. »Sie hing nun

einmal so an Dr. Hall. Ich werde zu ihr gehen, Frau Direktor, und sehen, was ich tun kann.«
»Weiß irgend jemand hier, was das Mädchen heute nachmittag vorhatte, Ma'am?« fragte der Inspektor.
»Ich werde versuchen, es für Sie festzustellen«, antwortete die Heimleiterin und klingelte mit ihrem Glöckchen.
»Gut, gut«, sagte Reggie Fortune. »Jede Kleinigkeit hilft uns weiter. Vielleicht finden Sie ja auch heraus, was all die anderen heute nachmittag gemacht haben.«
Die Heimleiterin starrte ihn an. »Sie denken doch wohl nicht an die Gäste, Mr. Fortune?«
»Ich denke an Ihre Kinder«, antwortete Reggie, und sie war nur um so verblüffter. »Kein hübscher Mord, wissen Sie, ganz und gar kein hübscher Mord.«
Damit brachte er Miss Amber nach Hause. Sie stellte fest, daß er verschlossen war – wie üblich, wenn er wütend ist. Aber sie hatte ihn noch nie wütend erlebt. Sie ist eine kluge Frau. Als er sie verließ, sagte sie: »Wissen Sie, Sir, was los ist mit Ihnen? Sie haben ganz einfach immer recht.«
Als seine Ehrwürden Sidney Lomas am nächsten Morgen sein Zimmer in Scotland Yard betrat, erwartete ihn dort bereits Reggie Fortune. »Nanu, mein Lieber!« verkündete der Polizeibeamte. »Was ist denn das? Sie sind doch nicht wirklich schon auf den Beinen? Es ist ja noch nicht mal elf Uhr. Sie sind eine Halluzination.«
»Eifer, alles Eifer, Lomas. Der Mord im Waisenhaus läßt mir keine Ruhe.«
»Sind Sie hergekommen, um sich zu stellen? Ich hatte Sie von Anfang an in Verdacht, Fortune. Wo steht es?« Er nahm eine Nummer des *Daily Wire* aus dem Zeitschriftenständer. »Ja. ›Dr. Reginald Fortune, der namhafte Arzt, wohnte einer Veranstaltung bei und konnte der Polizei aus erster Hand über das Verbrechen berichten. Laut Dr. For-

tunes Aussage handelt es sich bei der Tatwaffe um ein Operationsmesser.‹ Die Sache sieht schwarz für dich aus, mein Lieber.«

Reggie war nicht erheitert. »Ja. Ich war auch dabei. Und noch etliche andere«, sagte er. »Wissen Sie irgend etwas über irgendeinen von uns?«

Lomas setzte seine Brille auf. »Sie haben so etwas Bitteres, Fortune. Das ist ungewöhnlich. Was gibt's?«

»Dieser Mord gefällt mir nicht«, antwortete Reggie. »Er hat den Kindern das Fest verdorben.«

»Das ist ein natürlicher Nebeneffekt«, bestätigte Lomas. »Sie werden sehr biedermännisch in Ihren Empfindungen. Oh, das gefällt mir, mein Lieber. Nur tragen Sie dadurch nicht mehr soviel zur Sache bei.«

»Zur Hölle mit Biederkeit! Ich trage sehr viel bei. Dieser Mord hat den Kindern das Fest verdorben. Weshalb passierte es bei einem Kinderfest? Es gibt doch massenhaft schöne Tage, um die Anstaltsärztin umzubringen.«

»Wollen Sie damit sagen, daß es einer der Gäste war?«

»Nein, nein. Es ist nicht der einzige Tag, an dem Gäste zu Besuch kommen. Ich will damit sagen: ›Das Leben ist Wirklichkeit, das Leben ist ernst‹ – und manchmal auch ziemlich diabolisch.«

»Ich werde das Protokoll anfordern«, sagte Lomas und tat es. »Lieber Gott! Das ist ja ein Berg! Barton hat sich mächtig ins Zeug gelegt.«

»Das dachte ich mir«, erwiderte Reggie und ging zu Lomas, um über dessen Schulter hinweg mitzulesen.

Am Schluß lehnte sich Lomas zurück und blickte zu ihm auf. »Nun? Barton tippt auf diese junge Krankenschwester, Edith Baker.«

»Ja. Das ist der Tip der Heimleiterin. Die hab ich gesehen. Eine der Welt größte Organisatorinnen, Lomas; ein Plätzchen für alles, und alles an seinem Platz. Und gnade dir Gott, etwas paßt nicht hinein! Edith Baker hat nicht hineingepaßt. Edith Baker hat Gefühl. Deshalb ist sie eine Mörderin.«

»Nun, die Direktorin müßte das Mädchen ja kennen.«

»Müßte sie«, pflichtete Reggie bei. »Und in unserem Fall, Gentlemen, sagt die Direktorin, die das Mädchen eigentlich kennen müßte, sie sei kein netter junger Mensch. Lomas, mein Lieber, warum glauben Polizisten stets das, was man ihnen erzählt? Was der Heimleiterin nicht paßt, ist kein Beweis.«

»Aber es gibt Indizien. Das Mädchen hatte eine dieser hysterischen Schwärmereien für die Tote, leidenschaftliche Hingabe, leidenschaftliche Eifersucht und so weiter. Das Mädchen hatte Zugriff zu den Arztinstrumenten. Was sie nachmittags getrieben hat, ist vollkommen ungeklärt, und sie wußte als erste von dem Mord.«

»Das ist nicht gut genug, Lomas. Warum löste sie Alarm aus?«

Lomas zuckte die Achseln. »Das tun Mörder ab und zu. List oder Furcht.«

»Und warum hätte sie für den Mord das Kinderfest abwarten sollen?«

»Vielleicht ist dort etwas vorgefallen, das Edith Bakers Eifersucht weckte.«

»Etwas mit einem der Gäste?« fragte Reggie. »Fragt sich.« Und dann lachte er. »Eine Gästegruppe, Lomas, hat die Krankenstation besichtigt. Sie hatten Zugriff zum Operationswerkzeug.«

»Und wurden plötzlich von lüsterner Mordgier erfaßt? Sie sind auch in die Turnhalle und die Küche gegangen. Fing deshalb einer von ihnen mit Kartoffelkochen an? Mein lieber Fortune, Sie sind nicht so überzeugend wie gewöhnlich.«

»Es ist nicht überzeugend«, sagte Reggie. »Das weiß ich. Es ist zu verdammt diabolisch.«
»Abnormal«, nickte Lomas. »Natürlich ist das Ganze letztendlich abnormal. Wir haben immer mal wieder diese Morde in einem Waisenhaus, einer Schule oder sonst einem Ort, wo man Frauen und Kinder zusammenpfercht. In neun von zehn Fällen handelt es sich um Hysterie. Ihre junge Freundin, Miss Baker, ist anscheinend ein höchst hysterisches Subjekt.«
»Da wissen Sie mehr als ich.«
»Na, liegt doch auf der Hand. Und Sie haben sie selbst nach dem Mord erlebt, halb verrückt vor seelischer Erregung.«
»Großer Gott!« sagte Reggie. »Lomas, altes Haus, Sie gehen vielleicht ran! Die Zeit selbst hechelt hinter Ihnen her. Das Mädchen war nicht verrückt. Sie war am vernünftigsten von uns allen. Schicken *Sie* mal eine Halbwüchsige in das Zimmer, wo diejenige, für die sie schwärmt, mit durchgeschnittener Kehle auf einem Stuhl sitzt. Dann wird dieses Mädchen nicht mit Ihnen sprechen wie ein wohlerzogenes kleines Fräulein. ›Liegt auf der Hand!‹ Warum glauben Sie, was Leute über andere Leute sagen? Es ist immer gelogen – unwissentlich oder mit Absicht. Frau Direktor mag dieses Mädchen nicht, weil sie die Anstaltsärztin vergöttert hat. Darum nennt man sie abnorm und eifersüchtig. Haben Sie noch nie davon gehört, daß halbwüchsige Mädchen eine Lehrerin anhimmeln? Das ist gang und gäbe. Haben Sie noch nie gehört, daß eine andere Lehrkraft eifersüchtig war? Das ist ebenso gang und gäbe.«
»Meinen Sie etwa, die Direktorin sei auf die beiden eifersüchtig gewesen?«
Reggie zuckte die Achseln. »Springt einem doch ins Auge.«

»Großer Gott!« rief Lomas. »Dann haben Sie die Heimleiterin in Verdacht?«
»In Verdacht habe ich den Teufel!« entgegnete Reggie mit tiefem Ernst. »Lomas, Junge, wer diesen Mord verübt hat, schnitt dem Opfer die Kehle durch, trug es dann in dessen Sessel und sah ihm beim Sterben zu. Das nenne ich teuflisch.« Und er berichtete von den Blutflecken auf der Unterseite des Polsters.
»Großer Gott!« staunte Lomas noch einmal. »Das ist *allerdings* Haß.«
»Kein hübscher Mord. Hat auch die Kinderparty vorzeitig beendet.«
»Sie reiten auf diesem Punkt herum.« Lomas betrachtete ihn neugierig. »Denken Sie an einen der Gäste?«
»Fragt sich«, murmelte Reggie. »Fragt sich.«
»Da ist die Liste!« sagte Lomas, und Reggie trat langsam heran, um sie zu lesen. »Sir George und Lady Bean, Lady Chantry, Mrs. Carroway« – er fuhr mit seinem Bleistift an den Namen entlang –, »lauter unbescholtene, dutzendfach engagierte Persönlichkeiten voll christlicher Nächstenliebe. Nichts zu machen.«
»Crab Warnham!« rief Reggie.
»Ach, Warnham – den hat wohl seine Frau mitgeschleppt. Sie ist eine Heilige, und angeblich frißt er ihr aus der Hand. Ja, gut, er war natürlich ein lockerer Vogel, aber Mord ...! Ich sehe da keinen Zusammenhang.«
»Er hat ein Auge auf fremde Frauen geworfen.«
»Immer noch? Ich muß schon sagen ... Aber lieber Gott, er kann diese Ärztin doch gar nicht gekannt haben! War sie hübsch?« Reggie nickte. »Na ja, wir könnten ja mal nach einer Verbindung zwischen ihnen suchen. Nicht sehr wahrscheinlich, oder?«
»Wir greifen nach Strohhalmen«, antwortete Reggie düster.

Lomas schob die Papiere zur Seite. »Hol's der Kuckuck! Schon wieder so ein Fall ohne Indizien oder Zeugen. Nach dieser Bigod-Geschichte kann es doch kein zweiter Selbstmord sein?«

Reggie, der sich gerade eine Zigarre anzündete, blickte auf und ließ das Streichholz zwischen seinen Fingern brennen. »Kein Selbstmord. Nein«, antwortete er. »War denn Bigod einer?«

»Nun, es war ein verflixt merkwürdiger Unfalltod.«

»Sie sagen es.« Reggie nickte und ging mit fast schlafwandlerischer Versonnenheit hinaus.

Anscheinend war dies das erste Mal, daß jemand auf den Gedanken kam, den Fall Bigod mit dem Mord im Waisenhaus zu vergleichen. Nach der gerichtsmedizinischen Untersuchung der Ärztin hatte die Polizei nicht mehr Beweise in der Hand, als eben gehört, und das Obduktionsergebnis lautete »Mord durch Unbekannt«. Die Presse bemühte sich nach Kräften, Leben in die eintönige Feiertagsruhe zu bringen, indem sie die Unfähigkeit einer Polizei anprangerte, die Mörder unerkannt herumlaufen lasse, und wärmte erneut den Fall Bigod auf, um zu beweisen, daß Sir Henry Bigods Sturz in seine Kalkgrube zwar angeblich ein Unfall, jedoch ebenso mysteriös war wie der Mord an Dr. Hall. Und Seine Ehrwürden Sidney Lomas verwünschte den Mann, der die Druckerschwärze erfunden hatte.

Reggie Fortune ließen diese Attacken absolut ungerührt; er gab nie etwas darauf, was die Leute über ihn sagten. Mit Joan Ambers Hilfe machte er ein stilles, abgelegenes Plätzchen für die unglückliche Kleine ausfindig, die man des Mordes verdächtigte (Lady Chantry nahm dies Miss Amber ziemlich übel, weil sie selbst sich um Edith kümmern wollte), und erklärte, er beschäftige sich nur aus Menschenfreundlichkeit mit dem Fall. Dies getan, verwendete er seine gesamte Freizeit darauf, sein Heim und Miss Amber für das Eheleben vorzubereiten. Doch mußte seine Verlobte feststellen, daß er sehr nachdenklich und geistesabwesend war. Genau gesagt, führte er ihr gerade vor, wie die neuen Farben im Salon unter der neuen Beleuchtung aussahen, als Dr. Eden ihn rufen ließ. Dr. Eden führt eine Arztpraxis in Kensington. Er wünschte Reggies kollegiale Hilfe in einem Fall: sehr dringend: King William's Walk 3.

»Darf ich den Wagen nehmen?« fragte er sie. »Eden scheint völlig aus dem Häuschen zu sein. Du kannst ja anschließend gleich zu dir weiterfahren. Ist ja auch nicht weit weg davon. Ich frage mich, wer dort wohnt, in King William's Walk 3.«

»Das ist doch Mrs. Warnham!« rief Joan.

»Ach, du liebes bißchen!« sagte Reggie Fortune, und dann gar nichts mehr.

Joan Amber ihrerseits riß ihn nicht aus seinen Gedanken. Sie war ebenso besorgt wie er. Erst als er aus dem Wagen stieg, sagte sie sanft: »Sei gut zu ihr, Liebling.« Er küßte die Hand auf seinem Arm.

Die Tür wurde von einer Frau im Abendkleid geöffnet. »Das ist doch Mr. Fortune, nicht wahr? Nur herein, bitte. Es ist ja so liebenswürdig, daß Sie kommen.« Sie wandte sich an das Hausmädchen im Hintergrund. »Sagen Sie Dr. Eden Bescheid, Maggie. Es ist wegen meinem kleinen Jungen – wir machen uns solche Sorgen.«

»Das tut mir sehr leid, Mrs. Warnham.« Reggie nahm ihre Hand und stellte fest, daß sie kalt war. Das Gesicht, an das er sich wegen dessen milder Ruhe erinnerte, schien verhärtet. »Wo drückt der Schuh?«

»Gerald war heute nachmittag auf einer Party. Er kam in bester Stimmung nach Hause und ging zu Bett. Eingeschlafen ist er zwar nicht gleich, dafür war er zu aufgedreht, aber es ging ihm ganz gut. Dann wachte er auf, heulte vor Schmerz und war schwer krank. Ich schickte nach Dr. Eden. Es sieht Gerald gar nicht ähnlich, zu weinen, Mr. Fortune. Und ...«

Eine heisere Stimme sagte: »Catherine, du solltest nicht hier draußen in der Kälte stehen.« Reggie sah das hagere Gesicht Captain Warnhams hinter einer Tür hervorschauen.

»Was macht das schon!« rief seine Frau. »Dr. Eden will mich nicht zu ihm lassen, Mr. Fortune. Er hat immer noch starke Schmerzen. Und ich glaube nicht, daß Dr. Eden sich auskennt.«

Dr. Eden kam gerade rechtzeitig herunter, um diese Bemerkung aufzuschnappen. Er war ein großer, breitschultriger junger Mann, der, anscheinend in größter Verlegenheit, vor ihnen stand.

»Ich bin sicher, Dr. Eden hat alles getan, was man tun kann«, erwiderte Reggie höflich. »Ich werde nach oben gehen, falls ich darf.« Und sie überließen die Frau ihrem Mann, dessen hageres, gerötetes Gesicht hinter der Tür hervorspähte, während sie nach oben gingen.

»Das Kind ist sieben Jahre alt«, berichtete Eden. »Bisher sind keine Magenbeschwerden bei ihm aufgetreten. Ganz gesunde Verdauung. Und jetzt das hier – aus heiterem Himmel!«

Reggie ging in das Kinderzimmer, wo ein kleiner Junge unruhig in seine Decke gewickelt lag und alle Anzeichen einer Erkrankung zeigte. Er hob sein blasses Gesicht, auf dem Schweißperlen standen.

»Guten Tag, Gerald«, sagte Reggie mit ruhiger Stimme. »Deine Mutter hat mich hochgeschickt, damit ich dich wieder gesund mache.« Er ergriff die Hand des Kindes und fühlte den Puls. »Ich bin Mr. Fortune, dein Glücksbringer.«

Das Kind versuchte zu lächeln, und Reggies Hände glitten

an dem unruhigen Körper entlang. Dabei murmelte er die ganze Zeit dumme Späßchen ...

Das Kind wollte ihn zwar dabehalten, aber schließlich ging er mit Dr. Eden in eine Ecke des Zimmers. »Ganz richtig, daß Sie mich holen ließen«, meinte er sehr ernst, und Eden legte sich eine Hand an den Kopf. »Ich weiß. Ich weiß. Es ist schrecklich, wenn es sich um ein Kind handelt. Eines der Reizgifte. Arsen wahrscheinlich. Haben Sie ein Brechmittel verabreicht?«

»Er ist sehr krank. Und er ist so schwach.«

»Ich weiß. Haben Sie irgend etwas dabei?«

»Es wird gerade geholt. Aber ich wollte lieber nicht ...«

»Das mach ich schon. Zinksulfat. Gehen Sie und lassen Sie eine Krankenschwester rufen. Und besorgen Sie etwas Milch, mit der nichts passieren kann. Den Lebensmitteln hier im Haus würde ich nicht trauen.«

»Mein Gott, Fortune! Es ist doch wohl auf der Party passiert?«

»Nicht die Sachen aus dem Haus!« bekräftigte Reggie und ging wieder zu dem Kind ...

Erst viele Stunden später kam er leise die Treppe herunter. In der Diele traten ihm Frau und Mann entgegen. Reggie schien es, als hätte der *Mann* geweint. »Sind Sie am Gehen?« fragte Mrs. Warnham.

»Die Schmerzen sind vorbei. Er ist eingeschlafen.«

Ihr Blick verdüsterte sich. »Sie meinen, er ist – tot?« keuchte der Mann.

»Ich hoffe, er wird uns alle überleben, Captain Warnham. Nur darf keiner ihn stören. Die Krankenschwester paßt ja jetzt auf ihn auf. Und bestimmt möchte jeder von uns gut schlafen – nicht wahr?« Sprach's und war verschwunden. Aber er verweilte noch einen Moment vor der Tür. Er hörte Geräusche von drinnen.

Am darauffolgenden Nachmittag besuchte ihn Dr. Eden in seinem Labor in der St. Saviour's. »Eine Sekunde. Eine Sekunde.« Reggie war über ein Notizbuch gebeugt. »Wenn ich in die Hölle komme, bestrafen sie mich mit Buchführung.« Er betrachtete seine Rechenaufgaben mit einem Stirnrunzeln. »Aller guten Dinge sind drei. Das ist einleuchtend, wenn schon nicht zutreffend. Nun, wie geht's unserem Patienten?«

»Ganz gut. Er ist recht vergnügt.«

Reggie stand auf. »Ich denke, wir dürfen sagen: Gott sei Dank!«

»Ja, wahrscheinlich. Gestern abend dachte ich schon, es wäre aus mit ihm, Fortune. Und nur Sie haben ihn gerettet. Es war wunderbar, wie er unter Ihren Händen aufgelebt ist. Sie hätten Kinderarzt werden sollen.«

»Mein lieber Junge! O mein lieber Junge! Ich bin von der Sorte, die immer etwas anderes hätte werden sollen. Und da sitze ich in einem Labor und stelle Berechnungen an, für die ich, weiß Gott, nicht geschaffen bin!«

»Haben Sie herausgefunden, was es war?«

»Oh, Arsen natürlich. Eine ganz schöne Dosis muß er bekommen haben. Merkwürdig, daß sie sich immer auf Arsen versteifen!«

Eden starrte ihn an. »Was sollen wir jetzt tun?« fragte er leise. »Fortune, es kann doch kein unglücklicher Zufall sein?«

»Was könnte ein Kind wohl essen, worin sich zufällig Arsenkörnchen befinden?«

»Ja, aber dann – ich meine, wer sollte so ein Kind töten wollen?«

»Das ist die Unbekannte in dieser Gleichung. Und trotzdem kommt es vor, daß Leute ein Kind umbringen wollen, sogar ein ganz nettes.«

Eden erbleichte. »Was soll das heißen? Sie wissen, es ist nicht Warnhams Kind. Warnham ist sein Stiefvater.«
»Ja, ja. Haben Sie die beiden je zusammen gesehen?«
Eden zögerte. »Er – nun ja, anscheinend kann er sich mit Warnham nicht gerade anfreunden. Aber ich würde schwören, Warnham hat ihn ins Herz geschlossen.«
»Und das alles ist ganz natürlich, nicht wahr? Nun ja. Ich hoffe, er ist daheim.«
»Was haben Sie vor?«
»Mrs. Warnham zu informieren – in Anwesenheit ihres Gatten. Er soll es auch hören.«
Dr. Eden folgte ihm nach draußen wie ein Mann, der zum Richtblock geht.
Mrs. Warnham war zu Hause. Sie kam ihnen in der Diele entgegen. »Mr. Fortune« – sie nahm ihn bei der Hand und hatte ihre gewohnte Ruhe wiedergewonnen; doch ihr Blick verdüsterte sich, als sie ihn ansah –, »Gerald hat nach Ihnen gefragt. Und ich möchte mich mit Ihnen unterhalten.«
»Es wäre mir ein Vergnügen, den Fall mit Ihnen und Captain Warnham zu besprechen«, erwiderte Reggie in sehr ernstem Ton. »Aber vorher sehe ich nach dem Kleinen, wenn Sie nichts dagegen haben.« Und der Kleine nahm seinen Mr. Fortune lange Zeit in Anspruch.
Mrs. Warnham hatte ihren Mann bei sich, als die Ärzte nach unten kamen. »Wirklich, Mr. Fortune«, sprudelte der alte Haudegen los, »furchtbar freundlich, daß Sie sich solche Mühe machen. Ich meine« – er räusperte sich –, »ich spüre das nämlich. Wie geht's dem kleinen Stromer?«
»Es gibt keinen Grund, weshalb es ihm nicht gutgehen sollte«, antwortete Reggie bedächtig. »Aber es ist ein seltsamer Fall, Captain Warnham. Ja, ein seltsamer Fall. Sie können mir glauben: Das Kind wurde zweifelsfrei vergiftet.«

»Vergiftet!« rief Warnham mit dieser merkwürdig krächzenden Stimme.
»Sie meinen, Gerald hat etwas Unrechtes gegessen?« fragte Mrs. Warnham ruhig.
»Es war Arsen, Captain Warnham. Eine gute Stunde vor dem Zeitpunkt seiner Erkrankung, vielleicht weniger, hatte er eine tödliche Dosis Arsen geschluckt.«
»Mann Gottes, wissen Sie das alles genau? Ich meine: Jeder Zweifel ausgeschlossen?« Warnhams Gesicht rötete sich. »Das Arsen – den Zeitpunkt – und die Dosis? Das wäre schließlich ein starkes Stück.«
»Es besteht kein Zweifel. Ich habe Arsen festgestellt. Die Dosis kann ich schätzen. Und Arsen wirkt innerhalb dieser Zeit.«
»Ich kann es trotzdem nicht glauben«, erklärte Mrs. Warnham. »Das wäre ja zu grauenhaft und brutal. Mr. Fortune, könnte es nicht ein Unfall gewesen sein? Etwas in Geralds Essen?«
»In dem, was er gegessen oder getrunken hat, war es mit Sicherheit. Aber es handelt sich nicht um einen Unfall, Mrs. Warnham. Das ist ausgeschlossen.«
»Also raus mit der Sprache, Fortune!« knurrte der Captain. »Spucken Sie's schon aus: Haben Sie jemand Bestimmten in Verdacht?«
»Das wäre doch wohl mehr Ihre Sache, nicht wahr?« entgegnete Reggie.
»Wer könnte denn Gerald vergiften wollen?« rief Mrs. Warnham.
»Er sagt, irgend jemand hat's getan«, knurrte ihr Mann. »Wann dürfte er das Zeug wohl genommen haben, Fortune? Auf der Party oder als er schon daheim war?«
»Was nahm er zu sich, als er nach Hause kam?«
Warnham sah seine Frau an. »Nur ein bißchen Milch. Essen

wollte er nichts«, antwortete sie. »Und ich weiß noch, ich habe von seiner Milch probiert. Die war völlig in Ordnung.«
»Das deutet auf die Party hin«, sagte Eden.
»Aber ich kann es nicht glauben. Wer sollte Gerald vergiften wollen?«
»Ich habe einige von denen besucht, die dort waren«, erklärte Eden stirnrunzelnd. »Ich glaube nicht, daß noch ein Kind erkrankt ist. Nur dieses eine aus der ganzen Bande.«
»Ja, ja. Ein seltsamer Fall«, wiederholte Reggie. »War dort irgend jemand, der etwas gegen Sie hat, Mrs. Warnham?«
»Ich glaube, auf der ganzen Welt gibt es keinen, der etwas gegen mich hat.«
»Das glaube ich auch, Catherine.« Ihr Mann sah sie an. »Aber, zum Teufel, Fortune hat das Zeug an dem Jungen festgestellt. Also, Fortune, wie lautet Ihr Rat?«
»Ihrem eigenen Haushalt können Sie wirklich vertrauen? Gibt es hier niemanden, der auf das Kind eifersüchtig ist?«
Mrs. Warnham sah so unglücklich aus, wie ihr zumute war. »Ich könnte keinem hier mißtrauen. Es besteht gar kein Grund dazu. Das Ganze kommt mir wie ein böser Traum vor.«
»Und doch ist es Wirklichkeit«, knurrte Warnham.
»Ja. Nun, ich würde lieber nicht darüber reden. Bringen Sie ihn gleich, wenn er wieder auf den Beinen ist, an irgendein ruhiges Plätzchen. Natürlich werden Sie selbst dort mit ihm zusammenleben. So ist es absolut sicher. Und ich – nun, ich werde den Fall nicht vergessen. Leben Sie wohl.«
»O Mr. Fortune ...« Mrs. Warnham sprang auf und hielt ihn an den Händen fest.
»Ja, ja, auf Wiedersehen«, sagte Reggie und riß sich los. Als

der Captain sie aber zur Tür hinausließ, spürte er, wie dessen knochige Hand ihm in den Arm kniff.

»Ein bißchen Gemütlichkeit würde jetzt guttun«, murmelte Reggie. »Kommen Sie. Trinken wir in den *Academies* Tee, Eden. Die haben immer gutes Gebäck.« Mit einem glücklichen Seufzer ließ er sich neben Eden in seinen Wagen sinken.

Doch Edens Miene wirkte besorgt. »Glauben Sie, das Kind ist jetzt in Sicherheit, Fortune?« wollte er wissen.

»Oh, ich denke, schon. Falls Warnham oder seine Frau es vergiftet haben ...«

»Großer Gott! Das meinen Sie doch nicht ernst?«

»Sie haben Angst«, erwiderte Reggie seelenruhig. »Ich hab ihnen ganz schön Angst eingejagt. Und wenn es jemand anderer war – dann wird das Kind weggebracht und Mrs. Warnham wird alles essen und trinken, was das Kind ißt und trinkt. Der kleine Gerald kommt schon wieder auf die Beine. Bleibt nur das eine kleine Problem: Wer war der Täter?«

»Es ist eine teuflische Geschichte. Wer könnte ein Kind umbringen wollen?«

»›Teuflisch‹ ist das richtige Wort«, bestätigte Reggie. »Und was wir brauchen, ist eine kleine, einfache Mahlzeit.« So fuhren sie in den Klub, und während einer langen Teestunde erzählte er Eden von Steingärten und chinesischen Kinderreimen.

Als aber Eden, etwas irritiert über Reggies Appetit und benommen von der Bandbreite seines Gesprächsstoffs, verschwunden war, ging Fortune rasch in jene Ecke des Klubs, wo Lomas bei einem auf russische Art zubereiteten Tee saß. Reggie deutete mit einem Finger auf die klare, dünne Flüssigkeit. »›Es war traurig, wild und schaurig‹, und es war noch nicht mal süß«, klagte er. »Sehen Sie sich vor, Lomas.

Denken Sie daran, was mit Rußland passiert ist. Sie würden niemals glücklich als Bolschewik.«

»Meines Wissens ist die Kriminalpolizei die einzige Einrichtung in Rußland, die überlebt hat.«

»Stellen Sie dieses widerliche Gebräu weg und kommen Sie mit raus an die frische Luft.«

Lomas starrte ihn entsetzt an. »Wo ist denn Ihr junges Fräulein? Ich dachte, Sie würden zusammen draußen bummeln. Sie sind ein treuloser Kerl, Fortune. Los, gehen Sie spazieren, wie es sich für einen Gentleman gehört!« Aber in Reggies Augen lag dies gewisse Etwas, das Lomas aufstöhnen ließ. »Sie sind der unbarmherzigste Mensch, den ich kenne.«

Der Wagen entfernte sich vom Klub, und Reggie kuschelte sich unter seine Decke, als der Ostwind des Januars ihnen entgegenschlug. »Hoffentlich frieren Sie«, sagte Lomas. »Was gibt's jetzt schon wieder?«

»Beinahe noch einen ›Mord durch Unbekannt‹.« Und Reggie erzählte ihm die ganze Geschichte.

»Teuflisch«, meinte Lomas.

»Ja, ich glaube an den Teufel«, bestätigte Reggie mit einem Kopfnicken.

»Wer hätte von dem Tod des Kindes profitieren können? Klarer Fall, an sich nur Warnham. Mrs. Warnham wurde durch den Tod ihres Gatten, des alten Staveleigh, zu einer begüterten Frau. Jeder wußte, daß Warnham deswegen hinter ihr her war. Aber das Hauptvermögen geht später einmal an das Kind. Darum ergriff er die nötigen Maßnahmen. Guter Gott! Wir wußten ja alle, daß Crab Warnham sich nicht mit Kleinigkeiten aufhält. Aber das hier! Kaltblütiger Hund. Können Sie es stichhaltig beweisen?«

»Sie gefallen mir, Lomas, Sie sind so natürlich«, erwiderte Reggie. »Das ist alles sonnenklar. Und es ist vollkommen falsch. Dieser Fall ist nun mal nicht natürlich. Es steckt ein Teufel dahinter.«

»Soll das heißen, es war nicht Warnham?«

»Es war nicht Warnham. Ich habe versucht, ihm angst zu machen. Er hatte Angst. Aber nicht um seiner selbst willen, sondern weil das Kind einen Feind hat und er nicht weiß, wer es ist.«

»O mein lieber Freund! Er ist kein Mörder, weil Ihnen seine Nase gefällt.«

»Wem könnte so eine Nase gefallen? Nein. Das Gift wurde auf der Party verabreicht, wo Warnham nicht zugegen war.«

»Aber weshalb denn bloß? Aus welchem Motiv? Irgendein geisteskranker Mörder geht auf ein Kinderfest in Kensington und sucht sich dies eine Kind heraus, um es zu vergiften. Nicht sehr überzeugend, oder?«

»Nein, es ist diabolisch. Ich würde nicht sagen ›geisteskrank‹. Wenn Sie mir verraten, was ein Geisteskranker ist, werden wir diskutieren, ob die Person, die das Gift verabreicht hat, bei Verstand war. Aber das Diabolische wird ein bißchen zu alltäglich, Lomas. Da war Bigod: jung, gesund, wohlhabend, frischverlobt mit einem hübschen Mädchen. Er stürzt in eine Kalkgrube, und die Sachverständigen erkennen auf ›Tod durch Unfall‹. Da war die Ärztin: jung, von sauberem Lebenswandel, keine Leiche im Keller, allseits beliebt. Sie wird ermordet, und ein Mädchen, das sie sehr ins Herz geschlossen hat, wird darüber fast wahnsinnig. Jetzt haben wir den kleinen Gerald: ein liebes Kind, seine Mutter trägt ihn auf Händen, sein Stiefvater ist Feuer und Flamme für ihn, jeder hat ihn gern. Und jemand versucht, ihn zu vergiften, was auch beinahe klappt.«

»Worauf wollen Sie hinaus, Fortune? Es ist seltsam, daß diese Fälle Schlag auf Schlag folgen. Es ist verdammt peinlich, daß wir sie nicht aufklären können. Aber wennschon!

Es besteht eigentlich kein Zusammenhang. Auch nicht zwischen den Beteiligten. Die Mordmethode ist unterschiedlich – sofern es sich im Fall Bigod um einen Mord handelt –, und die einzige Gemeinsamkeit besteht darin, daß man den oder die Täter nicht kennt.«

»Glauben Sie? Soso. Ich möchte das eine wissen: Gab es auf Mrs. Lawleys Party in Kensington eine Person, die auch bei dem Fest im Waisenhaus und irgendwo in der Nähe der Kalkgrube war, in die Bigod hineingestürzt ist? Setzen Sie Ihre Männer auf diese Frage an.«

»Großer Gott!« sagte Lomas. »Diese Fälle sind doch nicht vergleichbar – doch nicht in derselben Kategorie. Unterschiedliche Methode – unterschiedliche Art von Opfer. Welches Motiv könnte irgend jemand auf der Welt haben, genau diese drei herauszusuchen?«

Reggie sah ihn an. »Keine hübschen Morde, wie?« meinte er. »Ich könnte einmal raten – und ich wage zu prophezeien: Am Schluß raten wir alle.«

An diesem Abend führte er Miss Amber, das arme Ding, zu einem Festbankett bei seinen Verwandten. Sie hatten zehn Minuten für sich, ehe die Schrecken der Feierlichkeit anhoben, und sie war ihm wegen der Genesung des kleinen Gerald sehr wohlgesinnt. »Wie schön von dir, daß du mich angerufen und es mir gesagt hast. Ich liebe Gerry. Die arme Mrs. Warnham! Ich mußte sie einfach mal besuchen, und sie war zauberhaft. Aber sie hat jetzt Angst. Sie sind ein wunderbarer Mensch, Sir. Ich wußte gar nicht, daß Sie Kinderarzt sind – dies und eine Million anderer Dinge. Was war denn? Mrs. Warnham hat es uns nicht erzählt. Es muß ...«

»Wer ist ›wir‹, Joan?«

»Na, Lady Chantry war bei ihr. Sie hat uns nicht richtig gesagt, was los war. Nachdem wir weggekommen sind, fragte mich Lady Chantry, ob ich es wüßte.«

»Doch fürchte ich, du weißt es nicht«, erwiderte Reggie. »Joan, ich möchte nicht, daß du über den kleinen Gerry sprichst. Einverstanden?«

»Natürlich, mein Lieber.« Ihre Augen wurden größer. »Aber, Reggie – der Junge wird doch wieder gesund?«

»Ja, ja. Du bist wirklich ein liebes Ding.«

Und an der Tafel, an der sie beide saßen, stellte seine Familie eine ungewohnte Ernsthaftigkeit an ihm fest. Mit Zögern und Erstaunen kam man überein, daß seine Verlobung ihn gebessert hatte, daß an seiner Miss Amber doch etwas dran sein könne.

Eine Woche verging. Einen langen Nachmittag war er von Miss Amber getrennt, um im Fall des illegalen Pekinesen auszusagen, da rief sie an. Lady Chantry habe sie eingeladen, an einem Abend ihrer Wahl mit Mr. Fortune zum Essen zu kommen. Die Lady wolle ihn so gern kennenlernen!

»Tatsächlich?« entgegnete Fortune.

»Ihre Einladung war so freundlich«, sagte das Telefon. »Und sie ist wirklich eine gute Seele, Reggie. Immer tut sie irgend etwas Nettes.«

»Joan«, erwiderte Mr. Fortune, »du wirst ihr Haus nicht betreten.«

»Reggie!« rief das Telefon.

»Punktum!« bekräftigte Mr. Fortune. »Ich werde mit Lady Chantry sprechen.«

Lady Chantry war zu Hause. Sie saß in ihrem hübschen, einfach gehaltenen Salon und wärmte einen Fuß am Kamin – einen kleinen Fuß, an den sich ein hübsches Bein anschloß. Natürlich trug sie Schwarz mit etwas Weißem am Kragen, aber das weite Kleid besaß Eleganz. Sie lächelte Reggie an und warf ihr Haar nach hinten. Kein bißchen Weiß zeigte sich in dessen sprödem Braun, und Fortune ging es durch den Sinn, daß er noch nie eine Frau ihres Alters gesehen hatte, der ein Bubikopf so gut zu Gesicht stand. Wie alt war sie überhaupt? Ihre Augen strahlten vor Munterkeit, und ihre reine Blässe wies keine Falten auf.

»Zu liebenswürdig von Ihnen, Mr. Fortune ...«

»Miss Amber teilte mir gerade mit ...«

Sie sprachen gleichzeitig. Dann ging *sie* in Führung. »Nett von ihr, daß sie es Ihnen gleich mitgeteilt hat. Aber sie ist ja immer nett, nicht wahr? Ich habe mir so gewünscht, daß Sie mich vor Ihrer Heirat einmal besuchen und wir uns anfreunden, das wird ja wohl bald der Fall sein? Oh, *bitte* nehmen Sie doch ein wenig Tee.«

»Keinen Tee, danke.«

»Nicht? Nun, dann läuten Sie bitte. Ich weiß nicht, wie Männer ohne Tee leben können. Aber die meisten trinken ja, nicht wahr? Wissen Sie, daß Sie da fast eine Ausnahme sind? Das ist vermutlich die Kehrseite des Ruhms.«

»Ich bin bloß vorbeigekommen, um zu sagen, daß Miss Amber leider nicht bei Ihnen wird speisen können, Lady Chantry.«

Sie antwortete erst nach einem Moment. »Das ist ja *zu* schade! Mir hat sie gesagt, es ließe sich mit Sicherheit ein Tag finden.«

»Sie ist verhindert«, entgegnete Reggie scharf.

»Der Mann hat gesprochen«, lachte Lady Chantry. »Oh, natürlich darf sie sich dem nicht widersetzen.« Sie warf ihm einen scharfen, spöttischen Blick zu. »Und Sie sind auch verhindert, Mr. Fortune?«

»Ich habe sehr viel zu tun, Lady Chantry. Die Einladung kam ziemlich unerwartet.«

»Ja, Sie wirken auch recht erschöpft. Das tut mir leid. Sie hätten bestimmt Ruhe nötig, eine lange, tiefe Ruhe.« Ein Diener trat ein. »Möchten Sie wirklich keinen Tee?«

»Nein, danke. Auf Wiedersehen, Lady Chantry.«

Er begab sich nach Haus und rief bei Lomas an. Lomas war, wie der Vater von Baby Bunting, *a-hunting* gegangen, das heißt auf die Jagd. Er hielt sich in Leicestershire auf. Superintendent Bell war am Apparat. Ob er vielleicht irgend etwas Neues über den unbekannten Mörder wisse?

»Die Nachforschungen sind im Gange, Sir«, antwortete Superintendent Bell.

»Verdammt, Bell, ich bin nicht das Unterhaus. Haben Sie irgendwas?«

»Nichts, was sich als konkret bezeichnen ließe, Sir. Nein.«

»Wiederholen Sie das am Tage des Jüngsten Gerichts«, sagte Reggie.

Als er tags darauf nach Hause kam, um sich fürs Abendessen umzuziehen, erwartete ihn ein Telegramm:

GERALD WIEDER KRANK SEHR BESORGT BITTE KOMMEN
SCHICKE ABENDS WAGEN ZUM BAHNHOF.
WARNHAM
FERNHURST
BLACKOVER

Er kletterte in den letzten Waggon des Achtzehn-Uhr-dreißig-Zuges, während dieser den Waterloo-Bahnhof bereits verließ.

Mrs. Warnham hatte seine Anweisungen, Gerald an ein stilles Fleckchen zu bringen, gehorsam befolgt. Blackover liegt in gleichermaßen unbequemer Entfernung von zwei Hauptstrecken, deren eine schwächlich und zuckend zu dieser Ortschaft abzweigt. Nach zweimaligem Umsteigen kam Reggie auf dem trübbeleuchteten Bahnsteig von Blackover an. Reggie fror, und ein Sandwich, das er während der Reise gekauft hatte, lag wie ein Stein in seinem leeren Magen. Ja, meinte das beamtete Faktotum, welches seinen Fahrschein entgegennahm, es sei wohl ein Wagen draußen.

Auf dem dunklen Bahnhofsplatz entdeckte Reggie nur ein einziges Auto. »Kommen Sie von Fernhurst?« rief er, und der kleine Chauffeur, der halb unter der Motorhaube steckte, klappte diese zu, legte eine Hand an seine Mütze und lief zu seinem Sitz.

Sie jagten hinaus in die Nacht. Es ging über schmale, kurvenreiche Landstraßen in ein Waldgebiet hinauf, und nichts kam an ihnen vorbei, keine menschliche Behausung warf ein Licht durch die Finsternis. Als der Wagen auf einem Hügelkamm anhielt, sah Reggie hinaus. Er konnte nichts erkennen außer Rauhreif und Tannen. Der Chauffeur stieg aus.

»Was ist?« fragte Reggie, seinen Kopf aus dem Fenster gestreckt. Dann drückte er die Klinke nach unten und fiel kopfüber hinaus.

Das Gesicht des Chauffeurs war das von Lady Chantry. Er erkannte es im Mündungsfeuer eines Revolvers, der über ihren Köpfen losging, als er bei ihr war. »Ich will, ich will«, sagte sie vor sich hin und wehrte sich erbittert gegen ihn. Ein zweiter Schuß jagte in die Tannen. Fortune verdrehte ihr die Hand. Der dritte traf ihr Gesicht. Der kämpfende Körper sackte von Reggie weg.

Fortune schleppte ihn in die Scheinwerferstrahlen, um ihn sich genau anzusehen. »Das wär's«, sagte Mr. Fortune mit einem Achselzucken und schaffte die Tote in den Wagen.

Er zündete sich eine Zigarre an. Lauschte. Nirgendwo ein Geräusch, außer dem Rauschen des Windes in den Tannen. Mr. Fortune stieg auf den Fahrersitz und gab Gas. An der nächsten Kreuzung bog er nach Nordwesten ab, so daß

er nach einer Weile auf der Landstraße nach Portsmouth herauskam.
In dieser Nacht legte sich Rauhreif auf einen Wagen, der zwischen Hindhead und Shottermill unterwegs war. Mr. Fortune erwischte unauffällig den letzten Zug ab Haslemere.
Als er tags darauf mit Joan Amber aus einer Matinee kam, schrien die Zeitungsjungen: »Rätselhafte Leiche im Automobil«! Mr. Fortune kaufte kein Exemplar.
Am Morgen des zweiten Tages ließ ihn Scotland Yard rufen. Lomas war bei Superintendent Bell. Die beiden empfingen ihn mit feierlichem Ernst und neugierigen Augen. Mr. Fortune war verstimmt. »Liebe Güte, Lomas, können Sie denn nicht mal eine Woche Ruhe halten?« schimpfte er. »Wozu sind Sie überhaupt da?«
»Das hatte ich alles schon zum Frühstück«, erwiderte Lomas.
»Reden Sie nicht wie die Zeitungen. Seien Sie originell.«
»›Neuer geheimnisvoller Mord‹«, murmelte Reggie, Schlagzeilen zitierend. »›Scotland Yard wieder vor einem Rätsel‹, ›Polizeibonzen‹. Sie haben wirklich keine gute Presse, Lomas, altes Haus.«
Lomas sagte etwas über die Presse. »Wissen Sie, wer diese Chauffeurin war, Fortune?«
»Das stand doch nicht in den Zeitungen?«
»Haben Sie's nicht erraten?«
Erneut bemerkte Reggie Fortune die ernste Neugier in den Augen der beiden. »Wieder so einer von unseren rätselhaften Morden«, meinte er versonnen. »Fragt sich noch. Haben Sie die Serie jetzt bald zu Ende bearbeitet? Ich sagte Ihnen doch: Suchen Sie nach jemandem, der immer dabei war.«
Lomas sah zu Superintendent Bell. »Diesmal, Fortune, war Lady Chantry dabei«, erwiderte er. »Lady Chantry fuhr vorgestern mit dem Wagen los. Gestern früh wurde er auf

einer Landstraße oberhalb von Haslemere gefunden. Darinnen war Lady Chantry. In Chauffeursuniform. Ein Kopfschuß hatte sie getötet.«

»Soso«, sagte Reggie Fortune.

»Ich möchte, daß Sie dorthinkommen und sich die Leiche ansehen.«

»Ist sie der einzige Anhaltspunkt?«

»Wir wissen, wo Lady Chantry Jacke und Mütze gekauft hat. Ihr Mantel und ihr Hut waren unter dem Vordersitz. Ihrem Personal hatte sie gesagt, sie käme vielleicht erst nachts zurück. Keiner weiß, wohin sie gefahren ist oder warum.«

»Ja, ja. Wenn jemand erschossen wird, dann in der Regel mit einer Feuerwaffe. Haben Sie die gefunden?«

»Lady Chantry hielt eine Automatikpistole in der Hand.«

Reggie Fortune stand auf. »Ich seh sie mir besser mal an«, sagte er. »Eine mühselige Welt, Lomas. Auf! Mein Wagen steht draußen.«

Zwei Stunden später blickte er auf den schmächtigen Körper und die schwarzgeränderte Wunde in diesem bleichen Gesicht hinab, während ein Polizeiarzt ihm vorführte, wie der Schuß abgefeuert worden war. Die Pistole steckte in der erstarrten Rechten der Leiche; die Kugel, die man der Schädelbasis entnommen hatte, entsprach dem Revolvertyp; die Mündung – man beachte die Schmauchspuren rings um die Wunde – mußte dicht am Gesicht gewesen sein, als der Schuß abgefeuert wurde. Reggie hörte zu und nickte. »Ja, ja. Alles ganz klar, nicht? Ein eindeutiger Fall.« Er zog das Tuch über die Leiche und sprach dem Arzt sein Kompliment aus, bevor sie hinausgingen.

Lomas kam ihnen eilig entgegen. Reggie schüttelte den Kopf. »Gibt nichts für mich, Lomas. Und nichts für Sie. Der medizinische Befund lautet auf Selbstmord. Scotland Yard wird aus jeglicher Verantwortung entlassen.«

»Gar keine Zweifel?« fragte Lomas.
»Sie können das ganze Ärztekolleg hierherschleppen, um sie sich anzusehen; etwas anderes kriegen Sie nicht zu hören.« Und so stiegen sie wieder in den Wagen. »Ende, Gott sei Dank!« sagte Mr. Fortune, während das Städtchen vorbeizog. Lomas betrachtete ihn neugierig. »Warum hat sie Selbstmord verübt, Fortune?« wollte er wissen.
»Es kommen noch andere kleine Fragen«, murmelte Reggie. »Warum ermordete sie Bigod? Warum ermordete sie die Ärztin? Warum versuchte sie, ein Kind zu ermorden?« Lomas hörte nicht auf, ihn anzustarren. »Woher wissen Sie, daß sie das getan hat?« fragte er leise. »Sie geben sich sehr sicher.«
»Herr des Himmels! Sie könnten ruhig ein bißchen mitarbeiten! Ich weiß ja, daß Scotland Yard nicht brillant ist, aber es könnte sich doch mal Mühe geben. Wer war bei allen diesen Morden zugegen? Wer war die treibende Kraft? Haben Sie es immer noch nicht herausgefunden?«
»Sie hielt sich in der Nähe von Bigods Wohnsitz auf. Sie war im Waisenhaus dabei. Sie war auf dem Kinderfest. Und nur sie war bei allen drei Anlässen dabei. Mir blieb schon ein bißchen die Spucke weg, als ich die vollständige Ermittlungsakte bekam. Aber was, um Himmels willen, bringt Sie darauf, sie sei der Mörder?«
Reggie rutschte unbehaglich herum. »Irgend etwas an ihr war böse.«
»Böse! Sie war doch pausenlos im Einsatz für andere Menschen.«
»Ja. Wer so etwas tut, ist vielleicht eine Heilige – oder das Gegenteil. Ist es Ihnen noch nie aufgefallen: Manch einer, der sich stets mit dem Unglück anderer herumschlägt, sieht solches Unglück ganz gern.«
»Na ja, schon. Aber Mord! Und was gäbe es wohl für ein

Motiv, diese drei unterschiedlichen Menschen umzubringen? Den einen oder anderen mag sie ja gehaßt haben. Aber doch nicht alle drei!«

»Oh, es gibt einen gemeinsamen Nenner. Sehen Sie ihn denn nicht? Jeder hatte jemanden, der eine tödliche Qual empfinden mußte – die junge Verlobte von Bigod, das Mädchen, welches der Ärztin ergeben war, die Mutter des kleinen Gerald. Immer mußte jemand grauenhaft leiden – und das Opfer des Mordanschlags hatte immer ein junges, schönes Leben zu verlieren. Ganz und gar keine hübschen Morde, Lomas. Gattung: teuflisch; Geschlecht: weiblich. Sagen wir, Lady Chantry besaß eine diabolische Leidenschaft für Grausamkeit – die neulich abends in dem Automobil ein Ende fand.«

»Aber weshalb Selbstmord begehen? Meinen Sie, sie war wahnsinnig?«

»Das würde ich nicht behaupten. Dieses Urteil bleibt dem Jüngsten Gericht überlassen. Wann wird Grausamkeit zu Wahnsinn? Ich weiß es nicht. Warum hat sich Lady Chantry am Schluß – weggeworfen? Vielleicht, weil sie feststellte, daß sie ein bißchen zu weit gegangen war. Vielleicht wußte sie, daß wir allmählich ein Auge auf sie hatten. Ich denke, sie fand mich nie sonderlich sympathisch. Sie war mir gegenüber ein wenig – seltsam.«

»Fortune, manchmal sind Sie direkt unheimlich.«

»Mein lieber Freund! O mein lieber Freund! Ich bin rundum normal. Ich bin die Natürlichkeit in Person«, sagte Reggie Fortune.

# Der falsche Rettungsring
## *Edgar Wallace*

Edgar Wallace (1872–1932) war ein äußerst produktiver Unterhaltungsautor, der für zahllose Kriminalromane, Kurzgeschichten, Theaterstücke und Aufsätze zeichnet. »Der falsche Rettungsring« wurde 1923 in der Januarnummer des *Grand* (einem Begleitmagazin des *Strand)* erstveröffentlicht und erschien später in dem Wallace-Band *The Steward* (1932).

Wie heißt dieser Ausdruck für eine Maschine, die auch auf dem Wasser landen kann?« (Der Steward stellte diese Frage.) »Amphibienflugzeug! Das war's. So hat unser Käpt'n früher immer gesagt. Damals, als ich noch Steward auf der alten *Majestic* war – ihr wißt doch: Sie hat auf jeder Fahrt einen Heizer das Leben gekostet. Da gab es eine Bande, die ist jedes Jahr zweimal an Bord gekommen – meiner Erfahrung nach die einzigen, die je zu Wasser *und* zu Lande arbeiteten.

Solche ›Amphibien‹ sind selten. Entweder man arbeitet auf Schiffen oder an Land. Wenn Wasserratten überhaupt mal in der Stadt arbeiten, dann wegen Leuten, die man an Bord kennen muß. Irgend jemand hat mal gesagt, ein Schiff sei wie ein Gefängnis, nur mit der Gefahr, daß man absäuft – mit Sicherheit etwas zu eng für Leute, die Goldbarren an den Mann bringen wollen oder einen Haufen Geld für die Armen und Bedürftigen übrighaben, sofern sie die richtige Adresse finden. Damit will ich nur eines sagen: Wasserratten und Landratten arbeiten selten zusammen, und gehen die Landratten überhaupt mal an Bord, dann müssen sie sich anständig benehmen – nicht gleich bei jedem kleinen Spielchen mitmischen, das gerade im Salon im Gange ist. Die Wasserratten rennen natürlich nicht zum Käpt'n oder zum Zahlmeister und beschweren sich, daß sich eine unerlaubte Bande an Bord aufhält, die ihnen was vom Profit wegschnappt. Der Fall wird inoffiziell geregelt; und fahren wirklich mal üble Kunden mit, dann ... Na, ich hab schon die tollsten Sachen erlebt.

Es gab da so einen Burschen, den kannte ich rein vom Hörensagen. Hoyle hieß er – an Land eine wirklich große Nummer. Banken, Eisenbahntransporte und Postautos waren seine Spezialität, aber es gab auch sonst kaum was, das er nicht hingekriegt hat, vorausgesetzt, es sprang Geld dabei heraus.

Wäre er bei seinem Leisten geblieben – ich meine, an Land, wo er zweifellos ein Künstler war –, dann hätte er glücklich und zufrieden sein können. Gleich gute Arbeit auf beiden Gebieten, das ist einfach nicht drin. Das hab ich schon von den Besten gehört, die je zur See gefahren sind. Die Typen, die meine alten Skipper immer als ›Ritter vom Flinken Finger‹ bezeichnet haben, arbeiten mit den allereinfachsten Mitteln. Sie brauchen nichts als zwei Hände, ein Kartenspiel, ein flottes Mundwerk und einen Dummen. Manchmal nehmen sie auch mehr als *einen* Satz Karten, aber es wird nicht Gott weiß was an Technik aufgefahren, es gibt kein kompliziertes Pläneschmieden, keine Kanonen, keine Masken oder so was wie Nitroglyzerin. Es ist ein Beruf wie Arzt oder Anwalt – friedlich und anerkannt. Wenn eine Festlandbande plötzlich in den Salon platzt, dann behandelt man sie höflich, solange sie zum Vergnügen reist. Wenn nicht ... Na ja, ist doch ganz selbstverständlich. Wer unerlaubt angelt, der will nicht, daß die Leute Backsteine ins Wasser schmeißen. Liegt doch auf der Hand, daß bei so etwas nur *eines* verboten ist, nämlich *selbst* unerlaubt zu angeln.

Ich hab schon Amphibienarbeit erlebt, und ich sage euch: Ich möcht es nie wieder tun. Es war im Jahre neunzehnhundert..., am einundzwanzigsten Dezember, da fuhren wir voll besetzt von Southampton los, und allem Anschein nach hatten wir eine Passagierliste, wie man sie sich nur wünschen kann. Hauptsächlich Amerikaner auf der Rückreise, obwohl es auch recht viele Briten darunter gab. Wir hatten zwei Falschspielerbanden an Bord – Burschen, die nie sehr hoch gingen oder auf Rieseneinsätze aus waren, die aber trotzdem ganz gut davon lebten. Tad Hesty aus Pittsburgh war der Chef der einen, und ein Typ aus London – Lew Isaacs – Chef der anderen Bande. Ich glaube, er war ein Jude. Sehr netter, freundlicher, vernünftiger Kerl, dieser Lew, immer gentlemanlike, und ich hab nie irgendwelche Klagen über ihn gehört, obwohl ich etliche Male mit ihm gefahren bin.

›Felix‹, sagt er eines Tages zu mir, ›'Bescheidenheit ist eine Zier' lautet mein Motto. Es ist noch keiner durch kleine Gewinne unter die Räder gekommen. Ein Mann, der hundert Dollar oder zwanzig Pfund verliert, tut keinen Mucks. Knöpf ihm einen Tausender ab, und das Lotsenboot sieht am Schluß aus wie ein Ausflugsdampfer, so ist es von Kugeln durchsiebt. Hundert Dollar gehen stillschweigend, Felix. Gut, vielleicht gibt es ein winziges 'Autsch!', aber das wird gleich wieder zurückgenommen. Bei tausend tutet eine Dampfsirene, und zehntausend, das gibt 'nen Knall wie ein Streichholz in 'ner Schießpulverfabrik.‹

Er und seine beiden Kumpels wohnten immer in derselben Kabine. Der eine war unauffällig und seriös gekleidet und ging überhaupt nie in den Salon. *Er* saß immer mit einem Buch an Deck, hat gelesen und Bekanntschaft mit den biederen Leuten aus dem Mittleren Westen oder den Fabrikbesitzern aus Nordengland geschlossen, die sich für sportlich halten, weil ihnen ein Paar Windhunde gehört, das beim Waterloo-Pokal in die zweite Runde kommt.

Lew verstand sich sehr gut mit den Pittsburghern. Ich hab sie zusammen trinken sehen und Ansichten über die flauen Geschäfte, die Einkommensteuer und so was austauschen hören, ohne daß irgendein böses Wort zwischen ihnen fiel. Ein Schiff ist noch keine vierundzwanzig Stunden aus dem Hafen, da kennt der Steward schon die Vorgeschichte von jedem, der mitfährt, und der Salonsteward hat mir erzählt, außer den Typen aus Pittsburgh und diesem Lewis mit seinen Freunden sei niemand an Bord. Es sah wirklich so sehr nach einer ruhigen Fahrt aus, daß wir nur die *kleinen* Warnschildchen im Salon aufhängten (die Passagiere sollten sich vorm Glücksspiel mit Fremden in acht nehmen). Wäre die Flack-Bande mitgefahren, dann hätten wir die üblichen großgeschriebenen Tafeln aufgehängt.

Ich hatte mich um acht Luxuskabinen zu kümmern. Nummer 181 bis 188, Deck F. Die eine gehörte einem Kerl aus Chicago, die zweite einem gewissen Mr. Mellish, der in einem Laden in St. Louis Verkäufer war, die dritte einem jungen englischen Offizier – Captain Fairburn –, der für die Britische Botschaft arbeitete, und den Rest hatte ein Colonel Roger Markson für seinen Anhang gebucht, also sich selbst – er war ein großer, schlanker, sehr ernst wirkender Mann –, seine Frau, die jünger war als er und anscheinend immer in ihrer Kabine weinte, seinen Sohn, einen flotten jungen Hecht, der sich meistens todschick kleidete, sowie eine Miss Colport.

Mir persönlich ist die äußere Erscheinung der Passagiere

ziemlich egal. Ich gehe nach ihren Haarbürsten. Da gibt's die mit den Holzgriffen – in der Regel bei Missionaren oder solchen Typen wie Zeitungsreportern, denen sonst jemand die Reise bezahlt; da gibt's die mit Elfenbein-, Silber- oder Horngriff (der Captain hatte eine mit Elfenbein), ab und zu sogar eine vergoldete. Die vergoldeten sind meist auf Hochzeitsreise. Ich weiß nicht mehr, ob diese Miss Colport Elfenbein oder Silber war. Vielleicht war sie Silber, denn sie arbeitete als Sekretärin für Markson und er hatte sie in London aufgegabelt. Sie war dort gestrandet und wollte unbedingt nach Hause. Nicht, daß sie in New York irgendwelche Freunde oder Bekannte gehabt hätte. Sie kam ganz bestimmt aus dem Westen und war nach London gegangen, um als Stenographin bei einem Onkel anzufangen, der bei der großen Kautschukkrise Pleite machte und dann starb.
Daß sie sich nicht gerade zu verstecken brauchte, wußte ich schon lange, bevor ich sah, was für eine Unruhe sie bei der ›Britischen Botschaft‹ stiftete. Der Captain war bereits Stunden vor dem Frühstück aus den Federn und wartete immer an Deck auf sie. Ob sich die beiden schon gekannt haben, bevor sie an Bord kamen, weiß ich nicht. Ich würde sagen, nein. Auf einem Schiff lernt man sich angeblich nach der ersten Bestandsaufnahme kennen. Der Colonel und sein Sohn frühstückten an diesem Tag erstmals im Bett, denn die *Beramic* wackelte wie ein Kuhschwanz und wäre auch in 'nem Milchschälchen geschlingert.
Jedenfalls muß ihnen jemand gesteckt haben, daß ihr Fräulein Sekretärin näheren Kontakt zur Britischen Armee anknüpfte, denn für den zweiten Tag gab Markson junior mir Anweisung (er hieß Julius), ihn um sieben Uhr zu wecken. Und rund fünf Minuten nachdem er aufs Oberdeck gestiegen war, kam unser Fräulein herunter, ziemlich rot im Gesicht und anscheinend stocksauer.

Julius war verrückt nach dem Mädchen. Lief ihr überall hinterher wie ein zahmer Kater oder ein wilder Tiger – man kann's so oder so sehen. Was mir als erstes zu denken gab, war ein Gesprächsfetzen, den ich eines Nachmittags zwischen ihm und seinem Vater belauschte, ich war gerade dabei, das Messing auf dem Gang zu polieren.
›Ich habe ein paar Worte mit dir zu reden, Julius‹, sagte der Colonel, der schon an seinen besten Tagen eine tiefe, knurrende Stimme besaß, aber jetzt hörte sie sich an wie eine Feile auf Granit. ›Falls es dir irgendwelchen Spaß macht, um dieses Mädchen herumzuscharwenzeln, dann ist das dein gutes Recht, solange du es nicht allzu ernst meinst. Für die ernsten Dinge bin *ich* hier zuständig!‹
›Sie wird gleich bei ihrer Ankunft nach Denver verduften‹, antwortete Julius eingeschnappt. Und etwas in seiner Stimme verriet mir, daß sie nicht Vater und Sohn waren; ich weiß nicht, was, aber ganz plötzlich hatte ich diesen Eindruck, und ich sollte recht behalten.
Ich hörte, wie der Colonel lachte, und es war so ein Lachen, das etwas Bellendes besitzt.
›Habe ich ihr die Überfahrt nach New York bezahlt, damit sie irgendwohin verduftet?‹ fragte er. ›Sie wird noch sehr nützlich sein. Min wird allmählich zu alt für ihren Job. Colport ist die, nach der ich gesucht habe ...‹
Mehr bekam ich nicht mit, aber ich wußte, daß ›Min‹ Mrs. Roger Markson war, denn ich hatte schon oft gehört, wie er sie so nannte. Nach dieser Geschichte nahm ich sie einmal ganz genau unter die Lupe. Sie war eine Frau knapp über dreißig Jahre und immer stark geschminkt. Jetzt verstand ich allmählich, warum ihre Augen ständig gerötet waren und weshalb sie so ein ängstliches Gesicht machte, wenn der Colonel mit ihr sprach. Ich wußte natürlich, daß sie zu jung war, um Julius' Mutter zu sein. Anfangs hatte

ich sie für die zweite Frau des Colonels gehalten. Jetzt nahm ich an, daß sie alle nicht miteinander verwandt waren. Es ist eine schlechte Welt.
Am nächsten Tag war Heiligabend, und es passierten ein paar merkwürdige Dinge. Am Vormittag kam der Decksteward auf mich zu und bat mich, Mrs. Markson ihren Mantel zu holen.
Ich brachte ihn rauf und fand das Trio an der Reling gegenüber dem Salon. Sie lehnten dort – auch Julius, der finster zu dem Captain und Miss Colport sah, die plaudernd beisammensaßen.
Ich wollte Mrs. Markson gerade ihren Mantel umhängen, da kam Lew Isaac aus dem Salon. Ich stand hinter der Frau und schaute ihr über die Schulter, so daß ich einen Blick auf Lews Gesicht erhaschte. Es *veränderte* sich zwar nicht direkt, als er sie ansah – ich weiß gar nicht, wie ich es beschreiben soll ... Es müssen wohl seine Augen gewesen sein, in denen es aufblitzte, aber weiter schenkte er Mrs. Markson keine Beachtung und schlenderte am Deck davon, die Hände in seinen Taschen, die Mütze schief auf dem Kopf.
›Großer Gott!‹ sagte der Colonel. ›Ich wußte nicht, daß er auch an Bord ist.‹
Als ich ihr den Mantel umhängte, konnte ich fühlen, wie Mrs. Markson zitterte.
›Er arbeitet in dieser Branche‹, antwortete sie. ›Ich hab dir doch bereits in London gesagt ...‹
›Danke, Steward. Ist schon gut‹, unterbrach der Colonel, und ich mußte in dem Moment verschwinden, als die Geschichte interessant wurde.
Es wurde ein harter Tag für mich – härter als erwartet, dank dem Weihnachtsmann.
Wir tun stets unser Bestes, um die Passagiere zu unterhal-

ten, und an diesem Heiligabend wurde ein großer Kostümball veranstaltet, der scheinbar ohne besondere Vorkommnisse ablief. Lew Isaacs verbrachte die ganze Zeit im Salon, wo er für einen Einsatz von eins zu hundert Bridge spielte – die Pittsburgher hatten einen Burschen aus der Filmbranche in der Mangel und hörten voll Bewunderung zu, was er alles von einem Glücksspiel erzählte, bei dem er jemandem viertausend Dollar abgeknöpft hätte. Dieser Filmfritze gehörte zu der Sorte, wie man sie auf Schiffen findet: Er war oft nüchtern.

Also, der Kostümball ging los, und gegen elf, als es allmählich laut wurde (ich nenne das immer das Fähnchen-und-Konfetti-Stadium), klapperte ein Weihnachtsmann mit einem großen Sack auf dem Rücken und einem Bündel Geschenke in der Hand sämtliche Gänge ab, jede Kabine, die er offen fand, und hinterließ dort eine kleine Zellularpuppe – oder heißt's Zelluloid? Man kriegt sie für einen Penny. Ein Püppchen ohne Kleider, nur mit einem kleinen Bändchen, auf dem ›Frohe Weihnachten‹ steht. Ich sah ihn, viele andere Stewards sahen ihn, der Zahlmeister sah ihn und wollte ihm einen Drink spendieren, aber nein, sagte der Weihnachtsmann, er habe noch viel zu tun. Und das stimmte.

Natürlich gab es morgens Buhei. Keiner, der eine Perlmuttnadel, ein Paar Ohrringe, eine goldene Taschenuhr samt Kette oder ein Zigarettenetui verloren hat, läßt sich mit einem Zwei-Cent-Püppchen abspeisen. Der gute alte Weihnachtsmann hatte sämtliche Wertsachen in den Kabinen ausgeräumt, und nur wenigen Menschen an Bord schmeckte die Weihnachtsgans. Das Glück an der Sache war, vom Standpunkt eines Stewards aus betrachtet, daß jeder diesen fröhlichen alten Herrn mit dem weißem Backenbart gesehen und ein oder zwei Leute ihm sogar auf den Rücken

geklopft hatten. Jetzt hätten sie ihn nur allzugern sonstwohin geschlagen, wenn sie ihn nur erst in die Finger kriegten. Jeder Steward an Bord, alle Schiffsoffiziere und ein paar der Chefmaschinisten verbrachten Weihnachten mit einer gründlichen Durchsuchung sämtlicher Kabinen. Natürlich fiel der erste Verdacht auf die Heizer. Ich sage ›natürlich‹, weil unter Schiffsoffizieren oft die Meinung herrscht, wenn etwas geklaut wird, dann stammt der Dieb aus dem Heizraum. Danach wurden die Dritter-Klasse-Kabinen gefilzt, man riß Koffer und Taschen auf, und ganz zuletzt machte man eine Inspektionsrunde dort, wo man schon gleich hätte schauen sollen: in der Ersten Klasse.
Zu den ersten, die herbeizitiert wurden, gehörte Mr. Lew Isaacs.
›Nun, Isaacs‹, begann der Zahlmeister, ›Sie wissen, was gestern nacht auf dem Schiff vorgefallen ist. Ich möchte, daß Sie mir helfen. Sie brauchen mir nicht zu sagen, daß Sie und Ihre Freunde im Salon Karten gespielt haben und daß all Ihre Leute dort waren. Ist mir bekannt. Aber wer hält sich *noch* an Bord auf?‹
›Auch wenn ich ewig auf diesem Teppich stehe, Mr. Cole‹, antwortete Lew ernst, ›ich hab genausoviel Ahnung, wer dieses Ding gedreht hat, wie ein neugeborenes Kind. Ich sage nicht, daß ich Ihnen seinen Namen nennen würde, falls ein Herr hier an Bord wäre, der diese Art von Arbeit macht; mein Wahlspruch heißt nämlich 'Leben und leben lassen'. Aber es ist nun mal keiner da, den ich kenne. Als ich von der Sache gehört hab, bin ich aus allen Wolken gefallen‹, sagte er. ›Es liegt doch eindeutig nicht in meinem Interesse, die Leute mißtrauisch zu machen, so daß sie ihren Geldbeutel zuknöpfen. Von meiner persönlichen Warte aus gesehen, ist die Reise jetzt verhunzt und macht nicht mehr den geringsten Spaß.‹

›Alles schön und gut‹, sagte der Zahlmeister und sah ihm fest ins Gesicht (ich hatte das alles von Lacey gehört, der für den Zahlmeister arbeitet), ›aber es gab eine Beschwerde, und Colonel Markson hat Ihren Namen erwähnt. Er weiß angeblich, daß Sie ein Falschspieler und ein gefährlicher Typ sind.‹

Lew schüttelte den Kopf.

›Ich kenne den Colonel nicht‹, sagte er, ›nur vom Sehen. Wahrscheinlich hat er sich geirrt. Man vertut sich leicht. Das erste Mal, als ich ihn gesehen hab, hielt ich ihn für Hoyle – einen Burschen, der in London wegen der Sache mit der London and City Bank gesucht wird – er ist ihnen mit zwölftausend Pfund durch die Lappen gegangen. Richten Sie das dem Colonel gefälligst aus und entschuldigen Sie mich bei ihm, daß ich derart schändliche Gedanken hege.‹

Am Weihnachtsabend hatte ich gesehen, wie der Colonel an der Tür zu dessen Luxuskabine mit Captain Fairburn redete. Sie schienen sich sehr gut zu verstehen, und beide lachten.

›Ich fürchte, ich muß Ihnen einen Scheck geben, wenn ich weiterhin verliere‹, sagte der Captain.

Sonst nichts. Als er unten beim Abendessen war, ging ich in seine Kabine. Er hatte Karten gespielt. Wie sie Freunde geworden waren, weiß ich nicht. Man kann so was nie ganz verfolgen. Am ersten Tag auf See sieht man einen Mann und ein Mädchen aneinander vorbeigehen, ohne daß sie sich gegenseitig bemerken; ist die irische Küste erst einmal außer Sicht, treffen sie sich früh morgens an Deck und stehen der Wache im Weg, die Klarschiff machen muß; und noch vor Sandy Hook kommen die Glückwunschtelegramme von ihren Freunden und Verwandten.

Nach dem Essen kam der junge Captain Fairburn herein, um sich Zigaretten zu holen.

›Entschuldigen Sie, Captain‹, sagte ich, ›aber ich an Ihrer Stelle würde in meiner Kabine nicht Karten spielen.‹
›Warum, Steward?‹ fragte er verblüfft. ›Verstößt das gegen die Schiffsbestimmungen?‹
Darauf ich: ›Nein, Sir, aber es ist gefährlich.‹
›Unsinn! Ich habe ja nur mit Colonel Markson gespielt – Sie wollen doch nicht etwa behaupten, er sei ein Dieb?‹
›Nein, Sir.‹ Wenn Leute mich anfangen zu fragen, ob ich behaupten möchte, jemand sei ein Dieb, dann gebe ich mich geschlagen.
Deshalb können Stewards den Passagieren ja nie helfen. Passagiere wissen immer alles besser. Sie sind welterfahren, verflixt!
Sobald ich mit meinen acht Luxuskabinen fertig war, mußte ich bei einem der Suchtrupps mitmachen, die das Schiff nach dem vermißten Eigentum durchkämmten. Unser Zahlmeister war immer noch sicher, die Beute müsse ›Raum einnehmen‹, und wir durchsuchten allen ›Raum‹, vom Ausguck bis in die Kohlenbunker. Von dem, was im Salon geschah, sah oder hörte ich nichts bis zum nächsten Morgen. Erst da erfuhr ich, daß der Colonel und Julius vor aller Augen mit dem jungen Fairburn Poker gespielt und der Captain viel mehr verloren hatte, als er sich leisten konnte. Der Scheck, den er ausstellte, wies, sage und schreibe, eine vierstellige Summe auf. Als die beiden aufs Promenadendeck herauskamen, so erzählte mir der dortige Steward, sagte der Colonel zu Julius: ›Damit kann unser junger Freund sich seine Heiratspläne abschminken – falls er welche hatte.‹
Ich selbst war in diesem Augenblick auf dem Bootsdeck, wo ich mein zweites Pfeifchen rauchte, und selbstverständlich auf Tauchstation, weil ich nicht gern von einem der Schiffsoffiziere erwischt werden wollte, schon gar nicht

dem Polizeioffizier. Außerdem war es eine kalte Nacht. Ich quetschte mich zwischen die Kajüte des Zweiten Offiziers und die Funkkabine. Von dort, wo ich saß, hatte ich nur ein begrenztes Blickfeld, und wären die zwei nicht genau mir gegenüber stehengeblieben, hätte ich von allem gar nichts mitgekriegt. Aber in dieser Hinsicht war ich schon immer ein Glückspilz. Zuerst hörte ich lediglich eine weinende Frau, und irgendwie ahnte ich, daß es Mrs. Markson war. Vielleicht, weil ich sie seit Reisebeginn als einzige hatte weinen sehen.

Sowie ich aber den Mann hörte, wäre ich beinah aufgesprungen. Es war Lew Isaacs.

›O Lew, ich war schlecht zu dir. Ich bin keinen Pfifferling wert ...‹

Ich sah ihn seinen Arm um ihre Schultern legen und merkte, daß sie sich an seiner Brust ausweinte, weil ihre Schluchzer so gedämpft klangen.

›Ich trage dir nichts nach, Minnie‹, antwortete er. ›Ich habe immer gesagt: Wenn dir Hoyle besser gefällt als ich, dann hast du das Recht, ihn zu heiraten, altes Mädchen.‹

Eine lange Pause trat ein. Dann sagte sie:

›Ich bin nicht verheiratet, Lew.‹

Er schwieg eine Minute, und als er den Mund wieder aufmachte, hatte er anscheinend das Thema gewechselt.

›Er hat dem Zahlmeister gesagt, daß ich in dieser Weihnachtsmannsache meine Finger drinhätte. Das ist typisch Hoyle, dieses Schwein. Wo steckt das Zeug, Min ...? Du brauchst's mir nicht zu sagen. Es steckt in dem Kalziumkanister von einem dieser Rettungsringe. Er hat ihn schon in petto gehabt, fix und fertig bemalt, und eines Nachts in der Dunkelheit hat er ihn ausgetauscht, stimmt's? Ist einer von Hoyles alten Tricks.‹

Mir standen fast die Haare zu Berge. Rund um sämtliche

Promenadendecks hängen Rettungsringe an der Reling, und sie alle tragen Kanister mit einer Chemikalie, die bei Berührung mit Wasser sofort zu leuchten anfängt. Der Dekkel des Behälters springt automatisch auf, wenn man den Ring auswirft. Es war der einfachste Trick der Welt. Hoyle führte einen falschen Rettungsring im Handgepäck. In irgendeiner dunklen Nacht – wahrscheinlich der ersten nach dem Auslaufen – brachte er ihn aufs Bootsdeck rauf und hängte ihn an die Stelle eines andern, den er über Bord geworfen hatte. Vorher schnitt er die Schnur durch, die den Kalziumbehälter öffnete. Auf dem Promenadendeck hätte er dazu keine Gelegenheit gehabt, aber das Bootsdeck war dunkel und leicht zugänglich.
Sie unterhielten sich leise, und ich konnte nur hier und da ein Wort aufschnappen. Dann – gerade, als sie wieder gehen wollten – hörte ich die falsche Mrs. Markson flüstern:
›Da ist er!‹
Es war der Colonel. Der Geruch seiner Zigarre wehte mir in die Nase, noch bevor ich ihn sah.
›Hallo! Das ist doch Lew Isaac, nicht wahr? Triffst dich wohl mit einem alten Bekannten, Min?‹
›Hoyle, ich habe ein Wörtchen mit dir zu reden. Zuerst geschäftlich. Du hast heute abend unser Spiel mit diesem jungen Offizier gestört. Tad ist stinksauer deswegen.‹
›Braucht man für den Atlantik vielleicht eine Konzession, Lew? Was soll ich denn tun – mir eine schriftliche Genehmigung besorgen, ehe ich auf einem Schiff arbeite?‹
›Das wär das eine‹, sagte Lew. ›Und nun noch etwas, ebenfalls geschäftlich: Du hast dem Zahlmeister gesagt, *ich* würde hinter deinem Weihnachtsmannspielchen stecken.‹
›Er wußte bestens über dich Bescheid‹, entgegnete der Colonel, und ich sah das glühende Ende seiner Zigarre auf-

glimmen und verblassen. ›Das hat *dir* nichts geschadet und bewies *meine* Achtbarkeit – stimmt's nicht, Lew? Sonst noch was?‹
Lew steckte sich eine Zigarette an, und ich sah sein Gesicht – sah auch das der Frau, für eine -zigstel Sekunde.
›Du hast ein junges Mädchen in deinem Team – Sekretärin oder so. Was führst du Großartiges im Schilde?‹
Der Colonel lachte leise.
›Min hat geplaudert, was? Eifersüchtig. Also gut, Lew, die Sache ist die: Männer werden alt, aber bei ihnen kommt's nicht drauf an. Wie *ich* aussehe, ist egal. Bei Min nicht. Es hat keinen Sinn, in solchen Dingen gefühlsduselig zu sein. Wenn ein Falschspieler seine Finger verliert, ist er am Ende, stimmt's? Wenn Min ihr gutes Aussehen verliert ... Sei doch vernünftig. Ich kann nicht mit einer unattraktiven Frau zusammenarbeiten. Sie muß die Typen erst mal ködern, Lew, sagt das nicht schon der gesunde Menschenverstand? Das ist hart für Min, aber ich will fair sein. Sie hat noch eine große Rolle vor sich ...‹
›Was ist mit dem Mädchen? Es ist anständig und eine Landsmännin von mir‹, sagte Lew.
Hoyle lachte erneut.
›Wußte gar nicht, daß Juden ein Land haben, aber wir wollen uns nicht streiten. Das Mädchen ist ungeheuer nett, und wenn's noch ein bißchen gescheiter wird als jetzt ... Jedenfalls wollen wir uns nicht streiten.‹
Ich sah die dunkle Gestalt von Lew. Er lehnte mit beiden Ellenbogen auf der Reling, den Rücken zum Meer.
›Ich streite mich nie mit jemand, der die ganze Zeit eine Kanone hält‹, antwortete er, und ich glaube, das saß, denn der Colonel machte irgendwie eine erschrockene Bewegung.
›Außerdem‹, sagte Lew, ›hab ich mit so was eigentlich

nichts im Sinn. Verschwinde, Min! Ich möchte mich mal über diesen Verdacht von wegen dem Weihnachtsmann unterhalten.‹

Er nahm den Colonel am Arm, und sie entfernten sich. Ich folgte Mrs. Markson von Deck. Der erste, zu dem ich ging, war der Zahlmeister. Ich möchte nichts gegen die Zahlmeister der *Starnuca*-Linie sagen; aber *ich* weiß nur: Wenn es einen Einstein darunter gibt, dann bin ich nie mit ihm zusammen gefahren. Unser Erster Zahlmeister damals war ein Mensch, der in rund fünfzig vorgefertigten Sätzen dachte. Den einen davon habe ich schon genannt. Der zweite hieß: ›Nicht übereilt handeln‹; und auch ›Pflichtversäumnis‹ war ein großer Favorit. Ich weiß nicht, was damit gemeint ist, und ich wette, er wußte es genausowenig.

›Eine sehr ungewöhnliche Geschichte‹, sagte er. ›Ich werde sie gleich morgen dem Kapitän melden. Aber wir dürfen nicht übereilt handeln. Was haben eigentlich Sie auf dem Bootsdeck gemacht, Jenks? Geraucht etwa? Das war eine grobe Pflichtversäumnis! Warten wir ab bis morgen früh. Ich hab doch gleich gewußt, das vermißte Eigentum würde sich finden. Materie muß Raum einnehmen.‹

Ich war so aufgeregt und verärgert, daß ich aufs Promenadendeck ging und dem diensthabenden Steward beim Zusammenstapeln der Liegestühle und beim Einsammeln der Decken und Leihbücher half. Es wurde allmählich spät. Ich entdeckte Miss Colport und den Captain, die sehr nah beieinanderstanden und über die Reling sahen. Wahrscheinlich war das Meer an diesem Abend unendlicher denn je, denn wenn sie nicht Händchen hielten, dann versteh ich nichts davon. Ich erkenne Leute, die Händchen halten, schon auf tausend Meter Entfernung.

Weiter unten standen Mrs. Markson und Julius. Auch sie sprachen miteinander, aber nicht besonders freundlich.

Es war spät, und ein paar der Lichter am Verdeck brannten nicht. Ich sah den Zweiten Offizier in seinem dicken Mantel und seinen Seemannsstiefeln daherkommen, und in diesem Moment sauste etwas an der Reling vorbei.
Es ging blitzschnell. Ich hörte den schrillen Schrei, dann brüllte der Zweite Offizier:
*›Mann über Bord!‹*
Er sprang an die Reling, nahm einen Rettungsring herunter und schleuderte ihn ins Wasser, während die *Beramic* nach Backbord drehte und im Heck die Maschinen dröhnten.
›Das Kalzium brennt nicht!‹ Mit diesem Schrei raste der Offizier zu einem zweiten Rettungsring und warf ihn über die Reling. Der Ring hatte das Wasser kaum berührt, da schoß eine grüne Flamme hoch.
›*Der* funktioniert – was, zum Teufel, war nur mit dem anderen los?‹ fragte der Zweite Offizier.
Die *Beramic* fuhr jetzt einen langsamen Kreis, und in Windeseile ließ die Wache das vordere Beiboot aussetzen. Das Deck war inzwischen voller Menschen. Die Passagiere hatten die Salonzimmer scharenweise verlassen und drängten sich in ihren Nachthemden auf der Treppe. Wahrscheinlich hatte sie das Sirenensignal ›Rettungsboot aussetzen!‹ alarmiert. Das Boot wendete und kam zu dem zweiten Ring, aber der erste wurde nie gefunden und genausowenig der Mann.
›Was ist los, Steward?‹
Ich drehte mich um und sah Mr. Lew Isaacs. Er trug Schlafanzug und Bademantel.
›Mann über Bord, Sir‹, antwortete ich. ›Und sie haben ihm einen Rettungsring zugeworfen, an dem kein Kalziumbehälter dran war. Ich glaube, es war Colonel Markson.‹
›Was Sie nicht sagen!‹ antwortete Mr. Lew Isaacs.

Am nächsten Morgen nahm der Kapitän eine Untersuchung vor, und ich erzählte alles, was ich gehört hatte. Mr. Isaacs behauptete, er sei niemals auf dem Bootsdeck gewesen, Mrs. Markson ebenfalls. Sämtliche Rettungsringe wurden genau inspiziert, aber man fand keinen mit Schmuck im Kalziumbehälter.

Nach der Untersuchung unterhielt sich der Kapitän mit mir.

›Zwei gegen einen, Jenks‹, sagte er. ›Besser, diese Sache bleibt ein Unfall, ein Selbstmord oder was immer Sie wollen. Wir möchten nicht, daß Ihre Geschichte in die Zeitungen gerät. Verstanden?‹

›Jawohl, Sir‹, antwortete ich.

›Und rauchen Sie nicht auf dem Bootsdeck, Steward. Wenn Sie rauchen wollen, dann kommen Sie auf die Brücke und paffen Sie mit mir ein Pfeifchen.‹

Ein sehr sarkastischer Mensch, dieser Kapitän der *Beramic.* Ich glaube, Captain Fairburn war gar nicht so arm, wie Markson dachte – obwohl sein Scheck niemals eingelöst wurde.

Als er nämlich rund sechs Monate später wieder auf die *Beramic* kam, hatte er die Flitterwochensuite, und Mrs. Fairburn (vormals Miss Colport) besaß den schicksten Satz vergoldeter Haarbürsten, den ich je gesehen habe.«

# Eine Weihnachtstragödie
## *Agatha Christie*

Agatha Christie (1890–1976), die beliebteste Kriminalschriftstellerin aller Zeiten, ist für zwei von ihr geschaffene Gestalten gleichermaßen berühmt: Hercule Poirot und Jane Marple. Heldin der folgenden Geschichte, die aus dem Frühwerk *Der Dienstagabend-Klub* stammt (1932), ist Miss Marple, eine alte (aber dennoch alterslose) Jungfer und als solche die prominenteste Detektivin der Kriminalliteratur.

Ich möchte eine Beschwerde vorbringen«, erklärte Sir Henry Clithering.

Mit zwinkernden Augen blickte er sich im Kreise um. Colonel Bantry saß mit ausgestreckten Beinen im Sessel und starrte mit gerunzelter Stirn auf den Kaminsims. Seine Frau blätterte in einem Blumenkatalog. Dr. Lloyd blickte mit offener Bewunderung auf Jane Helier, und diese betrachtete nachdenklich ihre rosafarbenen polierten Fingernägel. Nur Miss Marple saß kerzengerade auf ihrem Stuhl und zwinkerte Sir Henry ebenfalls mit ihren blauen Augen zu.

»Eine Beschwerde?« murmelte sie.

»Eine sehr ernste Beschwerde. Wir sind hier heute abend sechs Personen; drei Vertreter jeden Geschlechts, und ich protestiere im Namen der unterdrückten männlichen Wesen. Wir haben drei Geschichten gehört, die alle von den Männern erzählt wurden! Ich erkläre hiermit feierlich, daß

die Damen nicht ihren angemessenen Teil zur Unterhaltung beigetragen haben.«
»Oho!« erwiderte Mrs. Bantry empört. »Das möchte ich bestreiten. Wir haben mit größtem Verständnis zugehört. Außerdem haben wir ein geziemendes Wesen an den Tag gelegt, das sich davor scheut, die Blicke aller auf sich zu ziehen!«
»Eine ausgezeichnete Entschuldigung«, bemerkte Sir Henry, »aber wir lassen sie nicht gelten. Ich bin überzeugt, daß eine der Damen ein besonders geschätztes Geheimnis in petto hat. Wie ist es, Miss Marple, mit der ›Merkwürdigen Begebenheit mit der Putzfrau‹ oder der ›Mysteriösen Angelegenheit bei der Mütterversammlung‹? Sie und St. Mary Mead dürfen mich nicht enttäuschen.«
Kopfschüttelnd erwiderte Miss Marple:
»Ich habe nicht viel erlebt, Sir Henry. Natürlich haben wir unsere kleinen rätselhaften Angelegenheiten, aber die würden Sie nicht interessieren.«
»Und wie steht's mit Ihnen, Miss Helier?« fragte Colonel Bantry. »Sie müssen doch sicher interessante Erlebnisse gehabt haben.«
»Ja, wirklich«, stimmte Dr. Lloyd zu.
»Ich?« fragte Jane. »Sie meinen, daß ich Ihnen jetzt etwas von mir erzähle?«
»Oder irgend etwas, das einem Ihrer Freunde passiert ist«, ergänzte Sir Henry.
»Oh!« sagte Jane vage. »Ich glaube, ich habe gar nichts Besonderes erlebt – jedenfalls nicht so etwas. Blumen natürlich und seltsame Botschaften – aber das sind einfach Männergeschichten, nicht wahr? Ich glaube nicht ...« Sie brach gedankenverloren ab.
»Ich sehe schon, wir müssen auf die kleinen Angelegenheiten zurückkommen«, meinte Sir Henry. »Also beginnen Sie, Miss Marple.«

»Sie belieben wohl zu scherzen, Sir Henry. Aber wenn ich so darüber nachdenke, fällt mir tatsächlich eine Begebenheit ein – Begebenheit ist allerdings nicht der richtige Ausdruck, es handelt sich um etwas viel Ernsteres: um eine Tragödie. Und ich war gewissermaßen darin verwickelt. Aber was ich getan habe, hat mich nie gereut – niemals. Doch ist es nicht in St. Mary Mead geschehen.«

»Da bin ich aber enttäuscht«, meinte Sir Henry. »Aber ich werde versuchen, mich damit abzufinden. Ich wußte ja, daß wir uns auf Sie verlassen können.«

Er setzte sich voller Erwartung in seinem Sessel zurecht.

»Ich hoffe, daß ich es Ihnen richtig schildern kann«, sagte sie ein wenig vorsichtig. »Ich neige etwas zur Weitschweifigkeit. Ohne es zu wissen, verliert man oft den Faden, und es ist so schwer, sich an die richtige Reihenfolge zu erinnern. Sie müssen Geduld mit mir haben, wenn ich mich als eine schlechte Erzählerin entpuppe. Außerdem ist es schon so lange her. Wie gesagt, die Geschichte spielte sich nicht in St. Mary Mead, sondern in einem Thermalbadeort ab.«

»Unfreundliche Plätze«, schob Colonel Bantry ein, »absolut scheußlich! Man muß früh aus den Federn und dieses widerliche Wasser trinken. Alte Frauen sitzen massenweise herum, mit ihren tausend kleinen Gebrechen und ihrem endlosen Geschwätz. Mein Gott, wenn ich bloß daran denke ...«

»Das ist leider wahr«, stimmte Miss Marple ihm zu. »Ich selbst ...«

»Meine liebe Miss Marple«, rief der Colonel entsetzt. »Ich habe natürlich nicht für eine Sekunde ...«

Rosa angehaucht brachte sie ihn mit einer kleinen Geste zum Schweigen.

»Aber es ist wahr, Colonel. Nur möchte ich noch etwas

hinzufügen. Was war es doch gleich? Ach so, ja. Es wird, wie Sie sagen, viel gelästert. Und die Menschen urteilen sehr hart darüber – besonders junge Menschen. Mein Neffe, der Bücher schreibt und, wie ich glaube, sehr gescheite, hat äußerst sarkastische Bemerkungen gemacht über Leute, die ohne jeglichen Beweis den guten Ruf anderer vernichten.

Hierzu möchte ich bemerken, daß die jungen Leute oft nicht nachdenken oder die Tatsachen prüfen. An dem Getratsche ist nämlich meistens sehr viel Wahres dran! Und wenn die jungen Leute der Sache einmal auf den Grund gingen, würden sie die Entdeckung machen, daß es in neun von zehn Fällen stimmt. Und darum regen sich die Leute auch so darüber auf.«

»Die göttliche Eingebung, wie?« sagte Sir Henry ironisch.

»O nein, durchaus nicht. Es handelt sich in Wirklichkeit um praktische Erfahrungen. Wenn Sie einem Ägyptologen einen dieser merkwürdigen kleinen Käfer zeigen, kann er Ihnen, wie ich gehört habe, aus dem Gefühl heraus sagen, welcher Periode er angehört oder ob es eine Imitation aus Birmingham ist. Aber er kann nicht immer bestimmte Gründe dafür angeben. Er weiß es eben. Er hat sich ein Leben lang mit solchen Dingen beschäftigt.

Ebenso haben die von meinem Neffen als ›nutzlos‹ bezeichneten Frauen sehr viel freie Zeit, und sie interessieren sich in der Hauptsache für Menschen. Und auf diese Weise werden sie sozusagen Sachverständige auf diesem Gebiet. Nun, diese jungen Leute heutzutage – sie reden sehr frei über Dinge, die in meiner Jugend nicht erwähnt wurden; auf der anderen Seite aber sind sie sehr naiv. Sie glauben an alles und jeden. Und wenn man sie noch so sanft zu warnen versucht, wird einem gesagt, man sei viktorianisch – und damit ist die Sache erledigt.

Nun muß ich bekennen, daß ich auch etwas empfindlich bin, und gedankenlose Bemerkungen haben mich schon oft aufs tiefste verletzt. Ich weiß, Männer interessieren sich nicht für häusliche Angelegenheiten, aber ich muß doch kurz mein Hausmädchen Ethel erwähnen, ein sehr hübsches Mädchen und in jeder Weise gefällig. Nun, sobald ich sie sah, wußte ich, daß sie der gleiche Typ wie Annie Webb war. Wenn sich die Gelegenheit ergab, würde sie mein und dein nicht unterscheiden können. Daher ließ ich sie am Ende des Monats gehen und schrieb ihr ins Zeugnis, daß sie ehrlich und bescheiden sei. Aber unter vier Augen warnte ich die alte Mrs. Edwards davor, sie zu nehmen. Mein Neffe Raymond war entsetzt und erklärte mir, er habe noch nie so etwas Schändliches – ja, Schändliches – gehört. Na, sie ging dann zu Lady Ashton, die zu warnen ich mich nicht verpflichtet fühlte. Und was geschah? Alle Spitzen wurden von ihrer Unterwäsche abgeschnitten und zwei Diamantbroschen gestohlen – und das Mädchen schlich sich mitten in der Nacht davon, und seitdem hat man nichts mehr von ihr gehört!«
Miss Marple hielt inne, holte tief Atem und fuhr dann fort. »Sie werden sicher denken, dies alles hat nichts zu tun mit dem, was sich in dem Kurort ereignete – aber indirekt ist es doch so. Denn es ist eine Erklärung dafür, warum ich nicht den geringsten Zweifel daran in meinem Herzen hatte – gleich als ich die beiden Sanders' zusammen sah –, daß er beabsichtigte, sie umzubringen.«
»Was sagen Sie da?« fragte Sir Henry erstaunt.
»Ich sage, Sir Henry, daß ich durchaus nicht im Zweifel war. Mr. Sanders war ein stattlicher, gutaussehender Mann von sehr herzlichem Wesen und bei allen recht beliebt. Und niemand hätte netter zu seiner Frau sein können als er. Aber ich wußte Bescheid! Er hatte die Absicht, sie aus dem Weg zu räumen.«

»Aber meine liebe Miss Marple ...«
»Ja, ich weiß. Mein Neffe Raymond West würde mir dasselbe sagen, nämlich, daß ich nicht den geringsten Beweis hätte. Aber ich muß dabei an Walter Hones denken, den Wirt des ›Grünen Mannes‹. Als er eines Abends mit seiner Frau nach Hause ging, fiel sie in den Fluß – und er ließ sich das Versicherungsgeld auszahlen! Ich könnte noch ein paar Leute anführen, die bis heute ungestraft herumlaufen – sogar einen aus unseren Kreisen. Verbrachte die Sommerferien in der Schweiz, um mit seiner Frau Kletterpartien zu machen. Ich bat sie vorher, nicht mitzufahren; das arme Geschöpf wurde nicht einmal zornig mit mir, wie man es hätte erwarten können, sie lachte nur. Es erschien ihr komisch, daß eine merkwürdige Alte wie ich so etwas über ihren Harry sagen sollte. Na, und dann gab es eben einen Unfall – und Harry ist jetzt mit einer anderen Frau verheiratet. Aber was konnte ich tun? Ich wußte es zwar, hatte aber keine Beweise.«
»O Miss Marple«, rief Mrs. Bantry. »Das ist doch wohl nicht möglich!«
»Meine Liebe, solche Dinge passieren alle Tage. Und Männer sind dieser Versuchung besonders ausgesetzt, da sie so viel stärker sind. Es ist ja so leicht, wenn es wie ein Unfall aussieht.
Wie gesagt, bei den Sanders' hatte ich denselben Eindruck. Wir fuhren mit der Straßenbahn. Da unten alles voll war, mußten wir nach oben klettern. Dann standen wir alle drei auf, um auszusteigen, und Mr. Sanders verlor das Gleichgewicht und fiel heftig gegen seine Frau, die kopfüber nach unten stürzte. Glücklicherweise war der Schaffner ein starker junger Mann und fing sie geschickt auf.«
»Das war aber doch bestimmt ein Zufall.«
»Natürlich war es ein Zufall – nichts hätte zufälliger ausse-

hen können. Aber Mr. Sanders war, wie er mir erzählt hatte, in der Handelsmarine gewesen, und wenn jemand auf einem schwankenden Schiff das Gleichgewicht bewahren kann, verliert er es nicht gleich in einer Elektrischen, zumal wenn eine alte Frau wie ich fest auf den Füßen steht. Das kann mir keiner weismachen.«
»Jedenfalls dürfen wir annehmen, daß Ihnen die Sache auf der Stelle sonnenklar war, nicht wahr, Miss Marple?« meinte Sir Henry.
Die alte Dame nickte.
»Ich war ziemlich sicher, und ein anderer Zwischenfall, als wir später die Straße überquerten, bestätigte meinen Eindruck. Nun frage ich Sie, Sir Henry, was konnte ich machen? Hier war eine nette, zufriedene, glückliche kleine Frau, die in Kürze ermordet werden sollte.«
»Meine liebe gnädige Frau, ich bin einfach sprachlos.«
»Seien Sie nicht so ironisch. Wie die meisten Leute heutzutage neigen Sie zu der Ansicht, daß so etwas nicht möglich ist. Aber es verhielt sich so, und ich wußte es. Leider ist man in seiner Handlungsweise so sehr behindert. Ich konnte zum Beispiel nicht zur Polizei gehen. Und die junge Frau zu warnen wäre völlig nutzlos gewesen; denn ich konnte sehen, daß sie diesen Mann liebte. Also bemühte ich mich darum, soviel wie möglich über sie In Erfahrung zu bringen. Man hat reichlich Gelegenheit dazu, wenn man am Feuer sitzt und Handarbeiten macht. Mrs. Sanders, Gladys hieß sie mit Vornamen, redete nur zu gern. Allem Anschein nach war sie noch nicht lange verheiratet. Ihr Mann hatte Aussicht, bald in den Besitz eines Vermögens zu kommen. Aber im Augenblick waren sie ziemlich schlecht dran. Ja, sie lebten von ihrem kleinen Einkommen. Diese Geschichte ist nicht neu. Sie bedauerte es sehr, daß sie ihr Kapital nicht anrühren konnte. Anscheinend

hatte irgend jemand irgendwo etwas Verstand gehabt! Aber ich bekam heraus, daß sie das Geld testamentarisch einer anderen Person vermachen konnte. Und sie und ihr Mann hatten gleich nach der Hochzeit jeder ein Testament zugunsten des anderen gemacht. Sehr rührend. Natürlich, wenn Jacks Angelegenheit in Ordnung kam – das war der Refrain, den man den ganzen Tag hörte, und inzwischen waren sie so arm wie Kirchenmäuse, hatten sogar ein Zimmer im oberen Stockwerk, wo die Dienstboten alle schliefen – wie gefährlich, falls ein Feuer ausbrach! Obgleich zufälligerweise gerade hinter ihrem Fenster eine Feuertreppe hinabführte. Ich erkundigte mich vorsichtig danach, ob auch ein Balkon vorhanden sei – sehr gefährlich, so ein Balkon. Ein Stoß genügt!

Ich nahm ihr das Versprechen ab, nicht auf den Balkon zu treten, unter dem Vorwand, daß ich einen Traum gehabt hätte. Das machte einen tiefen Eindruck auf sie – manchmal kann man durch Aberglauben sehr viel erreichen. Sie war ein blonder Typ mit käsiger Gesichtsfarbe und einer unordentlichen Haarrolle im Nacken. Sehr leichtgläubig. Sie erzählte, was ich ihr gesagt hatte, ihrem Mann, und es fiel mir auf, daß er mich ein paarmal recht merkwürdig anschaute. Er war nicht leichtgläubig, und er wußte, daß ich auch in der Straßenbahn gewesen war.

Aber ich war in Sorge – in schrecklicher Sorge –, weil ich nicht wußte, wie ich ihn an der Ausführung seines Planes hindern konnte. Für den Augenblick wäre es mir natürlich möglich gewesen. Ich hatte ihm nur mit ein paar Worten anzudeuten brauchen, daß ich Verdacht gegen ihn schöpfte. Aber dann hätte er seinen Plan einfach auf später verschoben. Nein, ich gelangte allmählich zu der Überzeugung, daß nur ein kühner Schritt sie retten konnte – man mußte ihm eine Falle stellen. Wenn man ihn dazu bringen

konnte, einen Anschlag auf ihr Leben zu machen – nach einem von mir entworfenen Plan –, nun, dann vermochte man ihn zu entlarven, und sie war gezwungen, der Wahrheit ins Auge zu sehen, wie schwer der Schock für sie auch sein mochte.«
»Ich bin sprachlos«, erklärte Dr. Lloyd. »Was für einen Plan hätten Sie da bloß in Anwendung gebracht?«
»Keine Angst, ich hätte schon einen gefunden«, erwiderte Miss Marple. »Aber der Mann war zu schlau für mich. Er wartete nicht. Wahrscheinlich ahnte er, daß ich mißtrauisch war. Also schlug er zu, bevor ich sicher sein konnte. Er wußte, daß ich bei einem Unfall Verdacht schöpfen würde. So machte er gleich einen Mord daraus.«
Alle im Kreise schnappten nach Luft. Miss Marple nickte und fuhr mit grimmiger Miene fort:
»Ich befürchte, ich bin ein wenig unvermittelt damit herausgeplatzt, und ich will versuchen, Ihnen der Reihe nach alles zu erzählen. Stets verspüre ich eine gewisse Bitterkeit – es will mir scheinen, als hätte ich es irgendwie verhindern sollen. Aber das Schicksal hat es vielleicht nicht anders gewollt. Auf jeden Fall habe ich getan, was in meinen Kräften stand.
Es lag ein seltsam unheimliches Gefühl in der Luft. Etwas schien auf uns allen zu lasten. Eine Ahnung von nahem Unheil. Zunächst war da einmal die Geschichte mit George, dem Portier. Er war jahrelang dort gewesen und kannte jeden. Dann bekam er Bronchitis und eine Lungenentzündung und starb am vierten Tag. Schrecklich traurig. Ein wirklicher Schlag für alle. Noch dazu vier Tage vor Weihnachten! Dann bekam eines der Hausmädchen – ein so nettes Geschöpf – eine Blutvergiftung am Finger und starb tatsächlich innerhalb von vierundzwanzig Stunden. Ich war gerade mit Miss Trollope und der alten Mrs. Car-

penter im Salon, und Mrs. Carpenter war geradezu dämonisch – sie schien sich regelrecht daran zu weiden.
›Hören Sie auf mich‹, sagte sie. ›Dies ist noch nicht das Ende. Sie kennen doch das Sprichwort? Aller guten Dinge sind drei. Das habe ich immer wieder erlebt. Wir werden noch einen Todesfall haben. Ganz ohne Zweifel. Und wir brauchen nicht lange zu warten. Aller guten Dinge sind drei.‹
Bei diesen Worten, die sie, mit dem Kopf nickend, beim Geklapper ihrer Stricknadeln hervorbrachte, blickte ich zufällig auf, und da stand Mr. Sanders im Türrahmen. Einen Augenblick lang war er nicht auf der Hut, und ich sah die nackte Wahrheit in seinen Augen. Bis zu meiner letzten Stunde glaube ich, daß es die Worte dieser gräßlichen Mrs. Carpenter waren, die den Plan bei ihm auslösten. Ich konnte ganz deutlich sehen, welche Gedanken sich hinter seiner Stirn verbargen.
In seiner jovialen Art lächelnd, trat er ins Zimmer.
›Kann ich für die Damen irgendwelche Weihnachtseinkäufe erledigen?‹ fragte er. ›Ich gehe nämlich gleich in den Ort.‹ Lachend und schwatzend blieb er noch eine Weile und ging dann hinaus. Voller Unruhe fragte ich sofort:
›Wo ist Mrs. Sanders eigentlich? Weiß es jemand?‹
Miss Trollope erwiderte, sie sei zu ihren Freunden, den Mortimers, gegangen, um Bridge zu spielen, und das beruhigte mich im Augenblick ein wenig. Aber ich war immer noch sehr besorgt und unschlüssig, ob ich etwas unternehmen sollte. Eine halbe Stunde später ging ich auf mein Zimmer. Auf der Treppe begegnete ich meinem Arzt, Dr. Coles, und da ich ihn sowieso wegen meines Rheumatismus um Rat fragen wollte, nahm ich ihn mit in mein Zimmer. Dort erwähnte er mir gegenüber (im Vertrauen, sagte er) den Tod des armen Hausmädchens Mary. Der Geschäfts-

führer wünsche nicht, daß es sich herumspräche, sagte er, und ich solle es daher für mich behalten. Natürlich erwähnte ich nicht, daß wir alle während der letzten Stunde – von dem Augenblick an, als das arme Mädchen seinen letzten Atemzug getan hatte –, von nichts anderem mehr geredet hatten. So etwas ist doch immer gleich bekannt, und ein Mann von seiner Erfahrung hätte das wissen müssen. Aber Dr. Coles war von jeher ein schlichter, naiver Mann, der glaubte, was er glauben wollte, und gerade das beunruhigte mich eine Sekunde später. Als er sich verabschiedete, erwähnte er, daß Sanders ihn gebeten habe, sich seine Frau mal anzusehen, sie fühle sich schlecht; irgend etwas stimme nicht mit ihr.

Und am selben Tage hatte mir Gladys Sanders selber erzählt, daß sie in allerbester Verfassung wäre, wofür sie sehr dankbar sei.

Sehen Sie? Mein ganzer Verdacht gegen diesen Mann kehrte hundertfach zurück. Er traf Vorbereitungen, aber wofür? Dr. Coles war gegangen, ehe ich mich entschließen konnte, ob ich mit ihm reden sollte oder nicht. Und ich hätte auch nicht recht gewußt, wie ich mich ausdrücken sollte. Als ich aus meinem Zimmer trat, kam Sanders selbst die Treppe vom nächsten Stockwerk herunter. Er trug Straßenkleidung und fragte mich abermals, ob er mir in der Stadt etwas besorgen könne. Ich mußte mich sehr beherrschen, um nicht unhöflich zu ihm zu sein! Dann ging ich in die Diele und bestellte mir Tee. Es ging schon auf halb sechs zu, wie ich mich entsinne.

Um Viertel vor sieben, als Mr. Sanders hereinkam, war ich immer noch in der Diele. Er hatte zwei Herren bei sich, und alle drei waren in ziemlich gehobener Stimmung. Mr. Sanders ließ seine beiden Freunde stehen und kam sofort zu dem Tisch, an dem ich mit Miss Trollope saß. Er bat uns um Rat wegen eines Weihnachtsgeschenks für seine Frau. Es war eine Abendhandtasche.

›Meine Damen‹, erklärte er, ›ich bin nur ein rauher Seemann. Was weiß ich schon von diesen Dingen? Ich habe mir drei zur Auswahl schicken lassen und wäre Ihnen für Ihren sachkundigen Rat sehr dankbar.‹

Wir versicherten ihm natürlich, daß es uns ein Vergnügen sein werde, und er fragte uns, ob es uns etwas ausmache, mit ihm nach oben zu gehen, da seine Frau jede Minute kommen könne und sonst die Taschen sehen würde. Also gingen wir mit ihm hinauf. Niemals werde ich die nächsten Minuten vergessen – mich überläuft jetzt noch eine Gänsehaut.

Mr. Sanders öffnete die Tür zum Schlafzimmer und drehte das Licht an. Ich weiß nicht, wer von uns sie zuerst sah ... Mrs. Sanders lag mit dem Gesicht nach unten auf dem Boden – tot. Ich war zuerst bei ihr, kniete nieder, nahm ihre Hand und fühlte nach dem Puls, aber es war sinnlos, denn der Arm war schon kalt und steif. Unmittelbar neben ihrem Kopf lag ein mit Sand gefüllter Strumpf – offensichtlich die Waffe, mit der sie niedergeschlagen worden war. Miss Trollope, dieses törichte Geschöpf, stand an der Tür und jammerte zum Steinerweichen. Mit dem Schrei ›Meine Frau, meine Frau!‹ stürzte Mr. Sanders an ihre Seite. Ich hinderte ihn daran, sie zu berühren; denn ich war überzeugt, daß er der Täter war, und glaubte, er wolle vielleicht etwas fortnehmen und verstecken.

›Es darf nichts angerührt werden‹, erklärte ich. ›Reißen Sie sich zusammen, Mr. Sanders. Miss Trollope, bitte gehen Sie nach unten und holen Sie den Geschäftsführer.‹

Ich selbst verharrte kniend bei der Leiche, da ich nicht die Absicht hatte, Sanders mit ihr allein zu lassen. Allerdings muß ich zugeben, daß der Mann ein Schauspieler

war. Er schien bestürzt, verwirrt und über alle Maßen verängstigt.
Sehr bald erschien der Geschäftsführer. Er inspizierte in aller Eile den ganzen Raum, dann drängte er uns alle hinaus, schloß die Tür ab und nahm den Schlüssel mit, als er ging, um die Polizei anzurufen. Es schien eine Ewigkeit zu dauern, bis sie kam (später erfuhren wir, daß die Leitung nicht in Ordnung gewesen war).
Der Geschäftsführer mußte jemanden zur Post schicken, und das Kurhotel liegt ziemlich weit von der Stadt entfernt, fast am Rande des Moores. Inzwischen fiel Mrs. Carpenter uns allen sehr auf die Nerven. Sie war so zufrieden, daß ihre Prophezeiung sich so schnell erfüllt hatte. Sanders lief stöhnend und händeringend in den Garten hinaus, und in seinen Zügen zeichnete sich tiefster Kummer ab.
Endlich kam die Polizei. Mit dem Geschäftsführer und Mr. Sanders gingen sie nach oben, und später ließen sie mich holen. Als ich kam, saß der Inspektor an einem Tisch und schrieb. Er sah intelligent aus und war mir sehr sympathisch.
›Miss Jane Marple?‹ fragte er.
›Ja.‹
›Wie ich höre, gnädige Frau, waren Sie zugegen, als die Leiche gefunden wurde.‹
Ich bestätigte das und schilderte genau, was vorgefallen war. Ich glaube, der arme Mann war sichtlich erleichtert, daß er jemanden gefunden hatte, der seine Fragen zusammenhängend beantworten konnte, nachdem er sich vorher mit Sanders und Emily Trollope abgequält hatte. Wie ich hörte, war Emily Trollope ja vollständig aus der Fassung geraten – was auch nicht anders zu erwarten war von diesem törichten Geschöpf! Meine liebe Mutter hat mir immer eingeschärft, daß eine Dame sich in der Öffentlichkeit

stets zusammennehmen müsse, wie sehr sie sich auch in ihren eigenen vier Wänden gehenlassen mochte.«

»Ein bewundernswerter Grundsatz«, bemerkte Sir Henry mit ernster Miene.

»Als ich mit meiner Schilderung zu Ende war, sagte der Inspektor zu mir: ›Vielen Dank, gnädige Frau. Nun muß ich Sie leider bemühen, sich die Leiche noch einmal anzusehen. Hat sie genauso gelegen, als Sie das Zimmer betraten? Ist sie von niemandem berührt worden?‹

Ich erklärte ihm, daß ich Mr. Sanders daran gehindert hätte, und der Inspektor nickte beifällig.

›Der Herr scheint furchtbar erregt zu sein‹, bemerkte er.

›Das scheint er wohl – ja‹, erwiderte ich.

Ich glaube nicht, daß ich das Wort ›scheint‹ besonders betont habe. Dennoch warf der Inspektor mir einen ziemlich scharfen Blick zu.

›Wir können also annehmen, daß die Leiche sich in genau derselben Stellung befindet wie am Anfang, wie?‹ fragte er.

›Ja, abgesehen von dem Hut‹, entgegnete ich.

Der Inspektor blickte mich erstaunt an.

›Was ist mit dem Hut?‹

Ich setzte ihm auseinander, daß die arme Gladys den Hut zuerst auf dem Kopf gehabt habe, während er jetzt neben ihr liege, und ich sprach die Vermutung aus, daß die Polizei ihn wohl entfernt habe. Doch der Inspektor verneinte diese Tatsache ganz entschieden. Nichts sei bisher angerührt oder bewegt worden. Mit gerunzelter Stirn blickte er auf die arme hingestreckte Gestalt hinab.

Gladys trug Straßenkleidung – einen weiten dunkelroten Tweedmantel mit grauem Pelzkragen. Der Hut, ein billiges Stück aus rotem Filz, lag gerade neben ihrem Kopf. Eine Weile stand der Inspektor grübelnd da. Dann kam ihm plötzlich ein Gedanke.

›Können Sie sich ganz zufällig daran erinnern, gnädige Frau, ob die Verstorbene gewöhnlich Ohrringe trug?‹

Nun habe ich, Gott sei Dank, eine recht gute Beobachtungsgabe, und ich entsann mich sofort, daß ich gerade unter dem Hutrand einen Schimmer von Perlen gesehen hatte, obgleich ich in dem Augenblick keine besondere Notiz davon genommen hatte. Seine Frage konnte ich also bejahen.

›Dann ist die Sache ja klar‹, meinte er. ›Der Schmuckkasten der Dame ist geplündert worden – nicht, daß sie etwas Wertvolles besaß, soweit ich unterrichtet bin –, und die Ringe hat man ihr von den Fingern gezogen. Der Mörder muß also die Ohrringe vergessen und sie geholt haben, nachdem der Mord entdeckt war. Ein hartgesottener Bursche! Oder vielleicht‹ – bei diesen Worten starrte er im Zimmer umher und sagte langsam: ›Vielleicht hatte er sich im Zimmer versteckt und war die ganze Zeit über hier.‹

Doch ich verwarf die Idee. Ich selbst, erklärte ich ihm, hätte unter das Bett geschaut, und der Geschäftsführer habe die Türen des Kleiderschranks geöffnet. Und sonst gebe es keine Versteckplätze im Zimmer, wo ein Mann sich verbergen könne. Allerdings sei das Hutfach mitten im Kleiderschrank verschlossen gewesen, aber da es nicht sehr tief und außerdem mit Regalen versehen sei, habe sich kein Mann darin verstecken können.

Der Inspektor nickte langsam, während ich dies alles erklärte. ›Ich glaube Ihnen, gnädige Frau. Dann muß er eben, wie ich schon sagte, noch einmal zurückgekommen sein. Ein wirklich abgebrühter Geselle.‹

›Aber der Geschäftsführer hat doch die Tür abgeschlossen und den Schlüssel mitgenommen!‹

›Das hat nichts zu bedeuten. Der Dieb hat den Balkon und die Feuertreppe benutzt. Wahrscheinlich haben Sie ihn sogar bei der Arbeit gestört. Da ist er einfach zum Fenster hinausgeschlüpft und, als Sie alle fort waren, wieder zurückgekehrt, um mit seiner Arbeit fortzufahren.‹

›Sind Sie sicher‹, fragte ich, ›daß es ein Dieb war?‹

Er erwiderte ziemlich trocken:

›Na, es sieht doch ganz danach aus, nicht wahr?‹

Aber etwas in seinem Ton gab mir eine gewisse Befriedigung. Ich hatte das Gefühl, daß er Mr. Sanders in seiner Rolle als trauernder Witwer nicht allzu ernst nehmen würde. Ich gebe unumwunden zu, daß ich von dieser fixen Idee ganz besessen war. Daß dieser Sanders seine Frau umbringen wollte, stand für mich durchaus fest. Was ich jedoch nicht mit einkalkuliert hatte, war dieses seltsame und phantastische Etwas, das man als Koinzidenz bezeichnet. Meine Ansichten über Mr. Sanders – davon war ich überzeugt – waren absolut richtig. Der Mann war ein Schurke. Aber obgleich sein geheuchelter Kummer mich nicht für eine Sekunde täuschte, so hatte ich doch empfunden, als wir zuerst ins Zimmer traten, daß seine Überraschung und Verwirrung außerordentlich echt schienen – absolut natürlich. Ich muß gestehen, daß mich nach meiner Unterhaltung mit dem Inspektor ein seltsamer Zweifel beschlich. Denn wenn Sanders diese furchtbare Tat begangen hatte, konnte ich mir keinen stichhaltigen Grund vorstellen, warum er sich über die Feuertreppe zurückschleichen sollte, um seiner Frau die Ohrringe fortzunehmen. Das wäre durchaus nicht klug gewesen, und Sanders war ein sehr kluger Mann – darum hielt ich ihn ja für so gefährlich.«

Miss Marple blickte sich im Kreise ihrer Zuhörer um.

»Sie wissen vielleicht schon, worauf ich hinauswill. In dieser Welt geschieht oft genug das, was man am wenigsten erwartet. Ich war eben sicher, und das hatte mich wohl so blind gemacht. Das Resultat war für mich ein großer Schock. Denn es wurde einwandfrei bewiesen, daß Mr. Sanders unter keinen Umständen das Verbrechen begangen haben konnte ...«

Ein Laut der Überraschung kam von Mrs. Bantrys Lippen.

Miss Marple wandte sich ihr zu.

»Ich weiß, meine Liebe, das haben Sie nach dem Anfang meiner Geschichte nicht erwartet. Auch ich hatte es nicht erwartet. Aber an den Tatsachen läßt sich nicht rütteln, und wenn die Beweise ergeben, daß man unrecht hat, muß man sich bescheiden und wieder von vorn anfangen. Daß Mr. Sanders im Grunde genommen ein Mörder war, wußte ich – von dieser festen Überzeugung ließ ich mich durch nichts abbringen.

Und nun möchten Sie wohl gern hören, wie sich alles zugetragen hat. Wie Sie bereits wissen, verbrachte Mrs. Sanders den Nachmittag bei ihren Freunden, den Mortimers, wo sie Bridge spielte. Um Viertel nach sechs etwa ging sie von dort weg. Von dem Haus ihrer Freunde bis zum Kurhotel brauchte man ungefähr eine Viertelstunde – oder noch weniger, wenn man sich beeilte. Sie mußte also um halb sieben zurückgekehrt sein. Da niemand sie hereinkommen sah, ist anzunehmen, daß sie die Seitentür benutzt hat und geradewegs auf ihr Zimmer gegangen ist. Sie hat sich dann wohl umgezogen (die Sachen, die sie nachmittags getragen hatte – der rehfarbene Mantel und der Rock –, hingen im Schrank) und war offenbar auf dem Sprung, wieder auszugehen, als das Unglück sich ereignete. Wahrscheinlich, so sagt man, hat sie gar nicht gemerkt, wer sie niedergeschlagen hat. Der Sandsack soll ja eine sehr wirksame Waffe sein. Demnach muß der Angreifer im Zimmer verborgen gewesen sein, möglicherweise in dem anderen Schrank, den sie nicht geöffnet hatte.

Nun zu Mr. Sanders. Er ging, wie gesagt, gegen halb sechs aus – oder ein wenig später. Dann besuchte er verschiedene Läden und betrat gegen sechs Uhr das Grand Spa Hotel, wo er zwei Freunde traf – dieselben, mit denen er später zum Kurhotel zurückkehrte. Sie spielten zusammen Billard und tranken mehrere Glas Whisky dabei. Diese beiden Männer waren tatsächlich die ganze Zeit von sechs Uhr an mit ihm zusammen. Sie begleiteten ihn zum Hotel, und er verließ sie erst, als er zu mir und Miss Trollope an den Tisch kam. Das war etwa um Viertel vor sieben; wie ich bereits erwähnte, muß seine Frau um diese Zeit schon tot gewesen sein.

Ich gestehe, daß ich selbst mit diesen beiden Freunden gesprochen habe. Ich mochte sie nicht leiden. Sie waren weder angenehm noch gebildet. Doch über eines war ich mir klar: Sie sprachen die volle Wahrheit, als sie sagten, Mr. Sanders sei während der ganzen Zeit in ihrer Gesellschaft gewesen. Eine Kleinigkeit ist vielleicht noch zu erwähnen. Während des Bridgespiels wurde Mrs. Sanders offenbar ans Telefon gerufen. Ein Mr. Littleworth wollte sie sprechen. Hinterher schien sie freudig erregt zu sein und machte, nebenbei bemerkt, ein paar schlimme Spielfehler. Sie brach bedeutend früher auf, als ihre Freunde erwartet hatten.

Mr. Sanders wurde gefragt, ob ihm der Name Littleworth bekannt sei und ob dieser Mann zu den Freunden seiner Frau zähle, aber er erklärte, er habe den Namen noch nie gehört. Und das schien mir durch das Verhalten seiner Frau bestätigt – ihr bedeutete der Name Littleworth anscheinend zuerst auch nichts. Dennoch kam sie lächelnd, aber doch etwas verwirrt vom Telefon zurück. Daraus muß man schließen, daß der Betreffende nicht seinen richtigen Namen genannt hat, und das erweckt an sich schon ein gewisses Mißtrauen, nicht wahr?

Jedenfalls war dies das Problem, das sich uns präsentierte: die Einbrechergeschichte, die ziemlich unwahrscheinlich war – oder aber die Theorie, daß Mrs. Sanders im Begriff stand, auszugehen und sich mit jemandem zu treffen. Ist dieser Jemand über die Feuertreppe in ihr Zimmer gekommen? Hat es einen Streit gegeben? Oder hat er sie aus dem Hinterhalt überfallen?«

Miss Marple hielt inne.

»Nun?« meinte Sir Henry. »Wie lautet die Antwort?«

»Ob einer unter Ihnen sie wohl erraten kann?«

»Ich kann nicht gut raten«, erklärte Mrs. Bantry. »Es ist schade, daß Sanders ein so tadelloses Alibi hatte. Aber wenn es Ihnen genügte, muß es schon in Ordnung gewesen sein.«

Jane Helier bewegte ihr schönes Haupt und wollte wissen: »Warum war das Hutfach verschlossen?«

»Eine sehr kluge Frage, meine Liebe«, antwortete Miss Marple strahlend. »Darüber habe ich mich im stillen auch gewundert. Allerdings war die Erklärung ganz einfach. Es enthielt ein paar handgearbeitete Pantoffeln und einige Taschentücher, die die junge Frau für ihren Mann zu Weihnachten bestickt hatte. Darum hatte sie das Fach abgeschlossen. Den Schlüssel fand man in ihrer Handtasche.«

»Oh!« meinte Jane. »Dann ist es doch nicht so interessant.«

»O ja, aber sehr«, erwiderte Miss Marple. »Es ist das einzig wirklich Interessante an der Sache – das einzige, was die Pläne des Mörders vereitelte.«

Jeder starrte die alte Dame an.

»Ich selbst habe es zwei Tage lang nicht erkannt«, sagte Miss Marple. »Ich zerbrach mir immer und immer wieder den Kopf, und dann auf einmal kam die Erleuchtung über mich. Ich ging sofort zum Inspektor und bat ihn, etwas auszuprobieren, was er dann auch tat.«

»Um was haben Sie ihn gebeten?«
»Ich bat ihn, der armen Frau den Hut aufzusetzen – und das ging nicht. Der Hut paßte nicht. Es war nämlich nicht ihr Hut.«
Mrs. Bantry rief ganz erstaunt:
»Aber er saß doch zuerst auf ihrem Kopf.«
»Nicht auf ihrem Kopf ...«
Miss Marple wartete einen Augenblick, um ihren Worten Gewicht zu verleihen, und fuhr dann fort:
»Wir nahmen als selbstverständlich an, daß es sich um die Leiche der armen Gladys handelte. Aber wir haben uns nie das Gesicht angesehen. Wie Sie sich erinnern, lag sie mit dem Gesicht nach unten, und der Hut verdeckte alles.«
»Aber sie wurde doch getötet?«
»Ja, später. In dem Augenblick, als wir die Polizei anriefen, war Gladys noch quicklebendig.«
»Meinen Sie etwa, es war jemand anders, die vorgab, Gladys zu sein? Aber als Sie sie anfaßten ...«
»Es war eine Leiche. Darüber besteht nicht der geringste Zweifel«, sagte Miss Marple ernst.
»Aber zum Kuckuck noch mal«, mischte sich Colonel Bantry ein, »Leichen fallen einem doch nicht einfach so in den Schoß. Was hat man denn nachher mit der ersten Leiche gemacht?«
»Mr. Sanders hat sie zurückgetragen«, erwiderte Miss Marple.
»Es war ein böser, aber sehr kluger Plan. Unsere Unterhaltung im Salon hat ihn darauf gebracht. Die Leiche des armen Hausmädchens Mary – warum sollte er sie nicht gebrauchen? Sie müssen bedenken, daß das Zimmer der Sanders' oben im Dienstbotenflügel lag. Marys Zimmer befand sich nur zwei Türen weiter, und der Leichenbestatter würde erst später am Abend kommen – damit rechnete Mr.

Sanders. Er trug also die Leiche über den Balkon (um fünf Uhr war es schon dunkel), zog ihr ein Kleid seiner Frau und ihren weiten roten Mantel an. Und dann entdeckte er, daß das Hutfach abgeschlossen war! Was tun? Es blieb ihm nichts anderes übrig, als einen Hut des Mädchens zu holen. Das würde niemandem auffallen. Er legte den Sandsack neben sie auf den Boden und ging dann fort, um sich ein Alibi zu beschaffen.

Unter dem Namen Littleworth rief er seine Frau an. Ich weiß nicht, was er ihr erzählt hat. Aber sie war eine leichtgläubige Frau, wie ich vorhin schon sagte. Auf alle Fälle veranlaßte er sie, das Bridgespiel früher abzubrechen und nicht ins Kurhotel zurückzukehren. Er verabredete sich mit ihr im Park des Hotels, nahe der Feuertreppe, um sieben Uhr.

Er selbst kehrte mit seinen Freunden ins Hotel zurück und richtete es so ein, daß Miss Trollope und ich gemeinsam mit ihm die Leiche entdeckten. Er tat sogar so, als wolle er sie umdrehen – und ausgerechnet ich hielt ihn davor zurück! Dann schickte man nach der Polizei, und er taumelte in den Park hinaus.

Es hatte ihn natürlich niemand gefragt, wo er sich nach dem Verbrechen aufgehalten habe. Er traf sich mit seiner Frau, ging mit ihr die Feuertreppe hinauf, und sie betraten das Zimmer. Vielleicht hatte er ihr gegenüber schon etwas von der Leiche erwähnt. Sie beugte sich über die am Boden liegende Gestalt, und er nahm den Sandsack und schlug zu ... mein Gott, es macht mich jetzt noch ganz krank, wenn ich nur daran denke! Dann zog er ihr rasch den Mantel und den Rock aus, hängte die Sachen in den Schrank und zog ihr die Sachen der anderen Leiche an.

Doch der Hut wollte nicht passen. Mary hatte kurzgeschnittenes Haar und Gladys Sanders eine dicke Haarrolle. Er war gezwungen, ihn neben die Leiche zu legen, und hoffte, daß niemand es bemerken würde. Dann trug er die Leiche der armen Mary in ihr Zimmer zurück und legte sie wieder schicklich auf das Bett.«

»Es erscheint unglaublich«, bemerkte Dr. Lloyd. »Dieses Risiko, das er auf sich nahm. Die Polizei hätte ja bloß zu früh einzutreffen brauchen.«

»Sie müssen bedenken, daß die Telefonleitung nicht in Ordnung war«, erinnerte ihn Miss Marple. »Dafür war natürlich er verantwortlich. Er konnte es sich nicht leisten, daß die Polizei zu früh erschien. Als sie dann endlich kam, brachte sie noch eine Weile im Büro des Geschäftsführers zu. Die größte Gefahr bestand darin, daß jemand merken würde, daß Gladys erst vor einer halben Stunde das Zeitliche gesegnet hatte. Aber er verließ sich darauf, daß die Leute, die das Verbrechen zuerst entdeckten, keine Fachkenntnisse auf diesem Gebiet besaßen.«

Dr. Lloyd nickte.

»Man nahm wahrscheinlich an, daß das Verbrechen gegen Viertel vor sieben begangen worden sei«, meinte er. »In Wirklichkeit geschah es um sieben oder ein paar Minuten nach sieben. Frühestens um halb acht hat dann der Polizeiarzt die Leiche untersucht. Da konnte er es unmöglich merken.«

»Aber ich bin diejenige, die es hätte merken sollen«, erwiderte Miss Marple. »Ich habe die Hand der armen Frau angefaßt, und sie war eiskalt. Und kurz darauf sprach der Inspektor davon, daß der Mord gerade vor unserer Ankunft begangen worden sein müsse – und ich habe nichts bemerkt!«

»Meiner Ansicht nach haben Sie sehr viel bemerkt, Miss Marple«, sagte Sir Henry. »Es muß vor meiner Zeit passiert sein. Ich kann mich überhaupt nicht entsinnen, daß ich je davon gehört habe. Was geschah dann?«

»Sanders wurde gehängt«, entgegnete Miss Marple lebhaft. »Und das geschah ihm recht. Ich habe es niemals bereut, daß ich dazu beigetragen habe, diesen Mann vor den Richter zu bringen.«

Ihre strengen Züge wurden weicher.

»Aber ich habe mir oft bittere Vorwürfe gemacht, daß ich es versäumte, dieser armen Frau das Leben zu retten. Würde sie aber auf mich gehört haben? Wahrscheinlich hätte sie meine Warnungen für Hirngespinste einer alten Frau gehalten. Wer weiß? Auf jeden Fall liebte sie diesen Schurken und vertraute ihm. Sie hat ihn nie durchschaut.«

»Nun«, meinte Jane Helier, »dann war ja soweit alles in Ordnung. In bester Ordnung. Ich wollte ...« Sie brach ab.

Miss Marple blickte auf die berühmte, die schöne, die erfolgreiche Jane Helier und nickte sanft mit dem Kopf.

»Ich verstehe, liebes Kind«, sagte sie sehr leise. »Ich verstehe.«

# Berührung von Geisterhand

## *Fergus Hume*

Kurz bevor Conan Doyle mit *Studie in Scharlachrot* und Sherlock Holmes zum Ruhm gelangte, wurde *The Mystery of a Hansom Cab* (deutsch unter anderem: *Das Geheimnis der Droschke,* 1886) schnell zum meistverkauften Detektivroman des 19. Jahrhunderts, und seine Auflagenhöhe überschritt die Halbmillionen-Grenze. Verfasser dieses Buches war Fergus Hume (1859–1932), der noch mehr als hundert weitere Kriminal- und Detektivromane schrieb. »Berührung von Geisterhand« gehört zu Humes besten Kurzgeschichten und entstammt seiner Sammlung *The Dancer in Red* (1906).

Ich werde nie das schreckliche Weihnachtsfest vergessen, das ich anno 1893 in Ringshaw Grange verbrachte. Als Militärarzt sind mir ja schon seltsame Abenteuer in fernen Ländern begegnet, und in den Kleinkriegen, die fortwährend an den Grenzen unseres Weltreichs geführt werden, habe ich manch grausigen Anblick erlebt; aber es blieb einem alten Landhaus in Hants vorbehalten, zum Schauplatz der bemerkenswertesten Episode meines Lebens zu werden. Das Erlebnis war schmerzlicher Natur, und ich hoffe, daß es sich niemals wiederholt; doch eine solch grauenhafte Begebenheit dürfte auch kaum ein zweites Mal geschehen. Falls meine Geschichte sich mehr wie Dichtung denn wie die Wahrheit liest, so kann ich nur die abgedroschene Redensart zitieren, daß die merkwürdigsten Geschichten das Leben selber schreibt. Schon oft in meinem eigenen, unsteten Leben fand ich dieses Sprichwort bestätigt.

Am Anfang des Ganzen stand die Einladung, die Frank Ringan mir schickte, nämlich, Weihnachten mit ihm und seinem Vetter Percy auf deren Familiensitz bei Christchurch zu verbringen. Damals war ich auf Heimaturlaub aus Indien, und kurz nach meinem Eintreffen lief ich Percy Ringan in Piccadilly über den Weg. Er war ein Australier, dem ich einige Jahre vorher in Melbourne sehr nahegestanden hatte: ein flinkes, adrettes Kerlchen mit vollem, weichem Blondschopf und durchsichtigem Teint, so daß es zerbrechlich wirkte wie eine Dresdener Porzellanfigur, aber mit viel Mumm in den Knochen. Percy litt an einem kranken Herzen und deshalb unter gelegentlichen Schwächeanfällen; doch mit stillem Mut kämpfte er gegen sein tödliches Gebrechen, und dank gewisser Vorsichtsmaßnahmen gegen eine übermäßige Erregung schaffte er es, sein Leben recht gut zu genießen.

Ungeachtet seiner ausgesprochen femininen Ausstrahlung und seiner etwas kriecherischen Dienstfertigkeit gegenüber Rang und Stand, mochte ich den kleinen Burschen ganz gern, denn er besaß viele gute Eigenschaften. Beim jetzigen Anlaß freute ich mich, ihn zu sehen, und äußerte das auch.

»Obwohl ich nicht erwartet hätte, Ihnen hier in England zu begegnen«, sagte ich, nachdem die erste Begrüßung vorüber war.

»Ich bin schon seit den letzten neun Monaten in London, mein lieber Lascelles«, erwiderte er in seinem gewohnt manierierten Tonfall, »teils der Abwechslung halber und teils, um meinen Vetter Frank zu besuchen – der mich

überhaupt erst eingeladen hat, von Australien herüberzukommen.«
»Ist das der reiche Vetter, von dem Sie in Melbourne sprachen?«
»Jawohl. Aber reich ist Frank nicht. *Ich* bin der reiche Ringan, er dagegen ist das Familienoberhaupt. Sehen Sie, Doktor«, Percy nahm mich am Arm und setzte das Thema im Plauderton fort, »mein Vater, als einer der jüngeren Söhne, ist in den Goldgräbertagen nach Melbourne ausgewandert und machte dort in der Fremde sein Vermögen. Sein Bruder blieb daheim auf den Landgütern der Familie, jedoch mit sehr wenig Geld, um die Würde unseres Namens aufrechtzuerhalten, darum half mein Vater ihm von Zeit zu Zeit. Vor fünf Jahren sind sowohl mein Onkel als auch mein Vater verstorben, so daß Frank und ich den Familienbesitz erbten, also jeweils die Ländereien beziehungsweise das australische Vermögen. Folglich ...«
»Folglich helfen Sie Ihrem Vetter dabei, die Würde der Familie aufrechtzuerhalten, wie es bereits Ihr Vater tat.«
»Jawohl, das tue ich«, gab Percy offen zu. »Sehen Sie, wir Ringans achten sehr auf unsere Herkunft und unseren Stand. So sehr, daß wir unser Testament jeweils zugunsten der anderen machen.«
»Wie meinen Sie das?«
»Nun, im Falle meines Todes erbt Frank mein Geld, und im Falle *seines* Todes gehen die Ringanschen Liegenschaften auf mich über. Es mag seltsam erscheinen, daß ich Ihnen das alles erzähle, Lascelles, aber Sie haben mir in den alten Zeiten so nahegestanden, daß Sie meine scheinbare Geschwätzigkeit hoffentlich verstehen.«
Ich konnte ein Kichern über den angeblichen Grund für Percys Vertrauen nicht unterdrücken, zumal es ein so fadenscheiniger war. Der Bursche hängte doch alles an die

große Glocke und konnte seine Privatangelegenheiten ebensowenig für sich behalten wie eine Frau ein Geheimnis. Außerdem bemerkte ich sehr wohl, daß er mich, bei seinem angeborenen Snobismus, mit Stand und Altehrwürdigkeit seiner Familie und mit der unbestreitbaren Tatsache, daß sie dem Landadel des Reiches angehörte, gern beeindrucken wollte.

Obwohl abgeschmackt, war diese Schwäche jedoch ziemlich harmlos, und ich empfand keine Verachtung für deren Eingeständnis. Nur langweilte ich mich ein wenig, denn die ausführliche Schilderung solcher Lappalien interessierte mich kaum, und kurz nach dem Versprechen, nächste Woche mit Percy essen zu gehen, verabschiedete ich mich.

Bei diesem Essen, das abends im Atheneum Club stattfand, lernte ich das Familienoberhaupt der Ringans kennen oder, einfacher gesagt, Percys Vetter Frank. Wie der Australier war er klein und adrett, erfreute sich aber einer viel besseren Gesundheit und hatte nicht die weibische Geziertheit des anderen. Doch im großen ganzen mochte ich Percy lieber, denn in Franks Gesichtszügen war etwas Diebisches, das mir gar nicht gefiel, und er benahm sich gegenüber seinem kolonialen Vetter auf fast beleidigende Weise gönnerhaft.

Letzterer blickte mit aller Ehrerbietung zu seinem englischen Blutsverwandten auf und hätte, dessen bin ich sicher, bereitwillig sein Gold dafür hergegeben, das etwas glanzlos gewordene Familienwappen der Ringans wieder aufzupolieren. Äußerlich glichen sich die beiden Vettern so sehr, daß sie an Twiddledee und Twiddledum erinnerten; nach reiflicher Überlegung kam ich jedoch zu dem Schluß, daß Percy der Gutmütige und Ehrliche von beiden war.

Aus irgendeinem Grunde wünschte Frank Ringan anscheinend, die Bekanntschaft mit mir zu pflegen; und auf die eine oder andere Art bekam ich ihn während meines Londonaufenthalts sehr oft zu Gesicht. Schließlich, als ich gerade auf dem Sprung zu einigen Verwandten in Norfolk war, lud er mich über Weihnachten nach Ringshaw Grange ein – nicht ohne Hintergedanken, wie ich im nachhinein glaube.

»Ein Nein kann ich nicht dulden«, sagte er mit einer Herzlichkeit, die schlecht zu ihm paßte. »Percy, als alter Freund von Ihnen, hängt nun einmal daran, daß Sie zu uns runterkommen, und – falls ich das sagen darf – ich selbst möchte Sie ebensogern überreden.«

»Oh, Sie *müssen* kommen, Lascelles«, drängte Percy. »Wir werden das Weihnachtsfest in echt englischer Tradition begehen. Washington-Irving-Stil, Sie wissen schon: Stechpalmen, gewürztes Bier, Spiele und Mistelzweig.«

»Und vielleicht auch mit ein, zwei Gespenstern«, ergänzte Frank lachend, aber mit einem Seitenblick auf seinen begeisterten kleinen Vetter.

»Ach«, sagte ich. »Dann spukt es auf Ihrem Landsitz?«

»Das will ich meinen!« erwiderte Percy, noch ehe sein Cousin sprechen konnte. »Ein gutes altes Queen-Anne-Gespenst. Kommen Sie, Doktor, und Frank soll Sie im Spukzimmer unterbringen.«

»Nein!« rief Frank mit einer Schärfe, die mich ziemlich überraschte. »Niemanden ins Blaue Zimmer, die Folgen könnten verheerend sein. Sie lächeln, Lascelles, aber ich versichere Ihnen, die Existenz unseres Gespenstes ist eindeutig erwiesen!«

»Das ist ein Widerspruch in sich selbst, ein Gespenst kann nicht existieren. Aber die Geschichte von Ihrem Hausgeist ...«

»Ist zu lang, um sie jetzt zu erzählen«, sagte Frank lachend. »Kommen Sie runter ins Herrenhaus, dann sollen Sie sie hören.«

»Einverstanden«, antwortete ich, da der Gedanke an ein Spukhaus mir recht verlockend erschien. »Sie können Weihnachten mit mir rechnen. Aber ich warne Sie, Ringan: Ich glaube nicht an Gespenster. Die sind mit der Gasbeleuchtung verschwunden.«
»Dann müssen sie mit der elektrischen wiedergekommen sein«, versetzte Frank Ringan. »Daß Lady Joan auf dem Landsitz spukt, steht nämlich zweifelsfrei fest. Ich habe nichts dagegen, es gibt dem Haus nur eine Besonderheit mehr.«
»Alle alten Familien haben ein Gespenst«, sagte Percy wichtigtuerisch. »Das ist ganz natürlich, wenn man einen Stammbaum besitzt.«
Vorläufig wurde kein Wort mehr zu dem Thema gewechselt, doch das Ende vom Lied war, daß ich mich zwei, drei Tage vor Weihnachten auf Ringshaw Grange einfand. Um die Wahrheit zu sagen, kam ich eher Percys als meinethalben, denn ich wußte ja, daß der kleine Kerl an einer Herzkrankheit litt und sich ein plötzlicher Schock als tödlich erweisen könnte. Wenn also in der ungesunden Atmosphäre eines alten Gemäuers die Hausinsassen auf Themen wie Gespenster oder Kobolde kämen, dann wären die Folgen für einen solch zartbesaiteten und empfindlichen Menschen wie Percy Ringan vielleicht gefährlich.
Deshalb sowie aus dem heimlichen Wunsch, das Gespenst zu erblicken, war ich unversehens Gast in Ringshaw Grange geworden. In *einer* Hinsicht reut mich heute dieser Besuch; in einer anderen betrachte ich es als glückliche Vorsehung, daß ich zur Stelle war. Wenn nicht, so wäre die Katastrophe vielleicht noch größer geworden, obwohl sie kaum schrecklicher hätte sein können.
Ringshaw Grange war ein malerisches elisabethanisches Haus mit Giebeln, Erkern, rautenförmigen Fensterscheiben und skurrilen Söllern, das aussah wie eine Illustration

aus einem alten Weihnachtsheft. Es lag eingebettet in eine bewaldete Parklandschaft, deren Bäume bis fast vor die Tür reichten, und als ich es dort im Mondschein erstmals erblickte – denn ich traf mit dem Spätzug aus London ein –, ging mir durch den Sinn, dies sei der ideale Ort für ein Gespenst.

Hier war ein Spukhaus, wie es nur je eins gegeben hatte, und beim Überschreiten der Schwelle hoffte ich, das Hausgespenst würde sich seiner Umgebung würdig erweisen. In so einem interessanten Gemäuer durfte ich wohl kaum ein langweiliges Weihnachtsfest erwarten, aber – Gott steh mir bei! – daß es so tragisch enden würde, ahnte ich nicht.

Da unser Gastgeber Junggeselle war und keine weiblichen Verwandten besaß, die sein Haus hätten beehren können, bestand unsere Gesellschaft ausschließlich aus Männern. Es gab zwar eine Haushälterin – eine entfernte Kusine, dem Vernehmen nach –, die keineswegs mehr die Jüngste, jedoch sehr jugendlich in Gebaren und Kleidung war (sie lief unter dem Namen »Miss Laura«), aber keiner bekam sie zu Gesicht, weil sie meist in ihren eigenen Räumen blieb, wenn sie nicht gerade ihren Pflichten nachging.

Keiner aus unserer Gruppe (bis auf mich) war älter als Dreißig und kaum einer mit allzuviel Intelligenz gesegnet. Das Gespräch drehte sich hauptsächlich um Sport, Pferderennen, Großwildjagd und Jachtsegeln, so daß ich diese Themen bisweilen leid wurde und mich zum Lesen und Schreiben in die Bibliothek zurückzog. Am Tag nach meiner Ankunft führte mich Frank durch das Haus.

Es war ein wunderbarer alter Kasten mit breiten Korridoren und Treppenaufgängen, die sich endlos hinzogen wie das Labyrinth des Dädalus. Es gab kleine, altmodisch eingerichtete Schlafzimmer und gewaltige Empfangssäle mit lackierten Fußböden und bemalter Decke sowie die obligatorischen Familienporträts, die finster von den Wänden herabstarrten; dazu reihenweise verstaubte Rüstungen und altertümliche bestickte Gobelins, die schauerliche Sagen aus grauer Vorzeit darstellten.

Das alte Haus war randvoll mit so ausgefallenen Kostbarkeiten, daß sie einen Altertumsforscher zum Wahnsinn hätten treiben können – dem Treibgut und Trödel vieler Jahrhunderte, was die Zeit auf einen einzigen matten Farbton abgeschliffen hatte, so daß alles zueinander paßte. Ich muß sagen, daß Ringshaw Grange mich bezauberte und ich mich nun nicht mehr wunderte, wie stolz Percy Ringan auf seine Familie und deren vergangene Herrlichkeit war.

»Das ist alles ganz schön und gut«, sagte Frank, als ich ihm gegenüber etwas in diesem Sinne äußerte. »Percy ist reich, und besäße er dieses Anwesen, dann könnte er es in Schuß halten, wie es sich gehört; aber ich bin arm wie eine Kirchenmaus, und wenn ich nicht eine reiche Partie oder eine schöne, dicke Erbschaft machen kann, kommt das Haus samt Einrichtungsgegenständen und Ländereien noch unter den Hammer.«

Er wirkte düster und pessimistisch, als er das sagte; und aus dem Gefühl, hier einen etwas heiklen Punkt berührt zu haben, wechselte ich das Thema schnell, indem ich bat, das berühmt-berüchtigte Blaue Zimmer sehen zu dürfen, wo es angeblich spukte. Dies war das Mekka meiner Pilgerfahrt nach Hants.

»Den Korridor hier entlang«, antwortete Frank, »gar nicht weit weg von Ihrem Raum. Äußerlich deutet nicht das geringste daran auf ein Gespenst hin – jedenfalls tagsüber –, aber trotzdem steht fest: Es spukt dort.«

Mit diesen Worten führte er mich in ein großes, niedriges Zimmer, wo ein breites Fenster auf den Park blickte. Die ungepflegte Vegetation dort draußen wirkte wie eine Wildnis. Das Zimmer selbst war mit blauen Draperien verhangen, auf denen sich groteske, mit schwarzem Garn eingewirkte oder aufgestickte Figuren tummelten. Es gab ein großes, altmodisches Himmelbett mit gemusterten Vorhängen und eine Reihe wuchtiger Möbelstücke aus frühgeorgianischer Zeit – insgesamt ein stiller, trostlos erscheinender Raum (wenn ich ihn so nennen darf), denn seit Jahren hatte niemand mehr darin gelebt, und für mein Empfinden unheimlich genug, um eine ganze Heerschar von Geistern heraufzubeschwören, nicht nur einen.

»Ich bin nicht Ihrer Ansicht!« antwortete ich auf die Bemerkung meines Gastgebers. »Für mich ist das ein Spukzimmer, wie es im Buche steht. Was erzählt man sich darüber?«

»Das verrate ich Ihnen am Heiligen Abend«, erwiderte Ringan, während wir den Raum verließen. »Es ist eine ziemlich haarsträubende Geschichte.«

»Glauben Sie daran?« fragte ich, verblüfft über den feierlichen Ernst des Sprechers.

»Ich habe mit eigenen Augen etwas gesehen, das mich daran glauben läßt«, antwortete er trocken und beendete damit fürs erste das Thema.

An Heiligabend jedoch, als unsere Gesellschaft rings um ein mächtiges Holzfeuer in der Bibliothek versammelt war, wurde diese Sache wieder aufgewärmt. Draußen lag dicker Schnee, und die kahlen Bäume hoben sich schwarz von der weißen Weite ab. Der Himmel war von eisigem Blau, mit blinkenden Sternen und einem hart aussehenden Mond. Auf der Schneedecke zeichneten sich schwarz wie chinesische Tinte die Schatten ineinander verschlungener Zweige ab, und die Kälte war von arktischer Strenge.

Doch in dem stechpalmengeschmückten Raum und vor einem Feuer, das stolz in dem breiten Kamin prasselte, war uns, die wir hier behaglich beisammensaßen, die froststarre Welt da draußen einerlei. Wir lachten und redeten, sangen Lieder und erinnerten uns gemeinsam an alte Abenteuer, bis wir irgendwann gegen zehn in Geisterstimmung gerieten, dieser von Kobolden durchspukten Jahreszeit gemäß. Und da wurde Frank aufgefordert, uns mit seiner Familiensage das Grauen zu lehren. Der Gastgeber ließ sich nicht lange bitten.

»Zur Zeit der guten Königin Anne«, begann er mit gebührender Würde, »war mein Ahne Hugh Ringan Herr in diesem Haus – ein wortkarger, misanthropischer Mensch, den die Untreue einer Frau schon früh in seinem Leben verbittert hatte. Aus Argwohn gegen ihr ganzes Geschlecht sträubte er sich viele Jahre lang, zu heiraten; und erst mit Fünfzig ließ er sich durch ein hübsches Mädchen ins Ehejoch locken. Die junge Edeldame hieß Joan Challoner, Tochter des Earl of Branscourt, und galt als eine der größten Schönheiten am Hofe Queen Annes.

In London lernte Hugh sie kennen, und da er aufgrund ihrer unschuldigen, kindlichen Erscheinung glaubte, sie würde ihm ein treues Eheweib sein, hielt er um sie an, vermählte sich nach sechs Monaten und führte sie mit allen Ehren nach Ringshaw Grange. Nach seiner Heirat wurde er heiterer und seinen Mitmenschen gegenüber weniger mißtrauisch. Seine Gattin machte ihn wunschlos glücklich und schien ganz ihrem Ehemann und ihrem Kind ergeben – schon bald nämlich wurde sie Mutter –, da endete all dieses Glück an einem Heiligabend.«

»Oh!« sagte ich recht zynisch. »Demnach erwies sich Lady Joan als nicht besser denn der Rest ihres Geschlechts.«

»Das dachte auch Hugh Ringan, Doktor; aber er sollte sich ebenso irren wie Sie. Lady Joan wohnte im Blauen Zimmer, das ich Ihnen gestern gezeigt habe, und als er spät an

Heiligabend nach Hause geritten kam, sah Hugh einen Mann aus dem Fenster steigen. Bei diesem Anblick wie vom Donner gerührt, galoppierte er dem Kerl hinterher und ergriff ihn, bevor dieser sich auf das Pferd schwingen konnte, das auf ihn wartete. Der Kavalier erwies sich als ein stattlicher junger Bursche von fünfundzwanzig Jahren, der sich weigerte, auf Hughs Fragen zu antworten. Da dieser selbstverständlich glaubte, er habe es mit einem Liebhaber seiner Frau zu tun, duellierte er sich mit dem Fremdling und tötete ihn nach hartem Kampf.

Er ließ ihn tot im Schnee liegen, ritt zurück zum Herrenhaus und platzte in das Zimmer seiner Frau, die er der Untreue bezichtigte. Vergebens suchte Lady Joan sich zu verteidigen, es handele sich bei dem Besucher ja nur um ihren Bruder, der in ein Komplott zur Wiedereinsetzung Jakobs II. verstrickt sei und deshalb seinen Aufenthalt in England zu verheimlichen wünsche. Hugh glaubte ihr nicht und sagte ihr ins Gesicht, daß er ihren Liebhaber getötet habe; worauf Lady Joan in eine Flut von Vorwürfen ausbrach und ihren Ehemann verfluchte. Wütend über das, was er für Dreistigkeit hielt, versuchte Hugh zuerst, sie umzubringen; da ihm diese Strafe aber nicht ausreichend erschien, schlug er seiner Frau die rechte Hand ab.«

»Warum das?« fragte jeder, von dieser Wendung völlig überrascht.

»Weil Lady Joan sehr stolz auf ihre schönen weißen Hände war, und weil Hugh gesehen hatte, wie der Fremde ihr die Hand küßte, bevor er aus dem Fenster kletterte. Deshalb verstümmelte er sie so schrecklich.«

»Und Lady Joan starb.«

»Ja, eine Woche nachdem er ihr die Hand abgehauen hatte. Doch sie schwor, sie werde zurückkommen, um alle, die im Blauen Zimmer schlafen, zu berühren, und wen sie berühre, der sei zum Tode verdammt. Und sie hielt Wort. Viele, die in diesem unheilvollen Raum übernachtet haben, wurden von Lady Joans Totenhand berührt und sind anschließend gestorben.«

»Fand Hugh denn heraus, daß seine Frau unschuldig war?«

»Ja«, antwortete Ringan, »und zwar binnen eines Monats nach ihrem Tod. Der Fremde war tatsächlich ihr Bruder und in ein Komplott für Jakob II. verstrickt gewesen, so wie sie behauptet hatte. Aber Hugh wurde von keinem irdischen Richter bestraft. Keine zwölf Monate später schlief er in dem Blauen Zimmer und wurde am nächsten Morgen tot aufgefunden, mit drei Fingerabdrücken auf seinem rechten Handgelenk. Man vermutete allgemein, daß er aus Reue den Tod gesucht und deshalb in dem Zimmer geschlafen habe, das von seiner Frau verflucht worden war.«

»Und sein Handgelenk zeigte Fingerabdrücke?«

»Ja, sein rechtes, sie sahen aus wie rote Brandmale, die Abdrücke von drei Fingern. Und seitdem spukt es in diesem Zimmer.«

»Stirbt denn *jeder,* der dort schläft?« fragte ich.

»Nein. Viele sind morgens gesund und munter aus dem Bett gestiegen. Nur wer zu einem frühen Tod verdammt ist, wird auf diese Art berührt!«

»Wann ereignete sich das denn zum letzten Mal?«

»Vor drei Jahren«, lautete Franks unerwartete Antwort. »Ein Freund von mir, Herbert Spencer, wollte in diesem Zimmer schlafen. Er erblickte das Gespenst und wurde berührt. Er hat mir am nächsten Morgen die Spuren gezeigt – drei rote Fingerabdrücke.«

»Und erfüllte sich das Omen?«

»Ja. Spencer ist drei Monate später gestorben. Sein Pferd hat ihn abgeworfen.«

Ich wollte gerade weitere Fragen stellen, weil ich die Geschichte kaum glauben konnte, da hörten wir Schreie von draußen und sprangen alle auf die Beine. Die Tür flog auf, und Miss Laura kam herein. Sie befand sich in äußerster Erregung.

»Feuer! Feuer!« kreischte sie wie von Sinnen. »Oh, Mr. Ringan« – sie wandte sich an Percy –, »Ihr Zimmer brennt! Ich ...«

Ohne weitere Auskünfte abzuwarten, stürmten wir wie ein Mann zu Percys Zimmer hinauf. Dicke Rauchschwaden quollen aus der Tür, und dahinter zuckten Flammen. Frank Ringan handelte prompt und besonnen. Er ließ die Sturmglocke läuten, rief das Gesinde zusammen – Diener, Knechte, Stallburschen –, und binnen zwanzig Minuten war das Feuer gelöscht.

Auf die Frage, was den Brand verursacht habe, erklärte Miss Laura unter hysterischem Schluchzen, sie sei in Percys Zimmer gegangen, um nachzusehen, ob alles bequem und für die Nacht hergerichtet wäre. Unglücklicherweise habe dabei der Wind einen der Bettvorhänge an die Kerze geweht, die sie trug, und im Nu sei der ganze Raum in Flammen gestanden. Nach ein paar beschwichtigenden Worten zu Miss Laura, die nichts für das Malheur konnte, wandte sich Frank an seine Vettern. Wir anderen waren inzwischen wieder in der Bibliothek.

»Mein lieber Junge«, sagte er, »dein Zimmer steht unter Wasser und ist ausgebrannt. Ich fürchte, du kannst dort heute nicht übernachten, aber ich weiß nicht, wohin mit dir, außer du nimmst das Blaue Zimmer.«

»Das Blaue Zimmer!« riefen wir alle. »Was? Das Spukzimmer?«

»Ja. Alle anderen Räume sind belegt. Aber wenn Percy freilich Angst hat …«

»Angst!« empörte sich Percy. »Ich habe kein bißchen Angst. Ich werde mit dem größten Vergnügen im Blauen Zimmer schlafen.«

»Aber das Gespenst …«

»Ich gebe nichts auf Gespenster«, unterbrach der Australier mit einem nervösen Lachen. »In unserem Teil der Erde haben wir keine, und da ich noch nie ein Gespenst gesehen habe, glaube ich nicht, daß es so etwas gibt.«

Wir alle versuchten ihm das Spukzimmer auszureden, und mehrere von uns erboten sich, ihm ihren Raum für heute nacht abzutreten – darunter auch Frank. Aber Percy war in seiner Ehre getroffen und fest entschlossen, sein Wort zu halten. Wie schon gesagt, er hatte einigen Mumm in den Knochen, und die dumme Vorstellung, wir könnten ihn für einen Feigling halten, spornte ihn an, unseren eindringlichen Bitten zu widerstehen.

Das Ende vom Lied war, daß er kurz vor Mitternacht ins Blaue Zimmer marschierte, in der erklärten Absicht, dort zu schlafen, und da es angesichts solcher Hartnäckigkeit nichts mehr zu diskutieren gab, zogen wir uns nacheinander zurück. Niemand ahnte etwas von den Geschehnissen, die sich noch vor dem nächsten Morgen ereignen sollten, und so hatte das Blaue Zimmer an diesem Heiligabend einen unerwarteten Gast.

Als ich in meinem eigenen Raum war, konnte ich nicht schlafen. Die Geschichte, die Frank Ringan erzählt hatte, spukte mir im Kopf umher, und der Gedanke, daß Percy in diesem unheilvollen Zimmer übernachtete, machte mich nervös. Ich glaubte selbst nicht an Gespenster, und soweit ich wußte, Percy genausowenig, aber der kleine Bursche litt an einer Herzkrankheit – seine Nerven waren von unseren Geistergeschichten aufs höchste gereizt –, und falls in diesem Zimmer irgend etwas Außergewöhnliches geschähe – selbst durch natürliche Ursachen –, dann könnte dieser Schock für Percy tödlich sein.

Ich wußte sehr wohl, daß er sich aus Stolz weigern würde, diesen Raum aufzugeben, aber ich war entschlossen, daß mein Freund nicht dort schlafen sollte. Nachdem gutes Zureden also nichts nützte, wandte ich eine List an. Ich hatte mein Arzneikästchen dabei. Das nahm ich aus meinem Klappkoffer und mischte ein starkes Betäubungsmittel, welches ich auf dem Tisch stehenließ, um dann über den Korridor zum Blauen Zimmer zu gehen (wie gesagt, es lag nicht fern von meinem).

Ein Klopfen rief Percy – er war nur mit seinem Schlafanzug bekleidet – an die Tür, und schon auf den ersten Blick erkannte ich, daß die gespenstische Atmosphäre des Ortes die Nerven seines Bewohners bereits angegriffen hatte. Percy wirkte bleich und verstört, aber sein Mund zeigte eine hartnäckige Entschlossenheit, die sich meinen Vorschlägen vermutlich widersetzen würde. Aus diplomatischen Gründen jedoch machte ich erst gar keine Vorschläge, sondern erklärte rundheraus den Grund für mein Kommen – eigentlich sogar mit mehr Schroffheit als nötig.

»Gehen Sie mit auf mein Zimmer, Percy«, sagte ich, als er erschien, »und lassen Sie sich etwas zu Ihrer Beruhigung geben.«

»Ich habe keine Angst!« behauptete er trotzig.

»Sagt ja auch niemand!« erwiderte ich. »Sie glauben nicht mehr an Gespenster als ich, warum also sollten Sie Angst haben? Aber nach dem Feueralarm sind Ihre Nerven gereizt, und ich möchte Ihnen etwas dagegen verabreichen. Sonst finden Sie keinen Schlaf.«

»Na, gegen ein Beruhigungsmittel hätte ich tatsächlich nichts einzuwenden«, antwortete er. »Haben Sie denn eines da?«

»In meinem Zimmer, nur ein paar Meter von hier. Los, kommen Sie!«

Von meinen Worten und meinem Auftreten völlig getäuscht, folgte mir Percy in mein Schlafzimmer und schluckte durchaus willig das Medikament. Dann ließ ich ihn in einem bequemen Sessel Platz nehmen, da er nicht sofort nach Einnahme des Mittels herumlaufen dürfe. Das Ergebnis gab meinem Versuch recht, denn in nicht einmal zehn Minuten war der arme Kerl unter der Wirkung des Narkotikums fest eingeschlafen. Derart außer Gefecht gesetzt, legte ich ihn auf mein Bett und war dabei voll der zufriedenen Überzeugung, daß er erst spät am nächsten Tag wieder aufwachen würde. So war meine Absicht denn erfüllt. Ich machte das Licht aus und ging selbst in das Blaue Zimmer, wo ich die Nacht zu verbringen gedachte.

Mancher fragt sich vielleicht, warum ich dies tat, ich hätte mich doch auch einfach auf das Sofa in meinem eigenen Raum legen können; aber Tatsache ist, daß ich darauf versessen war, in einem Spukzimmer zu schlafen. Ich glaubte nicht an Gespenster, denn ich hatte noch nie eines gesehen, da aber immerhin die Chance bestand, hier einem leibhaftigen Phantom zu begegnen, wollte ich sie auf keinen Fall verpassen.

Als ich sah, daß Percy für heute nacht sicher war, übersiedelte ich deshalb aufs Geistergelände, sehr neugierig zwar, aber – soviel kann ich risikolos behaupten – ohne Furcht. Dennoch, nur falls die übermütigen jungen Männer irgendeinen Streich spielen würden, nahm ich meinen Revolver mit. So gewappnet, verschloß ich die Tür des Blauen Zimmers, schlüpfte ins Bett und ließ das Licht brennen.

Den Revolver legte ich unters Kopfkissen, griffbereit für den Bedarfsfall.
»So«, sagte ich grimmig, während ich es mir gemütlich machte, »jetzt bin ich bereit für Geister, Kobolde oder Spaßvögel.«
Ich blieb lange Zeit wach, lag da und starrte die absonderlichen Figuren auf den blauen Draperien des Zimmers an. In der fahlen Kerzenflamme wirkten sie gespenstisch genug, um an den Nerven eines jeden zu zerren, und wenn die Zugluft die Wandteppiche flattern ließ, schienen sich die Gestalten zu bewegen, als wären sie lebendig. Schon jenes Anblicks wegen war ich froh, daß Percy nicht in diesem Raum schlief. Ich konnte mir lebhaft vorstellen, wie der Ärmste mit kreidebleichem Gesicht und klopfendem Herzen in diesem mächtigen Bett lag und nach jedem Quietschen, jedem Knarren lauschte, während er die Bewegungen der wild-phantastischen Stickereien an den Wänden beobachtete. So tapfer er sein mochte, ich bin sicher, daß der Anblick und die Geräusche in diesem Zimmer an seinen Nerven gezerrt hätten; schon mir war ja nicht gerade wohl in meiner Haut, bei aller Skepsis.
Als die Kerze ziemlich weit heruntergebrannt war, schlief ich ein. Wie lange ich geschlummert habe, weiß ich nicht, aber ich erwachte mit dem unbestimmten Gefühl, daß etwas oder jemand im Zimmer sei. Die Kerzenflamme tanzte knapp über dem Halter und tat ihre letzten Zuckungen, so daß der Raum im einen Moment hell erleuchtet war, im nächsten fast stockdunkel. Ich hörte leise, behutsame Schritte das Zimmer durchqueren, und als sie näher kamen, zeigte mir ein Aufflammen der verlöschenden Kerze eine kleine Frau, die neben meinem Bett stand. Sie war in ein geblümtes Brokatgewand gekleidet und trug die pompöse Hochfrisur der Queen-Anne-Zeit. Das Gesicht

dieser Frau konnte ich kaum erkennen, da die Flamme nur einen Augenblick lang aufloderte, aber ich verspürte das, was die Schotten einen »Todesgraus« nennen, als mir klar wurde, daß ich hier wirklich und wahrhaftig das Phantom der Lady Joan vor mir hatte.

Für den Moment war ich von der natürlichen Furcht vor dem Übernatürlichen wie gelähmt, und ich verharrte in eisiger Angst. Meine Arme und Hände lagen außerhalb der Bettdecke. Mein Gefühl der Ohnmacht angesichts des Bösen glich demjenigen, das man in einem Alptraum schlimmster Sorte empfindet.

Als die Kerzenflamme noch einmal emporschoß, sah ich den Geist ganz in meiner Nähe und wußte – eher gefühlsmäßig –, daß er sich über mich beugte. Ein schwacher Moschusgeruch hing in der Luft, und ich hörte das leise Rascheln der Brokatröcke durch das Halbdunkel. Einen Moment später spürte ich, wie mein rechtes Handgelenk von einem brennenden Griff umfaßt wurde, und der jähe Schmerz riß mich aus meiner Lähmung.

Mit einem gellenden Schrei warf ich mich auf die andere Seite, weg von dem Gespenst, löste dabei mein Handgelenk aus dieser grauenhaften Umklammerung und tastete, halb wahnsinnig vor Schmerz, mit meiner Linken nach dem Revolver. Als ich ihn packte, flackerte die Kerze ein letztes Mal auf, und ich sah, wie das Phantom zwischen die Wandbehänge zurückglitt. In Sekundenschnelle hob ich meinen Revolver und drückte ab. Was dann geschah, war die Sache eines Augenblicks: Ein wilder Schrei der Qual und des Entsetzens gellte durchs Zimmer, ein schwerer Körper fiel zu Boden, und fast noch ehe ich wußte, wo ich war, befand ich mich draußen vor der Tür. Um Aufmerksamkeit zu erregen, feuerte ich einen zweiten Revolverschuß ab, während dieses Etwas am Boden aufs grauenvollste in der Finsternis ächzte.

Ein paar Sekunden später kamen Gäste und Dienerschaft, alle in unterschiedlichen Stadien des Entkleidetseins und mit Lichtern in den Händen, durch den Gang gestürmt. Ein babylonisches Stimmengewirr hub an, und es gelang mir, schnell eine Erklärung zu stammeln. Dann marschierte ich den anderen voran in das Zimmer. Dort lag das Gespenst auf dem Boden. Wir senkten unsere Kerzen, um uns sein Gesicht anzusehen, und ich prallte mit einem Schrei zurück, als ich es erkannte.

»Frank Ringan!«

Ja, es war wirklich Frank Ringan – verkleidet als Frau, mit Perücke und Brokatgewändern. Sein geisterbleiches Gesicht sah mich an, während sein Mund nervös arbeitete. Dann stemmte er sich mit einer Kraftanstrengung auf die Hände und versuchte zu sprechen – ob, um ein Geständnis abzulegen oder um sich zu rechtfertigen, weiß ich nicht. Doch dieser Versuch war zuviel für ihn. Ein erstickter Schrei entfloh seinen Lippen, ein Schwall Blut schoß ihm aus dem Mund, und er fiel tot nach hinten.

Über die restlichen Ereignisse dieser Schreckensnacht breite ich den Mantel des Schweigens. Es gibt Dinge, die sollte man vielleicht für immer ruhen lassen. Ich darf jedoch feststellen, daß Percy Ringan während dieses ganzen Grauens, dieser ganzen Aufregung dank meines starken Schlaftrunks so friedlich schlummerte wie ein Kind und dadurch sein Leben rettete.

Mit dem Licht des Morgens kamen Entdeckungen und Erklärungen. Wir fanden heraus, daß eine der Wandtafeln hinter den Draperien des Blauen Zimmers offen war und Zutritt zu einem Geheimgang gewährte, der – so stellte sich heraus – zu Frank Ringans Schlafzimmer führte. Auf dem Fußboden entdeckten wir eine kunstvoll geschmiedete Stahlhand, an der Spuren darauf hinwiesen, daß sie im

Feuer gewesen war. An meinem rechten Handgelenk befanden sich drei eindeutige Brandmale – ich führe sie ohne Zögern auf jene bei dem Toten gefundene Kunsthand zurück. Und die Erklärung all dessen kam von Miss Laura, die außer sich vor Entsetzen über den Tod ihres Brotherrn war und in einem ersten Ausbruch von Schmerz, Trauer und Angst das sagte, was sie in stilleren Momenten mit Sicherheit noch bereute.

»Das Ganze ist Franks Schuld«, heulte sie. »Er war arm und wollte allzugern reich werden. Er hat Percy dazu gebracht, daß er das Testament zu seinen Gunsten machte, und wollte ihn durch einen Schock umbringen. Er wußte, daß Percy ein krankes Herz hatte und sich ein Schock als tödlich erweisen könnte, darum hat er alles so arrangiert, daß sein Vetter an Heiligabend im Blauen Zimmer schlafen sollte, und er selbst spielte den Geist von Lady Joan mit der glühenden Hand. Es war eine Stahlhand, die er in seinem Zimmer so weit erhitzte, daß sie bei dem, den sie berührte, eine Narbe hinterließ.«

»Wer hat das alles ausgeheckt?« fragte ich, entsetzt über die teuflische Raffiniertheit dieses Planes.

»Frank!« antwortete Miss Laura frank und frei. »Er versprach mir, daß er mich heiratet, wenn ich ihm helfe, durch Percys Tod an das Geld zu kommen. Wir fanden heraus, daß es einen Geheimgang zum Blauen Zimmer gibt, darum haben wir vor einigen Jahren die Geschichte in die Welt gesetzt, daß es dort spukt.«

»Wieso das alles, um Himmels willen?«

»Weil Frank schon immer arm war. Er wußte, daß sein australischer Vetter ein krankes Herz hatte, und lud ihn nach Hause ein, um ihn hier zu Tode zu erschrecken. Und damit auch nichts schiefginge, redet er ständig über das Spukzimmer und erzählte dessen erfundene Geschichte, so daß für Percy alles gut vorbereitet wäre. Und wirklich: Percy traf ein, Frank bewegte ihn, das Testament zu seinen Gunsten zu ändern, dann bekam er die Geschichte von Lady Joan und ihrer Hand erzählt, und wir brachten ihn dazu, im Blauen Zimmer zu schlafen, indem ich gestern abend das Feuer legte. Das Ganze wirkte völlig unverdächtig.«

»Sie verkommenes Weib!« schrie ich. »Sie haben Percys Zimmer absichtlich in Brand gesteckt?«

»Ja. Frank versprach, mich zu heiraten, wenn ich ihm helfe. Wir mußten Percy dazu bringen, daß er im Blauen Zimmer schläft, und das bewerkstelligten wir, indem ich sein eigenes anzündete. Bestimmt wäre er gestorben vor Angst, wenn Frank, als Lady Joan, ihn mit der Stahlhand berührt hätte, und kein Mensch hätte etwas geahnt. Daß Sie in diesem Spukzimmer schliefen, Doktor Lascelles, rettete Percy das Leben. Aber trotzdem hat Frank Sie ganz bewußt hierher eingeladen, das war Teil seines Planes, damit Sie die Leiche untersuchen könnten – und einen natürlichen Tod feststellen.«

»Dann war es auch Frank, der Herbert Spencer vor ein paar Jahren das Handgelenk verbrannt hat?« fragte ich.

»Ja!« antwortete Miss Laura, während sie sich ihre geröteten Augen auswischte. »Wir dachten, wenn der Geist auch einigen anderen erscheinen würde, wirkte Percys Tod vielleicht natürlicher. Es war purer Zufall, daß Mr. Spencer, drei Monate nachdem der Geist ihn berührt hatte, ums Leben kam.«

»Wissen Sie, daß Sie ein ganz schlechter Mensch sind, Miss Laura?«

»Ein unglücklicher Mensch bin ich«, entgegnete sie. »Ich habe den einzigen Mann verloren, den ich jemals liebte; und sein jämmerlicher Vetter kommt mit dem Leben davon, um in dessen Fußstapfen zu treten, als Herr von Ringshaw Grange.«

Dies war das einzige Gespräch, das ich mit der Elenden führte, denn kurz darauf verschwand sie, vermutlich ins Ausland, denn man hörte nie wieder etwas von ihr. Bei der gerichtlichen Untersuchung von Franks Leiche wurde die ganze merkwürdige Geschichte publik, und zum Entsetzen aller Geisterseher trat man sie in der Londoner Presse breit; Ringshaw Grange war nämlich im ganzen Land als Spukhaus berühmt gewesen.

Ich hatte ein wenig Angst, ob das Gericht mich nicht wegen Totschlags verurteilen würde, aber in Anbetracht der besonderen Umstände dieses Falles sprachen mich die Geschworenen frei, und kurz darauf kehrte ich als unbescholtener Mann nach Indien zurück. Percy Ringan war furchtbar unglücklich, als er vom Tode seines Vetters erfuhr, und schockiert, als er dessen Heimtücke erkannte. Er tröstete sich jedoch mit dem Titel des neuen Familienoberhaupts, und da er auf Ringshaw Grange ein ruhiges Leben führt, besteht kaum Aussicht auf seinen frühen Tod infolge einer Herzkrankheit – von der Warte eines Gespensts gesprochen.

Das Blaue Zimmer ist verriegelt und verschlossen, denn nun spukt dort ein schlimmerer Geist als der von Lady Joan, deren Sage Frank so raffiniert in die Welt gesetzt hatte: der Geist des kaltblütigen Schurken, der seiner eigenen List zum Opfer fiel und der seinen Tod genau in dem Augenblick fand, als er den Tod eines anderen herbeiführen wollte. Was mich selbst betrifft, so habe ich aufgegeben, in Spukzimmern zu übernachten. Nichts wird mich je wieder zu einem diesbezüglichen Experiment verleiten. *Ein* Abenteuer in dieser Richtung reicht fürs ganze Leben.

## Die Grotte
*Pamela Sewell*

Pamela Sewell (geb. 1966) hat mehrere gelungene Shortstories für Zeitschriften und Anthologien geschrieben. Die nachfolgende Weihnachtsgeschichte erscheint hier zum erstenmal.

Es war für alle ein Schock gewesen, und alle waren sich darin einig, daß es eine durch und durch unerfreuliche Geschichte sei. Mr. Jones von der Buchhaltung – *der* Mr. Jones – war der letzte, dem man so etwas zugetraut hätte. Seit beinahe dreißig Jahren war er für das Kaufhaus Debridge tätig gewesen, hatte sich von einer Anstellung als Bürokraft, gleich nach seinem Schulabgang, bis zum Hauptbuchhalter emporgearbeitet. Jeder sah in diesem sanften, freundlichen Mann das Rückgrat der Firma, den letzten, der zugelassen hätte, daß man sie betrog ...

Matthew, der Neffe des alten Debridge, war überhaupt erst dahintergekommen. Der alte Debridge, hieß es, sei ein verknöcherter Soundso – kaum einer hatte ihn je zu Gesicht bekommen. Die jüngeren Mitarbeiter fragten sich mitunter, ob es ihn wirklich gab, doch das stand außer Zweifel: Sein Neffe war der lebendige Beweis dafür.

Der alte Debridge war noch von der alten Schule. Er glaubte fest daran, daß man sich von der Pike auf hocharbeiten müsse. Und genau das hatte der junge Matthew getan. Zuerst bei der Poststelle, wo er Briefe aussortierte und Tee kochte, dann in der Buchhaltung, und zu guter Letzt war er Mr. Jones' Assistent geworden.

Matthew hatte schon fast zehn Monate mit Jones zusammengearbeitet, als es passierte. Und hätte er nicht selbst die Unstimmigkeiten entdeckt – Posten, die geschickt von diversen Konten auf *ein* stetig anwachsendes umgebucht worden waren –, dann hätte auch er in Verdacht geraten können.

Insgesamt hinterließ das Ganze einen üblen Nachgeschmack. Matthew wollte lieber nicht dabeisein, wenn sein Onkel Mr. Jones ins Direktionsbüro bestellte, wußte aber gleichzeitig, daß er der Firma verpflichtet war. Jones selbst war zusammengebrochen, als man ihn zur Rede stellte, und hatte gesagt, man beschuldige ihn zu Unrecht, er würde seinen Chef niemals betrügen. Aber die Fakten sprachen gegen ihn. Eintragungen in seiner eigenen Handschrift, die Beschreibung der weiblichen Bankangestellten von einem schmächtigen, angegrauten Mann ... Was blieb Jones da noch übrig, als seine Kündigung einzureichen? Dadurch, daß er sich drei Wochen später, an Heiligabend, erhängte, wurde das Ganze nur noch schlimmer.

Jeder im Kaufhaus hatte sich unwohl dabei gefühlt. Irgendwie paßte es einfach nicht zusammen. Und zum erstenmal seit zwanzig Jahren spielte Jones nicht den Weihnachtsmann. Natürlich war der junge Matthew so hilfsbereit wie eh und je; er hätte für die Firma alles getan. Genauso wie der alte Debridge früher, sagten manche. Er sprang ganz einfach in die Bresche und verkündete, daß er dieses Jahr der Weihnachtsmann sei. *Man könne doch all die lieben Kleinen nicht enttäuschen, oder?* hieß seine Antwort, als die Mädchen von der Parfümabteilung sich für außerstande erklärten, in Mr. Jones' Fußstapfen zu treten – auch wenn der alte Debridge ihnen das Doppelte zahlte.

Seitdem war Matthew langsam, aber sicher, emporgestiegen und gar nicht mehr weit davon entfernt, höchstpersönlich Mr. Jones' Platz zu übernehmen; der alte Debridge fing an, die harte Arbeit seines Neffen zu belohnen. Und es war Matthews drittes Jahr als Weihnachtsmann, die meisten sahen allmählich in *ihm* den Nikolaus, nicht mehr so sehr im früheren Mr. Jones.

Man muß an dieser Stelle bemerken, daß Matthew einigen nicht ganz geheuer war. Bisweilen lag etwas in seinen Augen, als hätte er ein Geheimnis ... Aber dann lächelte er wieder so charmant, und alle Zweifel verflogen: »*Natürlich* nicht!« Debridge junior, unter welchem Namen er allmählich bekannt wurde, verhielt sich jederzeit vorbildlich. Machte vor Feierabend sogar immer noch mal eine Kontrollrunde durch den Laden, bevor er endgültig nach Hause ging; genauso wie sein Onkel früher ...

Matthew summte vor sich hin, während er durch die Nikolaus-Grotte schlenderte. Es lief gut, insgesamt. Seit der Jones-Geschichte *konnte* er nichts falsch machen, besonders in den Augen seines Onkels. Er fing an zu lächeln. Matthews diverse Konten wirkten allmählich ausgesprochen solide. Solider noch, als Jeannie, das Mädchen von der Bank, welches den alten Jones beschrieben hatte, sich jemals träumen ließ. Oder auch die anderen Mädchen, von deren Existenz Jeannie nicht das geringste ahnte, die Matthew aber angenehm die Zeit vertrieben, wenn Jeannie nicht zur Verfügung stand.

Es war sein Meisterstreich gewesen – den alten Jones aus dem Weg zu räumen. Matthew hatte schon immer gut zeichnen können und die Handschrift des Alten mühelos kopiert. Dies und seine Kenntnisse um die Firmenbuchhaltung hatten es ihm nur allzuleicht gemacht, das Geld auf andere Konten zu verlagern, von denen sich meist keine

Rückverbindung herstellen ließ. Nur von denjenigen, die er für Jones benutzte, als er glaubte, der Alte sei ihm auf die Schliche gekommen. Jeannie war Matthew mit Leib und Seele ergeben; sie hatte bereitwillig Jones beschrieben, als man sie nach dem mysteriösen Konteninhaber fragte. So hoffte sie, Matthews Liebe zu gewinnen.
Wegen Jones' Selbstmord hatte Matthew ein bißchen Schuldgefühle gehabt. Das hatte er nicht erwartet. Aber er konnte schließlich nichts dafür, wenn der Alte labil war.
Er schluckte. Diese Grotte machte ihn unruhig. Aber trotzdem mußte er seine Pflicht tun, bis er genug für den ganzen Rest seines Lebens zusammengehortet hätte. Wahrscheinlich noch ein, zwei Jahre, dann würde er alles arrangieren, um unterzutauchen. In Frankreich, Spanien – irgendwo, wo ihn niemand aufspüren konnte. Irgendwohin, wo es warm war und er zusammen mit Jeannie das Geld ausgeben könnte, das ihm der alte Geizhals vorenthalten, das Geld, das er sich durch seine brillanten Machenschaften auch verdient hatte.
Brrr, ihn fröstelte. So kalt sollte es in dieser Grotte doch gar nicht sein, nicht so früh am Abend. Sein Gefühl des Unbehagens hatte sich verstärkt. Ihm war, als würde ihn aus den Schatten heraus jemand beobachten. Fast abergläubisch schaltete er die volle Beleuchtung ein. Nichts. Nur die leere Grotte, Matthew und das rote Kostüm. Er war ja albern. Natürlich war alles in Ordnung. Lief doch alles planmäßig, oder nicht?
Mit einem Achselzucken ergriff er das Weihnachtsmannkostüm und zog es sich über. Zum Glück paßte es wie angegossen; er hatte etwa dieselbe Größe wie Jones früher, vor all den Jahren, als dessen Schwester es ihm neu geschneidert hatte. Der rote Stoff war schon ziemlich durchgewetzt. Matthew fiel auf, daß man hier und da seine Jacke

sah. Und der Bart wurde allmählich zerzaust. Matthew ging zum Spiegel hinüber und starrte sich an. Man sah viel zuviel von seinem Gesicht. Er machte sich im Geiste eine Notiz, seinen Onkel darauf anzusprechen, und wandte sich ab.
Als er sich tiefer in die Grotte begab, wurde ihm schwindlig. Der Bart war plötzlich viel zu schwer, viel zu dick. Er wollte ihn herunterziehen, um wieder mehr Luft zu bekommen, bemerkte aber zu seinem Entsetzen, daß er ihn nicht abnehmen konnte. Das Ding klebte fest. Verzweifelt mit seinen Armen rudernd, schnappte Matthew nach Luft. Der Bart erstickte ihn, nahm ihm den Atem – fast so, wie Jones in der Schlinge eines Strickes erstickt war.

Der Arzt schüttelte den Kopf. »Gut vierundzwanzig Stunden, würde ich sagen.«
Mrs. Bates starrte ihn an. »Das ist ausgeschlossen. Er war heute früh hier, im Kostüm. Ich habe selbst mit ihm gesprochen, ihn gefragt, ob es ihm gutgeht – er hat letzte Woche Grippe gehabt, und ich fand, er sähe nicht allzugut aus.«
»Sind Sie sicher?«
Sie richtete sich zu voller Größe auf und funkelte ihn an. Diese Ärzte heutzutage! Besaßen die Frechheit, an ihren Worten zu zweifeln, nannten sie fast eine Lügnerin. Ihre Stimme war frostig. »Ich kann Ihnen sagen, Herr Doktor: Er war da. Die Kinder haben heute bei ihm Schlange gestanden; er ging nicht mal in Mittagspause. Seine Stimme war durch den Bart ein bißchen gedämpft, aber er hat eisern die Stellung gehalten. *Kann die lieben Kleinen doch nicht enttäuschen,* sagte er.« Sie verzog ihr Gesicht. »Er hat sich ganz genau angehört wie der alte Mr. Jones, so wie der immer den Weihnachtsmann spielte, selbst in dem Jahr, als

er die Grippe hatte. Er sah so gern diese glücklichen kleinen Gesichter. Komisch, Matthews Augen sahen beinahe wie seine aus – wie sie immer leuchteten, bevor er dem ersten Kind sein Geschenk gab.«

Der Arzt machte eine hilflose Gebärde. »Den genauen Zeitpunkt des Todes kann ich nicht sagen, aber ich würde schwören, daß es lange vor heute früh war.«

Mrs. Bates seufzte. »Ich weiß nicht. Ich meine – ›Herzattacke‹ sagten Sie?«

Der Arzt nickte. »Klassischer Fall. Und was für ein scheußlicher Zeitpunkt noch dazu, an Heiligabend. Nicht gerade das schönste Weihnachtsgeschenk für seine Angehörigen.«

Er betrachtete den jungen Mann, der auf dem Teppich lag, das rote Kostüm immer noch neben ihm. Der Bart, den seine Hand verdreht hatte, schien fast zu lächeln, so als wüßte er es besser.

# Ende der Vorstellung

## *David G. Rowlands*

David G. Rowlands (geb. 1941) gehört zu den besten Kurzgeschichtenautoren von heute. In der nachfolgenden (bislang unveröffentlichten) Story kommt das Detektivbüro Schneiderman & Murray vor, und sie ist außerdem eine liebevolle Nachahmung von H. C. Baileys »Reggie-Fortune«-Geschichten. Auch Lady Chantry (siehe »Der unbekannte Mörder« an anderer Stelle dieses Buches) wird darin erwähnt.

In liebevoller Erinnerung an Mr. H. C. Bailey, dessen »Reggie Fortune« noch heute zu meiner Lieblingslektüre gehört.

»Denn die Toten reiten schnell.«
*Dracula*

Nachher fand Mr. Fortune, der Fall biete das beste Beispiel für die Nützlichkeit von Krankheiten in dieser Welt. Seine Ehrwürden Sidney Lomas, Chef der Kriminalpolizei, erwiderte, daß der Fall ohne Mr. Fortunes unglaublich breitgefächerte Kenntnisse und Beziehungen ganz simpel geblieben wäre. Superintendent Bell begnügte sich mit der Feststellung, es sei nur wieder so ein Beispiel für Mr. Fortunes unheimlichen, kriminalistischen Instinkt. Aber das fand alles erst hinterher statt.

Der Vorort Westhampton ist behaglich und behäbig. Über einen schlechten Ruf würde er sich bestimmt nicht freuen. Für einen winzigen Zeitraum jedoch, irgendwann in den Zwanzigern, gegen Weihnachten, erregte er sensationelles Aufsehen.

Es begann, als Mrs. Elizabeth Folsom von den Westhampton Players in den frühen Morgenstunden die Treppe hinunterging, um zu sehen, was ihren Mann dort unten aufhielt – und über seine Leiche stolperte. Nach den Spuren auf dem Fußboden zu urteilen, war er vom Arbeitszimmer aus zur Treppe gekrochen. Mrs. Folsoms Schreie alarmierten das Hauspersonal und die Nachbarn, welche den wachhabenden Streifenbeamten holten. Er ging ans Telefon und meldete die Sache seinem Vorgesetzten, der seinerseits bei dem dortigen Arzt anrief, bei Mr. Fortune senior.

Wie der Zufall es wollte, war Fortune senior zusammen mit Reggies Mutter über Weihnachten weggefahren, um die Praxis widerstrebend den verantwortungslosen Händen seines Sohnes und Erben zu überlassen. Reggie hatte die Ortspraxis zugunsten von Wimpole Street aufgegeben und lebte in stillem Glück mit seiner Frau, Miss Jane Brown alias Joan Amber, mit der er nach langer Verlobungszeit nunmehr verheiratet war. Im Anschluß an ein spätes Abendessen im Hause seines Vaters lag er jetzt im Bett, wo er inständig hoffte, daß keine nächtlichen Anrufe ihn stören würden.

In der Tat wirkte er so selig und unschuldsvoll schlafend, daß Gorton – das Faktotum seines Vaters – zögerte, ihn aufzuwecken. Die Haushälterin, Mrs. Wix, jedoch war, obschon sie ihren »jungen Herrn« seit drei Jahrzehnten ins Herz geschlossen hatte, weniger zimperlich.

Bei seiner Ankunft in der Villa Folsom wurde Reggie von

Inspektor Mordan begrüßt, der damals noch bei der Polizeieinheit von Westhampton arbeitete.

»Der Teufel soll mich holen, wenn ich weiß, woran er gestorben ist, Mr. Fortune. Aber tot ist er, soviel steht fest.«

»Ach, wirklich?« schnurrte Reggie. »Nun, das ist doch immerhin schon *ein* kleiner Tatbestand.«

Er machte sich an der Leiche zu schaffen, warf einen Blick in die Augen, roch an dem Mund. Dann verfolgte er auf den Knien den Weg des Mannes zurück ins Arbeitszimmer, wobei er sich allerdings etwas außerhalb der Spuren auf dem Teppich hielt.

Der Stuhl am Schreibtisch war nach hinten umgekippt ... ein maschinegeschriebenes Manuskript lag auf dem Fußboden, und Reggie verdrehte seinen Kopf, um den Titel zu entziffern: DIE UNTOTEN.

»Hmm«, grunzte er, »hier jedenfalls nicht sehr zutreffend. Hat er bei einer hiesigen Theatergruppe gespielt, Mordan?«

»Was *ist* das, Sir?« fragte der Inspektor, der Reggie auf den Fersen gefolgt war.

»Ist dies hier das Stück, das die Westhampton Players gerade machen? *Die Untoten?*«

»Ja, im Gemeindezentrum, glaub ich. Sind Weihnachten immer beliebt, Mr. Folsoms Stücke. Abends Thriller für die Erwachsenen, und nachmittags Märchenspiel für die Kinder. Bin letztes Jahr mit meiner Familie in einem Edgar Wallace gewesen; jede Menge Geheimgänge und Bücherwände als Drehtüren ... all so was.«

Reggie sah sich in dem Arbeitszimmer um. Er betrachtete die Gegenstände auf dem Schreibtisch.

»Na, hier gibt's jedenfalls keine Geheimtür«, seufzte er.

Er ging ans Fenster, das verschlossen war.

»Keine Indizien für einen gewaltsamen Zutritt, Mordan?«

»Keine. Den Angaben seiner Frau zufolge hat Mr. Folsom alles schon immer früh abgeschlossen.«
Reggie ging zu der Leiche zurück, und im selben Augenblick trafen die anderen Polizeibeamten ein. Er bat den Fotografen, auf gewisse Einzelheiten zu achten. Dann hockte er sich auf seine Fersen.
»Seit zirka einer Stunde tot, Mordan. Keine Anzeichen von Gewalt. Interessanter Fall – seine Augen ... na, muß mal ein Wörtchen mit dem Leichenbeschauer reden. Ich würde mir den Toten gerne mal in der Gerichtsmedizin ansehn, falls keiner der anderen Herren etwas dagegen hat.«
Inspektor Mordan grinste. Er erinnerte sich an sein erstes Zusammentreffen mit dem enthusiastischen jungen Arzt.
»Ich werde alles Notwendige veranlassen, Mr. Fortune.«

Zwei Tage später schlenderte Reggie in die Räume Seiner Ehrwürden Sidney Lomas bei Scotland Yard, der ein großer Witzbold war.
»Hol's der Teufel, Fortune! Ihnen ist wohl zuviel los in der Praxis Ihres alten Herrn? Mußten sie etwas ausdünnen, indem Sie ein, zwei Leute um die Ecke gebracht haben, was?«
Reggie betrachtete ihn finster. »Wen der Herr vernichten will, dem raubt er seinen Verstand. Musterbeispiel dafür ist der Chef der Kriminalpolizei. Organisch alles in Ordnung mit der Leiche, Lomas. Kein Versagen, kein Anfall. War anscheinend bei bester Gesundheit.«
Er ließ sich in einen Sessel fallen, der sich nach hinten bog.
»Und doch ist der Mann tot. Kein Indiz für die Anwesenheit irgendeines anderen Menschen am Ort des Geschehens.«
»Na also, da haben Sie's. Natürliche Todesursache. Das Dumme mit Ihnen ist, Fortune, daß Sie etwas hineingeheimnissen, wo es gar kein Geheimnis gibt.«

»Nicht ich«, maulte Reggie. »Nicht so, daß Sie es merken würden. Ich glaube an Beweise. Also, wie ist es *damit?* Sachverhalte, wovon Seine Ehrwürden Lomas und die Kripo noch nichts wissen. Heute nacht sind zwei weitere Mitglieder der Westhampton Players verstorben: das eine männlich, das andere weiblich, zwei Meilen voneinander entfernt. In beiden Fällen keine erkennbare Ursache ... wie bei Folsom. Der Mann, ein Junggeselle, versuchte noch, sich aus dem Bett zu kämpfen, wurde aber von wem oder was auch immer daran gehindert: keine Gewaltanwendung. Das zweite Opfer war eine Dame, ebenfalls unverheiratet, die bei ihrer Schwester wohnte. Die Schwester ist kein Mitglied der Theatertruppe. In diesem Falle wurde die Angehörige wach, weil sie glaubte, einen Schrei zu hören ... ist in das Zimmer der Schauspielerin gegangen und entdeckte sie halb tot auf dem Boden, genau wie im Falle Folsom. Gerade, als sie zu der Sterbenden gelangte, hauchte diese noch so etwas wie ›Rote Augen‹. Soweit ich es beurteilen kann, kamen sie alle innerhalb derselben Stunde ums Leben, wahrscheinlich im Abstand von nur wenigen Minuten!«

Lomas pfiff in spöttischer Besorgnis. »Rote Augen, ja? Da haben Sie's, Fortune, abgemurkst von Whisky-Bill.« Er wurde wieder etwas ernsthafter. »Ist allerdings verteufelt merkwürdig, das geb ich zu. Drei Tote, zur selben Zeit, drei Meilen voneinander entfernt. Wird Ihrem Papa nicht gefallen. Schließlich sollten Sie sich um seine Praxis *kümmern*, nicht, sie dezimieren!« Er zuckte die Achseln. »Na ja, ich schätze, daraufhin wird das Stück abgesetzt; wenigstens das bleibt Westhampton erspart.«

Reggie, der ihn aus den Tiefen seines Sessels mit zornigen Blicken betrachtet hatte, setzte sich plötzlich auf.

»Wenn das so ist«, sagte er, »dann könnten Sie Mordan

doch ein bißchen unter die Arme greifen. Setzen Sie Ihre Leute auf diese Todesfälle an ... welche Gemeinsamkeiten zwischen den Verstorbenen bestanden, außer dem Theaterspiel. Tun Sie mal was zur Rechtfertigung Ihrer Existenz!«

Lomas riß die Augen auf. »Was haben Sie vor, Reginald? Ich kenne das doch, wenn Sie so schauen.« Er hielt inne und hob eine Hand. »Nein, genau bedacht, möchte ich's gar nicht wissen.« Er griff zum Telefonhörer, während Reggie hinausging, um zu Mittag zu essen.

Normalerweise fachsimpelte Reggie nicht mit seiner Frau, aber nach Erörterung der Weihnachtskonzerte, seines Marionettentheaters und des letzten Soufflé Elise wollte er von ihr etwas über die Westhampton Players erfahren.

»Eine gute kleine Repertoiretruppe, glaube ich. Ted Folsom war für seine Bühnenfassungen berühmt, wenn auch nicht immer sehr zimperlich von wegen der Rechte und Lizenzen. Seine Bearbeitungen dienten eher dem Vermeiden von Urheberrechtsansprüchen als der Theaterqualität.«

Mr. Fortune ließ sie allein, damit sie sich für ein Teekränzchen umziehen könne, und ging in sein Labor, wo er sich an dem grausigen Fall »Esmee das Wiesel« zu schaffen machte.

Eigentlich hatte er die verwitwete Mrs. Folsom besuchen wollen, aber eines Abends kam sie selbst in die Praxis. »O Dr. Fortune«, sagte sie, schwer schluckend, als man sie ins Sprechzimmer führte. Sie bot einen sehr hübschen Anblick, und er tätschelte ihr die Hand. Dann begann er, Fragen zu stellen. Wie viele Schauspieler sie seien? Etliche in Nebenrollen, aber nur vier Hauptdarsteller, von denen drei in derselben Nacht gestorben waren. Natürlich habe das Theater nun geschlossen ... all die armen Kinder, die um ihr Märchenspiel gebracht wurden ... und das auch noch zur Weihnachtszeit!

Reggie beugte sich vor. »Wer ist denn der oder die vierte?«

Oh, Willy Rattu, ein Berufsschauspieler, der in Bedrängnis geraten sei. Sie wählte ihre Worte mit Bedacht, um anzudeuten, daß die Sache durch Trunksucht und Selbstmitleid oft nur noch schlimmer wurde.

Ob sie sich untereinander verstünden? Ja, einigermaßen. Billy wisse immer alles besser. Es gebe zahlreiche Streitereien während der Proben. Man habe sich wegen des Stücks, das sie derzeit machten, in den Haaren gehabt: *Die Untoten.* (Sie errötete leicht.) Es basiere auf einem »Groschenroman«, *Der Vampir.* Der Verfasser sei schon lange tot, irgendein Verwandter von Willy. Eigentlich habe Willy selbst das Stück vorgeschlagen, in der Hoffnung, daß er an der Urheberabgabe ein bißchen mitverdienen würde. Aber als Repertoiretruppe sei es ihnen natürlich unmöglich, solche Abgaben zu entrichten. Ted habe »frei nach dem Roman von Samuel Broker« eine ähnliche Geschichte entwickelt, um gar nichts an die Erben des Autors zahlen zu müssen.

»Sie merken bestimmt, Dr. Fortune, daß ich ehrlich zu Ihnen bin.«

Und da sich weitere Auskünfte kaum noch herausholen ließen, verschrieb ihr Reggie irgend etwas, versprach seinen baldigen Besuch, und die Haushälterin führte Mrs. Folsom nach draußen. Dann sackte er tiefer in seinen Sessel, um nachzudenken.

»Merkwürdige Bande hat er da, der alte Knabe.«

Reggie Fortune und Joan sollten den Weihnachtstag bei seiner Schwester verbringen – derjenigen, die den Beamten vom Finanzministerium geheiratet hatte –, und be-

vor sie aufbrachen, machte er noch einmal einen Besuch bei William Rattu.
Der Schauspieler bewohnte ein für Westhampton ziemlich heruntergekommenes Haus. Die Tür wurde von einem trägen Diener geöffnet, der zwinkerte, als man ihn nach seinem Herrn fragte.
»Ja, Sir. Ich seh mal nach, ob er schon wach ist. Aber nach Heiligabend ... Sie wissen schon«, noch einmal dieses Zwinkern, »da bleibt er gerne im Bett.«
Rattu war ein leichenhaftes, mit einem zerknitterten, schmuddeligen Morgenmantel bekleidetes Individuum, das sämtliche Symptome der Trunksucht aufwies. Reggie ergriff eine Hand des Mannes, fühlte ihm den Puls und zog ihm die Augenlider nach oben, um in die Pupillen zu sehen, was Rattu gleichgültig über sich ergehen ließ.
Er bestätigte, daß er sich am Abend der Todesfälle mit Folsom über das Stück gestritten und danach sinnlos betrunken habe.
»Das is' nich' in Ordnung, Fortune. Die Story wurde von meinem Onkel Samuel geschrieben, Gott hab ihn selig, und Teddie Folsom hat sie geklaut, aber wir kriegen keinen Penny.« Er kicherte. »Ich bin auch hin zu Onkel Samuel und hab's ihm gesagt.«
Reggie, der sich auf seinem Steißbein gerekelt hatte, setzte sich auf. »Demnach ist er noch am Leben?«
»Ha, ha! Der nich'! Der liegt auf dem Friedhof begraben.« Rattu zwinkerte vielsagend, wie eine Karikatur seines Lakaien. »Hat am Tripper gelitten, und sie wollten seine Leiche einäschern. Aber die Angehörigen haben nein gesagt ... und ich bin also hin, um's ihm zu erzählen, wie Folsom die Familie übers Ohr haute.« Er seufzte und strich dabei mit einer Hand über sein unrasiertes Gesicht. »Ich muß dort eingeschlafen sein, denn als näch-

stes weiß ich nur, daß mein Bursche, Morton, mich nach Haus brachte.«

Beim Gehen wandte sich Reggie noch einmal an den Diener.

»Das ist wahr, Mr. Fortune. Der Küster von der Kirche hat mich angerufen – war total aus dem Häuschen –, sagte, es wär' richtig gespenstisch dort oben: Hundegeheul und alles und mein Herr eingeschlafen zwischen den Grabsteinen, ohne daß er ihn wachkriegen könnt'. Da hab ich den Wagen genommen und tatsächlich, dort liegt er, quer über 'nem Grab, völlig verrenkt und als Schnapsleiche. Wie ich ihn fortgeschleppt hab, ist eine Fledermaus um mich rumgeflattert – war nicht gerade klein, das Biest, und wenn's auch zehnmal Winter gewesen ist und eiskalt.«

Reggie faßte ihn an der Schulter. »Passen Sie auch auf *sich* auf, Morton. Wir müssen Mr. Rattu ins Cottage Hospital schaffen. Ich werde mich um den Krankenwagen kümmern. Er hat eine Gehirnhautentzündung. Möglich, daß Sie sich künftig an meinen Vater wenden müssen, aber ich werde ihm ein paar Notizen hinterlassen.«

»Danke, Sir.«

Gerade, als Reggie sich auf den Weg zu Joan machte, kam ein Anruf von Sergeant Underwood.

»Nichts, Mr. Fortune. Alles Fehlanzeige, soweit wir sagen können. Nichts, was die Personen miteinander verbindet, abgesehen vom Theaterspielen.«

»Tut mir leid, junger Freund«, erwiderte Reggie. »Ich hätte Ihnen die Mühe ersparen können, hätte ich die Sache ein bißchen schneller durchdacht.«

»Macht nichts, Sir; Sie sehen doch immer mehr als wir. Oh, und Mr. Lomas läßt Mrs. Fortune frohe Weihnachten wünschen.«

*(Einschub aus dem Aktenprotokoll Mrs. Sheila Murrays vom Detektivbüro Schneiderman & Murray)*

Eines Morgens, ein paar Tage nach Weihnachten, kam ich ins Erdgeschoß und traf meinen Mann bei einer geschäftlichen Besprechung mit einem Freund, der aufstand, um mich zu begrüßen. Er war klein und sah aus, als könne er kein Wässerlein trüben, mit einem einnehmend schüchternen, kindlichen Gesichtsausdruck, den allerdings ein Augenpaar Lügen strafte, das zwar verträumt zwischen halbgeschlossenen Lidern hervorsah, doch merkte ich, wie ich genauestens studiert und analysiert wurde. Schon wieder so einer!

»Sheila, meine Liebe. Darf ich dich mit Reginald Fortune bekannt machen, einem meiner Oxford-Schüler, der etwas intelligenter als der Durchschnitt war und sich heute mit denselben kriminalistischen Untersuchungen befaßt wie wir, aber auf der faktischeren Ebene, genau gesagt, als Arzt und als Berater der Kriminalpolizei. Reginald, das hier ist meine Berufs- und Lebensgefährtin.«

Wir gaben uns die Hand, und Mr. Fortune wartete, bis ich mich gesetzt hatte.

»Reginald ist der Mann von Miss Joan Amber; bestimmt erinnerst du dich noch an ihre Rosalinde, die definitive Interpretation.«

Mr. Fortune verneigte sich bescheiden und errötete leicht.

»Reginald hat ein interessantes Problem: drei gleichzeitige rätselhafte Todesfälle von Patienten seines Vaters. Da er sich angeblich um die Praxis kümmert, möchte er, daß wir über Ned Schneiderman der Sache auf den Grund gehen. Ich habe ihm unsere Methoden grob skizziert, und weil wir schon in Oxford eine Reihe gemeinsamer parapsychologischer Experimente durchführten, wünscht er, an der Untersuchung teilzunehmen. Bitte mach wie üblich ein Protokoll.

Reggie präsentiert mir eine bestimmte Theorie, aber er hat die Fähigkeiten seines alten Lehrmeisters vergessen, und ich glaube, ich kann die Zusammenhänge selbst kombinieren.« (Bei diesen Worten setzte Mr. Fortune ein breites Lächeln auf.)

»Kurz zusammengefaßt, geht es um folgendes.« (Er resümierte den Hergang, mit dem der Leser bereits vertraut ist.) »Vermutlich möchte er nun wissen, wie Rattu die Morde bewerkstelligt hat, ohne irgendwelche Spuren oder Indizien zu hinterlassen, was?« Mein Mann wandte sich an seinen Schüler, und der nickte.

Wie bei uns üblich, verdunkelte ich den Raum für die Séance und legte Kissen zurecht, damit Arthur sich entspannen könnte. Es dauerte anscheinend nur ein paar Sekunden, da setzte er sich auf. Nat Schneiderman, ein verstorbener Agent der Detektei Pinkerton, der sein »Führer« aus dem Jenseits war, sprach jetzt durch ihn.

Mr. Fortune reagierte sehr gelassen und gab Arthur die Hand, als dieser sie ihm entgegenstreckte und mit breitem amerikanischen Akzent zu reden begann. Ich nahm das Protokoll auf.

»Freut mich, Sie kennenzulernen, Mr. Fortune. Ich bewundere, wie Sie letzte Weihnachten die Sache mit Lady Chantry gehandhabt haben. Einfach glänzend, Sir! Schnelljustiz erleben wir ja nicht oft. Hätten Sie vielleicht Lust, mit der Dame zu sprechen?«

Mr. Fortune verzog das Gesicht und hielt abwehrend eine Hand hoch.

»Na, war ja nur so eine Idee.« Arthur schüttelte den Kopf. »Und dann dieses artistische Kunststück in Westhampton. Sie haben's nicht ganz hingekriegt. Im Springen kann Ihnen der alte Nat immer noch was vormachen, ha? Sie haben es hier mit einem Vampir zu tun, Sir, und zwar einem ziemlich mächtigen. Sie wußten sofort, daß der Schauspieler Rattu an Gehirnhautentzündung infolge einer Syphilis litt ... gut. Da haben Sie den Beweis, daß er von seinem Onkel mißbraucht wurde. Der erdgebundene Geist des alten Sam war fuchsteufelswild, weil man sich auf betrügerische Weise die Tantiemen für sein Buch sparen wollte. Er ist in Williams Säuferhirn geschlüpft, genauso, wie ich Art hier benutze, und hat die anderen drei Hauptdarsteller umgebracht, den Schauspieler-Theaterdirektor-Stückeschreiber inbegriffen.«

»Wie hat er das zustande gebracht?« fragte Reginald.

»Durch Entzug der Lebenskraft, nicht durch Blutsaugerei – das ist Vampirismus. Diese Toten sind hier neben mir; schätze, sie sind einfach nicht kräftig genug, um zu Ihnen durchzukommen. Okay. Es gibt noch Arbeit für uns – oder besser gesagt, für Sie wahrscheinlich. Wenn man den alten Sam nicht aufhält, überträgt er diese Seuche weiter. Er hat allerhand Lebenskraft gesammelt. Lassen Sie ihn ausgraben und verbrennen.«

Reginald beugte sich nach vorn. »Das erklärt etliches, und ich weiß nicht, wie Sie dahintergekommen sind ...«

Arthur lachte. »Auf dieselbe Art wie Sie, Mr. Fortune ... Intuition.«

»Aber schauen Sie ... die Gerechtigkeit kommt doch höchstens dadurch zum Zug, daß ich Rattus Leiden lindere. Sie wollen mir ja wohl nicht erzählen, daß ich den Sarg des Onkels voller Blut und ihn selbst mittendrin finden werde, als schwimmenden Leichnam? Der Mörder ist ja schon tot und begraben.«

»Von wegen, Sir!« entgegnete er mit Entschiedenheit. »Er ist untot. O ja, zuerst mußte er in Rattu schlüpfen, aber jetzt hat er die Lebenskraft der drei anderen in sich aufgesaugt. Bestimmt versucht er in Zukunft, diese Pest noch weiter zu verbreiten. Wollen Sie vielleicht eine Epidemie?«

Mr. Fortune erhob sich im Dunkeln. »Na, der alte Lomas wird seine Freude haben! Es gab noch nie einen korrekteren Beamten. Hätte meine Schwester heiraten sollen! Das wär's denn wohl – Mr. Schneiderman, Mrs. Murray. Nur eines noch ...«

»Ja?«

»Wie hat Onkel Sam es geschafft, die drei so schnell und mehr oder minder gleichzeitig zu töten? Das ist fast noch unglaublicher als alles andere an dieser unglaublichen Geschichte!«

»Verdammt, Fortune! Nennen Sie ihn nicht ›Onkel Sam‹! Und haben Sie noch nie gehört: ›Die Toten reiten schnell‹!?«

*(Ende des Einschubs)*

»Ich glaube, Sie scherzen, Fortune.« Lomas schlug ein elegant bestrumpftes und behostes Bein über das andere und lehnte sich in seinem Sessel zurück. »Ich kann nicht aufgrund Ihrer Phantastereien die Öffnung eines zwanzig Jahre alten Grabes beantragen. Kommen Sie zur Vernunft, Mann! Es liegt ja kein Funken eines greifbaren Beweises gegen Rattu vor!«

»Sie könnten mir schon ein bißchen gesunden Menschenverstand zutrauen«, meinte Reggie. »Was mir umgekehrt leider nicht möglich ist. Nein, die Kripo möchte lieber noch ein paar Leichen, um einen Beschluß zu rechtfertigen. ›Verbrechensverhütung‹ gehört nicht zum Wortschatz der Polizei.«

»Jetzt seien Sie aber nicht ungerecht, Mr. Fortune«, warf Superintendent Bell beleidigt ein. »Wir dürfen den vorgeschriebenen Rahmen nicht übertreten.«

»Nein, innerhalb dieses Rahmens kann Ihnen nichts passieren«, höhnte Reggie. »Bloß kein Risiko!«
»Warum nicht die traditionellen Abwehrmittel probieren«, spottete Lomas seinerseits. »Ein Bund Knoblauch oder ein Kessel Weihwasser. Haben Sie kein Kruzifix daheim?«
»Die Methode, die sich mir empfiehlt, Lomas«, versetzte Reggie, »besteht im Abschneiden des Kopfes, und dann steckt man ihm einen Apfel in den Mund. Das könnte ich mal mit Ihnen versuchen. Wenn es nicht Mode wäre, einen Hut zu tragen, hätten Sie keine Verwendung mehr für Ihren Kopf!« Er stampfte vor Ärger mit dem Fuß.
»Verdammt, Bell«, sagte Lomas, »man würde uns kreuzigen, wenn wir eine Exhumierung mit so einer Geschichte begründeten.«
»Weiß ich, Sir. Aber es führt kein Weg daran vorbei: Meistens hat Fortune recht.«
»Ja, hol ihn der Teufel«, fauchte Lomas und drehte sich zu seinem Aschenbecher um.

Die Art, wie die Oberschwester des Westhampton Cottage Hospital Mr. Fortune empfing, ließ nichts Gutes ahnen: mit gedämpftem Flüstern und einem Rascheln von gestärkter Wäsche.
»Sir Daniel Ferrers ist da, Mr. Fortune.«
»Prima«, antwortete er, während er die Tür des Isolierzimmers aufstieß. »Wußt ich's doch gleich, das ist sein Bentley da draußen.« Er gab dem berühmten Mediziner die Hand.
»Auch Sie werden ihn jetzt nicht mehr retten, Fortune«, meinte der andere und deutete auf Rattu, der zuckend und zitternd in seinem Bett lag.
»Sehr erfreut, daß Sie meine Ansicht bestätigen, Sir Daniel«, erwiderte Reggie ehrerbietig. »Dann kann ich ihm ja auch etwas Morphium geben, um die Schmerzen zu lindern.«

»Ja, in der Tat. Das kann jetzt nicht mehr schaden. Wenn Sie mich nun entschuldigen; es warten noch Patienten auf mich.« Und damit verabschiedete sich Sir Daniel.

Am nächsten Morgen ging Lomas ans Telefon.
»Hier Fortune. Rattu ist tot. Keine nahen Verwandten ... habe Familienanwalt zu rascher Einäscherung und Beisetzung im Familiengrab überredet.«
»Was für einem Familiengrab?!«
»Na, welches denn wohl? Das von Onkel Sam natürlich.«
Nach einem Abendessen, das für Elise, Fortunes Köchin, ein wahres Ruhmesblatt war und bei dem er sich über französischen Rotwein und Erdbeerzucht ausließ, bedeutete Reggie seinem Gast, daß es Zeit zum Aufbruch sei, und ließ einen Wagen kommen.
»Sie wollen doch wohl nicht selbst fahren?« fragte Mordan bestürzt, denn Mr. Fortunes Fahrstil besteht aus einer Serie von wunderbaren Rettungen.
»Nein, seien Sie ganz beruhigt, Mordan. Aufregung schadet der Verdauung, wenn man Seebarbe gegessen hat. Gorton wird uns zum Friedhof bringen.«
»Zum Friedhof? Jetzt, mitten in der Nacht?«
»Ja, Hanbury, der Küster, wartet dort auf uns.«

Kirche und Friedhof lagen im Dunkeln bis auf das Licht einer Gaslaterne, die an der Straßenecke stand. Ein strenger Nordwind verhieß Schnee, und als die beiden Männer dem Wagen entstiegen, tauchte aus der Dunkelheit des Torbogens, der auf den Friedhof führte, eine kräftige Gestalt auf.
»Ah, Mr. Hanbury«, sagte Reggie. »Guter Mann. Haben Sie alles?«
»Ja, Sir. Liegen hinten bei dem Grab, das ich heut nachmittag geöffnet hab. Den Schubkarren räum ich morgen

weg, Sir. Danke, Sir.« Man hörte eine Silbermünze klimpern, und der »gute Mann« schaltete seine Fahrradlampen für den Nachhauseweg ein.

Als nächstes zog Reggie Gummihandschuhe und Operationsmasken hervor, die nach einiger Überredung auch Mordan anlegte. So gerüstet, betraten sie den Kirchhof.

Mordans Stablampe half ihnen, dem Kiesweg zwischen den Grabsteinreihen zu folgen, bis sie zu einer Stelle gelangten, wo eine Ölplane, ein Schubkarren und ein Erdhügel das winterliche Gras verunstalteten.

»Richten Sie die Stablampe auf das Loch, Mordan.« Reggie zog die Plane weg, um die Überreste eines feuchten, mit Moderflecken bedeckten Sarges zu enthüllen, dessen Seitenwände und Deckel nun, befreit vom Druck der Graberde, stark ausgebeult waren.

»Onkel Sam, Mordan. Es gibt zwar nur Rattus Asche hier beizusetzen, aber ich habe Hanbury herumgekriegt, daß er bis zur Kiste hinunterbuddelt.«

Mit einem dumpfen Poltern fiel der zerbröckelnde Deckel beiseite, als Reggie ihn hochhob, und Mordan richtete seine Stablampe auf den Sarginsassen.

»Teufel auch!« Er ließ die Lampe beinahe fallen.

In ihrem zitternden Strahl zeigten sich die vergilbten Knochen und Sehnen, die von einer verschrumpelten, membranähnlichen Haut umspannt wurden und durch die schmutzigen Kleiderreste hervortraten. Es klebten noch immer Haare an Schädel und Wangenknochen.

Mr. Fortune wandte sich schnell zum Schubkarren um, schraubte eine Dose auf und besprengte dann, ohne auf Mordans Proteste zu achten, den Sarg sowie dessen Inhalt großzügig mit Flüssigkeit. Dabei sah er sich vor, nichts neben das Grab zu verschütten. Ein starker Petroleumgeruch drang durch ihre Masken.

»Zurück jetzt!« Reggie stieß Mordan so fest, daß dieser stolperte, und während er sich wieder aufrappelte, zog Fortune ein Fläschchen aus seiner Tasche. »Kaliumchlorat, Zucker und Schwefelsäure«, erklärte er. »Wenn das Innenröhrchen zerbricht, dann *wumm*, geht der Laden hoch!« Sprach's und schleuderte die Phiole unbekümmert ins Grab.
Ein leises Klirren ertönte, und eine Stichflamme schoß himmelwärts. Sekundenlang wurde der Kirchhof taghell erleuchtet.
Und ebenfalls nur sekundenlang streckte ein hochgewachsenes, bärtiges Phantom seine Hände in Wut oder Todespein aus der Flamme, als ob es die beiden Männer packen wollte ... nur, um binnen Sekunden wieder zu verschwinden. Sie waren allein mit dem trüben Schein der Stablampe.
Reggie trat an den Rand des Grabes und schaufelte bedachtsam ein paar Brocken Erde von dem Hügel in das Loch.
»Sobald Mr. Rattu morgen hier bestattet ist, wird die ganze Sache ein Ende haben«, sagte er.
Auf dem Rückweg zum Wagen schüttelte Mordan den Kopf.
»Das hätte ich nicht von Ihnen gedacht, Fortune; daß Sie mich zum Komplizen machen ...«
»Zum Komplizen von was, Mordan? Nicht von einem Verbrechen ... nicht von einem Sakrileg. Läuterung und Erlösung, genau wie bei Ayesha und Kallikrates. Jedenfalls brauchte ich den Beistand der Behörden, falls das Feuer gesehen wurde.«
»Glauben Sie wirklich daran?«
»Ja, ich glaube daran als konkrete Tatsache.«
Inspektor Mordan schniefte mißtrauisch. »Zufall, daß Mr. Rattu auf diese Art gestorben ist. Sonst hätten Sie nie einen

Exhumierungsbefehl bekommen.« Er betrachtete seinen jungen Gefährten, als sie in den Wagen einstiegen. »Fast so etwas wie glückliche Vorsehung.«

»Reiten Sie nicht darauf rum, Mordan«, seufzte Reggie, während er sich zurücklehnte. »Eines Tages erwischt's mich noch.«

»Aber was soll ich bei der Kripo erzählen?« fragte der Inspektor erschrocken.

»Gar nichts, wenn Sie ein bißchen Verstand im Kopf haben«, sagte Reggie. »Nach Hause, Gorton!«

# Rote Lilie

## *Dick Donovan*

»Dick Donovan« war Künstlername und *alter ego* des Schriftstellers J. E. P. Muddock (1843–1934), Verfasser von über fünfzig Kriminal- und Detektivbüchern, in denen oft Donovan selbst als Hauptfigur auftrat. Außerdem steuerte er viel für den *Strand* und die meisten anderen Unterhaltungsmagazine seiner Zeit bei. »Rote Lilie« stammt aus Donovans außergewöhnlichem Sammelband *Tales of Terror* (1899).

In einer der stürmischsten Nächte, für die der Golf von Biskaya berüchtigt ist, pflügte sich der Segler *Sirocco* unter dicht gerefften Toppsegeln durch die aufgewühlte Flut. Die *Sirocco* war ein großes, voll betakeltes Schiff auf dem Weg von Bombay nach England, mit dem Bestimmungshafen London. Sie führte eine gemischte Fracht, obwohl ein Großteil davon aus Jute bestand. Monate waren vergangen, seit sie ihren Ladehafen verlassen und man sie aus Bombays schönen Mauern auf einen Ozean hinausgeschleppt hatte, wo sich kein Lüftchen zu rühren schien. Noch viele Tage nach der Umkehr des Schleppkahns trieb die *Sirocco* reglos mit der Strömung – war ein »gemaltes Schiff auf gemaltem Meere«. Kein Lufthauch, der sie ihrem Hafen im fernen England entgegengetrieben hätte, wehte unter dem schweren, stickigen Himmel. Ein schlechter Beginn der Reise. Es war ungefähr Mitte August, und alles an Bord fieberte einer rechtzeitigen Ankunft am Reiseziel entgegen, um Weihnachten zu Hause zu verbringen. Doch als der August sich verabschiedete, der September kam und die grauenhafte Windstille immer noch anhielt, da wichen die dunklen Ahnungen der Verzweiflung, denn man mußte eine viele tausend Meilen lange Wasserwüste durchsegeln, ehe Albions weiße Klippen das Auge der Seefahrer begrüßen würden.

Die Besatzung des Fahrzeugs zählte insgesamt sechzig Mann sowie zwanzig Salonpassagiere, die noch hinzukamen. Und mit zweien dieser Passagiere haben wir uns nun zu befassen: die eine ist ein junges Mädchen – groß, schlank und zartgebaut. Sie ist überaus hübsch, ihre Züge sind ebenmäßig und fein geschnitten, ihr Haar von sanftem, wogendem Goldbraun und ihre ebenso braunen Augen klar und schimmernd wie die eines Rehs. Das makellose Weiß ihres Halses und ihrer Schläfen kontrastiert mit dem auserlesen rosigen Farbton der Wangen, der ein vollendetes Gemälde sozusagen perfekt macht. Das Weiß der Haut, die zarte Röte des Gesichts, das braune, seidenweiche Haar, die hohe, schlanke, anmutige Gestalt – insgesamt erinnerte das alles so sehr an die makelloseste aller Blumen, daß Freunde und Freundinnen des Mädchens sie seit vielen Jahren »Rote Lilie« nannten. In Wirklichkeit hieß sie Lily Hetherington, und es fehlten noch ein paar Monate bis zur Vollendung ihres einundzwanzigsten Geburtstags. Lily war Tochter eines Offiziers der Ehrenwerten Ostindiengesellschaft – seine einzige Tochter und von ihm vergöttert. Er war seit vielen Jahren in Indien stationiert, und als er schließlich keine Chance auf eine Rückkehr zu seiner Frau und seiner Familie mehr sah, zu der außer dem Mädchen auch zwei Söhne gehörten, hatte er diese aufgefordert, zu ihm in den Orient zu kommen. Seiner Bitte wurde rasch und freudig entsprochen: Mrs. Hetherington und ihre Kinder machten sich auf die Reise. Mr. Hetherington war damals recht betucht, denn er hatte seine gesamten Ersparnisse bei der Agra-and-Masterman-Bank angelegt und hielt zahlreiche Aktienanteile an dem Konzern, dessen Stabilität seinerzeit niemand zu bezweifeln wagte. Die Indienoffiziere von ganz Indien schworen darauf, und als sie ihr sauer verdientes Geld dieser Bank anvertrauten, beglückwünschten sie sich zu der glänzenden Versorgung für ihre Frauen und Kinder, wenn diese einmal Witwen und Waisen würden.

Mr. Hetherington besaß erheblichen Einfluß, darum fiel es ihm nicht schwer, seinen Söhnen geeignete Stellungen zu beschaffen. Sosehr er diese Burschen, die zwei- und vierundzwanzig Jahre alt waren, auch ins Herz geschlossen hatte, war dies doch nichts im Vergleich zu der Liebe, die er für seine Tochter empfand, seine »schöne rote Lilie«, wie er sie nannte. Und nicht minder liebte Lily ihren Vater. Sie war noch ein Kind, als er England verließ, doch hatte sie ihn niemals vergessen, und nie ging Post ab, ohne daß sie eine lange, liebevolle Epistel des Mädchens an den einsamen Offizier enthielt, der im fernen Morgenland tapfer seine Pflicht tat.

Eines Tages, kurz nach ihrer Ankunft, sagte Mr. Hetherington zu seiner Tochter, als sie auf der Veranda ihres Bungalows saßen: »Lily, mein Liebling, ich habe eine kleine Überraschung für dich.«

»Tatsächlich, lieber Pa? Was ist es denn bitte?« erwiderte sie. »Du bist so ein lieber, guter Papa, daß du immer freudige Überraschungen für mich hast.«

»Ja, schon ... natürlich mache ich dir gern freudige Überraschungen, aber diese hier ist anders als jede andere«, lächelte er, während er ihr gleichzeitig über das sanfte braune Haar strich und stolz in ihr schönes Gesicht blickte.

»Oh, bitte verrat mir, was es ist!« rief sie, als er innehielt, um die Vorfreude noch etwas hinauszuzögern. »Hörst du, Pa? Spann mich nicht auf die Folter.«

»Zügle diese weibliche Neugier, mein Liebling, und gedulde dich.«

»Ich erkläre hiermit: Du bist schrecklich böse, Papa«, konterte sie und zog dabei mit ihren roten Lippen ein hübsches Schmollmündchen. »Verrat mir auf der Stelle, was es ist. Ich verlange es zu wissen.«

»Das sollst du auch«, antwortete er, indem er ihr einen liebevollen Kuß gab und ihr den Kopf tätschelte. »Also: Morgen bekomme ich einen Gast, der ein, zwei Wochen bei uns bleiben wird.«

»Wirklich? Ist es ein Herr oder eine Dame?«

»Ein Herr.«

»Oh, bitte beschreib ihn mir.«

»Na, na, du bist ja ein kleines Fräulein Naseweis«, sagte Mr. Hetherington mit herzlichem Lachen, während er eine blaue Rauchwolke aus seiner Zigarre in die reglose Luft blies. »Um dich also nicht länger auf die Folter zu spannen: Mein Gast heißt Dick Fenton, Richard Cronmire Joyce Fenton, um ihn bei seinem vollen Namen zu nennen. Er ist ein, zwei Jahre älter als du und zudem ein hübscher, mannhafter junger Bursche.«

»Was du nicht sagst«, murmelte Lily nachdenklich, weil die Worte ihres Papas wohl einen Hintersinn hatten.

»Ja. Sein Vater war ein sehr guter alter Freund von mir, und wir haben lange zusammen gedient. Vor vier, fünf Jahren ist er gestorben, aber vor seinem Tod mußte ich ihm versprechen, mich um seinen Jungen zu kümmern, der ein Einzelkind und mutterlos sei. Natürlich gab ich dieses Versprechen gern und habe es eingelöst.«

»Ach, was bist du doch für ein netter, gütiger, großzügiger

Mensch!« sagte Lily, indem sie sich fester an ihn kuschelte und mit ihren weißen kleinen Fingern seine braune, behaarte Hand umspannte.

»Ich sah, daß etwas in dem Burschen steckte, und schloß ihn fast ebenso ins Herz, als wäre er mein eigener Sohn. Leider Gottes ist mein guter Freund Fenton arm gestorben und konnte nur eine Lebensversicherung von dreitausend Pfund hinterlassen, für die Schulerziehung seines Jungen. Es gelang mir, Dick in einem Ausbildungsinstitut der Ostindiengesellschaft unterzubringen, wo ihn seine herausragenden Fähigkeiten sehr schnell nach vorn brachten, und nachdem er seine Kadettenzeit mit Auszeichnung bestanden hatte, wurde er vor einem Jahr zu etwas berufen, das bald ein höchst einträglicher Posten ist. Ich habe den Burschen genau beobachtet und mit Stolz die vielen edlen Eigenschaften bemerkt, über die er verfügt, ganz ohne jeden Zweifel wird er sich einen Namen machen. Die Jahre über, in denen er mein Schützling war, habe ich mir immer gesagt: ›Falls Dick meiner Lily und falls meine Lily Dick gefällt, dann sollen sie Mann und Frau werden.‹«

»O Papa!« rief Lily, und der schöne Farbton ihres Gesichts vertiefte sich zu einem Purpur, das Hals und Schläfen übergoß.

»Was ist, mein Liebling? Warum errötest du so? Bestimmt wünscht sich doch jede ehrliche Frau, einen Mann zu bekommen, und ich möchte dich unbedingt gut verheiratet wissen, bevor ich sterbe. In diesem heimtückischen Land finden Männer sehr schnell den Tod, ich bin ein altgedienter Soldat und am Ende meiner Kraft, ich kann nicht hoffen, noch viel länger zu leben. Aber versteh mich recht, Lily, mein Schatz: In dieser Sache müssen dein eigener Wille und dein weiblicher Instinkt dich leiten. Ich werde dich in keinster Weise zu beeinflussen versuchen, und wenn du dein Herz bereits einem braven, ehrlichen Burschen geschenkt hast, sei er auch arm wie eine Kirchenmaus, so werde ich deinen Wünschen sicher nicht im Wege stehen. Es geht um dein zukünftiges Glück, und ich bin nicht so egoistisch, dich zu irgendeiner Ehe zu zwingen.«

Lily stand auf. Sie umschlang den Hals ihres Vaters, drückte ihr sanftes, weißes Gesicht an seine gebräunten Wangen und sagte:

»Mein lieber, lieber Papa! Nein, ich habe mein Herz noch niemandem geschenkt, und deine Wünsche sind auch die meinen.«

Pünktlich am nächsten Morgen stand Fenton vor Mr. Hetheringtons Bungalow. Er war mit dem Bus von einem Bahnhof bei Kalkutta angereist, und als er sich mit einem Bad erfrischt und sich salonfähig gemacht hatte, zog ihn Hetherington beiseite.

»Dick, mein Junge«, sagte der Offizier, »ich habe dir wiederholt von meiner Tochter erzählt, und ehe ich sie dir vorstelle, laß mich dir sagen, daß ich stolz wäre, dich zum Schwiegersohn zu haben, sofern zwischen dir und Lily vollkommene gefühlsmäßige Übereinstimmung besteht. Ich bin kein Mann von vielen Worten. Ich möchte mich mit dem Hinweis begnügen, daß dein Vater die Ehrenhaftigkeit selbst war. Mache du ihm nie Schande und enttäusche niemals das Vertrauen, welches ich in dich setze.«

»Sie können sich auf mich verlassen, Sir«, erwiderte Dick. »Ich stehe voll und ganz in Ihrer Schuld und wäre ein Schuft, sollte ich irgend etwas tun, das Ihnen oder Ihrer Familie Kummer bereiten könnte.«

»Wacker gesprochen, mein Junge. Gott sei mit dir. Gewinne Lily für dich, wenn du kannst, aber gewinne sie wie ein Ehrenmann.«

Hetherington hatte seine Wünsche vor kurzem seiner Frau mitgeteilt, die ihm ohne weiteres zustimmte.
Fenton war, wie sein Vormund ihn beschrieben hatte, ein braver, mannhafter, hübscher junger Bursche und seine offene, ehrliche Art ganz dazu angetan, der Damenwelt zu gefallen, auch wenn er über kein so gutes Aussehen verfügt hätte.
Hetherington und seine Frau beobachteten die jungen Leute genau und sahen bald, daß zwischen ihnen eine gegenseitige Sympathie entstand. Aus dieser Verbindung wurde tiefste Liebe, und noch ehe sein zweimonatiger Urlaub zu Ende ging, waren Dick und Lily verlobt.
Der junge Mann kehrte zu seinem Stützpunkt zurück, und Mr. und Mrs. Hetherington beglückwünschten sich, nach Kräften für die Zukunft ihrer Tochter gesorgt zu haben – eine Zukunft, die aller Voraussicht nach ein ungetrübtes Glück bedeutete. »Der Mensch denkt, Gott lenkt«, sagt das Sprichwort, und nie bewahrheitete sich eine Redensart besser als in diesem Fall. Binnen sechs Monaten, nachdem Dick zu seinen Pflichten zurückgekehrt war, wurde das ganze zivilisierte Indien bis ins Innerste von einem schrecklichen wirtschaftlichen Schock erschüttert – anders läßt es sich nicht beschreiben. Landauf, landab verbreitete sich wie ein Lauffeuer das Gerücht, das große Bankhaus Agra and Masterman sei bankrott gegangen. Männer standen da wie vom Donner gerührt, und Frauen waren schreckensbleich, denn für Hunderttausende von Haushalten in allen Winkeln der Erde bedeutete dies den totalen Ruin, wie gar mancher bis zum heutigen Tage aus bitterer Erfahrung bestätigen kann. Manch eine Witwe, die heute in Armut lebt, hätte leben können wie Gott in Frankreich, und manch bedürftiger junger Mann ohne jede Schulbildung, manche junge Frau stünden heute anders da, wäre der

grausame Bankrott des großen Bankhauses nicht passiert. Es war ein so durch und durch »indisches« Unternehmen, ein Depot für die Einkünfte von Offizieren der Ostindiengesellschaft, daß sein Zusammenbruch eine Gesellschaftsschicht in Mitleidenschaft zog, die sich größtenteils in wirtschaftlicher Sicherheit und daher in dem Glauben gewiegt hatte, sie hätte zeitlebens ausgesorgt – sei vom Schicksal für eine behagliche Stellung vorgesehen und fest im breiten Mittelstand verankert.

Anfangs bezweifelte man das Gerücht, aber schon bald wurde die schreckliche Wahrheit nur allzu offenbar, und wer unter der sengenden Sonne Indiens grau und gebrechlich geworden war, mußte nun erkennen, daß er den kurzen Rest seines Lebens in Armut und Elend verbringen würde. Es war bitter, sehr bitter, aber es war Schicksal und unabwendbar.

Zu den am schwersten Betroffenen gehörte Mr. Hetherington. Er hatte auf die ein oder andere Art fast hunderttausend Pfund bei dieser Bank angelegt, und jetzt war jeder rote Penny dahin. Der Schock traf ihn mit großer Härte. Hetheringtons Gesundheit ließ seit langem nach, und er hatte es kaum erwarten können, nächstes Jahr in den Ruhestand zu gehen und mit seiner Familie »nach Hause« zu fahren. Dieser Traum war jetzt ausgeträumt. Eine Zeitlang war Mr. Hetherington wie betäubt. Er versuchte, den Schlag mit Fassung zu tragen, aber er war auch nur ein Mensch, sein Verstand gab nach, und in einem Augenblick der Umnachtung erschoß sich der alte Mann.

Dieses neue Leid zerstörte fast die unglückliche Witwe und ihre Angehörigen. Gottlob hatten »die Jungens« gute Posten inne, welche die größten beruflichen Fortschritte versprachen, aber zur Zeit reichten ihre Bezüge kaum für die Deckung ihrer eigenen Bedürfnisse, obwohl beide ihre

Ausgaben großzügig minimierten, um Schwester und Mutter zu unterstützen.

Durch den Schock wegen des Todes ihres Vaters erkrankte Lily auf bedrohliche Weise, und eine Zeitlang schwebte sie in Lebensgefahr; doch gab es einen, der ließ sich keine Gelegenheit entgehen, sie mit seiner Liebe zu ermuntern: Dick Fenton.

Als sie auf dem Wege der Besserung war, sagte sie eines Tages zu ihm:

»Dick, ich muß etwas mit dir besprechen.«

»Doch nichts Ernstes, Liebling?« erwiderte er lachend.

»Doch, etwas sehr Ernstes. Bei unserer Verlobung galt mein Vater als ein wohlhabender Mann, und soviel ich weiß, hat er dir eine stattliche Mitgift für mich in Aussicht gestellt. Das ist inzwischen alles anders. Wir sind bettelarm, und mein lieber Vater liegt im Grabe. Unter diesen Gegebenheiten kann ich nicht länger auf deinem Eheversprechen bestehen und entbinde dich deshalb davon. Du mußt mich aufgeben und dir jemanden suchen, der besser zu dir paßt als ich.«

An dieser Stelle konnte sie fast nicht mehr und brach in heftige Tränen aus. Dicks Arm glitt um ihre Taille, der junge Mann drückte ihren Kopf an seine Brust und flüsterte seiner Braut mit tiefem Ernst zu:

»Lily, es gibt nur eines, *nur eines,* was unsere Verlobung zerbrechen könnte.«

»Und das wäre?« stammelte sie zwischen ihren Schluchzern.

»Wenn einer von uns stirbt!« antwortete er mit großem Nachdruck.

Weitere Beteuerungen brauchte sie nicht. Es lag etwas in seinem Verhalten und seinem Tonfall, das sie mehr als alle erdenklichen Worte überzeugte. Und so war sie

glücklich bis auf den Schatten, der über dem kleinen Haushalt hing.
Ein neues Jahr zog ins Land, und Mrs. Hetherington verschob ihre Abreise aus Indien noch immer, denn sie wollte nicht gern fort von ihren Söhnen; doch schließlich machte die eigene nachlassende Gesundheit es erforderlich, daß sie nach England zurückkehrte. Dick hatte man zu dieser Zeit gerade zwei Jahre beurlaubt, und er drängte Lily, vor ihrer beider Abreise aus Indien seine Frau zu werden. Auch er fuhr nach Hause. Sie bat ihn zwar, die Hochzeit zu verschieben, versprach aber feierlich, daß ihre Eheschließung am Weihnachtstag stattfinden solle. Dabei fügte sie hinzu:
»Das ist doch nicht mehr lange, Schatz. Nur ein bißchen Geduld! Wir haben jetzt Mitte Juli, und da wir in vierzehn Tagen lossegeln, muß das Schiff bis dahin in der Heimat sein. Außerdem mag ich Weihnachten so gern! Es verbinden sich so viele festliche und läuternde Vorstellungen damit, und es ist eine passende Zeit, um als Mann und Frau die Verantwortung der Ehe zu übernehmen. Eine Hochzeit am Weihnachtstag bringt Glück. Natürlich wirst du sagen, dies sei dummer Aberglaube. Mag sein, aber ich bin eine Frau, und du mußt mir schon meinen Willen lassen.«
Er drückte seine Lippen auf die ihren, als er die Antwort gab:
»Das tue ich auch, du meine herzallerliebste Rote Lilie, nur denke daran: Komme, was da wolle – am Weihnachtstag wirst du meine Frau!«
»Komme, was da wolle – am Weihnachtstag werde ich deine Frau«, erwiderte sie feierlich.
Der August kam, und Dick, Lily sowie Mrs. Hetherington waren Passagiere an Bord der sturmerprobten *Sirocco*. Die übrigen Fahrgäste bildeten ein buntes Gemisch, darunter auch mehrere Indienoffiziere, ein, zwei Pflanzer, ein Pfarrer und

einige Kaufleute, die, nachdem sie ein Vermögen angehäuft hatten, an ihrem Lebensabend in die Heimat fuhren.
Der Zweite Offizier der *Sirocco* war ein etwa acht- oder neunundzwanzigjähriger Mann, Alfred Cornell – ein wilder, wagemutiger Bursche von prachtvollem Wuchs. Seine Haare waren fast schwarz, seine Augen von allerdunkelstem Braun, dabei klein, scharf und stechend wie die eines Falken, und in diesen Augen stand der Charakter des Mannes geschrieben. Irgendwie schienen sie auf ein eitles, herzloses, eigennütziges, rachsüchtiges Naturell zu deuten, und der strenge Mund verriet einen eisernen Willen. Er war Seemann durch und durch, mutig wie ein Löwe und ein hervorragender Schwimmer. Die Mannschaft jedoch haßte ihn als unerbittlichen Zuchtmeister, während der Kapitän ihn besonders gern hatte; so ist es ja meistens bei solchen Männern. Er war in jedem Bereich seines Metiers perfekt, und die ihm unterstellten Matrosen wurden mit eiserner Hand bei ihren Pflichten gehalten.
Dieser Mann – Alfred Cornell – hatte etwas fast schon Unheimliches. Diese seltsamen, stechenden Augen verhexten manche Menschen geradezu. Besonders war dies bei Frauen der Fall. Ja, er rühmte sich sogar, noch nie eine Frau getroffen zu haben, die er nicht bezwingen könne. Von dem Moment an, da er und Dick Fenton sich Aug in Auge gegenüberstanden, flammte in ihren Herzen eine beiderseitige Ablehnung auf. Dick vermochte nicht genau zu sagen, warum ihm dieser Mann mißfiel, doch verspürte er eine instinktive Abneigung; so war es nun einmal. Der Grund ließ sich nicht bestimmen, doch Instinkte täuschen selten. In dem Augenblick, da Alfred Cornell und Lily Hetherington einander begegneten, fiel ein Schatten auf das Mädchen, und in das Herz des Offiziers schlich sich ein Teufel. Instinktiv empfand sie Furcht vor Cornell und fühl-

te sich gleichwohl in seinen Bann gezogen. Er selbst dachte im stillen:
»Beim Himmel, das ist ein prächtiges Mädchen, und ich gäbe mein Leben darum, sie zu gewinnen.«
Die ersten ein, zwei Wochen über schenkte er ihr nur die oberflächlichste Aufmerksamkeit, und die Furcht, die sie im ersten Moment vor ihm gespürt hatte, schwand allmählich; insgeheim mußte Lily Hetherington zugeben, daß er wirklich gutaussehend und anziehend sei. Der Kosename, unter dem sie bei ihrer Familie bekannt war – Rote Lilie – sprach sich naturgemäß alsbald auf dem Schiff herum, und die Passagiere, zu denen sie das engste Verhältnis hatte, redeten sie häufig damit an – ein Kompliment, denn sie war ihrer aller Liebling. Ihre Schönheit war unter Männern ein Gegenstand der Bewunderung, und selbst die Damen mußten wohl oder übel eingestehen, sie sei »gutaussehend«, auch wenn sie – wie Frauen es häufig untereinander tun – hinter Lilys Rücken gehässig über sie schwatzten. Alfred Cornell hatte sie nie anders angesprochen als mit »Miss Hetherington«. Eines Morgens jedoch – das Schiff befand sich in den Tropen – war sie sehr früh an Deck gegangen, um den Sonnenaufgang zu betrachten. In den Kabinen herrschte solche Hitze, daß sie nicht schlafen konnte, und da die Besatzung gerade mit Deckschrubben fertig war, hatte Lily sich einen losen Umhang über die Schultern geworfen und leise das Heck aufgesucht. Cornell hatte gerade Wachdienst, doch höchstwahrscheinlich wußte sie das zu diesem Zeitpunkt noch nicht. Das Heck war sehr lang, und außer dem Mann am Steuer war keine Menschenseele zu sehen. Die See wirkte ölig in ihrer Ruhe, und die herrlichsten Farben glühten am Himmel – Farben, wie man sie nur in den Tropen findet, und nur dann, wenn sich die Sonne mit königlichem Prunk über den Horizont erhebt. Die Segel hingen in schweren

Falten an den Masten, und in einer Art Rhythmus wiegte sich das Schiff ganz, ganz sachte in der leichten Dünung, die selbst auf dem unbeweglichsten Ozean niemals fehlt. Lily lehnte sich gedankenvoll an die Besanmasten, um über die schlafende See verträumt dorthin zu schauen, wo Gold-, Amethyst-, Purpur- und Violettöne zu einer einzigen sinnenverwirrenden Farbe ineinanderflossen. Da wurde sie plötzlich von einer Stimme aufgeschreckt, die ihr gedämpft ins Ohr sprach.

»Die Rote Lilie ist heut aber früh auf den Beinen.«

Sie erkannte die Stimme Cornells, drehte sich rasch um und sagte sehr würdevoll:

»Pardon, Sir. Für Sie bin ich Miss Hetherington.«

»Miss Hetherington«, erwiderte er und betonte diese Worte nachdrücklich. »Bitte entschuldigen Sie, aber der hübsche Name paßt so gut zu Ihnen, daß ich es mir herausnahm, ihn zu benutzen. Ich habe Sie doch nicht gekränkt?«

»O nein«, antwortete sie, indem sie ihren Blick von Cornells stechenden Augen abwandte, denn sie fühlte sich wie das sprichwörtliche Kaninchen vor der Schlange. Am liebsten wäre sie davongerannt, war aber gleichsam angewurzelt. Der sonderbare Fremde hielt sie in seinem Bann.

»Wie bezaubernd Sie heute früh aussehen«, sagte er. »Gegen Sie muß ja selbst der Sonnenaufgang verblassen.«

»Wirklich, Mr. Cornell«, rief sie empört und errötete dabei bis unter die Haarwurzeln, »Sie beleidigen mich mit solch übertriebenen und dummen Komplimenten. Ich mache mir nichts aus Männern, die Unsinn reden und glauben, ein Mädchen möchte nur geschmeichelt werden. Natürlich wollen das viele hohlköpfige Dinger, aber ich gehöre nicht dazu.«

»Bitte seien Sie mir nicht böse, ich meine es ehrlich. Kann der unglückliche Falter, der in die Kerzenflamme flattert, etwas dagegen tun? Ganz und gar nichts. Den Falter würden Sie doch bemitleiden, warum nicht mich?«

»Diese Dreistigkeit, Mr. Cornell! Ich werde mich beim Kapitän über Sie beschweren«, rief Lily, während sie sich zum Gehen anschickte. Doch ganz leicht und zart, kaum spürbar, berührte er ihre Hand. Welch furchterregenden Zauber besaß diese Berührung, daß sie sie so durchbebte? Welche Macht lag in seiner Stimme, daß sie sie im Bann hielt? Sie ging nicht, sondern blieb an Ort und Stelle. Ihre Linke ruhte auf den Wanten, ihre Rechte hing neben ihr herab, seine großen, starken Finger berührten die ihren, und ihr Kopf war abgewandt, denn sie glaubte, sie dürfe es nicht wagen, ihn anzusehen.

»Grausamkeit liegt nicht in Ihrer Natur, Miss Hetherington.« Er sprach leise, damit der Mann am Steuer seine Worte keinesfalls hören könne, obwohl dieser so weit weg war, daß das kaum zu befürchten stand. »Warum also sollten Sie mir gegenüber grausam sein?«

»Ich bin nicht grausam, aber Sie sind ein Flegel – ein großer Flegel«, erwiderte sie mit einer Stimme, die von unterdrückter Erregung bebte.

»Ich bin *kein* Flegel, und Sie *sind* grausam«, versetzte er, indem er bewußt jedes Wort betonte. »Sie sind eine schöne junge Frau, ich bin ein Mann. Ich wäre doch wohl weniger als ein Mann, wenn ich Sie nicht bewunderte? Bewundern nicht auch Sie die Schönheit des Himmels dort? Weshalb sollte ich dann vor Ihnen zurückstehen, wenn ich in Ihrem Gesicht mehr zu bewundern finde als in diesen glühenden Farben?«

»Wenn Sie nicht augenblicklich gehen, werde ich um Hilfe rufen«, entgegnete sie. Sie kam sich schwach und kraftlos vor – so als würde sie mit Sicherheit aufs Deck fallen, wenn sie die Taue losließ.

»Nein, das dürfen Sie nicht«, antwortete er furchtlos. »Wie könnte ich denn anders für Sie empfinden, als ich es tue? Ich bin nicht aus Stein, sondern ein Mann mit einem Herzen, und obwohl mich für diese Worte ein Blitz des Himmels ins Meer schleudern sollte, sage ich Ihnen, und wäre es auch die letzte Silbe, die ich zu Ihnen spreche: *Ich liebe Sie.*«

Er hatte nicht eine Sekunde seine Finger von den ihren genommen und drückte ihr nun die Hand. Es war, als würde sich das Meer vor ihren Augen im Kreise drehen. Die wunderbaren Farben am Himmel verschwammen alle ineinander. Das Schiff schien unter ihr wegzugleiten, und dennoch stieß sie mit schwacher, undeutlicher Stimme hervor:

»Um Gottes willen, lassen Sie mich allein!«

Er entfernte sich ohne ein weiteres Wort, und schon schien sie freier zu atmen. Binnen weniger Minuten hatte sie sich vollständig erholt. Sie wandte sich um, begab sich in Richtung der Treppe, und als sie dies tat, sah sie Cornell mit dem gerade an Deck gekommenen Kapitän reden. Der Kapitän wünschte ihr guten Morgen, doch Cornell blieb stumm und wie versteinert.

Oh, was fühlte sie für eine Erleichterung, als sie in ihre Kabine hinunterkam! Endlich schien der Zauber von ihr genommen, und sie machte die Tür zu, um sich auf die Koje zu werfen und bitterlich zu weinen. Als der hysterische Anfall vorüber war, fühlte sie sich erleichtert und beschloß, ihrer Mutter zu sagen, was passiert war, doch diese Entschlossenheit währte nur ein paar Minuten. Bei näherer Überlegung fand Lily nämlich, das könne nur zu Mißhelligkeiten führen, und in einer kleinen schwimmenden Welt, wie ein Schiff sie darstellte, sah man die nebensächlichsten Dinge als willkommenen Stoff, um sich die Mäuler

zu zerreißen. Darum behielte sie die Sache wohl doch besser für sich. Aber unglücklich war Lily trotzdem, und Dick merkte es. Natürlich wollte er den Grund wissen, aber sie redete sich damit heraus, daß sie nicht ganz auf dem Damm sei. Sie war versucht, ihm alles zu erzählen, fürchtete jedoch, dies könne zu einem Streit zwischen ihm und dem Zweiten Maat führen.
Noch mehrere Tage nach dem unerfreulichen Vorfall mit Cornell vermied sie es geflissentlich, allein an Deck zu gehen. Sie hatte Angst vor einer Begegnung. Wann immer er jedoch Gelegenheit fand, an ihr vorüberzugehen, schauderte sie, denn seine sonderbaren Augen schienen eine Macht über sie zu besitzen, die fast ein Wunder war. Ja, sie spürte sogar, daß sie sich ihm unter seinem Blick zu Füßen werfen würde, falls er es ihr befahl. Es war ein fürchterliches Gefühl, und natürlich litt ihre Gesundheit. Ihre Mutter und ihr Bräutigam waren beide um sie besorgt, doch sie bemühte sich all deren Ängste zu zerstreuen, indem sie sagte, ihre Unpäßlichkeit sei völlig belangloser Natur. Eines Abends hatte sie mit Fenton am Heck gesessen. Das Wetter war schön, aber es wehte eine steife Brise, und das Schiff jagte durch die Fluten. Das Tageslicht war fast geschwunden, so daß man schon die Menschen nicht mehr erkennen konnte, die nur wenige Meter entfernt standen oder saßen. Fenton ließ seine Verlobte für ein paar Minuten allein, um sich unten in seiner Kabine Zigarren zu holen, und er war kaum verschwunden, da wurde sie durch das plötzliche Erscheinen Cornells aufgeschreckt. Es schien fast, als wäre er aus den Decksplanken gestiegen. Lily Hetherington saß auf einem Feldstuhl, und Cornell neigte den Kopf, bis sie seinen heißen Atem auf ihren Wangen spürte – flüsterte ihr mit einer Stimme zu, die unmöglich jemand anderer hören konnte, so nah er auch hätte sein mögen; doch *sie*

verstand jedes Wort, jede Silbe, die sich in ihr Ohr ergoß, und was er sagte, schien sich ihr ins Gehirn zu brennen.

»Lily, du bist grausam«, wisperte er. »Ich liebe dich wie rasend, und doch gehst du mir aus dem Weg. Du mußt mich ein wenig ermutigen, sonst stürze ich mich ins Wasser, und wenn du auch nur einer Menschenseele etwas von dem, was ich gesagt habe, verrätst, dann schwöre ich dir bei Gott: Ich springe über Bord, und du trägst die Schuld an meinem Tod. Denk daran, was ich dir sage. Ich bin ein entschlußkräftiger Mann, und nichts auf Erden wird mich von meinem Willen abhalten.«

Abermals berührten seine Finger ihre Hand, dann war er ebenso plötzlich verschwunden, wie er sich gezeigt hatte. Gleich einem Geist schien er mit der Dunkelheit zu verschmelzen, doch fast sofort hörte sie, wie er der Wache mit Stentorstimme einige Befehle zubrüllte.

Als Fenton wiederkam, zitterte sie und fühlte sich schwach. Zwar gab sie sich alle Mühe, ihre Aufgewühltheit vor ihm zu verbergen, doch es mußte ihm einfach auffallen, und in tiefbesorgtem Tonfall fragte er nach dem Grund.

»Ach, es ist nichts, Liebling – nichts«, antwortete sie. »Zumindest nichts von irgendwelcher Bedeutung. Ich habe einen kleinen Schwächeanfall, aber das ist wirklich kein Grund zur Besorgnis.«

Oh, wie sehnte sie sich danach, ihm alles zu berichten! Aber die Worte des unheimlichen Mannes, der solch mächtigen Einfluß auf sie ausübte, klangen ihr noch in den Ohren, und sie schwieg.

Fenton machte keine weitere Bemerkung zu dem Thema, hatte jedoch ein ungutes Gefühl. Er war überzeugt, daß es irgendein Geheimnis gab, aber welches, das konnte er auf den Tod nicht sagen. Ihm schoß es durch den Kopf, daß sie ihn betrügen könne, sofort jedoch verbannte er diesen

Gedanken als seiner unwürdig, so hirnrissig schien es, Rote Lilie mit Falschheit zu verbinden. Sie war doch rein wie die schöne Blume, nach der man sie benannt hatte.

Als er sie ein wenig später in die Kabine hinabbegleitete, sagte er:

»Liebling, ich mache mir Sorgen um dich. Ich weiß ganz genau, es stimmt etwas nicht, aber dein sanftes Herz treibt dich an, es vor mir zu verheimlichen, damit du mir keinen Schmerz bereitest. Warum ziehst du nicht deine Mutter ins Vertrauen und sagst ihr, wenn dich etwas quält. Es mir anzuvertrauen hast du ja offensichtlich keine Lust.«

»Mache dir keine Sorgen«, erwiderte sie. »Glaub mir, ach, glaube mir doch, wenn ich sage, meine Unpäßlichkeit sei belangloser Natur. Ich habe meiner Mutter nichts zu erzählen, und du weißt sehr wohl, Dick, daß du mein volles Vertrauen besitzt.«

Sie verspürte bei diesen Worten ein leichtes Schuldgefühl, denn natürlich hätte sie ihm sofort von Cornells Verhalten berichten sollen. Aber erstens schwieg sie, weil er diese merkwürdige Faszination auf sie ausübte; und zweitens fürchtete sie wirklich, zwischen den beiden Männern eine Szene herbeizuführen. Außerdem tröstete sie sich mit dem Gedanken, daß die Reise ja bald vorbei sein würde, und wäre sie selbst erst einmal von Bord, dann »Adieu, Cornell, auf Nimmerwiedersehen«. Sie betrachtete ihn als einen eitlen, unverschämten Kerl, der sich einbildete, daß jedes Mädchen, das er ansah, sich in ihn verlieben müsse.

Sobald ihr Geliebter sie verlassen und sie ihrer Mutter gute Nacht gewünscht hatte, machte Rote Lilie wieder einmal ihren Gefühlen ungehindert Luft und weinte bitterlich. Sie konnte nicht anders. Sie glaubte, umkommen zu müssen, wenn sie ihren Tränen nicht freien Lauf ließ, und schließlich schluchzte sie sich in den Schlaf.

Am nächsten Morgen war sie blaß und schwach, sie ließ sich auch zum Frühstück nicht blicken. Ihr schöner rosiger Teint war verschwunden, und sie hatte das Aussehen einer Erschöpften und Unglücklichen. Als Mrs. Hetherington ihre Tochter besuchte, geriet sie natürlich in größte Sorge. Es gab einen Schiffsarzt, und Mrs. Hetherington erklärte ihre Entschlossenheit, ihn hinzuzuziehen, aber Lily bettelte so inständig und zeigte schließlich eine ebenso große Entschlossenheit, sich nicht von ihm untersuchen zu lassen, daß ihre Mutter nachgab und Lily den ganzen Tag in ihrer Kabine blieb.

Tags darauf ging es ihr schon besser. Cornells Einfluß war verflogen, und sie hatte ein erhebliches Maß ihrer Kräfte wiedererlangt.

Das Wetter war jetzt empfindlich kalt und der Wind leider nicht günstig, so daß das Schiff im Zickzack segeln mußte – für diejenigen, die sich so ungeduldig auf ein Weihnachten bei ihren Freunden in der guten alten Heimat gefreut hatten, schlimmer als Tantalusqualen. Diese Hoffnung war nun zunichte; die noch verbleibende Strecke allzu groß, um sie in der Zeit bis zum Christfest zu bewältigen. Gut in Reisedecken gehüllt, saß Lily wieder einmal in Gesellschaft ihres Verlobten an Deck. Sie hatte sich mit einer Handarbeit beschäftigt, während er ein großes Schiff zeichnete, das sie seit zwei, drei Tagen begleitete. Er legte seinen Skizzenblock aufs Deck, blickte in das schöne Gesicht seiner Gefährtin und sagte:

»Lily, mein Schatz, erinnerst du dich noch an das Versprechen, das du mir vor unserer Abreise gegeben hast?«

»Welches denn, Dick?« fragte sie.

»Daß du am Weihnachtstag meine Frau würdest.«

»Ach ja«, sagte sie rasch und mit leichter Erregung. »Aber dann sind wir ja noch nicht zu Hause.«

»Schon, doch das braucht dich von deinem Versprechen nicht abzubringen.«

»Ich verstehe dich nicht«, antwortete sie.

»Du weißt doch bestimmt, Lily, daß eine Trauung an Bord eines Schiffes absolut rechtskräftig ist. Selbst ein Kapitän darf ein Paar verheiraten, aber glücklicherweise haben wir ja sogar einen anglikanischen Geistlichen unter uns, und darum fordere ich die Einlösung deines Versprechens.«

»O Dick, das geht nicht.«

»Geht nicht!« echote er mit einigem Erstaunen. »Sind deine Worte dann *nur* Worte gewesen?«

»Ach, Schatz, sei mir nicht böse. Es wäre mir so viel lieber, wenn unsere Hochzeit auf dem normalen Wege an Land stattfände, und man darf hoffen, daß wir bis Neujahr daheim ankommen.«

»Es liegt mir fern, dir böse zu sein, Lily«, erwiderte Dick ein bißchen traurig, »aber du selbst hast den Wunsch geäußert, dich am Weihnachtsmorgen trauen zu lassen, ja, sogar gesagt, du wärest abergläubisch in diesem Punkt. Obwohl wir nun aller Voraussicht nach an diesem Tage auf See sein werden, besteht nicht der geringste Grund, uns nicht an Bord zu verheiraten, und wenn du magst, wiederholen wir die Zeremonie bei unserer Ankunft in England. Ob man nun inner- oder außerhalb eines Gotteshauses getraut wird, das kann unsere Vermählung doch unmöglich beeinflussen, und sicherlich hast du doch zuviel gesunden Menschenverstand, um dir den Floh ins Ohr setzen zu lassen, an den manche Spatzenhirne so hartnäckig glauben – daß eine Trauung außerhalb einer Kirche nicht Gottes Segen finden kann.«

»Ich glaube nichts dergleichen«, erwiderte Lily. »Sonst müßte ich mich ja vor mir selber schämen.«

»Sehr gut, Lily! Sag, daß du am Weihnachtsmorgen meine Frau werden willst, auch wenn wir jetzt auf See sind.«

»Wie lange ist es denn noch bis Weihnachten, Dick?«
»Genau drei Wochen.«
»Dann verspreche ich dir: Wenn Mama keine Einwände erhebt, werde ich deinen Wunsch erfüllen.«
»Ich bin vollkommen zuversichtlich, daß deine Mutter uns gerne unseren Willen läßt. Am Weihnachtstag werden wir also Mann und Frau, falls wir beide bis dahin am Leben sind.«
»Am Weihnachtstag werden wir Mann und Frau, falls wir beide bis dahin am Leben sind«, wiederholte sie feierlich; doch die Worte waren kaum über ihre Lippen, da hätte sie fast einen Schrei ausgestoßen, denn dicht neben ihr stand Cornell. Er hielt seinen Sextanten in der Hand und war mit dem Kapitän den Niedergang heraufgekommen (nicht weit von dort, wo Dick und Lily saßen), um den Sonnenstand zu messen.
»Machen Sie acht Glasen«, sagte der Kapitän. »Wir kriegen heute keine Sonne.«
»Acht Glasen!« brüllte Cornell.
»Komm, Liebes, gehen wir nach unten zum Mittagessen«, sagte Dick, während er sich erhob, die Decken vom Boden zusammenlas und seiner Verlobten den Arm anbot.
Sie mußte an Cornell vorbei, um die Kajütentreppe zu erreichen, und sah, daß seine Falkenaugen auf sie gerichtet waren, obwohl er so tat, als studiere er die Zahlen auf seinem Sextanten. Diese Augen brannten sich ihr gleichsam in die Seele, und das seltsame Hysteriegefühl kehrte zurück, so daß sie glaubte, weinen zu müssen, aber mit einer erheblichen Kraftanstrengung beherrschte sie sich, und Dick merkte nicht, wie aufgewühlt sie war.
Auf die Frage der Trauung angesprochen, sagte Mrs. Hetherington, sie werde den Wünschen der jungen Leute nicht im Weg stehen. Infolgedessen kam man bald überein,

daß die Eintönigkeit der Fahrt durch eine Hochzeit am Weihnachtsmorgen unterbrochen würde. Dies gäbe zweifachen Grund zum Feiern und Fröhlichsein.
Weihnachten ist auf See immer ein großes Fest, aber dieses besondere an Bord der *Sirocco* versprach noch lebhafter zu werden als sonst. Der Kapitän gab dem Proviantmeister Befehl, er solle für diesen Anlaß einen tüchtigen Vorrat seines besten Champagners reservieren; der Koch erhielt Anweisung, reichlich Kuchen und Zuckergebäck zu machen; dem Metzger wurde befohlen, nicht nur die fetteste Gans von den wenigen, die noch übrig waren, zu schlachten, sondern auch das letzte Schwein. Dies alles sollte den Glanz des Festes erhöhen. Die Damen und Herren Passagiere stöberten zwischen ihren Koffern, um nach Möglichkeit passende kleine Geschenke für das junge Paar herauszufischen, und mit viel Spaß und Gelächter wurden die seltsamsten Vorschläge aufgenommen; während die Damen sich darüber hinaus mit passenden Stegreifdekorationen für den Salon zu schaffen machten. Ja, man betrachtete die bevorstehende Hochzeit von Roter Lilie und Dick Fenton fast als einen Segen, denn die Fahrt hatte sich so eintönig dahingeschleppt, daß diese kleine Abwechslung höchst willkommen war.
Da der Zweite Maat Lily nun aus dem Wege zu gehen schien, erholte sie sich wieder. Es vergingen sogar mehrere Tage, ohne daß sie ihn zu Gesicht bekam, und sie lachte bereits über ihre eigene Dummheit, daß sie sich dermaßen von ihm hatte beeinflussen lassen. Dick mußte diese Veränderung bemerken, und da er sie Lilys Vorfreude auf ihre baldige Vermählung zuschrieb, freute auch er sich.
Sämtliche Passagiere konnten den Weihnachtstag jetzt kaum noch erwarten. Es fehlten ja nur mehr acht Tage bis

dahin, und große Vorbereitungen waren im Gange. Die Damen entkernten Trauben und verrichteten andere Notwendigkeiten, wie sie beim Zusammenbrauen solcher Geheimnisse nun einmal anfallen: dem Weihnachtspudding; die Herren fanden Beschäftigung, indem sie den Salon mit Fähnchen und Dekorationen ausstaffierten, die das schöne Geschlecht aus den unwahrscheinlichsten Dingen zusammengebastelt hatte. Nur wer schon einmal Weihnachten an Bord eines Passagierschiffs gefeiert hat, kann sich vorstellen, wie gierig man sich auf jedes kleine Ereignis stürzt, das dazu angetan ist, ein wenig Abwechslung in das Leben auf See zu bringen – falls man wirklich behaupten kann, es sei nicht abwechslungsreich. Weihnachts- und Hochzeitsfest zusammen waren deshalb etwas so Großartiges, daß die kleine schwimmende Welt der *Sirocco* bis ins Innerste aufgewühlt wurde und eine fieberhafte Erregung eintrat.

Doch wird dieses Leben auf See auch von Gesetzmäßigkeiten beeinflußt, die sich an Land nicht bemerkbar machen: von Wetterumschwüngen. Der Übergang von schönem zu schlechtem Wetter hat auf eine Bordgemeinschaft einen nachhaltigen Einfluß, und oft führen schon ein paar Stunden zu den unglaublichsten Veränderungen. Eine träge See kann sich in ein wütendes Wellengebirge verwandeln, das gemächliche Schaukeln eines Schiffes wird dann zum heftigen Schlingern und Sichaufbäumen, so daß nur die Allererfahrensten sich schlecht und recht auf den Beinen halten. Suppenteller schlagen Purzelbäume in den Schoß des Essers, Bratenstücke bekunden einen entschiedenen Unwillen, dort liegenzubleiben, wo sie hingehören, während Geflügel, Weinflaschen et cetera eine ungeahnte Flugtüchtigkeit erreichen. Man duckt sich, um diesen Luftgeschossen zu entgehen, klammert sich mit wilder Verbissenheit an den Tisch oder die Rücklehne der Polsterbank, so daß man während einer Schiffsmahlzeit bei stürmischem Wetter durchaus kein so gemütliches Leben hat, wie es in einem bequemen Speisezimmer an Land sein könnte.

Binnen Wochenfrist wurde eindeutig klar, daß der *Sirocco* schlechtes Wetter bevorstand. Es hatte bedrückende Flauten, gefolgt von den heftigsten Sturmböen, gegeben, aber das wackere Schiff war immer weiter dahingeschlichen, bis es an den Golf von Biskaya kam. Der Golf bedeutet trotz seiner Verrufenheit für den, der von weit her kommt, so etwas wie Heimatnähe. Folglich waren die Passagiere bester Laune, mochte auch ziemlich sicher feststehen, daß sie vor ihrer Ankunft noch einmal tüchtig durchgeschüttelt würden.

Eines Nachts während der Hundswache wurde das Schiff von einer wütenden Bö getroffen, und da es unter vollem Segel fuhr, legte es sich schwer auf die Seite. Etliche Segel gingen in Fetzen, und die langen Streifen, die im Wind flatterten, knallten so gewaltig wie Peitschenschläge. »Alle Mann an Deck!« gellte es durch das Schiff, und es herrschte der Stimmenlärm, Krach und Aufruhr, wie er bei einem plötzlichen Sturm mitten in stiller Nacht nun einmal ausbricht. Für die Furchtsamen und Unerfahrenen ist dies besonders erschreckend, denn während das Schiff krängend dahinfliegt, zischt das Wasser bedrohlich. Ja, die Rufe und das Stampfen der Matrosen, die hastig und mit Stentorstimme erteilten Befehle, das Knallen der zerfetzten Segel, das Knarren und Ächzen der Ruderketten, das unbeschreibliche Geheul des Windes und die extreme Schräglage des Fahrzeugs – das alles reicht, um selbst den mit der See schon länger Vertrauten ein wenig zu ängstigen; zumal, wenn ein solcher Sturm nachts ausbricht. Dann ist der Himmel kohlrabenschwarz, und man sieht nichts außer den gespenstischen Umrissen von Takelwerk, Masten und den Gegenständen, die sich in unmittelbarer Nähe des Betrachters befinden. Als nun *diese* Windsbraut das Schiff traf, war Lilys Kabine zufällig auf der Wetterseite, und die *Sirocco* krängte so plötzlich, daß das Mädchen um ein Haar aus seiner Koje geschleudert wurde. Es erlebte einen solchen nächtlichen Sturm nicht zum erstenmal, aber dennoch verspürte es eine ungewöhnliche Angst, weil das Fahrzeug gar so weit auf der Seite lag und an Deck solcher Lärm herrschte.

Hastig warf sich Lily ein paar Kleidungsstücke über, hüllte sich in einen Morgenrock, schlüpfte in ihre Pantoffeln und eilte zur Kabine ihrer Mutter, nach Lee. Mrs. Hetherington schlummerte wie in Abrahams Schoß, und nicht nur, um sie schlafen zu lassen, sondern auch weil der erste Schrekken vorüber war, machte Lily die Tür leise wieder zu, begab sich dann zum Niedergang und lugte in die Dunkelheit hinaus. Die weißen Fluten flogen vorbei, und das Schiff lag fast bis an die Speigatten im Wasser. Ohne die Klinke der Tür zur Kajütentreppe loszulassen, trat das Mädchen an Deck. Es herrschte ein babylonisches Gewirr von Stimmen und Geräuschen, und der Wind blies mit voller Orkanstärke. Lily stand erst ein paar Minuten da, als sie plötzlich bemerkte, daß Cornell neben ihr war. Er überwachte das Einholen des Kreuzbramsegels und schien eindeutig überrascht, sie hier zu sehen. Sie selbst wollte schon wieder nach unten gehen, denn seine Nähe beschwor all die alten Ängste in ihr herauf, da packte er sie am Arm, um sie mit sanfter Gewalt zurückzuhalten.

»Was für ein Glück!« sagte er. »Dieser Sturm verschafft mir endlich die lang ersehnte Gelegenheit.«

»Lassen Sie mich los«, rief das Mädchen, »sonst schreie ich!« Sie zitterte vor Angst und Erregung, doch er hielt sie immer noch fest.

»Unterstehen Sie sich!« erwiderte er mit merkwürdiger Stimme und fügte dann, nach einer Pause, hinzu: »Sie waren grausam zu mir, aber damit müssen Sie jetzt aufhören, sonst sterbe ich. Ich kann ohne Sie nicht leben.«

»Sind Sie wahnsinnig?« erwiderte Rote Lilie mit einem Schaudern.

»Vielleicht. Wenn ja, dann haben Sie mich dazu gemacht.« Er legte seinen Arm um ihre Taille und drückte sie fest an sich.

Lily versuchte sich loszureißen, aber in seinem starken Griff war sie wehrlos. Der mysteriöse Einfluß, den er auf sie hatte, lähmte ihr nun die Zunge, so daß sie nicht rufen, nicht aufschreien konnte. Der Mann beugte sich herab, preßte seine Lippen auf die ihren, und doch brach er nicht den Bann, der sie lähmte.

»Am Weihnachtstag sollst du heiraten«, sagte er flüsternd. »Ich hoffe, daß dann entweder *er* oder ich tot sind. Lebe ich noch, so sollst du *meine* Frau werden. Hörst du? Meine Frau. Vielleicht glaubst du, ich mache nur Worte, aber du wirst schon sehen.«

Er ließ sie frei, und erst in ihrer Kabine kam sie wieder zu sich. Sie empfand eine flammende Empörung und Scham. Seine Lippen hatten die ihren besudelt – sie zitterte bei dem bloßen Gedanken daran, und sie rieb sie mit ihrem Taschentuch, als hätte er irgendeinen Makel darauf hinterlassen, den sie wegzuwischen versuchte. Sie brannte darauf, in Fentons Kabine zu stürmen und ihm alles zu erzählen. Aber eine tödliche Angst vor Cornell hielt sie davon ab, sie stand im Banne seiner unheimlichen Macht und spürte, daß sie es nicht *wagen* durfte, auch nur ein Sterbenswort von dem Vorgefallenen zu verraten. Der unerklärliche Einfluß des Mannes war stärker als alles andere. Sie fürchtete und haßte diesen Mann, wagte es aber doch nicht, ihn öffentlich zu brandmarken. Natürlich war das Schwäche, aber er war ja auch ein außergewöhnlicher Mensch mit einer ungeheuren Willenskraft. Und von dieser Willenskraft wurde sie bezwungen.

Den Rest der Nacht hindurch fand sie keinen Schlaf und sehnte den Weihnachtstag herbei, damit sie als Dicks Frau vor den Nachstellungen des unheimlichen Cornell vielleicht sicher sein würde.

Bei Tagesanbruch war der Sturm bis auf eine sanfte Brise abgeflaut, vor der das Schiff mit acht Knoten Stundengeschwindigkeit dahinfuhr.

»Jetzt bleibt das Wetter beständig«, stellte der Kapitän beim Frühstück fest, während er auf das über dem Kajütentisch baumelnde Barometer schaute.

Seine Vorhersage erwies sich als richtig. Der Wind wurde von Tag zu Tag stärker, bis er mit Sturmstärke blies, da er aber günstig stand, hatte man viel Segel gesetzt.

Es kam der Vorweihnachtstag; die *Sirocco* befand sich im Golf von Biskaya, auf Höhe des unwirtlichen Kap Finisterre. Da der Wind an Heiligabend stark zugenommen hatte, war das Schiff sturmklar gemacht und Sonderwachen auf dem Ausguck postiert; denn eine große Zahl von Fahrzeugen kreuzte im Golf. Die Nacht drohte sehr »unfreundlich« zu werden, aber es herrschte Fröhlichkeit an Bord, und man trank etliche Male auf »das junge Glück«, sowohl in der Kabine wie vorschiffs, denn man hatte auch an die Mannschaft eine großzügige Grogration ausgegeben.

Sämtliche Vorbereitungen für die Hochzeit waren getroffen, der Salon buntgeschmückt, und vormittags um elf würde vereinbarungsgemäß die Trauung stattfinden. Doch bis dahin sollte noch Seltsames geschehen.

Die Nacht brach an, und als es acht Glasen schlug, stieg Dick Fenton an Deck, um vor dem Schlafengehen eine

Zigarre zu rauchen. Die Damen hatten sich bereits alle zurückgezogen, und eine einzige Lampe brannte im Salon. Der Wind war inzwischen ziemlich lebhaft geworden. Das Schiff konnte nur mit stark gerefftem Großmast- und Fockmastsegel fahren, so daß es kaum vorankam, nur mit etwa zwei Knoten Stundengeschwindigkeit. Einer von Dicks Lieblingsplätzen, wenn er an Deck ging, um seine Zigarre zu rauchen, war an der Reling unter dem Besanmast. Dort saß er im Schutz des Kapitänsbootes, das an einem Schiffskran über Bord hing, und seine Füße lagen auf der Kanzel des Achterdecks. Während er nun liebevoll an seine Rote Lilie und das Glück dachte, das ihn morgen früh erwartete, wenn sie seine Frau würde, ließ er sich von Gefahr nichts träumen. Es lag Musik im Rauschen der wilden Fluten und dem Pfeifen des Windes. Das Schiff vollführte diese kurzen, ruckartigen Bewegungen, wie sie für Fahrt auf rauher See und bei gerefften Segeln typisch sind.
Plötzlich erhob sich vor Dicks Augen eine dunkle Männergestalt.
»Hallo! Sind Sie das, Kapitän?« rief Dick.
»Nein«, tönte es zurück, und an der barschen Stimme erkannte Dick den Zweiten Maat.
»Ach, Sie sind's, Cornell«, sagte er. »Ist eine rauhe Nacht heute. Glauben Sie, daß der Wind sich bis zum Morgen überhaupt legt?«
»Vielleicht, vielleicht auch nicht«, lautete die etwas mürrische Antwort, und mit seinem schroffen Tonfall verriet Cornell, daß ihn der Alkohol nur noch schlimmer gemacht hatte. »Sie haben wohl gerade an Rote Lilie gedacht?« fragte er.
»Wirklich, Mr. Cornell, Sie werden etwas vertraulich«, entgegnete Dick nicht ohne Freundlichkeit, denn bei einem solchen Anlaß drückte er gern einmal beide Augen zu.

»Pah! Wieso vertraulich?« fragte höhnisch der Zweite Maat. »Am Abend vor seiner Hochzeit denkt doch wohl jeder Mann an seine zukünftige Gemahlin.«

»Wahrscheinlich«, antwortete Dick kurz, denn angesichts Cornells merkwürdiger Stimmung hatte er keine große Lust, das Gespräch noch länger fortzuführen.

»Sie sind also fest entschlossen, daß sie Ihre Frau werden soll?« fragte Cornell.

»Nun, so Gott will, daß zwischen jetzt und morgen früh nichts Unvorhergesehenes passiert, wird Miss Hetherington ganz gewiß Mrs. Fenton.«

»Aber das Schicksal will, *daß* etwas passiert«, rief Cornell, »und Sie werden den morgigen Tag nie erleben!«

Die Worte wurden blitzschnell hervorgestoßen, und ebenso schnell fiel er mit seinem ganzen Körpergewicht über Dick her, der, auf eine solche Attacke nicht gefaßt, hintenübergestoßen wurde und zwischen Beiboot und Schiff stürzte, um in den dunklen, brausenden Fluten zu verschwinden.

»Mann über Bord!« schrie der Zweite Maat aus voller Kehle, und sofort wurde der Schreckensruf aufgegriffen. Die Wache kam nach achtern gestürmt, der Kapitän raste aus seiner Kajüte an Deck, und im Nu war alles ein einziger Tumult.

»Wer ist es, wer ist es?« rief der Kapitän.

»Mr. Fenton, glaub ich, ich hab ihn nämlich noch vor ein paar Minuten auf der Reling sitzen sehen«, antwortete Cornell.

»Macht das Boot klar, Männer, schnell!« schrie der Kapitän. Dann schnitten er und Cornell die Rettungsringe los und warfen sie ins Meer.

»Ich werde versuchen, ihn zu retten, Sir«, sagte Cornell, während er sich seiner schweren Seemannsschuhe und seines Ölzeugs entledigte.

Der Kapitän erriet die Absichten seines Maates und legte ihm eine Hand auf den Arm, um ihn festzuhalten.
»Sind Sie verrückt, Mann?« sagte er. »Es reicht, wenn *ein* Leben geopfert wird.« Aber Cornell gab keine Antwort. Er schüttelte die Hand des Kapitäns ab, erklomm die Reling und sprang kopfüber in die schwarzen Fluten.
Jetzt herrschte hellste Aufregung. Alle an Bord wußten, worum es ging, doch nicht jeder wußte, daß kein anderer als Dick über Bord gegangen war. Auch Rote Lilie ahnte nichts von dieser Katastrophe, obwohl sie sich mit den übrigen Damen die Treppe heraufdrängte und in atemloser, qualvoller Spannung wartete.
Das Boot wurde bemannt und zu Wasser gelassen. Man brachte Lampen und hielt sie in die Höhe, damit sie möglichst weit über das Meer leuchten würden. Etwa eine Stunde blieb das Boot weg – eine Stunde schrecklichster, qualvoller Spannung. Das Schiff wurde beigedreht und alles Menschenmögliche getan. Schließlich kehrte das Suchboot zurück und mit ihm der Zweite Maat in einem erschöpften Zustand, aber nicht Dick, er war verschwunden, und da man nicht mehr tun konnte, wurden wieder Segel gesetzt, und die *Sirocco* ging auf Fahrt, nun mit einem Menschen weniger.
Der Weihnachtsmorgen dämmerte. Frohsinn schlug um in Bekümmernis; die Hochzeitsdekorationen wurden abgenommen und Zeichen der Trauer aufgehängt.
Behutsam und schonend brachte man die Nachricht Lily bei, und die es taten, vergaßen nicht zu erwähnen, wie »edelmütig« der Zweite Maat sein Leben aufs Spiel gesetzt habe, um das ihres Geliebten zu retten. Doch so schonend man es ihr beibringen mochte: Lily war von dem Schock wie betäubt und lag tagelang in einem Zustand teilweisen Komas. Von liebevollen Händen gepflegt und von liebevol-

len Stimmen getröstet, erholte sie sich aber nach und nach. Doch alles Sonnige schien aus ihrem Wesen verschwunden, sie war ein gebrochener Mensch.
Erstmals ging sie nun nach vielen Tagen an Deck, wo man ihr Kissen auf den Sofasessel schob; und erstmals seit jener Schreckensnacht sah sie Cornell. Ihr ganzer Abscheu vor ihm hatte sich gewandelt, und indem sie dem Mann eine weiße Hand entgegenstreckte, sprach sie mit ihrer süßen, liebevollen Stimme:
»Mr. Cornell, ich war ungerecht zu Ihnen. Sie müssen mir vergeben. Sie sind ein tapferer, hochherziger Mann.«
Er ergriff ihre Hand und antwortete:
»Ich trauere mit Ihnen, Miss Hetherington. Ich tat mein Bestes, um ihn zu retten, aber es hat nicht sollen sein. Kein Mensch kann sein Geschick verhindern. Es steht mir nicht an, zu sagen, warum Ihr Bräutigam in einem solchen Moment sein Verderben finden mußte. Es war vorherbestimmt; doch obwohl ich mit den Wogen und dem Dunkel der Nacht kämpfte, war es *mir* nicht bestimmt, zu ertrinken.«
Lily erschauerte. Der Mann sprach so seltsam. Sein Aussehen hatte so etwas Unheimliches, und sein Einfluß über sie war stärker denn je. Aber trotzdem kam ihr ein schrecklicher Gedanke. War es nicht wahrscheinlich, daß Cornell ihren Geliebten ins Meer geschleudert und sich ihm dann, von plötzlicher Reue erfaßt, hinterhergestürzt hatte?
Oh, wie dieser furchtbare Gedanke sie quälte und peinigte! Sie wehrte sich tagelang dagegen, weinte immer und immer wieder. Im einen Moment beschloß sie, ihre Mutter ins Vertrauen zu ziehen und ihr alles zu sagen. Doch wann immer dieses Gefühl sie überkam, schien der geheimnisvolle Cornell neben ihr zu stehen, und schon war all ihre Willenskraft dahin. Im einen Moment spürte sie Haß gegen

diesen Mann, im nächsten wurde sie von einer so seltsamen, mit einer Art Bewunderung vermischten Faszination für den tollkühnen, verruchten, eisern entschlossenen Kerl erfaßt, daß sie sich ihm am liebsten zu Füßen geworfen hätte.

Eine Woche später legte das Schiff in London an.
Lily und ihre Mutter gingen in Gravesend von Bord. Das arme Mädchen war gramgebeugt und glaubte, sie könne ihren Kopf nie wieder heben. Doch bevor sie an Land ging, bat Cornell dringend, sie besuchen zu dürfen. Lily hätte ihn gerne abgewiesen, aber sie konnte nicht, und mit Einwilligung ihrer Mutter gab sie ihm die Erlaubnis, denn die Mutter meinte, sie stehe in seiner Schuld.
Lily und Mrs. Hetherington zogen ins Londoner West End, wo Cornell die Erlaubnis der beiden nutzte, Lily fast jeden Tag zu besuchen. Er verkündete seine Absicht, eine gewisse Zeit nicht mehr auf See zu gehen, und die Faszination, die er schon früher auf Lily ausgeübt hatte, wurde noch stärker; obwohl sie sicher war, keine Liebe für ihn zu empfinden, fühlte sie sich auf merkwürdige Art zu ihm hingezogen. Vier Monate nach ihrer Ankunft in der Heimat drängte er das Mädchen, seine Frau zu werden, und widerstrebend gab sie ihre Zustimmung. Sie hätte gerne nein gesagt, aber sie war machtlos; und im Glauben, daß sie ihn früher verkannt und ihm unrecht getan hatte, sagte Rote Lilie:
»Ich werde Ihnen eine ergebene und treusorgende Ehefrau sein, doch dürfen Sie nie auf meine Liebe hoffen. *Die* liegt in der grausamen See begraben.«
Man einigte sich, die Hochzeit auf einen Tag in vier Monaten anzuberaumen. Cornell war gegen solch langes Zögern, aber Lily blieb hart in diesem Punkt, denn sie empfand es als pietätlos gegenüber ihrem toten Bräutigam, so bald nach

dem tragischen Unfall zu heiraten. Manch ein Mädchen, das Lily und ihren Liebhaber kannte, beneidete sie. Cornell sei ja so »gutaussehend, faszinierend« und »männlich«, ein solches »Prachtexemplar von Seemann«; wenn ihre Freundinnen sie jedoch beglückwünschten, dann seufzte sie nur. Ihr kam es vor wie ein Opfergang, aber seines vorherigen seltsamen Gebarens ungeachtet, hatte ihr Verlobter sein Leben doch so edelmütig für ihren Geliebten aufs Spiel gesetzt, und allein deshalb würde sie ihm ihre Hand geben. Sie ahnte ja nicht, daß es zu seinem teuflischen Plan gehört hatte, über Bord zu springen, und etwaigen Verdacht ablenken sollte – was auch vollauf geglückt war. Soweit es das Risiko für ihn selbst betraf, war es für ihn, als hervorragenden, starken Schwimmer, auf ein Minimum beschränkt gewesen, und vor seinem Sprung hatte er darauf geachtet, daß schon reichlich Rettungsringe im Wasser schwammen und das Boot zum Aussetzen bereit war.

Im Laufe der nächsten paar Monate zogen sich Mrs. Hetherington und ihre Tochter in das Dörfchen Bowness an den Ufern des Windermere zurück, denn dort wohnten Freunde von ihnen, und man bestellte das Aufgebot in der dortigen Pfarrkirche.

Der Hochzeitstag kam. Es war ein herrlicher Sommermorgen, die Luft erfüllt vom Gesang der Vögel und vom Duft der Blumen.

Die Trauung sollte in aller Stille stattfinden, und man hatte nur wenige Gäste eingeladen. Wer Lily gut kannte, sagte, die Rote Lilie lasse den Kopf hängen. Alle Heiterkeit war aus ihrem Leben verschwunden, denn ihr Herz lag im Golf von Biskaya begraben.

Die Hochzeitsgesellschaft hatte sich in der Kirche versammelt und die Zeremonie begonnen. Als der grauhaarige Priester fragte, ob irgend jemand einen rechtmäßigen

Grund wisse, weshalb dieser Mann und diese Frau nicht im heiligen Bund der Ehe vereint werden sollten, erhob sich jemand aus der Festgemeinde und rief mit kraftvoller Stimme: »Ich verbiete diese Heirat.«

Wäre ein Blitz in das Dach eingeschlagen, Unruhe und Verblüffung hätten nicht größer sein können. Mit einem lauten Schrei riß Rote Lilie ihre Arme hoch und fiel dann vornüber in eine Ohnmacht. Ein paar Sekunden stand Cornell wie versteinert da. Sein Gesicht war geisterbleich. Inzwischen trat der Mann zu ihm an das Altargitter, und da fand Cornell seine Sprache wieder.

»Grundgütiger!« rief er. »Können die Toten denn wiederauferstehen?«

»Nein, aber die Lebenden können die Machenschaften eines Schurken durchkreuzen, und deswegen bin ich hier«, erwiderte Dick Fenton, denn es war er. »Dieser Mann«, fuhr er fort, indem er sich an die entsetzten Zuschauer wandte, »hat versucht, mich zu ermorden.«

Niemand rührte sich. Alle waren wie gelähmt vor Staunen, denn natürlich glaubten sie, es sei ein Wahnsinniger unter ihnen. Dick selbst beugte sich hinab, hob Lilys leblose Gestalt vom Boden auf, brachte sie in die Sakristei, und Cornell nutzte die allgemeine Verwirrung: Er schlich sich aus der Kirche, und niemand hörte je wieder von ihm.

Lily kam erst nach einiger Zeit zu Bewußtsein. Besser, wir überlassen die Wiedervereinigung der beiden Liebenden der Phantasie des Lesers, denn Worte können einer solchen Szene auch nicht annähernd gerecht werden. Die Neuigkeit hatte sich im Dorf verbreitet wie ein Lauffeuer; eine riesige Menschenmenge drängte sich rings um die Kirche, und der Aufruhr war gewaltig. Die Hochzeitsgesellschaft mußte ziemlich lange warten, bevor sie nach Hause kam, und dann gab es Erklärungen.

In jener Schreckensnacht im Golf von Biskaya war Dick wie durch ein Wunder dem Tode entronnen. Obwohl ein guter Schwimmer, war er doch leicht betäubt, weil er sich bei seinem Sturz den Kopf an der Schiffswand angeschlagen hatte. Er erinnerte sich jedoch an einen entschlossenen Versuch, zu schwimmen, und wenig später hatte er etwas berührt, das sich als Rettungsring erwies. Dann erkannte er die Umrisse eines Schiffes, das er für die *Sirocco* hielt, rief aus Leibeskräften, und bald hörte er auch das Klatschen von Ruderschlägen. Er hatte nur noch eine blasse Erinnerung an eine menschliche Stimme und an das Gefühl von Händen, die ihn ergriffen. Dann folgte eine Gedächtnislücke. Als er das nächste Mal die Augen aufschlug, lag er in einer behaglichen Kabine und erfuhr bald, daß nicht die *Sirocco* ihn aufgelesen hatte, sondern ein Schiff, das erst von England in See gestochen war: die *Golden Fleece.* Sie befand sich auf dem Wege nach dem Kap, und zu seiner Qual mußte Dick feststellen, daß er sie dorthin begleiten mußte, wenn er nicht zufällig auf ein anderes Schiff umsteigen könnte, das Richtung Heimat fuhr. Diese Gelegenheit ergab sich nicht, und so landete er am Kap, bis dahin aber war es eine lange Reise. Nach seiner Ankunft schiffte er sich so schnell wie möglich nach England ein, wo er zu seiner Verblüffung entdeckte, daß Rote Lilie unmittelbar vor ihrer Hochzeit mit Cornell stand. Er war in den Lake District geeilt und hielt sich bereits eine Woche dort auf, hatte aber beschlossen, sich erst im letzten Moment zu offenbaren, damit sein Feind noch mehr zerschmettert würde.

Noch einige Monate nach diesem sonderbaren und aufwühlenden Ereignis verblieb Lily in so schwachem Gesundheitszustand, daß man sich ernsthafte Sorgen machte. Ein freudiger Schock ist mitunter ebenso schwer wie ein tragischer, und die Rückkehr ihres verlorenen Geliebten war allzu unerwartet gekommen. Dank guter Fürsorge, Pflege und einer Luftveränderung erholte sich das Mädchen allmählich, und wieder traf sie Vorbereitungen für ihre Heirat, diesmal am Weihnachtstag zwölf Monate nach dem schrecklichen Geschehnis im Golf von Biskaya, als Dick ins Meer geschleudert wurde.

Zu guter Letzt kam der Tag – eiskalt und strahlend. Die Erde war in makelloses Weiß gehüllt, die Kirche mit Stechpalmenzweigen und Winterblumen geschmückt. Während fröhlich die Glocken schallten und die Wintersonne vom trüben Himmel herabschien, führte Dick Fenton seine Braut zu der Kutsche, die sie am Ende des Gartenpfades erwartete, und die auf dem alten Kirchhof versammelten Dorfbewohner erklärten, noch nie habe man eine schönere Braut gesehen als Rote Lilie.

# Das Geheimnis der schwarzen Tasche

*C. L. Pirkis*

Der verblüffende weltweite Erfolg von Sherlock Holmes rief rasch eine große Anzahl von Detektiven hervor, die auf den Seiten populärer Monatsmagazine vielfältige Verbrechen aufklärten. Einer der besten – und frühesten – weiblichen Detektive war Loveday Brooke, deren Heldentaten die Romanautorin Mrs. Catherine Louisa Pirkis (1841–1910) im Jahrgang 1893 der Zeitschrift *Ludgate* schilderte und unter dem Titel *The Experiences of Loveday Brooke: Lady Detective* herausgab (Hutchinson, 1894). Mrs. Pirkis war nicht nur eine leidenschaftliche Menschenrechtlerin und Tierschützerin, die sich gegen die Vivisektion einsetzte, sie gehörte außerdem zu den Mitbegründern der britischen *National Canine Defence League.*

Es ist ein dickes Ding«, sagte Loveday Brooke zu Ebenezer Dyer, Chef des bekannten Detektivbüros im Lynch Court, Fleet Street. »Wenn man den Zeitungsberichten glauben darf, wurde Lady Cathrow Schmuck im Werte von dreißigtausend Pfund gestohlen.«

»Diesmal sind die Berichte ziemlich korrekt. Der Raub weicht in ein paar Punkten von den üblichen Einbrüchen in Landhäusern ab. Als Tatzeit wählte man natürlich das Abendessen. Da saßen Familie und Gäste zu Tisch, und das Personal, das nicht gebraucht wurde, verlustierte sich in

seinen eigenen vier Wänden. Auch, daß gerade Heiligabend war, kam der Sache zustatten: Die Leute waren entsprechend abgelenkt. Den Zutritt zum Haus verschaffte man sich in diesem Falle jedoch nicht auf die übliche Art und Weise, indem man eine Leiter an das Fenster des Ankleidezimmers lehnte, sondern durch ein Fenster im Erdgeschoß – zu einem kleinen Raum mit nur diesem einen Fenster und zwei Türen, von denen die eine auf den Flur führte, die andere in einen Gang zum Schlafzimmergeschoß, über die Hintertreppe. Die Herren des Hauses benutzen es, glaube ich, als eine Art Garderobe.«
»Dann war es vermutlich die Schwachstelle des Hauses?«
»Ganz recht. Sogar eine sehr große. Craigen Court, der Wohnsitz von Sir George und Lady Cathrow, ist ein eigentümliches altes Gebäude. Es hat Anbauten und Flügel in alle Himmelsrichtungen, und da dieses Fenster einer Mauer gegenüberlag, hatte es eine Buntglasscheibe, war mit einem starken Metallriegel gesichert und wurde nie aufgemacht, ob Tag oder Nacht. Für die Belüftung sorgte ein Fensterventilator, der in die obere Scheibe einmontiert war. Es scheint eine absurde Vorstellung, daß dieses Fenster, nur etwa einen Meter zwanzig über dem Erdboden, weder ein Gitter noch Fensterläden besaß, aber genau das war der Fall. Am Abend des Einbruchs muß jemand aus dem Haus bewußt, das heißt absichtlich, die einzige Sicherungsvorrichtung, den Metallriegel, geöffnet und den Dieben dadurch leichten Zutritt zum Haus ermöglicht haben.«
»Ihr Hauptverdacht, nehme ich an, richtet sich gegen das Personal?«
»Allerdings, und unter dem Personal wird man Ihre Dienste auch benötigen. Die Diebe kannten das Haus und die dortigen Gepflogenheiten wie ihre Westentasche. Lady Cathrows Schmuck wurde in einem Tresor in ihrem Anklei-

dezimmer aufbewahrt, und da das Ankleidezimmer über dem Speisezimmer liegt, sagte Sir George immer, Sicherheit sei für ihn das Höchste. (Man beachte bitte das Wortspiel; Sir George ist ziemlich stolz darauf.) Auf seinen Befehl hin wurden während des Abendessens Fensterladen und Jalousie des Speisezimmers stets offengelassen, und da sich somit volles Licht auf die Terrasse draußen ergoß, hätte dort niemand ungesehen eine Leiter aufstellen können.«

»Wie ich den Presseberichten entnehme, war es Sir Georges feste Gewohnheit, sich an Heiligabend Gäste ins Haus zu laden und ein großes Essen zu geben.«

»Ja. Sir George und Lady Cathrow sind ältere, kinderlose Herrschaften mit nur wenigen Verwandten. Folglich haben sie sehr viel Zeit für ihre Freunde.«

»Ich nehme an, der Tresorschlüssel blieb oft in den Händen von Lady Cathrows Zofe?«

»Ja – eine junge Französin, Stéphanie Delcroix. Sie hatte die Aufgabe, das Ankleidezimmer sofort, nachdem ihre Herrin gegangen war, aufzuräumen: allen Schmuck, der möglicherweise herumlag, in den Tresor zu legen, diesen zu verschließen und den Schlüssel zu behalten, bis ihre Herrin dort oben schlafenging. Am Abend des Einbruchs sei sie statt dessen jedoch gleich, als ihre Herrin das Ankleidezimmer verlassen hatte, zur Haushälterin hinuntergerannt, um zu sehen, ob Post für sie gekommen wäre; soviel gibt sie zu. Sie habe dort auch noch einige Zeit mit den anderen Dienstboten geschwatzt, aber wie lange, konnte sie nicht sagen. In der Regel kommen die Briefe für sie mit der Post um sieben Uhr dreißig von St. Omer, wo sie zu Hause ist.«

»Oh, dann hatte sie zweifellos die Gewohnheit, nach unten zu laufen, um sich nach Briefen für sie zu erkundigen, und

das wußten dann auch die Diebe, die sich anscheinend so gut im Haus auskennen.«
»Vielleicht, obwohl ich im Moment sagen muß, daß die Dinge für das Mädchen sehr schlecht stehen. Sie ist die Hauptverdächtige. Und auch ihr Verhalten, wenn man sie befragt, ist nicht dazu angetan, etwaige Verdachtsmomente zu zerstreuen. Sie gerät von einem hysterischen Anfall in den nächsten, widerspricht sich fast jedesmal, wenn sie den Mund aufmacht, schiebt dies auf ihre schlechte Kenntnis unserer Sprache, bricht in französisches Geplapper aus, gebärdet sich theatralisch und verfällt dann gleich wieder in Hysterie.«
»Das ist alles typisch französisch«, erklärte Loveday. »Legen die Herrschaften von Scotland Yard großes Gewicht darauf, daß der Tresor an jenem Abend unverschlossen blieb?«
»Ja. Und man führt gerade eine genaue Untersuchung bezüglich etwaiger Liebhaber des Mädchens durch. Zu diesem Zweck haben sie Bates in das Dorf hinuntergeschickt, damit er dort bleibt und außerhalb des Hauses sämtliche Informationen sammelt, die er bekommen kann. Aber sie wollen auch, daß sich jemand innerhalb von Craigen Court unter die Dienstmädchen mischt und herausfindet, ob Stéphanie Delcroix eines von ihnen ins Vertrauen zog, was ihre Verehrer betrifft. Darum wurde ich gefragt, ob ich zu diesem Zweck nicht eine meiner findigsten Detektivinnen hinschicken würde, und ich, Miss Brooke, ließ wiederum nach Ihnen schicken – nehmen Sie das als Kompliment, wenn Sie wollen. Also holen Sie jetzt bitte Ihr Notizbuch heraus, dann gebe ich Ihnen Anweisungen.«
Loveday Brooke war zu diesem Zeitpunkt ihrer Karriere knapp über dreißig Jahre und am besten durch eine Reihe von Zwar und Aber zu beschreiben.

Sie war nicht groß, aber auch nicht klein; sie war nicht dunkelhaarig, aber auch nicht blond; sie war weder hübsch, noch war sie häßlich. Ihre Züge wirkten insgesamt undefinierbar. Ihre einzige auffallende Eigenart bestand in der Angewohnheit, die Augenlider, wenn sie in Gedanken versunken war, so weit zu senken, daß ihr Augapfel nur noch einen schmalen Schlitz darstellte und sie die Welt eher durch einen Spalt zu betrachten schien als durch ein Fenster.
Ihre Kleidung war schwarz – sie trug nie etwas anderes – und fast quäkerhaft in ihrer adretten Sprödigkeit.
Es lag ungefähr fünf oder sechs Jahre zurück, da war Loveday durch eine jähe Schicksalswende bettelarm und beinahe ohne Freunde in die Welt geschleudert worden. Irgendein besonderes Können, aus dem sich Gewinn schlagen ließe, hatte sie nicht; also hatte sie den Konventionen getrotzt und spontan einen Berufsweg eingeschlagen, durch den sie von ihren früheren Gefährten und ihrer früheren gesellschaftlichen Position abrupt abgeschnitten wurde. Fünf oder sechs Jahre lang plagte sie sich geduldig in den unteren Rängen ihres Metiers; dann führte der Zufall, oder genauer gesagt: ein verzwickter Kriminalfall, sie dem erfahrenen Chef der gutgehenden Detektei im Lynch Court über den Weg. Der entdeckte recht bald, aus welchem Holz sie geschnitzt war, und setzte sie auf hochkarätigere Fälle an – Fälle, die sowohl ihm als auch Loveday zusätzliches Einkommen und Ansehen bescherten.
Ebenezer Dyer neigte in der Regel nicht zur Schwärmerei, doch was Miss Brookes Eignung für den von ihr gewählten Beruf anging, wurde er mitunter redselig.
»Zu sehr Dame, meinen Sie?« sagte er jedem, der diese Eignung in Zweifel ziehen mochte. »Kümmert mich keinen Deut, ob sie eine Dame ist oder nicht. Ich weiß nur, daß

ich nie einer vernünftiger und praktischer denkenden Frau begegnet bin. Erstens besitzt sie die – unter Frauen so seltene – Eigenschaft, Befehle bis aufs i-Tüpfelchen zu befolgen, zweitens hat sie einen klaren, scharfen Verstand, der frei ist von akademischer Engstirnigkeit, und vor allem verfügt sie über so viel gesunden Menschenverstand, daß es geradezu genial ist – ausgesprochen genial, Sir.«

Doch obwohl Loveday und ihr Chef in der Regel auf zwanglosem, freundlichem Fuße miteinander verkehrten, kam es zeitweise vor, daß sie einander die Zähne zeigten.

So wie jetzt wieder einmal.

Offenbar hatte Loveday keine Lust, ihr Notizbuch zu zükken und sich Instruktionen geben zu lassen.

»Ich möchte wissen«, sagte sie, »ob das, was ich in der Zeitung gelesen habe, stimmt – daß einer der Diebe sich vor dem Gehen die Mühe machte, die Tresortür zu schließen, und mit Kreide quer darüberschrieb: ›Unmöbliert zu vermieten‹?«

»Das stimmt genau, aber ich wüßte nicht, warum man das groß beachten sollte. Die Gauner tun oft so etwas, aus Frechheit oder Prahlerei. Bei diesem Raub in Reigate gestern sind sie an das Schreibpult einer Lady gegangen, haben ein Notizblatt genommen und darauf ›Dankeschön‹ geschrieben, weil sie freundlicherweise das Schloß ihres Tresors nicht reparieren ließ. Also, wenn Sie jetzt bitte Ihr Notizbuch nehmen ...«

»Nicht so hastig«, erwiderte Loveday ruhig. »Ich möchte wissen, ob Sie das hier schon gesehen haben?« Sie beugte sich über den Schreibtisch und reichte ihrem Chef einen Zeitungsausschnitt, den sie aus ihrer Brieftasche gezogen hatte.

Mr. Dyer war ein großer, stark gebauter Mann mit dickem Kopf, gütiger kahler Stirn und einem leutseligen Lächeln.

Dieses Lächeln erwies sich für die Arglosen jedoch oft als Falle, denn er hatte ein so reizbares Temperament, daß ein Kind ihn mit einem zufälligen Wort in Harnisch bringen konnte.
Das leutselige Lächeln verschwand, als er Loveday den Zeitungsausschnitt aus der Hand nahm.
»Wenn Sie sich bitte merken wollen, Miss Brooke«, sagte er barsch, »daß ich in meiner Firma zwar die Eilpost zu benutzen pflege, aber nirgendwo als hektisch bekannt bin; Hast in Geschäftsdingen halte ich für das besondere Kennzeichen der Schlampigen und Unpünktlichen.«
Dann, wie um Loveday noch mehr zu widersprechen, faltete er sehr bedächtig ihr Stück Zeitung auseinander und las langsam, indem er jedes Wort und jede Silbe betonte:

»Außergewöhnlicher Fund
Eine große schwarze Ledertasche wurde gestern früh von einem der Smithschen Zeitungsjungen entdeckt. Sie befand sich auf der Schwelle eines Hauses an der Straße zwischen Easterbrook und Wreford, das von einer älteren, alleinstehenden Dame bewohnt wird. Der Tascheninhalt besteht unter anderem aus einem Priesterkragen mit Beffchen, einem Gesang- und einem Gebetbuch, einer Ausgabe der Werke Vergils, einem Faksimile der Magna Carta (mit Übersetzungen), einem schwarzen Paar Kinderhandschuhe, Kamm und Bürste, einigen Zeitungen sowie mehreren Kleingegenständen, die auf einen geistlichen Besitzer deuten. Oben auf der Tasche fand man folgenden außergewöhnlichen Brief, der mit Feder auf einen großen Zettel geschrieben wurde:
›Der Tag des Verhängnisses ist gekommen. Ich muß

mein Dasein beschließen. Ich gehe von hinnen, und niemand wird mich je wiedersehen. Aber ich möchte dem Leichenbeschauer und dem Gericht mitteilen, daß ich im Vollbesitz meiner geistigen Kräfte bin und ein Befund auf zeitweilige Umnachtung in meinem Falle und nach dieser Erklärung ein grober Irrtum wäre. Es ist mir gleichgültig, ob es sich um *felo de se* handelt, denn ich werde alles Leid hinter mir lassen. Suchen Sie in der unmittelbaren Umgebung gründlich nach meinem armen entseelten Körper – auf der kalten Heide, den Eisenbahnschienen oder im Fluß bei jener Brücke. Ein paar Sekunden werden darüber bestimmen, wie ich aus dem Leben scheide. Wäre ich nicht vom rechten Pfad abgekommen, so hätte ich wohl eine Säule jener Kirche sein können, deren unwürdiger Jünger und Priester ich nun bin; doch die verdammenswerte Sünde des Glücksspiels hat sich meiner bemächtigt, und Pferdewetten waren mein Verderben wie schon das von Tausenden vor mir. Jüngling, meide den Buchmacher und die Rennbahn wie das Fegefeuer! Lebt wohl, ihr Gefährten Magdalenas. Lebt wohl und seid gewarnt. Obwohl ich stolzer Verwandter eines Herzogs, einer Marquise und eines Bischofs bin und der Sohn einer Adligen, bin ich wahrlich doch auch ein Heimatloser und Ausgestoßener. Sei mir willkommen, süßer Tod! Ich wage nicht, mit meinem Namen zu unterzeichnen. Ihr allesamt, lebt wohl! O meine arme markgräfliche Mutter, sei im Sterben noch einmal geküßt. RIP.‹

Polizei und Eisenbahnbeamte nahmen inzwischen eine gründliche Durchsuchung in der Umgebung des Bahnhofs vor, doch der ›arme entseelte Körper‹

blieb unentdeckt. Obwohl der Angelegenheit weiter nachgegangen wird, neigen die Polizeibehörden zu der Überzeugung, es handele sich bei dem zitierten Brief um einen groben Scherz.«

Genauso bedächtig, wie er den Ausschnitt auseinandergefaltet und vorgelesen hatte, legte ihn Mr. Dyer wieder zusammen und gab ihn Loveday zurück.
»Darf man fragen«, sagte er sarkastisch, »was Sie an diesem Dummenjungenstreich so interessant finden, daß Sie Ihre und meine kostbare Zeit deswegen vergeuden?«
»Ich wollte wissen«, erwiderte Loveday in demselben gemessenen Tonfall wie zuvor, »ob Sie irgend etwas darin entdecken, das einen Zusammenhang mit dem Einbruch in Craigen Court herstellt.«
Mr. Dyer starrte ihr entgeistert ins Gesicht.
»Als kleiner Junge«, sagte er ebenso sarkastisch wie vorher, »habe ich mit anderen immer ein Spiel gemacht, das hieß ›Rat mal, was ich g'rad denke‹. Einer mußte an irgend etwas Verrücktes denken – sagen wir mal, die Spitze eines Monuments –, und ein anderer riet aufs Geratewohl – sagen wir mal, er denke gerade an seine linke Stiefelkappe; der Ärmste mußte dann die Verbindung zwischen der linken Stiefelkappe und dieser Denkmalsspitze aufzeigen. Miss Brooke, ich hege um unser beider willen nicht den Wunsch, dieses törichte Spiel heute abend zu wiederholen.«
»Oh, sehr schön«, erwiderte Loveday gelassen. »Ich dachte nur, Sie hätten vielleicht Lust, die Sache durchzusprechen, weiter nichts. Geben Sie mir meine ›Anweisungen‹, wie Sie sich auszudrücken belieben, dann werde ich mich bemühen, mein Augenmerk auf die kleine französische Zofe und ihre diversen Liebhaber zu konzentrieren.«
Mr. Dyer wurde wieder freundlich.

»Jawohl, genau darauf sollten Ihre Überlegungen sich richten«, sagte er. »Am besten, Sie fahren morgen mit dem ersten Zug nach Craigen Court – das sind mit der Great Eastern Line zirka sechzig Meilen von hier. Bei der Station ›Huxwell‹ müssen Sie aussteigen. Dort wird einer der Knechte vom Court Sie abholen und zum Haus bringen. Ich habe mich mit der dortigen Haushälterin – Mrs. Williams, einer sehr achtbaren und diskreten Person – abgesprochen, daß sie Sie im Hause als eine ihrer Nichten ausgibt, die nach schwerem Studium auf einen Erholungsbesuch kommt, bevor sie ihre Zulassungsprüfung für Pensionatslehrerinnen absolviert. Natürlich haben unter der Überarbeitung sowohl Ihre Augen als auch Ihre Gesundheit gelitten; darum können Sie Ihre blaue Brille tragen. Sie heißen übrigens Jane Smith – besser, Sie schreiben es sich auf. Ihre ganze Arbeit wird sich im Bereich der Personalunterkünfte abspielen, so daß Sie weder Sir George noch Lady Cathrow persönlich begegnen müssen – genauer gesagt, sie wurden beide nicht über Ihre Besuchspläne unterrichtet; je weniger Personen wir einweihen, desto besser. Ich habe jedoch keinen Zweifel, daß Bates über Scotland Yard von Ihrer Anwesenheit im Haus erfahren und Wert darauf legen wird, sich mit Ihnen zu treffen.«

»Hat Bates schon irgend etwas Wichtiges eruiert?«

»Bis jetzt nicht. Er hat einen von den Verehrern des Mädchens entdeckt, einen jungen Bauern namens Holt; doch da der anscheinend ein ehrlicher, respektabler Bursche und über jeden Verdacht erhaben ist, zählt diese Entdeckung nicht sehr viel.«

»Ich denke, damit wären alle Fragen geklärt«, sagte Loveday und stand auf, um sich zu verabschieden. »Natürlich werde ich, falls sich die Notwendigkeit ergibt, in unserer üblichen Chiffre telegraphieren.«

Zu den Insassen des ersten Zuges, der am nächsten Morgen von Bishopsgate Richtung Huxwell fuhr, gehörte auch Loveday Brooke. Sie war in adrettes Schwarz gekleidet, wie es sich nach allgemeinem Ermessen für die Dienstboten der Oberschicht geziemt. Der einzige Lesestoff, mit dem sie sich versorgt hatte, um sich während der langen Fahrt die Zeit zu vertreiben, bestand aus einem kleinen, in Pappdeckel gebundenen Büchlein mit dem Titel »Schatzkästlein des Vortragskünstlers« und schien speziell auf die Ansprüche drittklassiger Freizeit-Deklamatoren zugeschnitten.
Während der ersten Hälfte ihrer Reise schien Miss Brooke völlig in den Inhalt dieses Buches vertieft. Während der zweiten lehnte sie sich regungslos und mit geschlossenen Augen in ihrem Abteil zurück, als wäre sie eingeschlafen oder in Gedanken weit weg.
Als der Zug in Huxwell anhielt, wurde sie aus ihrer Ruhe gerissen und sammelte rasch ihre Umhängetücher ein.
Der Knecht von Craigen Court war von den ländlichen Herumtreibern auf dem Bahnsteig unschwer zu unterscheiden. Doch jemand anderer, der neben dieser säuberlichen, gepflegten Erscheinung stand, erregte im selben Moment Lovedays Aufmerksamkeit – Bates von Scotland Yard, aufgemacht im Stil eines Handlungsreisenden und den obligatorischen »Vertreterkoffer« in seiner Hand. Er war ein kleiner, drahtiger Mann mit roten Haaren, ebensolchem Backenbart und einem ungeduldigen Gesichtsausdruck.
»Ich bin halb erfroren«, wandte sich Loveday an Sir Georges Knecht. »Wenn Sie sich freundlicherweise um mein Gepäck kümmern, würde ich lieber zu Fuß nach Craigen Court gehen.«
Der Mann beschrieb ihr den Weg, den sie zu gehen hätte, und fuhr dann mit ihrem Koffer davon, so daß sie Mr.

Bates' offensichtlichem Wunsch nach einem Spaziergang und einem vertraulichen Gespräch auf der Landstraße folgen konnte.
Wie es schien, war Bates an diesem Vormittag bestens gelaunt.
»Ganz simple Sache das, Miss Brooke«, sagte er. »Reine Routinearbeit, meines Erachtens, wenn Sie innerhalb des Hauses ermitteln und ich draußen. Bisher sind keine Komplikationen aufgetaucht, und wenn dieses Mädchen nicht vor Ende nächster Woche hinter Gittern sitzt, will ich nicht Jeremiah Bates heißen.«
»Sie meinen diese französische Zofe?«
»Na, selbstverständlich. Meines Erachtens besteht kaum ein Zweifel daran, daß sie sowohl den Tresor als auch das Fenster geöffnet hat. Wissen Sie, ich sehe die Sache so, Miss Brooke: Jedes Mädchen hat einen oder mehrere Verehrer, sag ich mir, aber ein hübsches Mädchen wie diese französische Zofe muß doppelt so viele haben. Das heißt natürlich auch: Je größer die Zahl der Liebhaber, desto höher die Chance, ein kriminelles Subjekt darunter zu finden. Ist doch sonnenklar, oder?«
»Absolut.«
Bates fühlte sich ermuntert, fortzufahren.
»Gut, wenn ich also auf dieser Basis weiter argumentiere, so sage ich mir: Dieses Mädchen ist nur ein hübsches, einfältiges Ding, keine eingefleischte Verbrecherin, sonst hätte sie nicht gestanden, daß sie die Tresortür offenließ; gib ihr genug Leine, und sie verheddert sich von selbst darin. Wenn wir sie in Ruhe lassen, läuft sie in ein, zwei Tagen davon, um sich mit dem Burschen zu treffen, dem sie geholfen hat, sein Schäfchen ins trockene zu bringen, und wir schnappen sie alle beide zwischen hier und der Meerenge von Dover, vielleicht bekommen wir sogar einen Hin-

weis, der uns auf die Spur ihrer Komplizen bringt. He, Miss Brooke, das wär doch eine lohnende Sache, oder?«

»Zweifellos. Wer kommt denn dort so rasant in diesem Zweisitzer an?«

Die Frage wurde hinzugefügt, als hinter Loveday das Geräusch von Rädern ertönte und sie sich umdrehte.

Auch Bates wandte den Kopf. »Oh, der junge Holt! Sein Vater ist Landwirt, ein paar Meilen von hier. Holt junior gehört zu Stéphanies Verehrern, und ich würde sagen, er ist noch der beste von allen, wenn auch nicht der Hauptfavorit; wie man hört, muß ihm klammheimlich jemand den Rang abgelaufen haben. Seit dem Einbruch hätte ihm das Mädchen nur noch die kalte Schulter gezeigt.«

Als der junge Mann in seinem Zweisitzer näher kam, bremste er ab, und Loveday konnte den offenen, ehrlichen Ausdruck dieses Gesichts nur bewundern.

»Ist noch Platz für jemand – kann ich Sie mitnehmen?« fragte er, während er neben ihnen herfuhr.

Und zum unaussprechlichen Mißfallen von Bates, der auf ein mindestens einstündiges Gespräch unter vier Augen gerechnet hatte, nahm Miss Brooke die Einladung des jungen Bauern an und stieg neben ihm in den Wagen.

Während sie flott die Landstraße entlangfuhren, erklärte ihm Loveday, daß sie nach Craigen Court wolle und dort fremd sei, deshalb müsse sie sich darauf verlassen, daß er sie an der nächstgelegenen Stelle absetzen würde.

Bei der Erwähnung von Craigen Court verdüsterte sich das Gesicht des jungen Mannes.

»Sie haben Ärger dort, und Ihr Ärger hat auch anderen welchen gemacht«, sagte er ein wenig bitter.

»Ich weiß«, antwortete Loveday mitfühlend. »Das ist oft so. Unter solchen Umständen bleibt der Verdacht häufig an einem völlig Unschuldigen hängen.«

»Genau! Genau!« rief er aufgeregt. »Wenn Sie in dieses Haus reingehen, werden Sie erleben, daß man ihr alle möglichen Schlechtigkeiten nachsagt und sich jeder gegen sie stellt. Aber sie ist unschuldig. Ich schwöre Ihnen, sie ist genauso unschuldig wie Sie oder ich.«
Seine Stimme übertönte das Hufgetrappel seines Pferdes. Anscheinend war ihm gar nicht bewußt, daß er keinen Namen erwähnt hatte und daß Loveday als eine Fremde nur raten könnte, von wem er sprach.
»Wer es wirklich war, weiß der Himmel«, fuhr er nach einem Moment des Schweigens fort. »Es ist nicht meine Sache, schlecht über irgend jemanden aus dem Haus dort zu reden. Ich kann nur sagen, daß sie unschuldig ist; dafür leg ich meine Hand ins Feuer.«
»Was für ein Glück, daß das Mädchen jemanden gefunden hat, der so an sie glaubt und ihr vertraut wie Sie«, meinte Loveday noch mitfühlender als zuvor.
»Wirklich? Dann wünschte ich, sie hätte ihr Glück beim Schopf gepackt«, entgegnete er bitter. »Die meisten Mädchen in ihrer Situation wären froh, einen Mann zu haben, der durch dick und dünn zu ihnen hält. Aber sie nicht! Seit diesem verdammten Einbruch weigert sie sich strikt, mich zu sehen, läßt meine Briefe unbeantwortet, schickt mir nicht mal eine Nachricht. Dabei, großer Gott, würd ich sie morgen heiraten, wenn ich die Gelegenheit hätte, und wehe dem, der nur *ein* Wort gegen sie sagt!«
Er peitschte sein Pony voran. Die Hecken auf beiden Seiten schienen vorbeizufliegen, und noch ehe Loveday merkte, daß ihre Fahrt auch nur halb vorüber war, hatte er schon die Zügel gezogen und half ihr, am Dienstboteneingang von Craigen Court auszusteigen.
»Sie richten ihr doch bei Gelegenheit aus, was ich Ihnen gesagt habe, und bitten sie, sich mit mir zu treffen, wär es

auch nur für fünf Minuten?« fragte er, bevor er wieder in seinen Einspänner stieg. Und während Loveday dem jungen Mann für seine Liebenswürdigkeit dankte, versprach sie ihm, eine Gelegenheit herbeizuführen, bei der sie dem Mädchen seine Botschaft ausrichten wolle.

Mrs. Williams, die Haushälterin, begrüßte Loveday im Flur und brachte sie dann auf ihr eigenes Zimmer, wo sie ihre Umhängetücher ausziehen konnte. Mrs. Williams war Witwe eines Londoner Kaufmanns und der durchschnittlichen Haushälterin in Sprache und Benehmen etwas überlegen. Als leutseliger, liebenswürdiger Mensch kam sie ohne Umschweife mit Loveday ins Gespräch. Es wurde Tee gebracht, und die beiden Frauen schienen sich auf Anhieb zu verstehen. Im Laufe dieser zwanglosen, angenehmen Unterhaltung entlockte Loveday ihrem Gegenüber die ganze Geschichte von den Ereignissen am Tag des Verbrechens, die Anzahl und die Namen der Gäste, welche sich an jenem Abend zu Tisch gesetzt hatten, sowie ein paar andere, scheinbar nebensächliche Einzelheiten.

Die Haushälterin versuchte die äußerst unerfreuliche Situation, in der sie und jeder der Hausangestellten sich derzeit befanden, erst gar nicht zu verhehlen.

»Momentan fühlen wir uns alle nicht wohl miteinander«, sagte sie, während sie Loveday heißen Tee einschenkte und ein loderndes Feuer schürte. »Jeder bildet sich ein, jeder andere würde ihn beziehungsweise sie verdächtigen und versuchen, Worte oder Taten aus der Vergangenheit als Beweis auszukramen. Das ganze Haus ist wie überschattet. Und das auch noch zur Weihnachtszeit; ausgerechnet dann, wenn sonst alle am fröhlichsten sind!« Und an dieser Stelle warf sie einen bekümmerten Blick auf den großen Bund Mistel- und Stechpalmenzweige, der an der Decke hing.

»Ich vermute, unter dem Personal geht es an Weihnachten sonst *sehr* lustig zu«, meinte Loveday. »Dienstbotenfeste, Theaterspiele und dergleichen?«

»O ja, früher! Wenn ich an letztes Jahr denke und an den Spaß, den wir alle hatten, kann ich kaum glauben, daß wir im selben Haus sind. Unser Dienstbotenball kommt immer nach dem Ball der gnädigen Frau, wir dürfen offiziell unsere Freundinnen und Freunde einladen, und wir machen durch, so lange es uns gefällt. Am Anfang unseres Abends gibt es immer ein Konzert und Unterhaltungsvorträge, dann essen wir, und danach wird getanzt bis morgens früh, aber dieses Jahr ...!« Sie brach ab, und ihr langes, schwermütiges Kopfschütteln sprach Bände.

»Ich nehme an«, sagte Loveday, »einige von Ihren Freundinnen und Freunden sind sehr gute Musiker und Vortragskünstler?«

»O ja, *sehr* gute. Sir George und die gnädige Frau sind bei diesem frühen Teil des Abends stets mit von der Partie. Sie hätten sehen müssen, wie Harry Emmett letztes Jahr in Gefängniskluft und mit ein bißchen Werg in der Hand den ›Edlen Sträfling‹ vortrug! Sir George hat sich halb totgelacht und meinte, wenn der junge Mann zur Bühne gegangen wäre, dann hätte er sicher ein Vermögen gemacht.«

»Nur halb voll bitte«, sagte Loveday, während sie ihre Tasse hinhielt. »Wer war denn dieser Harry Emmett – der Liebhaber eines Ihrer Dienstmädchen?«

»Oh, der hat mit allen geflirtet, aber geliebt hat er keine. Er war Lakai bei Colonel James, der mit Sir George dick befreundet ist, und Harry mußte ständig hin- und herlaufen, um Nachrichten zwischen den beiden zu übermitteln. Sein Vater hat, glaube ich, in London eine Mietdroschke gefahren, was auch Harry eine Zeitlang tat; aber dann wollte er unbedingt Diener bei einem vornehmen Herrn werden und hat diesen Beruf auch zur vollen Zufriedenheit erfüllt. Er war immer so ein hübscher, gescheiter Bursche, so lustig und gut gelaunt, daß jeder ihn gern hatte. Aber wahrscheinlich langweile ich Sie mit alledem; Sie möchten natürlich über etwas anderes reden.« Und die Haushälterin seufzte erneut, als dieser furchtbare Raub ihr wieder einfiel.

»Durchaus nicht. Sie und Ihre Feste interessieren mich sehr. Ist Emmett immer noch hier in der Nähe? Ich würde fürs Leben gern selbst einmal hören, wie er etwas vorträgt.«

»Leider hat er vor etwa sechs Monaten bei Colonel James gekündigt. Zuerst ist er uns allen sehr abgegangen. Er war ein netter, gutmütiger Bursche, und ich weiß noch, wie er mir erzählt hat, er wolle jetzt für seine liebe alte Großmutter sorgen, die irgendwo einen Süßwarenladen hatte – wo, weiß ich nicht mehr genau.«

Loveday hatte sich in ihrem Stuhl zurückgelehnt, und ihre Augenlider waren so weit gesenkt, daß sie wortwörtlich durch »Schlitze« sah statt durch Augen.

Völlig unvermittelt wechselte sie das Thema.

»Wann dürfte ich mich in Lady Cathrows Ankleidezimmer denn einmal umsehen?« fragte sie.

Die Haushälterin blickte auf ihre Uhr. »Jetzt gleich«, antwortete sie. »Es ist Viertel vor fünf, und manchmal geht die gnädige Frau auf ihr Zimmer, um ein halbes Stündchen auszuruhen, ehe sie sich zum Abendessen umzieht.«

»Ist Stéphanie immer noch Lady Cathrows Zofe?« fragte Miss Brooke, während sie der Haushälterin über die Hintertreppe ins Schlafzimmergeschoß folgte.

»Ja, Sir George und die gnädige Frau waren während dieser ganzen schweren Zeit die Güte selbst zu uns Angestellten, sie sagen, wir seien alle unschuldig, bis jemand das Gegenteil beweist, und möchten, daß sich an unserem Dienst nicht das geringste ändert.«

»Stéphanie dürfte ihrer Aufgabe doch kaum mehr gewachsen sein?«
»Schwerlich. Die ersten zwei, drei Tage, nachdem die Ermittler hier waren, ist sie von morgens bis abends hysterisch gewesen, aber jetzt ist sie nur noch finster und verschlossen, ißt nichts und spricht mit keinem von uns ein Wort, außer sie muß. Bitte, das ist das Ankleidezimmer der gnädigen Frau. Wenn Sie eintreten wollen ...«
Loveday trat in einen großen, prächtig möblierten Raum und ging natürlich schnurstracks zu dem Hauptanziehungspunkt – dem eisernen Tresor, der in die Wand zwischen Ankleide- und Schlafzimmer eingelassen war.
Es handelte sich um einen Tresor gewöhnlicher Bauart, mit einer starken Eisentür und Sperrmechanismus. Quer über diese Tür jedoch stand in mit Kreide geschriebenen, ihrer Größe und Kühnheit nach trotzig wirkenden Lettern: »Unmöbliert zu vermieten.«
Loveday verbrachte etwa fünf Minuten vor dem Tresor, wobei sich ihre ganze Aufmerksamkeit auf den fraglichen Schriftzug konzentrierte.
Sie entnahm ihrem Notizbuch einen schmalen Streifen Pauspapier und verglich das, was darauf geschrieben stand, Buchstabe für Buchstabe mit dem auf der Tresortür. Dies getan, wandte sie sich wieder an Mrs. Williams und verkündete, sie sei jetzt bereit, ihr in das darunterliegende Zimmer zu folgen.
Mrs. Williams wirkte überrascht. Ihre gute Meinung über Miss Brookes berufliches Können erlitt eine schwere Beeinträchtigung.
»Ihre männlichen Kollegen«, sagte sie, »waren über eine Stunde in diesem Raum, sie haben den Boden abgeschritten, die Kerzen ausgemessen, den ...«
»Mrs. Williams«, unterbrach Loveday, »ich bin wirklich so-

weit, mir nun das Zimmer *unter* diesem anzuschauen.« Ihr Verhalten hatte sich von geschwätziger Freundlichkeit in das einer Geschäftsfrau verwandelt, die intensiv ihrem Beruf nachging.

Ohne ein weiteres Wort marschierte Mrs. Williams in das Kämmerchen voran, das sich als »Schwachstelle« des Hauses erwiesen hatte.

Sie betraten es durch die Tür, die auf den Gang zur Hintertreppe führte, und Loveday stellte fest, daß es haargenau so aussah, wie Mr. Dyer es beschrieben hatte. Sie brauchte keinen zweiten Blick auf das Fenster zu werfen, um zu sehen, wie bequem es jeder von außen aufmachen und in das Zimmer steigen konnte, wenn der Metallriegel erst einmal geöffnet war.

Loveday verschwendete hier keine Zeit. Sehr zu Mrs. Williams' Staunen und Enttäuschung durchschritt sie den Raum lediglich, um gleich zur anderen Tür wieder hinauszugehen, die in den Empfangssaal des Hauses führte.

Hier allerdings hielt sie inne und stellte eine Frage:

»Befindet sich der Stuhl dort immer genau an dieser Stelle?« Sie deutete auf einen Eichensessel, der unmittelbar vor dem eben verlassenen Zimmer stand.

Die Haushälterin bejahte. Es sei ein warmes Eckchen. Die »gnädige Frau« lege besonderen Wert darauf, daß jeder Bote, der in dieses Haus kam, einen gemütlichen Platz zum Warten habe.

»Es wäre schön, wenn Sie mich jetzt wieder auf mein Zimmer führten«, sagte Loveday etwas unvermittelt. »Und hätten Sie wohl die Güte, mir ein Handelsadreßbuch des Bezirks hinaufzuschicken – das heißt, falls so etwas im Haus ist?«

Mit einer Aura von verletztem Stolz ging Mrs. Williams wieder voran ins Schlafzimmergeschoß. Die würdige Haus-

hälterin fühlte sich durch Miss Brookes mangelndes Interesse an den Zimmern, die ihrer Meinung nach derzeit die »Vorzeigeräume« des Hauses waren, irgendwie persönlich gekränkt.
»Soll ich jemanden schicken, der Ihnen beim Auspacken hilft?« fragte sie ein wenig frostig an der Tür zu Lovedays Zimmer.
»Nein, danke; es gibt nicht viel auszupacken. Ich muß mit dem ersten Zug morgen früh wieder weg.«
»Morgen früh? Aber ich habe doch schon jedem erzählt, Sie würden mindestens vierzehn Tage bleiben!«
»Oh, dann müssen Sie eben sagen, ein Telegramm hätte mich plötzlich nach Hause beordert. Ich kann mich doch sicher darauf verlassen, daß Sie eine Ausrede für mich erfinden. Aber bitte erst nach dem Abendessen! Ich würde gern mit Ihnen allen zu Tisch sitzen. Dann lerne ich ja wohl auch Stéphanie kennen?«
Die Haushälterin bejahte und ging – voll Verwunderung über das seltsame Gebaren des jungen Fräuleins, das sie zuerst für »eine so nette, liebenswerte, ansprechbare Person« gehalten hatte.
Als sich die Dienstboten jedoch zum Abendessen versammelten, das für sie die schönste Mahlzeit des Tages war, erwartete sie eine große Überraschung.
Stéphanie blieb ihrem angestammten Platz fern, und eine andere Zofe, die man schickte, um sie zu rufen, kehrte mit der Nachricht zurück, Stéphanies Zimmer sei leer und das Mädchen selbst nirgendwo zu finden.
Loveday und Mrs. Williams gingen gemeinsam in Stéphanies Kammer, die ihr gewohntes Aussehen zeigte: Niemand hatte etwas eingepackt, und außer ihrem Hut und ihrer Jakke hatte das Mädchen anscheinend nichts mitgenommen.
Bei näherer Nachforschung kam heraus, daß Stéphanie wie

immer ihrer Herrin geholfen hatte, sich für das Abendessen umzuziehen; daß aber anscheinend kein Mensch im Haus sie danach noch gesehen hatte.
Mrs. Williams schien die Sache wichtig genug, um sie sogleich den gnädigen Herrschaften zu melden, und Sir George wiederum entsandte auf der Stelle einen Boten zu Mr. Bates im »King's Head«, der zu sofortiger Beratung herkommen solle.
Loveday schickte eine Nachricht in andere Richtung – zur Farm von Mr. Holt junior, dem sie Einzelheiten über das Verschwinden des Mädchens zukommen ließ.
Mr. Bates hatte mit Sir George eine kurze Unterredung in dessen Arbeitszimmer, aus dem er strahlend wieder herauskam. Er wollte unbedingt Loveday sprechen, ehe er dieses Haus verließ, und bat sie, sich eine Minute in der Auffahrt draußen mit ihm zu treffen.
Loveday setzte ihren Hut auf und ging hinaus. Als sie zu Mr. Bates kam, tanzte der fast vor Freude.
»Hab ich's doch gewußt! Hab ich's doch gewußt! Stimmt's, Miss Brooke? Ich hab's ja gleich gesagt!« jubilierte er. »Noch vor morgen früh finden wir ihre Spur, keine Sorge! Ich bin auf alles vorbereitet. Ich wußte die ganze Zeit, was sie im Schilde führt. Falls das Mädchen türmt, habe ich mir gesagt, dann, nachdem die gnädige Frau sich zum Essen umgezogen hat – wenn unsere Kleine zwei volle Stunden ungestört ist, wenn niemand ihre Abwesenheit bemerkt und wenn sie ohne allzuviel Mühe den Zug von Huxwell nach Wreford erwischen kann. Nun, nach Wreford kommt sie schon, aber ab da wird sie auf Schritt und Tritt überwacht. Erst gestern habe ich einen Mann dorthinkommandiert – einen wahren Profi in solchen Dingen – und ihm die ganze Sache erklärt, er wird das Mädchen bis zu dessen Schlupfloch verfolgen. Sie hat nichts mitgenommen, sagen

Sie? Wennschon! Sie glaubt, dort, wo sie hingeht, alles zu finden, was sie sich wünscht – das sprichwörtliche ›gemachte Nest‹, wie? Na, statt sich dort reinzusetzen, wie sie sich's ausmalt, wird sie direkt dem Detektiv in die Arme laufen und uns ihren Kumpel gleich mit servieren. Sie werden alle ins Netz gehen, noch bevor dieser Tag ganz zu Ende ist, oder ich will nicht Jeremiah Bates heißen.«

»Was gedenken Sie jetzt zu tun?« fragte Loveday, als er mit seiner Tirade fertig war.

»Also! Ich gehe wieder ins ›King's Head‹, um auf das Telegramm meines Kollegen in Wreford zu warten. Sobald er das Mädchen vor sich hat, wird er mir Anweisung geben, wo ich mich mit ihm treffen soll. Huxwell ist ja so abgelegen, und zwischen sieben Uhr dreißig und zehn Uhr fünfzehn geht nur ein Zug; deshalb sind wir ziemlich sicher, daß die Kleine nach Wreford will, da brauche ich mir gar keine Sorgen zu machen.«

»So?« fragte Loveday sehr ernst. »Ich kann mir noch etwas vorstellen, wohin dieses Mädchen vielleicht will – an den Fluß durch den Wald, an dem wir heute vormittag vorbeigefahren sind. Gute Nacht, Mr. Bates, es ist kalt hier draußen. Selbstverständlich werden Sie sofort Sir George informieren, wenn Sie Neuigkeiten haben.«

An diesem Abend blieben die Hausangestellten noch lange wach, doch von Stéphanie kam nirgendwoher eine Nachricht. Mr. Bates hatte Sir George eingeschärft, wie unklug es sei, um die Flüchtige viel Lärm zu machen, da sie dies möglicherweise davon abschrecken könne, sich mit demjenigen zu treffen, den er so gern als ihren »Kumpel« bezeichnete.

»Wir möchten sie lautlos verfolgen, Sir George, lautlos wie ein Schatten«, hatte er vollmundig erklärt, »dann schnappen wir uns die beiden, und ich bin überzeugt: auch ihre Beute.« Sir George wiederum hatte Mr. Bates' Wünsche seinen Angestellten eingeschärft, und wäre nicht die Nachricht gewesen, die Loveday am frühen Abend dem jungen Holt geschickt hatte, so hätte kein Mensch außerhalb des Hauses von Stéphanies Verschwinden gewußt.

Am nächsten Morgen war Miss Brooke schon zeitig auf den Beinen, und der Acht-Uhr-Zug nach Wreford zählte sie zu seinen Fahrgästen. Vor der Abreise schickte sie ihrem Vorgesetzten in Lynch Court ein etwas merkwürdiges Telegramm mit folgendem Wortlaut:

»Nuß geknackt. Unterwegs nach Wreford. Dort weiteres Telegramm. L. B.«

So seltsam dies klingen mochte, Mr. Dyer brauchte nicht sein Chiffrierbuch, um es zu entschlüsseln. »Nuß geknackt« war im Detektiv-Chinesisch der Agentur die griffige Umschreibung für »Lösung gefunden«.

»Na, diesmal war sie aber wirklich schnell!« sagte er zu sich selbst, während er Mutmaßungen darüber anstellte, welchen Inhalts wohl das nächste Telegramm sein mochte.

Eine halbe Stunde später besuchte ihn ein Constable von Scotland Yard, um ihn über Stéphanies Verschwinden und die vorherrschenden Theorien in dieser Sache zu unterrichten. Danach las er Lovedays Telegramm im Licht dieser Informationen und kam zu dem Schluß, daß die Nuß insofern geknackt sei, als Loveday nicht nur die Täterin, sondern auch deren Aufenthalt entdeckt hatte.

Ein Telegramm, das eine halbe Stunde später eintraf, sollte seine Theorie jedoch über den Haufen werfen. Es war wie das vorherige im verschlüsselten Jargon der Agentur am Lynch Court abgefaßt, da es sich aber diesmal um eine komplexere Botschaft handelte, griff Mr. Dyer sofort zu seinem Chiffrierbuch.

»Wunderbar! Diesesmal hat sie alle aus dem Feld geschlagen!« jubelte Mr. Dyer, als er das letzte Wort entzifferte.

Zehn Minuten später hatte er seine Agentur für heute seinem Hauptangestellten anvertraut und ratterte in einem Fiaker Richtung Bishopsgate-Bahnhof.
Dort hatte er das Glück, einen Zug nach Wreford zu erwischen, der kurz darauf abfuhr.
»Das Ereignis des Tages«, murmelte er, während er es sich in einem Eck bequem machte, »wird die Rückreise sein, wenn Loveday Brooke mir erzählt, wie sie das Ganze ausgetüftelt hat.«
Erst als es schon stark auf fünfzehn Uhr zuging, erreichte er den altmodischen Marktflecken Wreford. Es war gerade Rindermarkt, und auf dem Bahnhof drängten sich Viehhändler und Bauern. Loveday wartete bereits in einer Droschke auf ihren Arbeitgeber, wie sie es ihm in ihrem Telegramm angekündigt hatte.
»Alles in Ordnung«, sagte sie, während er einstieg. »Er kann uns nicht entwischen, selbst wenn ihm schwant, daß wir hinter ihm her sind. Zwei Männer von der Ortspolizei warten vor seiner Haustür bereits mit einem Haftbefehl, unterschrieben von einem richterlichen Beamten. Ich sah jedoch nicht ein, warum nicht der Agentur im Lynch Court die Ehre der Verhaftung zukommen sollte, deshalb habe ich Ihnen telegrafiert, damit Sie das Ganze überwachen.«
Sie fuhren durch die High Street zu den Außenbezirken des Städtchens, wo sich die Geschäfte allmählich mit Privathäusern vermischten, die man als Büroeinheiten vermietete. Vor einem davon machte die Droschke halt, zwei Zivilbeamte der Polizei traten vor und tippten sich zur Begrüßung von Mr. Dyer an ihre Hüte.
»Er ist jetzt da drin, Sir, und macht seinen Dienst«, sagte einer der Männer. Dabei deutete er auf eine Tür gleich hinter dem Eingang, auf der in schwarzen Buchstaben »Wohlfahrtsverband der Mietkutscher des Vereinigten Kö-

nigreiches« stand. »Man hört allerdings, daß man ihn heute zum letzten Mal dort finden wird, denn vor einer Woche hat er gekündigt.«
Während der Mann seinen Satz beendete, kam ein anderer, offenbar jemand von der Mietkutscher-Genossenschaft, die Treppe herauf. Er starrte das Grüppchen unmittelbar hinter dem Eingang neugierig an und ging dann, mit dem Geld in seiner Hand klimpernd, zu dem Büro durch, als wolle er seinen Beitrag bezahlen.
»Würden Sie Mr. Emmett dort drin bitte sagen«, wandte sich Mr. Dyer an den Mann, »daß ihn ein Gentleman zu sprechen wünscht.«
Der Mann nickte und ging in das Büro. Beim Öffnen der Tür sah man einen alten Herrn, der an einem Schreibtisch saß und allem Anschein nach Quittungen ausstellte. Ein kleines Stück hinter ihm, zu seiner Rechten, saß ein junger, ausgesprochen gutaussehender Mann, auf dessen Pult sich Türmchen von Silbermünzen und Pennies stapelten. Gekleidet war er wie ein Gentleman, und sein Benehmen wirkte liebenswürdig und freundlich, als er mit einem Kopfnicken und einem Lächeln auf die Nachricht des Droschkenkutschers reagierte.
»Bin gleich wieder da!« sagte er zu seinem Kollegen an dem anderen Schreibtisch, während er aufstand und durch den Raum Richtung Tür ging.
Als er jedoch erst einmal draußen war, wurde diese Tür fest hinter ihm zugemacht, und er sah sich von drei kräftigen Männern umgeben, von denen einer ihn darüber informierte, daß er einen Haftbefehl für Harry Emmett in Händen halte, wegen Verdachts der Mittäterschaft beim Einbruchdiebstahl in Craigen Court, und daß dieser »lieber ohne viel Aufsehen mitkommen« solle, Widerstand sei zwecklos.
Von letzterem Sachverhalt schien Emmett überzeugt. Ei-

nen Moment wurde der Mann leichenblaß, dann erholte er sich wieder.

»Wäre wohl jemand so gütig, mir meinen Hut und meinen Mantel zu holen?« fragte er überheblich. »Ich sehe nicht ein, warum ich mir in der Kälte den Tod holen sollte, nur weil ein paar Leute es für angebracht halten, sich lächerlich zu machen.«

Sein Hut und sein Mantel wurden gebracht, und man übergab ihn zwei Beamten in der Kutsche, zwischen denen man ihn Platz nehmen ließ.

»Noch eine kleine Warnung mit auf den Weg, junger Mann«, sagte Mr. Dyer, während er den Verschlag von außen zumachte und einen Moment durch das Fenster auf Emmett sah. »Es dürfte kein strafbares Vergehen sein, auf der Türschwelle einer alten Jungfer eine schwarze Tasche zu deponieren, aber eines sollten Sie wissen: Ohne diese schwarze Tasche wären Sie mit Ihrer Beute vielleicht ungeschoren davongekommen.«

Emmett ließ sich niemals unterkriegen; er hatte seine Antwort schon parat und zog ironisch vor Mr. Dyer den Hut. »Sie hätten es auch freundlicher ausdrücken können, Chef«, erwiderte er. »Ich an Ihrer Stelle hätte gesagt: ›Junger Mann, Sie empfangen nun die gerechte Strafe für Ihre Missetaten; das ganze Leben lang haben Sie Ihre Mitmenschen verspottet, jetzt sind Sie der Verspottete.‹«

Mr. Dyers Pflichten an diesem Tag waren mit Harry Emmetts Einlieferung im Ortsgefängnis nicht zu Ende. Noch wartete eine Durchsuchung von Emmetts Bleibe und Besitztümern, und auch bei dieser mußte er natürlich anwesend sein. Rund ein Drittel des vermißten Schmucks wurden auf diese Art gefunden, so daß man zwangsläufig folgerte, Emmett habe nach Ermessen seiner Komplizen ein Drittel des Risikos getragen.

Briefe, die man bei dieser Hausdurchsuchung fand, sowie diverse Notizen führten schließlich zur Entdeckung seiner Mittäter, und obwohl Lady Cathrow auf den größten Teil ihres kostbaren Besitzes leider für immer verzichten mußte, bekam sie doch letztendlich die Genugtuung, daß jeder dieser Diebe seine Strafe erhalten würde.

Als es schon auf Mitternacht zuging, saß Mr. Dyer gegenüber von Miss Brooke in einem Zugabteil und hatte Gelegenheit, sie in aller Ruhe nach den einzelnen Überlegungen zu fragen, aufgrund derer sie den Fund einer schwarzen Reisetasche von belanglosem Inhalt mit dem Raub wertvollen Schmucks in Zusammenhang gebracht hatte.

Loveday erklärte das Ganze auf ihre übliche methodische Art und Weise: zwanglos, natürlich, Schritt für Schritt.

»Ich habe«, sagte sie, »wie höchstwahrscheinlich auch viele andere den Bericht über beide Vorkommnisse in derselben Zeitungsnummer gelesen und – höchstwahrscheinlich im Gegensatz zu vielen anderen – eine spaßige Seite an dem jeweiligen Hauptdarsteller bemerkt. Mir fällt auf, daß zwar Einigkeit über die Vielfalt von Motiven herrscht, die zu einem Verbrechen führen, daß aber kaum jemand dem Verbrecher genügend Vielfalt in seiner Persönlichkeitsstruktur zugesteht. Wir neigen zu der Vorstellung, daß er mit einem Bündel von Mordabsichten durch die Welt pirscht, und können ihn uns nicht bei seiner täglichen Arbeit vorstellen, mit einem Zwinkern in den Augen und einer Spaßhaftigkeit, wie ehrliche Leute sie mitunter haben, wenn sie ihrem Beruf nachgehen.«

Hier stieß Mr. Dyer ein leises Grunzen aus, das beides hätte sein können: Zustimmung oder Widerspruch.

Loveday fuhr fort:

»Natürlich mußte auch dem flüchtigsten Leser sofort die

gespreizte Sprache des Briefes auffallen, den man in der Reisetasche fand; mir selbst kamen diese schwülstigen Sätze außerdem merkwürdig bekannt vor; ich war sicher, daß ich sie irgendwo schon einmal gehört oder gelesen hatte, obwohl ich mich anfangs nicht erinnern konnte. Sie gingen mir nicht aus dem Kopf, und es war letztendlich nicht nur müßige Neugier, die mich zu Scotland Yard trieb, um mir nicht nur die Tasche und deren Inhalt anzusehen, sondern auch ein, zwei Zeilen des Briefes mit einem Stück Pauspapier zu kopieren. Als ich feststellte, daß die Handschrift nicht mit derjenigen der Übersetzungen identisch war, die man in der Tasche gefunden hatte, wurde ich in meinem Eindruck bestätigt: der Besitzer der Tasche und der Verfasser des Briefs waren zwei verschiedene Personen; möglicherweise hatte man sich die Tasche samt deren Inhalt an irgendeinem Bahnhof und in irgendeiner bestimmten Absicht angeeignet, und nach Erfüllung dieser Absicht wollte der Dieb sich nicht weiter mit diesen Dingen belasten und hatte sie sich bei der nächstbesten Gelegenheit vom Hals geschafft. Der Brief, so schien es mir, sollte ursprünglich dazu dienen, die Polizei von der richtigen Spur abzulenken, doch der Schalk, der den Schreiber bewogen hatte, seine geistlichen Utensilien auf der Schwelle einer alten Jungfer abzustellen, erwies sich auch hier als übermächtig. Und der Brief, der erschütternd hatte klingen sollen, endete in reiner Komik.«

»Sehr scharfsinnig soweit«, murmelte Mr. Dyer. »Wird der Inhalt der Tasche erst einmal über Anzeigen bekanntgemacht, dann wird auch jemand Anspruch darauf erheben, und Ihre Theorie bestätigt sich. Da habe ich keinen Zweifel.«

»Bei meiner Rückkehr von Scotland Yard«, fuhr Loveday fort, »habe ich Ihre Nachricht gefunden, in der Sie mich baten, wegen des großen Juwelenraubs bei Ihnen vorbeizukommen. Ich hielt es jedoch für das beste, davor noch einmal den Zeitungsbericht über die Sache zu lesen, damit ich mit den Details vertraut wäre. Als ich zu den Worten gelangte, die der Dieb auf die Tresortür geschrieben hatte – ›Unmöbliert zu vermieten‹ –, verbanden sie sich in meinem Kopf sofort mit der ›markgräflichen Mutter‹, die ›im Sterben noch einmal geküßt‹ sein sollte, und mit der feierlichen Warnung desselben Briefschreibers vor Rennbahn und Buchmacher. Da wurde mir blitzartig alles klar. Vor rund zwei, drei Jahren zwangen mich meine beruflichen Pflichten häufig zum Besuch von gewissen Vorträgen in den Elendsvierteln Südlondons. Bei diesen Veranstaltungen deklamierten junge Ladengehilfen und ihre Standesgenossen – froh über eine Gelegenheit, ihre Fertigkeiten zur Schau zu stellen – mit großer Inbrunst Kabinettstückchen, die einer so gemischten Zuhörerschaft mit einiger Sicherheit gefallen durften. Dabei schien mir *eine* literarische Quelle besonders beliebt, und ich machte mir die Mühe, dieses Buch zu kaufen. Hier ist es.«

Loveday zog aus ihrer Manteltasche das »Schatzkästlein des Vortragskünstlers« und reichte es ihrem Begleiter.

»Nun«, sagte sie, »wenn Sie das Inhaltsverzeichnis durchsehen, werden Sie die Titel jener Stücke finden, auf die ich Ihre Aufmerksamkeit besonders lenken möchte. Das erste heißt ›Des Selbstmörders Abschied‹, das zweite ›Der edle Sträfling‹ und das dritte ›Unmöbliert zu vermieten‹.«

»Beim Zeus! Sie haben recht!« entfuhr es Mr. Dyer.

»Im ersten davon fallen die Formulierungen, mit denen der Brief aus der schwarzen Tasche beginnt: ›Der Tag des Verhängnisses ist gekommen‹ et cetera, die Warnungen vor dem Glücksspiel und die Anspielungen auf den ›armen entseelten Körper‹. Im zweiten, ›Der edle Sträfling‹, kommen die Anspielungen auf die adlige Verwandtschaft und die markgräfliche Mutter vor, die im Sterben geküßt sei. Bei dem dritten Stück, ›Unmöbliert zu vermieten‹, handelt es sich um ein reichlich albernes kleines Gedicht, das aber bei einem nicht allzu kritischen Publikum dennoch schon manchen Lacher ausgelöst haben dürfte. Es beschreibt, wie ein Junggeselle sich in einem Haus nach Zimmern erkundigt, die unmöbliert zu vermieten sind, sich in die Tochter des Hauses verliebt und ihr sein Herz zu Füßen legt, das, wie er sagt, unmöbliert zu vermieten sei. Sie lehnt seinen Antrag ab und entgegnet, sein Kopf sei wohl ebenfalls unmöbliert zu vermieten. Anhand dieser drei Texte war es nicht schwierig, eine Verbindung zwischen dem Verfasser des Briefs aus der schwarzen Tasche und dem Dieb zu sehen, der auf den leeren Tresor in Craigen Court geschrieben hatte. Und als ich diesen Faden verfolgte, fand ich die Geschichte von Harry Emmett heraus – Lakai, Vortragskünstler, Liebhaber aller Mädchen und Taugenichts. Ich verglich die Schrift auf meinem Pauspapier mit derjenigen auf der Tresortür und kam – den Unterschied zwischen einem kreide- und einem federgeschriebenen Text einkalkuliert – zu dem Schluß, daß beide mit ziemlicher Sicherheit von derselben Hand stammten. Zuvor jedoch hatte ich noch ein anderes, und meines Erachtens das wichtigste Glied in meiner Beweiskette gefunden – nämlich, wozu Emmett seine Priestertracht verwendete.«

»Ach! Wie haben Sie *das* herausbekommen?« rief Mr. Dyer und lehnte sich auf seinen Ellenbogen nach vorn.

»Im Laufe meiner Unterhaltung mit Mrs. Williams, die sich als äußerst informative Person erwies, erfuhr ich auf Umwegen die Namen sämtlicher Gäste, die an Heiligabend dagewesen waren – durchweg unbescholtene, über jeden Verdacht erhabene Menschen aus der Umgebung. Unmittelbar vor dem Abendessen, sagte Mrs. Williams, sei ein junger Geistlicher gekommen und habe darum gebeten, den Ortspastor sprechen zu dürfen. Der Pastor ist Heiligabend anscheinend immer beim Weihnachtsschmaus in Craigen Court. Dieser junge Geistliche gab vor, ein bestimmter Priester, dessen Namen er auch erwähnte, habe ihm gesagt, in der Pfarrei werde ein Vikar gesucht, und er sei von London hierhergefahren, um seine Dienste zu offerieren. Die Dienstboten im Pfarrhaus hätten ihm gesagt, der Herr Pastor sei zum Essen eingeladen, und damit ihm die Vikarstelle nicht etwa entginge, sei er Hochwürden nach Craigen Court gefolgt. Nun hatte der Pastor tatsächlich einen Hilfsgeistlichen gesucht und die Stelle erst vor einer Woche vergeben; er war ein wenig vergrämt über diese Unterbrechung des Weihnachtsfestes und sagte dem jungen Mann, er brauche keinen Vikar mehr. Als er jedoch sah, was für ein enttäuschtes Gesicht der arme Kerl machte – ich glaube, er vergoß sogar ein, zwei Tränen –, wurde er versöhnlicher; er forderte ihn auf, sich in der Eingangshalle ein wenig hinzusetzen und auszuruhen, bevor er sich auf den beschwerlichen Rückweg zum Bahnhof machte, und sagte, er werde Sir George bitten, ihm ein Glas Wein zu bringen. Der junge Mann nahm in einem Sessel genau vor dem Zimmer Platz, durch das die Diebe hereinkamen. Nun brauche ich Ihnen nicht zu sagen, wer dieser junge Mann war, bestimmt ahnen Sie es schon selber: Während der Diener ihm den Wein holte oder besser gesagt, sobald der vermeintliche Vikar sah, daß die Luft rein war, huschte er klammheimlich in jenes Zimmerchen und öffnete den Fensterriegel, um seinen Spießgesellen Zutritt zu verschaffen, die sich zweifellos schon in diesem Moment auf dem Gelände versteckten. Die Haushälterin wußte nicht mehr, ob dieser sanftmütige junge Mann eine schwarze Tasche dabeihatte. Ich persönlich hege weder daran einen Zweifel noch an dem Umstand, daß seine Tasche Mütze, Manschetten, Kragen und Oberbekleidung von Harry Emmett enthielt, die er höchstwahrscheinlich wieder anzog, bevor er nach Wreford, seinem Zuhause, zurückkehrte. Dort, würde ich sagen, hat er die Priestersachen wieder in die Tasche gepackt und seinen tragikomischen Brief geschrieben, um das Ganze vermutlich noch am selben Morgen, bevor irgend jemand auf den Beinen war, auf der Türschwelle jenes Hauses in der Easterbrook Road abzustellen.«

Mr. Dyer holte tief Luft. Sein Herz war voll uneingeschränkter Bewunderung für die Fähigkeiten seiner Kollegin, die seines Erachtens schon an Genialität grenzten. Bestimmt würde er jedem erstbesten ihr Loblied vorsingen, der mit gutmütiger Bereitschaft des Weges kam; doch Loveday selbst zu loben, daran dachte er nicht im entferntesten – so etwas wirkte sich auf ein aufstrebendes Talent meistens schlecht aus.

Er begnügte sich darum mit den Worten:

»Ja, sehr zufriedenstellend. Und jetzt verraten Sie mir, wie Sie dem Burschen bis in sein Schlupfloch gefolgt sind.«

»Oh, das war ein Kinderspiel«, antwortete Loveday. »Mrs. Williams sagte mir, er habe seine Stelle bei Colonel James vor zirka sechs Monaten aufgegeben und ihr erzählt, daß er sich um seine liebe alte Großmutter kümmern werde, die einen Süßwarenladen hätte, nur wo, daran konnte sie sich nicht erinnern. Als ich erfuhr, daß Emmetts Vater Droschkenkutscher war, mußte ich sofort an den Jargon denken, den dieser Berufsstand verwendet – zweifellos kennen auch Sie ihn ein bißchen. Droschkenkutscher bezeichnen ihre Genossenschaft als ›die liebe alte Großmutter‹, und das Büro, das die Genossenschaftskasse verwaltet, heißt im Berufsjargon ›der Süßwarenladen‹.«

»Ha, ha, ha! Und die gute Mrs. Williams hat das Ganze bestimmt wörtlich genommen?«
»Allerdings, und sie dachte, wunder was für ein lieber, gutherziger Bursche dieser Emmett wäre. Natürlich nahm ich an, daß es in der nächsten Kreisstadt, in Wreford, eine Zweigstelle der Genossenschaft gäbe, und ein Handelsadreßbuch der Region bestätigte meine Vermutung. In Anbetracht der Tatsache, wo die schwarze Tasche gefunden wurde, lag der Verdacht nahe, daß der junge Emmett, vielleicht durch die Beziehungen seines Vaters und durch seine eigene gewinnende Person, irgendeinen Vertrauensposten in der Filiale von Wreford bekommen hatte. Aber ich muß zugeben, bei meiner Ankunft dort hatte ich nicht erwartet, ihn als den offiziellen Kassierer vorzufinden, der die wöchentlichen Zahlungen in Empfang nahm. Natürlich setzte ich mich sofort mit der Ortspolizei in Verbindung, und das übrige wissen Sie ja.«
Mr. Dyers Begeisterung ließ sich nicht länger im Zaum halten.
»Das ist grandios, vom Anfang bis zum Ende!« rief er. »Diesmal haben Sie sich selbst übertroffen!«
»Der einzige Wermutstropfen«, sagte Loveday, »ist der Gedanke an das Schicksal der armen kleinen Stéphanie. Was mag aus ihr wohl geworden sein?«
Lovedays Befürchtungen sollten sich jedoch noch vor Ablauf von weiteren vierundzwanzig Stunden als unnötig erweisen. Am nächsten Morgen kam mit der ersten Post ein Brief von Mrs. Williams, in dem sie erzählte, daß man das Mädchen inzwischen halb tot vor Angst und Kälte am Rande des Flusses gefunden habe, der durch Craigen Wood verlief – »und obendrein«, schrieb die Haushälterin, »fand sie genau der Mensch, der sie hätte finden sollen, nämlich der junge Holt, der nach wie vor hoffnungslos in sie ver-

liebt ist. Gott sei's gedankt! Denn im letzten Moment hat das Mädchen der Mut verlassen, und statt sich in den Fluß zu stürzen, sank sie halb ohnmächtig daneben zu Boden. Holt hat die Kleine sofort nach Hause zu seiner Mutter gebracht, und dort ist sie nun – auf dem Bauernhof, wo sich alle Welt um sie kümmert und sie verhätschelt.«

## Das Grab am Kreuzweg

*Thomas Hardy*

Thomas Hardy (1840–1928), Verfasser vieler Romanklassiker wie *Tess von D'Urberville* und *Der Bürgermeister von Casterbridge,* hat mehrere stimmungsvolle Kurzgeschichten, in denen es um Verbrechen, Geheimnisse und Aberglauben geht, oft ganz speziell für die Weihnachtsausgaben geschrieben. *The Grave by the Handpost* erschien ursprünglich im *St. James's Budget,* Dezember 1897.

Jedesmal, wenn ich durch Chalk-Newton komme, drehe ich mich an einer bestimmten Stelle um und betrachte die angrenzenden Höhen. An diesem Punkt kreuzt ein Fahrweg die einsame gerade Straße, welche diesen Pfarrsprengel vom nächsten trennt – ein Anblick, bei dem einem unweigerlich einfällt, was einst hier geschehen ist. Mag es zum jetzigen Zeitpunkt auch überflüssig erscheinen, noch mehr Erinnerungen aus der Dorfgeschichte auszugraben, so hat das Gemunkel um diese Stelle wohl doch Anspruch darauf, daß man es in Erinnerung behält.

Es war an einem dunklen, aber milden und ausnehmend trockenen Abend zur Weihnachtszeit (laut Aussage von William Dewy aus Mellstock, Michael Mail und anderen), da verließ kurz vor Mitternacht der Kirchenchor von Chalk-Newton – einer großen Pfarrgemeinde (heute eine Eisenbahnstation), etwa auf halbem Wege zwischen den Städtchen Ivell und Casterbridge – seine Behausungen, um unter den Fenstern der Ortseinwohner seine alljährlichen

Wohlklänge herunterzusingen. Das Ensemble aus Sängern und Instrumentalisten gehörte zu den größten im Land; und im Gegensatz zum kleineren, feineren Streichorchester von Mellstock, das alles außer seinen Darmsaiten vermied, umfaßte es bei sonntäglichen Hochämtern auch Blech- und Holzbläser und reichte bis ans Ende der West-Empore.

Dieses Mal gab es zwei, drei Geigen, zwei Celli, eine Tenorbratsche, Kontrabaß, Oboe, Klarinetten, Schlangenhorn sowie sieben Sänger. Doch nicht die Bemühungen des Chores machten den heutigen Abend so besonders denkwürdig, sondern das, was seine Angehörigen zufällig miterlebten.

Sie zogen ihre Runde nun schon viele Jahre, ohne irgend etwas Außergewöhnlichem zu begegnen; heute jedoch begann es (wie von verschiedenen Seiten beteuert wird) schon einmal damit, daß unter den zwei, drei Ältesten des Ensembles eine ausnehmend ernste, feierliche Stimmung herrschte, so als dächten sie immerfort, die Geister von toten Freunden, die früher zu ihnen gehört hatten und jetzt stumm unter flacher werdenden Erdhügeln auf dem Kirchhof lagen, könnten sich ihnen anschließen, Freunde, die zu ihrer Zeit mehr musikalischen Eifer bekundet hatten, als man ihn heute fand. Oder daß statt eines vertrauten lebendigen Nachbarn die verklungene Stimme irgendeiner halbdurchsichtigen Gestalt ihren Dank für diesen nächtlichen Gruß aus irgendeinem Schlafzimmerfenster tremolieren könnte. Ob dies nun Einbildung oder Wirklichkeit war, trafen sich die jüngeren Angehörigen des Chores doch in ihrem gewohnten Übermut. Als sie sich am Steinsockel des Kreuzes in der Dorfmitte, beim Gasthaus zum Weißen Roß, versammelt hatten – denn von dort sollte es losgehen –, stellte irgend jemand fest, sie seien ja viel zu früh dran, noch vor zwölf Uhr. Die örtlichen Weihnachtssänger von dazumal ließen meist keinen Ton erschallen, bevor der Weihnachtstag nicht astronomisch exakt gekommen war. Da man jedoch keine Lust hatte, zu seinem Bier zurückzukehren, beschlossen sie, bei einigen außerhalb gelegenen Dörfern an der Sidlinch Lane zu beginnen, wo die Leute keine Turmuhr besaßen und nicht wissen würden, ob es nun vor oder nach Mitternacht war. Folglich zog man in diese Richtung; und als die Gruppe höher gelegenes Terrain erklomm, fiel ihr Augenmerk auf ein Licht jenseits der Häuser, ganz oben an der Landstraße.

Die Straße von Chalk-Newton nach Broad Sidlinch ist etwa zwei Meilen lang und kreuzt, wie schon gesagt, in der Mitte, wo sie den Hügelkamm zwischen den beiden Ortschaften überquert, die öde, einsame alte Chaussee, die unter dem Namen Long Ash Lane bekannt ist und sich, so gerade wie mit dem Lineal gezogen, auf dem Fundament einer altrömischen Straße viele Meilen nördlich und südlich der Kreuzungsstelle erstreckt. Sie wurde in diesen Erzählungen schon oft erwähnt. Obwohl heute ausgestorben und von Gras überwuchert, war sie zu Beginn unseres Jahrhunderts doch gut instand gehalten und sehr belebt. Anscheinend kam dieser Lichtschimmer von genau der Stelle, wo sich die beiden Straßen trafen.

»Ich könnt mir denken, was dort dahintersteckt!« meinte einer aus der Gruppe.

Sie blieben ein paar Momente stehen und erörterten die Wahrscheinlichkeit, daß das Licht seinen Ursprung in einer Begebenheit hatte, die sie vom Hörensagen kannten. Dann beschloß man, weiter bergauf zu gehen.

Als sie das Hochland erreichten, wurden ihre Vermutungen bestärkt. Rechts und links von ihnen durchschnitt die Long Ash Lane das Gebiet, und sie sahen, daß an der Kreuzung der beiden Straßen, unter dem Wegweiser, ein

Grab geschaufelt war, in das die dazu bestellten vier Männer aus Sidlinch beim Herannahen des Chores gerade einen Leichnam warfen. Roß und Fuhrwerk, die den Toten hierhergebracht hatten, standen lautlos daneben.

Die Sänger und Musikanten von Chalk-Newton hielten inne und sahen regungslos zu, während die Totengräber die Erde in das Loch schütteten und sie feststampften, bis die vier ihre Spaten auf den Pferdekarren warfen, um sich zu entfernen.

»Wen verscharrt ihr denn da?« fragte Lot Swanhills mit erhobener Stimme. »Doch nicht den Sergeanten?«

Die Männer aus Sidlinch waren in ihre Aufgabe so vertieft gewesen, daß sie die Laternen des Chalk-Newtoner Chores erst jetzt bemerkten.

»Was – seid ihr die Weihnachtssänger von Newton?« erwiderten die Abgesandten aus Sidlinch.

»Ja doch. Kann es sein, daß ihr da den alten Sergeanten Holway begraben habt?«

»So ist es. Dann habt ihr davon gehört?«

Der Chor kannte keine Einzelheiten – nur, daß er sich letzten Sonntag in seinem Schuppen erschossen hatte. »Anscheinend weiß niemand, weswegen er's getan hat, was? Zumindest wir in Chalk-Newton nicht«, fuhr Lot fort.

»O doch. Ist bei der gerichtlichen Untersuchung alles rausgekommen.«

Die Sänger rückten dicht heran, und die Männer aus Sidlinch machten eine Ruhepause nach ihren Anstrengungen, um die ganze Geschichte zu erzählen. »Es lag alles nur an diesem Sohn von ihm, der Ärmste. Es hat ihm das Herz gebrochen.«

»Aber der Sohn ist doch Soldat und jetzt mit seinem Regiment in Ostindien?«

»Jawohl, ja. Und die Armee dort drüben macht in letzter

Zeit einiges mit! Ein Jammer, daß sein Vater ihn dazu überredet hat! Aber Luke hätte dem Sergeanten deshalb keine Vorwürfe machen sollen, 's war ja nur zu seinem Besten gemeint.«

Kurz gesagt, verhielt sich die Sache so: Der Sergeant, der dies beklagenswerte Ende gefunden hatte – Vater des jungen Soldaten, welcher mit seinem Regiment in den Orient ausgerückt war –, hatte während seiner Militärzeit die allerangenehmsten Erfahrungen gemacht; sie war ja auch lange vor Ausbruch des großen Krieges mit Frankreich zu Ende. Bei seiner Entlassung, nachdem er seinen Dienst ordnungsgemäß abgeleistet hatte, war er in sein Heimatdorf zurückgekehrt, hatte geheiratet und sich mit dem häuslichen Leben angefreundet. Der Krieg jedoch, in den England sich als nächstes einließ, kostete ihn viel Verdruß, weil Alter und Gebrechlichkeit ihn daran hinderten, je wieder aktiver Bestandteil der Armee zu sein. Als sein einziger Sohn zum jungen Mann heranreifte und allmählich sein Eintritt ins Leben zur Debatte stand, äußerte der Bursche den Wunsch, er wolle Schlosser werden. Sein Vater aber riet begeistert zum Militär.

»Das Handwerk kommt doch heutzutage auf keinen grünen Zweig«, sagte er. »Und wenn der Krieg mit den Franzosen nicht aufhört – und er *wird* nicht aufhören –, wird's auch mit dem Handwerk noch schlimmer. Die Armee, Luke – das ist das richtige für dich. Ich wurde zu 'nem gemachten Mann dadurch, und auch dich wird sie zu einem machen. Ich hatte nicht halb so viele Chancen, wie du sie in diesen herrlichen, noch hitzigeren Zeiten haben wirst.«

Luke zögerte, denn er war ein häuslicher, friedliebender junger Mann. Da er jedoch respektvolles Vertrauen in das Urteilsvermögen seines Vaters setzte, gab er schließlich nach und trat dem Fußregiment bei. Im Laufe weniger Wochen schickte man ihn nach Indien zu seiner Einheit, die sich im Osten unter General Wellesley ausgezeichnet hatte.

Aber Luke hatte kein Glück. Auf Umwegen erhielt man zu Hause die Nachricht, daß er krank darniederlag; und eines nicht lang zurückliegenden Tages dann, als sein Vater auf einem Spaziergang war, meldete man dem Alten, daß in Casterbridge ein Brief für ihn warte. Der Sergeant schickte eigens einen Kurier die ganzen neun Meilen weit, der Brief wurde bezahlt und nach Hause gebracht; aber obwohl er, wie vermutet, von Luke kam, hatte er doch unerwarteten Inhalt.

Das Schreiben war während einer Zeit tiefer Niedergeschlagenheit entstanden. Luke sagte, sein Leben sei eine Plage und Schinderei, und machte seinem Vater bittere Vorwürfe, daß er ihm zu einer Laufbahn geraten habe, für die er sich nicht geeignet fühlte. Er stelle fest, daß er fortwährend an Krankheit und Erschöpfung leide, ohne Ruhm zu gewinnen, und für eine Sache kämpfe, die er weder verstehe noch unterstütze. Ohne den schlechten Rat seines Vaters, würde er, Luke, nun gemütlich bei einem Handwerksbetrieb in dem Dorf arbeiten, aus dem er nie habe fortgehen wollen.

Nach der Lektüre des Briefes trat der Sergeant ein paar Schritte vor, bis ihn niemand mehr sehen konnte, dann ließ er sich auf der Bank am Wegesrand nieder.

Als er sich eine halbe Stunde später erhob, wirkte er um Jahre gealtert – ein gebrochener Mann; und von diesem Tage an verließen ihn seine angeborenen Lebensgeister. Bis ins Innerste verletzt durch die sarkastischen Angriffe seines Sohnes, ergab er sich immer häufiger dem Trunk. Seine Frau war zu diesem Zeitpunkt schon einige Jahre tot, und der Sergeant wohnte allein in dem Haus, das einmal ihr gehört hatte. Eines Morgens in dem fraglichen Dezember hörte man in der Nähe dieses Hauses einen Schuß, und als die Nachbarn kamen, fanden sie einen Sterbenden. Der Sergeant hatte sich mit einem alten Steinschloßgewehr, das er zum Verjagen der Vögel benutzte, selbst erschossen. Und nach dem, was er tags zuvor gesagt und den Vorkehrungen, die er für den Fall seines Todes getroffen hatte, herrschte kein Zweifel daran, daß sein Ende ganz bewußt geplant war, infolge der Mutlosigkeit und Niedergeschlagenheit, in die der Brief seines Sohnes ihn gestürzt hatte. Der Befund des Leichenbeschauers lautete auf *felo de se.*

»Da ist der Brief seines Sohnes«, sagte einer der Männer aus Sidlinch. »Er wurde in der Tasche des Vaters gefunden. Ihr seht ja an seinem Zustand, wie oft der alte Mann ihn sich durchgelesen hat. Aber der Wille des Herrn geschehe, denn so muß es nun mal sein.«

Das Grab war zugeschaufelt und eingeebnet, einen Grabhügel hatte man nicht aufgeschüttet. Die Männer aus Sidlinch wünschten dem Chor aus Chalk-Newton gute Nacht und zogen mit dem Pferdekarren davon, worin sie die Leiche des Sergeanten auf den Hügel gebracht hatten. Als ihr Schritt verklungen war und der Wind mit seinem üblichen gleichgültigen Pfeifen über das einsame Grab fegte, wandte Lot Swanhills sich um und sprach zu dem alten Richard Toller, dem Oboenspieler.

»Es ist grausam, daß mit einem Menschen, der doch obendrein ein alter Soldat war, auf diese Art umgesprungen wird, Richard. Nicht, daß der Sergeant je an einer Schlacht teilgenommen hätte, die nicht auf eine Pferdekoppel paßt. Aber trotzdem sollte seine Seele genau dieselbe Chance haben wie jede andere, was?«

Richard antwortete, er sei ganz derselben Meinung. »Wie

fändest du's, wenn wir über seinem Grab ein Lied anstimmen? Schließlich ist heute Weihnachten, und wir haben keine Eile, unten in der Pfarrei anzufangen. Es würde ja auch keine zehn Minuten dauern, und 's ist keine Menschenseele hier oben, die's uns verwehren oder was davon erfahren kann.«

Lot nickte bejahend. »Der Mann sollte seine Chance kriegen«, wiederholte er.

»Genauso könnten wir jetzt, wo's soweit mit ihm gekommen ist, auch auf sein Grab spucken, wenn's danach geht, was wir alles Gutes damit bezwecken«, meinte Norton, der Klarinettist und erklärte Skeptiker des Chores. »Aber wenn die anderen einverstanden sind, soll's mir recht sein.«

Daraufhin gruppierten sie sich in einem Halbkreis um die frisch umgegrabene Erde und stimmten die Nummer sechzehn ihres Repertoires mit deren trister, düsterer Melodie an, die Lot nach eigenem Bekunden für Anlaß und Stimmung am besten geeignet fand:

Er kómmt, die Mén-schen zú be-freín
Aus Sá-tans Kér-ker-frón.

»Schockschwerenot – wir haben noch nie für einen Toten gespielt«, sagte Ezra Cattstock, als sie nach Beendigung der letzten Strophe nachdenklich innehielten, um ein-, zweimal durchzuatmen. »Aber es scheint mir wirklich barmherziger, als sich einfach rumzudrehen und wegzustiefeln, wie's diese anderen Burschen getan haben.«

»Jetzt wieder kehrt marsch nach Newton, denn bis wir zum Pastor kommen, wird's schon halb eins sein«, sagte der Anführer.

Sie hatten jedoch gerade erst ihre Instrumente zusammengepackt, da trug der Wind ihnen ein Geräusch ans Ohr, das ihre Aufmerksamkeit weckte: ein Fahrzeug jagte eilig über dieselbe Landstraße von Sidlinch heran, auf der die Totengräber vor kurzem zurückgegangen waren. Um beim Weitermarschieren nicht überrollt zu werden, warteten sie, bis der nächtliche Reisende in der weiteren Umgebung des Wegekreuzes, wo sie alle standen, vorbeigefahren wäre. Binnen einer halben Minute fiel das Licht der Laternen auf eine Mietdroschke, die von einem dampfenden, abgehetzten Pferd gezogen wurde. Sie gelangte an den Wegweiser, da schrie eine Stimme aus dem Droschkeninneren: »Hier anhalten!« Der Kutscher zügelte seinen Gaul. Der Verschlag wurde von innen geöffnet, und heraus sprang ein gemeiner Soldat in der Uniform irgendeines Linienregiments. Offenkundig überrascht, die Musikanten hier anzutreffen, sah er sich um.

»Habt ihr hier einen Mann beerdigt?« fragte er.

»Nein. Wir sind nicht aus Sidlinch, Gott sei Dank! Wir sind der Chor von Newton. Aber ein Mann ist hier allerdings gerade beerdigt worden, und wir haben über den Gebeinen der armen Seele ein Lied angestimmt. Was – sehen meine Augen da den jungen Luke Holway, der mit seinem Regiment nach Ostindien gegangen ist, oder sehe ich seinen Geist, geradewegs vom Schlachtfeld? Seid Ihr der Sohn, der diesen Brief geschrieben hat, der ...«

»Bitte – fragt mich nicht. Dann ist das Begräbnis also vorbei?«

»Begräbnis gab es keines, im christlichen Sinne. Aber beerdigt ist er wohl. Ihr müßt den Männern begegnet sein, die auf dem leeren Karren zurück sind.«

»Wie ein Hund im Straßengraben, und das nur wegen mir!«

Schweigend betrachtete er die Grabstätte, und er tat ihnen unwillkürlich leid. »Freunde«, sagte er dann, »jetzt verstehe ich besser. Ihr habt wohl aus christlicher Nächstenliebe Friede seiner Seele gesungen? Ich danke euch aus ganzem Herzen für euer freundliches Mitgefühl. Ja; ich bin Sergeant Holways unseliger Sohn – ich bin der Sohn, der seinem Vater den Tod gebracht hat, so wahr, als hätte ich es mit eigner Hand getan!«

»Nein, nein. Nehmt Euch das nicht so sehr zu Herzen, junger Mann. Es ging ihm schon von Haus aus hin und wieder schlecht, eine ganze Weile, wie man hört.«

»Wir waren weit im Orient, als ich ihm schrieb. Alles schien mir zu mißlingen. Mein Brief war gerade erst weggeschickt, da beorderte man uns nach Hause. So kommt es, daß ihr mich hier seht. Sobald wir in der Kaserne von Casterbridge eintrafen, habe ich von dieser Sache hier gehört ... Hol mich der Teufel! Ich werde mich nicht scheuen, meinem Vater zu folgen und auch mir ein Ende zu machen. Es ist das einzige, was zu tun bleibt!«

»Nichts überstürzen, Luke Holway, sage ich noch einmal; versucht statt dessen eine gewisse Wiedergutmachung durch Euer künftiges Leben. Und vielleicht wird Euer Vater dafür aus dem Himmel einmal auf Euch herablächeln.«

Er schüttelte seinen Kopf. »Davon verstehe ich nichts!« antwortete er bitter.

»Versucht, Eures Vaters in dessen besten Zeiten würdig zu sein. Es ist noch nicht zu spät!«

»Meint Ihr? Ich denke, schon! ... Nun, ich werde es mir durch den Kopf gehen lassen. Danke für Euren gutgemeinten Rat. Jedenfalls werde ich nur für das eine leben: Vaters Leiche auf einen anständigen christlichen Kirchhof zu schaffen, und wenn ich es mit eigenen Händen tue. Sein Leben kann ich ihm nicht wiedergeben, aber ein ehrenwertes Grab. Er soll nicht an diesem verwünschten Ort liegen!«

»Richtig. Wie unser Pastor sagt: Es ist ein barbarischer Brauch, den sie da in Sidlinch aufrechterhalten, und er gehört abgeschafft! Zumal der Mann doch ein alter Soldat war! Unser Pastor ist nämlich nicht so wie eurer in Sidlinch.«

»Sagt er, es ist barbarisch, ja? Da hat er recht!« rief lauthals der Soldat. »Jetzt hört zu, Freunde!« Und dann wollte er wissen, ob sie seine Verbundenheit noch größer machen würden, indem sie die Umbettung des Selbstmörders auf den Kirchhof heimlich vornahmen – nicht auf den von Sidlinch, einer Pfarrei, die Luke haßte, sondern von Chalk-Newton. Er würde ihnen alles geben, was er besaß, wenn sie es täten.

Lot fragte Ezra Cattstock, was der davon halte.

Cattstock, der Cellist, der auch Kirchdiener und Totengräber war, zögerte, er riet dem jungen Soldaten, erst vorsichtig beim Pastor »anzuklopfen«. »Vielleicht hat er was dagegen, vielleicht auch nicht. Der Pastor von Sidlinch ist ein strenger Mann, zugegeben, und er sagt, wenn Leute sich die Schädel einschlagen wollen, dann müssen sie auch die Folgen tragen. Aber unserer denkt überhaupt nicht so und würde es vielleicht erlauben.«

»Wie heißt er?«

»Hochwürden Mr. Oldham, Bruder von Lord Wessex. Aber deswegen braucht Ihr keine Angst zu haben. Er wird mit Euch reden wie ein ganz gewöhnlicher Mensch, falls Ihr nicht gerade eine Alkoholfahne habt.«

»Oh, derselbe wie früher. Ich werde ihn fragen. Habt vielen Dank. Und ist diese Pflicht getan ...«

»Was dann?«

»In Spanien herrscht Krieg. Wie ich höre, sollen wir als nächstes dorthin ausrücken. Ich werde versuchen, mich als das zu erweisen, was mein Vater sich immer von mir gewünscht hat. Wahrscheinlich wird es mir zwar nicht gelingen – aber ich will tun, was in meinen schwachen Kräften steht. Soviel schwöre ich – hier bei seiner Leiche. So wahr mir Gott helfe.«

Luke schlug mit seiner Handfläche so fest auf das weiße Wegekreuz, daß es erbebte. »Ja, es ist Krieg in Spanien; und für mich eine zweite Chance, mich meines Vaters würdig zu erweisen.«

Damit war für jene Nacht die Sache beendet. Daß der Soldat sich wenigstens in einer Hinsicht so verhielt, wie er geschworen hatte, wurde bald offenkundig, denn während der Weihnachtswoche kam der Pastor auf den Kirchhof, als Cattstock dort war, und bat diesen, eine Stelle zu suchen, die für eine solche Beisetzung geeignet wäre. Er fügte hinzu, er habe den verstorbenen Sergeanten ein wenig gekannt und wüßte kein Gesetz, das ihm die Umbettung verbiete, habe man dem Buchstaben der Vorschrift doch entsprochen. Damit es aber nicht so aussähe, als wollte er sich gegen seinen Amtsbruder in Sidlinch stellen, hatte er sich ausbedungen, der Akt christlicher Nächstenliebe solle nachts, so geheim wie möglich, vonstatten gehen und das Grab in einem versteckten Teil der Umfriedung liegen. »Besser, Ihr bespr echt das gleich mit dem jungen Mann«, fügte der Pastor hinzu.

Doch noch bevor Ezra irgend etwas unternommen hatte, kam Luke zu dessen Haus hinunter. Aufgrund neuer Entwicklungen im Krieg auf der Iberischen Halbinsel hatte man ihm den Urlaub gestrichen, und da er sofort zu seinem Regiment zurückmußte, war er genötigt, die Umbettung seinen Freunden zu überlassen. Es wurde alles bezahlt, und er beschwor sie, dafür Sorge zu tragen, daß es unverzüglich geschähe.

Damit verabschiedete sich der Soldat. Tags darauf ging

Ezra nach genauerer Überlegung noch einmal zum Pfarrhaus hinüber, denn urplötzlich schwante ihm nichts Gutes. Ihm war eingefallen, daß man den Sergeanten ohne Sarg beerdigt, und war nicht sicher, ob man ihm nicht auch einen Pfahl durch den Leib getrieben hatte. Die Sache würde mehr Verdruß bereiten, als anfangs vermutet.

»In der Tat!« murmelte der Pastor. »Ich fürchte, dann ist es doch nicht machbar.«

Tags darauf wurde aus der nächsten größeren Stadt ein Grabstein angeliefert; zu Händen von Mr. Ezra Cattstock; bezahlt im voraus. Küster und Fuhrmann stellten den Stein im Schuppen des ersteren ab, und als Ezra allein war, setzte er seine Brille auf, um die kurze und schlichte Inschrift zu lesen:

HIER RUHET SAMUEL HOLWAY,
SERGEANT IM INFANTERIEREGIMENT SEINER MAJESTÄT,
DER AM 20. DEZEMBER 180- AUS DIESEM LEBEN SCHIED.
ERRICHTET VON L. H.

*»Ich bin nicht würdig, Dein Sohn zu heißen.«*

Wieder suchte Ezra das Pfarrhaus am Flußufer auf. »Der Stein ist eingetroffen, Sir. Aber ich fürchte, es geht einfach nicht.«

»Ich würde unserem Freund ja gern den Gefallen tun«, erwiderte der vornehme alte Gottesmann. »Und ich würde auch gern auf jedes Entgelt verzichten. Aber wenn Ihr und die anderen meinen, es sei nicht durchführbar, dann bin ich einigermaßen ratlos.«

»Nun, Sir, ich habe mich bei einem Weib aus Sidlinch hinsichtlich dieser Beerdigung erkundigt, und mein Verdacht scheint sich zu bestätigen: Sie haben ihn mit einem neuen, fast knapp zwei Meter langen Zaunpfahl durch den Leib begraben, von der Schafhürde oben in Nord-Ewelease, obwohl sie's heut nicht zugeben wollen. Und die Frage ist: Lohnt sich die ganze Umbettung, gemessen an den Unannehmlichkeiten?«

»Habt Ihr noch irgend etwas von dem jungen Mann gehört?«

Ezra wußte nur, daß er sich diese Woche zusammen mit dem übrigen Regiment nach Spanien eingeschifft haben solle. »Und wenn er so tollkühn ist, wie es schien, dann werden wir ihn hier in England nie wieder sehen.«

»Ein vertrackter Fall«, meinte der Pastor.

Ezra besprach die Sache mit dem Chor. Einer schlug vor, man könne den Stein ja am Kreuzweg aufstellen; dies verwarf man als undurchführbar. Ein anderer sagte, man könne den Stein auch auf dem Kirchhof errichten, ohne die Leiche umzubetten, doch das wurde als unehrlich betrachtet. Folglich geschah gar nichts.

Der Grabstein blieb in Ezras Schuppen, bis jener es allmählich leid war, ihn dort zu sehen, und ihn zwischen den Büschen am Fuße des Gartens versteckte. Bisweilen lebte das Thema unter den Männern noch einmal auf, doch immer hieß es am Ende: »Wenn man bedenkt, wie er begraben wurde, können wir die Sache kaum erledigen.«

Es herrschte stets das Bewußtsein, daß Luke nie wiederkäme – ein Eindruck, der durch die angeblichen Katastrophen, welche die Armee in Spanien heimgesucht hätten, noch verstärkt wurde. Dies besiegelte die Untätigkeit der Männer. Der Grabstein unter Ezras Büschen wurde allmählich grün; dann fällte man am Flußufer einen Baum, der quer über den Stein fiel und ihn in drei Stücke zerschmetterte. Und letzten Endes wurden auch diese Stücke unter Laub und Humus begraben.

Luke stammte nicht aus Chalk-Newton und hatte in Sidlinch keine Angehörigen mehr. Deshalb erfuhr man während des ganzen Krieges und in keinem der beiden Dörfer Neues über den jungen Mann. Nach Waterloo und Napoleons Untergang kam jedoch eines Tages ein englischer Obersergeant nach Sidlinch, der nicht nur mit Tressen bedeckt war, sondern, wie sich herausstellte, auch mit Ruhm. Die Militärzeit in der Fremde hatte Luke Holway so ganz und gar verändert, daß die Einwohner erst, als er seinen Namen nannte, den einzigen Sohn des Sergeanten in ihm erkannten.
Er hatte während aller Spanienfeldzüge mit unerschütterlicher Tatkraft unter Wellington gedient, hatte bei Busaco, Fuentes d'Onore, Ciudad Rodrigo, Badajoz, Salamanca, Vittoria, Quatre Bras und Waterloo gekämpft; und war nun heimgekehrt, um hier einen wohlverdienten Ruhestand zu genießen.
Bei seiner Ankunft verweilte er kaum länger als für eine Mahlzeit in Sidlinch. Noch am selben Abend machte er sich zu Fuß auf den Weg nach Chalk-Newton, über den Hügel, und als er an dem Wegekreuz vorbeikam, sagte er mit einem raschen Blick auf jene Stelle: »Gott sei Dank, er ist nicht da!« Bei seiner Ankunft in letzterem Dorf brach bald die Nacht herein, doch blieb zunächst noch Licht genug, um die Grabsteine zu erkennen, und diese nahm er genau in Augenschein. Aber obschon er vorne, entlang der Straße, und hinten, den Fluß entlang, forschte, konnte er das Gesuchte nicht finden – das Grab des Sergeanten Holway und einen Gedenkstein mit der Inschrift: *»Ich bin nicht würdig, Dein Sohn zu heißen.«*
Er verließ den Kirchhof und zog Erkundigungen ein. Seine Hochwürden, der alte Herr Pastor, war tot, und viele Chormitglieder ebenfalls, nach und nach jedoch fand der Ober-

sergeant heraus, daß sein Vater noch immer am Kreuzweg in der Long Ash Lane lag.
Schwermütig und verdrossen begab sich Luke nach Hause, wobei er natürlicherweise auch jene Stelle noch einmal passieren mußte; einen anderen Weg gab es zwischen den beiden Dörfern ja nicht. Aber er konnte jetzt einfach nicht dort vorbeigehen – einem Platz, der von den Vorwürfen seines Vaters widerhallte. Darum stieg er über die Hecke und streifte auf Umwegen durch die gepflügten Felder, um jene Stelle zu vermeiden. So manchen Kampf und manche Stunden äußerster Erschöpfung hatte Luke in dem Bewußtsein durchgestanden, daß er die Familienehre wiederherstelle und edle Wiedergutmachung leiste. Doch sein Vater lag immer noch in Schmach. Es war eher ein Gefühl denn eine Tatsache, daß man die Leiche seines Vaters für Lukes eigenes Fehlverhalten habe leiden lassen; doch für sein überempfindliches Gemüt schienen all die Bemühungen gescheitert, die Ehre seiner Person wiederherzustellen und den Geist dessen zu versöhnen, dem solche Unbill geschehen war – es war ein völliger Mißerfolg.
Er suchte jedoch nach Möglichkeiten, seine Lethargie abzuschütteln, und mietete, da er nicht gern an Sidlinch erinnert wurde, ein Häuschen in Chalk-Newton, das seit langem leerstand. Dort lebte er für sich, wurde zum Eigenbrötler und ließ keine Frau unter sein Dach.
An Weihnachten nach seinem Einzug saß er allein in der Kaminecke, da vernahm er leise Töne von fern, und plötzlich, nur wenig später, wurde unmittelbar vor seinem eigenen Fenster eine Melodie geschmettert. Sie kam von den Weihnachtssängern, wie üblich, und obwohl viele der früheren Beteiligten, darunter auch Ezra und Lot, zur letzten Ruhe gefunden hatten, trug man doch noch immer dieselben alten Lieder aus denselben alten Büchern vor. Durch

die geschlossenen Fensterläden des Obersergeanten schallten die vertrauten Verse, die der verblichene Chor über dem Grab seines Vaters gesungen hatte:

Er kómmt, die Mén-schen zú be-freín
Aus Sá-tans Kér-ker-frón.

Als sie fertig waren, zogen sie weiter zu einem anderen Haus und überließen ihn wieder der Stille und Einsamkeit. Die Kerze mußte geschneuzt werden, aber er tat es nicht. Er blieb sitzen, bis sie in den Halter hinuntergebrannt war und wogende Schatten an die Decke warf.

Der weihnachtliche Frohsinn des nächsten Morgens wurde von tragischer Kunde gestört, die wie ein Lauffeuer durch den Ort ging: Obersergeant Holway war tot am Kreuzweg in der Long Ash Lane aufgefunden worden, dort wo sein Vater begraben lag. Er hatte sich eigenhändig in den Kopf geschossen.

Auf dem Tisch in seinem Häuschen hatte er einen Zettel hinterlassen, worauf sein Wunsch stand, man möge ihn unter dem Wegekreuz, an der Seite seines Vaters, begraben. Aber der Zettel wurde versehentlich zu Boden gefegt und übersehen, bis Obersergeant Holway nach üblicher Sitte beigesetzt war – mit einer Feier auf dem Kirchhof.

# Mr. Wrays Geldkassette *oder* Die Maske und das Geheimnis

*Wilkie Collins*

Der berühmte, vielgepriesene Wilkie Collins,
Autor von *Der Monddiamant* und *Die Frau in Weiß,*
schrieb in Zusammenarbeit mit seinem Freund
Charles Dickens mehrere Grusel- und
Kriminalgeschichten. *Mr. Wrays Geldkassette,* eine
seiner frühen Erzählungen, entstand zu
Weihnachten 1852 und erschien als
eigenständiges kleines Buch, das im Format
identisch war mit *Ein Weihnachtslied in Prosa* und
Dickens' anderen Weihnachtsbüchern. Im
Gegensatz zu diesen wurde Wilkie Collins'
Geschichte nie wieder nachgedruckt und
erscheint hier zum ersten Mal seit fast
hundertvierzig Jahren.

## I

Es hieße, die Intelligenz des Lesers zu beleidigen, hielte ich es für nötig, ihm jenes weithin berühmte Städtchen, Tidbury auf der Marsch, zu beschreiben. Als ländlicher Wohnsitz eleganter Herrschaften, wem wäre es da wohl unbekannt? Das neue Luxushotel, das neben dem alten Gasthaus aus dem Boden gewachsen ist; die umfangreiche Bibliothek, die man, mit der Erweiterung um neue Bücher nicht zufrieden, jetzt auch noch um einen neuen

Eingang erweitert, das geplante Halbrund von Wohnpalästen in griechischem Stil, oben auf dem Hügel, welches den bereits fertiggestellten Wohnburgen in gotischem Stil, am Fuße des Hügels, Konkurrenz machen soll – sind örtliche Objekte wie diese nicht jedem gebildeten Engländer bestens bekannt? Aber natürlich! Die Frage erübrigt sich. Gehen wir daher ohne weitere Zeitverschwendung von Tidbury im allgemeinen zur High Street im besonderen über und zu unserem dortigen Ziel – der Geschäftsniederlassung der Herren Dunball und Dark.

Wer nur die farbigen Flüssigkeiten, die kleine Pferdefigur, die Hühneraugenpflaster, die Ölhautsäcke, die Kosmetiktöpfe und die geschliffenen, pastillengefüllten Glasschälchen im Schaufenster betrachtet, der könnte meinen, Dunball und Dark seien nichts als Apotheker. Ein genauer Blick durch den Eingang jedoch in einen Innenraum, zu einer Aufschrift, einem großen, hochkant stehenden Mahagonikasten oder -kabäuschen mit einem Loch darin, einem Messinggitter zum Schutz des Loches, einem grünen Vorhang, der bereithängt, über das Loch gezogen zu werden, und zu einem hinter diesem Loch teilweise erkennbaren Mann mit einer kupfernen Geldschaufel in der Hand – ein solcher Blick würde ausreichen, um einem zu verraten, daß Dunball und Dark nicht bloß Apotheker waren, sondern auch eine Bankfiliale.

Es ist ein naßkalter, stürmischer Morgen Ende November. Mr. Dunball hat (in Abwesenheit von Mr. Dark, der zur Kirchenratsversammlung ging, um dort eine Rede zu halten) in dem Mahagoni-Kabäuschen Platz genommen und trägt die gesamte Geschäftsleitung der Bankfiliale. Er ist ein sehr beleibter Mann und scheint für seinen Arbeitsplatz absurd überdimensioniert. Noch hat kein einziger Kunde eine Auszahlung verlangt – nicht einer ist gekommen, um durch das Messinggitter von Mr. Dunballs geschäftlichem Gefängnis auch nur ein Schwätzchen mit diesem Bankfilialleiter zu halten. Da sitzt er, starrt geruhsam durch den Apothekenbereich des Ladens auf die Straße – sein Gold in der einen Lade, sein Papiergeld in einer anderen, die Ellenbogen auf seinen Geschäftsbüchern, seine kupferne Schaufel unter dem einen Daumen: ein Sinnbild der Einsamkeit inmitten des Mammons; der Eremit britischen Finanzwesens.

Im Laden draußen ist der junge Gehilfe und bereit, die Kundschaft in Sekundenschnelle unter Arzneimittel zu setzen. Aber Tidbury auf der Marsch ist ein allzu gesundes Pflaster für kommerziellen Erfolg, und keine Kundschaft erscheint. Als der junge Gehilfe anhand der Ladenuhr festgestellt hat, daß es Viertel nach zehn, und anhand des Wetterhahns gegenüber, daß der Wind ein »Südsüdwest« ist, sind alle externen Quellen der Unterhaltung bereits erschöpft, und ihm bleibt nur der Zeitvertreib, erst sein Federmesser zu schärfen und sich dann die Nägel zu schneiden. Mit der linken Hand ist er fertig und hat gerade mit dem Daumen seiner Rechten begonnen, da verdunkelt doch endlich ein leibhaftiger Kunde den Eingang!

Mr. Dunball springt auf und ergreift die Kupferschaufel, der Ladengehilfe klappt hurtig sein Federmesser zusammen und macht einen Diener. Der Kunde ist ein junges Mädchen, und sie möchte ein Töpfchen Lippensalbe kaufen.

Das Mädchen ist sehr schlicht und adrett gekleidet, sie sieht aus wie achtzehn oder neunzehn und hat etwas in ihrem Gesicht, wofür ich nur *eine* treffende Beschreibung kenne: »zum Verlieben«. Eine unschuldsvolle Reinheit umgibt ihre Stirn, ihre Brauen und ihre Augen; ein ruhiger, freundlicher, glücklicher Ausdruck, wenn sie einen anschaut – und in ihrer klaren Aussprache ein eigentümlich vertrauter, heimischer Klang; Dinge, bei denen man auch als völlig Fremder unwillkürlich meint, man müsse sie schon einmal gekannt und geliebt, sie im Lauf der vielen Jahre aber undankbarerweise vergessen haben. Verquickt jedoch mit der mädchenhaften Sanftheit und Unschuld, die den augenfälligeren Reiz dieser Unbekannten ausmachen, ist auch ein Ausdruck der Entschlossenheit – besonders deutlich erkennbar an ihren Lippen –, der ihrem Gesicht einen gewissen Charakter und eine gewisse Eigenart verleiht. Ihre Gestalt ...

Bei ihrer Gestalt höre ich auf. Keineswegs aus Ermangelung von Ausdrücken, um sie zu beschreiben, sondern aufgrund der entmutigenden Gewißheit, daß keinerlei Beschreibung, die man von ihr liefern könnte, überhaupt in der Lage wäre, anderen das rechte Bild zu vermitteln. Würde ich gefragt, in welchen literarischen Bemühungen sich die Armut der Dichtersprache am deutlichsten offenbart, so lautete meine Antwort: in der Beschreibung der weiblichen Hauptpersonen. Wir alle haben schon Hunderte davon gelesen – manche so ausgefeilt, daß wir nicht nur über Augen, Augenbrauen, Nase, Wangen, Teint, Mund, Zähne, Hals, Ohren, Kopf, Haar und Frisur der Dame unterrichtet werden, sondern daß man uns auch die besondere Art und Weise darlegt, auf welche die innen befindlichen Gefühle den außen befindlichen Busen wogen oder schwellen lassen, nebst der genauen Kopfhaltung, in der die Wimpern der Heldin gerade lang genug sind, einen Schatten auf deren Wangen zu werfen. Dies alles haben wir schon gelesen, mit der gebührenden Aufmerksamkeit und Bewunderung, ohne indes, als wir uns von der Lektüre erhoben, auch nur den allerentferntesten Begriff davon zu besitzen,

was für eine Person die Heldin nun wirklich war. Zu Anfang der Beschreibung wußten wir vage, daß sie schön sei, und wußten – ebenso vage – auch am Ende nicht mehr.
Von obigem durch und durch überzeugt, stelle ich es lieber dem Leser anheim, sich ein Bild von der persönlichen Erscheinung jener Kundin im Geschäft der Herren Dunball und Dark zu machen. Wenn er die überragenden Schönheiten aus seinem Bekanntenkreis einmal außer acht läßt, mag er sich besagte Kundin wie jedes hübsche, intelligente Mädchen vorstellen – wie irgendeinen dieser reizenden kleinen Engel am Kaminfeuer, die uns selbst dann zu bezaubern vermögen, wenn sie in einem schafwollenen Morgenrock ein Paar alte Socken stopfen. Mag der Leser diese Art realer Weiblichkeit vor Augen haben, so sollten weder Autor noch Heldin sich irgendwie zu beschweren brauchen.
Nun, unser junges Fräulein kam also an den Ladentisch und bat um Lippensalbe. Dem mächtigen Zauber ihrer Gegenwart auf Anhieb erlegen, zollte ihr der Gehilfe den ersten kleinen Höflichkeitstribut, den er darbringen konnte, indem er sie fragte, ob er ihr den Salbentopf nach Hause schicken dürfe.
»Bitte verzeihen Sie, Miss«, sagte er, »aber wohnen Sie nicht ein Stück weiter unten, in Nummer zwölf? Ich habe Sie doch gestern mit zwei Herren, einem alten und einem anderen, dorthingehen sehen – kann das sein, Miss?«
»Ja, wir wohnen in Nummer zwölf«, antwortete das junge Mädchen. »Ich werde die Lippensalbe jedoch gleich mitnehmen, wenn Sie gestatten. Aber«, fuhr sie fort, in sehr bescheidenem Ton zwar, doch ohne die geringste sichtbare Verlegenheit, »vor dem Gehen möchte ich Sie noch um einen Gefallen bitten; falls Sie in Ihrem Schaufenster Platz hätten, um dies hier aufzuhängen, wäre Ihnen mein Großvater, Mr. Wray, sehr verbunden.«

Sprach's und überreichte dem jungen Gehilfen, zu dessen äußerster Verblüffung, ein Stück Pappe, an dem sich eine Schnur zum Aufhängen befand und das folgenden, säuberlich geschriebenen Wortlaut trug:

*Mr. Reuben Wray, Schüler Seiner Hochwohlgeboren, des berühmten John Kemble, bittet Freunde und Öffentlichkeit um gütigste Zurkenntnisnahme, daß er Artikulations-, Deklamations- und Vorleseunterricht erteilt (Stunde à zwei Shilling sechs Pence). Ausbildung für Schaubühne oder Liebhabertheater auf Grundlage intelligenter Textinterpretation sowie Gebärden- und Körpersprache des verstorbenen illustren Roscius der englischen Bühne, J. Kemble, Esquire; und durch genaue Beobachtung des Mr. J. K., aufmerksam studiert von Mr. R. W. Schulung von Rednern und Geistlichen (strengste Diskretion garantiert) zu drei Shilling sechs Pence pro Stunde. Behebung von Artikulationsschwierigkeiten und Artikulationsscheu. Ausbildung in Vortragskunst für junge Damen und Unterricht in der gebotenen Diktion für junge Herren. Preisermäßigung für Schulen und Großklassen. Bitte wenden Sie sich an: Mr. Reuben Wray (vormaliges Mitglied des Königlichen Theaters, Drury Lane), High Street 12, Tidbury auf der Marsch.*

Keine babylonische Inschrift, die je gemeißelt, keine Papyrusrolle, die je mit einem Kiel beschrieben wurde, hätte dem jungen Verkäufer wohl mehr Rätsel aufgeben können als diese außergewöhnliche Bekanntmachung. Er las das Ganze wie vor den Kopf geschlagen und sagte dann mit einem heillos verdatterten Blick auf das junge Mädchen vor seinem Ladentisch:
»Sehr hübsch geschrieben, Miss, und auch wirklich hübsch formuliert! Ich nehme an – nein, ich bin sicher, Mr. Dun-

ball ...« Hier vernahm man ein Knarren, als würde irgendein starkes Holzgefüge nach und nach auseinandergerissen: Mr. Dunball quetschte sich persönlich aus dem Kabäuschen der Bankfiliale und kam herbei, um das Plakat in Augenschein zu nehmen.
Er las es sehr aufmerksam, indem er jede Zeile mit seinem Zeigefinger unterstrich, und legte es dann sanft und behutsam auf den Ladentisch. Wenn ich feststelle, daß weder Mr. Dunball noch sein Angestellter so genau wußten, was sich hinter einem »Roscius der englischen Bühne« verbarg oder welchen Zweig menschlichen Wissens Mr. Wray unter der Bezeichnung »Artikulation« und »Deklamation« zu unterrichten gedachte, dann tue ich weder dem Meister noch dem Lehrling unrecht.
»Sie wollen also, daß das hier im Fenster aufgehängt wird, meine – im Fenster, Miss?« fragte Mr. Dunball. Er hätte fast »meine Liebe« gesagt, aber irgend etwas in Erscheinung und Auftreten des Mädchens hielt ihn davon ab.
»Falls es Ihnen keine Umstände macht, Sir.«
»Darf ich fragen, wie Sie heißen? Und woher Sie kommen?«
»Ich heiße Annie Wray, und zuletzt waren wir in Stratford-upon-Avon.«
»Was Sie nicht sagen! Und Mr. Wray gibt also Unterricht? Deklamation für eine halbe Krone – was?«
»Mein Großvater möchte den Einwohnern dieses Ortes nur mitteilen, daß er auf Wunsch jedem beibringen kann, mit guter Vortragsweise und sauberer Artikulation zu sprechen oder zu lesen.«
Mr. Dunball fühlte sich recht verwirrt durch die unumwundene, selbstsichere Art, auf die er – Bankfilialleiter, Apotheker und eine Autorität in der Gemeinde – von einer kleinen Annie Wray Antwort erhielt. Er nahm das Werbe-

plakat wieder vom Tisch und entfernte sich, um es in der feierlichen monetären Abgeschiedenheit des hinteren Ladenbereichs noch einmal durchzulesen.

Der junge Verkäufer folgte ihm. »Ich glaube, es sind ehrbare Leute, Sir«, sagte er flüsternd. »Ich bin gestern gerade vorbeigekommen, als der alte Herr in Nummer zwölf ging. Der Wind wehte ihm seinen Umhang beiseite, und ich sah eine große Geldkassette darunter, die er getragen hat – wirklich, Sir, ich *hab's* gesehen; und schwer schien die Kassette obendrein.«

»Geldkassette!« rief Mr. Dunball. »Was will ein Mann mit Deklamation und zwei Shilling sechs Pence die Stunde denn mit einer Geldkassette? Wenn er nun ein Schwindler wäre!«

»Ausgeschlossen, Sir, sehen Sie sich das junge Fräulein an! Und außerdem haben mir die Leute von Nummer zwölf erzählt, er hätte ein Empfehlungsschreiben vorgelegt und eine Wochenmiete im voraus bezahlt.«

»So – hat er das? Ich frage: Wissen Sie auch bestimmt, daß es eine Geldkassette war?«

»Mit Sicherheit, Sir. Natürlich nehme ich nur an, daß sie Geld enthielt.«

»Wozu schon eine Geldkassette ohne Geld?« entgegnete der Bankfilialleiter verächtlich. »Sieht aber trotzdem ziemlich seltsam aus! Halt! Vielleicht ist es ja eine Wette. Ich habe gehört, daß manche feinen Herrschaften die merkwürdigsten Sachen machen, wenn es um Wetten geht. Oder vielleicht ist er nicht ganz richtig im Kopf! Na ja, sie ist ein nettes Mädchen, und dieses Ding da aufzuhängen kann ja nichts schaden. Allerdings werde ich Erkundigungen über die Leute einziehen, trotz allem.«

Gemächlich und mit einem ominösen Stirnrunzeln, während er diese letzte Vorsichtsmaßnahme entschied, kehrte

Mr. Dunball in den Apothekenbereich zurück. Doch mit diesem Mann war beileibe nicht so schlecht Kirschen essen, wie er sich gern vormachte; und trotz seiner Würde und seines Argwohns lächelte er weit herzlicher als überhaupt beabsichtigt, während er sich an die kleine Annie Wray wandte.

»Es schlägt zwar nicht in unser Fach, Miss«, sagte er, »aber Ihnen zuliebe werden wir das Ding aufhängen. Wenn ich natürlich eine Empfehlung verlange, dann können Sie die doch vorweisen? Ja, ja! Selbstverständlich. So! Da hängt das Plakat jetzt für Sie im Fenster – eine schöne, prominente Stelle (sehen Sie sich's beim Rausgehen mal an) – genau zwischen dem Hühneraugenpflaster und den getrockneten Mohnkapseln! Ich wünsche Mr. Wray viel Erfolg, obwohl Tidbury wohl nicht gerade der Ort ist, wo man zu Ihrer sogenannten ›Deklamation‹ kommt – wie?«

»Vielen Dank, Sir, und guten Morgen«, erwiderte die kleine Annie – und verließ das Geschäft ebenso gemessen, wie sie es betreten hatte.

»Kühl, dieses Mädelchen!« meinte Mr. Dunball, während er verfolgte, wie sie die Straße zu Nummer zwölf hinunterging.

Und hübsch obendrein, dieses Mädelchen! dachte der Verkäufer, während er versuchte, ihr wie sein Arbeitgeber durchs Fenster hinterherzusehen.

»Ich wüßte zu gern, wer dieser Mr. Wray ist.« Annie verschwand, und Mr. Dunball wandte sich wieder in den Laden. »Und ich würde was darum geben, herauszufinden, was Mr. Wray in seiner Geldkassette aufbewahrt«, fuhr der Bankier und Apotheker fort, während er versonnen das Mahagoni-Kabäuschen der Bankfiliale wieder betrat.

Sie sind ein kluger Mann, Mr. Dunball, aber Sie werden diese beiden Rätsel nicht so schnell lösen, während Sie dort

hinten allein in Ihrem Schilderhäuschen sitzen! Vermag irgend jemand sie zu lösen? Ja, ich.
Wer ist Mr. Wray? Und was hat er in seiner Geldkassette? Kommen Sie mit zu Nummer zwölf und sehen Sie selbst!

## II

Ehe wir dreist in Mr. Wrays Behausung platzen, muß ich hinter seinem Rücken – aber keinesfalls in verleumderischer Absicht – ein, zwei Worte über ihn sagen. Bei diesen Ausführungen werde ich mich an den Text seines Reklameplakats halten, das jetzt im Schaufenster der Herren Dunball und Dark hängt.
Zu einem »Schüler Seiner Hochwohlgeboren, des berühmten John Kemble«, wie er selbst es formuliert hat, wurde Mr. Reuben Wray folgendermaßen: Er begann seine Laufbahn mit einer dreijährigen Bildhauerlehre. Ob die Aufgabe, Abgüsse zu machen und Steine zu klopfen, sich als zu stubenhockerisch erwies, um seinem Temperament zu entsprechen, oder ob ein teuflischer Ratgeber mit Namen EITELKEIT ihm innerlich zuflüsterte: »Strebe nach öffentlicher Bewunderung und vergewissere dich des Beifalls der Öffentlichkeit«, weiß ich nicht; Tatsache jedoch ist, daß er sofort nach Ablauf dieser Lehrzeit nicht nur seinen Meister, sondern auch seinen Heimatort verließ, um sich einer wandernden Schauspieltruppe anzuschließen, oder, wie er es etwas großspurig ausdrückte: daß er zur Bühne ging.
Die Natur hatte ihn mit einer guten Lunge, großen Augen und einer Hakennase ausgestattet, folglich war sein Erfolg bei einem ländlichen Scheunenpublikum gesichert. Seine schauspielerischen Bemühungen reichten zugegebenermaßen kaum aus, ihn zu ernähren und zu kleiden, aber zum

Trost hatte er ja, langfristig betrachtet, immer den Triumph auf der Londoner Bühne im Hinterkopf. Zur Überbrückung der Wartezeit, bis dieses wünschenswerte Ereignis eintreffen würde, genehmigte er sich einen kleinen Luxus, der als einträgliche Hilfsquelle für junge Männer in extremen Schwierigkeiten sehr beliebt ist – er heiratete; heiratete im Alter von (ungefähr) neunzehn Jahren die liebreizende Columbine der Truppe.
Und sie war ihm ein gutes Eheweib. Ich weiß, viele werden sich weigern, dies zu glauben – aber es ist nun einmal so. Der eine große Erfolg des gewaltigen Schiffbruchs, den darzustellen er sein ganzes Leben verurteilt war – der Erfolg, welcher ihn für alles entschädigen sollte –, bestand in ebendieser Heirat mit einer wandernden Columbine. Sie ihrerseits, die Arme, plagte sich nach der Eheschließung genauso hart und unverdrossen wie vorher für ihr tägliches Brot, tippelte an der Seite ihres Mannes manch beschwerliche Meile von einem Städtchen zum anderen und äußerte nie ein Wort der Klage; rühmte seine Schauspielerei, teilte seine Hoffnungen, flickte ihm die Kleider, verzieh ihm seine Launen, scharwenzelte um den Theaterdirektor, bügelte seine Zwistigkeiten wieder aus – mit einem Wort, und im besten, höchsten Sinne dieses Wortes: Sie liebte ihn. Darf ich noch hinzufügen, daß sie ihm nur ein einziges Kind schenkte – ein Mädchen? Und bedenkt man den Zustand seiner Finanzen, darf ich diese Tatsache dann als starken zusätzlichen Beweis für Columbines überragende ehefrauliche Tugenden werten?
Nach viel Ausdauer und vielen Rückschlägen gelang es Reuben endlich, sich der Provinztruppe eines offiziellen Bühnenunternehmers anzuschließen – der von Tate Wilkinson, in York. Er mußte von seinem ursprünglichen theatralischen Sockel tief herabsteigen, ehe er den Direktor

weich bekam. Von den Hauptrollen in Tragödie und Melodram sank er in der offiziellen Provinztruppe sogleich auf den Status eines »Kleindarstellers« – im Theaterjargon bedeutete das einen Mann, der je nach den praktischen Erfordernissen in untergeordneten Rollen zum Einsatz kommt. Aber dennoch hoffte er weiterhin auf eine Chance, die niemals kommen sollte; und die arme Columbine hoffte getreulich mit ihm bis zum Schluß.

Viele Jahre zogen ins Land, ohne daß die große Chance sich einstellte; und eines Tages fanden sich er und Columbine, gestrandet und halb verhungert, in London wieder. Ihr damaliges Leben wäre Stoff für einen eigenen Schicksalsroman, hätte ich die Zeit und den Platz, ihn zu schreiben; aber ich muß schleunigst fortfahren, und der Leser muß sich mit dem Wissen begnügen, daß Reuben im letzten Augenblick – bei dem letzten Funken Hoffnung, ja, fast bei dem letzten Funken seines Lebens – in Drury Lane eine Anstellung als Nebendarsteller fand.

Seht ihn denn – noch immer jung an Jahren, aber in seinem jugendlichen Ehrgeiz für immer zerstört –, wie er die niedrigste Theatergage für die niedrigste Theaterarbeit empfängt: als Soldat, Kellner oder Lakai auf der Bühne erscheint, mit keiner einzigen Zeile im ganzen Stück; wie er jedesmal nur ein, zwei Minuten lang und für etwa einen Shilling pro Abend den Zuschauern seinen von Armut ausgezehrten Kadaver darbietet, in den muffigsten Kleidern aus dem alten Kostümfundus des Drury Lane – eine Elendskreatur in einer elenden Welt: der Welt hinter den Kulissen!

John Philip Kemble spielt jetzt an diesem Haus und befindet sich bald auf dem Zenit seines Ruhms. Wie ihm fast jedesmal tosender Beifall folgt, wenn er die Bühne verläßt! Wie hoheitsvoll er von dannen schreitet ins Künstlerzimmer, wobei er sich geistesabwesend seine gewaltigen Schnupftabaksprisen in die Nase zieht! Wie die armen, untergeordneten Thespisjünger sein Augenmerk ersehnen, während sie seitab in der Kulisse stehen und ihn ehrfürchtig anstarren, und wie wenige von ihnen dies Augenmerk überhaupt finden können! *Einer* aus dieser Gemeinschaft der Unglückseligen ist ihm jedoch wirklich aufgefallen, obwohl er noch nie ein Wort mit ihm gesprochen hat. Er hat bemerkt, wie dieser Mann, schäbig und allein, seine, Kembles, Schauspielkunst studiert, pausenlos und aus jeder Warte, die der Bedauernswerte zwischen dem Staub, dem Schmutz, der Zugluft und dem Durcheinander hinter der Bühne finden kann. Außerdem fällt Mr. Kemble auf, daß dieser Unbekannte immer, wenn ein Shakespeare-Stück gespielt wird, ein altes, zerfleddertes Buch in den Fingern hält, und allem Anschein nach die Vorstellung anhand des Textes genau verfolgt, anstatt sich mit dem Rest seiner nicht gebrauchten Kollegen bei einem Glas Dünnbier in ein warmes Eckchen zu hocken. All dies bemerkend, nimmt Mr. Kemble sich immer wieder vor, den Mann anzusprechen und herauszufinden, wer er ist, und immer wieder vergißt er es. Doch endlich kommt der Tag, da findet die lang aufgeschobene, persönliche Zwiesprache tatsächlich statt, und zwar folgendermaßen:

Man inszeniert gerade eine neue Tragödie – eine bodenlos schlechte, nebenbei bemerkt, selbst in jenen Zeiten bodenlos schlechter Tragödiendichtung. Schauplatz der Handlung ist Schottland, und Mr. Kemble hat es sich in den Kopf gesetzt, eine Hochlandtracht zu tragen. Die Idee, ein Historiendrama im Kostüm der entsprechenden Zeit zu spielen, gilt als eine so brisante Neuerung, daß niemand sonst Kembles Beispiel zu folgen wagt; und von allen Figuren des Stücks wird letztlich er die einzige Hochlandtracht in einem Hochlanddrama anhaben. Das läßt ihn völlig unerschrocken. Ein, zwei Abende vorher hat er Othello in der Uniform eines britischen Generaloffiziers gegeben und empfindet die gewaltige Absurdität der Sache so deutlich, daß er fest zum Durchhalten und zur Einleitung der Reform entschlossen ist, die er später noch so gründlich vollenden soll: der Reform des Kostümwesens.

Der Abend kommt, das Spiel beginnt. Just, als die Bühne auf Mr. Kemble wartet, entdeckt dieser, daß er seine ziegenlederne Gürteltasche – eine der auffälligsten Eigenheiten der Hochlandtracht – nicht bei sich hat. Sie zu suchen ist keine Zeit – alles ist verloren, bloß wegen des Kostüms! Er muß auf die Bühne und sich den Augen der Öffentlichkeit als *halber* Hochländer darbieten! Nein! Noch nicht! Während jedermann sonst frenetisch, aber vergebens, hierhin und dorthin rast, schnallt *einer* schnell etwas um Mr. Kembles Taille, auf die allerletzte Sekunde. Es ist die verlorene Gürteltasche! Und so tritt Roscius doch noch auf die Bühne, ein Hochländer vom Scheitel bis zur Sohle!

Bei seinem ersten Abgang erkundigt sich Mr. Kemble nach dem Finder jenes Ränzchens. Es ist der bettelarme Schauspieler, der ihm bereits auffiel. Der große Mime hatte seine Gürteltasche vor der Vorstellung *eigenhändig* umhergeschleppt und sie in einem geistesabwesenden Moment auf einen Stuhl gelegt, in einer dunklen Ecke hinter der Inspizientenkabine. Der ehrfürchtige Bewunderer, der alles zur Kenntnis nahm, was Mr. Kemble tat, hatte auch dies zur Kenntnis genommen und somit das vermißte Ziegenleder noch rechtzeitig gefunden, als niemand anderer es finden konnte.

»Sir, ich bin Ihnen unendlich verbunden«, sagt Mr. Kemble chevaleresk zu dem verdatterten, errötenden Menschen, der ihm gegenübersteht. »Sie haben mich davor bewahrt, unvollständig und deshalb als Witzfigur vor einem Drury-Lane-Publikum zu erscheinen. Sie sind mir früher schon aufgefallen, Sir, Sie haben gelesen, während Sie auf Ihren Auftritt warteten, den Ruf zu unserem göttlichen Shakespeare – das dichterische Band, das alle Menschen vereinigt, sosehr ihr Berufsstatus sie trennen mag. Nehmen Sie, Sir, diese Ihnen angebotene Prise – diese Prise Schnupftabak!«

Als der bettelarme Schauspieler an diesem Abend nach Hause ging, welch wunderbare Kunde brachte er da seinem Weib! Und wie stolz und glücklich die arme Columbine war, als sie erfuhr, daß Reuben Wray eine Schnupftabaksprise aus Mr. Kembles eigener Dose bekommen hatte!

Doch bei schönen Worten und Gönnerhaftigkeit blieb der gütige Schauspieler nicht stehen. Reuben las Shakespeare, wenn keiner seiner Kollegen den Text auch nur eines Blikkes gewürdigt hätte; schon dies allein machte ihn für Mr. Kemble interessant. Außerdem war dieser Mann noch jung und besaß vielleicht schlummernde Talente, die nur der Ermunterung bedurften.

»Ich bitte Sie, mir vorzusprechen, Sir«, sagte eines Abends der große John Philip, denn er hatte den Wunsch, zu sehen, was wirklich in seinem Bewunderer steckte. Das Ergebnis dieses Vorsprechens ließ keinen Zweifel: Der arme Wray konnte nichts, was nicht Hunderte seiner Kollegen ebensogut gekonnt hätten. Die Sehnsucht, ein großer Schauspieler zu werden, war bei ihm nur Ehrgeiz ohne Befähigung.

Aber dennoch hatte Reuben einen Gewinn aus dem Ziegenledertäschchen. Ein Wort seines Schirmherrn im rechten Augenblick erhob ihn zwei, drei Stufen höher innerhalb des Ensembles, und entsprechend erhöhte sich auch

seine Gage. Er bekam jetzt Rollen, in denen er ein paar Zeilen zu sagen hatte; und – Güte über Güte! – Mr. Kemble entblödete sich nicht, sie auf den Proben zu Reubens Nutz und Frommen vorzusprechen, und zeigte ihm feierlich (wenn wohl auch oft mehr im Spaß), wie ein vaterlandsliebender römischer Soldat oder der getreue Lakai eines gramgebeugten Vaters die Bretter überschreiten solle.
Diese Anweisungen wurden von dem dankbaren Wray immer in größter Gutgläubigkeit aufgenommen, und infolge ebendieser Lektionen – etwa ein halbes Dutzend insgesamt und von je etwa zwei Minuten Dauer – warb er für sich als Schüler des berühmten John Kemble. Manch großer Mann erstrahlte schon vor dem Auge der Öffentlichkeit als Schüler irgendeines anderen großen Mannes, ohne jedoch über mehr handwerkliches Rüstzeug zu verfügen als Mr. Reuben Wray.
Nachdem ich die Verbindung unseres Freundes zu Mr. Kemble einigermaßen nachgezeichnet habe, kann ich den Rest seines Plakats knapper abhandeln. Alles, was der geneigte Leser sonst noch wissen will, ist wahrscheinlich, wie es kam, daß Reuben Wray sich als Sprecherzieher betätigte und wieviel Erfolg er damit hatte.
Nun: Reuben hielt dem Drury-Lane-Theater unverbrüchlich die Treue – durch sämtliche Rivalitäten, Zank, Katastrophen und Schwankungen des Publikumsgeschmacks, die wichtigere Interessen als seine eigenen zerstörten. Das Gebäude wurde neu gebaut, brannte ab und wurde wiedererrichtet, und immer noch gehörte der alte Wray (wie man ihn jetzt allmählich nannte) fest zum Ensemble, mochten andere es verlassen, sooft sie wollten. Im Laufe dieser langen, eintönigen Jahre wurde das Zuhause des armen Schauspielers von Not und Tod heimgesucht. Erst starb Reubens liebenswerte, geduldige Columbine; dann, nach

einer langen Zwischenzeit, heiratete Columbines einziges Kind schon in jungen Jahren – aber, o weh!, einen erbärmlichen Schuft, der schlecht zu ihr war und ihr schließlich davonlief. Sie folgte ihrer Mutter beizeiten ins Grab und hinterließ dabei *ein* Mädchen – die kleine Annie dieser Geschichte – Reubens Fürsorge. Eines der ersten Dinge, die der Großvater seiner Enkelin beibrachte, war, daß sie sich Annie Wray nannte. Er konnte es einfach nicht hören, wenn jemand den liederlichen Namen ihres Vaters aussprach, und war entschlossen, daß sie immer ihren eigenen tragen sollte.

Ach! Welch jammervolle Zeiten waren dies für den armen Schauspieler! Wie viele, viele Abende hockte er, in den Händen seinen zerfledderten Shakespeare – das einzige an ihm, was er nie verpfändet hatte –, in der dunkelsten Ecke hinter den Kulissen, und die Tränen rollten ihm über seine hohlen, geschminkten Wangen, während er an die liebe verlorene Columbine dachte – und an Columbines Kind! Wie oft standen ihm diese Tränen noch dick in den Augen, wenn er als Heerführer über die Bühne marschierte oder herbeigehumpelt kam, um dem ewig gleichen jugendlichen Helden der Komödie diesen ewig gleichen Brief zu überbringen! Komödie, allerdings! Wenn die Menschen vor den Rampenlichtern, die Menschen, die dort brüllten vor Lachen über den quecksilbrigen jungen Gentleman des Stückes, nur gesehen hätten, was dem alten Bühnenlakaien das Herz schwermachte, der dem anderen dessen Zeitungen und dessen Schokolade brachte – sämtlicher Humor der Welt hätte diese Komödie dann nicht davor bewahrt, als die erschütterndste Tragödie aller Zeiten beweint zu werden!

Doch das sollte noch kommen – wenn auch erst viel später –, während Reubens Verbindung mit dem Theater sich ihrem

Ende zuneigte. Als hätte Fortuna die Bühnenschicksale des großen und des kleinen Schauspielers auf ironische Weise miteinander verknüpft, war das Jahr, in dem Mr. Kemble sich von den Brettern zurückzog, auch das, in dem man Mr. Wray entließ.

Er war schon seit geraumer Zeit zu alt geworden, um noch von Nutzen zu sein – außerdem veränderte sich die Theaterwelt, in der er aufgewachsen war, und er konnte sich nicht mitverändern. Ein kleiner Kerl mit feurigen schwarzen Augen – Edmund Kean – war wie ein Komet aus der Provinz emporgeschossen und leuchtete durch den dicken alten Nebel englischer Bühnenkonventionen. Ab dieser Zeit begann der Aufstieg der neuen Schule und der Untergang der alten; Reuben versank, zusammen mit anderen bedeutungslosen Atomen, in diesem Strudel. Am Ende der Spielzeit wurde ihm mitgeteilt, daß man seine Dienste nicht länger benötigte.

Damals, als er unversehens wieder einsam und ohne Halt in der Welt trieb – fast so wie das erste Mal, als er mit der armen Columbine nach London gekommen war –, hatte er die Idee, es mit Sprechunterricht zu versuchen. Er verfügte fürs erste über eine kleine Summe Geldes, die von seinen reicheren Kollegen bei Reubens Abschied vom Theater gespendet worden war. Warum sollte er sich nicht als Sprecherzieher in der Provinz durchschlagen können, genau wie manche seiner höhergestellten Berufskollegen sich damit in London über Wasser hielten? Die Not flüsterte: Wer nicht wagt, der nicht gewinnt. Er hatte ein Enkelkind zu versorgen – also wagte er es.

Seine Lehrmethode war einfach. Er besaß *ein* Mittel gegen die Unzulänglichkeiten jeder Klasse, die er unterrichtete – dieses Mittel hieß »Kemble«. Er hatte Mr. Kemble Jahr um Jahr beobachtet, bis er jeden Zoll an ihm kannte – hatte ihn sozusagen »auswendig gelernt«. Wollte ein Schüler richtig über die Bühne gehen? – Dann lehre ihn Mr. Kembles Gang. Wollte ein aufstrebender Politiker Eindruck als Redner machen? – Lehre ihn Mr. Kembles Gebärdensprache als Brutus. Das gleiche im Hinblick auf strikt rhetorische Bedürfnisse: Wünschte Herr Nummer eins die Kunst des Vorlesens zu erlernen? – Bring ihm Kembles Intonation bei. Empfand Herr Nummer zwei Schwächen in seiner Aussprache? – Laß ihn Vokale, Konsonanten und zungenbrecherische Silben von sich geben, genau wie Mr. Kemble sie auf der Bühne verlauten ließ. Und aus welchem Buch lehrte man sie? Nach welcher Fibel wurden die Geistlichen und Redner, die Anwärter auf dramatischen Ruhm, die jungen Damen, die ungeschliffen in ihrem Vortrag, und die jungen Herren ausgebildet, deren Diktion und Artikulation unzulänglich waren – nach welchem Lehrbuch wurden sie geschult, so daß alles auf das gleiche hinauslief? Nach Shakespeare – samt und sonders nach Shakespeare! Von etwas anderem hatte Reuben Wray keine Ahnung: Für *ihn* war Literatur gleich Shakespeare, es war seine glorreiche Trumpfkarte, daß er Shakespeare auswendig konnte. Alles, was er wußte oder kannte, jede zarte und liebevolle Erinnerung, jede kleine Ehre, die er in seinem trostlosen Wirkungskreis gewonnen hatte, hing garantiert irgendwie mit William Shakespeare zusammen!

Und warum auch nicht? Was ist Shakespeare schon anderes als eine herrliche Sonne, die auf die Menschheit scheint – auf die großen wie die kleinen Köpfe zugleich? Sind nicht die Strahlen dieses mächtigen Gestirns schon in viele armselige und bescheidene Winkel gedrungen und haben dort Gutes getan? Was Wunder also, daß sie, warm und kraftspendend, selbst auf einen Reuben Wray fielen?

Mit Shakespeare als seiner Fibel und Mr. Kemble als sei-

nem Vorbild – ob zu Recht oder zu Unrecht – faßte sich unser Freund ein Herz und fiel auf seine alten Tage in der englischen Provinz ein, als Lehrer für Sprecherziehung samt all deren ergänzenden Fertigkeiten. Und – man höre und staune – obwohl hier und da unter schrecklicher Not und Armut leidend, schaffte er es, sein Enkelkind und sich selbst mit dieser »Sprecherziehung« – oder was bei seiner Klientel dafür durchging – über Wasser zu halten!
Ich kann nicht behaupten, daß Redner oder Geistliche ihn fieberhaft um diskrete Nachhilfe (siehe Werbeplakat) zu drei Shilling sechs Pence die Stunde ersuchten oder daß junge Damen durch Anleitung seiner erfahrenen Zunge nach den edlen Gaben der Vortragskunst und junge Männer nach der gebotenen Diktion (siehe nochmals Werbeplakat) strebten. Aber trotzdem schlug er sich durch, auf eine andere Art und Weise. Manchmal engagierte ihn eine Landschule, um an einem Rhetoriktag die Jungen zu drillen. Manchmal wurde er angeheuert, um zu verhindern, daß provinzielle Laiendarsteller den Dialog platterdings umbrachten und einander pausenlos auf die Füße traten. In dieser letztgenannten Funktion bekam er ab und zu ein gutes Engagement, besonders bei Laienspieltruppen, die seinen Anspruch bescheiden genug und seine Erfahrung in der Bühnendisziplin unschätzbar fanden.
Solche Gelegenheiten jedoch waren nichts gegen jene, die er bekam, wenn man ihn heranzog, um die ganze mühselige Seite beim Veranstalten privater Theateraufführungen in vornehmen Landhäusern zu überwachen. Hier fand er eine Großzügigkeit, die seine kühnsten Hoffnungen überstieg: Hier rief das Schreiben Mr. Kembles, welches sich für Reuben Wrays Ehrlichkeit und allgemeine Bühnenerfahrung verbürgte – das Vermächtnis des großen Schauspielers, das er überall mit sich herumtrug –, garantiert eine

wunderbare Wirkung hervor. Er, Klein-Annie und ein drittes Familienmitglied, das ich gleich noch vorstellen werde, lebten Monate vom Erlös eines solchen Glücksfalles, wie es ein privater Theaterabend war – denn inmitten ihres Vergnügens fanden die jungen Leute Zeit, um den armen alten Exschauspieler zu bemitleiden und um seine hübsche Enkelin zu bewundern, und sie zahlten ihm freigebig für seine Dienste volle fünfmal soviel, wie zu verlangen er je gewagt hätte.

Als unser Jahrhundert noch zirka fünfundzwanzig Jahre jünger war, kam er auf seiner manchmal jämmerlich erfolglosen, manchmal durch ein bißchen Wohlstand frisch beflügelten Wanderschaft von Stratford-upon-Avon nach Tidbury auf der Marsch, um hier sein sprecherzieherisches Glück zu versuchen und mit siebzig Jahren und halb ausgefallenem Gebiß die höhere Schule der Vortragskunst zu unterrichten! Wird er Erfolg haben? Ich für meinen Teil hoffe, ja. Es ist etwas am Anblick dieses armen alten Mannes, der, vom Leben schwer gebeutelt, doch immer noch um seine eigene Existenz und die seines Enkelkindes kämpft, das er mehr liebt als sein Leben – der sich als Überbleibsel eines vergangenen Zeitalters hart bemüht, mit einem neuen Schritt zu halten, das ihn bereits überholt hat und seine schwache Stimme kaum noch hören wird, es sei denn, um sie auszulachen –, ja, an alledem ist etwas, das jeglichen Gedanken an Spott verbietet und viel Mitgefühl und Wohlwollen von jedermann verspricht.

Doch vorerst genug geplaudert über Mr. Reuben Wray! Gehen wir jetzt sofort zu Nummer zwölf und schließen dort Bekanntschaft mit ihm und – nicht zu vergessen – seiner geheimnisvollen Geldkassette.

## III

In dem kleinen Salon von Reubens Bleibe ist für das Frühstück gedeckt. Diesen Salon, wohlgemerkt, hat unser Freund nicht gemietet, so einen häuslichen Luxus besaß er seiner Lebtage nicht. Die – nicht gemietete – Wohnung wurde ihm von seiner Zimmerwirtin lediglich geliehen, denn sie ist ungeheuer beeindruckt von der tragischen Sanftheit in »Auftreten« und Gebaren ihres neuen Hausinsassen. Man hat, sage ich noch einmal, für das Frühstück gedeckt. Drei Tassen, ein Brotlaib, ein halbes Pfund Salzbutter, etwas Rohzucker auf einem Unterteller sowie eine schwarze irdene Teekanne mit abgebrochenem Ausgießer: solches ist die fürstlich gedeckte Tafel, die Mr. Wray und seine Familie um neun Uhr früh ins Erdgeschoß lockt – doch niemand erscheint!

Horch! Ein Stiefelknarren, anscheinend aus irgendeiner Kammer unter dem Dach, so fern ist das Geräusch zuerst. Die Stiefel kommen herunter, das Geräusch – ein schweres Geräusch – kommt immer näher, verstummt erst vor der Salontür und meldet den Auftritt von – Mr. Wray natürlich? Nein! Pech gehabt. Ich für meinen Teil glaube, wir werden Mr. Wray nie leibhaftig zu sehen bekommen. Das fragliche Individuum ist nicht einmal ein Verwandter von ihm, aber trotzdem gehört es zur Familie; und da es als erster die Treppe herunterkommt, gebührt ihm sicherlich der Lohn sofortiger Beachtung.

Das Individuum ist männlich, knapp einen Meter fünfundachtzig groß, dementsprechend kräftig, und etwa dreißig Jahre alt – sein Gang linkisch und schwerfällig, wie nicht anders zu erwarten; seine Physiognomie ist derb und schlecht proportioniert, sein Gesicht blatternarbig, und was er an Haaren auf dem Kopf hat – nicht sehr viel –, scheint in alle möglichen Richtungen gleichzeitig zu wuchern. Ich wüßte nichts, was ich an ihm persönlich rühmen könnte, bis auf seinen Gesichtsausdruck, und der ist so durch und durch gutmütig, humorvoll, ehrlich, ja, sogar unschuldig, daß er alles andere wirklich wettmacht. Aufrichtigkeit und Freundlichkeit strahlen so hell aus diesen Augen, daß der geblendete Betrachter über die unförmige Nase, die wulstigen Lippen, das klobige Kinn hinwegsieht und am Schluß kaum noch weiß, ob sie nun häßlich seien oder nicht. Manche Menschen sind, in gewissem Sinne, häßlich, obwohl sie die Züge eines Apollo Belvedere besitzen, und andere sind interessant trotz einer Physiognomie, die für ein Witzblatt herhalten könnte. Unser neuer Bekannter fiel in letztere Kategorie.

Sie gestatten mir, vorzustellen: DER GENEIGTE LESER – JULIUS CÄSAR. Halt! Zucken Sie bei diesen klassischen Silben nicht zusammen, ich werde alles erklären.

Die Geschichte des Mr. Martin Blunt, alias »Julius Cäsar«, ähnelt zu einem guten Teil der von Mr. Reuben Wray. Wie dieser begann Blunt sein Leben bei einer Wandertruppe – jedoch nicht als Schauspieler, sondern als Bühnentischler, Kerzenauslöscher, Türhüter und Laufbursche. Einmal, als das Ensemble sich gerade voller Ehrgeiz der grausigen szenischen Schändung von Shakespeares *Julius Cäsar* widmete, erkrankte der Schauspieler, der den Weltenbeherrscher personifizieren sollte. Niemand war da, um für ihn einzuspringen – jedes andere verfügbare Truppenmitglied hatte in dem Stück schon seine feste Aufgabe; also kam man in der Not der Verzweiflung auf Martin Blunt zurück. Er war groß und stark genug für einen römischen Helden; und mehr verlangten sie nicht.

Als erstes wurde seine Rolle soweit wie möglich zusammengestrichen, und den Rest trichterte man in sein unwilliges

Gehirn; der Körper des armen Burschen wurde in ein weißes Laken gehüllt, das man zur Toga zusammenheftete, er bekam einen Herrscherstab in die Hand, ans Kinn klebte man ihm einen kurzen Bart, und man stieß ihn unerbittlich auf die Bühne. Seine Darbietung wurde mit johlendem Gelächter aufgenommen, aber er hielt durch, ließ sich hinmeucheln, wie es sich gehört, fiel dann mit einem Plumps, der das umstehende Dekor bis in die Grundfesten erschütterte, und bekam eine volle Runde Beifall, nur für sich allein.

Das hatte er nie mehr vergessen. Es war sein erstes und letztes Erscheinen auf der Bühne, und in seiner Herzensunschuld prahlte er damit bei jeder Gelegenheit als dem glorreichen Ereignis seines Lebens. Bei seiner Ankunft in London, wo er als wirklich guter Schreiner am Drury-Lane-Theater eine Arbeit fand, schafften es seine Kollegen, ihm die Geschichte dieses ersten Bühnenauftritts sofort aus der Nase zu ziehen, und machten daraus einen feststehenden Spaß. Martin Blunt wurde per Akklamation zur allgemeinen Witzfigur ernannt und bekam den Spitznamen »Julius Cäsar«. Jeder verlieh ihm diesen klassischen Titel, und ich folge auf den vorliegenden Seiten nur dem gängigen Gebrauch. Falls jemandem dieser Name nicht paßt, dann nenne er den braven Burschen meinetwegen anders, er ist zu gutmütig, um einem etwas zu verübeln; tun Sie, was Sie wollen.

Und so machte er die Bekanntschaft des alten Wray:

Als Reubens berufliches Wirken am Drury Lane sich seinem Ende zuneigte, hatte unser robuster junger Schreiner dort gerade zu arbeiten begonnen. Eines Abends, rund eine Woche vor der Premiere einer neuen Zauberposse, geriet ein Teil des schweren Kulissenapparats ins Wanken, gerade als Wray daran vorüberging, und hätte ihn erschlagen, wäre da nicht »Julius Cäsar« gewesen (ich kann ihn wirklich nicht »Blunt« nennen!), der, selbst unter Gefahr für Leib und Leben, die stürzende Masse auffing, um ihr durch eine gigantische Kraftanstrengung Einhalt zu gebieten, bis der alte Mann seinem Unheil davongehumpelt war. Dies führte zu Dankbarkeit, Vertraulichkeit, Freundschaft. Irgendwie schienen Wray und sein Retter trotz ihres Wesens- und Altersunterschieds zueinander zu passen. Darum kurz: Als Reuben anfing, auf dem Lande Sprecherziehung zu geben, folgte ihm der Schreiner als Beschützer, Gehilfe, Diener oder was immer Sie wollen.

»Julius Cäsar« hatte ein ganz bestimmtes Motiv, sein Schicksal mit dem des alten Wray zu verbinden – ein Motiv, das im Nu deutlich werden wird, wenn Klein-Annie den Salon betritt. Bei aller Unbeholfenheit war er sicher kein Klotz am Bein. Er machte sich selbst auf unterschiedlichste Weise zu einem Gewinn: Er trug Reklamezettel aus, die um freundliche Beehrung baten; baute die Kulissen, wenn Mr. Wray private Theaterengagements bekam; arbeitete als Tischlergeselle, wenn andere Unterhaltsquellen versiegten; und war sich rundum für nichts zu schade, von der Abmahnung eines üblen Schuldners bis zum Stiefelputzen. Mochte sein Arbeitgeber zeitweise mürrisch sein, wie er wollte, und ihn bei gelegentlichen Anwandlungen von Gereiztheit wie einen dummen Jungen behandeln – er gab niemals Widerworte, ja, schien nicht einmal je zu schmollen. Nur zu zwei Dingen konnte man ihn nicht veranlassen: das unbeabsichtigte Umstoßen und Herunterwerfen von allem, was in seine Reichweite kam, tunlichst zu vermeiden, und seine Arm- und Beinbewegungen nach dem Prinzip des seligen Mr. Kemble zu verbessern.

Kehren wir in den Salon und zu dem gedeckten Frühstückstisch zurück. »Julius Cäsar« von den Knarrenden Stiefeln betrat den Raum, in der einen Hand ein Nähkästchen (an dem er seit geraumer Zeit gebastelt hatte), in der anderen eine Musselinkrawatte. Annie hatte Geburtstag. Das Kästchen war ein Geschenk und die Krawatte das, was man als »Würdigung des Anlasses« bezeichnet.

»Julius Cäsars« erste Handlung bestand darin, das Nähkästchen fallen zu lassen und es hastig wieder aufzuheben; seine zweite darin, daß er vor den Spiegel trat (ein Einrichtungsstück, welches seine Dachkammer entbehrte) und die neue Krawatte anzulegen versuchte. Er hatte sie erst halb gebunden und verweilte noch, vollkommen ratlos, über dem Knoten, da ertönte auf dem Bodenbelag draußen ein leichter Schritt. Annie kam herein.

»Julius Cäsar vor dem Spiegel! Du liebe Güte, was *kann* nur in ihn gefahren sein?« rief das zierliche Mädchen mit einem munteren Lachen.

Wie frisch, blühend und hübsch sie aussah, als sie im nächsten Augenblick hinzulief, ihm befahl, sich vornüberzubeugen, und ihm unumwunden die Krawatte band – wobei sie sich auf die Zehenspitzen stellte. »So«, rief sie, »nachdem dies geschafft wäre – was haben Sie, Sir, mir an meinem Geburtstag zu sagen?«

»Ich habe ein Nähkästchen, und ich freu mich so, daß heute Ihr Geburtstag ist«, antwortete »Julius Cäsar«, durch das unerwartete Krawattebinden zu verwirrt, um genau zu wissen, wovon er überhaupt sprach.

»Oh, was für ein prachtvolles Nähkästchen! Nein, wie nett von Ihnen! Das werde ich ganz besonders in Ehren halten! Kommen Sie, Sir, nach so einem Geschenk muß ich Sie wahrscheinlich auffordern, mir einen Kuß zu geben.« Und indem Annie sich noch einmal auf die Zehenspitzen stellte, bot sie ihre frische rosige Wange zum Kuß dar – mit einer so reizenden Mischung aus Scham, Dankbarkeit und

schalkhaftem Vergnügen in ihrem Gesicht, daß »Julius Cäsar« – ich muß es leider feststellen – sich bewogen fühlte, auf der Stelle niederzuknien und das Mädchen regelrecht anzubeten.
Bevor der sittsame Leser Gelegenheit hat, dies alles als sehr unschicklich zu betrachten, sollte ich vielleicht eine kleine Erklärung einschieben; Annie Wray hatte Martin Blunt nämlich versprochen (ich nenne ihn hier bei seinem richtigen Namen, weil es um etwas Ernstes geht), ja, ihm buchstäblich versprochen, eines Tages seine Frau zu werden. Annie hielt all ihre Versprechen, aber ich darf sagen: zur Einhaltung *dieses* Versprechens war sie besonders fest entschlossen.
Unmöglich! höre ich die geneigte Leserin rufen. Bei ihrem guten Aussehen könnte Annie nach weit Höherem streben als einem armseligen Schreiner, und außerdem: Was sollte sie sich denn aus einem großen, ungeschlachten, tolpatschigen Kerl machen, der nun einmal häßlich ist, man mag über seinen Gesichtsausdruck sagen, was man will?!
Dem könnte ich entgegenhalten, Madame, daß unsere kleine Annie bei der Wahl ihres Ehegatten weit tiefer geschaut hatte als nur auf die äußere Hülle und an diesem armseligen Schreiner gewisse Herzens- und Charaktereigenschaften entdeckte, die ihre Liebe und, jawohl, auch ihre Hochachtung und Bewunderung für ihn weckten. Aber ich antworte lieber mit einer Gegenfrage. Sind Sie nie irgendwelchen Personen Ihres eigenen Geschlechts begegnet, lieblichen, romantischen, herrlichen jungen Damen, die ihren gesamten Verwandten- und Freundeskreis ziemlich vor den Kopf stießen, indem sie einen besonders kleinen, kümmerlichen, spröden Mann mittleren Alters geheiratet haben und zudem noch sämtliche Symptome der Zuneigung für ihn zeigten? Ich vermute, Sie haben derartige

Fälle schon erlebt, und wenn Sie die zu *meiner* Zufriedenheit erklären können, werde ich *Ihnen* die abnormale Verlobung der kleinen Annie mit Freuden erklären.

Einstweilen sollte man vielleicht feststellen, daß diese sonderbare Liebschaft Mr. Wray gegenüber nur ein einziges Mal angedeutet wurde und daß der alte Mann darüber augenblicklich in einen Tobsuchtsanfall geriet, in dem er mit den schrecklichsten Strafen drohte, zöge man diese Sache je wieder in Betracht. Einsam und aller anderen Bindungen beraubt, empfand er bezüglich seiner Enkelin jene Eifersucht, die in Fällen wie dem seinigen von allen Schwächen die verzeihlichste und harmloseste ist: daß andere sie lieben könnten. Hätte ein Herzog um Annies Hand angehalten, ich bezweifle sehr, daß Mr. Wray sie ihm gegeben hätte, es sei denn, sie würden alle zusammenleben.

Unter diesen Umständen erwähnte man die Verlobung nie wieder. Annie vertröstete ihren Liebhaber, sie müßten sich gedulden und wie Geschwister füreinander bleiben, bis bessere Aussichten und bessere Zeiten kämen. Und »Julius Cäsar« folgte aufs Wort. Er war für seine kleine Verlobte so etwas wie ein großer, treuer Hund: Er liebte sie, beschützte sie, begleitete sie mit seinem ganzen Herzen und seiner ganzen Kraft, wofür er sich nur das Recht ausbat, ihr den geringsten Wunsch zu erfüllen.

Nun, dieser Kuß, dessentwegen ich so lange abgeschweift bin, war gottlob gerade vorbei, als ein anderer Schritt draußen ertönte; die Tür ging auf, und – jawohl!, da haben wir ihn endlich, wie er leibt und lebt: Auftritt Mr. Reuben Wray!

Er ist vom Alter etwas gebeugt, sucht das zu verbergen, aber er kann es nicht. Seine Wangen sind hohl, sein Gesicht von Falten zerfurcht – die Auswirkungen nicht nur der Zeit, sondern auch des Leids und der Entbehrung. Und doch besitzt der alte Mann nicht nur einen wachen Geist, sondern auch ein tapferes Herz. Sein Blick hat noch nicht alle Lebendigkeit, sein Lächeln noch nicht die Wärme verloren. *Da* haben Sie den echt Kembleschen Gang und die echt Kemblesche Kopfhaltung, wenn Sie wollen! – *Da* sind die tragische Größe und die tragische Schicklichkeit aus zweiter Hand, über die der unselige »Julius Cäsar« tagtäglich sinniert, die er aber auch nicht annähernd nachahmen kann! Betrachten Sie seine Kleider. So fadenscheinig sie sind (an manchen Stellen leider wohl gar geflickt), findet sich kein Staubkörnchen darauf, und was der kahle Kopf noch an Haaren trägt, ist so sorgfältig gekämmt, als erfreute er sich der Liebeslocken des Absalom. Nein! Obwohl seit über einem halben Jahrhundert gnadenlos von Unglück, Enttäuschung, Gram und Entbehrung verfolgt, hat sich der wackere alte Knabe noch immer nicht davon unterkriegen lassen – steht mit seinen siebzig Lenzen immer noch fest in der Arena des Lebens, am ganzen Leib schwer angeschlagen (wie die Boxer sagen), aber entschlossen, den Sieg davonzutragen!

»Noch viele glückliche Reprisen dieses Tages, mein Liebling!« sagt der alte Reuben, während er zu Annie geht und sie küßt. »Dies ist dein zwanzigstes Wiegenfest, das ich erleben darf. Gott sei's gedankt!«

»Schau dir mein Geschenk an, Großvater!« ruft das Mädchen, indem sie ihm stolz ihr Nähkästchen zeigt. »Rätst du, wer's gemacht hat?«

»Du bist ein braver Kerl, Julius Cäsar!« verkündet Mr. Wray, der es sofort errät. »Guten Morgen, Pfötchengeben.« (Und dann mit leiserer Stimme zu Annie:) »Hat er seit dem Aufstehen schon etwas Bestimmtes zerbrochen?« – »Nein!« – »Freut mich sehr, das zu hören. Julius Cäsar, darf ich dir eine Prise Schnupftabak anbieten?« Und hier zog er ganz in Kemblescher Manier seine Dose hervor. Er hatte sein natürliches und sein Kemble-Gebaren. Ersteres trat nur nur dann zutage, wenn ihm etwas sehr gefiel oder sehr naheging, letzteres war für jene Allerweltsanlässe, wenn ihn nichts in dem Bewußtsein störte, daß er Sprecherzieher und Schüler des englischen Roscius sei.

»Schönen Dank, Sir«, sagte freudig der Schreiner, während er bedachtsam seinen riesigen Zeigefinger und Daumen nach der angebotenen Prise streckte.

»Halt!« rief der alte Wray und zog die Dose unvermittelt zurück. Er hielt Julius Cäsar immer sprecherzieherische Vorträge, wenn er sonst keinen Schüler hatte, einfach um nicht aus der Übung zu kommen. »Halt! So nicht! Erstens ist ›Schönen Dank, Sir‹ zwar jovial, aber gröblich unelegant. Richtig heißt es: ›Ich bin Ihnen sehr verbunden, Sir‹ – bitte das *en* in ›Ihn*en*‹ deutlich aussprechen! – niemals ›Ihn'n‹ sagen wie so manche; und denk daran, was ich *dir* jetzt sage, hat Mr. Kemble einmal zum Prinzregenten gesagt! Und als nächsten Hinweis folgendes: Nimm die Prise nie mit Daumen und Zeigefinger deiner Rechten; es sollte immer die Linke sein. Vielleicht möchtest du gern erfahren, warum?«

»Ja, bitte, Sir«, antwortet der bewundernde Jünger.

»›Ja, wenn ich bitten *darf*, Sir‹, wäre besser gewesen, aber sehen wir über diesen Fehler hinweg. Aufgepaßt, ich werde dir erklären, warum, und zwar anhand einer Anekdote. Eines Tages imitierte Matthews Mr. Kemble in *Penruddock* – der großen Szene, wo er innehält, um eine Prise Schnupftabak zu nehmen. ›Sehr gut, Matthews; mir sehr ähnlich‹, sagt Mr. Kemble wohlgefällig, als Matthews fertig ist, ›aber Sie haben einen *großen* Fehler gemacht.‹ – ›Und der wäre?‹ versetzt Matthews giftig. ›Mein Freund, Sie haben mich beim Schnupfen nicht gentlemanlike dargestellt, aber das bin ich immer. Sie nahmen Ihre Prise, als Sie meinen Penruddock imitierten, mit der rechten Hand, ich nehme prinzipiell die *linke* – denn nur so hält ein Gentleman seine rechte Hand stets frei von Tabak und kann sie seinem Freund geben!‹ Bitte! Schreib dir das hinter die Ohren; und jetzt darfst du deine Prise nehmen.«

Als nächstes wandte Mr. Wray sich an Annie, die hinter ihm stand, doch wurde seine Stimme augenblicklich von einem donnernden Niesanfall des unseligen »Julius Cäsar« übertönt, dessen Nasalnerven der Schnupftabak in Krämpfe versetzte. Mit dem inneren Beschluß, seinem getreuen Jünger nie wieder eine Prise zu offerieren, verzichtete der alte Reuben auf die geplante Bemerkung, bis sie alle still um den Frühstückstisch saßen; dann erneuerte er den Angriff mit frischer Entschlossenheit.

»Annie, meine Liebe«, sagte er, »du und ich haben zusammen sehr oft in unserem göttlichen Shakespeare gelesen, wie Mr. Kemble ihn immer nannte. Du bist ja eigentlich meine Schülerin und solltest inzwischen fast soviel zitieren können wie ich. Ich werde dich jetzt auf eine neue Probe stellen. Angenommen, ich hätte *dir* die Schnupftabaksprise offeriert (Mr. Julius Cäsar kriegt nie wieder eine, das kann ich ihm versprechen), mit welchem Shakespeare-Zitat hättest du dann geantwortet? Denk einfach mal nach!«

»Aber Großvater, zu Shakespeares Zeiten war der Schnupftabak doch noch gar nicht erfunden – oder?« sagte Annie.

»Das tut nichts zur Sache«, entgegnete der Alte. »Shakespeare ist für ewig: Man kann bei allen Gelegenheiten der Welt aus ihm zitieren, und das, so lange die Welt besteht. Kennst du kein passendes Schnupftabakszitat von ihm? Ich schon. Paß auf. Du sagst zu mir: ›Eine kleine Prise gefällig?‹ Und ich antworte aus *Kymbelin* (vierter Akt, zweite Szene):

›Pisanio! Gerne kost ich jetzt dein Gift.‹ Bitte! Trifft's das vielleicht nicht? Was ist Schnupftabak schon anderes als Gift für die Nase? Es paßt einfach – alles von dem göttlichen Shakespeare paßt, wenn man ihn auswendig kann, so wie ich –, was, kleine Annie? Und jetzt gib mir noch ein bißchen Zucker, ich wünschte um *deinetwillen,* es wäre Würfelzucker, Liebes, aber ich fürchte, wir können uns nur rohen leisten. Schon irgend jemand auf das Werbeplakat gemeldet? Ein neuer Schüler heute morgen – ha?«

Nein! Gar keine Schüler: Kein Mann, kein Weib oder Kind in der ganzen Stadt, dem man Sprechunterricht geben konnte! Mr. Wray ließ den Kopf nicht hängen, er hatte innerlich beschlossen, daß im Laufe dieses Tages ein Schüler kommen müsse, und das genügte ihm. Seine kleine Shakespeare-Wortklauberei von wegen des Schnupftabaks hatte ihn in strahlendste Stimmung versetzt. Er zitierte weiterhin so lebhaft und so glücklich, redete über Deklamation, Artikulation und aß Butterbrot, als hätte sich ganz Tidbury zu einer einzigen gewaltigen Schulklasse für ihn vereint und beschlossen, für jede Unterrichtsstunde bar auf die Hand zu zahlen.

Nach dem Frühstück jedoch, als man den Tisch abräumte, schien der Alte sich plötzlich an etwas zu erinnern, das sein Benehmen grundlegend veränderte. Zuerst wurde er betreten, dann still, danach zog er seinen Shakespeare hervor und begann mit demonstrativem Eifer zu lesen, als wünschte er, daß ja niemand ihn anspräche.

Gleichzeitig hätte ein scharfer Beobachter vielleicht entdeckt, wie Mr. »Julius Cäsar« Annie allerlei unbeholfene Zeichen und Grimassen machte, die das kleine Mädchen offensichtlich verstand, aber nicht zu beantworten wußte. Zuletzt und mit einer Anstrengung, als koste es sie außerordentliche Entschlußkraft, sagte sie:

»Großvater – du hast doch nicht etwa dein Versprechen vergessen?«
Keine Antwort von seiten Mr. Wrays. Wahrscheinlich war er zu sehr in seinen Shakespeare vertieft, um seine Enkelin zu hören.
»Großvater«, wiederholte sie mit lauterer Stimme, »du hast versprochen, daß du uns an meinem Geburtstag ein gewisses Geheimnis verrätst.«
Diesmal *mußte* Mr. Wray hören. Mit einem ratlosen Gesicht blickte er auf.
»Ja, Liebes«, sagte er, »das habe ich, aber ich wünschte fast, ich hätte es nicht getan. Dieses Geheimnis zu verraten ist recht gefährlich, meine kleine Annie, das kannst du mir glauben! Warum bist du überhaupt so neugierig darauf?«
»Du kannst wohl kaum behaupten, Großvater«, verteidigte sich Annie, »daß ich oder auch Julius Cäsar allzu neugierig wären, wenn wir es erfahren wollen. Erinnere dich nur – wir waren gerade drei Tage in Stratford-upon-Avon, da bist du zurückgekommen, hast furchtbar verängstigt ausgesehen und gesagt, wir müßten sofort zusammenpacken, und dann sind wir alle auf und davon, mehr wie Gefängnisausbrecher als wie ehrliche Leute.«
»Genauso war's!« stöhnte der alte Reuben und sah langsam wirklich schon aus wie ein Übeltäter.
»Gut«, fuhr Annie fort. »Du wolltest uns damals partout nicht erklären, warum das alles, sosehr wir auch gebettelt haben. Und als wir dich fragten, weshalb du diese alte Geldkassette (in der ich immer meinen Krimskrams aufbewahrte) seit Stratford nicht mehr aus den Händen läßt – da wolltest du uns auch das nicht verraten und hast uns verboten, die Sache je wieder zu erwähnen. Erst, als du wieder einmal ganz besonders gut aufgelegt warst, habe ich dir immerhin das Versprechen aus der Nase gezogen, daß

du uns an meinem nächsten Geburtstag aufklären würdest – zur Feier des Tages, hast du gesagt. Ich möchte deshalb behaupten, man kann uns jedes Geheimnis anvertrauen, und halte es nicht für allzu neugierig, wenn wir diese Sache erfahren wollen.«

»Sehr gut«, sagte Mr. Wray mit einer Art Ruhe der Verzweiflung und stand auf. »Ich habe es versprochen, und, komme, was da wolle, ich werde mein Versprechen halten. Wartet hier, ich bin gleich wieder da.« Er verließ das Zimmer eilig, nur um fast umgehend mit der Geldkassette zurückzukehren.

Ein sehr schäbiges, ramponiertes Ding für all die Geheimnistuerei! dachte Annie, während er es auf den Tisch stellte und feierlich seine Hände auf den Deckel legte.

»Wohlan!« sagte der alte Wray in seinen tiefsten Tragödientönen und mit todernstem Gesicht. »Gebt mir euer Ehrenwort – alle zwei –, daß ihr niemals auch nur eine Silbe von dem verraten werdet, was ich euch jetzt erzähle – vor niemandem, aus welchem Grunde auch immer – mir ist es gleichgültig, was passiert –, daß ihr nichts verratet, *aus welchem Grunde auch immer!*«

Annie und ihr Liebster versprachen es ohne Zögern und mit großem Ernst. Sie wurden ein bißchen aufgeregt bei diesen umständlichen Vorbereitungen für die kommende Enthüllung.

»Macht die Tür zu!« befahl Mr. Wray mit Bühnenflüstern. »So. Und nun rückt eng zusammen und paßt auf, ich bin bereit, das Geheimnis zu lüften.«

## IV

»Ich nehme an«, sagte der alte Reuben, »keiner von euch beiden hat vergessen, daß ich am zweiten Tag unseres Besuches in Stratford früh abends weggegangen bin, um bei einem engen Freund von mir zu speisen, den ich von klein auf kannte und dessen Zuhause nicht allzuweit entfernt lag von dem Städtchen ...«

»Vergessen!« rief Annie. »Ich glaube, das werden wir nie vergessen – ich hatte die ganze Zeit Angst um dich, als du fort warst.«

»Angst weshalb?« fragte Mr. Wray scharf. »Willst du damit vielleicht andeuten, Annie, du hättest geahnt ...«

»Ich weiß nicht, was ich geahnt habe, Großvater, aber daß du ganz allein weggingst, um bei einem Freund zu übernachten (wie du uns gesagt hast) und um erst am nächsten Morgen heimzukommen, das alles fand ich äußerst ungewöhnlich. Es war das allererste Mal, daß wir unter getrennten Dächern schliefen – denk nur einmal daran!«

»Zu meiner Schande muß ich gestehen, Liebes«, erwiderte Mr. Wray, der plötzlich sehr unruhig wirkte, »daß ich dies eine Mal zum Heuchler und zu noch etwas Schlimmerem geworden bin. Ich habe euch getäuscht. Es gab gar keinen Freund, bei dem ich essen konnte, und ich habe diese Nacht damals in überhaupt keinem Haus verbracht.«

»Großvater!« schrie Annie und sprang auf vor Schrecken. »Was *soll* das heißen?!«

»'tschuldigung, Sir«, warf »Julius Cäsar« ein, während sein Gesicht sehr rot wurde und er beim Sprechen langsam seine zwei gewaltigen Fäuste ballte, »'tschuldigung, aber wenn Sie damals von irgendwelchen Kerlen an der Nase herumgeführt wurden, dann möchte ich wirklich gern wissen, wo die zu finden sind.«

»Niemand hat mich an der Nase herumgeführt oder mir einen bösen Streich gespielt«, antwortete der alte Mann mit ruhiger, fester, ja, sogar feierlicher Stimme. »Ich verbrachte diese Nacht in der Kirche von Stratford-upon-Avon, am Grabe William Shakespeares!«

Annie fiel auf ihren Platz zurück und verlor im Nu all ihre hübsche Gesichtsfarbe. Der brave Schreiner zuckte so zusammen, daß er die Rücklehne seines Stuhls zerbrach – eine Abwandlung seiner üblichen Darbietungen dieser Art, die sich im allgemeinen auf Tassen, Untertassen und Weingläser beschränkten.

Mr. Wray beachtete das kleine Mißgeschick gar nicht, und schon das allein bewies, daß er durch irgend etwas sehr aufgewühlt war. Nach kurzem Schweigen sprach er erneut, wobei er Kemble-Gebaren und Kemble-Sprechweise allmählich vergaß.

»Ich wiederhole: Ich verbrachte diese Nacht in der Kirche von Stratford, und ihr sollt erfahren, weshalb. Du, Annie, bist morgens mit mir in die Kirche gegangen – es war ein Dienstag, ja, Dienstag vormittag –, um die Shakespeare-Büste dort zu besichtigen. *Du* hast sie, genau wie andere Leute, nur als Sehenswürdigkeit betrachtet – *ich* sah darin den größten Schatz der Welt: das einzig echte Bildnis von Shakespeare! Es war nach einer Maske hergestellt, einer Totenmaske von seinem eigenen Gesicht – das weiß ich ganz genau; mir ist es gleichgültig, was man sagt, ich weiß es. Nun, als wir nach Haus gingen, war mir, als hätte ich Shakespeare selbst gesehen, wiederauferstanden von den Toten! Fremde hätten darüber gelacht, aber es ist wahr – ich *fühlte* es! Und schnell, wie ein jäher, stechender Schmerz, durchzuckte mich folgender Gedanke: Ich muß mir dieses Shakespeare-Gesicht zu eigen machen, zu meinem Besitz, meinem Gefährten, meinem größten Schatz,

der mit Geld nicht zu bezahlen ist! Und hier habe ich ihn – hier drin! – den einzigen Abguß der Welt von jener Büste in Stratford, eingeschlossen in dieser alten Geldkassette!«
Er hielt einen Moment inne. Staunen verschlug seinen beiden Zuhörern die Sprache.
»Ihr wißt«, fuhr er fort, »daß ich eine Bildhauerlehre machte. Dort lernte ich unter anderem, wie man einen Abguß nimmt, es gehört zu unserem Handwerk – war noch das einfachste. Ich wußte, wenn ich den Mut hätte, dann könnte ich von dieser Büste in Stratford einen Abguß machen, und der Mut kam mir, an jenem Dienstag kam er mir. Ich kaufte etwas Gips, etwas Schmierseife und eine Rasierschüssel – das war mein Handwerkszeug – und schnürte sie in einen alten Leinensack zusammen. Darüber hinaus brauchte ich nur noch Wasser, und das hatte ich morgens in der Sakristei gesehen – einen Krug voll, der vermutlich seit Sonntag dort stand, zum Gebrauch durch den Geistlichen. Den Sack konnte ich ja ganz bequem unter meinem Mantel tragen. Meine einzige Sorge war jetzt noch, wie ich wieder in die Kirche gelangen sollte, ohne Verdacht zu erwecken. Während ich darüber nachdachte, kam ich am Wirtshaus vorbei. Es standen ein paar Leute vor der Tür und schwatzten auf der Straße mit ein paar anderen; sie verabredeten sich für genau diesen Nachmittag, um allesamt Shakespeares Grab und Büste zu besichtigen. Das reichte mir: Ich beschloß, mit ihnen in die Kirche zu gehen.«
»Was? Und die ganze Nacht dortzubleiben, Großvater?«
»Und die ganze Nacht dortzubleiben, Annie. Einen Abguß zu nehmen ist nämlich schnell geschehen, aber ich wollte es unbemerkt tun, und frühmorgens, noch bevor irgend jemand auf den Beinen war. Das war der einzige Zeitpunkt, an dem ich dies in der Kirche gefahrlos machen konnte.

Außerdem wollte ich reichlich Muße haben, weil ich nicht genau wußte, ob mir der Abguß auf Anhieb gelingen würde, nachdem ich so lange aus der Übung war. Aber zu gegebener Zeit sollt ihr noch erfahren, wie ich es zustande brachte. Nun, ich dachte mir diese Geschichte von wegen des Abendessens und der Übernachtung bei einem Freund aus, weil ich nicht wußte, was geschehen mochte, und weil – weil ich euch, kurzum, nicht gerne auf die Nase binden wollte, was ich vorhatte. Darum ging ich heimlich in die Nähe der Kirche und wartete, bis diese Gruppe kommen würde. Sie kam erst spät – am späten Nachmittag. Wir gingen alle zusammen hinein, ihr wißt ja: ich mit meinem Sack unter dem Mantel. Der Mann, der uns am Morgen durch die Kirche geführt hatte, war zum Glück nicht da, nachmittags wurde er von einer alten Frau abgelöst. Ich wartete, bis die Besucher sich allesamt um Shakespeares Grab scharten und die Ärmste mit dummen Fragen belästigten. Ich wußte, das war *mein* Augenblick! Ich huschte davon in die Sakristei, machte den Schrank auf und versteckte mich zwischen den Chorhemden. Nach einer Weile hörte ich einen der Fremden in der Kirche fragen (es waren sehr ungehobelte, laute Menschen), was denn aus dem ›Tattergreis mit dem Mantel‹ geworden sei, woraufhin ein anderer erwiderte, der müsse wohlweislich verschwunden sein und sie sollten ihm alle hinterher, denn es sei verflixt kalt und langweilig in der Kirche. So zogen sie ab, ich hörte das Portal zufallen und wußte, daß ich für diese Nacht eingeschlossen war.«

»Die ganze Nacht in einer Kirche! O Großvater, was mußt du dich geängstigt haben!«

»Na ja, Annie, ein bißchen Angst hatte ich schon, doch mehr wegen dem, was ich im Schilde führte, nicht, weil ich in der Kirche allein war. Aber laßt mich mit meiner Geschichte fortfahren. Da es Herbst war und wir das entsprechende Wetter hatten, wurde es nach dem Verschwinden der Leute zu dunkel, als daß ich irgend etwas hätte tun können, deshalb nahm ich all meinen Mut zusammen, um bis morgens zu warten. Als erstes ging ich still, leise und ganz allein, um mir die Büste anzusehen, und kam zu dem Urteil, daß ich den Abguß in etwa drei oder vier Einzelstücken nehmen könnte. Ich wollte lediglich eine sogenannte *Maske,* das heißt, nur Stirn und Gesicht, nicht den Kopf insgesamt. Es ist ganz leicht, von einer Büste einen Abdruck abzunehmen – ich wußte, ich würde es schaffen; aber irgendwie war es mir in diesem Moment nicht recht geheuer. Die Büste begann in dem schwindenden Licht in dieser Kirche furchterregend auszusehen. An diesem Ort und zu dieser Stunde schien es fast, als betrachtete man Shakespeares Geist. Und wäre das Portal nicht verschlossen gewesen, dann wäre ich wohl hinausgerannt, aber das konnte ich nicht, also ging ich auf die Knie, küßte den Grabstein – wobei mich ein seltsames Hirngespinst ankam: Es sei so, als würde ich Shakespeare gute Nacht wünschen – und tastete mich dann in die Sakristei zurück. Als ich die Tür zwischen mir und dem Grab geschlossen hatte, wurde ich verwegener, das kann ich euch sagen, und ich dachte mir: Ich tue ja nichts Böses; ich werde die Büste nicht beschädigen; ich möchte nur, was jeder Engländer und alte Schauspieler sich mit Fug und Recht wünschen kann: einen Abdruck von Shakespeares Gesicht. Warum sollte ich hier nicht meine kleine Vesper halten, meine Gebete sprechen wie sonst und obendrein ein Nickerchen machen, wenn ich kann? So ging es mir gerade durch den Sinn, da – bumm, schlug die Turmuhr! Ich wäre vor Schreck fast umgefallen, so mutig ich mich auch noch einen Augenblick zuvor gefühlt hatte. Ich mußte warten, bis alles wieder still war, ehe ich das Stückchen Käsebrot, das ich dabeihatte, aus meinem Sack ziehen konnte. Und dann konnte ich nichts essen, ich wartete zu ungeduldig auf den nächsten Morgen; also nahm ich in dem Sessel des Pfarrers Platz und versuchte als nächstes, ob ich überhaupt schlafen könnte.«

»Und konntest du's, Großvater?«

»Nein – auch schlafen konnte ich nicht; anfangs zumindest. Es war jetzt stockdunkel, ich fror allmählich und wurde wieder von einem ehrfürchtigen Schauder überkommen. Das einzige, was mir einfiel, um mich überhaupt bei Laune zu halten, war, daß ich zuerst mein Gebet sprach und dann Shakespeare rezitierte. Ich ging daran, Annie, wie ein Wilder ein Stück nach dem anderen zu rezitieren – außer den Tragödien, vor denen fürchtete ich mich nachts, ganz allein in einer Kirche. Nun, ich glaube, ich hatte den *Sommernachtstraum* halb durch, indem ich selbst die kleinste Zeile davon flüsterte, da flüsterte ich mich in den Schlaf. Zuerst war es nur ein Nickerchen; dann ein merkwürdiger Schlummer, und dann hatte ich einen Traum! Aber was für einen! Mir träumte, die Kirche sei von Mondschein durchflutet – hellerem Mondschein, als ich ihn je im Wachzustand gesehen hatte. Ich trat aus der Sakristei, und da waren die Elfen aus dem Sommernachtstraum – sämtliche Geschöpfe, wie Funken silbrigen Lichts – und tanzten rings um die Shakespeare-Büste! Sobald sie meiner ansichtig wurden, riefen sie alle mit ihren süßen Nachtigallenstimmchen: ›Komm her, Reuben! Alter Schlaufuchs! Wir wissen, weshalb du hier bist, und es macht uns überhaupt nichts aus! Du liebst Shakespeare, genau wie wir – tanz, Reuben, und sei glücklich! Shakespeare mag einen alten Komödianten; er war selbst einer – niemand kann uns sehen! Wir haben Ausgang heute nacht! Tanz, alter Reuben – schwing dein Bein!‹ Und wir alle haben getanzt wie toll: hoch in die Luft; hinunter aufs Pflaster und dann rings um die Büste herum, mindestens fünfhunderttausendmal, ohne Pause, da – bumm, schlägt die Kirchturmuhr! Und ich erwachte im Dunkeln, in kalten Schweiß gebadet.«

»Das bin ich auch!« japste »Julius Cäsar«, während er sich mit einem zerschlissenen Baumwolltaschentuch heftig die Stirn abtupfte.

»Nun, nach diesem Traum verfiel ich wieder ins Verseaufsagen, ich nickte abermals ein und hatte einen neuen Traum – einen schrecklichen von Gespenstern und Hexen, an den ich mich nicht so gut erinnere wie an den anderen. Auch aus diesem erwachte ich, frierend und voller Furcht, daß ich das ganze kostbare Morgenlicht verschlafen haben könnte. Aber nein! Immer noch alles dunkel! Ich ging wiederum in die Kirche und dann zurück in die Sakristei, weil ich es dort nicht aushielt. Wahrscheinlich tat ich das ein dutzendmal, ohne zu wissen, warum. Schließlich brachte ich die Nacht irgendwie hinter mich, tat aber kein Auge mehr zu – eine Nacht, die nie zu Ende gehen wollte. Kurz nach Tagesanbruch begann ich, in der Kirche rasch auf und ab zu marschieren, damit mir warm würde. Das machte ich einige Zeit. Dann, sowie ich durch die Fenster sah, daß die Sonne aufging, öffnete ich endlich meinen Leinensack und rüstete mich für mein Werk. Ich kann euch sagen, meine Hand zitterte, und mein Blick verschwamm – ich glaube, mir standen die Tränen in den Augen; ich weiß wirklich nicht, weshalb –, während ich die Büste zuerst überall einseifte, damit der Gips, den ich aufzutragen gedachte, nicht ankleben würde. Dann vermischte ich den Gips in meiner Rasierschüssel mit Wasser, wobei ich darauf achtete, daß er nicht klumpte, und stellte fest, daß mir alles so natürlich von der Hand ging, als hätte ich die Bildhauerwerkstatt gestern erst verlassen. Daraufhin – aber es hat keinen Sinn, dir, kleine Annie, etwas zu erzählen, wovon du doch nichts verstehst; besser, ich sage kurz und gut, daß ich die Gußform machte, in vier Einzelstücken, wie ich es schon geplant hatte – zwei für die obere Gesichtshälfte und zwei für die untere. Dann, nachdem ich die Büste verschalt hatte, um die Gußform zusammenzuhalten, nahm ich das Ganze herunter, sah nach und wußte: Ich besaß jetzt eine Shakespeare-Maske nach der Büste von Stratford!«

»O Großvater, wie mußt du dich gefreut haben!«

»Nein, das war ja das Merkwürdige daran. Zuerst kam ich mir vor, als hätte ich eine Bank ausgeraubt, die Kronjuwelen gestohlen oder Feuer an einen Zug voller Schießpulver gelegt, um ganz London in die Luft zu jagen; meine Tat erschien mir ungeheuerlich! So fürchterlich gewagt, so tolldreist! Schon nach kurzer Zeit befiel mich jedoch eine Art Freudentaumel, ich konnte mich kaum beherrschen, um nicht aus voller Kehle zu jauchzen und zu singen. Dann verspürte ich eine wahrlich fieberhafte Begierde, die Form sofort auszugießen und zu sehen, ob die Maske ohne Fehler wäre. Diese Ungeduld zu unterdrücken war für mich überhaupt das schwierigste, seit ich mich in der Kirche befand.«

»Aber bitte, Sir, wann sind Sie denn nun endlich rausgekommen? Bitte, verraten Sie uns das!« sagte »Julius Cäsar«.

»Erst als die Glocke zwölf geschlagen und ich mein ganzes Käsebrot aufgegessen hatte«, antwortete Mr. Wray eher kläglich. »Ich war froh, als ich in meiner Sakristei, wo ich nur eine Sekunde vorher hineingeschlüpft war, die Kirchentür aufgehen hörte. Herein kam dasselbe Weib, das nachmittags die Büste vorgeführt hatte. Ich wartete den richtigen Zeitpunkt ab, dann huschte ich in die Kirche, aber ganz plötzlich, als ich schon halb draußen war, drehte die Frau sich um und kam auf mich zu. Ich hatte mich noch nie vor einem alten Weib gefürchtet, aber ich kann euch sagen, *die* machte mir angst. ›Ah! Da sind Sie ja wieder!‹ sagt sie. ›Komm her, Freundchen! So entwischst du mir nicht! Du hast dich gestern nachmittag fortgeschlichen, ohne was zu bezahlen, und jetzt schleichst du dich wieder hinter mir rein, sobald ich die Tür aufmache – schämen Sie sich denn nicht, so geizig zu sein, in Ihrem Alter? Na, was ist nun?‹ Ich hatte noch nie in meinem Leben so gerne bezahlt, Annie, als ich diesem Weib ein bißchen Geld gab, um ihr den Mund zu stopfen! Und ich erinnere mich auch nicht, daß ich seit meinem Abschied von der Bühne je versucht hätte, zu laufen (dort hatte ich insgesamt ja allerhand Lauferei bei den Schlachtszenen), aber ich lief, sobald ich mit heiler Haut aus der Kirche war, das kann ich euch flüstern – lief fast bis nach Hause.«

»Darum hast du beim Hereinkommen auch so müde gewirkt, Großvater«, sagte Annie. »Wir konnten uns damals gar nicht erklären, was mit dir los war.«

»Nun«, fuhr der Alte fort, »sobald ich nach meiner Rückkehr irgendeine Möglichkeit sah, von euch wegzukommen, schloß ich mich in meinem Schlafzimmer ein, zog eilig die Gipsform aus dem Leinensack und machte sofort den Abguß – einen wunderschönen, einen makellosen Abguß! Noch nie, Annie, war mir ein besserer gelungen! Als ich mich auf die Bettkante setzte und Shakespeare betrachtete – *meinen* Shakespeare –, den ich unter solcher Gefahr erworben und mit eigenen Händen geschaffen hatte – so weiß, so rein, so schön, frisch aus der Gußform! –, konnte ich mir trotz meines Alters ein Freudentänzchen nur mit Müh und Not verkneifen!«

»Und doch, Großvater«, tadelte Annie, »warst du imstande,

diese ganze Freude für dich zu behalten, konntest sie vor mir verheimlichen!«

»Es war falsch, mein Liebling, falsch von mir, dir nicht zu vertrauen – heute tut es mir leid. Aber die Freude währte letztendlich nicht lange – nur vom Nachmittag bis zum Abend. Abends bin ich, wenn ihr euch erinnert, zum Metzger gegangen, um mir in aller Stille etwas zum Abendessen zu kaufen; etwas, das mir vor dem Schlafengehen vielleicht guttun würde (ihr konntet ja nicht ahnen, wie sehr ich mich an diesem Abend nach meinem Bett sehnte!). Nun, als ich in den Laden trat, waren dort mehrere Leute, und wovon, glaubt ihr, haben sie alle geredet? Mich schaudert, wenn ich nur daran zurückdenke! Sie redeten darüber, daß jemand von der Stratford-Büste einen Abguß genommen hätte – und zwar *verbrecherischerweise*, stellt euch nur vor!«

Bei diesem Teil der Geschichte erbleichte Annie schon wieder. Was »Julius Cäsar« betraf, so sagte er zwar nichts, litt aber als mitfühlende Seele offenbar erneut unter einem kalten Schweißausbruch. Er benutzte das Baumwolltaschentuch in diesem Moment ausgiebiger denn je.

»Bei meinem Hereinkommen redete gerade der Metzger«, fuhr Mr. Wray fort. »›Wer's gewesen ist, der den Abguß genommen hat‹, sagt der Kerl (seine Grammatik und seine Artikulation waren schauderhaft, Annie!), ›weiß noch niemand nich', aber bis morgen kriegt's der Gemeinderat schon raus, und dann wird der Täter dingfest gemacht.‹ – ›Ha‹, sagt ein schmuddeliges Männchen in Schwarz, ›damit er sich nach dem Abdruck nich' verdrücken kann – was?‹ Und alles lacht, *lacht* doch wirklich und wahrhaftig über diesen billigen Kalauer! Dann fragt ein anderer, wie man es denn gemerkt habe. ›Manche‹, antwortete der Metzger, ›sagen, daß irgend so ein Bursche, der quasi zufällig durchs Fenster geguckt hat, ihn bei der Tat gesehen hätte, und dann wieder heißt's, es wüßte niemand außer den Kirchenältesten, und die wollten nix sagen, bis er geschnappt wäre.‹ – ›Na‹, meint eine Frau, die mit einem Korb darauf wartet, daß man sie bedient, ›aber *wie* will man ihn denn schnappen? – (zwei Koteletts gefälligst, wenn Sie jetzt soweit sind) – das isses doch! Wie will man ihn schnappen?‹ – ›Ganz einfach, mein Wort drauf!‹ sagt der Mann, der den schäbigen Kalauer gemacht hat. ›Erstens haben sie Steckbriefe aufgehängt, wo eine Belohnung auf ihn ausgesetzt ist; zweitens wird man die Leute verhören, die die Besucher durch die Kirche führen; drittens ...‹ – ›Zum Kuckuck mit Ihrem *drittens!*‹ schreit die Frau. ›Ich will endlich meine Koteletts!‹ – ›Da bitte, Muttchen‹, sagt der Metzger, während er die Koteletts herunterschneidet, ›und wenn Sie meine Meinung zu der ganzen Geschichte wissen wollen: Die werden ihn deportieren, da wird kurzer Prozeß gemacht.‹ – ›Das werden sie *nicht*‹, ruft das schmuddelige Männchen. ›Sie können ihn nur einlochen.‹ – ›Lebenslänglich – wie?‹ fragt die Frau, während sie mit ihren Koteletts abmarschiert. ›Könnte ich vielleicht ein Paar Nierchen haben?‹ frage ich; denn mir haben die Knie geschlottert, und ich hielt es nicht mehr aus.«

»Also hast du geglaubt, Großvater, du stündest schon unter Verdacht?«

»Ich habe an alles geglaubt, an alles Entsetzliche, Annie. Aber ich bekam meine Nierchen und ging ungehindert hinaus, während sie immer noch über die Sache sprachen. Auf meinem Heimweg sah ich den Steckbrief – den leibhaftigen Steckbrief! Zehn Pfund Belohnung auf die Festnahme des Mannes, der den Abguß genommen hatte! Wie gelähmt von Grauen, las ich das Ganze zweimal. Die Maske entrissen zu bekommen und selbst eingesperrt, wenn nicht gar deportiert zu werden – mit solchen Aussichten sollten mir meine Nierchen schmecken! Es gab nur eines: aus Stratford fliehen, solange noch Gelegenheit dazu war. Die Nachtkutsche ging noch am selben Tag, direkt hierher, das war weit genug weg, um außer Gefahr zu sein. Ihr wißt, wir hatten ja von diesem letzten privaten Theaterabend, wo man uns so großzügig behandelte, noch etwas Geld übrig. Kurz: Wie du gerade gesagt hast, Annie, ließ ich dich pakken und schaffte euch beide rechtzeitig mit der Kutsche weg, wagte aber kein Wort über mein Geheimnis zu sprechen und fühlte mich während der ganzen Fahrt hundeelend. Aber reden wir nicht weiter davon! Da wären wir nun, sicher und wohlbehalten! Und hier ist mein Shakespeare-Porträt – mein unbezahlbares Juwel – ebenso sicher und wohlbehalten! Ihr sollt es sehen, ihr sollt euch beide die Maske ansehen, und dann werdet ihr hoffentlich zustimmen, daß ihr das Geheimnis genausogut wie ich bewahrt!«

»Aber die Gußform!« rief Annie. »Hast du die Gußform denn nicht auch dabei?«

»Gott sei mir gnädig!« schrie Mr. Wray und schlug vor Verzweiflung mit beiden Händen auf den Deckel der Geldkassette. »In der ganzen Angst und Eile hatte ich die völlig vergessen – sie ist noch in Stratford!«

»Noch in Stratford!« echote Annie mit einem vagen Gefühl des Entsetzens, das sie sich nicht erklären konnte.

»Ja – eingerollt in den Leinensack und versteckt hinter den Bänden des *Annual Register,* die der Wirt im obersten Schrankfach meines Zimmers aufbewahrt. Bei all den Überlegungen, wie ich die Maske und mich selbst möglichst schnell retten könnte, habe ich diese Gußform ganz vergessen. Guck nicht so verschreckt, Annie! Die Leute dort im Gasthaus werden sie wahrscheinlich nicht finden, und wenn doch, dann wüßten sie nichts damit anzufangen und würden sie wegwerfen. Ich habe die Maske – und mehr verlange ich nicht; die Gußform ist für *mich* jetzt ohne Bedeutung, die Maske ist alles – alles in der Welt!«

»Und doch ist mir angst und bange, Großvater. Ich wünschte, du hättest die Gußform weggeschafft, obwohl ich nicht sagen kann, warum.«

»Du hast Angst, Annie, daß die Leute aus Stratford mich verfolgen – davor hast du Angst. Aber wenn du und Julius Cäsar das Geheimnis niemandem verraten – und ich weiß, ich kann mich auf euch verlassen –, dann besteht gar kein Grund zur Sorge. Sie werden weder mich noch euch wieder in Stratford erwischen, und wenn die Kirchenältesten selbst die Gußform fänden, wüßten sie *deshalb* doch noch lange nicht, wo ich bin! Kopf hoch, du dumme kleine Annie! Uns kann hier nichts geschehen. Kopf hoch und genieße den herrlichen Anblick, den ich dir jetzt zeigen werde – einen Anblick, den niemand in England vorweisen kann, niemand, außer mir – die Maske! Shakespeares Maske!«

Glut rötete seine Wangen, und seine Finger zitterten, als er den Schlüssel aus der Hosentasche zog und in das Schloß der alten Geldkassette steckte. »Julius Cäsar« verschränkte, atemlos vor Staunen und Spannung, beide Hände fest hinter dem Rücken, um diesmal ganz bestimmt nichts zu zerbrechen. Und sogar Annie, die von der Begeisterung des alten Mannes angesteckt wurde, atmete schneller als sonst, als sie das Schloß aufgehen hörte.

»Da!« rief Mr. Wray, indem er den Deckel zurückklappte, »das ist das Gesicht William Shakespeares – der Schatz, wie ihn der höchste Edelmann des Landes nicht besitzt –, eine Kopie der Büste von Stratford! Betrachtet euch diese Stirn! Wer hat heute noch so eine Stirn? Betrachtet euch seine Augen; betrachtet euch seine Nase! Er war nicht nur der größte Mann, der je gelebt hat, sondern auch der schönste!

Wer mag behaupten, dies sei nicht haargenau sein Gesicht – seine Totenmaske? Wer erdreistet sich, dies zu sagen? Betrachtet euch nur den Mund, halb offen, weil die Kinnlade leicht heruntergeklappt ist – ist das kein Beweis? Betrachtet die Wange unter dem rechten Auge, bemerkt ihr nicht diesen winzigen Muskelkrampf, der auf der andern Seite nicht zu sehen ist? Noch ein Beweis! O Annie, Annie! Das ist das Gesicht, welches einst strahlend und lebendig auf diese unsere armselige Welt hinausblickte! Das ist der Mensch, der mich getröstet, unterrichtet, mich zu dem gemacht hat, was ich bin! Das ist das ›naturgetreue Konterfei‹, das kostbare irdische Relikt des größten Geistes, der jetzt bei den Engeln im Himmel weilt und unter deren lieblichsten singt!«

Seine Stimme wurde leise, sein Auge feucht. Er stand da und betrachtete die Maske mit einem Frohlocken, das sich nicht in Worte fassen ließ. In solchen Momenten konnte selbst aus diesem jammervollen, abgezehrten Gesicht der unsterbliche Geist mit einer Schönheit erstrahlen, die niemals vergeht, konnte selbst in dieser gebrechlichen, alten irdischen Hülle die göttliche Bestimmung der gesamten Menschheit demonstriert werden!

Sie standen immer noch stumm um die Shakespeare-Maske, da klopfte es laut an der Zimmertür. Sofort knallte der alte Reuben den Deckel der Geldkassette zu und verschloß sie, und in genau demselben Augenblick platzte, ohne die entsprechende Aufforderung abzuwarten, ein Fremder herein.

Er war mit einem langen Paletot bekleidet, trug einen roten Wollschal um den Hals und in seiner Hand eine häßliche, abgenutzte Mütze aus Katzenfell. Sein Gesicht war auffallend schmutzig, sein Blick auffallend wißbegierig und scharf, sein Backenbart auffallend buschig und seine Stimme auffallend schroff, trotz seiner Bemühungen, sie für diesen Anlaß zu mildern.

»Mein Fräulein, meine beiden Gentlemen, ich bitte Sie alle um Verzeihung«, sagte der Neuankömmling, »welcher *ist* denn nun Mr. Wray?« Während er sprach, schweiften seine Augen durch das ganze Zimmer – sahen alles und jeden darin, dann fielen sie mit stechendem Blick auf die Geldkassette.

»Ich bin Mr. Wray, Sir«, rief unser alter Freund, nicht wenig erschrocken, doch wie durch Hexerei Kemble-Gebaren und Kemble-Sprechweise zurückgewinnend.

»Sehr schön«, erwiderte der Fremde. »Dann bitte ich Sie ganz besonders noch einmal um Pardon, Sir, hätten Sie wohl die Güte, mir eine Visitenkarte zu geben?« Und während er mit Flüsterstimme fortfuhr, trat er an den alten Mann heran, um ganz nebenbei eine Hand auf die Kassette zu stützen. »Sie ist für einen jungen Gentleman, der Ihre Dienste in Anspruch nehmen möchte, Mr. Wray.«

»Hände weg von dieser Kassette, Sir!« rief Mr. Wray scharf, doch mit zitternder Stimme, und im selben Moment trat »Julius Cäsar« ein, zwei Schritte vor. Er ballte schon leicht die Faust, und der Mann mit der Katzenfellmütze war wahrscheinlich noch nie im Leben so knapp an einem Kinnhaken vorbeigegangen. Vielleicht ahnte er das, denn er zog eilends seine Hand von der Kassette zurück.

»Das war nicht mit Absicht, Sir«, erklärte er beiläufig – »eine kleine Zerstreutheit meinerseits, sonst nichts. Aber *könnten* Sie mir bitte eine Visitenkarte geben? Der junge Gentleman, der sie haben möchte, hat von Ihrem Plakat gehört, und weil er furchtbar unsicher mit seiner Artikulation ist und auch in Deklamation schauderhaft schlecht, ist er ganz versessen drauf, sich zu verbessern – so unterderhand, wie Sie's für die Redner und die Prediger bieten, zu drei-sechs die Stunde. Er wird heimlich von sich hören lassen, Mr. Wray, Sir, und Sie werden allerhand Arbeit haben, bis er's richtig lernt, aber bitte, geben Sie mir nur die Visitenkarte und die Hausnummer; ich hab's nämlich versprochen, das heute für ihn zu besorgen.«

»Hier ist die Karte, Sir, und ich werde mich bemühen, seine Artikulation zu verbessern, sei sie auch noch so schlecht«, sagte Mr. Wray mit beträchtlichem Aufatmen, als er den eigentlichen Grund für das Kommen des Fremden vernahm.

»Mein Fräulein, meine beiden Herren, guten Morgen«, wünschte der Mann, indem er seine Katzenfellmütze aufsetzte. »Der junge Gentleman wird noch heute von sich hören lassen, aber bitte denken Sie immer daran, Sir: Der Unterricht muß geheim bleiben – nicht vergessen!« Er zwinkerte und ging hinaus.

»Donnerwetter!« murmelte Mr. Wray, als die Tür zufiel. »Ich dachte schon, er sei ein Häscher aus Stratford. Und jetzt ist er nur der Laufbote eines neuen Schülers! Stellt euch vor! Ich habe euch ja gesagt, wir bekommen heute noch einen Schüler. Ich hab's euch ja gesagt!«

»Ein sehr seltsamer Bote für einen jungen Gentleman, Großvater! Ausgerechnet der!« meinte Annie.

»Er kann nichts für sein Aussehen, Liebes, und wir werden uns bestimmt nicht daran stören, sofern er uns Geld bringt. Habt ihr euch die Maske lange genug angeschaut? Wenn nicht, mache ich die Kassette nämlich noch einmal auf ...«

»Ich glaube, es reicht für heute, Großvater. Aber sag, warum verwahrst du die Maske in dieser alten Geldkassette?«

»Weil ich sie sonst nirgendwohin tun kann, Annie. Ich habe nichts anderes, das sich auch noch abschließen läßt. Es tat mir ja sehr leid, meine Liebe, daß ich deinen ›Krimskrams‹, wie du es nennst, nicht in Ruhe lassen konnte, aber etwas anderes stand nicht zur Verfügung. Halt! Ich habe eine Idee! Julius Cäsar soll mir einen neuen Kasten für die Maske zimmern, dann kannst du deinen alten zurückbekommen.«

»Ich will ihn gar nicht, Großvater! Mir wäre lieber, keiner von uns würde ihn haben. Wenn wir so eine Kassette mit uns herumschleppen, könnten manche Leute glauben, wir hätten Geld darin.«

»Geld! Leute, die glauben, *ich* hätte Geld?! Komm, komm, Annie! Wirklich nicht! Der Witz wäre denn doch zu groß, du süßes kleines Schlaufüchschen, du!« Und mit einem herzlichen Lachen eilte der Alte davon, um die kostbare Maske in seiner Schlafstube zu deponieren.

»Du machst doch diesen neuen Kasten, Julius Cäsar, nicht wahr?« fragte Annie mit ernstem Ton, sobald ihr Großvater aus dem Zimmer war.

»Noch heute hol ich das Holz«, antwortete der Schreiner, »und bau bis morgen einen solchen Kasten zusammen wie ... wie ...« Er war schwach in Vergleichen, darum stockte er nach dem zweiten »wie«.

»Beeil dich, mein Lieber, beeile dich!« drängte das kleine Mädchen. »Und danach geben wir die alte Geldkassette weg. Hätte Großvater uns von Anfang an gesagt, was er im Schilde führt, dann hätte er sie doch nicht gebraucht, du hättest ihm gleich einen neuen Kasten machen können. Aber egal! Jetzt beeile dich!«

Oh, »Julius Cäsar!«, gehorche deiner kleinen Braut in diesem wie in allen andern Dingen! Du weißt ja nicht, wie schnell der neue Kasten vielleicht benötigt wird oder wieviel Unheil er noch verhindert!

## V

Vielleicht wird der geneigte Leser dreier so schlichter, rechtschaffener Personen wie Mr. und Miss Wrays sowie Mr. »Julius Cäsars«, des Schreiners, inzwischen überdrüssig. Ich habe den starken Verdacht, daß er auf ein kleines literarisches Aufputschmittel in Gestalt eines Bösewichtes geradezu brennt. Nun, dieses Mittel soll er zu kosten bekommen – extrastark, denn im nachfolgenden Kapitel habe ich gleich *zwei* Schurken für ihn parat.

Aber mein Wort darauf: Wenn ihr eure neue Gesellschaft erst kennenlernt, werdet ihr nur allzu frohen Herzens wieder zu Mr. Wray und den Seinen zurückkehren!

Etwa drei Meilen von Tidbury-auf-der-Marsch liegt ein Dorf namens Klein-London – im Volksmund auch als Anspielung auf die Gestalten, die sich dort herumtreiben, »Das Höllenloch« genannt. Es besteht aus einer schmutzigen, heruntergekommenen Ansammlung einiger Dutzend Bauernhäuser sowie einer Bierschenke. Männliche Rohlinge, weibliche Schlampen und verdreckte Kinder bilden die Ortsbevölkerung. Das Haupteinkommen dieser reizenden Gemeinde entspringt nach derzeitiger Vermutung aus ihrer Verbundenheit mit den Wilderei- und Bagatelldiebstahlsinteressen. Kurz: Klein-London sieht schlecht aus, riecht schlecht und *ist* schlecht; einen abscheulicheren Schmutzflecken von Dorf inmitten einer hübscheren Umgebung findet man in ganz England nicht.

Uns beschäftigt hier hauptsächlich die Schenke. »Zum Lustigen Landburschen« heißt sie, und die verwitwete Judith Grimes ist ihre Besitzerin. Je weniger man über Mrs. Grimes' Charakter sagt, desto besser; er ist zu einer Erörterung auf diesen Seiten nicht gerade angetan. Und auch Mrs. Grimes' Mutter (nunmehr an die Achtzig) dürfen wir gnädig überge-

hen, denn im Alter ihrer Tochter war sie höchstens noch die Schlimmere der beiden. Gegenüber ihrem Sohn, Mr. Benjamin Grimes, neige ich als Angehöriger des stärkeren Geschlechts zu weniger Mitgefühl. Wenn ich feststelle, daß er in jeder Hinsicht das Musterexemplar eines Provinzschurken war, so mache ich mich nach einer profunden und vernünftigen Maxime unseres Gesetzes der groben Verleumdung schuldig, denn ich spreche eine tiefe Wahrheit aus.
Jeder kennt diese Art von Mensch. Man hat ihn oft genug gesehen, den großen, ungeschlachten Kerl mit den dicken, finsteren Brauen und dem gelblich-blassen Gesicht, der – einen Strohhalm im Mund und einen Knüttel in der Hand – an Dorfecken lauert. Vielleicht hat der geneigte Leser selbst ihn nach dem Weg gefragt und als Antwort ein Knurren sowie eine Bitte um Geld erhalten. Oder er hat von ihm gehört, in Zusammenhang mit einem feigen Anschlag auf des Lesers eigenen Landpolizisten, mit einem tödlichen Zweikampf gegen den Wildhüter seines Freundes oder mit einem üblen Fall für den anderen Freund des Lesers, den Bezirksrichter bei Bagatellverfahren. Jeder, der schon einmal auf dem Lande war, kennt diesen Burschen – den unausrottbaren Schandfleck und Plagegeist der gesamten Umgebung – ebensogut wie ich.
Am selben Tag, der durch Mr. Wrays Enthüllungen gekennzeichnet war, saß Mrs. Grimes die Ältere – oder, wie sie allgemein hieß, »Mutter Grimes« – gegen acht Uhr abends in ihrem Wohnzimmersessel im »Lustigen Landburschen« und beschloß gerade, zu Bett zu gehen. Ihre Gedanken über dieses Thema bedurften einiger Beschleunigung – welche sie von ihrem pflichtergebenen Sohn, Mr. Benjamin Grimes, erhielt.
»Los, Alte! Warum trabste nich' nach oben?« fragte schroff diese Provinzgröße.

»Ich geh ja schon, Ben – sachte, Judith! –, ich geh ja schon!« murmelte die Greisin, während Mrs. Grimes die Jüngere den Raum betrat und ihre Mutter ohne viel Federlesens fortbrachte.

»Gib acht, daß du heut abend niemand hier reinläßt«, brüllte Benjamin seiner Schwester hinterher und fügte mit geheimnisvollem Flüstern hinzu: »Chummy Dick hat sich angekündigt.«

In Erwartung von Chummy Dicks Ankunft sich selbst überlassen, wurde Mr. Grimes die Zeit sehr, sehr lang. Zuerst sah er zum Fenster hinaus. Es bot Ausblick auf ein paar Hütten und Felder, hinter denen ein Wald emporstieg – an sich ein recht prosaisches Bild; doch die himmlische Reinheit des Mondlichts konnte ihm, so wie jetzt, eine Schönheit verleihen, die es sonst nicht besaß. Diese Schönheit war anscheinend nicht nach Mr. Grimes' Geschmack, denn er wandte sich rasch wieder von dem Fenster ab, ins Zimmer. Mit gedankenverlorenem Blick hefteten sich seine düsteren, eingefallenen grauen Augen auf die Wand gegenüber, fanden dort aber nichts als Vierfarbdrucke, die den Werdegang des verlorenen Sohnes darstellten. Er hatte sie schon etliche hundertmal gesehen und betrachtete sie rein gewohnheitsmäßig.

Zuerst trug der verlorene Sohn in dieser Bilderfolge ein hellrotes Sonntagsgewand und stieg gerade aufs Pferd (von der falschen Seite), während sein Vater, in hellblauem Gewand, ihm mit der einen Hand half, mit der anderen todtraurig auf eine käsefarbene Straße deutete, die von den Vorderhufen des Pferdes schnurstracks zu einer fernen, nur aus Türmen bestehenden Stadt am Horizont führte. Auf dem zweiten Druck schlemmte der verlorene Filius zwischen zwei vornehmen Damen mit goldenen Weinbechern in ihren Händen, während eine liederliche Gefährtin im Zustand starrsüchtiger Trunkenheit neben ihm auf dem Boden lag und alle viere von sich streckte. Im dritten Bild lag *er* auf dem Rücken, ein Strumpf war ausgezogen, das rote Gewand des verlorenen Sohnes zerrissen, so daß man dessen lilafarbene Haut sah, und ein Gewitter tobte über seinem Kopf, während rechts und links von ihm zwei weiße Säue standen – deren eine ihm offenbar die Wade wegfraß. Auf dem vierten Bild ...

Gerade, als Mr. Grimes zum vierten Bild gelangte, hörte er draußen jemanden eine Melodie pfeifen und wandte sich zum Fenster. Es war Chummy Dick, oder anders ausgedrückt: der Mann mit der Katzenfellmütze, der Mr. Wray mit einer Morgenvisite beehrt hatte.

Chummy Dicks Verhalten beim Betreten des Wohnzimmers zeichnete sich als Bekundung von Manieren durch Originalität aus. Er nahm Mr. Grimes nicht mehr zur Kenntnis, als wäre dieser gar nicht im Zimmer; zog sich einen Stuhl ans Feuer, legte beide Füße auf die Kaminleiste, holte ein Kärtchen aus der Tasche seines Paletots, las, was daraufstand, und ergab sich dann einem Anfall langen, herzhaften Gelächters, welches, musikalisch gesprochen, sorgfältig auf »Moll« gestimmt war.

»Was gibt's da so zu lachen?« fragte Grimes.

»Erst hol uns ein Glas Grog – mit zwei Stück Zucker, bitte! Danach, Benjamin, wirst du's schon rechtzeitig erfahren!« sagte Chummy Dick, während er ein unterschwelliges Gelächter beibehielt.

Solange Benjamin fort ist, um den Grog zu holen, haben wir Zeit genug für ein, zwei Worte der Erklärung.

Vielleicht erinnert sich der Leser noch daran, daß der junge Verkäufer bei den Herren Dunball und Dark mit angesehen hatte, wie Mr. Wray seine Geldkassette in Nummer zwölf hineinbrachte. Derselbe Windstoß, der den Mantel des alten Reuben damals zur Seite blies und so diesem Verkäufer preisgab, was ersterer darunter trug, offenbarte zur selben Zeit dasselbe auch dem Blick des Mr. Grimes, der bei der fraglichen Gelegenheit zufällig in der High Street herumlungerte. Da Benjamin nichts über die Maske oder das damit verbundene Geheimnis wußte, war es nur natürlich, daß er annahm, die Geldkassette sei mit Geld gefüllt, und ferner lag es durchaus in seinem Charakter, daß er sich brennend nach dem Besitz nämlichen Geldes sehnte und sein Verlangen Chummy Dick mitteilte, aus ebendiesem Grunde. Denn bei allem Ehrgeiz, ein Schuft erster Güte zu sein, besaß Mr. Grimes weder die nötige Schlauheit noch das nötige Können und hatte nicht schon zeitig die Londoner Ausbildung erhalten, um sich für eine so erlauchte Stellung zu eignen. Hühner aus einem Bauernhof zu stehlen, das lag zum Beispiel ganz auf Benjamins Linie; der Diebstahl einer Geldkassette aus einem verriegelten und verschlossenen Haus inmitten einer größeren Stadt – das hingegen überstieg seine Kräfte. Nur einer aus seinem Bekanntenkreis war zu einer solchen Leistung imstande – und dieser Mann hieß Chummy Dick, der große Londoner Einbrecher. Gewisse, jüngst zurückliegende Abschnitte im Leben dieser illustren Persönlichkeit hatten das Gebiet von London zu einem sehr heißen Pflaster für sie gemacht, deshalb war Chummy Dick auf Sicherheitsabstand in die Provinz gegangen und hatte Tidbury nebst dessen Umland nicht nur als geeignetes Betätigungsfeld erkoren, sondern noch dazu als bildhübschen Unterschlupf vor der Polizei.

»Sehr gut, Benjamin, und nich' allzu süß«, stellte er fest, als er den von Grimes gebrachten Grog probierte. Er war keinesfalls einer von diesen barbarischen Verbrechern, außer bei starker Provokation. Die Mischung seines Temperaments enthielt mehr Öl denn Salpetersäure. Seine Raubzüge waren Wunder an List, Geschicklichkeit und kühler Entschlußkraft. Kurz: Er stahl Geld und Gut aus Wohnhäusern wie eine Katze die Sahne vom Frühstückstisch – indem er seine Zeit abwartete und bis dahin keinen Mucks tat.

»Hast du die Geldkassette gesehen?« fragte Grimes mit gierigem Flüstern.

»Schau dir meine Hand an, Benjamin!« lautete die triumphierende Antwort. »Sie war drauf auf der Geldkassette! Und du hast recht: Die Beute liegt für uns bereit.«

»Beute! Was denn für welche?«

»So welche!« sagte Chummy Dick und zog ein Halbkronenstück aus seiner Tasche, das er feierlich zu Benjamins Betrachtung emporhielt. »Ich hab zwar keinen Fünfpfundschein oder 'n' Taufkelch dabei, aber Geldscheine und Silber gehör'n auch zur Beute. So, Grimes, mein Junge, jetz' weißt du, was Beute ist, und wenn du scharf aufpaßt, wirst du deine bald in den Fingern haben! Angenommen, morgen ist nich' so 'ne schöne Nacht – angenommen, es gibt nich' soviel Mondschein wie jetz', wo man noch gratis was davon abgeben könnte – dann gehört diese Geldkassette uns!«

»Die Hälfte davon ist mir! Das weißt du, Chummy Dick!«

»Halt deinen vorlauten Schnabel im Zaum, du kriegst schon deine Hälfte. Ich hab mir den Alten heute angesehen, und er gab mir seine Visitenkarte samt der Hausnummer. Ho, ho, ho! Stell dir vor, er gibt *mir* seine Visitenkarte! Das ist so gut wie 'ne Einladung, in sein Haus einzubrechen – haargenau so gut!« Und während er Mr. Wrays Karte ins Feuer warf, brach Chummy Dick erneut in schallendes Gelächter aus.

»Aber dadrum geht's nich'«, fuhr er fort, als er wieder zu Atem gekommen war. »Uns geht's um die Hauptsache – und die Hauptsache ist die Kassette.« Lassen wir ihm Gerechtigkeit angedeihen: Er *blieb* bei der Hauptsache, und

das eine halbe Stunde lang, ohne auch nur eine Haaresbreite abzuweichen.
Kurz gefaßt lief die feierliche Ansprache, mit der er Benjamin Grimes nun traktierte, auf folgendes hinaus: Nach Bekanntschaft mit dem Plakat des alten Mannes hatte er sich etwas ausgedacht, um unbeargwöhnt in Mr. Wrays Unterkunft zu gelangen; er hatte jene Kassette mit eigenen Augen gesehen und schloß aus bestimmten Andeutungen, daß tatsächlich Geld darin war; er hielt ihren Besitzer für einen Geizhals, der seine Einkünfte – ein Silberstück hier, ein Goldstück da – alle in diesem Schatzkästlein hortete; als nächstes hatte er herausgefunden, wer die übrigen Hausinsassen waren, und entdeckt, daß der einzig furchterregende Mensch, der in Nummer zwölf schlief, unser Freund, der Tischler, sei. Ferner hatte er bei der anschließenden Inspektion der Örtlichkeiten festgestellt, daß sie durch das hintere Salonfenster, welches aufs Waschhaus blickte, leicht zugänglich waren, und schließlich, daß die beiden offiziellen Schutzmänner des Ortes ihren Dienst versahen, indem sie regelmäßig um elf Uhr zu Bett gingen und die Stadt samt deren Bewachung sich selbst überließen. Das Ganze sei kinderleicht – ja, eigentlich *zu* leicht für jeden, außer einem unerfahrenen Kind.
»Also, Benjamin«, sagte Chummy Dick zusammenfassend, »merk dir das eine: keine Gewalt! Hol dir die Beute heimlich, dann holst du sie ohne Gefahr. Gewalt ist manchmal so schlimm, als würd' man die ganze Straße wachtrommeln – Gewalt ist die letzte verzweifelte Rettung des Einbrechers, wenn er in der Patsche sitzt. Zuerst und vor allem hat man seine Maske« – hier zog er eine schäbige Dominolarve hervor – »sehr gut, damit kann keiner beschwören, daß du es bist. Zweitens hat man seine Knarre«, er zog eine Pistole heraus, »nur damit sie bei dem Anblick den Mund halten. Und

falls das alles nichts nützt, hat man noch seinen Knebel und ein Stück Seil« – er brachte beides zum Vorschein – »für ihre Mäuler und ihre Hände. Drück erst den Abzug, wenn du siehst, daß einer auf *dich* abdrücken will. Nie vorher. Dann *mußt* du nämlich Krach machen, und dann machst du ihn zu einem bestimmten Zweck. Der Adel in unserem Beruf – merk dir das, junger Grimes! – holt sich die Beute immer mühelos, und wenn's mühelos nicht geht, dann holen die sie sich so mühelos wie möglich. Das is' Weisheit – Lebensweisheit!«
»Warum gehst du jetzt, Mann?« fragte Benjamin erstaunt, als der philosophische Einbrecher sich unvermittelt zur Tür begab.
»Man darf uns zwei morgen nich' zusammen sehen, du und ich«, sagte Chummy Dick flüsternd. »Bleib mir vom Leib, ich hab zu tun heute nacht – was, kann dir gleich sein! Morgen abend um elf bist du an der Kreuzung oberhalb vom Gemeindeanger. Halt scharf Ausschau, dann siehst du mich schon.«
»Aber falls nu' weiter der Mond scheint?« meinte Grimes.
»Wenn ich's recht bedenke, Benjamin«, antwortete der Einbrecher nach sekundenlanger Überlegung, »sollten wir's riskieren, auch bei sämtlichem Mondschein, der je geschienen hat – die High Street in Tidbury ist nicht die Bow Street in London! Vielleicht droht uns ja gar keine Gefahr. Ob Mond oder nicht, Grimes, mein Junge – die Nacht morgen gehört uns!«
Inzwischen war er aus dem Haus hinausgegangen. Sie trennten sich an der Tür. Das strahlende Mondlicht fiel sanft und lieblich auf alles – fiel sogar lieblich auf *sie*. Wie rein es war! Wie doppelt rein, daß es Benjamin Grimes und Chummy Dick beschien, ohne durch diese Berührung zu verschmutzen!

## VI

Die übrige Zeit von Annies Geburtstag verbrachte Mr. Wray zu Hause. Er saß da und harrte der versprochenen Mitteilung von jenem mysteriösen neuen Schüler, dessen Artikulation so sehr der Korrektur bedurfte. Obwohl dieser Schüler niemals kam und niemals schrieb, erwartete der alte Reuben ihn doch hartnäckig weiterhin – wartete am nächsten Morgen noch ebenso geduldig, wie er tags zuvor gewartet hatte.

Annie saß bei ihrem Großvater im Zimmer und beschäftigte sich mit Spitzenklöppeln. Sie hatte diese Kunst erlernt, um möglichst doch ein *bißchen* zum allgemeinen Lebensunterhalt beizutragen, und manchmal brachte ihre Handarbeit tatsächlich ein paar Extra-Shilling in die schmale Haushaltskasse. Annies Spitzen waren keineswegs so beschaffen, daß eure feinen Herrschaften sie eines zweiten Blickes gewürdigt hätten – einfach nur schlicht und hübsch, wie sie selbst, und sie wurden nur an Damen verkauft (*wenn* sie verkauft wurden, was, leider Gottes, nicht oft geschah!), deren Geldbeutel kaum dicker waren als Annies eigener.

»Julius Cäsar« hielt sich unten in der Küche zum Hinterhof auf, wo er den bedeutungsvollen Kasten zimmerte oder – wie die Vermieterin es wenig erfreut formulierte –: »das Haus zu einer Räuberhöhle machte«. Sie hatte für Sägemehl und Hobelspäne nicht viel übrig, und fast platzte ihr der Kragen, als der Leimtopf in ihr Herdfeuer fiel. Doch immer nur fleißig, redlicher Tischler! Immer nur fleißig und achte nicht auf sie! Hole Shakespeares Maske aus dem alten Kasten und lege sie in den neuen, bevor es Nacht wird, so hast du das beste Tagwerk deines Lebens verrichtet!

Annie und ihr Großvater unterhielten sich über den Shakespeare-Abguß, während sie im Salon zusammensaßen. Wollte ich alle Schwärmereien und Zitate berichten, die der alte Reuben in jenem Zeitraum äußerte, so würde ich den für dieses Büchlein gewährten Rahmen wohl überschreiten. Nur ein einziges Mal änderte sich das Thema überhaupt: Annie fragte, bloß einer kleinen Abwechslung halber, wie ein Gipsabdruck aus der Gußform genommen werde, und sofort sprang Mr. Wray mitten in einem weiteren Zitat auf die gewünschte Auskunft über. Er beschrieb immer noch zum zweiten Mal, wie man Gips und Wasser zu mischen, wie sich die Mischung zu »setzen« und wie man den Abguß zu entnehmen habe, da wuselte, sehr erhitzt und wichtig aussehend, die Vermieterin ins Zimmer.

»Mr. Wray, Sir! Mr. Wray!« rief sie. »Squire Colebatch ist da, von Cropley Court. Er kommt rauf, um Sie zu besuchen!« Und dann fügte sie flüsternd hinzu: »Er ist sehr hitzköpfig und verschroben, Sir, aber der beste Gentleman von der Welt ...«

»Das reicht, Ma'am! Das reicht!« unterbrach eine markige Stimme, draußen vor der Tür. »Ich kann mich schon selbst vorstellen, einen alten Stückeschreiber und einen alten Stückespieler braucht man ja wohl nicht lange vorzustellen! Guten Tag, Mr. Wray! Ich bin gekommen, um Ihre Bekanntschaft zu machen. Guten Tag, Sir!«

Mr. Wrays erster Gedanke, vor dem Eintreten des Squires, war, daß endlich der vornehme junge Schüler da sei – als der Squire aber erschien, bemerkte Wray seinen Irrtum. Mr. Colebatch war ein betagter Landedelmann mit rotwangigem Gesicht, in dem ein schwarzes Augenpaar fortwährend funkelte, und schneeweißen Haaren, die von seinem Haupt wegstanden wie ein wuchernder alter Wald. Überdies bedurfte seine Artikulation nicht der geringsten Verbesserung, und seine Art zu sprechen verkündete sofort

den Mann von Stand – einen sehr exzentrischen zwar, aber von Stande allemal.
»Also, Mr. Wray«, sagte der Squire, während er mit dem Gebaren eines alten Freundes Platz nahm und seinen Mantel aufschlug, »ich habe die Angewohnheit, nicht lange um den heißen Brei herumzureden, weil ich Umständlichkeit verabscheue. Mein Name ist Matthew Colebatch, ich lebe auf Cropley Court, gleich vor der Stadt, und ich komme Sie besuchen, weil ich mit Hochwürden Daubeny Daker, dem hiesigen Pastor, ein Streitgespräch hatte, was Ihren Charakter betrifft!«
Sprachlos vor Erstaunen, lauschte Mr. Wray diesen Begrüßungsworten.
»Ich erzähle Ihnen, wie es war, Sir«, fuhr der Squire fort. »Zunächst einmal ist Daubeny Daker ein scheinheiliger Filou von der Sorte, die in die Hütten der Armen geht, fragt, was es zum Abendessen gibt, und wenn sie es ihm sagen, den Deckel vom Topf nimmt, um hineinzuschnuppern, damit sie ihm auch ja nichts vorschwindeln. *Er* nennt das, seine Pflicht gegenüber den Armen zu erfüllen, und *ich* nenne das einen scheinheiligen Filou! Nun, Daubeny Daker hat Ihre Reklame in Dunballs Schaufenster gesehen. Übrigens muß ich noch hinzufügen, daß er Theater als Häuser des Teufels und Schauspieler als Sendboten der Hölle bezeichnet; ich habe ihm das von der Kanzel sagen hören und war seitdem nie mehr in seiner Kirche! Nun, Sir, er hatte Ihr Plakat gelesen, und als er zu der Stelle über Unterricht für Geistliche gelangte, zu drei-sechs die Stunde (es wäre verdammt billig, wenn man Daubeny Daker für diesen Preis unterrichten würde!), da kriegt er einen seiner widerlichen Tobsuchtsanfälle, marschiert in den Laden und besteht darauf, das Ding müsse abgenommen werden, weil hier ein fahrender Komödiant die Persönlichkeit des

Priesters beleidige – ganz ruhig, Mr. Wray, bitte bleiben Sie ganz ruhig, um Gottes willen. Ich hab ihm deswegen ganz hübsch den Kopf gewaschen, das kann ich Ihnen versichern! Aber was, glauben Sie, hat dieser fette Hohlkopf Dunball wohl getan, als er den Pfarrer hörte? Er hat Ihr Plakat abgenommen – hat es stante pede aus dem Fenster genommen, als wäre dieser Daubeny Daker der König von Tidbury und als dürfte man ihm auf den Tod nicht widersprechen!«

»Mein Charakter, Sir!« erinnerte Mr. Wray.

»Halt, Mr. Wray! Verzeihn Sie bitte, aber ich *muß* Ihnen erzählen, wie ich ihm den Kopf gewaschen habe! Eine halbe Stunde nachdem man dieses Ding abgenommen hatte, gehe ich an dem Laden vorbei. Mit einem blöden Grinsen berichtet mir Dunball von der Geschichte. ›Hängen Sie es sofort wieder auf!‹ sage ich. ›Ich dulde nicht, daß der Charakter irgendeines Mannes von Leuten, die ihn gar nicht kennen, in den Schmutz gezogen wird!‹ Dunball macht ein schiefes Gesicht. Er zögert. Ich ziehe meine Uhr und sage ihm: ›Sie haben *eine* Minute, um sich zwischen *meiner* Kundschaft und *meinem* Interesse und dem von Daubeny Daker zu entscheiden.‹ Ich bin zufällig das, was man als reichen Mann bezeichnet, Mr. Wray, deshalb entschied sich Dunball in zirka zwei Sekunden, und, schwupp, hing Ihr Plakat wieder oben, genau an der Stelle, wo es vorher war!«

»Mir fehlen die Worte, Sir, um mich für Ihre Güte zu bedanken«, sagte der arme alte Reuben.

»Hören Sie sich an, wie ich Daubeny Daker den Kopf gewaschen habe, Sir – hören Sie sich das an! Am selben Abend traf ich ihn draußen beim Essen. Er redete gerade über Sie und das, was er getan hatte – stolz wie ein Pfau! ›Ja‹, beendet er seine Ansprache, ›ich hielt es für meine heilige Pflicht als Geistlicher, dieses Plakat abnehmen zu lassen!‹ – ›Und ich hielt es für meine Pflicht als Edelmann‹, entgegne ich, ›dieses Plakat wieder aufhängen zu lassen!‹ *Da* ging der Zank los! (Er haßt mich, weil ich einmal ein Stück geschrieben habe – ich weiß, daß er mich haßt.) Was er gesagt hat, will ich Ihnen verschweigen, Sie würden darüber nur unglücklich. Aber nachdem wir uns zirka eine Stunde erbittert in den Haaren lagen, endete die Sache mit meiner Feststellung, sein Verhalten, Sie als unehrenhaften Charakter zu verunglimpfen, ohne daß er sich auch nur *einmal* über Sie erkundigt hat, beweise einen Mangel an Christentum, Gerechtigkeitssinn und gesundem Menschenverstand. ›Mit Ihren Temperamentsausbrüchen kann ich leben, Mr. Colebatch‹, sagt er in seiner boshaften, höhnischen Art, ›aber darf ich *Sie,* der Mr. Wray so glühend in Schutz nimmt, vielleicht fragen, ob Sie auch nur einen Deut mehr über ihn wissen als ich?‹ Er dachte, damit hätte er mich mundtot gemacht, doch schnell wie der Blitz schoß ich zurück. ›Nein, Sir, aber ich werde mit gutem Beispiel vorangehen, indem ich diesen Mann morgen besuche und mir persönlich ein Bild von ihm mache!‹ Damit hatte ich *ihm* den Mund gestopft; und heute vormittag bin ich nun hier, um mein Versprechen einzulösen.«

»Ich werde Ihnen beweisen, Mr. Colebatch, daß ich die Ehre verdient habe, von Ihnen verteidigt zu werden«, antwortete Mr. Wray mit einer Mischung aus ungekünstelter Würde und mannhafter Dankbarkeit, was ihm wunderbar zu Gesicht stand. »Ich verfüge über ein Schreiben, Sir, des seligen Mr. Kemble ...«

»Was, von meinem alten Freund, John Philip!« rief der Squire. »Lassen Sie augenblicklich sehen! ›Der Römer alleredelster war er‹, Mr. Wray – wie es bei Shakespeare heißt.«

Wahrlich, hier saß ein unschätzbarer Freund! Er kannte Mr. Kemble und zitierte Shakespeare. Der alte Reuben hätte den Squire in diesem Moment buchstäblich umarmen können, aber er begnügte sich damit, den berühmten Kemble-Brief hervorzuholen.

Mr. Colebatch las ihn durch und erklärte augenblicklich, daß er als Leumundszeugnis sämtliche Zeugnisse, die je zu Papier gebracht wurden, restlos aus dem Feld schlage, dieses Schreiben erhebe Mr. Wrays Charakter über jegliche Verunglimpfung. »Das hier ist der vernichtendste Schlag aller Zeiten gegen diesen Daubeny Daker!« Und gerade als der alte Landjunker dies sagte, begegnete sein Blick dem der kleinen Annie, die still in der Ecke gesessen und weiter ihre Spitzen geklöppelt hatte. In der ersten Hitze seiner Begrüßungsrede hatte er sich kaum Zeit genommen, sie zu betrachten, nun aber holte er mit charakteristischer Heiterkeit das Versäumte nach.

»Wer ist denn dieses hübsche Mädchen dort?« fragte er, und seine Augen funkelten bei diesen Worten mehr denn je.

»Meine Enkelin Annie«, antwortete stolz Mr. Wray.

»Ein hübsches Dingelchen! Wie still sie dasitzt und an ihren Spitzen arbeitet!« rief Mr. Colebatch begeistert. »Gehen Sie nicht weg, Annie! Keinen Mucks! Sie gefallen mir! Sie haben doch nichts dagegen, wenn ein verschrobener alter Hagestolz wie ich Sie ansieht – oder? Sie lassen mich doch? Klöppeln Sie ruhig weiter, meine Liebe, und Mr. Wray und ich fahren mit unserem Schwätzchen fort.«

In diesem »Schwätzchen« wurde abgerundet, was mit dem Kemble-Brief begonnen hatte. Ermuntert durch den Squire, erzählte ihm der alte Reuben seine kleine Lebensgeschichte, als wäre er ein Freund: schlicht und ungekünstelt – so beispiellos, unübertrefflich ergreifend, wie es nur die Ehrlichkeit vermag. Was Mr. Colebatch an Zeit erübrigen konnte – die meiste Zeit über betrachtete er nämlich Annie –, das verwandte er auf eine Reihe heftiger Verwünschungen seines Erzfeindes Daubeny Daker und auf ein hämisches Frohlocken, wie er nunmehr in der Lage sei, Seiner Hochwürden bei ihrem nächsten Zusammentreffen »den Rest zu geben«. Hierauf wollte Mr. Wray in der Wertschätzung des Squires nur noch *eine* Stufe höher steigen: als der Phönix aller Sprecherzieher in Vergangenheit, Gegenwart und Zukunft gelten. Er nahm diese Stufe. Ja, er erinnerte sich sogar an die Aufführung von Mr. Colebatchs Stück – einer durch und durch bombastischen, blutrünstigen Tragödie – im Drury-Lane-Theater, und noch mehr als das: Er persönlich hatte darin eine der Nebenrollen gespielt!

Der Squire drückte ihm sofort die Hand. Dieses Stück (kraft dessen er sich als Bühnenautor betrachtete) war seine schwache Stelle. Es hatte sich einer sehr störungsreichen Laufzeit von einem Abend erfreut und war danach für immer »in der Versenkung« verschwunden. Mr. Colebatch schrieb diesen Umstand voll und ganz dem mangelnden Verständnis der Allgemeinheit zu und prahlte auf seine alten Tage völlig ungeachtet der Ablehnung, die seiner Tragödie widerfahren war, wo er ging und stand mit ihr. Es wurde schon oft festgestellt, daß Eltern ihre mißratensten Kinder am meisten lieben. Diese Bemerkung trifft manchmal zu – aber nur manchmal. Man übertrage sie jedoch auf die mißratenen Kinder der Literatur, und gleich wird sie zu einer Regel, welche die Erfahrung der ganzen Welt durch keine einzige Ausnahme zu widerlegen vermag!

»Mein lieber Herr!« rief Mr. Colebatch. »Diese Erinnerung an mein Stück ist ein neues Band zwischen uns! Es hieß – wie Sie natürlich wissen – *Die geheimnisvolle Mörderin.* Gott, Sir, entsinnen Sie sich zufällig noch der letzten vier Zeilen in der Todesszene der schuldbeladenen Lindamira? Sie gingen so, Mr. Wray:

›Kommt, Mord und mitternächt'ger Hagel! All
Ihr Greu'l – stecht aus die Schwärze meiner Seele!
Was soll mich, krank vor Schuld, noch heilen? –
Dies! *(Sie erdolcht sich.)*
Ha, ha! Nun ist mir besser.
*(Lächelt matt.)* Mir ist wohl! *(Stirbt.)*‹

Wenn das nicht Sprachgewalt ist, Sir, dann will ich nicht Matthew Colebatch heißen! Und doch hat dieses vernagelte Publikum sie nicht zu schätzen gewußt! Du liebe Zeit!« (Er zog seine Uhr hervor.) »Schon eins! Ich sollte längst zu Hause sein! Ich muß sofort gehen. Auf Wiedersehen, Mr. Wray. Es freut mich so, Sie kennengelernt zu haben, daß ich mich bei Daubeny Daker fast bedanken könnte; schließlich hat mich meine Wut hierhergetrieben. Sie erinnern mich an meine Jugendjahre, als ich selbst noch hinter die Bühne ging und mit Kemble und Matthews speiste. Auf Wiedersehen, kleine Annie! Ich bin ein schlimmer alter Kerl und habe vor, Sie eines Tages zu küssen! Keinen Schritt weiter, Mr. Wray, keinen Schritt, Sir, sonst komme ich nie wieder! Ich werde dafür sorgen, daß man sich in Tidbury Ihre Talente zunutze macht, die Leute hier sind der infernalischste Haufen Esel auf Gottes weiter Erde, aber sie *sollen* Ihre Talente nutzen! Wenn's nicht anders geht, engagiere ich Sie, um mein Stück der Schlossergilde vorzulesen. Mit einer Tragödie der guten alten Schule werden wir sie das Fürchten lehren, Sir. Auf Wiedersehen also, Gott befohlen!« Und fort war der redselige alte Krautjunker, genauso hastig, wie er hereingeschneit war.
Annie blickte zum erstenmal von ihrem Klöppelkissen auf. »O Großvater! Was für ein freundlicher alter Herr!« rief sie.
»Und welch beispiellose Freundlichkeit *mir* gegenüber!

Welch vollendeter Geschmack in allem! Hast du ihn Shakespeare zitieren hören?« frohlockte der alte Reuben. So ergingen sie sich abwechselnd in Ruhmeshymnen auf Mr. Colebatch. Danach – es war etwa eine Stunde später – legte Annie ihre Arbeit hin und trat ans Fenster.

»Es regnet – regnet stark«, sagte sie. »Ojemine! Dann können wir ja heute gar nicht spazierengehen!«

»Horch! Da stöhnt der Wind!« sagte der Alte. »Und auch kälter wird's. Annie! Das gibt eine stürmische Nacht!«

Sechzehn Uhr! Und der Schreiner ist immer noch an seiner Arbeit hinten in der Küche. Schneller, »Julius Cäsar« – schneller! Laß uns die Maske aus Mr. Wrays Geldkassette schaffen und hübsch in deinem schönen neuen Holzkasten verstauen, noch ehe heute abend jemand zu Bett geht! Schneller, Mensch! – Schneller!

## VII

Aus irgendeinem haushaltsinternen Grunde, der nicht der Rede wert ist, aß man heute später als sonst in Nummer zwölf. Erst um fünf Uhr setzte man sich zu Tisch. Das Gespräch drehte sich um den vormittäglichen Besucher, und da keine Formulierung in Mr. Wrays eigenem Wortschatz dem kauzigen alten Landedelmann auch nur annähernd gerecht wurde, bediente er sich, sooft er von Mr. Colebatch redete, noch großzügiger als sonst bei Shakespeare. Es gelang ihm, in jeder noblen und ehrwürdigen Figur aus der gesamten Serie von Stücken eine frappierende Ähnlichkeit mit diesem trefflichen Gentleman zu entdecken (hier in der einen Besonderheit, dort in der anderen) – wobei er an ein, zwei Stellen auch nicht vergaß, die entsprechende

Verwandtschaft zwischen den weniger reputierlichen, gewinnenden Personen und diesem rachsüchtigen Feind aller Schauspiele, Schauspieler und Schauspielhäuser aufzuzeigen, Hochwürden Daubeny Daker. Niemals hat ein wissenschaftlicher Shakespeare-Interpret (und diese Feststellung ist eine kühne!) den mächtigen Sinngehalt des Dichters geschickter verdreht, um ihn mit den Gedanken seines eigenen Ameisenhirns in Einklang zu bringen, als Mr. Wray es nun tat, um sich mit Lobgesängen auf Güte und Großzügigkeit des Mr. Matthew Colebatch von Cropley Court zu versehen.

Das Wetter verschlechterte sich immer mehr. Im Laufe des Abends wurde der Wind beinahe zum Sturm und drosch von Zeit zu Zeit mit einer erschreckenden Wucht den Regen gegen das Fenster. Es drohte eine der grimmigsten, finstersten Nächte zu werden, die man seit Winteranfang in Tidbury erlebt hatte.

Kurz nachdem der Tisch abgeräumt und das Thema »Mr. Colebatch« für Reuben Wray vorläufig erschöpft war, schlief der Alte in seinem Sessel ein – etwas, das er sich für gewöhnlich nicht gönnte und wahrscheinlich auf den besonders späten Zeitpunkt des Essens zurückzuführen war. Im allgemeinen nahm Mr. Wray es um zwei Uhr mittags ein und trat danach ohne Rücksicht auf all das Brimborium der Verdauungsrichtlinien seinen Spaziergang an. Er war ein armer Mann, der sich den Luxus einer Magenverstimmung nicht leisten konnte.

Das Verhalten von Schreiner »Julius Cäsar«, als er aus der hinteren Küche erschien, um am Tisch Platz zu nehmen, war recht verwunderlich. Er warf einen Salzstreuer um, spritzte sich etwas Soße aufs Hemd und ließ beim Versuch, eine Schüssel zirka einen Meter weit herüberzutransportieren, eine Kartoffel auf Annies Teller plumpsen. Dies alles lag zunächst einmal über dem Durchschnitt seiner Mißgeschicke während einer Mahlzeit. Als das Essen dann vorbei war, erklärte er in so ungewohnt geheimnisvollen Tönen seine Absicht, für den Rest des Abends in die Küche zurückzukehren, daß Annie neugierig wurde und anfing, ihm Fragen zu stellen. Hatte er den neuen Kasten immer noch nicht fertig? Nein! Aber er hätte so etwas doch sicher innerhalb einer Stunde gezimmert? Ja, hätte er wohl. Und warum dann jetzt nicht? »Noch ein bißchen Geduld, Annie, Sie werden schon sehen!« Sprach's, legte geheimnisvoll einen großen Finger an seine große Nase und marschierte schnurstracks aus dem Zimmer.

Eine halbe Stunde später kam er wieder herein, wirkte dabei sehr schamhaft und verlegen und suchte erfolglos, einen mächtigen Breiumschlag zu verbergen – eine wahre Ladung aus warmem Brot und Wasser –, der seine rechte Handfläche zierte. Dieses Mal bestand Annie auf einer Erklärung.

Anscheinend war ihm die Idee gekommen, den Deckel des neuen Kastens zu Ehren von Mr. Wray und Shakespeares Maske mit einigen unbeholfenen Schnitzereien eigener Kreation zu verschönern. Da ihm in der schwierigen kunsthandwerklichen Tätigkeit, die er beabsichtigte, aber jegliche Erfahrung fehlte, hatte er sich einen Splitter in die Handfläche gezogen. So stand denn nun der Kasten dort hinten in der Küche, wo er auf Schloß und Angeln wartete, während der einzige Mensch im Haus, der sie anbringen konnte, wohl tagelang keinen Hammer mehr schwingen würde. Unglücklicher »Julius Cäsar«! Noch nie war gutgemeinte Sorgfalt auf unheilvollere Weise irregeleitet als in diesem Fall! Von all den mannigfachen Mißgeschicken deines Lebens, das im Grunde ein einziges Mißgeschick ist, soll dieses, welches dich daran gehindert hat, den neuen

Kasten heute abend fertigzustellen, das ungelegenste und folgenschwerste sein!
Als der Tee gebracht wurde, erwachte Mr. Wray und verfiel sofort aus einem Zustand tiefster Schläfrigkeit in einen Zustand höchster Aufgewecktheit, wie meist bei Leuten, die nur selten dem unschuldigen Vergnügen eines Nachmittagsschlummers frönen. Zu diesem Zeitpunkt herrschte bereits rabenschwarze Nacht, dichter Regen peitschte herab, und der Wind toste in all seiner Macht und Wildheit durch die Finsternis. Das Unwetter drückte Annie ein wenig aufs Gemüt, und sie deutete dies auch ihrem Großvater an, als er erwachte. Sofort empfahl der alte Reuben in seiner außergewöhnlichen Lebhaftigkeit ein Gegenmittel: Er schlug vor, ein Shakespeare-Stück zu lesen, so lenke man sich am sichersten vom Wetter ab. Und ohne auch nur eine Sekunde Bedenkzeit zu lassen, schlug er das Buch auf und begann mit *Macbeth.*
Da er seine Zuhörer während der gesamten Vorlesung nicht nur mit jeder einzelnen Kemble-Pause und jeder noch so winzigen Stimmfärbung der Kemble-Deklamation ergötzte, sondern mit Hilfe eines weißen, unter seinem Kinn verknoteten Taschentuchs sowie eines lackierten Kerzenhalters in seiner Hand auch eine ernsthafte Parodie auf Mrs. Siddons' Effekte in der Schlafwandelszene der Lady Macbeth darbot – und da er über diese besonderen, streng dramatischen Verzögerungen hinaus den Fortgang seiner Betätigung ferner behinderte, indem er ein wachsames Auge auf »Julius Cäsar« behielt und den unseligen Tischler gnadenlos weckte, sooft dieser einschlief (was, nebenbei, alle zehn Minuten einmal geschah) –, aus all jenen Gründen wird es niemanden verwundern, daß *Macbeth* erst um elf Uhr zu Ende war. Die Kirchturmuhr von Tidbury schlug, als Mr. Wray feierlich die letzten Zeilen der Tragödie vortrug und das Buch zuklappte.

»So!« sagte der alte Reuben. »Ich glaube, Annie, vom Wetter habe ich dich inzwischen abgelenkt! Du siehst schläfrig aus, meine Liebe, geh zu Bett. Ich hätte da zwar noch ein paar Anmerkungen über den richtigen Vortrag von Macbeths Dolchszene, aber die kann ich mir auch für morgen abend aufheben. Ich möchte dich nicht länger wachhalten. Gute Nacht, Liebes!«

Gehe er, Mr. Wray, denn nicht ebenfalls zu Bett? Nein: Er habe sich nie in seinem Leben munterer gefühlt, er werde noch ein wenig aufbleiben und sich am Kamin schön »durchwärmen«. Ob Annie ihm Gesellschaft leisten solle? Beileibe, nein! Er werde sie auf gar keinen Fall vom Zubettgehen abhalten. Dann vielleicht »Julius Cäsar«? Ganz bestimmt nicht! Der schlafe ja sowieso gleich ein, und sein Geschnarche, sagte Mr. Wray, sei schlimmer anzuhören als seine Niesanfälle. Folglich wünschten die beiden jungen Leute dem Alten gute Nacht, damit er sich ungestört »durchwärmen« könne, wie er es wollte. Und so bereitete er sich auf jene genüßliche Prozedur vor:

Er zog seinen Sessel vor den Kamin, stellte dann einen Stuhl auf jede Seite des Sessels, öffnete den abgeschlossenen Schrank und nahm die Geldkassette heraus, welche die Shakespeare-Maske enthielt. Diese legte er auf einen der beiden Stühle. Auf dem anderen plazierte er seine Ausgabe der Dramatischen Werke sowie die Kerze und nahm schließlich – mit unsagbarem Wohlbehagen – in der Mitte Platz, um sich langsam eine dicke Prise Schnupftabak in die Nase zu ziehen.

»Wie es draußen stürmt«, meinte der alte Reuben, »und wie gemütlich ich es hier drin habe!«

Er schloß die Geldkassette auf, nahm sie in seinen Schoß und sah auf die darinliegende Maske hinab. Ganz allmählich wichen der Stolz und das Wohlgefallen, die zuerst in seinen Augen erschienen waren, einem starren, verträumten Ausdruck. Er klappte den Deckel behutsam zu und lehnte sich in seinem Sessel zurück, aber die Geldkassette blieb unverschlossen, denn heute nacht drehte er nicht den Schlüssel um.

Alte Erinnerungen, die sein vormittägliches Gespräch mit Mr. Colebatch wiederbelebt hatte, stürmten auf ihn ein; jetzt zusätzlich wachgerufen durch manch eigene Shakespeare-Assoziation, welche sich stets mit der heißgeliebten, unschätzbaren Maske verbanden. Zärtliche Gedanken an die Vergangenheit sprachen rührend und feierlich in seinem Innern. Die arme Columbine – verloren, aber nie vergessen – bewegte sich von all diesen Schatten der Erinnerung am liebreizendsten und weihevollsten durch die nebulöse Welt seiner Wachträume. Wie wenig doch das Grab vor uns verbergen kann! Die Liebe, die davor begann, dauert darüber hinaus. Die Sonne, zu welcher unser Auge sah, als sie noch auf Erden schien, wird lediglich ausgetauscht durch den Stern, der unsere Erinnerungen leitet, während er sich in den Himmel erhebt!

Horch! Die Kirchturmuhr schlägt die Viertelstunde; jeder Schlag erschallt mit der schauerlichen Wildheit aller Glockenklänge, hört man sie inmitten eines Sturms, doch den alten Reuben schreckt er jetzt nicht auf. Der ist weit weg, bei anderen Geschehnissen, lebt noch einmal in alten Zeiten. Es schlägt zwölf, und da, als die Glocke ihr langes Mitternachtsgeläut erschallen läßt, steht er auf – das hört er.

Das Feuer ist jetzt bis auf einen rotglimmenden Punkt erloschen: Reuben verspürt ein Frösteln, und während er sich gähnend in seinem Sessel aufrichtet, sucht er genug Entschlußkraft, um nach oben ins Bett zu gehen. Sein Gesichtsausdruck wird gerade völlig achtlos, müde und erschöpft, da flammt sein Auge plötzlich wieder auf, seine Lippen pressen sich zusammen, seine Wangen erbleichen – er spitzt die Ohren.

Er bildet sich ein, bei jeder ungestümen Bö des Windes oder wenn der Regen am lautesten an die Scheibe trommelt, ein ganz schwaches, seltsames Geräusch zu hören – manchmal wie ein Kratzen, dann wie ein leises Klopfen. Doch in welchem Teil des Hauses – ob draußen oder drinnen –, kann er nicht sagen. In den stilleren Momenten des Sturms lauscht er ganz besonders scharf, um dies herauszufinden; aber genau zu diesem Zeitpunkt hört er nie etwas.

Es muß Einbildung sein. Und doch: Diese Einbildung wirkt so real, daß er innerhalb der letzten Minute zweimal am ganzen Leib erschaudert ist.

Jetzt hört er dieses seltsame Geräusch doch absolut sicher! Warum nicht aufstehen, ans Fenster gehen und lauschen, ob das schwache Klopfen nicht *eventuell* von draußen vor dem Hause kommen könnte? Irgend etwas scheint ihn wie gelähmt in seinem Sessel festzuhalten – irgend etwas hält ihn ab, den Kopf zu drehen, damit er nicht womöglich einen Anblick des Grauens neben sich erschaut.

Pst! Da ist es wieder, das Geräusch – immer deutlicher. Und nun wird es zu einem Knacksen – ganz nah – am hinteren Fensterladen des Salons.

Was ist es, das da die Ritze zwischen Flügeltür und Boden entlanghuscht? Ein Licht! – Ein Licht in diesem leeren Zimmer, das niemand benutzt. Und jetzt ein Flüstern – Schritte – die Türklinke bewegt sich ...

»Hilfe! Hilfe! Um Himmels willen! – Mörder! Mör...«

Gerade, als den Lippen des alten Mannes dieser Hilfeschrei entfloh, drangen die beiden Räuber maskiert und bewaffnet in den Raum, und einen Moment später hatte Mr. Wray Chummy Dicks Knebel fest im Mund.

Er hielt seine Geldkassette an die Brust gepreßt. Irrsinnig vor Angst funkelten seine Augen wie die eines Toten, während er sich in den kraftvollen Armen wand.
Grimes, nicht gewöhnt an solche Szenen, war so starr vor Staunen, als er den Alten nicht im Bett und den Raum erleuchtet fand, daß er mit ausgestreckter Pistole stehenblieb und hilflos durch die Sehschlitze seiner Larve glotzte.
Anders sein erfahrener Anführer. Chummy Dicks Augen und Ohren waren nicht weniger flink als seine Hände – erstere teilten ihm mit, daß Reubens Hilfeschrei (so geschickt er ihn auch mit seinem Knebel erstickt hatte) jemanden im Haus aus den Federn rief; letztere erfaßten augenblicklich die Geldkassette, die Mr. Wray an seine Brust gepreßt hielt.
»Deine Schreckschußpistole hoch, du Hornochse!« zischte der Einbrecher. »Steh nicht rum wie ein Ölgötze! Und zieh ihm das Ding aus den Armen. Los, Beeilung, verdammt! Sie sind schon wach, oben!«
Diese »Beeilung« fiel nicht leicht. So schwach Reuben auch war, er hielt seine Schatzkiste mit der krampfhaften Macht der Verzweiflung und verteidigte sie gegen den athletischen Rohling, der sie ihm rauben wollte. Schäumend vor Wut über diesen Widerstand, brachte Grimes seine ganze Kraft zum Einsatz. Mit einem wilden Ruck riß er dem alten Mann die Kassette weg, so daß der Deckel aufflog, die Shakespeare-Maske herausgeschleudert wurde, ein gutes Stück durch die Luft schwirrte und dann, auf dem Boden, in tausend Stücke zersprang.
Eine Sekunde lang stand Grimes wie versteinert da, als er den wirklichen Inhalt der Kassette sah. Dann stürzte er, außer sich ob dieser Entdeckung, zu den Scherben hin, um sie mit einem schrecklichen Fluch unter seinem schweren Stiefel zu zerstampfen, als könnte selbst der Gips seinen Ra-

chedurst spüren. »Ich schlag ihn tot, und wenn ich dafür hänge!« brüllte der Schurke und wandte sich einen Moment später zu Mr. Wray um. Er erhob seine Kavalleriepistole, um sie dem alten Mann auf den Kopf sausen zu lassen.
In haargenau diesem Moment jedoch platzte, tapfer wie sein heroischer Namensvetter, »Julius Cäsar« ins Zimmer und schlug in der Hitze des Augenblicks mit seiner verletzten Hand nach Grimes. Selbst unter dieser Beeinträchtigung war der Hieb stark genug, um den Burschen quer durchs Zimmer zu schleudern. Erst an der Wand gegenüber brach er zusammen. Doch der Triumph des kräftigen Schreiners währte nicht lang. Sein Widersacher war kaum eine Sekunde geschlagen, da lag er selbst, betäubt durch Chummy Dicks Pistolenknauf, am Boden.
Selbst den Londoner Einbrecher hatte sein Mut verlassen, als er den gewaltigen Irrtum entdeckte, dem er und sein Kumpan aufgesessen waren. Er gewann seine charakteristische Kaltblütigkeit und Beherrschung erst bei dem Angriff des Tischlers auf Grimes wieder. Da hatte er getreu seinem Prinzip, niemals unnötigen Lärm zu machen oder Schießpulver sinnlos zu vergeuden, und mit unbeirrbarem Geschick »Julius Cäsar« genau hinters Ohr geschlagen. Der Hieb machte kein Geräusch und schien im Handumdrehen getan, aber er war entscheidend – er hatte sein Opfer durch und durch betäubt.
Jetzt gellte das Geschrei der Hauswirtin durch das geöffnete Fenster im Schlafzimmergeschoß immer lauter auf die Straße. Vermischt war es mit den schwächeren Schreien Annies, welche die gute Frau gewaltsam davon abhielt, sich nach unten in Gefahr zu stürzen. Die Magd (die einzige andere Bewohnerin des Hauses) wetteiferte aus dem Mansardenfenster mit dem irrsinnigen, unentwegten Hilfegekreisch ihrer Herrin.

»Gleich steht die ganze Straße auf 'm Kopf!« rief Chummy Dick, der bei jedem dritten Wort einen Fluch ausstieß, und hievte den langsam wieder zu sich kommenden Grimes in aufrechte Stellung. »Hier ist nichts zu holen! Raus mit dir, schnell, du junger Stiesel, sonst wirst du geschnappt!«
Er stieß Grimes nach hinten in den Salon, drängte ihn über das Fenstersims aufs Dach des Waschhauses, überließ es ihm dabei selbst, sich einen Weg auf den Erdboden zu suchen, und folgte ihm dann mit Mr. Wrays Uhr, Mr. Wrays Geldbeutel sowie einer Brosche, die Annie gehörte und die man auf dem Kaminsims hatte liegenlassen – alles hatte er binnen einer Sekunde in den geräumigen Taschen seines Paletots verstaut. Als Beute waren diese Dinge nicht viel wert, aber die Flinkheit, mit welcher der Einbrecher sie sich schnappte, während er mit seiner anderen Hand Grimes halten mußte, samt der Kraft, der kühlen Besonnenheit und dem Geschick, die er bei der Organisation des Rückzugs bewies, stellte sogar für den zweifelhaften Ruhm eines Chummy Dick etwas Besonderes dar. Die Schutzmänner von Tidbury dachten noch längst nicht an eine Verfolgung, da befanden sich der Einbrecher und sein Kumpan schon außer Reichweite – und wären die schnellfüßigen Polizisten der Bow Street selbst zur Stelle gewesen.
Wie lange der alte Mann bereits in dieser einen Stellung verharrt hatte: in der Zimmerecke zusammengekauert, ohne auch nur einen Finger zu rühren oder einen Mucks zu tun. Er war an dieser Stelle auf die Knie gefallen, als die Räuber von ihm abließen, und nichts hat ihn seither von dort wegbewegt.
Als Annie sich von der Hauswirtin losriß und die Treppe hinunterrannte – rührte er sich nicht. Als sie bei dem leblosen Anblick des tapferen Mannes, der dort betäubt am Boden lag, in einen langen, qualvollen Schrei ausbrach –

sagte er kein Wort. Als die Haustür aufging, als die verschreckten, halbbekleideten Nachbarn unter Getrampel und Geschrei allesamt ins Haus drängten und ob der Nachricht, die sie hörten, in Panik gerieten – nahm er keine Menschenseele wahr. Als man nach dem Arzt schickte und inmitten ehrfürchtiger, erwartungsvoller Stille daranging, den Schreiner wieder zu Bewußtsein zu bringen – nicht einmal in diesem spannungsgeladenen Moment blickte er auf. Erst als man das Zimmer wieder räumte, als Reubens Enkelin an seine Seite kam und ihm ihren Arm um den Hals, ihre kalte Wange an die seine legte – erst da schien er überhaupt lebendig. Dann stieß er einfach einen schweren Seufzer aus, sein Kopf sackte ihm noch tiefer auf die Brust, und er zitterte am ganzen Leibe, wie wenn ihn irgendein Eiseshauch bis ins Herz gefrieren ließe.

All diese lange, lange Zeit hindurch hatte er nur auf eines gestarrt: die zerschellte Shakespeare-Maske auf dem Boden vor ihm. Und dort blieb er nun – als sie auf ihre jeweilige Art und Weise versuchten, ihn wegzulocken –, immer noch davor gekauert, in genau der gleichen Position, mit genau dem gleichen starren, erschrockenen Gesichtsausdruck, den sie von Anfang an bei ihm erblickt hatten.

Annie ging die Geldkassette holen und stellte sie zitternd vor ihn hin. Sobald der alte Mann den Kasten sah, blitzte es in seinen Augen. In rasender Eile stürzte er sich auf die Splitter, um sie mit bebenden Händen und keuchendem Atem alle zusammen in die Kassette zu werfen. Er las auch das kleinste Stückchen Gips auf, das der Räuber unter seinem Stiefel zermalmt hatte, und spähte angestrengt nach mehr, als kein Stäubchen mehr übrig war. Zuletzt verschloß er die Kassette, zog sie fest an seine Brust, und ließ sich von den anderen hochhelfen, damit sie ihn behutsam hinwegführen könnten.

Nicht ein Mal gab er die Kassette preis, als sie ihn ins Bett brachten. Annie, ihr Verlobter und die Hauswirtin blieben alle auf und setzten sich zu ihm ins Zimmer, und alle spürten in unterschiedlichem Maß dieselbe grauenvolle Ahnung, schraken aber davor zurück, sie einander mitzuteilen. Dann und wann hörten sie ihn mit seinen Händen seltsam auf den Kassettendeckel schlagen, doch der alte Mann sprach nicht ein Wort und tat, soweit sie erkennen konnten, nie ein Auge zu.
Der Arzt meinte, bei Tagesanbruch werde es besser. Wußte der Arzt wirklich, was seinem Patienten fehlte? Und *ahnte* er auch nur, daß heute nacht neben der Shakespeare-Maske noch etwas viel Wertvolleres zu Schaden gekommen war?

## VIII

Bis zum nächsten Morgen hatte sich die Nachricht von dem Einbruch nicht nur in ganz Tidbury, sondern auch in sämtlichen Nachbardörfern herumgesprochen. Der allererste, der nach den Schrecken der Nacht in Nummer zwölf zu Besuch kam, war Mr. Colebatch. Die Stimme des alten Herrn ertönte lauter denn je, während er zusammen mit der Hauswirtin die Treppe heraufstieg. Er erklärte, er werde beide Schutzmänner von Tidbury als völlig unfähig, die Stadt zu überwachen, ihres Amtes entheben lassen. Er schwor, selbst wenn es ihn hundert Pfund kosten würde, werde er die Bow-Street-Polizisten aus London herholen und noch vor Weihnachten für Festnahme, Verurteilung und Erhängung »dieser zwei infernalischen Einbrecher« sorgen. Da er dergestalt mit jeder neuen Stufe Strafe und Vergeltung herbeirief, war das Blut des Squires auf dem

Siedepunkt, als er in den Salon gelangte. Doch sank es gleich wieder auf »wohltemperiert«, als er dort niemanden antraf, und noch einmal etliche Grad tiefer beim Anblick von Annies Gesicht, als sie zu ihm herunterkam.

»Kopf hoch, Annie!« sagte der alte Landedelmann mit einer letzten schwachen Bemühung um Fröhlichkeit. »Jetzt ist doch alles überstanden. Wie geht es Ihrem Großvater? Immer noch sehr verschreckt – was?«

»O Sir! Wahnsinnig vor Schrecken, fürchte ich!« Und außerstande, sich länger zu beherrschen, brach die arme Annie in Tränen aus.

»Nicht weinen, Annie! Nicht weinen! Das kann ich nicht leiden – nein, Sie dürfen nicht!« sagte der Squire mit allem anderen als einer festen Stimme. »Ich werde ihm wieder Vernunft einreden, jawohl – so wahr ich Matthew Colebatch heiße! Halt!« (Hier zog er sein großes indisches Taschentuch hervor und begann liebevoll und sachte, ihre Tränen abzuwischen, als wäre sie ein kleines Kind und seine eigene Tochter.) »So, jetzt haben wir alle getrocknet – nein, haben wir nicht! Eine ist noch da. Und nun, wo das überstanden ist, wollen wir uns ein bißchen über diese Geschichte unterhalten, mein Liebes. Mal sehen, was sich tun läßt. Also zuerst: Was höre ich da für Sachen über einen Gipsabdruck, der zerbrochen wurde?«

Annie hätte alles in der Welt darum gegeben, Mr. Colebatch betreffs der Shakespeare-Maske ihr Herz auszuschütten, aber sie dachte an ihr Versprechen und auch an den Gemeinderat in Stratford, der irgendwie von dem Geheimnis erfahren könnte, wenn man es irgend jemandem preisgab. Vielleicht würde ihr Großvater, so unglücklich und zerschmettert er war, dann mit aller Macht des Gesetzes selbst bis in seinen Schlupfwinkel verfolgt, nach Tidbury auf der Marsch.

»Ich habe versprochen, Sir, keinem Menschen auch nur das geringste über diesen Gipsabdruck zu sagen«, begann sie mit sehr betretener Miene.
»Und Sie werden Ihr Versprechen auch halten«, warf der Squire ein. »Das ist schon in Ordnung – braves, ehrliches kleines Mädchen! Ich mag Sie deshalb nur um so lieber, wir reden kein Wort mehr über den Abdruck. Aber was haben sie mitgehen lassen? Was haben die infernalischen Halunken mitgehen lassen?«
»Großvaters alte silberne Taschenuhr, Sir, seinen Geldbeutel mit siebzehn Shilling, sechs Pence und meine Brosche – aber das ist gar nichts.«
»Gar nichts – Annies Brosche ist gar nichts?« rief der Squire, der seine wesenseigene Erregbarkeit langsam wiedergewann. »Doch egal, ich bin entschlossen, diese Schurken fangen und aufhängen zu lassen, sei es auch nur für den Diebstahl der Brosche! Und jetzt, sehen Sie her, meine Liebe. Wenn Sie mich nicht in einen meiner Wutanfälle bringen wollen, dann nehmen Sie das und verlieren kein Wort darüber!«
Was ›nehmen‹? Grundgütiger Golkonda! Er hatte ihr einen zusammengeknitterten Zehnpfundschein in die Hand gedrückt!
»Ich sage noch einmal, Sie widerspenstiges kleines Ding: Bringen Sie mich nicht in einen meiner Wutanfälle!« rief der alte Herr, als die arme Annie auch nur andeutungsweise abzulehnen schien. »Gott behüte, daß es mir in den Sinn kommen sollte, Ihre Gefühle zu verletzen, meine Liebe, nur weil ich zufällig ein paar Pfund mehr in der Tasche habe als Sie in Ihrer!« Er fuhr in so ernsthaftem, gütigem Ton fort, daß Annie erneut die Tränen in die Augen stiegen. »Nennen wir diesen Geldschein meinetwegen eine Baranzahlung auf eine große Bestellung von Spitzen. Ich

hab Sie gestern nämlich Spitzen klöppeln sehen, und ich gedenke, Sie für den Rest Ihres Lebens als meine Haus- und Hoflieferantin von Spitzen zu betrachten. Sapperment!« Er nahm wieder seine merkwürdige abrupte Art an. »Die Menge, die ich kaufen möchte, steht noch in den Sternen! Da wäre meine alte Wirtschafterin, Mrs. Buddle – hol mich der Henker, Annie, wenn ich sie nicht in lauter Spitze kleide, von Kopf bis Fuß, hinten und vorne, am ganzen Leib! Nur merken Sie sich das eine: Sie beginnen an der Bestellung erst dann zu arbeiten, wenn ich es Ihnen sage! Wir müssen warten, bis Mrs. Buddle ihre alten Petticoat-Bestände aufgetragen hat, ehe wir anfangen – was? Na, na, na! Jetzt weinen Sie doch nicht schon wieder! Kann ich zu Mr. Wray? Nein? – Auch recht! Besser, man stört ihn nicht so bald! Richten sie ihm schöne Grüße von mir aus und daß ich morgen wieder vorbeikomme. Stecken Sie den Geldschein weg! Stecken Sie den Schein weg! Und lassen Sie den Kopf nicht hängen – genausowenig, wie Sie etwas anderes tun dürfen, kleine Annie: einen wunderlichen alten Freund vergessen, der auf Cropley Court lebt!«
So schwatzte sich der gute Squire gewissermaßen aus dem Zimmer, ohne daß Annie auch nur einmal zu Worte kam. Wieder auf der Treppe, zog er sofort und mit unverminderter Wut über die Einbrecher her. Als letztes hörte die Hauswirtin, als sie die Tür hinter ihm zumachte, den Squire sagen, daß er nun gleich den beiden Schutzmännern von Tidbury »den Kopf waschen« werde, weil sie den Überfall nicht verhindert hätten – »und zwar gründlich den Kopf waschen«, so wahr er Matthew Colebatch heiße!
Annie steckte das Geschenk des alten Herren sorgfältig weg (zuvor hatten sie keinen Penny mehr in der Tasche gehabt) und ging zurück zu ihrem Großvater. Im Laufe des Vormittag war es ein wenig anders mit ihm geworden, und er

beschäftigte sich nun mit etwas, dessen Anblick ihr das Herz zerriß: Er versuchte, die Shakespeare-Maske wieder zusammenzusetzen.

Die ersten Worte, die er seit dem Überfall gesprochen hatte, galten Annie. Anscheinend wußte er nicht, daß den Räubern die Flucht geglückt war, noch ehe das Mädchen herunterkam, und er fragte, ob ihr etwas geschehen sei. In dieser Hinsicht beruhigt, winkte er als nächstes »Julius Cäsar« heran. Er müsse, so drängte der Alte mit fieberhaftem Flüstern, sofort etwas Leim kochen. Die beiden anderen konnten sich im ersten Moment nicht vorstellen, was er damit wollte, aber sie waren ihm gern zu Willen.

Als man ihm den Leim brachte, klappte er mit einer Miene vager, schmerzlicher Hoffnung, deren Anblick ein Jammer war, seine Geldkassette auf und begann, die Splitter der Maske vor sich auf dem Bett zusammenzufügen. Sie war ein für allemal zersprungen, aber dennoch schob er die Scherben mit zitternden Händen hin und her und sagte die ganze Zeit traurig murmelnd, er wisse, daß es sehr schwer sei, fühle jedoch die Gewißheit, daß es ihm schließlich gelingen werde. Manchmal suchte er die falschen Stükke aus, leimte zwei oder drei zusammen und mußte sie dann wieder trennen. Aber selbst wenn er die richtigen Splitter wählte, konnte er nicht genug davon finden, die so leidlich paßten, daß sie auch nur ein Viertel der Maske in deren vorheriger Gestalt ergaben. Er machte dennoch weiter. Stück für Stück des zerbrochenen Gipses, bis hin zum allerkleinsten, drehte und wendete er mit geduldiger Sorgfalt und in derselben trügerischen Hoffnung auf Erfolg, derselben vergeblichen Beharrlichkeit angesichts des entmutigendsten Fehlschlags, die ihn ganze Stunden lang beflügelten. Er hatte morgens angefangen – hatte noch nicht aufgegeben, als Annie von ihrem Gespräch mit Mr.

Colebatch zurückkehrte. Zu wissen, wie ganz und gar fruchtlos all seine Bemühungen blieben mußten, und ihn trotz Scheiterns so fieberhaft weitermachen zu sehen – das war in der Tat ein Anblick, bei dem man verzweifeln und erzittern konnte.

Zu guter Letzt beschwor ihn Annie, er möge die Splitter doch wegtun, in die Kassette, und solle eine kleine Ruhepause einlegen. Auf jemand anderen wollte er nicht hören; auf sie aber hörte er und gehorchte ihrer Bitte, wobei er sagte, sein Kopf sei heute für die Reparaturarbeit nicht klar genug, doch er wisse genau, daß es ihm morgen gelingen werde. Als er die Kassette verschlossen und unter seinem Kopfkissen verstaut hatte, legte er sich zurück und schlief sofort ein.

Dies also war sein Zustand! Er hatte jetzt nichts anderes mehr im Sinn als dieses eine: die Wiederherstellung der Shakespeare-Maske. Man lenkte ihn davon ab – und er schlief entweder ein oder saß da, ohne zu schlafen, geistesabwesend und stumm. Bei *ihm* kam es von Angst und Ungewißheit, nicht vom Verlust seiner körperlichen oder geistigen Kräfte. Sein Verstand hatte bei der Zerstörung des Besitzstücks, an dem er so innig hing, nachgegeben. Dieses starre, kalte Gipsantlitz war sein einziger Gedanke bei Tag, sein einziger Traum bei Nacht gewesen; in ihm hatte seine tiefe, wunderbare Shakespeare-Verehrung – so schön wie ein angeborener poetischer Glaube, der jede prosaische Entbehrung von Reubens Leben überstand – seine kostbarste äußere Bekundung gefunden. Überall an diese Maske hatte der alte Schauspieler unbewußt und mit fast jeder neuen Stunde neue Votivgaben des Stolzes, der Zufriedenheit und des bescheidenen Glücks gehängt. Für ihn war es *die* große Errungenschaft seines Lebens gewesen – *der* große Entschluß, sie zu behalten. Und nun war diese Maske zerbrochen! Der geliebteste Abgott, den der arme Komödiant je besaß (neben seiner Enkelin) – mit eigenen Augen hatte er ihn zertrümmert am Boden liegen sehen!

Dies – weit mehr als der durch den Einbruch hervorgerufene Schrecken – hatte den Alten zu dem verändert, was er nun war.

Niemand konnte ihn aus dem Bett bewegen. Alle versuchten es, doch alle ohne Erfolg. Tag für Tag fuhr er geduldig mit seiner hoffnungslos vergeblichen Aufgabe fort, die Gipsstücke zusammenzufügen, und er hatte immer irgendeine Ausrede für sein Scheitern, immer irgendeinen Grund, es von neuem zu probieren. In allen anderen Dingen konnte Annie ihn beeinflussen – sein Herz nämlich, das ganz ihr gehörte, war dem Schlag entgangen, der seinen Verstand betäubt hatte –, aber bei jedem Thema, das mit der Maske zusammenhing, war ihr Einspruch machtlos. Der gute Squire kam, um das Seine zu versuchen – kam jeden Tag. Er scherzte, beschwor, predigte und empfahl in der ihm eigenen herzlich-überspannten Art, aber der alte Mann lächelte nur matt und vergaß schon wieder, was man ihm gesagt hatte, sobald die Worte aus dem Mund des Sprechers heraus waren. Mit seiner Weisheit fast am Ende, griff Mr. Colebatch zum allerletzten Mittel. Er werde darauf bestehen, so teilte er Annie heimlich mit, daß sein ganzes Gesinde, allen voran Mrs. Buddle, die Wirtschafterin, Sprechunterricht nehmen müsse, dies sei eine erstklassige Strategie, denn sie gebe Mr. Wray wieder eine Beschäftigung, die er kenne. »Von diesen infernalischen Holzköpfen in Tidbury wird keiner dazulernen wollen«, sagte der freundliche alte Squire. »Also soll meine Dienerschaft als Schulklasse herhalten, allen voran Mrs. Buddle, damit sie nicht aus der Reihe tanzen. Geben Sie Ihrem Großvater die Möglichkeit, nach seiner persönlichen Methode zu unterrichten, und er muß wieder der alte werden – er *muß*, aus der Macht der Gewohnheit!« Doch der Squire irrte. Man sagte Reuben, daß eine neue Unterrichtsklasse auf ihn warte, aber er antwortete nur, es freue ihn sehr, das zu hören – und vergaß das Ganze schon eine Sekunde später. Der Arzt bemühte sich, ihm zu helfen. Er versuchte es mit anregenden Mitteln, und er versuchte es mit beruhigenden; er versuchte, seinen Patienten im Bett zu lassen, und versuchte, ihn auf die Beine zu bringen; er versuchte es mit Zugpflastern und versuchte es mit Schröpfköpfen, danach gab er sich geschlagen und sagte, Mr. Wray müsse einen geistigen Schaden haben; Heilkunde und Diät seien zwecklos. *Ein* Wort des Trostes hatte der Arzt aber noch: Bislang sei der alte Mann sehr gut bei Kräften – jederzeit in der Lage, aufzustehen und sich anzuziehen, und er sitze anscheinend gern in seinem Sessel. Das sei ein gutes Zeichen, aber niemand könne sagen, wie lange es dabei blieb.

Es war nun schon eine Woche so – eine lange, triste, schwermütige Winterwoche! Und jetzt kam der Weihnachtstag schnell heran; kam erstmals als ein Tag der Trauer zu der kleinen Familie, die ihn trotz Armut und aller erschwerenden Unglücksfälle bisher glücklich und liebevoll zusammen begangen hatte als den freudigsten Feiertag des ganzen Jahres! Ach, wie doppelt schwer war der armen Annie ums Herz, als sie abends ihr Schlafzimmer betrat und sich daran erinnerte, daß in zwei Wochen Weihnachten sein würde!

Sie fing schon an, blaß und schmal auszusehen. Nicht nur Freude zeigt sich bei der Jugend am deutlichsten und schnellsten, auch Kummer – leider Gottes! – besitzt in unserer Welt dieses Privileg. Und Annie sah jetzt aus, wie sie sich fühlte: krank und unglücklich. Der heutige Tag hatte keine Veränderung gebracht. Sie hatte dem alten Mann

gute Nacht gesagt, ohne daß es ihm bei ihrem Abschied besserging.
Stundenlang war er wieder mit der Maske beschäftigt gewesen, dem Versuch, sie zu erneuern; und zeigte dabei ab und an, instinktiv, noch etwas Liebe und Aufmerksamkeit für seine Enkelin – war aber so hoffnungslos taub und unzugänglich für jeden anderen Einfluß wie zuvor.
Geistesabwesend nahm Annie auf dem einzigen Stuhl in ihrer Schlafkammer Platz. Dabei dachte sie nach (es war jetzt ihr einziger Gedanke), mit welch neuer List man ihren Großvater morgen aus dem Bett bewegen könne, und beklagte immer noch das Zerbrechen der Maske als das einzige verhängnisvolle Hindernis, das jeder möglichen Bemühung ihrerseits im Wege stand. So saß sie einige Minuten traurig und tief in Gedanken – da kam plötzlich, von innen heraus, ein verblüffender, wunderbarer Wandel über sie. Totenbleich und totenstill, als hätte man sie versteinert, sprang Annie von ihrem Stuhl auf. Einen Moment später schoß ihr das Blut in die Wangen, sie klatschte wild in die Hände und atmete schneller. Dann erbleichte sie neuerlich – zitterte am ganzen Leibe –, sank neben dem Bett auf die Knie und barg ihr Gesicht in den Händen.
Als sie sich wieder erhob, strömten ihr dicke Tränen über die Wangen. Sie goß ein wenig Wasser ein und wusch sie weg. Ein seltsamer Ausdruck der Entschlußkraft – eine glühende Begeisterung, schön in ihrer Stärke und Reinheit – legte sich auf Annies Gesicht, als sie ihre Kerze ergriff und die Kammer verließ.
Sie ging bis oben unters Dach, wo der Schreiner schlief, und klopfte an dessen Tür.
»Sind Sie schon im Bett, Martin?« flüsterte sie. (Mit dem abgedroschenen Spitznamen »Julius Cäsar« war es jetzt vorbei!)

Erstaunt machte er die Tür auf und sagte, er sei erst in diesem Moment nach oben gegangen.

»Kommen Sie mit hinunter in den Salon, Martin«, erwiderte Annie, indem sie ihn strahlend ansah – beinahe wild, schien es *ihm.* »Kommen Sie schnell! Ich muß sofort mit Ihnen sprechen.«

Er folgte ihr die Treppe hinab. Als sie in den Salon gelangten, machte sie bedeutsam die Tür zu und sagte dann: »Ich hatte gerade eine Idee, Martin, die *muß* ich Ihnen erzählen. Sie kam mir erst in dem Moment, als ich allein in meinem Zimmer war, und ich glaube, Gott hat sie mir geschickt!«

Sie winkte dem Tischler, sich neben sie zu setzen, und begann dann, ihm hastig, beflissen und ohne Pause ins Ohr zu flüstern.

Das Gesicht des braven Burschen wurde zuerst bleich wie ihres vorher, während er zuhörte. Danach wurde es rot und zuletzt nicht weniger entschlossen als ihres – sogar noch viel mehr. Als sie endete, meinte er nur, es sei allemal ein schreckliches Risiko – mit starker Betonung auf *»allemal«* –, aber sie wolle es ja so, und darum sollte es geschehen.

Als sie aufstanden, um auseinanderzugehen, sagte Annie zärtlich und mit tiefem Ernst: »Sie haben es immer sehr gut mit mir gemeint, Martin, seien Sie auch jetzt gut zu mir und mehr mein Bruder denn je – denn jetzt schenke ich Ihnen alles Vertrauen, das ich schenken kann.«

Noch Jahre später – sie waren schon verheiratet, und rings um sie herum wurden ihre Kinder groß – erinnerte er sich an Annies letzten Blick und Annies letzte Worte, als sie in jener Nacht auseinandergingen.

## IX

Als am nächsten Morgen der alte Mann bereit war, aus dem Bett zu steigen und sich anziehen zu lassen, kam ihm nicht wie gewöhnlich der brave Schreiner zu Hilfe, sondern ein Fremder – der Bruder der Hauswirtin. Aus dem liebevollen Wunsch heraus, bei der Marotte mitzuspielen, die zu der einen Lebensmotivation ihres Großvaters geworden war, hatte Annie eine Flasche Zementkitt gekauft. Und jetzt murmelte er während des Anziehens dauernd vor sich hin, daß es ihm mit Hilfe dieses Kitts endlich gelingen werde, die Splitter der Maske zusammenzusetzen. Nur der Leim wäre schuld, wenn ihm dies bisher mißglückt sei, aber mit Hilfe des Kitts sei er sich des Erfolgs ganz sicher.

Die Hauswirtin und deren Bruder führten ihn in den Salon hinunter. Es war niemand da, aber auf dem Tisch, wo zum Frühstück gedeckt war, lag ein kleiner Brief. Als der Alte sah, daß der Raum leer war, schaute er sich zuerst suchend um. Dann sprach die einzige Stimme in ihm, die nicht verstummt war – die Stimme seines Herzens –, und sagte ihm, daß Annie wie immer hätte hiersein müssen, um ihn zu begrüßen.

»Wo ist sie?« fragte er aufgeregt.

»Laß mich nicht mit ihm allein, James«, flüsterte die Hauswirtin ihrem Bruder zu. »Es gibt schlechte Nachrichten für ihn.«

»Wo ist sie?« wiederholte er; und seine Augen bekamen einen wilden Blick, als er die Frage zum zweitenmal stellte.

»Bitte beruhigen Sie sich, Sir, und lesen Sie diesen Brief«, sagte die Hauswirtin begütigend. »Miss Annie ist vollkommen in Sicherheit und möchte, daß Sie dies hier lesen.«

Sie reichte ihm das Kuvert.

Er schlug es mit seiner Hand weg – so erbost, daß die Frau zurückschrak. Dann brüllte er zum drittenmal:

»Wo ist sie?«
»Sag's ihm«, flüsterte der Bruder der Hauswirtin, »sag es ihm gleich, sonst machst du's nur noch schlimmer.«
»Weg, Sir«, antwortete die Frau, »weggegangen, aber nur für drei Tage. Als letztes sagte sie: ›Richten Sie meinem Großvater aus, daß ich in drei Tagen zurück bin, und geben Sie ihm diesen Brief, mit meinen herzlichsten Grüßen.‹ Oh, schauen Sie doch nicht so drein, Sir – schauen Sie doch nicht so! Sie kommt ja ganz bestimmt wieder.«
Mit einem schrecklich ausdruckslosen Blick murmelte er mehrmals das Wort »weg« vor sich hin. Dann bedeutete er plötzlich, den Brief vom Boden aufzuheben, öffnete ihn mit einem Ruck und begann zu lesen, was darin stand.
Es waren nur ein paar Zeilen, geschrieben in sehr verkleck-sten, wackligen Buchstaben. Sie lauteten wie folgt:
»Liebster Großvater, ich bin noch nie im Leben von Dir gegangen und gehe jetzt nur, um Dir nach Kräften zu helfen. In drei Tagen oder, so Gott will, schon eher bin ich wieder da und bringe Dir etwas mit, das nicht nur Dein Herz erfreuen wird. Du wirst mich dann noch mehr lieben denn je. Ich wage Dir nicht zu sagen, wohin ich gehe oder zu welchem Zweck – Du hättest Angst und würdest mich vielleicht zurückholen lassen, aber ich glaube fest, es besteht keine Gefahr! Und, o lieber, lieber Großvater, zweifle nicht an Deiner kleinen Annie, zweifle nicht, daß ich, wie versprochen, zurückkommen werde und Dir etwas bringe, das Dich mein unerlaubtes Fortgehen verzeihen lassen wird. Wir werden ja wieder so glücklich sein, wenn Du Dich nur diese drei Tage geduldest! *Er* – Du weißt schon, wer – kommt mit, um auf mich aufzupassen. Denke nur an das gesegnete Weihnachtsfest, lieber Großvater, das uns alle wieder glücklicher denn je vereinen wird! Mehr kann ich jetzt nicht schreiben, nur, daß ich zu Gott bete, er möge

Dich segnen und behüten, bis wir uns wiedersehen! – Annie Wray.«

Er hatte den Brief erst halb durchgelesen, da ließ er ihn fallen und stieß mit einem schrillen Schrei nur das eine Wort »weg« hervor, so daß die Hauswirtin und ihr Bruder bei dessen Klang erschauderten. Dann schien es, als schliche ein Schatten – ein schrecklicher, namenloser Schatten – über Mr. Wrays Gesicht. Seine Finger spielten krampfhaft mit einem Zipfel des Tischtuchs neben ihm, und mit schwacher, flüsternder Stimme begann der Alte zu sprechen.

»Ich fürchte, ich werde wahnsinnig, ich fürchte, etwas in mir ist wahnsinnig vor Angst«, murmelte er, kaum atmend. »Halt! Sehen wir mal, ob ich noch irgend etwas weiß. Also! Dies hier – das ist der Frühstückstisch! Das weiß ich. Dort sind *ihre* Tasse und Untertasse, und da ist meine. Jawohl! Und der dritte Platz, dort auf der andern Seite, wem gehört der? Wem, wem, wem? O mein Gott! Mein Gott! Ich bin *wirklich* wahnsinnig! Den dritten Platz dort habe ich vergessen!« Er hielt inne und zitterte am ganzen Leib. Dann, einen Moment später, kreischte er: »Weg! Wer sagt, daß sie weg ist? Das ist gelogen, nein, nein, das ist ein grausamer Streich. Annie! Ich erlaube nicht, daß man mir Streiche spielt. Komm herunter, Annie! Hol sie doch jemand von euch! Annie! Sie haben mir alles zerschlagen – der Gips will nicht mehr zusammenhalten! Du kannst mich nicht verlassen, nun, da sie mir alles zerschlagen haben! Annie! Annie! Komm und mach es ganz! Annie! Kleine Annie!«

Mit unsagbar flehentlicher Stimme rief er ihren Namen ein letztes Mal, dann sank er stöhnend auf einen Stuhl zurück, schwieg – schwieg hartnäckig – und betrachtete plötzlich alles mit wildem Argwohn. In dieser Stimmung verharrte er, bis seine Kraft allmählich von ihm wich, dann ließ er

sich zum Sofa führen. Als er sich hinlegte, verfiel er rasch in einen drückenden, fiebrigen Schlummer.
Ach, Annie! Annie! So sorglich du ihn auch behütet hast, wußtest du doch nur wenig von seiner Krankheit, mit einer solchen Folge deines Weggehens hast du nie gerechnet, sonst wärest du, so gut und liebevoll deine Absicht war, vor der fatalen Notwendigkeit zurückgeschreckt, dich volle drei Tage von dem Krankenbett zu entfernen!
Kurz nachdem der alte Mann eingeschlafen war, kam Mr. Colebatch in Begleitung eines neuen Arztes – eines namhaften Mediziners, der sich trotz seiner knapp bemessenen Zeit ein bißchen Urlaub von seiner Londoner Praxis gönnte, teils, um einige Verwandte in Tidbury zu besuchen, teils, um seine eigene Gesundheit zu stärken, die beim Gesundmachen anderer gelitten hatte. Der gute Squire! Sofort, als er hörte, daß solche Hilfe zufällig im Ort erhältlich sei, hatte er sie, ohne auch nur eine Sekunde zu zögern, für unseren armen alten Reuben herbeigeholt.
»O Sir!« rief die Hauswirtin, die ihnen im Erdgeschoß entgegenkam. »Er hat sich so entsetzlich aufgeführt! Ich weiß wirklich nicht, was wir tun sollen.«
»Aber jemand anderer zum Glück«, unterbrach der Squire gereizt.
»Sie haben ja keine Ahnung, Sir ... Miss Annie ist fort – fortgegangen, ohne zu sagen, wohin!«
»Ja, auch das weiß ich zufällig!« entgegnete Mr. Colebatch. »Ich habe einen Brief von ihr bekommen, in dem sie mich bittet, mich in der Zeit ihrer Abwesenheit um ihren Großvater zu kümmern, und da bin ich also, ganz ihrem Wunsch gemäß. Zuallererst, Ma'am, gehen wir mal in ein Zimmer, wo dieser Herr und ich uns fünf Minuten ungestört unterhalten können.«

»Nun, Sir«, begann der Squire, als er sich mit dem Arzt in die hintere Wohnstube zurückgezogen hatte, »der Fall ist, kurz gesagt, der folgende: Vor einer Woche sind zwei infernalische Schurken in dieses Haus eingebrochen und stießen auf den alten Mr. Wray, der noch allein im Salon saß. Natürlich haben sie ihm eine wahnsinnige Angst gemacht und auch ein paar Kleinigkeiten gestohlen – aber die sind gar nichts. Einen Gipsabdruck – den haben sie ihm irgendwie zerbrochen. Es steckt ein Geheimnis hinter diesem Abdruck, das die Familie nicht verraten will und das niemand herausfinden kann; Tatsache jedoch ist, daß der alte Mann an seinem Abdruck zu hängen schien, als wäre es sein eigenes Kind – eine Marotte, werden Sie sagen, aber so ist es nun einmal, so wahr ich Colebatch heiße! Nun, von diesem Augenblick an war er nicht mehr richtig bei Verstand – immer krampfhaft bemüht, diesen elenden Abguß zu kleben und ohne auf etwas anderes zu achten. Nur diesen Abguß hatte er im Kopf. So geht es nun seit sechs oder sieben Tagen. Und jetzt, ein zweites Rätsel! Da bekomme ich von seiner Enkelin – dem süßesten, liebsten kleinen Dingelchen! – einen Brief, in dem sie mich von ganzem Herzen bittet – einen so reizenden, zärtlichen Brief hat die Welt noch nicht gesehen! –, mich sage und schreibe um den Alten zu kümmern, solange sie weg ist; in drei Tagen wolle sie mit einer Überraschung für ihn wiederkommen, die angeblich Wunder wirken würde. Was für eine Überraschung – oder auch, wohin sie selbst gegangen ist –, schreibt sie nicht, verspricht aber, in besagten drei Tagen zurückzusein. Ich würde meinen Kopf darauf wetten, daß die kleine Annie Wort hält! Nun also ist die Frage – bis wir das Mädchen wiedersehen und diese ganze Geheimniskrämerei sich klärt: Was sollen wir für den bedauernswerten Alten tun? – Was? – Hm?«

»Vielleicht«, meinte lächelnd der Arzt, als diese typische Ansprache zu Ende war, »vielleicht wäre es besser, ich sehe mir den Patienten einmal an, bevor wir hier noch mehr Worte verlieren.«

»Sapperment! Was bin ich doch für ein Esel!« rief der Squire. »Natürlich! Sehen Sie sich ihn sofort an – hier entlang, Doktor, hier entlang!«

Sie begaben sich in den Salon. Der Kranke lag immer noch auf dem Sofa. Er bewegte sich und redete im Schlaf. Der Arzt bedeutete Mr. Colebatch, still zu bleiben, und sie nahmen Platz.

Anscheinend drehte es sich bei den Träumen des alten Mannes um Ereignisse aus seiner jüngsten Vergangenheit, die sich in Provinzstädtchen, mit der Ausbildung von Provinzmimen abgespielt hatte. Im Moment lachte er gerade.

»Ho, ho! Meine jungen Herren«, hörten die beiden Männer ihn sagen, »nennen Sie das etwa darstellende Kunst? Oje, oje! Wir Menschen vom Fach rempeln auf der Bühne nicht so ineinander – ein Glück, daß Sie mich hierhergeholt haben, bevor Ihre Freunde und Bekannten Sie anschauen kommen! – Halt, Sir! So geht's nicht! Sie müssen anders sterben! Fallen Sie zuerst auf Ihr Knie, dann sinken Sie nieder – dann – Ojemine! Wie schwer doch Leute mit richtiger Artikulation und richtiger Vortragsweise zu bekommen sind, die nicht am Schluß jedes Satzes ihre Stimme senken. Ich werde niemals – nie ...«

Hier stockte die hitzige Rede, sie schlug um in einen betrübten Tonfall.

»Still! Still!« murmelte er mit rauher, gedankenverlorener Stimme. »Ruhe dort hinter der Bühne! Hört ihr nicht Mr. Kemble sprechen? Paßt auf und lernt etwas dazu, so wie ich. Ha! Lacht nur weiter, ihr Dummköpfe, die gutes Schauspielertum nicht zu erkennen wissen! Laßt mich zufrieden! Warum schubst ihr mich? *Euch* tu ich doch gar nichts! Ich sehe mir bloß Mr. Kemble an. Finger weg von diesem Buch! Das ist *mein* Shakespeare – jawohl! Der meine. Ich darf doch wohl Shakespeare lesen, wenn es mir Spaß macht – obschon ich wirklich nur ein Schauspieler für einen Shilling pro Abend bin! Ein Shilling pro Abend – ein Hungerlohn – Ha, ha, ha! – ein Hungerlohn!«

Und der traurige Tonfall änderte sich wiederum zu einem noch wilderen und jammervolleren.

»Oh!« rief der alte Schauspieler nun. »Habt doch ein Erbarmen! Ich fleh euch an, in Gottes Namen! Mein Weib, mein liebes armes Weib ist erst vor einer Woche gestorben! Ach, mich friert! Ich verhungere hier vor Kälte, an diesem zugigen Ort. Ich kann die Tränen nicht unterdrücken, Sir, sie war so gut zu mir! Aber ich werde achtgeben und auf die Bühne gehen, wenn man mich ruft; wenn Sie mich jetzt bitte nicht weiter zur Kenntnis nehmen und nicht mehr zulassen, daß die mich auslachen. O Mary, Mary! Warum hat Gott dich mir weggenommen? Ach! Warum? Warum? Warum?«

Hier erstarb das Gemurmel und setzte dann wieder neu ein, aber zusammenhangloser. Manchmal drehten sich seine Reden um Annie, manchmal wechselten sie zu Klageliedern über die zerbrochene Maske, manchmal schweiften sie zu alten Zeiten hinter den Kulissen des Drury Lane zurück.

»O Annie! Annie!« rief der Squire, die Augen voller Tränen. »Warum sind Sie fortgegangen?«

»Ich weiß nicht«, meinte der Arzt, »ob ihr Fortgehen nicht letztendlich nützen mag. Es hat die Dinge in ihm offenbar auf die Spitze getrieben, das sehe ich ganz klar. Ihre Rückkehr wird für sein Gemüt einen Schock darstellen – es ist ein Risiko, Sir, aber vielleicht wirkt dieser Schock sich heilsam aus. Wenn ein Mensch unbewußt darum ringt, seine körperlich-geistigen Kräfte wiederzuerlangen, so wie hier, dann sind diese Kräfte lediglich verschüttet. Sie sagen, die junge Dame kommt übermorgen zurück?«

»Ja, ja«, antwortete der Squire, »mit einer ›Überraschung‹, wie sie schreibt. Aber welcher? Großer Gott im Himmel! Warum konnte sie nicht schreiben, welche Überraschung?«

»Das braucht uns nicht zu kümmern«, erwiderte der andere. »*Jede* Überraschung genügt, sofern seine Körperkraft es zuläßt. Wir werden ihn ruhigstellen – soviel Schlaf wie möglich –, bis sie zurückkommt. Ich habe schon einige sehr kuriose Fälle dieser Art erlebt, Mr. Colebatch, Fälle, die auf die unerklärlichste Weise und durch das allergrößte Glück geheilt wurden. Diesen hier werde ich mit besonderem Interesse verfolgen.«

»Heilen Sie ihn, Doktor! Heilen Sie ihn, und, beim Zeus!, ich werde ...«

»Pscht! Sie wecken ihn noch auf! Besser, wir gehen jetzt. In einer Stunde werde ich zurückkommen und der Hauswirtin vorher mitteilen, wo ich zu erreichen bin, falls irgend etwas geschieht.«

Leise gingen sie hinaus und ließen den Mann zurück, wie sie ihn gefunden hatten: unaufhörlich im Schlaf vor sich hinmurmelnd.

Am Spätnachmittag des dritten Tages waren Mr. Colebatch und der Doktor wieder im Salon von Nummer zwölf; und wieder eingehend damit beschäftigt, den Zustand des armen Reuben Wray zu untersuchen.

Diesmal war der Alte hellwach. Rastlos und gebrechlich bewegte er sich im Zimmer auf und ab und redete dabei mit sich selbst, jetzt tief bekümmert über die zerbrochene

Maske, dann wütend und erbittert über Annies Abwesenheit. Nichts vermochte auch nur im geringsten sein Augenmerk zu erregen, er schien sich nicht bewußt, daß überhaupt jemand bei ihm war.
»Warum können Sie ihn nicht ruhigstellen?« flüsterte der Squire. »Warum verabreichen Sie ihm kein Opiat oder wie das heißt – so wie gestern?«
»Heute kommt seine Enkelin zurück«, antwortete der Doktor. »Diesen Tag müssen wir dem größten Arzt überlassen – der Natur. In dieser Krisis steht es mir nicht an, mich einzumischen, da muß ich zusehen und lernen.«
Wieder warteten sie schweigend. Man brachte Licht herein, denn während sie voller Ungeduld der Ankunft des Mädchens harrten, wurde es draußen dunkel. Immer noch nichts!
Es schlug fünf, und etwa zehn Minuten später ertönte ein Klopfen an der Haustür.
»Sie ist zurück!« rief der Arzt.
»Woher wissen Sie das?« fragte Mr. Colebatch in freudiger Aufregung.
»Sehen Sie dorthin, Sir!« Der andere deutete auf Mr. Wray. Er hatte sich unmittelbar vor dem Klopfen mit vermehrter Unruhe umherbewegt und dabei mit größerer Vehemenz gesprochen. Als es dann klopfte, hielt er augenblicklich inne. Da stand er nun, vollkommen starr und stumm. Es lag kein Ausdruck auf seinem Gesicht, selbst sein Atem schien auszusetzen. Welche geheimen Einflüsse regten sich nun in ihm? Welch ehrfurchtgebietende Stimme scholl über die dunklen Gewässer, in denen sein Geist sich abkämpfte, und befahl ihnen: »Ruhig! Seid still!«? Kein Mensch – nicht einmal der Mann der Wissenschaft – vermochte dies zu sagen.
Als die Tür aufging und der freudige Wiedererkennensruf

der Hauswirtin von unten erklang, erhob sich der Arzt von seinem Platz, um nah und behutsam hinter den alten Mann zu treten.

Schritte eilten die Treppe herauf. Dann, schon bevor Annie selbst ins Zimmer kam, hörte man ihre freudige, atemlose Stimme: »Großvater, ich habe den Abguß! Großvater, ich habe einen neuen Abguß mitgebracht! Die Maske – Gott sei Dank! –, die Shakespeare-Maske!«

Sie flog ihm in die Arme, ohne sonst jemanden im Raum auch nur eines Blickes zu würdigen. Als ihr Kopf an der Brust des Alten ruhte, schienen Kraft und Tapferkeit des kleinen Mädchens sie zum erstenmal seit ihrer Abwesenheit zu verlassen, und sie brach in hysterisches Weinen aus, ehe sie ein weiteres Wort hervorbrachte.

Er selbst schrie auf – schrie laut auf, sobald sie ihn berührte: die unartikulierte Stimme des Wiedererkennens in seinem Innern. Dann schlossen sich seine Arme um sie – so fest, daß sich auf dem Gesicht des Arztes die erste tiefe Besorgnis zeigte, die dieser Mann verriet, und er ein, zwei Schritte näher trat.

Aber schon ließ der Alte seine Arme wieder schwer und erschöpft herabfallen. Was erblickt er jetzt in diesem offenen Kasten, den der Schreiner hält? Die Maske – *seine* Maske, so heil wie eh und je! So weiß, glatt und so *schön* wie damals, als er sie in seinem eigenen Zimmer in Stratford frisch aus der Gußform nahm!

Der Kampf des ureigensten Lebenswillens bei diesem Anblick – das Anspannen und Sichwinden jeden Nervs – war schrecklich zu beobachten. Die Augen des Alten rollten, hervorquellend, in ihren Höhlen, dunkelrot schoß ihm das Blut ins Gesicht, und er schnappte mit tiefen, heiseren Zügen nach Luft, wie in größter Pein. Dies dauerte einen Moment – einen einzigen furchtbaren Moment lang, dann

fiel er, allem Anschein nach vom Schlag getroffen, vornüber, in die Arme des Doktors.
Inmitten jener schrecklichen gespannten Stille, die sich mit Worten nicht beschreiben läßt, trug man ihn aufs Sofa. Der Arzt legte ihm einen Finger ans Handgelenk, wartete eine Sekunde, blickte dann auf und nickte leicht mit dem Kopf. Der Puls schlug schon wieder – schwach zwar, aber er schlug!
Lang und heikel war die Prozedur der Reanimation – als helfe man dem schwachen jungen Leben in einem neugeborenen Kind, sich zu entwickeln. Doch der Doktor war ebenso geduldig wie erfahren, und zu guter Letzt hörten sie den Alten wieder atmen, ruhig und natürlich.
Er war dermaßen geschwächt, daß ihm schon beim ersten Versuch, sich umzusehen, die Augen wieder zufielen. Als sie erneut aufgingen, wirkten sie merkwürdig feucht und schimmernd – fast wie die Augen eines jungen Mädchens. Dies rührte teilweise vielleicht daher, daß sie sich gleich beim ersten Blick Annie zuwandten.
Bald bewegten sich die Lippen des Alten, aber seine Stimme war so schwach, daß der Arzt sein Ohr dicht an dessen Mund halten mußte, um ihn zu verstehen. In brüchigen Lauten stieß er hervor, er habe einen schrecklichen Traum gehabt, durch den er ja wohl sehr krank geworden sei, doch das sei jetzt überstanden, und es gehe ihm besser, wenngleich er sich noch nicht stark genug fühle, so viel Besuch zu empfangen. Hier verließen ihn seine Kräfte. Er drehte seinen Kopf nach Annie und schwieg eine Minute. Dann flüsterte er ihr etwas zu. Sie ging an den Tisch, um die neue Maske zu holen, kniete sich dann vor ihn und hielt sie ihm hin, damit er sie betrachten könne.
Der Doktor winkte Mr. Colebatch, der Hauswirtin und dem Schreiner, ihm ins Hinterzimmer zu folgen.

»Nun denn«, sagte er, »ich habe Ihnen allen eine, und nur eine, wichtige Anweisung zu geben, und die müssen Sie auch Miss Wray mitteilen, wenn sie ein bißchen ruhiger ist. Lassen Sie den Patienten *keinesfalls* auf die Idee kommen, er täusche sich, daß all seine Leiden nur ein böser Traum gewesen seien. Das wird für den Rest seines Lebens der Schwachpunkt in seinem geistigen Bewußtsein bleiben. Wenn er erst zu Kräften kommt, wird er Ihnen sicher neugierige Fragen über seinen Traum stellen, belassen Sie ihn in seinem Irrglauben, wenn Ihnen an seiner geistigen Gesundheit liegt! Ich sage Ihnen: Er ist nur wieder zu Verstand gekommen, indem er ihn den Klauen des Todes selbst entriß – lassen Sie seinen Geisteskräften alle notwendige Zeit, sich zu festigen! Sie wissen ja wohl, daß etwas, das *verrückt* wurde, sich auch wieder an Ort und Stelle bringen läßt. Betrachten Sie so auch sein Gemüt: Der eine Schock hat es aus den Fugen gerüttelt, der andere rückt es nun wieder zurecht. Und behandeln Sie seinen Verstand wie ein Körperglied, das gerade erst wieder eingerenkt wurde – zart und mit Bedacht.« Der Arzt besann sich einen Moment. »Übrigens«, fügte er dann hinzu, »falls Sie an den Schlüssel für seine Kassette nicht herankommen, ohne daß er etwas merkt, dann nehmen Sie einen Dietrich, und werfen Sie die Splitter des alten Abgusses weg (von dem er in seiner Umnachtung immer geredet hat) – vernichten Sie sie allesamt. Denn sollte er sie jemals wiedersehen, so könnte dies schreckliches Unheil anrichten. Er muß immer in dem Wahn bleiben, in dem er gegenwärtig lebt: daß der neue Abguß derselbe wäre, den er schon die ganze Zeit besaß. Es ist ein sehr bemerkenswerter Fall, Mr. Colebatch, sehr bemerkenswert, ich bin Ihnen wirklich dankbar, daß Sie mir die Möglichkeit gaben, ihn zu studieren. Fassen Sie sich, Sir, wie ich sehe, hat das Ganze Sie ein wenig erschüttert, aber jetzt droht ihm keine Gefahr mehr. Sehen Sie dorthin: Dieser Mann ist, bis auf einen einzigen Punkt, so klar bei Verstand wie nur je in seinem Leben!«

Sie folgten der Aufforderung des Doktors. Mr. Wray saß immer noch auf dem Sofa und betrachtete mit starrem Blick die Shakespeare-Maske, die ihm Annie hinhielt. Das Mädchen selbst kniete neben ihm, sein Arm lag um ihren Hals, und von Zeit zu Zeit flüsterte ihr der Großvater etwas zu, worauf sie ebenfalls flüsternd Antwort gab. Dabei lächelte er schwach, aber sehr glücklich. Ein schlichtes Bild zwar, doch als die Hauswirtin an alles dachte, was geschehen war, brach sie bei seinem Anblick in Tränen aus. Es schien ganz so, als wolle der brave Schreiner ihrem Beispiel folgen, und auch Mr. Colebatch hatte in diesem Moment wohl nah am Wasser gebaut, nur wollte er es weniger deutlich verraten. »Kommen Sie«, sagte er hastig und heiser, »wir sind hier nur im Weg, lassen wir die beiden allein!«

»Ganz recht, Sir«, bekräftigte der Doktor. »Diese hübsche Kleine ist die einzige Pflege, die der Kranke jetzt brauchen kann! Nach *Ihnen,* Mr. Colebatch!«

»Junger Mann«, sagte der Squire zu dem Schreiner, als sie die Treppe hinuntergingen, »seien Sie mir morgen früh zur Stelle! Ich habe allerhand persönliche Fragen an Sie, wenn ich nicht gerade am ganzen Leibe zittere, so wie jetzt. Nun, da unser guter alter Freund wieder auflebt, lebt auch meine Neugier wieder auf. Seien Sie also morgen früh um zehn in der Nähe, wenn ich hierherkomme. Ich bin soweit, Doktor! Nicht doch! Nach *Ihnen* bitte. Ach, Gott sei's gedankt! Wir haben dieses Haus als Trauernde betreten und gehen hinaus, um uns zu freuen! Jetzt wird es doch noch ein fröhliches Weihnachtsfest, Doktor, und ein glückliches neues Jahr!«

# X

Als es zehn Uhr wurde, kam auch der Squire – pünktlich auf die Minute. Statt nach oben zu gehen, ließ er den Schreiner mit geheimnisvollem Gebaren in das hintere Wohnzimmer rufen.

»Also, zuallererst: Wie geht es Mr. Wray?« erkundigte sich der alte Gutsherr so ängstlich und wißbegierig, als hätte er nicht schon dreimal in der Nacht sowie zweimal heute vormittag geschickt, um ebendiese Frage zu stellen.

»Gott segne Sie, Sir!« antwortete der Schreiner grinsend und mit einem sehr ausdrucksvollen Händereiben. »Er kommt wieder auf die Beine, nachdem er letzte Nacht schön geschlafen hat. Allerdings, furchtbar schwach ist er noch, aber doch bereits ganz der alte. In der letzten halben Stunde, Sir, hat er mich zweimal wegen meiner Artikulation angeschnauzt. Annie muß ihm gerade Shakespeare vorlesen, und er fragt, ob irgendwelche neuen Schüler kommen – alles haargenau wie früher. O Sir, es macht solchen Spaß, ihn wieder so zu erleben – wenn Sie nur mit raufkommen wollten ...«

»Halt! Erst unser Gespräch«, hielt ihn der Squire ab. »Setzen Sie sich. Übrigens: Hat er schon irgendwas über diese infernalische Geldkassette gesagt?«

»Ich hab sie heute morgen mit einem Dietrich aufgemacht, Sir, wie's der Herr Doktor mir vorschlug, und jeden Krümel Gips daraus vergraben, tief im Küchengarten. Nachher hat er die Kassette gesehen und dabei eine Art Zittern gekriegt. ›Nimm sie weg‹, sagt er zu mir, ›ich will sie nie wiedersehen, sie erinnert mich an diesen fürchterlichen Traum.‹ Und dann, Sir, hat er uns davon erzählt, was geschehen ist, genauso, als hätte er's wirklich nur geträumt, und gesagt, er könnte die Sache nicht recht aus dem Kopf kriegen, so sehr sei das Ganze, als wär's wirklich passiert. Danach, Sir, hat er sich bei mir für den neuen Kasten bedankt – er wußte noch, daß ich ihm versprochen hatte, einen zu machen, obwohl das genau vor dieser schlimmen Geschichte war!«

»Und Sie lassen ihm natürlich stets seinen Willen – Sie lassen ihn in dem Glauben, er hätte recht?« fragte der Squire. »Er darf niemals erfahren, daß er nicht bloß geträumt hat – bis an sein Lebensende.«

Und er erfuhr es auch nie – hatte, in *dieser* Welt, nicht einmal eine Ahnung, was er Annie verdankte! Es war Nebensache, denn hätte er alles entdeckt – sie hätten einander nicht mehr lieben können.

»Nun, Meister Tischler«, fuhr der Squire fort, »bisher haben Sie mir brav geantwortet. Beantworten Sie nur genauso brav meine nächste Frage: Was ist die volle Bewandtnis mit diesem mysteriösen Gipsabdruck? Es hat keinen Sinn, drumherumzureden! Ich habe den Abguß gesehen, ich weiß, daß es sich um ein Shakespeare-Bildnis handelt! Und ich bin fest entschlossen, der Sache auf den Grund zu gehen. Soll das etwa heißen, ich sei kein Freund, dem man vertrauen kann? Hm, Sie da, Sir?«

»Das würde mir nicht einmal im Traum einfallen, Sir, nach all Ihrer Güte. Aber mit Verlaub, ich habe wirklich versprochen, die Sache geheimzuhalten«, erwiderte der Schreiner und sah dabei ganz so aus, als warte er auf eine Gelegenheit, die Tür zu öffnen und aus dem Zimmer zu laufen. »Ich hab's versprochen, Sir, ehrlich!«

»›Versprochen‹– papperlapapp!« rief der Squire hitzköpfig. »Wozu ein Geheimnis bewahren, das schon halb gelüftet ist? Ich will Ihnen mal was sagen, Sie Mr. – wie heißen Sie noch? Aus irgendeinem Grunde haben Sie den Spitznamen ›Julius Cäsar‹. Aber wie heißen Sie richtig – falls es einen richtigen Namen gibt?«

»Martin Blunt, Sir. Aber bitte, verlangen Sie nicht von mir, das Geheimnis zu verraten! Ich sage ja gar nicht, daß *Sie* es ausplaudern würden, Sir, aber *wenn* es sich herumspräche bis Stratford-upon-Avon ...« Hier verstummte er plötzlich, da er merkte, er verplapperte sich bereits.

»Halt! Ich habe begriffen!« rief Mr. Colebatch. »Hol mich der Henker, wenn ich nicht endlich begriffen habe!«

»Sagen Sie das nicht *mir*, Sir! Wenn dem so ist, dann bitte, sagen Sie das nicht mir!«

»Sitzen bleiben, Mr. Martin Blunt! Bei mir gibt's keine Drückebergerei! Ich war ein Esel, daß ich das nicht gleich geahnt habe, als ich sah, es war ein Shakespeare-Porträt! Ich kenne die Büste in Stratford, Meister Blunt! Sie fürchten sich doch vor Stratford, stimmt's? Weshalb? Ich weiß es! Irgend jemand von euch hat unerlaubt diesen Abguß der Büste von Stratford genommen – sie gleichen sich wie ein Ei dem anderen! Nun, junger Mann, dann sag ich Ihnen was! Wenn Sie die Karten nicht sofort vor mir auf den Tisch legen, gehe ich in die Redaktion des ›Tidbury-Merkur‹ und setze meine Version des Ganzen dort hinein als eine schöne Lokalanekdote! Werden Sie's mir nun verraten oder nicht? Ich frage dies in Mr. Wrays Interesse, sonst wäre ich eher gestorben, als Sie überhaupt zu fragen!«

Verwirrt, bedroht, angeschnauzt und in die Enge getrieben, gab der unselige Tischler vollends nach. »Wenn es unrecht von mir ist, Ihnen die Sache zu verraten, Sir, dann sind Sie schuld an dem, was ich tue«, sagte der einfältige Bursche, und schon erzählte er haarklein, wenn auch auf sehr umständliche, zögernde Weise, sämtliche Enthüllungen, die er von dem alten Reuben gehört hatte – wobei der Squire hier und da mit einem Einwurf des Erstaunens oder der Bewunderung herausplatzte, den Bericht jedoch im

übrigen mit bemerkenswerter Ruhe und Aufmerksamkeit hinnahm.
»Was, zum Teufel, soll dieser ganze Unsinn von wegen des Stratforder Gemeinderats und von Strafverfolgung?« rief Mr. Colebatch, als der Schreiner fertig war. »Aber schon gut, dazu können wir hernach noch kommen. Erzählen Sie mir jetzt, wie Sie zurückgefahren sind, um diese Gußform aus dem Schrank zu holen und den neuen Abguß zu machen. Ich weiß, wer das getan hat! Dieses liebe, süße unvergleichliche Mädelchen! Aber erzählen Sie es mir genau. Los! Schnell, schnell! Lassen Sie mich nicht schmoren!«
Und mit seinem zweiten Bericht kam »Julius Cäsar« viel zügiger voran als mit dem ersten: Wie Annie eines Abends, in ihrem Schlafzimmer, plötzlich die Gußform eingefallen sei, die zurückgelassen wurde – wie sie (Annie) entschlossen war, die körperlichen und geistigen Fähigkeiten ihres Großvaters, wenn möglich, wiederherzustellen, indem sie auf die Suche nach dieser Gußform ging, und wie er (der Schreiner) mitgefahren sei, um das Mädchen zu beschützen – wie sie mit der Kutsche (Außenplätze, in der Kälte, um Geld zu sparen) nach Stratford gelangten – wie Annie an das Mitleid ihres früheren Gastwirts appelliert und ihm, statt irgendeinen Vorwand zu erfinden, reinen Wein eingeschenkt und die ganze Geschichte offenbart habe – wie der Wirt sie daraufhin bedauerte und versprach, alles geheimzuhalten –, wie er in das Schlafzimmer hinauf sei und den Abguß in dem alten Leinensack hinter den Bänden des *Annual Register* gefunden habe, genau dort, wo er von Mr. Wray versteckt worden war – wie Annie in Erinnerung an das, was ihr Großvater ihr über die Herstellung von Abgüssen erzählt hatte, Gips gekauft habe und diesen Anweisungen folgte, wobei ihr der erste Versuch zwar mißlungen sei, der zweite aber bewunderungswürdig glückte – wie

sie in ängstlicher Spannung bis zum dritten Tag auf die Retourkutsche hatten warten müssen, und wie sie schließlich, gesund und wohlbehalten, nicht nur mit dem neuen Abguß zurückgekommen seien, sondern auch mit der Form.

All diese Einzelheiten flossen dem Schreiner in einem Schwall hausbackener Beredtheit von den Lippen, den kein sprecherzieherischer Beistand auch nur einen Deut überzeugender hätte gestalten können.

»Wir hatten ja keine Ahnung, Sir«, schloß »Julius Cäsar« seine Ausführungen, »daß es dem armen Mr. Wray tatsächlich so schlechtging. Annie fiel das Wegfahren ja ohnehin fürchterlich schwer. Sie hat die Hauswirtin bekniet, Sir, regelrecht bekniet – ich hab's mit eigenen Augen gesehen; halb von Sinnen war sie –, daß die Alte dem kranken Mann wie eine Tochter sein solle, bis sie selbst zurückkäme. Und sogar danach, Sir, an dem bewußten Morgen, war's bis zur letzten Minute nicht klar, ob sie fahren würde. Aber sie *mußte* es tun. Sie hat sich nicht getraut, mich allein zu schicken, damit ich die Gußform nicht fallen ließe, wenn ich sie hätte (was leider, Sir, wohl sehr wahrscheinlich war!) – oder irgendwie in die Zwickmühle gerate, indem ich am falschen Ort was Falsches sage und man mich so samt Form und allem vor den Stratforder Gemeinderat schleppt, der Mr. Wray ins Gefängnis stecken wollte, nun sind wir ja aus Tidbury geflüchtet, und daher ...«

»Unsinn! Dummes Zeug! Sie hätten ihn nicht eher ins Gefängnis stecken können als ich, weil er den Abguß genommen hat«, rief der Squire. »Halt! Ich hab eine Idee! Zumindest eine, die es wert wäre ... ist die Gußform hier? Ja oder nein?«

»Ja, Sir! Der Herr sei uns gnädig, um was geht's?«

»Laufen Sie!« rief Mr. Colebatch, indem er wie irrsinnig

im Zimmer auf und ab schritt. »Nummer fünfzehn in dieser Straße! Dabbs und Clutton, die Anwälte! Verlieren Sie keine Sekunde! Holen Sie einen her, verdammt! Laufen Sie, oder mir platzt ein Blutgefäß!«

Und der Schreiner lief *zu* Nummer fünfzehn; woraufhin Mr. Dabbs, der gerade in der Kanzlei war, *von* Nummer fünfzehn zu der Haustür lief, an der Mr. Colebatch ihn schon erwartete. Sofort zog der Squire ihn ins hintere Wohnzimmer, stieß ihn auf einen Stuhl und legte in größtmöglicher Kürze und schnellstmöglichen Worten den Fall dar, der zwischen Mr. Wray und der Obrigkeit von Stratford bestand. »Also«, sagte der alte Herr am Schluß, »kann man ihm für sein Tun nun etwas anhaben oder nicht?«

»Eine sehr delikate Frage, Sir«, antwortete Mr. Dabbs, »eine sehr delikate Frage, in der Tat.«

»Zum Henker, Mann!« rief der Squire. »Reden Sie *mir* doch nicht von ›delikaten Fragen‹, als ob so eine Frage was zum Essen wär! Noch einmal: Kann man ihm etwas anhaben oder nicht? Beantworten Sie mir das in drei Worten!«

»Man kann nicht«, antwortete Dabbs triumphierend.

»Weshalb?« entgegnete der Squire *noch* knapper.

»Aus folgendem Grunde«, sagte Dabbs. »Was hat Mr. Wray in die Kirche mitgenommen? Gips, der ihm selbst gehörte, in Pulverform. Was hat er mit herausgebracht? Denselben Gips, in einer anderen Form. Besteht irgendein Urheber- oder Vervielfältigungsrecht auf eine zweihundert Jahre alte Büste? Ausgeschlossen. Hat Mr. Wray diese Büste beschädigt? Nein, sonst hätte man ihn hier und auf der Stelle zur Rechenschaft gezogen – man weiß nämlich, wo er sich aufhält. Ich habe gestern durch jemanden aus Stratford von der Sache gehört, und dieser Mann sagte, man wisse, daß der Betreffende in Tidbury sei. Wo also besteht, unter all

diesen Umständen, auch nur der Schatten einer juristisch fundierten Anklage gegen Mr. Wray? Nirgends!«
»Prächtig, Dabbs! Prächtig! Sie werden sicher einmal Lordkanzler! Habe mein Lebtag keine bessere Argumentation gehört! Also, Mr. Julius Cäsar Blunt, ahnen Sie nun, worin meine Idee besteht? Nein? Hören Sie zu! Machen Sie Kopien von diesem Abguß, bis Ihnen die Arme weh tun, kleben Sie sie auf schwarzen Marmor, damit das weiße Gesicht zur Geltung kommt, verhökern Sie sie für eine Guinee pro Stück an die Masse von Leuten, die alles hergeben würden, um ein Shakespeare-Porträt zu besitzen, und wenn's überhaupt geht, halten Sie dann Ihre Hosentaschen schnell genug auf, daß das Gold hineinprasseln kann! Sagen Sie das Mr. Wray, und sagen Sie ihm, daß er ein reicher Mann, oder – nein, sagen Sie's ihm nicht; Sie taugen dafür nicht besser als ich! Erzählen Sie jede Silbe, die Sie gehört haben, sofort an Annie weiter, sie wird schon wissen, wie man's ihm am besten beibringt. Los! Fort mit Ihnen!«
»Aber was sollen wir denn sagen, woher wir die Gußform haben, Sir? Wir können Mr. Wray doch nicht die Wahrheit erzählen.«
»Erzählen Sie ihm ein Märchen, natürlich! Sagen Sie ihm, der Gastwirt in Stratford hätte das Ding im Schrank aufgestöbert und hierhergeschickt. Dabbs kann bezeugen, daß man in Stratford weiß, wo Mr. Wray sich aufhält und daß er rechtlich nicht zu belangen ist, *das* dürfte unsere Glaubwürdigkeit bestimmt untermauern. Sagen Sie ihm, ich hätte Sie drangsaliert, bis Sie die Wahrheit ausspucken mußten, als ich die Gußform hier ankommen sah – sagen Sie irgendwas –, aber gehen Sie, jetzt gleich, und beenden Sie die Sache! Ich mach mich derweil auf meinen Spaziergang und kümmere mich beim Steinmetz um die schwarzen Marmorplatten. In einer Stunde bin ich wieder hier und möchte Mr. Wray sehen.«

Und im Nu war der stürmische alte Squire aus dem Haus – nur um noch vor Ablauf einer Stunde wieder dazusein, vielleicht stürmischer denn je.

Beim Betreten des Salons begrüßte ihn als erstes der Schreiner. Kühn und öffentlich hängte er gerade über dem Kamin einen Kasten auf, der die Maske enthielt (der Dekkel war heruntergenommen).

»Es freut mich, das zu sehen, Sir«, sagte Mr. Colebatch, während er Mr. Wray die Hand schüttelte. »Annie hat Ihnen doch meine gute Nachricht überbracht – nicht?«

»Jawohl, Sir«, antwortete der Alte, »die beste, die ich seit einiger Zeit gehört habe: Jetzt darf ich meinen Schatz dort aufhängen, wo ich ihn den ganzen Tag betrachten kann. Es war wirklich zu schlimm von diesen Leuten in Stratford, Sir, daß sie mir solche Angst eingejagt und mir gedroht haben, wie es nur ging. Der beste von ihnen ist noch mein Wirt – ein redlicher, gewissenhafter Kerl. Der hat mir meinen alten Leinensack und die Gußform zurückgeschickt (die ihm sicherlich wertlos schien), bloß weil sie mir gehörten und in meinem Zimmer liegengeblieben waren. Ich halte mir einiges zugute, Sir, auf diese Maske. Ich kann Ihnen nie genug für Ihre Güte danken, mit der Sie meinen Charakter verteidigt und mich genommen haben, wie ich bin – aber dürfte ich Ihnen wohl eine Kopie des Abgusses schenken, nun da Annie sagt, daß wir die Gußform haben ...?«

»Sie dürfen«, sagte der Squire, »ich nehme es gerne entgegen, und ich bestelle noch fünf weitere Kopien als Geschenk für meine Freunde, wenn Sie mit dem öffentlichen Verkauf beginnen.«

»Was das betrifft, Sir, weiß ich wirklich nicht ...«, erwiderte Mr. Wray ziemlich unbehaglich. »Den Abguß verkaufen, das ist, als würde man meinen großen Schatz zu etwas ganz

Gewöhnlichem machen, es ist, als gäbe ich aller Welt meinen ganz besonderen persönlichen Besitz.«

Mr. Colebatch parierte sofort auf diesen Einwand. Könne, so fragte er, Mr. Wray im Ernst so egoistisch sein, anderen Liebhabern Shakespeares das vorenthalten zu wollen, was ihm selbst so kostbar sei: ein eigenes Shakespeare-Bildnis? Davon, daß er gleichzeitig eine hübsche Stange Geld gleichsam in den Wind schlage, ganz zu schweigen. Könne er wirklich so selbstsüchtig und unbedacht sein? Nein, gestand Mr. Wray bei genauerer Überlegung, das könne er nicht. Er sehe die Frage jetzt in einem neuen Licht und bitte Mr. Colebatch um Vergebung, falls er eigensüchtig oder undankbar erschienen sei, aber ja, er werde dessen Rat annehmen.

»Recht so!« sagte der alte Landjunker. »Nun bin ich rundum zufrieden. Bald sind Sie stark genug, mein guter Freund, die Abgüsse selbst zu nehmen.«

»Ich will's hoffen«, erwiderte Mr. Wray. »Es ist schon sehr seltsam, daß mich ein Traum so schwächt, wie ich mich fühle – man hat Ihnen ja wohl berichtet, Sir, was für ein grauenvoller Traum das war. Und sähe ich die Maske jetzt nicht heil und unversehrt wie immer dort oben hängen, so würde ich tatsächlich glauben, man hätte sie zertrümmert, genau wie in meinem Traum. Denn ein Traum, Sir, muß es ja gewesen sein. Mir träumte nämlich, Annie sei weg und habe mich verlassen, doch beim Aufwachen sah ich sie zu Hause wie immer. Zudem hinke ich in meinem Zeitgefühl anscheinend eine gute Woche hinterher. Kurz, Sir: Ich würde mich beinahe für verhext halten«, fügte er hinzu, indem er sich eine zitternde Hand auf die Stirn drückte, »wüßte ich nicht, daß Weihnachten vor der Tür steht, und glaubte ich nicht, was der liebe Will Shakespeare in *Hamlet* schreibt – eine Passage übrigens, die Mr. Kemble stets zu seinem Bedauern aus dem Bühnenmanuskript gestrichen sah.«

Hier begann er – mit schwacher Stimme zwar, doch immer noch mit all den alten Kemble-Kadenzen – die vortrefflichen Verse zu deklamieren, auf die er anspielte, während der Squire zu jeder Modulation mit seinem Zeigefinger den Takt schlug:

»Sie sagen, immer, wann die Jahrszeit naht,
Wo man des Heilands Ankunft feiert, singe
Die ganze Nacht durch dieser frühe Vogel;
Dann darf kein Geist umhergehn, sagen sie,
Die Nächte sind gesund, dann trifft kein Stern,
Kein Elf entführt, noch mögen Hexen zaubern:
So gnadenvoll und heilig ist die Zeit.«

»Das nenn ich mir Dichtung!« rief Mr. Colebatch und blickte zu der Maske auf. »Ich fürchte, das ist eine Klasse besser als meine Tragödie von der *Geheimnisvollen Mörderin.* Was, Sir? Und Ihre Vortragsweise – glänzend! Beim Henker! Wir sind mit unserer Unterhaltung über Shakespeare und John Kemble noch nicht halb zu Ende! So ein Schwätzchen mit einem alten Theatermann wie Ihnen ist an einem solch barbarischen Fleckchen Erde neues Leben für mich! Ach, Mr. Wray!« (Die Stimme des Squires wurde leiser und für einen so ruppigen alten Krautjunker sonderbar zärtlich.) »Sie können sich glücklich preisen, mit einem Enkelkind, das Ihnen allezeit Gesellschaft leistet, aber besonders zur Weihnachtszeit. Ich bin ein einsamer alter Hagestolz und muß meinen Festschmaus ohne Frau oder Kind essen, die mir auch nur einen einzigen Bissen schmackhafter machen!«

Als die kleine Annie dies vernahm, stand sie auf und schlich neben den Squire. Ihr blasses Gesicht war unregelmäßig gerötet (noch war ihr hübsche natürliche Farbe nicht ganz zurückgekehrt). Sie sah einen Moment lang sanft auf Mr. Colebatch – dann zu Boden –, und dann sprach sie: »Sagen Sie nicht, Sie seien einsam, Sir! Wenn *ich* wie ein Enkelkind für Sie sein dürfte, wäre ich überglücklich. Ich – ich mache am Weihnachtstag immer den Plumpudding für Großvater. Falls er es erlauben würde – und falls – falls Sie ...«

»Wenn dieser kleine Goldschatz da nicht allen Mut zusammennimmt, um mich zu bitten, daß ich von seinem Plumpudding probiere, dann bin ich ein Holländer!« rief der Squire, indem er Annie an sich riß und ihr kurzerhand einen Kuß gab. »Mr. Wray, ich lade mich kurzerhand hierher zum Weihnachtsschmaus ein! Normalerweise hätten wir ihn ja auf Cropley Court gegessen, aber Sie sind noch nicht stark genug, um in diesen kalten Nächten vor die Tür zu gehen! Macht nichts! Das ganze Essen bis auf Annies Pudding soll meine Köchin zubereiten, Mrs. Buddle, die Haushälterin, soll hier mithelfen, und wir werden, so Gott will, eine Festtafel genießen, wie noch kein König sie vorgesetzt bekam! Kein Wenn und Aber, lieber Freund, ich bin fest entschlossen, die frohesten Weihnachten meines Lebens zu begehen, und das sollen auch Sie sein!«

Der gute Squire hielt Wort. Natürlich munkelte man in der ganzen Stadt, daß Hochwohlgeboren Matthew Colebatch, Landjunker zu Tidbury auf der Marsch, am Weihnachtstag bei einem alten Komödianten in einem Gästehaus speisen werde. Die vornehme Bevölkerung war samt und sonders entrüstet. Der Squire, hieß es, habe ja schon ziemlich oft einen Hang zum Gemeinen bekundet, der auf Standesunterschiede keine Rücksicht nahm. So habe man ihn beispielsweise mit einem umherziehenden Kesselflicker in der High Street Witze reißen sehen, an den er sich am hellichten Tage wandte, um seinen Spazierstock mit einem neuen Metallring beschlagen zu lassen; er war entdeckt worden, als er in der Hütte eines seiner Pächter seelenruhig Speckgemüse aß; man hatte ihn mit brüchigem Tenor »Hinweg, ihr dumpfen Sorgen« singen hören, um das Kind eines anderen Pächters zu erheitern – schon allein diese Taten waren anrüchig genug. Aber ganz öffentlich bei einem zweifelhaften Schauspieler zum Essen zu gehen, das setzte doch allem die Krone auf! Hochwürden Daubeny Daker sagte, nun sei der angemessene Wirkungskreis für den Squire endgültig das Irrenhaus, und Hochwürden Daubeny Dakers Freunde beteten diese Ansicht nach.

Ohne sich um den Ausdruck vornehmen Volksempfindens einen Pfifferling zu scheren, stand Mr. Colebatch am Weihnachtstag vor der Tür von Nummer zwölf; doch damit nicht genug, trug er seine hautenge schwarze Kniebundhose und Seidenstrümpfe, als ginge er zu einem Galadiner. Sein Essen war schon vorher eingetroffen, und die dicke Mrs. Buddle in ihrem lavendelfarbenen Seidenkleid, an dessen Brust ein Latz aus Kambrikstoff befestigt war, um es vor Spritzern zu schützen, erschien als gutes Omen mit dem Festschmaus. Noch nie hatte Annie die Verantwortung, einen Plumpudding machen zu müssen, als so gewichtig empfunden wie jetzt, beim Anblick der von Mr. Colebatch beorderten Köstlichkeiten, die ihr eigenes bißchen Naschwerk begleiten sollten.

Man setzte sich zu Tisch: der Squire am oberen Ende der Tafel (darauf hatte Mr. Wray bestanden), Mrs. Buddle am unteren (auch darauf bestand er), der alte Reuben und Annie auf der einen Seite sowie »Julius Cäsar« ganz allein auf der anderen (man kannte seine Gewohnheiten und ließ ihm Ellenbogenfreiheit). Es ging vergleichsweise ruhig und förmlich zu, bis Annies Pudding hereingebracht wurde. Bei *diesem* Anblick stieß Mr. Colebatch ein Jauchzen aus, als ritte er einer Jagdmeute hinterher. Der durch den Lärm und die Aufregung völlig aus dem Gleichgewicht geworfene Schreiner stieß nacheinander, in rascher Folge, an einen Löffel, an ein Weinglas und an einen Pfefferstreuer, so daß Mrs. Buddle ihn für verrückt hielt, während Annie, die arme Kleine, zum erstenmal seit all ihrem Kummer tatsächlich und so hübsch wie eh und je wieder zu lachen anfing. Mr. Colebatch, muß man hinzufügen, ließ ihrem Pudding weidlich Gerechtigkeit angedeihen. Zweimal wanderte sein Teller zu der Schüssel hin, und noch ein drittes Mal hätte er es getan, aber die getreue Haushälterin erhob warnend ihre Stimme, um den alten Herrn daran zu erinnern, daß auch er nur *einen* Magen habe.

Als der Tisch abgeräumt und die Weingläser mit dem erlesenen alten Port des Squire gefüllt waren, erhob sich dieser treffliche Mann feierlich von seinem Stuhl und verkündete, er habe drei Toasts auszubringen sowie eine Rede zu halten, wobei letztere davon abhänge, inwieweit er nach zwei Portionen Plumpudding noch seiner Stimme mächtig sei – was er für ziemlich unwahrscheinlich halte, vor allem, nachdem Annie bei der Mischung ihrer Zutaten etwas tief in den Schmalztiegel gegriffen habe.

»Zuerst«, sagte der alte Gentleman, »möchte ich auf die Gesundheit von Mr. Reuben Wray anstoßen, und Gott schütze ihn!« Als dieser erste Toast mit größter Begeisterung getrunken war, fuhr Mr. Colebatch, ohne sich zwischendurch zu setzen, mit seinem zweiten fort – eine Sitte, die auch anderen Tischrednern sehr zu empfehlen wäre.

»Als zweites«, sagte er, indem er Mr. Wrays Hand ergriff und zu der Maske sah, die, hübsch mit Stechpalmenzweigen geschmückt, ihnen gegenüber hing, »als zweites möchte ich darauf trinken, daß SHAKESPEARES MASKE weite Verbreitung finden und in ganz England freudig begrüßt werden möge!« Auch dies wurde angemessen gewürdigt, und sofort ging Mr. Colebatch zum dritten Toast über.

»Als drittes«, sprach er, »trinke ich auf die hier Versammelten.« An dieser Stelle räusperte er sich vergebens, weil seine Stimme im Plumpudding schier erstickte. »Ich sage, meine Damen und Herren, ein Prosit auf die hier Versammelten!« Er hielt abermals inne, bat den Schreiner, ihm ein Gläschen Brandy einzuschenken, und als das getrunken war, redete er flüssig weiter.

»Mr. Wray, Sir«, fuhr der alte Herr fort, »ich wende mich insbesondere an Sie, weil das, was ich sagen möchte, insbesondere Sie betrifft. Vor drei Tagen hatte ich mit diesen beiden jungen Leuten ein kleines Gespräch unter vier Augen. Junge Leute, Sir, sind nie ganz frei von einigen unbedachten Neigungen, und sich zu verlieben, ist eine davon.« (Hier schlich sich Annie hinter ihren Großvater, der Schreiner, der nichts hatte, wohinter er sich schleichen konnte, befreite sich von seinem Unbehagen, indem er eine Apfelsine zu Boden stieß.) »Nun, Sir«, fuhr der Squire fort, »das erwähnte Privatgespräch führt mich zu der Vermutung, daß just diese beiden jungen Leute die Absicht haben, einander zu heiraten. Wie ich höre, waren Sie, Sir, anfangs gegen ihre Verlobung, und als brave, folgsame Kinder haben sie Ihren Einspruch respektiert. Ich denke, es ist nun an der Zeit, sie dafür zu belohnen. Wenn die beiden wollen, lassen Sie sie heiraten, Sir, während Sie es freudig miterleben können! Ich möchte nichts über unseren kleinen Liebling dort sagen als dieses: Die alles entscheidende Frage für sie und für jedes Mädchen ist nicht, wie *gut*, sondern wie *glücklich* man sich verheiratet. Und ich muß zugeben, meines Erachtens hat sie keine gar so schlechte Wahl getroffen.« (Der Squire zögerte einen Moment. Was er im Kopf hatte, durfte er auf keinen Fall aussprechen: daß der Schreiner dem alten Reuben das Leben rettete, als die Einbrecher im Haus waren, und daß er sich des Vertrauens von Annie mehr als würdig erwiesen hatte, als sie ihn bat, mit ihr die Gußform aus Stratford zu holen.)

»Der langen Rede kurzer Sinn«, fuhr Mr. Colebatch fort, »ich glaube nicht, Sir, daß Sie gegen die Heirat dieser beiden etwas einwenden können, vorausgesetzt, sie finden einen Lebensunterhalt. Und das werden sie wohl. Da wäre erstens der Gewinn, den ihnen die Maske sicher bringt und den sie – das weiß ich – sicher mit Ihnen teilen werden.«

(Die Prophezeiung hinsichtlich des Gewinnes sollte in Erfüllung gehen: Bis Neujahr waren schon fünfzig Abgüsse bestellt, und danach verkauften sie sich sogar noch besser.)

»Das dürfte für den Anfang wohl genügen, Mr. Wray. Zweitens gedenke ich, unserem Freund dort eine gute Stelle als Zimmermann und Schreinermeister für die neue Gebäudeanlage zu verschaffen, die auf meinem Grund und Boden entstehen soll, oben auf dem Hügel – das wird, weiß Gott, keine schlechte Stelle sein! Und schließlich möchte ich, daß Sie alle aus Tidbury fortziehen, um in einem derzeit leerstehenden Landhäuschen zu wohnen, das mir gehört und das in Ermangelung eines Pächters noch völlig in Trümmer fallen wird. Ich werde Miete verlangen, wohlgemerkt, Mr. Wray, und sie mir jedes Vierteljahr, so regelmäßig wie ein Steuereintreiber, höchstpersönlich abholen. Ich beleidige einen selbständigen Menschen nicht, indem ich ihm ein Obdach biete. Gott bewahre! Aber bis Sie besser über die Runden kommen, wünsche ich, daß Sie mir dieses Häuschen warmhalten. Ich kann nicht davon lassen, ab und an mein neues Enkelkind zu besuchen! Und ich möchte mit einem alten Bühnenveteranen mein Schwätzchen über das Britische Drama und den glorreichen John

Kemble halten! Kurz und gut, Sir: Haben Sie, da sich den beiden solche Aussichten eröffnen, wohl etwas dagegen, wenn ich auf die Gesundheit des zukünftigen Ehepaares Blunt anstoße?«

Von den freundlichen Blicken und Worten des Squire ebenso besiegt wie durch dessen Argumente, murmelte der alte Reuben sein Einverständnis und fügte, indem er seinen Kopf Annie zudrehte, liebevoll hinzu: »Wenn sie mir nur verspricht, daß ich stets bei ihr bleiben darf!«

»Na, na!« mahnte Mr. Colebatch. »Küssen Sie Ihren Großvater doch nicht so vor aller Augen, Sie schlimme Kleine! Da werden andere ja neidisch auf ihn, und das am Weihnachtstag! Aufgepaßt! Der künftige Mr. und die künftige Mrs. Martin Blunt – sollen in einer Woche heiraten!« Der alte Herr verkündete diese Worte, als dulde er keinen Widerspruch.

»Großer Gott, Sir!« rief Mrs. Buddle. »Bis dahin kriegt sie doch niemals ihren Brautschmuck fertig!«

»Doch, Ma'am, das wird sie, und wenn jede Bauerndirn in Tidbury sich an Annies Gewändern die Finger wundstickt! So, damit wäre meine Rede zu Ende!« Dies gesagt, ließ sich der Squire auf seinen Stuhl fallen und schnappte tiefbefriedigt nach Luft.

»Jetzt sind wir alle glücklich!« rief er, indem er sein Glas auffüllte. »Und jetzt werden wir unseren Port erst wahrhaft genießen – was, guter Freund?«

»Ja, alle glücklich!« echote der alte Reuben, während er Annies Hand tätschelte. »Aber noch glücklicher wäre ich wohl, wenn ich nicht mehr an diesen grauenvollen Traum denken müßte!«

»Nicht mehr daran denken?« rief Mr. Colebatch. »Wir alle werden daran denken – werden ihn jetzt und immerdar in guter Erinnerung behalten!«

»Wie das?« fragte Mr. Wray begierig.
»Nun, mein guter Freund!« antwortete der Squire und klopfte ihm stürmisch auf die Schulter, »wir alle werden froh daran zurückdenken, als nichts denn eine KAMINGESCHICHTE FÜR WEIHNACHTEN!«